Herzenssommer

Nora Roberts
Tanz der Sehnsucht

Seite 5

Jill Shalvis
Flammen der Leidenschaft

Seite 219

Lilian Darcy
Sehnsuchtsmelodie

Seite 381

MIRA® TASCHENBUCH

1. Auflage: Juni 2020
Neuausgabe im MIRA Taschenbuch
Copyright © 2020 für die deutsche Ausgabe by MIRA Taschenbuch
in der HarperCollins Germany GmbH, Hamburg

© 1988 by Nora Roberts
Originaltitel: »Dance to the Piper«
Erschienen bei: Silhouette Books, Toronto

© 2008 by Jill Shalvis
Originaltitel: »Flashback«
Erschienen bei: Harlequin Books, Toronto

© 2006 by Lilian Darcy
Originaltitel: »The Runaway and the Cattleman«
Erschienen bei: Silhouette Books, Toronto

Published by arrangement with
HARLEQUIN ENTERPRISES II B.V. / SÀRL

Umschlaggestaltung: Nele Schütz Design, München
Umschlagabbildung: Rasa Arlauskiene, Elovich / Shutterstock
Satz: GGP Media GmbH, Pößneck
Printed in Germany
Dieses Buch wurde auf FSC®-zertifiziertem Papier gedruckt.
ISBN 978-3-7457-0097-8

www.mira-taschenbuch.de

Werden Sie Fan von MIRA Taschenbuch auf Facebook!

Nora Roberts

Tanz der Sehnsucht

Roman

Aus dem amerikanischen Englisch von
Anne Pohlmann

Prolog

Während der Mittagspause war der Club leer. Die Farbe an den Wänden war vom Zigarettenrauch stumpf geworden, und die Böden waren abgenutzt, doch einigermaßen sauber. Es gab den für solche Orte so typischen Geruch – eine Mischung aus altem Alkohol, schlechten Parfumdünsten und abgestandenem Kaffee. Gewisse Menschen mochten sich hier zu Hause fühlen. Die O'Haras waren zu Hause, wo immer sich ein Publikum versammelte.

Wenn nachmittags die Menge hereinströmte und die Beleuchtung schummrig wurde, dann würde es nicht mehr so schäbig aussehen. Jetzt aber schien grelles Sonnenlicht durch die zwei kleinen Fenster und zeigte unbarmherzig den Staub und jede abgewetzte und abgeschlagene Stelle. Der Spiegel hinter der Bar warf das Licht auf die kleine Bühne in der Mitte des Raumes.

Frank O'Hara führte seinen fünfjährigen Drillingen die Schritte für eine kleine Tanzeinlage vor, die er abends in die Show einfügen wollte. Den drei kleinen Mädchen würden die Herzen des Publikums bestimmt sofort zufliegen.

»Hoffentlich lässt du mir mit deinen Ideen nächstes Mal mehr Zeit.« Molly, seine Frau, die eigentlich Mary Margaret hieß, saß an einem Ecktisch und beeilte sich, Schleifen an die weißen Kleider zu nähen, die ihre Töchter in wenigen Stunden tragen sollten. »Ich bin nämlich keine verdammte Näherin.«

»Du bist Mitglied einer Truppe, Molly, meine Liebe, und das Beste, was Frank O'Hara je geschehen konnte.«

»Nichts ist wahrer als das, mein Lieber«, entgegnete sie halblaut, aber lächelnd.

»Also, meine Lieblinge, versuchen wir es noch einmal.« Er lächelte den drei kleinen Engeln zu.

Caroline, mit dem Kosenamen Carrie, war schon jetzt eine Schönheit mit ihrem ovalen Gesichtchen und den dunkelblauen Augen. Er zwinkerte ihr zu und wusste genau, dass sie mehr an den Schleifen auf dem Kleid als an der Vorstellung interessiert war. Alana war die unkomplizierte Freundliche. Sie tanzte, weil ihr Dad es wollte und weil es Spaß machen würde, mit ihren Schwestern auf der Bühne zu sein. Madeline, kurz Maddy genannt, mit ihrem Koboldgesicht und dem Haar, das schon eine Spur ins Rötliche ging, ließ ihren Vater nicht eine Sekunde aus den Augen und ahmte seine Bewegung perfekt nach. Franks Herz schwoll vor Liebe für die drei über.

Er legte eine Hand auf die Schulter seines Sohnes. »Gib uns eine zweitaktige Vorgabe, Terence. Etwas Flottes, Lebendiges.«

Terence' Finger liefen über die Tasten. Frank bedauerte es immer wieder, dass er sich keinen Unterricht für den Jungen leisten konnte. Alles, was sein Sohn am Instrument konnte, hatte er sich durch Nachmachen und Heraushören selbst beigebracht.

»Wie findest du das, Dad?«

»Du bist spitze.« Frank strich Terence über den Kopf. »Okay, Mädchen, zeigt, was ihr könnt.«

Er arbeitete mit ihnen geduldig noch eine Viertelstunde und brachte sie über ihre Fehler zum Kichern. Die kleine Tanzeinlage würde alles andere als perfekt sein, doch Frank besaß genügend Erfahrung, um den Charme der Darbietung zu erkennen. Er würde die Nummer langsam ausbauen. Die Saison war bald vorbei, doch wenn es ihnen gelang, sich eine gewisse unverwechselbare Note zu erarbeiten, wäre damit ein neuer Vertrag gesichert. Das Leben bestand für Frank aus Auftritten und Verträgen. Und für ihn gab es keinen Grund zu glauben, warum seine Familie nicht der gleichen Meinung sein sollte.

Doch kaum bemerkte er Carries nachlassendes Interesse, brach er ab, da er wusste, bei ihren Schwestern würde es auch gleich so weit sein.

»Wunderbar.« Er gab jeder von ihnen einen schallenden Kuss. »Wir werden sie heute von ihren Stühlen reißen.«

»Wird unser Name auf dem Plakat stehen?«, erkundigte sich Carrie, was Frank zu schallendem Gelächter veranlasste.

»Schielst schon nach der Reklame, meine kleine Taube, nicht wahr? Hast du das gehört, Molly?«

»Es überrascht mich nicht.« Sie legte ihre Näharbeit weg, um den Fingern eine Ruhepause zu gönnen.

»Ich will dir etwas verraten, Carrie. Du bekommst deine Reklame, wenn du das kannst.« Er begann eine langsame Steppeinlage und streckte seiner Frau eine Hand hin. Lächelnd erhob sich Molly. Die vielen Jahre gemeinsamen Tanzens wirkten sich in aufeinander abgestimmten Bewegungen vom ersten Schritt an aus.

Alana setzte sich neben Terence auf die Klavierbank. Er improvisierte eine witzige kleine Melodie.

»Carrie wird es üben, bis sie es kann«, bemerkte ihr Bruder halblaut.

Alana lächelte ihn an. »Dann stehen alle unsere Namen auf dem Plakat.« Sie lehnte sich an ihn. Ihre Eltern lachten, und ihre Füße schlugen im Rhythmus auf den hölzernen Bühnenboden. Alana schien es, als würden ihre Eltern immer lachen. Selbst wenn ihre Mutter diesen verärgerten Blick bekam, konnte Dad sie zum Lachen bringen.

Carrie beobachtete die Bewegungen der Eltern mit verbissener Miene, probierte es selbst, bekam es aber nicht ganz hin. Es würde sie wahnsinnig ärgern, das wusste Alana.

»Ich will es machen«, sagte Maddy vom Rand der Bühne. »Ich kann es.« Und mit einem eigensinnigen Gesichtsausdruck begann sie, mit den Füßen zu schlagen – Ferse, Spitze, Spitze, Ferse …

Verblüfft verharrte Frank mitten in der Bewegung, und Molly prallte gegen ihn. »Sieh dir das an, Molly.«

Molly strich sich die Haare aus der Stirn und beobachtete, wie sich ihre jüngste Tochter um die Grundfähigkeiten zum Stepptanz bemühte – und es schaffte. Sie empfand dabei Stolz und Bedauern, eine Mischung, wie sie nur eine Mutter verstehen kann. »Wir müssen wohl noch ein Paar Steppschuhe kaufen, Frank.«

Frank empfand Stolz und überhaupt kein Bedauern. »Versuche das jetzt.« Er zeigte die Bewegungen langsam. Sprung, Schleifschritt, Aufschlag. Kick, Schritt, Kick, Schritt und Schritt zur Seite. Er ergriff Maddys Hand und begann erneut, wobei er sich vorsichtig ihren kleineren Schritten anpasste. Sie machte seine Bewegungen genau nach.

»Jetzt das.« Seine Erregung wuchs, und er sah zu seinem Sohn hinüber. »Gib uns den Rhythmus. Achte auf den Takt, Maddy. Eins und zwei und drei und vier. Schlag. Das Körpergewicht nicht verlagern. Zehen nach vorn, dann zurück. Jetzt eine Wiederholung.« Wieder machte er es vor, und wieder ahmte sie seine Schritte nach.

»Jetzt alles zusammen, und wir hören mit einem Gleitschritt auf, die Arme so, pass auf.« Schnell stieß er die Arme zur Seite und zwinkerte Maddy dann zu, die vor Konzentration die Stirn runzelte.

»Zähl ein, Terence.« Frank nahm wieder Maddys Hand, und die Freude stieg in ihm auf, als seine Tochter sich im

Einklang mit ihm bewegte. »Wir haben hier eine Tänzerin, Molly.« Frank hob Maddy hoch und warf sie in die Luft. Sie schrie auf, aber nicht weil sie Angst hatte, er würde sie nicht auffangen.

Das Erlebnis, hochgeworfen zu werden, war ebenso prickelnd, wie es das Tanzen vorher gewesen war. Sie wollte mehr davon.

1. Kapitel

Fünf, sechs, sieben, acht! Vierundzwanzig Füße schlugen gleichzeitig auf den Holzboden. Zwölf Körper drehten und beugten sich und schnellten wie ein einziger nach vorn. Spiegel warfen ihre Abbilder zu ihnen zurück. Arme flogen, Beine streckten sich hoch, Köpfe neigten, drehten sich und sanken zurück.

Schweiß floss. Es war der Geruch von Theater.

Das Klavier hämmerte rhythmische Linien, und die Melodie hallte auf der alten Probebühne wider. Hier hatte es schon immer den Widerhall von Musik gegeben, schon immer hatten sich danach Füße bewegt und Pulsschläge gerast und Muskeln geschmerzt. Und so würde es weiterhin sein, Jahr auf Jahr, solange das Gebäude stand.

Hier hatten viele Stars geprobt und viele Legenden aus dem Showbusiness ihren letzten Schliff bekommen. Unzählige unbekannte und vergessene Corpstänzer hatten hier gearbeitet, bis ihre Muskeln vor Erschöpfung hart und zäh geworden waren. Das war der Broadway, wie ihn das zahlende Publikum kaum zu Gesicht bekam.

Der Assistent des Choreografen schlug ununterbrochen den Takt, die Brillengläser schon beschlagen von Hitze und Schweiß. Der Choreograf neben ihm, der Mann also, der den Tanz entworfen und gestaltet hatte, beobachtete die Tänzer mit seinen dunklen und wachsamen Augen.

»Halt!«

Das Klavier verstummte. Die Bewegungen erstarben. Die Tänzer sanken erschöpft und erleichtert in sich zusammen.

»Es schleppt hier.«

Schleppt? Die Tänzer verdrehten die Augen und bemühten sich, ihre schmerzenden Muskeln zu vergessen. Der Choreograf musterte sie und gab dann das Zeichen für eine kleine Pause. Zwölf Körper ließen sich gegen die Wand fallen. Waden wurden massiert, Füße gestreckt, entspannt und wieder gestreckt. Sie sprachen wenig. Atem war wichtig, man musste sparsam mit ihm umgehen. Der abgenutzte Boden war voller Klebebandstreifen, die als Markierungen in anderen Shows gedient hatten. Aber jetzt zählte nur eine Show: diese.

»Willst du einen Bissen?«

Madeline O'Hara hob den Kopf und betrachtete den Schokoladenriegel. Sie überlegte, zögerte und schüttelte den Kopf. Ein Bissen würde doch nicht reichen. »Nein danke. Zucker steigt mir beim Tanzen immer zu Kopf.«

»Ich brauche das jetzt.« Die Frau, mit einer Haut so dunkel wie Schokolade, biss herzhaft in den Riegel. »Und der, der braucht nichts weiter als eine Peitsche und eine Kette.«

Madeline – von allen nur Maddy genannt, warf dem Choreografen, der sich gerade zum Pianisten hinunterbeugte, einen Blick zu. »Er ist hart. Aber wir werden noch froh sein, ihn zu haben.«

»Ja, aber im Augenblick könnte ich ihn …«

»Mit einer Klaviersaite erwürgen?«, schlug Maddy vor und erntete ein kehliges Lachen.

Ihre Energie kam zurück, und die Hitze wich langsam aus ihrem Körper. Es roch nach Schweiß und den fruchtduftenden Sprays, mit denen viele Tänzer den Schweißgeruch bekämpften.

»Ich habe dich beim Vortanzen gesehen«, fuhr Maddy fort. »Du warst wirklich gut.«

»Danke.« Die Frau wickelte den Rest des Riegels ein und verstaute ihn in ihrem Tanzbeutel. »Wanda Starre – mit zwei R und einem E.«

»Maddy O'Hara.«

»Ja, ich weiß.« In Theaterkreisen war Maddys Name nicht mehr unbekannt. Die Zigeuner – also die ungebundenen Tänzer, die von Show zu Show, Engagement zu Engagement wanderten – kannten sie als eine der Ihren … die es geschafft hatte.

»Es ist mein erster Vertrag«, vertraute Wanda ihr mit einem besonderen Unterton an.

»Ehrlich?« Weiße Verträge waren für Solisten, pinkfarbene für Chorustänzer. Doch es ging dabei um viel, viel mehr als Farbunterschiede. Überrascht betrachtete Maddy die Frau genauer. Sie hatte ein markantes exotisches Gesicht und den langen schlanken Hals und die kräftigen Schultern einer Tänzerin. Sie war größer als Maddy, bestimmt dreizehn Zentimeter.

»Ja.« Wanda musterte die anderen Tänzer, die sich entspannten und sammelten. »Und ich habe eine Riesenangst.«

Maddy fuhr sich mit dem Handtuch übers Gesicht. »Ich auch.«

»Nun hör aber auf, Maddy. Du hast doch schon einmal in einer Starnummer geglänzt.«

»Aber in dieser habe ich noch nicht geglänzt. Und ich habe noch nicht mit Myron gearbeitet.« Sie sah zu dem mit seinen sechzig Jahren immer noch drahtigen Choreografen hinüber. »Es geht weiter«, fügte sie halblaut hinzu. Die Tänzer erhoben sich und lauschten den nächsten Instruktionen.

Weitere zwei Stunden tanzten sie konzentriert, kämpften und feilten jede Bewegung aus. Als die anderen entlassen wurden, bekam Maddy eine zehnminütige Pause zugestanden, bevor sie ihr Solo probieren musste. Eine Solotänzerin musste sich für die Aufführung wie ein Athlet für seinen Marathonlauf vorbereiten. Probe, Disziplin und wieder Probe. Jede Bewegung musste ihrem Körper, ihren Muskeln und Gliedern im Schlaf verfügbar sein. Und alles musste im Einklang von Rhythmus und Takt stehen.

»Versuche es jetzt mit ausgestreckten Armen, auf Schulterhöhe. Besser«, meinte Myron, nachdem Maddy all ihre Energie in die Schrittfolge gelegt hatte. Doch von Myron war das ein echtes Lob. »Und jetzt die Schultern lockern. Die Bewegungen müssen eher hart und schneidend sein. Zieh sie nicht weich durch, schneide sie ab. Du bist Stripperin, keine Ballerina.«

Sie lächelte, denn während seiner Kritik massierte er ihr gleichzeitig die müden Schultermuskeln. Myron hatte den Ruf, ein gnadenlos harter Lehrer zu sein, aber er hatte ein mitfühlendes Herz für einen Tänzer.

Der Assistent gab den Takt vor, und Maddy überließ ihrem Körper das Denken. Schneidend, hart, scharf. Das verlangte die Rolle, also musste sie so sein. Allein mit ihrer Stimme konnte sie diese Rolle nicht überzeugend gestalten, sie musste ihren ganzen Körper einsetzen. Die Beine hoben sich, schnellten in einer Serie von ruckartigen Kicks vor. Ihre Arme streckten sich zur Seite, umfassten ihren Körper wie zur Umarmung und flogen wieder hoch, während ihre Füße sich wie von selbst im Takt bewegten.

Ihr langes rotblondes Haar war zu einem Pferdeschwanz gebunden, und das Schweißband war schon durchnässt. Sie würde später ihr Haar in schulterlangen wilden Locken für diese Nummer tragen müssen, doch jetzt dachte sie einfach nicht daran. Ihr Gesicht glänzte feucht, doch sie ließ sich die Anstrengung nicht anmerken. Sie wusste, wie sie mit ihrem Gesicht Ausdruck, Gefühl vermitteln musste. Im Theater war es oft nötig, den Ausdruck zu übertreiben. Über ihre weich geschwungene Oberlippe perlten Schweißtropfen, doch sie lächelte, blickte verschmitzt, lachte und schnitt Grimassen, je nachdem, wie es die Stimmung des Tanzes verlangte.

Ohne Make-up war ihr Gesicht anziehend – oder niedlich, wie Maddy es selbst eher akzeptierte –, mit seinem leicht herzförmigen Schnitt, den koboldhaften Zügen und den gro-ßen goldbraunen Augen. Für die Rolle der Mary Howard alias der Fröhlichen Witwe würde sich Maddy ganz auf das Geschick des Maskenbildners verlassen müssen, um sich et-was Raffiniertes, sinnlich Glutvolles zu geben. Doch jetzt war sie ganz von ihren eigenen Ausdrucks- und Bewegungsmög-lichkeiten abhängig, um überzeugend den Charakter einer er-fahrenen Stripperin vermitteln zu können.

In einer gewissen Weise, dachte sie, habe ich mich mein gan-zes Leben auf diese Rolle vorbereitet, mein ganzes Leben in Zügen und Bussen, unterwegs von einer Stadt zur nächsten, von einem Club zum nächsten, um das Publikum für einen Apfel und ein Ei zu unterhalten.

Mit fünf war sie schon in der Lage gewesen, ein Publikum einzuschätzen. War es abweisend, war es entspannt, war es aufnahmebereit? Denn die Stimmung des Publikums konnte über Erfolg oder Misserfolg des ganzen Auftritts entscheiden. Und schon früh hatte Maddy gelernt, wie winzige Verände-rungen im Ablauf die bestmögliche Wirkung erzielen konn-ten. Seit sie laufen konnte, hatte sich ihr Leben auf der Bühne abgespielt. Und mit ihren sechsundzwanzig Jahren hatte sie nicht eine Sekunde davon bedauert.

Sie war eine geborene Zigeunerin. Sie und ihre zwei Schwes-tern waren zur Welt gekommen, als ihre Eltern unterwegs zu einer Vorstellung gewesen waren. Und so war es fast unver-meidlich gewesen, dass sie eine Broadway-Zigeunerin gewor-den war. Sie hatte vorgetanzt, war durchgefallen und hatte die Enttäuschung verarbeiten müssen. Sie hatte vorgetanzt, Erfolg gehabt und hatte die Angst vor der Premiere verarbeiten müs-sen. Doch aufgrund ihres Wesens und ihrer Geschichte hatte sie nie ein mangelndes Selbstvertrauen verarbeiten müssen.

Seit sechs Jahren kämpfte sie sich allein durch, ohne den Rückhalt ihrer Eltern, ihres Bruders und ihrer Schwestern. Sie hatte als Chorustänzerin getanzt und Unterricht genommen. Nebenher hatte sie als Kellnerin gejobbt, um den Unterricht, der bei Tänzern nie endete, und die Tanzschuhe, die immer viel zu schnell verschlissen waren, bezahlen zu können. Und sie hatte den Durchbruch zur Solotänzerin geschafft …

Ihre größte Rolle war der Hauptpart in »Suzanna's Park« gewesen, eine wahre »Rosine«, die sie aufgegeben hatte, als sie das Gefühl bekam, nichts mehr aus ihr herausholen zu können. Die Kündigung war ein Risiko gewesen, doch sie war Zigeunerin genug, um die Veränderung als Abenteuer anzunehmen.

Und nun studierte sie die Rolle der Mary, die härter, vielfältiger und fordernder als alles Bisherige war.

Die Musik endete, und Maddy stand mitten auf der Probebühne, die Hände auf den Hüften und schwer atmend. Ihr Körper schrie förmlich danach, zusammenbrechen zu dürfen, doch wenn Myron ein Zeichen gegeben hätte, hätte sie sich aufgerafft und weitergemacht.

»Nicht schlecht, Kleines.« Er warf ihr das Handtuch zu.

Mit einem schwachen Auflachen verbarg Maddy das Gesicht in dem Handtuch. Es war schon nicht mehr frisch, aber es saugte den Schweiß noch auf. »Nicht schlecht? Du weißt verdammt gut, dass es großartig war.«

»Es war gut.« Myrons Lippen zuckten. Maddy wusste, das war bei ihm so viel wie ein Lachen. »Ich kann eingebildete Tänzer nicht ausstehen.« Doch sein Blick drückte Freude und Dankbarkeit dafür aus, dass sie ein solches Energiebündel war. Sie war sein Werkzeug, sein Kunstwerk. Sein Erfolg hing ebenso von ihren Fähigkeiten ab wie ihrer von seinen.

Maddy schlang sich das Handtuch um den Nacken. »Kann ich dich etwas fragen, Myron?«

»Schieß los.« Er holte eine Zigarette hervor, eine Angewohnheit, die Maddy mit leichtem Mitleid betrachtete.

»Wie viele Musicals hast du schon gemacht? Insgesamt, meine ich, als Tänzer und Choreograf?«

»Zu zählen wäre vergebliche Mühe. Sagen wir einfach, viele.«

»Okay.« Sie ging bereitwillig darauf ein, obwohl sie ihre besten Steppschuhe darauf setzen würde, dass er die Anzahl der Stücke genau kannte. »Wie schätzt du unsere Chancen bei diesem ein?«

»Nervös?«

»Nein. Verunsichert.«

Er nahm zwei kurze Züge. »Das ist gut für dich, für den Erfolg.«

»Ich kann nicht schlafen, wenn ich verunsichert bin. Ich brauche meinen Schlaf.«

Seine Lippen zuckten wieder. »Du hast den Besten – mich. Du hast gute Musik und einen packenden Text. Was willst du?«

»Nur Klarheit.« Sie dankte dem Assistenten für das Glas Wasser und nahm einen kleinen Schluck.

Myron antwortete, weil er sie achtete. Und das lag nicht an ihrer Leistung in »Suzanna's Park«, er achtete sie und alle anderen wegen ihrer Leistungen jeden Tag. »Du weißt, wer uns finanziert?«

Sie nickte und nahm noch einen Schluck. »Valentine Records.«

»Schon einmal darüber nachgedacht, warum eine Schallplattenfirma ein Musical finanziert?«

»Exklusivrechte, um das Album herauszubringen.«

»Du hast es erfasst.« Er drückte die Zigarette aus und spürte sofort das Bedürfnis nach einer weiteren. Wenn keine Musik spielte – auf dem Klavier oder in seinem Kopf –, dachte er nur an Zigaretten. Zum Glück für seine Lungen war das nicht oft. »Roy Valentine ist unser Geldgeber. So ein hohes Tier ist nicht an uns interessiert, Schätzchen. Er ist nur daran interessiert, Profit zu machen.«

»Okay«, entschied Maddy. »Ich wünsche ihm den Profit.« Sie lächelte verschmitzt. »Einen großen.«

»Guter Gedanke. Und jetzt ab unter die Dusche.«

Die Wasserrohre klopften, und der Wasserstrahl kam nur mit Unterbrechungen, aber er war kalt und erfrischend. Maddy hatte heute früh Ballettunterricht gehabt und war von dort direkt zur Probe gekommen. Zuerst war sie mit dem Komponisten zwei Songs durchgegangen. Der Gesang machte ihr keine Mühe, sie hatte eine klare Stimme, einen guten Tonumfang und eine ausgezeichnete Intonation. Vor allem aber war sie laut. Zarte Stimmchen waren am Theater fehl am Platz.

Ihre Stimme hatte sich in den Jahren der O'Hara-Drillinge ausgebildet. Wenn man in Bars und Clubs mit schlechter Akustik und unzureichender Anlage singen muss, dann lernt man, seine Lungen großzügig einzusetzen.

Doch ihr Herz gehörte dem Tanz, weniger der schauspielerischen Darstellung. Die wahre Schauspielerin in der Familie war Carrie, Alana hatte die ausdrucksfähigste Stimme. Der Tanz hatte Maddy mit Leib und Seele gefangen von dem ersten Augenblick an, als ihr Vater ihr die ersten Steppschritte in dem schäbigen kleinen Club in Pennsylvania beigebracht hatte.

Sieh mich jetzt an, Dad, dachte sie, als sie sich schnell abtrocknete und anzog, jetzt bin ich am Broadway.

Der große Bühnenraum hallte wider von all den Geräuschen. Der Komponist und der Texter nahmen kleinere Veränderungen an ihren Songs vor. Morgen würden Maddy und die anderen sie lernen müssen. Das war nichts Neues. Myron würde noch viele feine Veränderungen an den schon einstudierten Tanznummern vornehmen. Auch das war nichts Neues.

Mit Schwung hängte sich Maddy ihren Tanzbeutel über die Schultern. Nur ein Gedanke beherrschte sie, als sie die Treppen zum Eingang hinunterstieg: Essen. Die Kraft und die Kalorien, die ein Tag voller Proben gekostet hatte, mussten ergänzt werden – aber kontrolliert. Sie hatte sich schon vor langer Zeit dazu erzogen, einen Becher Joghurt mit gleicher Begeisterung wie ein Bananensplit zu sehen. Heute Abend würde es Joghurt sein, garniert mit frischem Obst und ergänzt von einem Teller Gerstensuppe und einem Spinatsalat.

Bei der Tür lauschte sie noch einmal auf die Geräusche: ein Sänger, der die Tonleitern durchging, Klavierlinien, die nur noch dünn bis hier durchdrangen, rhythmisches Aufschlagen von Füßen auf dem Tanzboden. Diese Geräusche gehörten ebenso zu ihr wie ihr eigener Herzschlag.

Der Himmel segne Roy Valentine, entschied sie und trat endgültig in die einbrechende Dämmerung hinaus.

Sie hatte kaum zwei Schritte gemacht, als ein heftiges Reißen an ihrem Tanzbeutel sie herumwirbeln ließ.

Er war noch fast ein Kind – vielleicht sechzehn oder siebzehn Jahre alt –, aber der harte verzweifelte Blick war unmissverständlich.

Maddy machte den Eindruck eines leicht zu überwältigenden Opfers: ein Fliegengewicht, das leicht weggestoßen werden konnte, während er ihren Beutel an sich riss und floh. Ihre Kraft, mit der sie sich zur Wehr setzte, überraschte ihn, machte ihn aber nur noch entschlossener, sich zu nehmen, was sie an Bargeld und Kreditkarten in ihrem Beutel haben mochte. Niemand nahm Notiz von dem Kampf im Halbdunkel neben dem alten Gebäude. Beim Gedanken an die Jugend ihres Angreifers versuchte Maddy es mit Überzeugungskraft. Man hatte ihr zwar schon dargelegt, dass nicht unbedingt jeder sich ändern wollte, aber das hielt sie nicht von einem Versuch ab.

»Weißt du überhaupt, was da drin ist?«, fragte sie, während sie beide an ihrem Beutel rissen. Er war schon atemloser als sie. »Verschwitzte Trikots und ein Handtuch, das schon ganz muffig ist. Und meine Ballettschuhe.«

Der Gedanke an die Ballettschuhe ließ sie ihren Beutel nur noch entschlossener verteidigen. Der Junge beschimpfte sie, doch sie achtete nicht darauf. »Die Schuhe sind noch fast neu, aber für dich völlig unbrauchbar. Ich brauche sie dringender als du«, fuhr sie in ihrem vernünftigen Tonfall fort. Doch als sie mit der Ferse gegen das eiserne Geländer knallte, fluchte sie. Sie konnte es sich leisten, ein paar Dollar zu verlieren, aber sie konnte sich keine Verletzung leisten. Da er sich offensichtlich nicht ändern lassen wollte, ging er vielleicht auf einen Vergleich ein.

»Hör zu, wenn du mich in Ruhe lässt, gebe ich dir die Hälfte von meinem Bargeld. Ich habe keine Zeit, mir neue Schuhe zu besorgen, und ich brauche sie morgen. Das gesamte Bargeld«, entschied sie dann, als sie hörte, wie die Nähte ihres Beutels zu reißen begannen. »Ich habe ungefähr dreißig Dollar.«

Er versetzte Maddy nur einen kräftigen Schlag, der sie vorwärtsstolpern ließ. Ein Ruf ertönte, und sofort ließ er los. Wie ein Stein fiel der Beutel herunter, sein Inhalt verstreute sich auf dem Boden. Und wie der Blitz rannte der Junge die Straße hinunter und verschwand um die nächste Ecke. Leise fluchend bückte sich Maddy, um ihre Sachen wieder einzusammeln.

»Alles in Ordnung?«

Maddy griff nach ihren ramponierten Wadenwärmern und sah ein Paar auf Hochglanz polierte italienische Schuhe. Als Tänzerin achtete sie besonders darauf, was Leute an den Füßen trugen. Schuhe verrieten häufig die Persönlichkeit und das Selbstbewusstsein von Menschen. Polierte italienische Schuhe bedeuteten Reichtum und Wertschätzung dessen, was Reichtum ermöglichte. Über dem teuren Leder kamen erstklassig geschnittene hellgraue Hosen. Während Maddy das herausgefallene Kleingeld aufsammelte, blickte sie höher zu schmalen Hüften und einem dünnen Gürtel mit einer kleinen, geschmackvoll gearbeiteten goldenen Schnalle. Stilvoll, aber nicht übertrieben modebetont, entschied sie.

Das Jackett war offen und zeigte eine schlanke Taille, darüber ein weiches hellblaues Hemd und eine dunklere Krawatte. Alles Seide. Maddy liebte Seide auf der Haut. Luxusartikel waren nur dann Luxus, wenn sie genossen werden konnten.

Sie betrachtete die Hand, die sich ihr hilfreich entgegenstreckte. Sie war gebräunt und hatte lange Finger. Am Handgelenk war eine goldene Uhr, die sowohl teuer als auch praktisch aussah. Sie ergriff die Hand und spürte Wärme, Kraft und, wie sie glaubte, Ungeduld.

»Danke.« Sie sagte das, bevor sie ihm ins Gesicht sah. Der Mann war groß und schlank, nicht in der Art eines Tänzers, aber in der Art eines Mannes, der diszipliniert mit seinem Körper umging, ohne in die Extreme des Verzichts zu verfallen. Mit dem gleichen Interesse, wie sie ihn von den Zehen bis zu den Schultern gemustert hatte, betrachtete sie nun sein Gesicht.

Es war glatt rasiert. Seine Wangenknochen standen leicht vor, was seinem festen ernsten Blick eine künstlerische Note gab. Eine strenge Linie um seinen Mund schien Missbilligung oder Ärger zu signalisieren, während sein Kinn eine leichte, nur eine ganz leichte Einkerbung zeigte. Seine Nase war gerade, irgendwie aristokratisch. Die Augen waren ein dunkles hartes Grau, und sie drückten so deutlich, wie Worte es vermocht hätten, aus, dass er seine Zeit nicht mit in Schwierigkeiten geratenen Mädchen verschwenden wollte.

Die Tatsache, dass er nicht wollte und es doch getan hatte, erwärmte Maddy für ihn.

Er fuhr sich durch sein braunes Haar, erwiderte ihren Blick

und fragte sich, ob sie einen Schock erlitten habe. Dann lächelte sie, und erst jetzt bemerkte er, dass sie weder errötet noch erblasst war und aus ihren Augen auch keine Furcht sprach. Sie entsprach so gar nicht seiner Vorstellung von einer Frau, die gerade beinahe beraubt worden war.

»Ich bin froh, dass Sie gerade vorbeikamen. Dem Jungen war einfach nicht mit Vernunft beizukommen.« Sie beugte sich wieder vor, um ihre Sachen einzusammeln.

Er sagte sich, dass er gehen und es ihr überlassen sollte, ihre verstreuten Habseligkeiten allein aufzuheben, doch stattdessen warf er einen Blick auf seine Uhr und bückte sich dann, um ihr zu helfen. »Versuchen Sie immer, vernünftig zu Räubern zu reden?«

»Räuber im ersten Lehrjahr, würde ich sagen.« Sie fand ihren Schlüsselbund in einem Loch im Gehweg. »Und ich habe versucht, mit ihm zu verhandeln.«

Er hob Maddys älteste Strumpfhose hoch, die von den vielen Proben schon ganz dünn an den Knien war. »Meinen Sie wirklich, das war eine Verhandlung wert?«

»Aber sicher.« Sie nahm sie ihm aus der Hand, rollte sie zusammen und stopfte sie in ihren Beutel.

»Er hätte Sie verletzen können.«

»Er hätte meine Schuhe bekommen können.« Maddy strich über deren weiches Leder. »Ich habe sie erst vor drei Wochen gekauft, und er hätte nichts damit anfangen können. Würden Sie mir bitte das Stirnband geben?«

Er hob es vorsichtig hoch und verzog das Gesicht. Mit spitzen Fingern reichte er es ihr. »Haben Sie damit geduscht?«

Lachend ergriff sie es und verstaute es mit dem Rest ihrer Trainingssachen. »Nein, es ist nur Schweiß. Entschuldigung.« Doch ihr Blick verriet keine Bitte um Vergebung, nur Humor. »Doch so, wie Sie angezogen sind, sehen Sie nicht aus, als ob Sie die Substanz erkennen würden.«

»Ich trage sie normalerweise nicht in einem Beutel mit mir herum.« Er fragte sich, warum er nicht einfach weiterging. Er hatte schon fünf Minuten Verspätung, doch irgendetwas in der Art, wie sie ihn weiterhin offen und humorvoll betrachtete, hielt ihn zurück. »Sie verhalten sich gar nicht wie eine Frau, die beinahe eine Strumpfhose, ein altes Trikot, ein schäbiges Handtuch, zwei Paar Schuhe und fünf Pfund Schlüssel verloren hat.«

»So schäbig ist das Handtuch nun auch nicht.« Zufrieden, alles wiedergefunden zu haben, zog Maddy ihren Beutel zu. »Außerdem habe ich es nicht verloren.«

»Die meisten Frauen, die ich kenne, würden nicht mit einem Räuber verhandeln.«

Interessiert musterte sie ihn wieder. Er wirkte wie ein Mann, der Dutzende von Frauen kannte, alle elegant und intelligent. »Was würden die tun?«

»Schreien, denke ich.«

»Wenn ich das getan hätte, hätte er meinen Beutel, und ich wäre außer Atem.« Sie tat die Idee mit einem Schulterzucken ab. »Trotzdem, danke.« Sie reichte ihm ihre schlanke schmucklose Hand. »Ritter in goldener Rüstung sind schon etwas Wunderbares.«

Sie war zierlich und vollkommen allein, und es wurde von Minute zu Minute dunkler. »Sie sollten in dieser Gegend nicht im Dunkeln herumlaufen.«

Sie lachte wieder, ein helles, volles, amüsiertes Lachen. »Das ist meine Gegend. Ich wohne nur vier Blocks weiter. Und wie gesagt, der Junge war ein blutiger Anfänger. Kein Straßenräuber mit etwas Selbstachtung würde Tänzer auch nur eines Blickes würdigen. Sie wissen, dass Tänzer normalerweise pleite sind. Aber Sie …« Sie trat zurück und musterte ihn erneut. Er war es schon wert, eines zweiten Blickes gewürdigt zu werden. »Bei Ihnen ist das anders. So wie Sie gekleidet sind, sollten Sie Ihre Uhr und Brieftasche besser in den Shorts verstecken.«

»Ich werde es mir merken.«

Eine gute Tat sollte mit einer weiteren erwidert werden. »Kann ich Ihnen vielleicht weiterhelfen? Sie machen nicht den Eindruck, als ob Sie sich in dieser Gegend auskennen.«

»Nein, danke. Ich muss nur hier herein.«

»Hier?« Maddy warf einen Blick zurück auf das renovierungsbedürftige Gebäude, in dem die Probebühne untergebracht war, und betrachtete wieder ihr Gegenüber. »Sie sind kein Tänzer.« Sie sagte es überzeugt. Nicht, dass er sich nicht gut bewegte, er war einfach kein Tänzer. »Und auch kein Schauspieler«, entschied sie nach kurzer innerer Debatte. »Und ich wette, Sie sind auch kein Musiker, obwohl Sie schöne Hände haben.«

Immer, wenn er endlich seinen Weg fortsetzen wollte, zog sie ihn wieder zurück. »Warum nicht?«

»Zu konservativ«, erwiderte sie spontan, aber ohne Wertschätzung. »Einfach zu ordentlich. Sie sind eher wie ein Bankier oder ein Rechtsanwalt gekleidet oder …« Und plötzlich ging ihr ein Licht auf. »Oder ein Finanzier. Ein Finanzier«, wiederholte sie und strahlte ihn an. »Von Valentine Records?«

Wieder bot Maddy ihm ihre Hand, und er ergriff sie. »Das stimmt. Roy Valentine.«

»Ich bin die Fröhliche Witwe.«

Er runzelte die Stirn. »Wie bitte?«

»Die Stripperin.« Sie beobachtete, wie sich seine Augen verengten. Sie hätte es dabei bewenden lassen können, aber immerhin hatte er ihr geholfen. »Von ›Take It Off‹, die Show, die Sie finanzieren.« Und erfreut legte Maddy ihre freie Hand auf seine. »Madeline O'Hara.«

Das war Madeline O'Hara? Diese kleine Range mit dem frechen Pferdeschwanz sollte das mitreißende Erlebnis aus

»Suzanna's Park« sein? Sie hatte eine lange blonde Perücke getragen, einen Alice-im-Wunderland-Blick gehabt und Kostüme vom Ende des 19. Jahrhunderts, aber ... Ihre kraftvolle Stimme hatte den letzten Winkel des Theaters ausgefüllt, und sie hatte mit einer rasenden geballten Energie getanzt, die ihn, der schwer zu beeindrucken war, fast ehrfürchtig ergriffen hatte.

Einer der Gründe, warum er diese Show finanzieren wollte, war Madeline O'Hara gewesen. Nun stand er ihr von Angesicht zu Angesicht gegenüber und spürte Zweifel.

»Madeline O'Hara?«

»So steht es im Vertrag.«

»Ich habe Sie auf der Bühne gesehen, Miss O'Hara. Ich hätte Sie nicht erkannt.«

»Beleuchtung, Kostüme, Maske.« Sie tat es mit einer Handbewegung ab. Außerhalb des Rampenlichts zog Maddy Anonymität und ihr individuelles Aussehen vor. Sie war als eine von dreien zur Welt gekommen – Carrie hatte die überwältigende Schönheit, Alana die warme Herzlichkeit mitbekommen und sie eben das verschmitzt Niedliche. Es gab sicher berechtigte Gründe dafür, aber über Roys zweifelnden Blick musste sie einfach amüsiert lächeln. »Und jetzt sind Sie enttäuscht.«

»Das habe ich nicht gesagt.«

»Natürlich nicht. Dazu sind Sie zu höflich. Aber keine Sorge, Mr. ›Valentine Records‹, ich werde Sie nicht enttäuschen. Jeder O'Hara ist eine kluge Investition.« Sie lachte über ihren eigenen familiären Spaß.

Die Straßenbeleuchtung hinter ihnen ging an, ein deutliches Zeichen, dass endgültig die Nacht einbrach. »Ich vermute, Sie haben drinnen eine Verabredung.«

»Vor zehn Minuten.«

»Zeit ist nur wichtig, wenn man abhängig ist. Sie haben das Scheckbuch, Captain, also bestimmen Sie.« Freundschaftlich schlug sie ihm auf den Arm. »Wenn Sie wieder einmal hier in der Nähe sind, kommen Sie doch einfach zur Probe.« Sie machte einige Schritte rückwärts und lächelte ihn schelmisch an. »Dann können Sie mich in voller Aktion bewundern. Ich bin gut, Mr. ›Valentine Records‹, wirklich gut.« Mit einer Pirouette drehte sie sich um und eilte in leichtem Laufschritt die Straße entlang.

Trotz seines Hangs zur Pünktlichkeit sah Roy ihr nach, bis sie um die Ecke verschwand. Kopfschüttelnd ging er auf den Eingang zu, als er eine runde Haarbürste bemerkte. Die Versuchung, sie einfach liegen zu lassen, war groß. Doch die Neugier war größer. Als Roy sie aufhob, bemerkte er einen ganz leichten Shampoo-Geruch – etwas zitronig Frisches. Er widerstand dem Drang, an ihr zu riechen, und steckte sie in die Jackentasche. Ob eine Frau wie sie überhaupt eine Haarbürste vermisste? Doch sofort schob er den Gedanken zur Seite. Er würde sie ihr auf alle Fälle zurückgeben.

Eine weitere gute Tat würde nicht schaden. Er war also verpflichtet, Madeline O'Hara wiederzusehen.

2. Kapitel

Fast eine Woche verging, bevor Roy Zeit fand, erneut bei der Probebühne vorbeizuschauen. Er konnte den Besuch sogar rein geschäftlich begründen. Eigentlich hatte er sich nicht um die Show selbst kümmern wollen. Gespräche mit dem Produzenten und Konferenzen mit den Finanzberatern hätten gereicht, um ihn auf dem Laufenden zu halten. Roy verstand sich auf Bilanzen, Zahlenreihen und Geschäftsunterlagen besser als auf die Geräusche und Gerüche in dem heruntergekommenen Gebäude. Aber schließlich schadete es nie, die Zügel bei einer Investition fest in der Hand zu behalten – selbst wenn diese Investition eine kapriziöse Frau mit einem strahlenden Lächeln einschloss.

Er fühlte sich fehl am Platz auf der Probebühne mit seinem dreiteiligen Anzug, ebenso wie er sich auf einer entlegenen Südseeinsel gefühlt hätte, wo die Eingeborenen Knochen als Ohrschmuck trugen.

Als er die Treppen hochstieg, redete er sich ein, dass eine ganz natürliche Neugier ihn zurückgeführt habe und die einfache Tatsache, seine finanziellen Interessen zu wahren. Valentine Records hatte eine hübsche Stange Geld in »Take It Off« gesteckt, und er war Valentine Records gegenüber verantwortlich. Dennoch griff er in die Tasche und spielte mit der gefundenen Haarbürste.

In einem Raum voller Spiegel entdeckte er die Tänzer. Es waren nicht die glitzernden, mit Pailletten geschmückten Tänzer, für die man am Broadway zahlte, sondern hier war es eine durcheinandergewürfelte schwitzende Gruppe von Männern und Frauen in abgetragenen Trikots. Roy fühlte sich ungemütlich, als er sie beobachtete, wie sie einem drahtigen Mann, den er als den Choreografen erkannte, zuhörten.

»Ein bisschen mehr Dampf, Leute«, bestimmte Myron. »Das ist ein Striplokal und kein Tanztee. Wir verkaufen Sex, allerdings gefällig. Wanda, ich will den Hüftschwung langsamer, aufreizender, aber ausladender. Maddy, bei diesem Tanz mehr Druck. Die Bewegungen aus der Taille heraus.«

Er machte es vor. Maddy sah es sich an und grinste dann anzüglich. »Ich habe den Entwurf für mein Kostüm gesehen, Myron. Wenn ich mich so vorbeuge, liefere ich den Jungs in der ersten Reihe eine Anatomiestunde.«

Myron warf ihr einen abschätzenden Blick zu. »Eine kleine, in deinem Fall.«

Die anderen Tänzer prusteten und lachten auf. Maddy nahm die Anspielung mit einem gut gelaunten Lachen an. Und dann nahmen alle wieder ihre Position ein.

Mit wachsendem Erstaunen beobachtete Roy sie, die ihm vorher wie eine unprofessionelle, bunt gewürfelte Mischung erschienen waren. Beine flogen, Hüften rollten. Sich wild bewegende Körper fanden zueinander. Es gab Hebungen, Sprünge, Wirbel und das Geräusch elastisch auf dem Boden aufschlagender Füße. Von seinem günstigen Beobachtungsplatz aus konnte Roy die Anstrengung, den Schweiß und das tiefe, kontrollierte Atmen erkennen. Dann trat Maddy vor, und er vergaß den Rest.

Das Trikot schien mit jeder Kurve und Linie ihres Körpers verwachsen zu sein. Ihre Beine, auch wenn sie in alten Strumpfhosen steckten, schienen bis zur Taille hochzureichen. Zunächst die Hände auf den Hüften, bewegte sie sich langsam vorwärts, dann rechts, dann links, der kreisenden Bewegung ihrer Hüften folgend.

Ein Arm wand sich um ihren Körper und flog dann hervor.

Es gehörte nicht viel Fantasie dazu, um zu verstehen, dass sie gerade irgendein Kleidungsstück weggeworfen hatte. Ein Bein schnellte gestreckt hoch. Und langsam, erotisch, ließ sie die Spitzen ihrer Finger den Schenkel hinuntergleiten, während sie das Bein wieder senkte.

Der Rhythmus und das Tempo steigerten sich. Sie bewegte sich wie eine Wildkatze, drehte und wand sich, sinnlich und geschmeidig. Und dann, als die Tänzer hinter ihr sich in einen wahren Bewegungsrausch steigerten, drehte sie sich aus der Taille heraus und schaffte eine faszinierende Wirkung allein vom Spiel ihrer Schultern her. Ein Mann löste sich aus der Gruppe und ergriff ihren Arm. Nur mit der Drehung ihres Körpers und der Haltung ihres Kopfes drückte sie ein aufreizendes Katz-und-Maus-Spiel und spöttische Bereitwilligkeit aus. Als die Musik endete, hielt der Mann sie gefangen, ihren Körper zurückgebogen. Und fest lag seine Hand auf ihrem Po.

»Besser«, entschied Myron. Die Tänzer sanken in sich zusammen, als könnten sie sich nicht mehr auf den Beinen halten. Maddy und ihr Partner drohten übereinander zusammenzubrechen.

»Pass auf deine Hand auf, Jack.«

Er lehnte sich etwas über ihre Schulter. »Ja, ich habe sie genau im Auge.«

Ihr gelang ein atemloses Lachen, bevor sie ihn von sich schob. Erst jetzt bemerkte sie Roy an der Tür. Er verkörperte ganz den ordentlichen, erfolgreichen Geschäftsmann. Maddy warf ihm ein freundliches Lächeln zu.

»Lunchpause«, verkündete Myron und steckte sich eine Zigarette an. »Maddy, Wanda und Terry sind in einer Stunde wieder zurück. Jemand soll Carter verständigen, dass er auch kommen soll. Gesangsprobe ist um halb zwei in Raum B.«

Der Raum leerte sich schon. Maddy nahm ihr Handtuch und vergrub ihr Gesicht darin, bevor sie zu Roy hinüberging.

Einige der Tänzerinnen gingen an ihm mit nicht gerade unauffällig auffordernden Blicken vorbei.

»Hallo.« Maddy schlang ihr Handtuch um den Hals und schob Roy sachte aus dem Weg der hungrigen Tänzer. »Haben Sie das ganze Ding gesehen?«

»Das ganze Ding?«

»Den Tanz.«

»Ja.« Die Art, wie sie sich bewegt und Erotik ausgeströmt hatte, würde er so schnell nicht vergessen können.

»Und?«

»Beeindruckend.« Nun sah sie ganz einfach wieder wie eine Frau aus, die hart gearbeitet hatte, zwar attraktiv, aber kaum von naturgewaltiger Verführungskraft. »Sie haben … nun, eine Menge Energie, Miss O'Hara.«

»Oh, davon bin ich vollgepackt. Sind Sie wieder hier wegen einer Besprechung?«

»Nein.« Er fühlte sich etwas lächerlich, als er ihre Haarbürste herauszog. »Die gehört wohl Ihnen.«

»Ja.« Erfreut nahm Maddy sie von ihm. »Ich hatte sie schon als verloren abgeschrieben. Das war nett von Ihnen.« Sie tupfte sich wieder mit dem Handtuch das Gesicht ab. »Augenblick.« Sie ging hinüber zu ihrem Beutel und verstaute die Bürste und das Handtuch.

Beim Hinunterbeugen spannte sich ihr Trikot über ihrem Po, ein Anblick, der Roy alles andere als unangenehm war. Den Beutel über der Schulter, kam sie zurück.

»Wie wäre es mit Lunch?«, fragte sie ihn.

Es war so beiläufig gefragt und so lächerlich verlockend, dass er fast zugesagt hätte. »Ich habe schon eine Verabredung.«

»Dinner?«

Seine Braue hob sich. Sie sah ihn an, ein kleines Lächeln auf den Lippen und Lachen in den Augen. Die Frauen, die er kannte, hätten die Annäherungsversuche und weiteren

Schritte kühl beherrscht ihm überlassen. »Soll das eine Einladung sein?«

Die Frage klang höflich, doch wachsam, und sie musste wieder lachen. »Schnelle Auffassungsgabe, Mr. Valentine Records. Essen Sie denn Fleisch? Ich kenne genügend Leute, die es nicht anrühren würden.«

»Nun, ja.« Er fragte sich, warum er sich so fühlte, als ob er sich entschuldigen müsste.

»Gut. Ich mache Ihnen ein Steak. Haben Sie einen Stift?«

Unsicher, ob er amüsiert oder einfach verwirrt sein sollte, zog Roy einen aus der Brusttasche.

»Ich wusste, dass Sie einen haben.« Maddy rasselte ihre Adresse herunter. »Also, um sieben.« Sie rief jemandem hinten im Korridor zu, auf sie zu warten, und war selbst weg, bevor er ablehnen oder zusagen konnte.

Roy verließ das Gebäude, ohne ihre Adresse aufgeschrieben zu haben. Aber er vergaß sie nicht.

Maddy machte alles aus dem Impuls heraus. Damit rechtfertigte sie auch vor sich selbst, Roy zum Essen eingeladen zu haben, obwohl sie ihn kaum kannte und nichts Interessanteres zu Hause hatte als einen Bananenjoghurt. Er ist interessant, sagte sie sich, und das zählte. Und so machte sie, nach einem zehnstündigen Tag auf den Füßen, auf dem Weg nach Hause halt für einen schnellen Einkauf.

Sie kochte nicht oft. Nicht, dass sie es nicht konnte, es war nur einfacher, aus einem Karton oder einer Büchse zu essen. Und wenn es nicht ums Theater ging, wählte Maddy stets den einfacheren Weg.

Als sie ihr Apartmenthaus betrat, hörte sie schon, wie die Gianellis im ersten Stock sich stritten. Italienische Schimpfwörter hallten durchs Treppenhaus. Maddy erinnerte sich an ihre Post, joggte zurück, suchte an ihrem Schlüsselbund den winzigen Briefkastenschlüssel und schloss die zerbeulte Tür auf. Mit einer Postkarte von ihren Eltern, der Reklame von einer Lebensversicherungsgesellschaft und zwei Rechnungen joggte sie wieder hinauf.

Im zweiten Stock hockte die Neue von 242 auf dem Treppenabsatz und las ein Buch.

»Was macht die englische Literatur?«, erkundigte sich Maddy.

»Ich glaube, ich schaffe die Prüfung im August.«

Sie macht einen einsamen Eindruck, dachte Maddy. »Ich habe leider keine Zeit. Ich erwarte jemanden zum Essen.«

Im dritten Stock ertönte dröhnende Rockmusik und das Aufstampfen von Füßen. Die Disco-Königin übt wieder, entschied Maddy und lief das letzte Stockwerk hoch. Nach einem hastigen Herumsuchen nach ihren Schlüsseln betrat sie ihre Wohnung. Sie hatte noch eine Stunde.

Auf dem Weg in die Küche schaltete sie die Stereoanlage an. Dann schrubbte sie zwei Kartoffeln ab, steckte sie in den Ofen, erinnerte sich sogar daran, ihn anzuschalten, und schließlich kam der frische Salat noch in die Spüle, und der Wasserhahn wurde aufgedreht.

Vielleicht sollte sie etwas sauber machen? Es war nicht mehr abgestaubt worden seit … nun, egal. Man konnte ihre Wohnung ein unordentliches Durcheinander nennen, doch beim besten Willen nicht langweilig.

Die allermeisten Einrichtungsgegenstände waren Broadway-Stücke, die günstig verschleudert worden waren. Für Maddy waren es Erinnerungswerte, sodass sie sich, selbst nachdem das Geld anfing, regelmäßig einzugehen, nicht von ihnen getrennt hatte. Das Sofa mit seinem geschwungenen Rücken und seiner gefährlich harten Polsterung stammte aus einer durchgefallenen Show, an die Maddy sich nicht einmal mehr erinnern konnte. Doch es hieß, dass es einmal zur

Salonausstattung von »My Fair Lady« gehört hätte. Maddy hatte sich entschlossen, es zu glauben.

Kein einziges Stück passte zum anderen. Es war ein Mischmasch von Stilrichtungen und Farben, ein Durcheinander von Trödel und Pracht, in dem sie sich wohlfühlte.

Die Wände hingen voll mit Postern von Aufführungen. Und es gab eine Pflanze, einen Philodendron, der in seinem farbenprächtigen Topf am Fenster zwischen Leben und Tod dahinwelkte. Es war die letzte einer ganzen Reihe armer Pflanzen.

Am meisten schätzte Maddy die knallig pinkfarbene Neonschrift, deren Lettern ihren Namen aufleuchten ließen. Terence hatte sie ihr geschenkt, als sie ihren ersten Vertrag als Chorustänzerin am Broadway bekommen hatte. Ihr Name in Neonlicht. Maddy knipste ihn an, wie sie es immer machte.

Da es in einigen Tagen sowieso wieder unordentlich sein würde, ließ sie es gleich sein und machte nur zwei Stühle frei und stapelte die Zeitschriften und die ungeöffnete Post zusammen. Viel wichtiger war es, ihre Tanzsachen auszuwaschen.

Sie stopfte alles in die Badewanne mit warmem Wasser und Seifenpulver, krempelte die Ärmel ihres knielangen Sweatshirts hoch und begann mit der langweiligen Aufgabe von Auswaschen, Spülen und Wringen. Schließlich hängte sie alles über die Wäscheleine, die sie selbst über der Wanne angebracht hatte.

Das Bad war kaum größer als ein Schrank. Als sie sich umdrehte, fing sie ihr eigenes Spiegelbild im Spiegel über dem Waschbecken auf. Spiegel waren ein vertrauter Bestandteil ihres Lebens. Manchmal musste sie sich acht Stunden täglich in ihnen beobachten.

Nun betrachtete sie ihr Gesicht. Es war diese Mischung aus zierlichem Kinn, großen Augen und klarem Teint, die ihr diese schrecklichen Auszeichnungen wie »niedlich« und

»gesund« einbrachte. Nichts Weltbewegendes, dachte sie, aber sie konnte mit sich zufrieden sein.

Aus einer Laune heraus öffnete sie die Spiegeltür und griff sich wahllos einige Schminksachen. Schminke war fast ein Tick von ihr. Sie kaufte sie, legte sich Vorräte an, sammelte sie direkt. Selbst die Tatsache, dass sie sie außerhalb des Theaters kaum benutzte, ließ sie diese Leidenschaft nicht als merkwürdig empfinden. Falls sie Lust hatte, mit ihrem Gesicht zu spielen, so hatte sie wenigstens die notwendigen Utensilien dazu.

Zehn Minuten lang probierte sie aus, legte Schminke auf, wischte sie wieder weg, legte wieder auf, bis das Ergebnis ein leicht exotisches Farbenspiel auf ihren Lidern und ein warmer Hauch auf ihren Wangenknochen war. Sie stellte die Töpfchen, Tuben und Stifte wieder in den Toilettenschrank und schloss ihn schnell, bevor wieder etwas herausfallen konnte.

Madeline O'Hara musste ihm die falsche Adresse gegeben haben. Seiner Erinnerung konnte Roy vertrauen. Es war ihm schon früh beigebracht worden, wie wichtig es war, sich Namen, Gesichter und Daten zu merken.

Er hatte auf keinen Fall die Adresse vergessen oder verwechselt, doch allmählich glaubte er, dass Maddy etwas durcheinandergebracht hatte.

Je mehr er sich der angegebenen Adresse mit seinem Auto näherte, desto heruntergekommener wurde die Gegend. Wie konnte sie hier leben? Oder besser, warum lebte sie hier? Eine Frau, die jetzt zum dritten Mal eine Rolle am Broadway bekommen hatte, musste sich doch erlauben können, in einem Viertel zu leben, in dem man auch nach Einbruch der Dunkelheit auf die Straße gehen konnte.

Auf einem zerbeulten Briefkasten entdeckte er ihren Namen. Apartment 405. Und es gab keinen Fahrstuhl. Roy machte sich auf den Weg nach oben, begleitet von Kindergeschrei, ohrenbetäubender Jazzmusik und italienischen Flüchen. Als er den dritten Stock erreicht hatte, fluchte er selbst.

Als es klopfte, wusch Maddy gerade den Salat. Es war klar, dass er pünktlich sein würde – so wie sie selbst im entsprechenden Fall unpünktlich.

»Augenblick«, rief sie und sah sich vergeblich nach einem Handtuch für ihre nassen Hände um. Auf dem Weg zur Tür schüttelte sie einfach die Tropfen ab.

»Hallo. Hoffentlich sind Sie nicht hungrig. Ich bin noch nicht fertig.«

»Nein. Ich …« Er warf einen Blick zurück. »Das Treppenhaus«, begann er und brach wieder ab.

Maddy streckte den Kopf zur Tür heraus und schnüffelte. »Riecht wie Viehfutter. Guido scheint wieder zu kochen. Kommen Sie herein.«

Nach allem hätte er eigentlich auf ihre Wohnung vorbereitet sein müssen, aber er war es nicht. Roy ließ den Blick von den leuchtend roten Vorhängen über den knallblauen Läufer und den Stuhl wandern, der aussah, als stamme er aus einem mittelalterlichen Schloss. Und er war tatsächlich ein Dekorationsstück aus »Camelot«. Ihr Name in Neonpink glänzte an der weißen Wand.

»Was für eine Wohnung«, murmelte er.

Von oben ertönten drei Schläge. »Der Ballettschüler im Fünften«, kommentierte Maddy leichthin. »Tours jeté, ein Drehsprung. Wollen Sie Wein?«

Unbehaglich starrte Roy zur Decke. »Ja, ich denke doch.«

»Gut. Ich auch.« Sie ging zu der vom Wohnzimmer abgetrennten Kochnische zurück. »In einer der Schubladen ist ein Korkenzieher. Öffnen Sie doch die Flasche, während ich hier fertig mache.«

In der ersten Schublade fand Roy einen Tennisball, einige einzelne Schlüssel und ein paar Fotos, aber keinen Korkenzieher. Als er sich durch die nächste arbeitete, fragte er sich, was er hier überhaupt tat. Im fünften Stock fuhr der Ballettschüler mit seinen Sprüngen fort.

»Wie mögen Sie Ihr Steak?«

Roy befreite den Korkenzieher aus einem Wirrwarr schwarzen Drahtes. »Halb durch.«

»Okay.« Als Maddy sich bückte, um eine Pfanne aus dem Schrank zu holen, streifte ihre Wange beinahe sein Knie.

Er zog den Korken aus der Flasche. »Warum haben Sie mich zum Essen eingeladen?«

Immer noch unten im Schrank kramend, blickte Maddy hoch. »Kein besonderer Grund. Ich habe meistens keinen. Aber wenn Sie gern einen hätten, sagen wir einfach, wegen der Haarbürste?« Endlich erhob sie sich mit der gesuchten zerbeulten Pfanne. »Außerdem sehe ich Sie gern an.« Sie strich sich ihr Haar zurück, das ihr in die Augen gefallen war. »Aber warum sind Sie gekommen?«

»Ich weiß es selbst nicht.«

»Das macht natürlich alles interessanter. Sie haben vorher noch keine Show finanziert, oder?«

»Nein.«

»Und ich habe noch nie für einen Finanzier gekocht. Wir sind also quitt.« Sie stellte den Salat zur Seite und begann mit der Zubereitung des Steaks.

»Gläser?«

»Gläser?«, wiederholte sie. Dann fiel ihr Blick auf den Wein. »Oh, in einem der Schränke.«

Resigniert machte sich Roy wieder auf die Suche. Er fand Tassen mit abgebrochenen Henkeln, ein nicht zueinanderpassendes Service aus wunderbarem Porzellan und einige Plastikschüsseln. Schließlich fand er sogar einen Vorrat von acht Weingläsern, von denen nicht einmal zwei gleich waren. »Sie halten nichts von Gleichförmigkeit?«

»Nicht unbedingt.« Sie nahm das Weinglas von ihm. »Übrigens, eigentlich war das hier nicht als Stehparty gedacht.« Sie stieß ihr Glas gegen seines und trank.

Roy musterte sie über den Rand des Glases. Sie trug immer noch dieses riesige Sweatshirt, und sie war barfuß. Sie strahlte etwas Leichtes, Unbeschwertes und Ehrliches aus. »Sie entsprechen überhaupt nicht dem, was ich erwartet habe.«

»Wie nett. Und was haben Sie erwartet?«

»Wahrscheinlich schärfere Kanten. Etwas erschöpft, etwas hungrig.«

»Tänzer sind immer hungrig«, entgegnete sie mit einem kleinen Lächeln und drehte sich dann um, um Käse über die Kartoffeln zu reiben.

»Ich bin zu dem Schluss gekommen, dass es für diese Einladung zwei Gründe gibt. Der erste ist, um aus mir Informationen über die Finanzierung der Show herauszuholen.«

Maddy lachte auf und steckte sich ein paar Käsekrümel in den Mund. »Roy, ich muss an acht Tanznummern denken – vielleicht sogar zehn, falls es Myron in den Sinn kommt –, an sechs Songs und Textzeilen, die ich nicht einmal gezählt habe. Da lasse ich Ihnen und dem Produzenten lieber die finanziellen Belange. Und der zweite Grund?«

»Um sich an mich heranzumachen.«

Neugierig, nicht schockiert, zog sie die Brauen in die Höhe. Roy musterte sie forschend, mit einem kühlen Lächeln. Ein Zyniker, dachte Maddy, jammerschade. Aber vielleicht hatte er Grund, so zu sein. Und das wäre ein noch größerer Jammer. »Machen sich die Frauen normalerweise an Sie heran?«

Er hatte Verlegenheit, Verärgerung oder wenigstens Lachen erwartet. Stattdessen betrachtete sie ihn mit milder Neugier. »Lassen wir den Punkt, okay?«

»Ich bin sicher, die Frauen tun es.« Sie begann mit der Suche nach einer Gabel, um das Steak umzudrehen.

»Sie braten ja nur ein Steak!«

»Ja, für Sie.«

»Essen Sie nichts?«

»Doch, aber ich esse nie viel kurz gebratenes Fleisch. Es belastet den Organismus zu sehr. Aber ich hoffe, ich bekomme ein paar Bissen von Ihrem.« Sie gab ihm die Salatschüssel. »Stellen Sie sie auf den kleinen Tisch drüben am Fenster. Wir sind fast fertig.«

Das Essen war gut. Es war sogar ausgezeichnet. Nach allem, was er gesehen hatte, waren Roy schon arge Zweifel gekommen. Doch der gemischte grüne Salat hatte ein wohlschmeckend würziges Dressing, auf die dampfenden Kartoffeln war Käse mit Schinken gehäuft, und das Steak war genau richtig, der Wein angenehm trocken.

Maddy war noch bei ihrem ersten Glas. Sie hatte ein Stück von Roys Steak gegessen und schien jeden Bissen zu genießen. Er bot ihr noch ein Stück an, doch sie schüttelte den Kopf und nahm sich stattdessen ein zweites Schälchen Salat.

»Ich dachte, Menschen, die körperlich anstrengend arbeiten, so wie Sie, müssten zum Ausgleich mehr essen.«

»Bei Tänzern ist leichtes Untergewicht besser. Außerdem ist es mehr eine Frage, das Richtige zu essen. Aber von Zeit zu Zeit liebe ich es, in Kalorien zu schlemmen. Es muss immer nur einen Grund zum Feiern dafür geben.«

»Und welchen?«

»Wenn es beispielsweise drei Tage regnet und die Sonne scheint wieder. Das ist Grund genug für Schokoladenplätzchen.« Sie goss sich noch ein halbes Glas ein und schenkte seines voll, als sie seine verdutzte Miene bemerkte. »Mögen Sie keine Schokoladenplätzchen?«

»Für mich waren sie nie besonders feierlich.«

»Sie haben eben nie ein unnormales Leben geführt!«

»Halten Sie Ihr Leben für unnormal?«

»Ich nicht, aber viele.« Sie stützte die Ellbogen auf den Tisch und legte das Kinn in beide Hände. »Wie ist Ihr Leben?«

Die letzten Strahlen der Abendsonne fielen durchs Fenster und ließen ihr Haar aufleuchten. Ihre sonst so lebhaften Augen wirkten jetzt eher träge und doch aufmerksam, wie die einer Katze. »Ich weiß nicht, was ich darauf antworten soll«, meinte er ein wenig verwirrt.

»Nun, etwas kann ich bestimmt erraten. Sie haben ein Apartment, wahrscheinlich mit Blick auf den Park. Chinesische Vasen, Dresdner Porzellangeschirr. Sie verbringen mehr Zeit im Büro als zu Hause. Dem Geschäft verschrieben, so wie alle verantwortungsbewussten Industriebosse der zweiten Generation. Sie treffen nur gelegentlich Verabredungen mit Frauen, weil Sie nicht die Zeit oder die Lust für eine Beziehung haben. Ihre knapp bemessene Freizeit würden Sie lieber in einem Museum verbringen oder im Kino, und Sie bevorzugen ruhige französische Restaurants.«

Sie lachte zwar nicht über ihn, aber sie schien eher amüsiert als beeindruckt zu sein. Verärgerung zeigte sich in seinem Blick, nicht wegen ihrer Beschreibung, sondern weil sie so leicht in ihm lesen konnte. »Wie klug.«

»Entschuldigung«, entgegnete sie schnell und so aufrichtig, dass sein Ärger verschwand. »Es ist eine schlechte Angewohnheit von mir, Menschen einzuordnen, in bestimmte Schubladen zu packen. Ich würde wild werden, wenn es jemand mit mir macht.« Sie hielt inne und biss sich auf die Unterlippe. »Wie nah war ich?«

»Ziemlich nah.« Es war schwer, ihrem freimütigen Humor zu widerstehen.

Lachend schüttelte sie den Kopf. Sie zog die Beine hoch zum Lotossitz. »Ist es in Ordnung, wenn ich frage, warum Sie ein Stück über eine Stripperin finanzieren?«

»Ist es in Ordnung, wenn ich frage, warum Sie in einem Stück über eine Stripperin mitspielen?«

Sie strahlte ihn an wie eine Lehrerin, die sich über einen besonders gelehrigen Schüler freut. »Es ist ein tolles Stück, der Text ist gut, die Musik ist unterhaltsam und wunderbar auf ihn zugeschnitten, und vor allem ist es eine gute Story. Mir gefällt Marys Entwicklung, ohne dass sie sich grundsätzlich verändert. Sie muss kämpfen, um zu überleben, doch sie macht das Beste daraus. Und dann verliebt sie sich in diesen Mann, sie verliert ihren Kopf über ihn. Und alles, was ihr vorher wichtig war, Geld und so weiter, zählt plötzlich nicht mehr. Und doch hat sie es auch am Schluss. Mir gefällt das. Glauben Sie an ein Happy End?«

Seine Miene wurde verschlossen, als wäre plötzlich ein Rollladen heruntergerasselt. »In einer Show.«

»Ich sollte Ihnen von meiner Schwester erzählen.«

»Die, nach der die Männer verrückt sind?«

»Nein, meine andere Schwester. Mögen Sie ein Eclair? Ich habe eins gekauft. Sie könnten mir dann einen Bissen anbieten. Es wäre unhöflich von mir, es abzulehnen.«

Verdammt, sie wurde immer anziehender. Aber nicht sein Typ, nicht sein Stil, nicht sein Tempo. Trotzdem lächelte er sie an. »Ich hätte gern ein Eclair.«

Maddy verschwand in der Kochnische, wo sie geräuschvoll herumhantierte, bevor sie mit einem dicken schokoladenüberzogenen Gebäck zurückkam. »Also, meine Schwester Alana«, begann sie, »hat Chuck Rockwell, den Rennfahrer, geheiratet. Haben Sie von ihm gehört?«

»Ja.« Roy war zwar nie ein begeisterter Fan des Rennsports gewesen, doch den Namen hatte er schon gehört. »Der, der vor ein paar Jahren verunglückt ist.«

»Die Ehe hat nicht geklappt. Für Alana war es wirklich entsetzlich. Sie hat ihre zwei Kinder allein auf dieser Farm in

Virginia großgezogen. Finanziell war sie am Ende und emotional ausgelaugt. Vor einigen Monaten hat sie ihre Einwilligung für eine Biografie über Rockwell gegeben. Der Schriftsteller kam auf ihre Farm und wollte Alana ganz offensichtlich bloßstellen.« Sie stellte den Teller mit dem Gebäck auf den Tisch. »Bieten Sie mir jetzt einen Bissen an?«

Bereitwillig teilte Roy mit der Gabel ein Stück ab und bot es ihr an. Lange und voller Genuss ließ Maddy den süßen Bissen im Mund. »Und was geschah mit Ihrer Schwester?«

»Vor sechs Wochen hat sie den Schriftsteller geheiratet.« Ihr Lächeln ließ ihr Gesicht erstrahlen. »Ein Happy End kommt also nicht nur auf der Bühne vor.«

»Und was macht Sie sicher, dass die zweite Ehe Ihrer Schwester klappt?«

»Weil er der Richtige ist.« Sie sah ihm in die Augen und beugte sich vor. »Meine Schwestern und ich sind Drillinge, wir kennen uns gegenseitig genau. Als Alana ihren Chuck geheiratet hat, war ich traurig. Verstehen Sie, ich wusste einfach, dass es nicht klappen konnte, weil ich Alana so gut wie mich selbst kenne. Doch als sie Dorian geheiratet hat, war es ein ganz anderes Gefühl – als ob man endlich ausatmen und sich entspannen kann.«

»Dorian Crosby?«

»Ja, kennen Sie ihn?«

»Er hat ein Buch über Richard Bailey geschrieben, der lange bei Valentine Records unter Vertrag stand. Ich habe Dorian ganz gut kennengelernt, als er seine Nachforschungen für das Buch gemacht hat.«

»Wie klein die Welt doch ist.«

Die Abenddämmerung war endgültig hereingebrochen, und der Himmel zeigte ein tiefes Rot. Der Ballettschüler oben hatte schon lang mit seinem Training aufgehört. Irgendwo im Haus war das quengelnde Weinen eines Kindes zu hören.

»Warum leben Sie hier?«

»Hier?« Sie sah ihn verständnislos an. »Warum nicht?«

»Unten an der Ecke stand einer, der sah aus wie Attila, der Hunne, Sie haben sich anschreiende Nachbarn und …«

»Und?«, ermunterte sie ihn.

»Sie könnten in ein besseres Viertel ziehen.«

»Warum? Ich kenne diese Gegend. Ich lebe hier seit sieben Jahren. Es ist nah zum Broadway, zur Probebühne und zum Unterricht. Und bestimmt die Hälfte der Mieter hier sind Zigeuner.«

»Das würde mich nicht überraschen.«

»Nein, Broadway-Zigeuner, das sind Chorustänzer ohne dauerhaftes Engagement.« Sie lachte und spielte mit einem Blatt des Philodendron. »Tänzer, die von Show zu Show ziehen und auf ihren Durchbruch warten. Ich habe ihn geschafft. Das bedeutet aber nicht, dass ich keine Zigeunerin mehr bin.« Sie warf ihm einen Blick zu und fragte sich, warum es ihr so viel bedeutete, von ihm verstanden zu werden. »Man kann nicht aus seiner Haut, Roy. Oder man sollte es wenigstens nicht.«

Das hatte auch er schon immer fest geglaubt. Er war der Sohn von Edwin Valentine, einem der ersten ganz Großen in der Schallplattenindustrie. Und er war das Produkt von Erfolg, Reichtum und Geschäftswillen. Er war, wie Maddy gesagt hatte, dem Geschäft verschrieben, weil es immer ein Teil seines Lebens gewesen war. Er war ungeduldig, häufig skrupellos, ein Mann, der auf das Kleingedruckte achtete und es zu seinem Vorteil änderte. Er hatte nichts gemein mit dieser Frau mit Katzenaugen und verschmitztem Lächeln, die hier in ihrem dämmrigen Apartment saß.

»Sie töten die Pflanze«, murmelte er.

»Ich weiß. Das tue ich immer.« Sie musste schlucken, und das überraschte sie. Es war etwas in der Art, wie er sie gerade ansah, etwas in seinem Tonfall, etwas in der Haltung seines Körpers. Über den Ausdruck eines Gesichts konnte sie sich täuschen, aber nicht über einen Körper. Er war angespannt – und ihrer auch. »Ich kaufe sie, und dann gehen sie ein.«

»Zu viel Sonne.« Ohne es beabsichtigt zu haben, strich er mit seinen Fingern über ihren Handrücken. »Und zu viel Wasser. Zu viel Fürsorge ist ebenso schädlich wie zu wenig.«

»Daran habe ich nicht gedacht.« Sie dachte vielmehr an das Prickeln, das ihren Arm hoch- und ihren Rücken hinunterzog. »Ihre Pflanzen gedeihen bestimmt mit einer perfekt ausgewogenen Fürsorge.« Sie ertappte sich beim Gedanken, ob es auch so mit seinen Frauen war. Sie erhob sich, weil die Reaktion ihres Körpers sie verunsicherte. »Ich kann Ihnen einen Tee anbieten, aber keinen Kaffee. Den habe ich nicht.«

»Nein, ich muss gehen.« Er musste nicht, er hatte keine Termine, keine Verabredungen einzuhalten. Aber er ging auf Nummer sicher, er wusste immer, wann er sich entziehen musste. »Das Essen war ausgezeichnet, Maddy. Und die Gesellschaft.«

»Freut mich. Wir wiederholen es.«

Es war impulsiv gewesen, so wie normalerweise bei Maddy. Sie dachte nicht lange darüber nach. Freundschaftlich legte sie die Hände auf seine Schultern und berührte mit ihren Lippen seinen Mund. Der Kuss dauerte weniger als eine Sekunde, doch er wirkte mit der Gewalt eines Hurrikans.

Er spürte ihre weichen Lippen und einen feinen erregenden Duft. Als sie zurücktrat, hörte er sie schnell, überrascht einatmen und bemerkte das Widerspiel dieser Überraschung in ihren Augen.

Was war das? dachte sie. *Gütiger Himmel, was war das?* Sie war eine Frau, die an freundschaftliche Küsschen und Umarmungen, an beiläufige Berührungen gewöhnt war. Doch noch nie hatte sie sich davon so aufgewühlt gefühlt. Dieser kleine

Körperkontakt hatte in ihr Ahnungen von all dem, was sie sich je erträumt hatte, erweckt. Und sie wollte mehr. Doch als Tänzerin hatte sie auch gelernt, auf Genüsse zu verzichten, und so fiel ihr auch jetzt die Kontrolle leichter, als das Feuer ein zweites Mal anzufachen.

»Ich freue mich, dass Sie gekommen sind.« Die Unsicherheit in ihrer Stimme erstaunte sie.

»Ich mich auch.« Es war nicht oft, dass er Zurückhaltung üben musste. Doch in diesem Fall, das wusste er, musste er es. »Gute Nacht, Maddy.«

»Gute Nacht.« Sie blieb stehen, wo sie stand, während er hinausging. Und dann gehorchte sie ihrem Körper und setzte sich. Dann fiel ihr Blick auf die Pflanze, die mit welken gelblichen Blättern im dunklen Fenster stand. Merkwürdig, Maddy hatte nicht bemerkt, dass sie selbst viel zu lang im Dunkeln gewesen war.

3. Kapitel

Mit der durchgestreckten Haltung der Balletttänzer stand Maddy an der Stange, während der Lehrer die einzelnen Positionen aufrief – plié, tendu, attitude – beugen, strecken, Haltung. Arme, Beine und Körper kamen ihm in unendlicher Wiederholung nach.

Das Balletttraining morgens diente dem Körper als unaufhörliche Erinnerung, dass er tatsächlich zu den unnatürlichsten Bewegungen fähig war. Ohne diese Routine würde der Körper sich weigern, das Bein aus der Hüfte herauszudrehen, als wäre sie ein Kugelgelenk, würde sich weigern, sich über einen bestimmten Punkt hinaus zu beugen und zu strecken.

Es war nicht erforderlich, sich völlig zu konzentrieren. Maddys Körper folgte in dieser Routine allein dem Instinkt. So konnten ihre Gedanken wandern, weit genug, um zu träumen, nah genug, um die Vorgaben zu hören.

»Grand plié!«

Ihre Knie beugten sich, ihr Körper ging langsam hinunter, bis der Po direkt über den Fersen war. Muskeln zitterten und beruhigten sich wieder. Sie fragte sich, ob Roy schon in seinem Büro war? Wahrscheinlich ja. Wahrscheinlich würde er aus Gewohnheit vor seiner Sekretärin im Büro erscheinen. Würde er überhaupt an sie denken?

»Attitude en avant!«

Das Bein hob sich um neunzig Grad. Wahrscheinlich nicht, gingen Maddys Gedanken weiter. Wahrscheinlich war sein Kopf so voll mit Terminen und geschäftlichen Verabredungen, dass er für keinen abweichenden Gedanken Zeit hatte.

»Battement fondu!«

Sie drückte den Fuß von hinten ans Knie, welches sich gleichzeitig beugte. Ganz langsam drückte sie es durch, wobei sie den Widerstand des Fußes spürte und benutzte. Jetzt musste er auch nicht an sie denken. Später, vielleicht auf dem Weg nach Hause, bei einem ruhigen Drink, würden seine Gedanken zu ihr wandern. Sie wollte das glauben.

Maddys graues Trikot war feucht, als das Spitzentraining begann. Die Übungen, die sie gerade an der Stange durchgeführt hatten, würden jetzt wiederholt werden. Auf Kommando nahm sie die fünfte Position ein und begann.

»Eins, zwei, drei, vier. Zwei, zwei, drei, vier.«

Draußen regnete es. Maddy konnte den strömenden Regen durch die kleinen beschlagenen Fenster sehen, während sie nach Anweisung beugte, durchdrückte, streckte und ausharrte. Es musste ein warmer Regen sein, denn als sie heute Morgen zum Unterricht geeilt war, war die Luft feucht und drückend gewesen. Hoffentlich hörte er nicht auf, bis sie wieder hinauskonnte.

Als Kind hatte sie kaum einmal durch den Regen gehen können. Sie und ihre Eltern hatten mehr Zeit auf Proben und in Bahnhöfen verbracht als in Parks oder auf Spielplätzen. Ihre Eltern hatten die Unterhaltung gebracht, mit Spielen, Rätseln und Geschichten. Hochfliegende, verrückte Geschichten, die eigene Welten erschufen. Wenn man mit zwei irischen Elternteilen gesegnet war, die beide eine unglaubliche Fantasie besaßen, dann konnte nur der Himmel Grenzen setzen.

Sie hatte so viel von ihnen gelernt – und wenig an trockenem Schulwissen. Den Mississippi zu sehen war anschaulicher, als nur von ihm zu hören. Englisch, Grammatik und Literatur waren von selbst durch die Bücher gekommen, die ihre Eltern geliebt und auch ihnen zum Lesen gegeben hatten. Praktische Mathematik war eine Sache des Überlebens gewesen. Ihre Ausbildung war ebenso ungewöhnlich gewesen wie ihre Unterhaltung, und doch glaubte sie, eine umfassendere Allgemeinbildung zu haben als die meisten.

Maddy hatte die Parks und Spielplätze nicht vermisst. Ihre ganze Kindheit war ein einziges Karussell gewesen. Doch heute, als Frau, versäumte sie keine Gelegenheit, im warmen Sommerregen spazieren zu gehen.

Im Regen spazieren zu gehen würde Roy nicht gefallen. Es würde ihm nicht im Traum einfallen. Ihre Welten lagen meilenweit auseinander.

Ihr rechter Fuß ging in Seitenposition, zurück, vor, zur Seite. Wiederholen. Wiederholen.

Wahrscheinlich war er ein vernünftiger und vielleicht etwas skrupelloser Mensch. Als Geschäftsmann konnte man sonst nicht überleben. Aber niemand würde es als vernünftig bezeichnen, jeden Tag den Körper mit unnatürlichen Positionen zu beanspruchen. Niemand würde es als vernünftig bezeichnen, sich mit Leib und Seele dem Theater zu verschreiben und ganz den Launen des Publikums ausgeliefert zu sein. Wenn sie selbst skrupellos war, dann nur hinsichtlich der Anforderungen, die sie körperlich an sich stellte.

Warum konnte sie nicht aufhören, an ihn zu denken? Aber sie konnte einfach die Bilder nicht vertreiben, wie das Sonnenlicht auf seinem Haar gelegen hatte, es verdunkelt, Glanzlichter darauf geschaffen hatte ... Oder wie sein Blick ihrem begegnet war, direkt, erstaunt und zynisch. War es närrisch, wenn sich eine Optimistin von einem Zyniker angezogen fühlte? Natürlich war es das. Aber sie hatte schon viel närrischere Dinge gemacht.

Es hatte einen Kuss gegeben, der kaum Kuss genannt werden konnte. Er hatte sie nicht umarmt, er hatte seine Lippen nicht hungrig auf ihre gepresst. Doch sie erlebte diesen Augenblick kürzester Körperberührung immer wieder. Irgendwie glaubte sie – nein, war sich sicher, dass es auch ihn nicht ungerührt gelassen hatte. Mochte es auch närrisch sein, doch sie beschwor diese Woge der Empfindung erneut herauf und erlebte sie wieder. Es fügte dem ohnehin schon erhitzten Körper einiges an Hitze hinzu. Ihr Herzschlag, der schon entsprechend der Anstrengung des Trainings schlug, steigerte sich.

Erstaunlich, was allein die Erinnerung an ein Gefühl ausrichten konnte. Als sie in eine Abfolge von Pirouetten überging, beschwor sie das Gefühl erneut zurück und wirbelte mit ihm herum.

Das Haar tropfte noch von der Dusche, als Maddy ihren hellgelben Flickenoverall überzog. Der Waschraum roch schwer nach Sprays und Puder.

»Ich bin dir wirklich dankbar, dass du mir von dieser Schule erzählt hast.« Wanda, in eng anliegenden Jeans und Pullover, zupfte ihr Haar in einen künstlich zerzausten Knoten. »Hier wird mehr verlangt als in der, wo ich vorher war. Und fünf Dollar billiger.«

»Sie haben hier eine Schwäche für Zigeuner.« Maddy beugte sich vor und richtete den Haarföhn auf die Unterseite ihrer Haare.

»Hilfsbereitschaft ist in deiner Position nicht selbstverständlich.«

»Nun hör aber auf, Wanda.«

»Es ist nicht überall die große Schwesterlichkeit, Schätzchen.« Wanda betrachtete Maddy im Spiegel. Obwohl deren langes Haar über ihrem Gesicht hing, war doch ein missbilligendes Stirnrunzeln zu erkennen. »Du kannst mir nicht erzählen, du würdest nicht spüren, wie andere Tänzer nach deiner Position schielen.«

»Das lässt einen nur härter arbeiten.« Zu ungeduldig, sie zu trocknen, warf Maddy das Haar mit einer Kopfbewegung zurück. »Wo hast du die Ohrringe her?« Wanda hatte gerade grellrote Pyramiden, die ihr fast bis auf die Schultern reichten, im Ohr befestigt. Maddy trat auf sie zu und bewunderte die Gehänge. »Ob es die auch in Blau gibt?«

»Wahrscheinlich. Magst du schreienden Modeschmuck?«

»Ich liebe ihn.«

»Ich tausche die gegen das Sweatshirt von dir, das mit den vielen Augen drauf.«

»Abgemacht«, erwiderte Maddy augenblicklich. »Ich bringe es zur Probe mit.«

»Du siehst glücklich aus.«

Maddy lächelte, stellte sich auf Zehenspitzen, um ihr Ohr dicht an Wandas zu bringen. »Ich bin glücklich.«

»Ich dachte eher, glücklich wegen eines Mannes.«

Maddy hob die Braue und betrachtete ihr Gesicht im Spiegel. Sie trug kein Make-up, und ihre Haut hatte einen gesunden Glanz. Ihr Mund war voll und wirkte auch ohne Schminke. Es ist nur ein Jammer, stellte sie wieder einmal fest, dass meine Wimpern nicht so lang und schwarz wie die von Carrie sind.

»Glücklich wegen eines Mannes«, wiederholte Maddy genüsslich. »Ich habe tatsächlich einen Mann kennengelernt.«

»Na also. Sieht er gut aus, oder ist es ein Buckliger mit Doppelkinn?«

Maddy lachte schallend und legte den Arm um Wandas Schulter. Die besten Freundschaften, dachte sie, werden doch meist sehr schnell geschlossen. »Gute Schultern, sehr gerade. Gut in Schuss. Wahrscheinlich muskulös.«

»Wahrscheinlich?«

»Ich habe ihn nicht nackt gesehen.«

»Nun, Schätzchen, wo liegt dein Problem?«

»Wir haben bisher nur zusammen gegessen.« Maddy war es gewöhnt, ganz freimütig über sexuelle Dinge zu sprechen.

Sogar viel mehr gewöhnt, darüber zu sprechen, als sie auszuüben. »Ich glaube, er war interessiert – auf eine distanzierte Art.«

»Dann musst du ihn auf eine nicht distanzierte Art interessiert machen. Er ist doch kein Tänzer?«

»Nein.«

»Gut.« Wanda ließ ihre Ohrringe ein letztes Mal hin und her schwingen und nahm sie dann ab. »Tänzer sind das Allerletzte als Ehemänner. Ich kenne mich da aus.«

»Ich habe nicht gleich ans Heiraten gedacht.« Maddy brach ab. »Warst du etwa mit einem Tänzer verheiratet?«

»Vor fünf Jahren. Wir waren Chorustänzer in ›Pippin‹. Es endete damit, dass wir am Premierentag geheiratet haben.« Sie gab Maddy die Ohrringe. »Das Problem war nur, er hatte schon vorm Abspielen der Show vergessen, dass ich seinen Ring am Finger trug.«

»Das tut mir leid, Wanda.«

»Es war eine Lektion.« Sie tat es mit einem Schulterzucken ab. »Stürz dich nicht mit einem glattzüngigen, gut aussehenden Mann in die Ehe. Es sei denn, er ist steinreich«, fügte sie hinzu. »Ist das deiner?«

»Ist meiner … Oh.« Maddy zog ihrem Spiegelbild einen Flunsch. »Ich denke schon.«

»Dann schnapp ihn dir. Wenn es nicht klappt, dann kannst du deine Tränen wenigstens mit einer hübschen dicken Abfindung trocknen.«

»Ich glaube nicht, dass du so zynisch bist, wie du gern erscheinen willst.« Maddy drückte Wandas Schulter freundschaftlich. »Bist du so verletzt worden?«

»Es hat gesessen. Ich habe zumindest das eine gelernt: Eine Ehe funktioniert nur, wenn zwei Menschen sich an die Spielregeln halten. Was hältst du von einem Frühstück?«

»Nein, ich kann nicht.« Sie warf einen schnellen Blick unter die Bank, zu ihrem verkümmernden Philodendron. »Ich muss noch etwas abgeben.«

»Das da?« Wanda konnte sich eines anzüglichen Grinsens nicht enthalten. »Sieht eher aus, als bräuchte es ein angemessenes Begräbnis.«

»Nein«, verbesserte Maddy, während sie ihre neuen Ohrringe anlegte. »Das richtig ausgewogene Maß an Fürsorge.«

Er hatte nicht aufhören können, an sie zu denken. Roy war es nicht gewöhnt, sich vom Geschäftlichen ablenken zu lassen, vor allem nicht von einer flatterhaften, exzentrischen Frau mit Neon an der Wand. Wir haben auch nichts gemeinsam, sagte er sich immer wieder. Und es gab nichts an ihr, was ihn anziehen könnte. Es sei denn, man steht auf goldbraune Augen. Oder ein Lachen, das von irgendwoher aus dem Nichts kommt und stundenlang in einem widerhallt.

Er zog Frauen mit klassischem Stil und elegantem Auftreten vor. Und die würden sich nur mit einem Leibwächter in Maddys Viertel wagen, aber um nichts auf der Welt dort leben. Sie würden auch ganz sicher nicht von dem Fleisch auf seinem Teller knabbern. Die Frauen, mit denen er sich traf, gingen ins Theater, sie spielten nicht in ihm. Sie würden ganz bestimmt keinem Mann erlauben, sie schwitzen zu sehen.

Warum kamen ihm diese Frauen nach einigen kurzen Begegnungen mit Maddy O'Hara entsetzlich langweilig vor? Natürlich waren sie es nicht. Denn er hatte noch nie Verabredungen mit Frauen nur wegen ihres Aussehens getroffen. Er wollte und suchte nach interessanten Gesprächen, ähnlichen Interessen, Humor und Lebensstil. Er könnte während des Dinners Lust darauf haben, über die beeindruckende Aufführung in der Metropolitan und beim Brandy über die klimatischen Bedingungen zum Skilaufen in St. Moritz zu sprechen.

Was er vermied, geflissentlich vermied, waren Frauen aus

der Welt des Entertainments. Er respektierte Entertainer, bewunderte sie, hielt sie aber auf Armeslänge, gesellschaftlich gesehen. Als Verantwortlicher von Valentine Records musste er laufend mit ihnen oder ihren Agenten verhandeln. Er kannte ihre Bedürfnisse, ihren Ehrgeiz und ihre Schwächen, und er verstand sie auch. In seiner Freizeit zog er jedoch die Gesellschaft von weniger komplizierten Menschen vor.

Aber er konnte nicht aufhören, an Maddy zu denken.

Er legte endgültig die Verkaufslisten zur Seite und blickte zum Fenster auf ein Stück Manhattan hinaus, wo der Regen alles mit einem geheimnisvollen grauen Schleier bedeckte. Madeline O'Hara war steil auf dem Weg nach oben, doch sie schien sich nicht, wie es in ihrem Beruf sonst üblich war, mit einer Schutzmauer zu umgeben oder sich überheblich von anderen abzusondern. Konnte sie überhaupt so gefestigt und unkompliziert sein, wie sie wirkte?

Was kümmerte ihn das?

Er hatte ein Dinner mit ihr gehabt – ein einziges Mal, ein simples Dinner. Sie hatten eine interessante, irgendwie auch intime Unterhaltung geführt. Und es hatte einen kleinen freundschaftlichen Kuss gegeben.

Der ihm den Boden unter den Füßen weggerissen hatte.

Also gut, er fühlte sich von ihr angezogen. Er war einem strahlenden, lebenssprühenden Äußeren und einem elastischen Körper gegenüber nicht immun. Es war nur natürlich, auf diese Frau mit ihren verrückten Vorstellungen und ungewöhnlichen Denkweisen neugierig zu sein. Falls er sie wiedersehen wollte, würde es auch nichts schaden. Und es wäre ganz einfach. Er brauchte nur den Hörer abzunehmen und sie anzurufen. Sie könnten wieder zusammen ein Dinner haben … zu seinen Bedingungen. Und bevor der Abend um war, würde er herausgefunden haben, was an ihr Besonderes war, das ihm so zusetzte.

Die Tür wurde geöffnet. Roys verärgerter Blick ging auf

einmal in ein warmes Lächeln über, das er nur wenigen Menschen schenkte.

Edwin Valentine betrat den Raum und ließ sich schwer in einen Sessel fallen. »Wenn ich nicht alle paar Wochen einmal vorbeischaue, fühle ich mich richtig zum alten Eisen zugehörig. Ich habe läuten hören, du hättest Libby Barlow unter Vertrag bekommen.«

Im Geschäftlichen immer vorsichtig, ließ sich Roy nicht auf eine Bestätigung ein. »Es sieht danach aus.«

Edwin nickte. »Ein unglaubliches Organ, die kleine Lady. Ich würde es übrigens gern sehen, wenn Dorsey ihr erstes Album mit uns produziert.«

Roys Lippen verzogen sich zu einem kleinen Schmunzeln. Wie immer, so traf sein Vater auch hier rein instinktiv ins Schwarze. »Darüber ist schon gesprochen worden. Ich finde übrigens immer noch, du solltest hier ein Büro haben.« Er hob abwehrend die Hand, bevor sein Vater Einwände erheben konnte. »Ich meine nicht, dass du dich in einer geregelten Arbeitszeit einengen solltest!«

»Ich hatte noch nie geregelte Arbeitszeiten«, warf Edwin lächelnd ein.

»Also gut, dann ungeregelte. Ich denke, Valentine Records sollte Edwin Valentine haben.«

»Es hat dich.« Edwin faltete die Hände und betrachtete seinen Sohn ruhig und offen. »Nicht, dass ich nicht glaube, du könntest hin und wieder einen Rat von mir altem Mann annehmen. Aber jetzt stehst du am Ruder, und das Schiff hält sich ordentlich.«

»Ich würde es nie untergehen lassen.«

Edwin bemerkte den Nachdruck in der Stimme seines Sohnes und verstand einiges von den Gefühlen, die sich dahinter verbargen. »Darüber bin ich mir bewusst, Roy. Und ich brauche dir wohl nicht zu sagen, dass mich nichts und niemand, der in meinem Leben eine Rolle gespielt hat, stolzer als du gemacht hat.«

Gefühle wallten in ihm auf. Dankbarkeit. Liebe. Vertrauen. »Dad …«

Bevor er überhaupt richtig beginnen konnte, schob seine Sekretärin einen Teewagen mit Kaffee und Kuchen herein.

»Potzblitz, Hannah, Sie sind auf Draht, wie immer.«

»Sie auch, Mr. Valentine. Sie sehen aus, als hätten Sie mindestens ein Pfund abgenommen.« Während sie Edwin seinen Kaffee, so wie er ihn liebte, zubereitete, zwinkerte sie Roy zu. Sie war seit zwölf Jahren in der Firma und die Einzige, die sich solche Vertraulichkeiten leisten konnte.

»Sie wissen doch ganz genau, dass ich zugenommen habe, Hannah. Fünf Pfund.« Und er nahm sich gleich zwei Stück Kuchen.

»Steht Ihnen gut, Mr. Valentine.«

»Eine Prachtfrau«, meinte Edwin mit vollem Mund, als sich die Tür hinter ihr geschlossen hatte. »Kluger Schachzug, sie als deine Sekretärin zu übernehmen, nachdem ich mich zur Ruhe gesetzt hatte.«

»Ohne Hannah würde Valentine Records doch gar nicht laufen.« Roy sah wieder zum regenblinden Fenster hinüber und dachte an eine andere Frau.

»Was geht dir im Kopf herum, Roy?«

»Hmm?« Er brachte sich wieder in die Gegenwart zurück und hob seine Kaffeetasse. »Die Verkaufslisten sehen gut aus. Ich denke, du wirst mit den Ergebnissen am Ende des Steuerjahres zufrieden sein.«

Daran zweifelte Edwin nicht, denn immerhin war Roy ein Produkt seines Verstandes und seines Herzens. Nur ganz selten spürte er auch Zweifel, ob er seinen Sohn nicht zu sehr nach sich geformt hatte. »Du machtest auf mich nicht den Eindruck, als gingen dir Verkaufslisten im Kopf herum.«

Roy entschied sich, die unausgesprochene Frage zu beantworten und ihr doch auszuweichen. »Ich mache mir viele Gedanken über die Show, die wir finanzieren.«

Edwin lächelte verhalten. »Immer noch nervös wegen meines Riechers in diesem Fall?«

»Nein.« Das konnte er mittlerweile ehrlich beantworten. »Ich glaube sogar, das Stück schlägt richtig ein. Und die Musik ist wunderbar. Wir müssen jetzt daran arbeiten, es als Album herauszubringen.«

»Wenn es dir nichts ausmacht, würde ich bei diesem Projekt gern ein wenig mitmischen.«

»Du weißt, dass du nicht fragen musst.«

»Doch, das muss ich«, berichtigte Edwin. »Du hast die Verantwortung, Roy. Weißt du, das ist ein Lieblingsprojekt von mir. Ich bin persönlich daran interessiert.«

»Davon hast du nie gesprochen.«

Edwin lächelte versonnen und begann mit seinem zweiten Kuchenstück. »Liegt eine Zeit zurück, eine lange Zeit. Hast du schon Madeline O'Hara kennengelernt?«

Roy runzelte die Stirn. Durchschaute ihn sein Vater so sehr? »Tatsächlich …« Als der Summer auf seinem Pult ertönte, nahm er die Ablenkung ohne Verstimmung an. »Ja, Hannah?«

»Entschuldigen Sie die Störung, Mr. Valentine, aber ich habe hier eine junge Frau.« Hannah konnte steinhart sein, doch über die durchnässte Gestalt vor ihr musste sie unwillkürlich lächeln. »Sie sagt, sie wolle Ihnen etwas übergeben.«

»Nehmen Sie es bitte, Hannah.«

»Sie möchte es Ihnen lieber persönlich geben. Ihr Name ist, ah … Maddy.«

Roy schwieg, fest entschlossen, sie abzuweisen. »Maddy? Schicken Sie sie herein.«

Vom Regen tropfnass, ihren Tanzbeutel und die eingehende Pflanze im Arm, betrat Maddy das Büro. »Entschuldigen Sie die Störung, Roy. Es ist nur so, dass ich es mir überlegt habe, und ich habe mich entschlossen, sie Ihnen zu geben, bevor sie mir eingeht. Ich bekomme immer diese Anfälle von Schuldgefühlen, wenn ich wieder eine Pflanze umgebracht habe, und ich dachte, Sie könnten mich davor bewahren. Würden Sie sie bitte nehmen?«

Edwin erhob sich, als sie an seinem Sessel vorbeiging, und sie hielt in ihrer überstürzten Erklärung inne. »Hallo.« Sie lächelte ihn ungezwungen an und bemühte sich, den Kuchen auf dem Tablett zu übersehen. »Ich störe, aber es ist wirklich eine Angelegenheit auf Leben und Tod.« Sie stellte die nasse vergilbte Pflanze auf die makellose Eichenplatte von Roys Schreibtisch. »Sagen Sie mir nicht, wenn sie eingeht, okay? Aber wenn sie überlebt, dann lassen Sie es mich wissen. Danke.« Und mit einem letzten aufblitzenden Lächeln trat sie ihren Rückzug an.

»Maddy.« Jetzt, wo sie ihn einen Augenblick zu Wort kommen ließ, erhob sich auch Roy. »Ich möchte Ihnen gern meinen Vater vorstellen. Edwin Valentine. Madeline O'Hara.«

Maddy wollte ihre Hand ausstrecken, ließ sie aber wieder sinken. »Ich bin völlig durchnässt«, erklärte sie lächelnd. »Ich freue mich, Sie kennenzulernen.«

»Sehr erfreut.« Edwin strahlte sie regelrecht an. »Setzen Sie sich.«

»Oh, das geht wirklich nicht. Meine Sachen sind nass.«

»Etwas Wasser hat gutem Leder noch nie geschadet.« Und bevor sie weitere Einwände erheben konnte, nahm Edwin ihren Arm und führte sie zu einem der großen Sessel neben dem Schreibtisch. »Ich habe Sie schon auf der Bühne bewundert.«

»Danke.« Es beeindruckte sie überhaupt nicht, beinahe Zeh an Zeh mit einem der reichsten und einflussreichsten Männer des Landes zu sitzen. Sie fand sein Gesicht nur anziehend.

Doch obwohl sie sich anstrengte, sie konnte auch nicht die kleinste Ähnlichkeit mit seinem Sohn feststellen.

Roy lenkte die Aufmerksamkeit auf sich. »Möchten Sie einen Kaffee, Maddy?«

Nein, er glich seinem Vater nicht. Roy hatte kantigere Züge, und er war schlank. Maddy spürte ihren Puls einen Tick schneller werden. »Ich trinke keinen Kaffee mehr. Wenn Sie einen Tee mit Honig hätten, würde ich gern eine Tasse nehmen.«

»Nehmen Sie ein Stück Kuchen«, meinte Edwin, als er ihren schnellen sehnsüchtigen Blick darauf bemerkte.

»Da ich Lunch ausfallen lasse, könnte ich etwas Zucker im Blut gebrauchen.« Und lächelnd wählte sie sich das mit Zuckerguss überzogene Stück. Wenn sie schon sündigte, dann richtig.

»Roy und ich haben gerade über die Show gesprochen. Er ist der Meinung, dass es ein Hit wird. Was meinen Sie?«

»Ich meine, es bringt Pech, wenn ich das sage, bevor wir es in Philadelphia ausprobiert haben. Aber was ich sagen kann, ist, dass die Tanznummern das Publikum einfach umwerfen werden. Und wenn nicht, dann habe ich sowieso nichts anderes verdient, als wieder zu meinem Servierjob zurückzukehren.«

»Ich vertraue auf Ihr Urteil.« Edwin tätschelte ihre Hand. »Denn wenn ein O'Hara nicht weiß, wann eine Tanznummer ankommt, dann weiß es keiner.« Auf ihr fragendes Lächeln hin fügte er hinzu: »Ich kenne Ihre Eltern.«

»Tatsächlich?« Sie strahlte, der Kuchen war vergessen. »Ich kann mich gar nicht daran erinnern, dass Vater oder Mutter von Ihnen gesprochen haben.«

»Es liegt schon lange zurück.« Er wandte sich halb Roy zu, als ob er ihm eine Erklärung geben wollte. »Ich habe damals gerade angefangen, hinter Talenten her zu sein und hinter

Geld. Ich habe Ihre Eltern hier in New York kennengelernt. Damals war ich gerade finanziell völlig am Ende und musste die Pfennige zusammenkratzen und mich mit Geldgebern herumschlagen. Ihre Eltern haben mich auf einer Liege in ihrem Hotelzimmer schlafen lassen. Das habe ich nie vergessen.«

Bedeutungsvoll sah sich Maddy um. »Nun, Sie haben genug Pfennige zusammengekratzt, Mr. Valentine.«

Er lachte und schob ihr ein weiteres Stück Kuchen zu. »Wissen Sie, ich wollte es ihnen immer zurückzahlen. Ich habe es ihnen versprochen. Das ist jetzt über fünfundzwanzig Jahre her. Sie und Ihre Schwestern waren noch Wickelkinder. Ich glaube, ich habe zusammen mit Ihrer Mutter Ihre Windeln gewechselt, Maddy.«

Sie lächelte verschmitzt. »Carrie, Alana und ich waren schwer auseinanderzuhalten – selbst von dem Blickpunkt her.«

»Sie hatten einen Bruder«, erinnerte er sich. »Ein echter Draufgänger, und er hat gesungen wie ein Engel. Ich habe Ihrem Vater versprochen, ihn unter Vertrag zu nehmen, wenn ich erst meine eigene Durststrecke überwunden hätte. Doch als es so weit war und ich Ihre Familie wieder aufspüren konnte, war Ihr Bruder nicht mehr dabei.«

»Dads altes Klagelied, dass sich Terence gegen ein Leben auf Achse entschieden hat. Oder besser, für einen anderen Weg.«

»Sie und Ihre Schwestern traten als Gruppe auf.«

Maddy wusste nie, ob sie über die Erinnerung daran lachen oder weinen sollte. »Die O'Hara-Drillinge.«

»Ich wollte Sie unter Vertrag nehmen. Wirklich«, betonte er, als er sah, wie sie die Augen aufriss. »Absolut. Damals, als Ihre Schwester Alana heiratete.«

Ein Plattenvertrag? Mehr – ein Vertrag mit Valentine Records. Maddy dachte an die damalige Zeit zurück und an den ehrfürchtigen Stolz, den so ein Angebot ausgelöst hätte. »Wusste Dad eigentlich davon?«

»Wir haben darüber gesprochen.«

»Gütiger Himmel.« Sie schüttelte den Kopf. »Es muss ihn um den Verstand gebracht haben, sich solch eine Gelegenheit entgehen lassen zu müssen. Er hat nie ein Wort darüber verloren. Nach Alanas Heirat haben Carrie und ich noch die vertraglich anstehenden Engagements durchgezogen. Dann ist sie nach Westen, ich bin nach Osten gegangen. Armer Dad.«

»Ich denke, Sie haben ihm eine Menge gegeben, worauf er stolz sein kann.«

»Sie sind ein netter Mann, Mr. Valentine. Ist die Finanzierung der Show eine Art Zurückzahlung für die Nacht auf der Liege?«

»Eine Rückzahlung, die meiner Gesellschaft viel Geld einbringt. Ich würde Ihre Eltern gern wiedersehen, Maddy.«

Sie erhob sich, sie musste rechtzeitig zur Probe zurück. »Es war nicht meine Absicht gewesen, den Besuch Ihres Vaters bei Ihnen zu beanspruchen, Roy.«

»Entschuldigen Sie sich nicht.« Er erhob sich ebenfalls, ohne den Blick von ihr zu nehmen, so wie er es während des ganzen Besuchs nicht getan hatte. »Es war aufschlussreich.«

Sie musterte ihn. Er passte perfekt hierher, hinter den Schreibtisch, vor das Fenster, in dieses Büro mit Ölgemälden und Ledersesseln. »Wir haben schon vorher festgestellt, wie klein die Welt ist.«

Ihr Haar hing nass auf dem Rücken. Lächerliche rote Glasgehänge baumelten an ihren Ohren. Ihr gelber Overall und das hellblaue T-Shirt schienen an diesem düsteren Tag die einzigen Farbflecke zu sein. »Ja, das haben wir. Sie nehmen doch die Pflanze, nicht wahr?«

Er warf einen Blick auf die Pflanze. Sie sah mitleiderregend aus. »Ich tue, was ich kann. Aber ich kann nichts versprechen.«

»Versprechungen machen mich sowieso nervös. Wenn man sie macht, muss man sie auch einhalten.« Sie wusste, sie sollte jetzt gehen, doch sie konnte sich noch nicht losreißen. »Ihr Büro ist genau so, wie ich es mir vorgestellt habe. Von durchdachter Eleganz. Es passt zu Ihnen. Danke für den Kuchen.«

Er wollte sie berühren. Es erstaunte ihn selbst, dass er den Drang bekämpfen musste, hinter dem Schreibtisch hervorzukommen und die Hände auf ihre Schultern zu legen. »Es ist mir jederzeit ein Vergnügen.«

»Wie wäre es mit Freitag?«, sagte sie, ohne nachzudenken.

»Freitag?«

»Freitag habe ich frei.« Jetzt, wo es heraus war, wollte Maddy es auch nicht bedauern. »Ich habe Freitag frei«, wiederholte sie. »Nach der Probe. Wir könnten uns treffen.«

Fast hätte er den Kopf geschüttelt. Er wusste nicht, was auf seinem Terminkalender stand. Er wusste nicht, was er einer Frau sagen sollte, die eine beiläufige Höflichkeitsfloskel für bare Münze nahm. Und er wusste nicht, warum er sich darüber freute. »Wo?«

Sie strahlte übers ganze Gesicht. »Rockefeller Center. Um sieben. Ich bin schon spät dran.« Sie wandte sich Edwin zu und reichte ihm die Hand. »Ich habe mich gefreut, Sie hier getroffen zu haben!« Und in ihrer unbekümmerten Art beugte sie sich vor und gab ihm einen Kuss auf die Wange. »Auf Wiedersehen.«

»Auf Wiedersehen, Maddy.« Edwin wartete, bis sie hinausgegangen war, und sah dann seinen Sohn an. Diesen verwirrten Blick hatte er noch nicht oft bei Roy erlebt. »Wenn ein Mann in einen solchen Hurrikan gerät, sollte er sich entweder festschnallen oder die Fahrt genießen.« Hintergründig lächelnd nahm Edwin das letzte Stück Kuchen und aß es mit Genuss. »Ich will verdammt sein, wenn ich die Fahrt nicht genießen würde.«

4. Kapitel

Roy fragte sich, ob sie irgendwelche Zaubermittel besaß, um ihn zu beeinflussen. Maddy O'Hara sah zwar nicht so aus, wie sich die meisten Leute eine Hexe vorstellten, doch eigentlich wäre das die stichhaltigste Erklärung dafür, dass Roy um sieben Uhr, an einem feuchten Freitagabend, um das Rockefeller Center schlenderte. Jetzt hätte er eigentlich zu Hause sein und ein ruhiges Dinner genießen sollen, bevor er sich in den Stapel von Geschäftsunterlagen vergrub, den er in seiner Aktentasche trug.

Unterhaltungsfetzen von den vorbeibummelnden Menschen drangen an sein Ohr, aber er achtete nicht darauf. Er war zu sehr mit sich selbst beschäftigt.

Warum hatte er zugesagt, sich mit ihr zu treffen? Die Antwort darauf trat eigentlich offen zutage: Er hatte sie sehen wollen. Da nützte ihm kein Wenn und Aber. Sie erregte einfach seine … Neugier. Eine Frau wie sie musste automatisch die Neugier von jedem wecken. Sie war erfolgreich, doch sie tat die Eitelkeiten des Erfolges mit einem Schulterzucken ab. Sie war attraktiv, doch sie setzte ihr Aussehen nicht als Mittel ein. Ihre Augen drückten Ehrlichkeit aus – wenn man an so etwas glaubte. Ja, Maddy war ein Mensch, der neugierig machte.

Aber warum, zum Teufel, hatte er nicht wenigstens so viel Geistesgegenwart besessen, einen anderen Verabredungsort vorzuschlagen – zumindest einen passenderen?

Eine Gruppe kichernder Teenager hätte ihn fast umgelaufen. Eine sah sich nach ihm um, flüsterte aufgeregt ihrer

Freundin etwas zu, worauf sie erneut in Gelächter ausbrachen, bevor sie in der Menge verschwanden.

Roy beobachtete ohne besonderes Interesse Kinder, die Touristen oder gutmütigen Passanten rote Nelken, das Stück für einen Dollar, andrehen wollten. Ein Straßenverkäufer bot Eis an. Ein Bettler versuchte sein Glück mit weniger Erfolg. Roy musste einen Mann abwimmeln, der ihm schwarz die angeblich letzten Eintrittskarten für eine Show in der berühmten Radio City Music Hall verkaufen wollte. Anschließend stürzte der sich auf ein älteres Touristenpaar. In der Nähe heulte eine Sirene auf, doch niemand machte sich die Mühe, auch nur aufzublicken.

Langsam machte sich die Schwüle bemerkbar. Roy spürte die ersten Schweißtropfen an seinem Kragen und auf seinem Nacken. Es war zwanzig nach sieben.

Seine Geduld war auf dem Nullpunkt angelangt, als er sie endlich sah. Warum unterschied sie sich von den vielen Menschen um sie herum? Es gab doch andere, die noch viel fantasievoller als sie gekleidet waren. Ihr Gang war von einer Art entspannter Anmut, aber sie ging nicht langsam. Offensichtlich tat sie sowieso nichts langsam. Und doch strahlte sie unbekümmerte Leichtigkeit aus. Roy wusste, wenn er sich die Mühe machen und sich umsehen würde, könnte er auf Anhieb einige Frauen finden, die von größerer Schönheit waren. Doch sein Blick war auf diese eine fixiert – und ebenso seine Gedanken.

Beim Bettler hielt sie an und kramte in ihrer Tasche. Sie holte etwas Kleingeld heraus und tauschte mit ihm ein paar offensichtlich freundliche Worte aus, bevor sie sich ihren Weg weiter durch die Menge bahnte. Und dann erblickte sie Roy und beschleunigte ihren Schritt.

»Es tut mir leid. Immer muss ich mich fürs Zuspätkommen entschuldigen. Aber ich wollte nach der Probe noch schnell nach Hause und mich umziehen, weil Sie bestimmt einen Anzug tragen würden.« Mit einem zufriedenen Lächeln musterte sie ihn. »Und ich hatte recht.«

Sie hatte ihren Overall mit einem schwingenden Rock in Regenbogenfarben vertauscht, in dem sie wie die Zigeunerin, die sie immer zu sein behauptete, wirkte. Die anderen Menschen auf dem Gehweg verblassten völlig neben ihr.

»Sie hätten ein Taxi nehmen können.«

»Daran kann ich mich einfach nicht gewöhnen. Ich übernehme das Essen, damit mache ich es wieder gut.« Wie selbstverständlich hakte sie sich kameradschaftlich bei ihm ein, sodass sein Widerstreben persönlichem Kontakt gegenüber gar nicht erst zum Zuge kommen konnte. »Sie sind sicherlich hungrig, nachdem Sie so lange auf mich warten mussten.« Sie verlagerte ihre Körperhaltung, um einer entgegenkommenden Frau, die es eilig hatte, auszuweichen. »Es gibt eine gute Pizzeria gleich …«

Er schnitt ihr das Wort ab. »Ich zahle, und es gibt Besseres als Pizzerien.«

Maddy war beeindruckt, als es ihm gleich beim ersten Versuch gelang, ein Taxi zu bekommen. Sie erhob auch keine Einwände, als er dem Fahrer eine vornehme Adresse bei der Park Avenue nannte. »Damit wäre die Pizza wohl gestorben«, bemerkte sie nur, da sie immer für Überraschungen zu haben war. »Übrigens, ich mag Ihren Vater.«

»Ich kann Ihnen verraten, das Gefühl ist gegenseitig.«

»Ist es nicht merkwürdig, dass er meine Eltern kennt? Dad schmeißt gern mit Namen um sich – vor allem, wenn er die betreffende Person tatsächlich gar nicht kennt. Aber Ihren Vater hat er nie erwähnt.«

Ob ihr Duft in dem stickig riechenden Taxi hängen blieb, wenn sie ausgestiegen sein würden? Irgendwie glaubte er es. »Vielleicht hat er ihn einfach vergessen.«

Maddy lachte kurz auf. »Unwahrscheinlich. Einmal hat Dad die Nichte der Frau eines Mannes kennengelernt, dessen Bruder als Statist in ›Singin' in the Rain‹ gearbeitet hat. Das hat er nie vergessen. Merkwürdig ist nur, dass Ihr Vater sich daran erinnert, dass eine Nacht auf der Liege in einem Hotelzimmer ihm so wichtig ist.«

Auch Roy war das aufgefallen. Edwin lernte Hundert und Aberhundert Menschen kennen. Warum erinnerte er sich dann so deutlich an ein herumreisendes Unterhaltungskünstlerpaar, das ihm für eine Nacht eine Schlafgelegenheit geboten hatte? »Ich kann nur vermuten, dass Ihre Eltern Eindruck auf ihn gemacht haben.«

»Sie sind auch großartig. Da wären wir«, fügte sie hinzu, als das Taxi vor einem eleganten, schlichten französischen Restaurant vorfuhr. »In diese Gegend komme ich selten.«

»Warum?«

»Alles, was für mich wichtig ist, liegt in meinem Viertel.« Sie wäre auf der Straßenseite aus dem Taxi gestiegen, wenn Roy nicht ihre Hand genommen und Maddy mit sich auf der Gehwegseite hätte aussteigen lassen. »Ich habe keine Zeit für häufige Verabredungen. Und wenn, dann gewöhnlich mit Männern, deren Französisch sich auf Ballettpositionen begrenzt.« Sie hielt inne. »Das war doch sicher wieder eine meiner typisch unverblümten Bemerkungen?«

Sie betraten das Lokal, das angenehm kühl und in ruhigen Pastelltönen gehalten war.

»Ja. Aber irgendwie habe ich das Gefühl, Sie zerbrechen sich wegen unverblümter Bemerkungen nicht unbedingt den Kopf.«

»Ich werde mir später überlegen, ob ich das als Kompliment oder als Beleidigung auffassen soll. Beleidigungen vermitteln mir schlechte Laune, und ich will mir nicht das Essen verderben lassen.«

»Ah, Monsieur Valentine.«

»Jean-Paul.« Roy begrüßte den Besitzer mit einem Nicken. »Ich habe keinen Tisch reservieren lassen, aber ich hoffe, Sie haben noch Platz für uns.«

»Für Sie immer.« Er musterte Maddy mit erfahrenem Blick. Nicht der für Monsieur übliche Typ, entschied Jean-Paul, aber ebenso reizvoll. »Folgen Sie mir bitte.«

Es war genau die Art von Restaurant, die Maddy als die von Roy bevorzugte vermutet hatte. Ein wenig gediegen, aber doch elegant, ein vornehmer Chic, ohne mondän zu sein. Die Pastelltöne der Wände und das gedämpfte Licht vermittelten zudem den Eindruck von Entspanntheit. Ein feiner Duft von Gewürzen lag in der Luft. Mit unverhohlener Neugier sah Maddy sich um. So viel Eleganz an einem so kleinen Ort, dachte sie. Aber gerade das machte einen großen Teil des Charmes von New York aus: Müll oder Glanz, es lag nur eine Straßenecke voneinander entfernt.

»Champagner, Mr. Valentine?«

»Maddy?« Roy hatte die Weinkarte in der Hand, doch er überließ Maddy die Entscheidung.

Sie schenkte dem Besitzer ein Lächeln, das dessen Meinung über sie um einige Grad klettern ließ. »Es ist immer schwer, zu Champagner Nein zu sagen.«

Nachdem Roy die Bestellungen aufgegeben hatte, beendete Maddy ihre neugierige Musterung der anderen Gäste und wandte sich ihm mit einem Lächeln zu. »Ich habe mich gefragt, ob Sie noch einmal zur Probe kommen.«

Er wollte nicht zugeben, dass er es gewollt hatte und sich regelrecht zwingen musste, sich von etwas fernzuhalten, was nicht sein Zuständigkeitsbereich war. »Es ist nicht nötig. Ich kann dem Stück selbst keine neuen Impulse geben. Meine Aufgabe ist die Erfolgsbilanz.«

Sie betrachtete ihn ernst. »Ich verstehe.« Nachdenklich

malte sie eine Linie auf das Tischtuch. »Die Show muss einschlagen, damit Valentine Records das investierte Geld wieder herausholen kann. Und nur wenn sie einschlägt, lassen sich viele Plattenalben davon verkaufen.«

»Sicher, aber die Show liegt ja in guten Händen.«

»Nun, das sollte immerhin ein Trost für mich sein.« Ihre gute Laune stieg sofort wieder, als der Champagner gebracht wurde. Rituale amüsierten sie immer, und so beobachtete sie das der Etikette entsprechende Verfahren: das Zeigen der Flaschenbeschriftung, das schnelle, gekonnte Öffnen mit einem gedämpften Plopp, der Probeschluck und die Anerkennung. Der Champagner wurde in Sektkelche gegossen, und sie beobachtete sein spritziges Schäumen.

»Trinken wir auf Philadelphia.« Sie hatte ihr Lächeln wiedergefunden, als sie ihr Glas hob.

»Philadelphia?«

»Die Premieren dort verraten meist das weitere Schicksal eines Stückes.« Sie stieß mit ihm an und nahm dann langsam einen kleinen Schluck. Sie würde den Champagner ebenso kontrolliert genießen wie alle anderen Genüsse. Doch sie genoss dafür fast andächtig jeden Schluck. »Wunderbar. Den letzten Champagner habe ich auf der Abschiedsparty von ›Suzanna's Park‹ getrunken, aber er war nicht annähernd so gut.«

»Warum haben Sie es gemacht?«

»Was gemacht?«

»Aus der Show aussteigen.«

Bevor sie antwortete, nippte sie noch einmal. Wie herrlich doch Champagner bei Kerzenlicht ist, dachte sie, und wie jammerschade, dass die Menschen so etwas nicht mehr wahrnehmen, wenn sie immer Champagner trinken können. »Ich habe alles, was ich konnte, in die Rolle hineingelegt und alles aus ihr herausgeholt. Es war einfach Zeit für eine Veränderung. Meine

Füße sind unruhig, Roy, wie in der Geschichte von den ›Roten Schuhen‹. Die roten Schuhe bekommen Gewalt über die Tänzerin, und sie muss nach ihrem Gutdünken tanzen.«

Er hatte schon oft Unruhe bei Frauen kennengelernt, die sich immer wieder veränderten, aber doch nie Zufriedenheit fanden. »Man könnte sagen, Sie langweilen sich schnell.«

Etwas in seiner Stimme machte sie wachsam, doch sie konnte die Frage nur ehrlich beantworten. »Ich langweile mich nie. Wie sollte ich auch? Es gibt so vieles, um sich daran zu erfreuen.«

»Es hat also bei Ihnen nichts mit einem Verlust von Interesse zu tun?«

Ohne den Grund dafür zu kennen, hatte sie das Gefühl, von ihm irgendwie geprüft zu werden. Oder prüfte er sich selbst? »Ich kann mich an nichts erinnern, woran ich das Interesse verloren hätte. Nein, das stimmt nicht. Es gab da dieses Tigerposter, ein riesiges, teures Stück. Ich musste es unbedingt haben. Und als ich es gekauft und nach Hause geschafft hatte, musste ich feststellen, dass es schrecklich war. Aber das meinen Sie doch wohl nicht?«

»Nein.« Roy betrachtete sie prüfend, als er trank. »Das nicht.«

»Ich glaube, es ist eher eine Frage unterschiedlicher Einstellungen.« Sie ließ ihren Finger über den Rand des Glases kreisen. »Ein Mann wie Sie schafft sich seine eigene Routine und muss sich dann jeden Tag daran halten, weil eine Menge Leute von ihm abhängig sind. In meinem Leben wird ein großer Teil der Routine vorgegeben, einfach um den Anforderungen zu entsprechen. Der Rest muss sich immer wieder ändern, sonst verliere ich den Biss. Das sollten Sie verstehen, wenn Sie mit Künstlern arbeiten.«

Seine Lippen verzogen sich leicht, als er das Glas hob. »Ich bemühe mich.«

»Künstler amüsieren Sie?«

»Zum Teil«, gab er zu. »Zum Teil frustrieren sie mich auch, was aber nicht bedeutet, dass ich sie nicht bewundern würde.«

»Obwohl sie alle etwas verrückt sind.«

Der Humor, der um seine Mundwinkel spielte, zeigte sich jetzt auch in seinen Augen. »Völlig.«

»Ich mag Sie, Roy.« Freundschaftlich legte sie eine Hand auf seine. »Es ist nur ein Jammer, dass es Ihnen an Illusionen mangelt.«

Er fragte sich, was sie damit meinte. Er war sich nicht sicher, ob er es wissen wollte. Doch zum Glück erschien jetzt auch der Kellner mit den Speisekarten.

»Das wird ein Problem«, sagte Maddy halblaut.

Roy blickte auf. »Mögen Sie keine französische Küche?«

»Machen Sie Witze? Ich liebe sie, ich liebe italienische, armenische, indische. Das ist ja das Problem. Es gibt für mich zwei Möglichkeiten. Ich bestelle einen Salat und verleugne mich selbst. Oder ich erkläre das zu einer Feier und gehe aufs Ganze.«

»Den Lachs kann ich nur empfehlen.«

Sie blickte von der Karte auf und musterte ihn voller Ernst. »Tatsächlich?«

»Sehr sogar.«

»Roy, ich bin eine erwachsene Frau und meinem Wesen nach unabhängig. Doch beim Essen geht mein Appetit mit mir manchmal wie bei einer Zwölfjährigen in der Süßwarenabteilung durch. Ich werde also mein Schicksal in Ihre Hände legen.« Sie legte die Speisekarte zur Seite.

»Einverstanden.« Die Gründe dafür wollte er gar nicht so genau wissen, doch er entschloss sich, ihr das Essen ihres Lebens zusammenzustellen.

Und er wurde nicht enttäuscht. Sie aß langsam, mit einer unwiderstehlich sinnlichen Genussfreude, von der Roy schon vergessen hatte, dass sie im Essen gefunden werden konnte. Sie probierte alles, genoss jeden Bissen, aber aß nichts auf. Selbst jetzt war die ihr in Fleisch und Blut eingegangene Disziplin nicht ausgeschaltet.

Sie reizte sich selbst mit dem Genuss des Essens, wie andere Frauen sich vielleicht mit Männern reizen. Sie schloss über einem Bissen Fisch die Augen und gab sich ganz dessen Genuss hin, wie andere sich einem Liebesspiel hingeben würden.

»Oh, das ist wunderbar. Probieren Sie.«

Sie streckte ihm ihre Gabel hin. Für ihn selbst überraschend, spannte sich sein Körper an. Allein sie zu beobachten erregte ihn. Er wollte sie probieren, genießen, so langsam, wie sie jeden Bissen ihres Essens schmeckte.

Er ließ sich von ihr füttern. Sie beobachtete genau, wie er den Bissen genoss. Doch gleichzeitig erkannte er in ihrem Blick eine Neugier, die deutlich erotisch war.

»Sie sagten einmal, Tänzer seien immer hungrig.«

Er sprach jetzt nicht vom Essen. Maddy nippte an ihrem Glas, um etwas Zeit zu gewinnen. »Wir treffen schon früh eine Entscheidung. Wir verzichten auf Fußball, Fernsehen, Partys und gehen stattdessen zum Unterricht. Das wirkt sich immer aus.«

»Wie viele Opfer bringen Sie?«

»So viele, wie erforderlich sind.«

»Und es lohnt sich?«

»Ja.« Sie lächelte entspannt, nun, wo die körperliche Spannung wieder von ihr wich. »Es lohnt sich immer.«

Roy lehnte sich zurück, um den Abstand zu Maddy zu vergrößern. Sie bemerkte es und fragte sich, ob er die gleiche Intensität zwischen ihnen gespürt hatte. »Was bedeutet Erfolg für Sie?«

»Mit sechzehn hat er Broadway bedeutet. Und zum Teil bedeutet er das immer noch.«

»Dann haben Sie ihn.«

Er verstand sie nicht, wie sie es auch gar nicht anders erwartet hatte. »Ich fühle mich erfolgreich, weil ich mir einrede, die Show wird der Renner. Ich weigere mich einfach, an einen Verriss zu denken.«

»Dann legen Sie also Scheuklappen an.«

»Oh nein. Rosa gefärbte Brillen, aber nie Scheuklappen. Sie sind Realist. Ich glaube, das gefällt mir an Ihnen, weil es so ganz das Gegenteil von mir ist. Ich ziehe die Illusion vor.«

»Man kann Geschäfte nicht auf Illusionen gründen.«

»Und Ihr Privatleben?«

»Das auch nicht.«

Interessiert beugte sie sich vor. »Warum nicht?«

»Weil nichts im Leben funktioniert, wenn man nicht weiß, was wirklich ist und was nicht.«

»Ich finde die Vorstellung angenehmer, dass man etwas wirklich werden lassen kann.«

»Valentine!«

Roys abweisende Miene verwandelte sich in eine undurchdringliche, als er aufblickte und den großen schlaksigen Mann in pfirsichfarbenem Jackett und melonengelber Krawatte erkannte. »Selby. Wie geht's Ihnen?«

»Gut, ausgezeichnet.« Er sah Maddy mit einem tiefen Blick an. »Scheint, als würde ich stören. Ich hasse die abgedroschenen Sprüche, aber sind wir uns schon einmal begegnet?«

»Nein.« Mit der unbeschwerten Freundlichkeit, die sie allen Menschen gegenüber zeigte, reichte ihm Maddy die Hand. »Madeline O'Hara. Allen Selby.«

»Madeline O'Hara?« Selby unterbrach Roys Vorstellung und drückte Maddys Hand. »Welche Freude. Ich habe ›Suzanna's Park‹ zweimal gesehen!«

Der Druck seiner Hand gefiel ihr zwar überhaupt nicht, doch da sie sich immer selbst hasste, wenn sie schnippische

Bemerkungen machte, erwiderte sie: »Dann ist es auch meine Freude.«

»Habe gehört, Valentine Records hat sich in den Broadway gestürzt.«

»Es spricht sich herum. Allen ist der Kopf von Galloway Records«, erklärte Roy Maddy.

»Freundschaftliche Konkurrenten«, versicherte Selby ihr, doch sie hatte das deutliche Gefühl, er würde Roy bei der erstbesten Gelegenheit in den Rücken fallen. »Haben Sie schon einmal an ein Solo-Album gedacht, Maddy?«

Sie spielte mit ihrem Glas. »Auch wenn es einem Plattenproduzenten gegenüber unvorsichtig ist, aber Singen ist nicht meine starke Seite.«

»Falls Roy Sie nicht vom Gegenteil überzeugt, dann kommen Sie zu mir.« Während er sprach, legte er eine Hand auf Roys Schulter. Nein, diese Hände gefielen ihr nicht, entschied sie wieder. »Ich würde mich gern auf einen Kaffee zu euch setzen«, fuhr Selby fort und ignorierte einfach die Tatsache, dass er nicht eingeladen worden war, »aber ich bin mit einem Kunden zum Essen hier. Beste Grüße an Ihren alten Herrn, Roy. Denken Sie noch einmal über das Album nach.« Er winkte Maddy zu und schlenderte dann zurück zu seinem eigenen Tisch.

Maddy leerte ihr Glas. »Kleiden sich die meisten Plattenproduzenten, als wären sie in einen Fruchtsalat gefallen?«

Roy sah sie einen Augenblick lang an, dann löste sich seine Spannung in Lachen auf. »Selby ist schon eine Type.«

Erfreut, ihn zum Lachen gebracht zu haben, legte sie wieder eine Hand auf seine. »Sie aber auch.«

»Ist das ein Kompliment oder eine Beleidigung?«

»Ein Kompliment.« Sie warf einen flüchtigen Blick hinüber, wo Selby gerade einen Kellner heranwinkte. »Sie mögen ihn nicht.«

»Wir sind Geschäftskonkurrenten.«

»Nein, Sie mögen ihn nicht, ihn persönlich.«

Das interessierte Roy, denn immerhin stand er – nicht ohne Grund – in dem Ruf, seine Gefühle verbergen zu können. »Wie kommen Sie darauf?«

»Weil Ihr Blick plötzlich eisig wurde. Und wenn er Ihnen schon die Laune verdorben hat, warum gehen wir dann jetzt nicht einfach?«

Als sie das Lokal verließen, hatte sich die schwüle Hitze des Tages gelegt. Maddy hakte sich bei Roy unter und atmete die kühle Nachtluft ein. »Laufen wir ein Stück? Es wäre zu bequem, einfach ins erste Taxi zu springen.«

So schlenderten sie den Gehweg hinunter, an dunklen Schaufenstern und geschlossenen Ladentüren vorbei.

»Selby hat den Nagel auf den Kopf getroffen. Mit dem geeigneten Material könnten Sie ein gutes Album machen.«

Das war nie Bestandteil ihres Traums gewesen, auch wenn der Gedanke nicht ganz ohne Reiz war. »Irgendwann einmal, vielleicht. Aber ich denke, die Streisand wird ruhig schlafen können. Hier ist es nie richtig sternenklar«, fügte sie halblaut hinzu, den Blick zum Himmel gerichtet. »In Nächten wie dieser beneide ich Alana um ihre Farm auf dem Land.«

»Etwas schwierig, auf der Veranda in der Hollywoodschaukel zu sitzen und zu träumen und die Abendvorstellung zu schaffen.«

»Eben. Aber irgendwann mache ich meinen Traumurlaub: eine Kreuzfahrt in der Südsee, wo der Steward Eistee serviert, während ich das Spiel des Mondlichtes auf den Wellen beobachte. Oder eine Hütte im Wald, wo ich morgens im Bett liege und dem Weckgesang der Vögel lausche. Das Problem ist nur, wie ich das mit meinem Balletttraining verbinde.« Sie lachte über sich selbst. »Was würden Sie machen, wenn Sie sich etwas Zeit nehmen könnten?«

Es war zwei Jahre her, dass er sich mehr als nur ein verlängertes Wochenende gegönnt hatte. Und es war zwei Jahre her, dass er an die Spitze von Valentine Records getreten war. »Wir haben ein Haus auf St. Thomas. Man kann dort auf dem Balkon sitzen und einfach vergessen, dass es so etwas wie Manhattan gibt.«

»Das muss wunderbar sein. Eins von diesen weitläufigen Häusern mit weißem Stuck und einem Garten voller Blumen, wie es die meisten Menschen nur auf Bildern zu sehen bekommen. Aber Sie haben bestimmt Telefon. Ein Mann wie Sie würde sich nie ganz von der Welt abschneiden.«

»Alles hat seinen Preis.«

Diese Erfahrung machte sie nur zu gut jedes Mal, wenn sie ihre Hand auf die Stange im Ballettraum legte. »Oh, sehen Sie.« Sie blieb vor einem Schaufenster stehen und betrachtete ein taubenblaues Negligé, das bis zum Boden reichte und die Schultern durch schwarze Spitze enthüllte. »Das ist meine Schwester Carrie.«

Roy musterte das ausdruckslose Gesicht der Schaufensterpuppe. »Tatsächlich?«

»Das Negligé. Das ist Carrie – kühl und sexy. Sie ist die Einzige von uns dreien, die geboren wurde, um solche Sachen zu tragen.« Lachend trat Maddy einen Schritt zurück, um sich den Namen des Geschäftes zu merken. »Ich muss es ihr schicken. Wir haben in wenigen Monaten Geburtstag.«

»Caroline O'Hara. Merkwürdig, ich bringe es einfach nicht zusammen, dass sie Ihre Schwester ist.«

»Gar nicht merkwürdig. Wir sind uns äußerlich nicht sehr ähnlich.«

Kühl und sexy, dachte Roy. Das war genau Caroline O'Haras Image als Symbol des glanzvollen Hollywood. Die Frau neben ihm würde nie als kühl bezeichnet werden können, und ihre Sinnlichkeit war nicht glanzvoll, sondern deutlich spürbar. Und gefährlich. »Es muss ein eigenartiges Gefühl sein, eine von Drillingen zu sein.«

»Ich weiß nicht, ich kenne es nicht anders.« Sie setzten ihren Weg fort. »Aber es ist etwas Besonderes. Man ist nie wirklich allein. Daraus konnte ich wohl auch den Mut schöpfen, allein nach New York zu gehen. Ich hatte immer Carrie und Alana, selbst wenn sie Meilen von mir entfernt waren.«

»Sie vermissen sie?«

»Oh ja. Manchmal vermisse ich sie schrecklich, auch Mom und Dad und Terence. Wir haben auf Gedeih und Verderb so eng zusammengelebt, zusammengearbeitet. Uns gegenseitig angeschrien.« Sie lachte auf. »Das ist nichts Ungewöhnliches, wissen Sie. Jeder braucht ab und zu jemanden, den er anschreien kann. Als uns Terence verließ, war es zuerst so, als hätte man einen Arm verloren. Dad hat das nie richtig überwunden. Dann ist Alana gegangen – dann Carrie und ich. Ich habe nie richtig daran gedacht, wie hart es für meine Eltern gewesen sein musste, weil sie sich immerhin gegenseitig haben. Haben Sie ein enges Verhältnis zu Ihren Eltern?«

Er verschloss sich augenblicklich. Sie glaubte direkt das Eis zu spüren, das sich über die Hitze legte. »Es gibt nur meinen Vater.«

»Das tut mir leid.« Vorsätzlich riss sie nie alte Wunden auf, aber die ihr eigene Neugier führte sie oft dazu. »Ich habe nie einen mir nahestehenden Menschen verloren, aber ich kann mir vorstellen, wie hart es ist.«

»Meine Mutter ist nicht tot.« Mitleid konnte er nicht annehmen. Er verabscheute es.

Die Fragen, die sich in ihrem Kopf bildeten, behielt sie für sich. »Ihr Vater ist ein wunderbarer Mann. Das habe ich sofort bemerkt. Er hat so freundliche Augen. Das habe ich auch immer bei meinem eigenen Vater geliebt: die Art, wie seine Augen sagten: ›Vertraue mir‹, und man wusste, man konnte es.

Wissen Sie, meine Mutter ist mit ihm durchgebrannt. Sie war siebzehn, als mein Vater in die Stadt kam und ihr den Mond auf einem Silbertablett versprochen hat. Ich glaube, sie hat ihm das nie geglaubt, aber sie ist mit ihm gegangen. Als wir klein waren, haben meine Schwestern und ich immer von dem Tag geträumt, wenn ein Mann kommen und uns den Mond anbieten würde.«

»Ist es das, was Sie wollen?«

»Den Mond?« Sie lachte schallend. »Natürlich. Und die Sterne. Ich könnte sogar den Mann nehmen.«

Er blieb stehen, um sie anzusehen. »Und? Hat Ihnen ein Mann das alles gegeben?«

»Nein.« Sie spürte ihren Herzschlag immer stärker, bis zum Hals. »Aber einen Mann, der es angeboten hat.«

»Der Mann war ein Träumer.« Er fuhr ihr durchs Haar, wie er es die ganze Zeit gewollt und es vor sich doch immer wieder verleugnet hatte. Weich spürte er es zwischen seinen Fingern. »Wie Sie.«

»Wenn man zu träumen aufhört, hört man zu leben auf.«

Er schüttelte den Kopf. »Ich habe schon vor langer Zeit damit aufgehört.« Seine Lippen berührten ihre, ganz kurz, wie es schon einmal zwischen ihnen gewesen war. »Und ich lebe noch.«

Sie legte eine Hand auf seine Brust, nicht, um ihn von sich zu drücken, sondern um ihn nah zu halten. »Und warum hast du damit aufgehört?«

»Ich ziehe die Wirklichkeit vor.«

Dieses Mal war es nicht zögernd, als sein Mund sich ihrem näherte. Roy nahm, was er sich seit Tagen gewünscht hatte. Er spürte die Wärme ihrer Lippen und ihre Bereitschaft, sich ihm zu öffnen. Maddy schlang den Arm um seinen Hals und zog Roy fester an sich, während ihre Zungen sich im sinnlichen Spiel trafen.

Sie standen außerhalb des Lichtkreises der Straßenlaterne, und die umstehenden Gebäude versperrten den größten Teil des Himmels. Sie waren ganz allein, auch wenn der Verkehr auf der Straße an ihnen vorbeizog. Roys Hand lag auf Maddys Rücken, und er zog sie fest an sich. Ihr Duft ließ ihn den Großstadtgeruch vergessen. Es gab nur sie.

So fest in seine Arme geschmiegt, löste sie sich bereits vom Boden, und gleich würde sie den kalten weißen Mond berühren können und seine Geheimnisse kennenlernen. Diese Atemlosigkeit hatte sie nicht erwartet.

Roy strahlte Kraft und Rücksichtslosigkeit aus. Ihr Überlebensinstinkt hätte sie davor warnen sollen, es sogar verspotten. Doch sie schmiegte sich nur an ihn und streichelte seinen Nacken.

Er hätte es besser wissen müssen, vom ersten Moment an, als er sie gesehen hatte. Doch stattdessen hatte Roy nur Schritte auf sie zu- statt von ihr weggemacht. Er war nichts für sie, und sie konnte für ihn nur eine Katastrophe bedeuten. Das hier würde nicht in eine unverbindliche Beziehung münden, sondern eine stärker und stärker werdende Sogwirkung in ein langsam brennendes Feuer entfalten.

Er spürte es. Die offene Hingabe, die Verlockung war. Ihr Körper war eng an seinen geschmiegt, und das Begehren breitete sich über eine Grenze hinaus aus, die kontrolliert werden sollte, kontrolliert werden musste. Er wollte nicht darüber hinaus und wollte es doch, wollte es sogar mehr, als er jemals etwas gewollt hatte.

Innerlich trat er schon den Rückzug an. Und doch, bevor er sich selbst Einhalt gebieten konnte, umfasste er ihr Gesicht, um sie wieder zu küssen. Er wollte von ihr übersättigt werden, ihrer überdrüssig werden. Doch je mehr er nahm, desto mehr wünschte er sich.

Eine Frau wie diese konnte einen Mann zerstören. Seit

seiner Kindheit gründete sich sein Leben auf dem Grundsatz, eine Frau nie so wichtig werden zu lassen, dass er verletzbar war. Maddy macht keinen Unterschied, redete er sich ein, als er in ihr zu ertrinken drohte. Sie konnte einfach nicht.

Als er sich von ihr löste, waren Maddys Beine wie aus Gummi. Sie fand keine schlagfertige Bemerkung, kein leichtes Lächeln. Sie konnte nur in seine Augen blicken, und was sie jetzt sah, war keine Leidenschaft, kein Begehren. Es war Ärger. Sie fand keine Erklärung dafür.

»Ich bringe dich nach Hause«, sagte er.

»Einen Augenblick.« Sie musste erst wieder zu Atem kommen, musste erst wieder festen Boden unter ihren Füßen spüren. Sie ging zur Straßenlaterne und stützte sich mit der Hand gegen das Metall. Die Lampe warf ihr weißes Licht über sie, während Roy im Schatten blieb. »Ich habe das Gefühl, du ärgerst dich über das, was geschehen ist.«

Er antwortete nicht, doch sie bemerkte, dass sein Blick kalt geworden war. Es verletzte sie. Normalerweise kamen ihr die Tränen so leicht wie das Lachen. Doch sie hatte von ihren Eltern nicht nur leicht erregbare Gefühle, sondern auch deren Stolz geerbt. »Ich komme allein nach Hause, danke.«

»Ich habe gesagt, ich bringe dich.«

Sie fand zu ihrer inneren Stärke zurück, vielleicht half ihr dabei die unterschwellige Wut, die sie aus seiner Stimme gehört hatte. »Ich bin ein großes Mädchen, Roy. Ich bin schon lange für mich allein verantwortlich. Mach's gut.«

Maddy ging um die Ecke und hob die Hand. Eine gute Fee hatte Mitleid mit ihr und sandte ihr sofort ein Taxi, das an den Gehweg heranfuhr. Maddy stieg ein, ohne sich umzublicken.

5. Kapitel

Die Tänzer hatten auf der Bühne ihre Positionen eingenommen, und ganz vorn stand Myron, um mit scharfem Blick jede Bewegung beobachten zu können. Zusätzlich saßen der Inspizient und der Beleuchtungsmeister da, seine Assistenten, der Pianist, neben dem der Komponist nervös stand, samt einigen Technikern und demjenigen, der die Fäden des ganzen Stückes in der Hand hielt – der Regisseur.

Maddy, als Stripperin, und Wanda, in der Rolle der Maureen Core, einer Kollegin, hatten gerade ihren Dialog beendet. Der Pianist gab ihr den Einsatz, und plötzlich war Maddys Kopf wie leer gefegt.

»Maddy.« Der Regisseur war mehr für sein Können als für seine Geduld bekannt.

Sie stieß eine Reihe saftiger Flüche aus, die sie nur für Patzer auf der Bühne benutzte. »Entschuldigung, Don.«

»Du gibst nur fünfzig Prozent, Maddy, ich verlange von dir aber mindestens hundertzehn.«

»Du bekommst sie.« Sie rieb sich über den verspannten Nacken. »Gib mir vorher eine Minute, okay?«

»Fünf«, entgegnete er schneidend.

Maddy ging links von der Bühne und ließ sich auf eine Kiste in den Kulissen fallen.

»Probleme?« Wanda setzte sich neben sie, wobei sie sich mit einem Blick umsah, der dazu bestimmt war, jeden anderen auf Sicherheitsabstand von ihnen zu halten.

»Ich hasse es, Proben durcheinanderzubringen. Es ist mir sehr unangenehm.«

»Ich stecke normalerweise meine Nase nicht in die Angelegenheiten anderer Leute. Aber ...«

»Es gibt immer ein Aber.«

»Seit ungefähr einer Woche läufst du nur auf drei Zylindern. Meiner Meinung nach bist du reif für einen Stimmungsaufschwung.«

Maddy stützte das Kinn auf die Hand. »Warum müssen Männer solche gemeinen Kerle sein?«

»Aus dem gleichen Grund, aus dem der Himmel blau ist, Schätzchen. Sie wurden so gemacht.«

Zu jeder anderen Zeit hätte sie gelacht. Jetzt nickte sie nur grimmig. »Wahrscheinlich ist es klüger, wenn man sie einfach links liegen lässt.«

»Verdammt klüger«, stimmte Wanda ihr zu. »Allerdings fehlt dann der Spaß. Macht dein Freund dir Schwierigkeiten?«

»Er ist nicht mein Freund.« Stirnrunzelnd betrachtete Maddy die Spitze ihres Schuhs. »Aber er macht mir Schwierigkeiten. Was würdest du tun, wenn ein Mann dich küsst, als sollte es zwanzig Jahre dauern, und dich plötzlich von sich stößt, als hättest du ihm niemals auch nur das Geringste bedeutet?«

»Dann kannst du ihn vergessen. Oder du gibst ihm noch eine Chance und siehst zu, dass er den Köder schluckt.«

»Aber ich will niemanden ködern.«

»Du bist es doch selbst, geködert und am Haken baumelnd. Vielleicht solltest du jetzt einfach nur daran denken, was du eigentlich willst. Ist er es?«

Missmutig zuckte Maddy die Schultern und hasste sich gleichzeitig für ihre Gereiztheit. »Möglich.«

»Lass dich von Mary, deiner Stripperin, belehren. Laufe dem nach, was gut für dich ist.«

Das klang so leicht. »Ich weiß aber trotzdem nicht, wie ich mich ihm gegenüber verhalten soll.«

»Stelle ihn, kreuze so oft bei ihm auf, bis er sich bekennt.«

»Und du meinst, ich sei so unwiderstehlich?«

»Das weißt du erst, wenn du es ausprobiert hast.« Wanda ließ nicht locker.

Nachdenklich fuhr sich Maddy über die Wange. Dann erhob sie sich und nickte. »Du hast recht. Du hast völlig recht. Und jetzt bin ich so weit, Don hundertzehn Prozent zu geben.«

Wieder gingen sie den Dialog durch, doch dieses Mal gelang es Maddy aus sich heraus, ihrer Rolle Biss zu geben. Und als der Pianist die Orientierungsnote für ihren Song anschlug, da gab sie alles. Als sie in den Blicken der Tänzer eine Mischung aus Anerkennung und Neid entdeckte, hatte sie schon wieder ganz zu ihrem Selbstbewusstsein und Temperament gefunden.

Wieder und wieder wurde die Szene geprobt, wobei hier und da gestrafft und einige Änderungen vorgenommen wurden. Der Beleuchtungsmeister und der Inspizient steckten die Köpfe zusammen, und noch einmal wurde die Szene durchlaufen. Zufrieden – für den Augenblick – gingen sie dann zur nächsten Szene über. Maddy bekam eine kleine Pause, kippte einen Orangensaft hinunter und aß hastig einen Joghurt … und schon ging es weiter.

Es war schon dämmrig, als Maddy das Theater verließ. Einige Tänzer gingen in ein Lokal in der Nähe, um sich zu entspannen und abzuschalten. Normalerweise hätte sich Maddy ihnen gern angeschlossen. Doch heute, spürte sie, hatte sie zwei Möglichkeiten: Sie könnte nach Hause gehen und ein heißes Bad nehmen, oder sie könnte Roy stellen.

Klüger wäre es, nach Hause zu gehen. Der letzte Durchlauf hatte ihre Energiereserven aufgezehrt. Außerdem, eine Frau, die einem desinteressierten Mann nachlief, zeigte sowieso einen erschreckenden Mangel an gesundem Menschenverstand.

Es gab genügend andere Menschen, Menschen, die mit ihr in ihren Interessen und Zielen übereinstimmten und die unkompliziertere Begleiter abgaben. Es war ja schließlich nicht so, als würden Männer sie anblicken und dann in die entgegengesetzte Richtung laufen. Die meisten mochten und schätzten sie, so wie sie war. Wenn sie wirklich wollte, konnte sie problemlos in angenehmer Gesellschaft den Abend verbringen.

Sie betrat fünf Telefonzellen, bis sie eine fand, in der noch ein Telefonbuch vorhanden war. Nur einfach einmal nachsehen, sagte sie sich selbst, als sie Roys Namen suchte. Nachsehen schadete nie etwas.

Natürlich, er lebte in einem reinen Wohnviertel. Central Park West – also an die fünfzig Straßenecken von hier entfernt.

Sie könnte in Central Park West nicht leben, weil sie es nicht verstand. Sie verstand das Village, sie verstand SoHo, sie verstand das Theaterviertel.

Sie und Roy hatten nichts Gemeinsames, und sie machte sich selbst zur Närrin, wenn sie etwas anderes annahm. Sie ging los und redete sich dabei ein, sie gehe nach Hause, um ein heißes Bad zu nehmen und es sich mit einem Buch im Bett gemütlich zu machen. Sie hatte doch sowieso nie einen Mann in ihrem Leben gewollt. Männer stellten Forderungen und komplizierten alles. Sie hatte genug mit Tanz- und Rollenstudium zu tun, da konnte sie nicht auch noch an eine Beziehung denken.

Maddy stieg die Treppe in den U-Bahn-Schacht hinunter. Aus der Tiefe ihrer Tasche fischte sie die Metallmarke heraus, mit der sie durch die Sperre kam. Während sie durch das Drehkreuz zu der Bahn ging, die sie zu Manhattans Wohnviertel brachte, hielt sie sich immer noch eine Standpauke.

Es wäre doch klüger gewesen, erst anzurufen, fand Maddy,

als sie vor dem imposanten Gebäude, in dem Roy seine Wohnung hatte, stand. Womöglich war er nicht da. Schlimmer, womöglich war er da, aber nicht allein.

Eine Frau in einer Hose aus Naturseide schlenderte mit zwei Pudeln an Maddy vorbei, ohne auch nur einen Blick auf sie zu werfen. So war hier die Nachbarschaft, überlegte Maddy. Seidenhosen und Pudel. Sie selbst war eine Promenadenmischung aus bequemen Jeans und ausgetretenen Turnschuhen. Sie hätte wenigstens vorher nach Hause gehen und sich umziehen können.

Nun hör dir das selbst einmal an, befahl sich Maddy. *Du stehst hier und führst Klage über Kleidung. Das ist Carries Masche, aber es ist noch nie deine gewesen. Außerdem ist das, was du anhast, gut genug für dich … Es ist gut genug für die Menschen, die du kennst. Wenn es nicht gut genug für Roy Valentine ist, was machst du dann überhaupt hier?*

Das weiß ich nicht, gab sie sich zur Antwort. *Ich bin ein Idiot.*

Keine Widerrede hierbei.

Sie holte tief Luft, öffnete die weite Glastür und betrat die ruhige, mit Marmorboden ausgestattete Eingangshalle.

Seit Jahren war Maddy Schauspielerin. Sie lächelte, warf ihr Haar zurück und schlenderte hinüber zu dem uniformierten Portier beim Empfang. »Guten Abend. Ist Roy zu Hause? Roy Valentine?«

»Tut mir leid, Miss. Er ist heute Abend noch nicht zurückgekommen.«

»Oh.« Sie bemühte sich, sich das Ausmaß ihrer Enttäuschung nicht anmerken zu lassen. »Macht nichts, ich war gerade in der Nähe.«

»Ich übergebe ihm gern eine Nachricht, Miss …« Als er sie ansah, wirklich ansah, bekam er plötzlich große Augen. »Sie sind Madeline O'Hara.«

Es war sehr selten, dass sie außerhalb des Theaters erkannt wurde. Maddy wusste es besser als sonst irgendjemand, wie anders sie auf der Bühne erschien. »Ja.« Automatisch reichte sie ihm die Hand.

»Oh, das ist aber eine Freude.« Der Mann umfasste ihre Hand mit beiden Händen. »Meine Frau wollte etwas Besonderes zu unserem Hochzeitstag, da haben uns die Kinder Karten für ›Suzanna's Park‹ besorgt. Das war ein wunderbarer Abend.« Als er lächelte, zeigte er einen Goldzahn. »Miss O'Hara, ich kann Ihnen gar nicht sagen, wie gut Sie uns gefallen haben. Meine Frau meinte sogar, bei Ihrem Auftritt habe sie gemeint, die Sonne gehe auf.«

»Danke.« Solche Komplimente entschädigten für das jahrelange Balletttraining, für die harten Proben und die verspannten Muskeln. »Vielen Dank.«

»Am besten hat uns eine ganz bestimmte Stelle gefallen. Wissen Sie, die eine Stelle – Himmel, meine Frau hat richtig heulen müssen –, als Sie dachten, Peter sei weg, und als der Scheinwerfer mit diesem ganz fahlen blauen Licht nur auf Sie gerichtet war. Und Sie haben gesungen.« Er räusperte sich und begann in einem unsicheren Bariton: »Wie kann er geh'n, wenn meine Liebe ihn umfängt?«

»Wie kann er gehen«, fiel Maddy mit kräftiger Altstimme ein, »wenn mein Herz zu ihm drängt?«

»Ja, das ist die Stelle.« Seufzend schüttelte der Portier den Kopf. »Ich muss gestehen, dabei ist es mir auch ganz anders geworden.«

»Ich spiele jetzt in einem neuen Musical, das voraussichtlich in sechs Wochen Premiere hat.«

»Tatsächlich?« Wie ein stolzer Vater strahlte er sie an. »Wir werden es nicht versäumen. Das verspreche ich Ihnen.«

Maddy nahm einen Stift von der Empfangstheke und schrieb eine Nummer auf einen Schreibblock. »Rufen Sie diese

Nummer an, fragen Sie nach Fred, und geben Sie meinen Namen an. Ich werde dafür sorgen, dass Sie zwei Karten für die Premiere bekommen.«

»Premiere.« Ungläubige Freude zeigte sich auf seinem Gesicht. »Nein, meine Frau wird es gar nicht glauben können! Ich weiß nicht, wie ich Ihnen danken soll, Miss O'Hara.«

Sie lächelte verschmitzt. »Mit Applaus.«

»Worauf Sie sich verlassen können. Oh ... Guten Abend, Mr. Valentine.«

Mit einem Ruck richtete Maddy sich auf und hatte ein schlechtes Gewissen, obwohl sie nicht wusste, aus welchem Grund. Sie drehte sich um und brachte ein Lächeln zustande. »Hallo, Roy.«

»Maddy.« Er war schon während des kleinen Duetts hereingekommen, aber nicht bemerkt worden.

Er starrte sie nur an, und so entschloss sie sich, die Flucht nach vorn anzutreten. »Ich war gerade in der Nähe und dachte, ich könnte kurz vorbeischauen und Hallo sagen. Hallo.«

Er hatte gerade eine lange Sitzung hinter sich, während deren er immer wieder durch Gedanken an sie abgelenkt worden war. Er war nicht erfreut, sie zu sehen. Aber er wollte sie berühren. »Bist du auf dem Weg irgendwohin?«

Sie könnte sich jetzt lässig geben und ihm etwas von einer Party gleich um die Ecke vorschwindeln – was ihr etwa ebenso leichtfallen würde, wie sich einen neuen Kopf wachsen zu lassen. »Nein. Nur hierher.«

Roy nahm sie beim Arm, nickte dem Portier zu und führte sie zum Fahrstuhl. »Bist du Fremden gegenüber immer so großzügig?«, fragte er, während sie den Lift betraten.

Sie zuckte mit den Schultern. »Warum nicht? Du siehst etwas müde aus.« Und wunderbar, fügte sie im Stillen hinzu, einfach wunderbar.

»Ich hatte einen langen Tag.«

»Ich auch. Wir hatten heute den ersten Bühnendurchlauf. Ein einziges Chaos.« Dann lachte sie nervös und steckte die Hände in die Hosentaschen. »Das sollte ich dem Mann mit dem Scheckbuch wohl besser nicht sagen.«

Er murmelte etwas Unverständliches, schloss seine Tür auf und ließ sie eintreten.

Sie hatte etwas Großartiges, Elegantes und Geschmackvolles erwartet. Die Wohnung war all das und sogar mehr. Sie übertraf Maddys Vorstellung.

Der erste Eindruck war der von Weiträumigkeit. Die Wände waren hell, unterbrochen von farbigen Gemälden des Impressionismus und drei riesigen Fenstern, die einen atemberaubenden Blick über den Park und die Stadt boten. Ein großes korallenrotes Sofa kontrastierte mit der zinnfarbenen Brücke. In einer Ecke standen zwei große grüne Pflanzen, in zwei Wandnischen waren die chinesischen Ming-Vasen, wie Maddy es einmal erraten hatte. Eine geschwungene offene Treppe führte in ein Obergeschoss.

Es gab nichts, was nicht an seinem Platz stand, anders hatte sie es auch nicht erwartet. Doch die Atmosphäre war nicht kalt, und darüber war sie sich vorher nicht sicher gewesen.

»Es ist schön, Roy.« Sie ging hinüber zu den Fenstern, um hinauszusehen. Wenn es etwas zu bemängeln gab, dann möglicherweise hier. Er war so abgeschlossen und abgesondert von der Stadt, in der er lebte, weit weg von ihren Geräuschen, Gerüchen und ihrem Leben. »Stehst du manchmal hier und fragst dich, was vor sich geht?«

»Was wo vor sich geht?«

»Da unten natürlich. Wer streitet sich gerade, wer lacht, wer liebt? Wohin der Polizeiwagen fährt, ob er rechtzeitig ankommt? Wie viele Obdachlose heute Nacht im Park schlafen? Wie viele Schicksale sich verändern, wie viele Flaschen geöffnet und wie viele Babys geboren werden?«

Ihr haftete derselbe Duft an, leicht, verführerisch und doch unschuldig. »Nicht jeder betrachtet die Stadt mit deinen Augen.«

»Ich wollte schon immer in New York leben.« Sie trat etwas zurück vom Fenster, sodass nur noch die Lichterketten der Großstadt zu sehen waren. »Merkwürdig, wie wir drei – ich meine mich und meine Schwestern – ein ganz klares Gespür dafür hatten, wohin wir gehören. So nah wir uns sind, wir haben doch alle völlig unterschiedliche Orte zum Leben gewählt. Alana ist auf dem Land in Virginia, Carrie im Land der Illusionen, und ich bin hier.«

Er musste sich beherrschen, um ihr nicht übers Haar zu streichen. Immer, wenn sie von ihren Schwestern sprach, war eine Spur Wehmut aus ihr herauszuhören. Er verstand nichts von Familie. Er hatte nur seinen Vater. »Möchtest du einen Drink?«

Es lag deutlich in seinem Ton, diese Distanz, diese Förmlichkeit. Sie versuchte sich nicht davon verletzen zu lassen. »Gegen ein Perrier hätte ich nichts.«

Als er hinüber zur tiefschwarzen Bar ging, trat sie ganz vom Fenster zurück. Sie wollte nicht an die Menschen dort unten denken, wenn sie sich selbst so abgelehnt fühlen musste.

Dann sah sie die Pflanze. Roy hatte sie so gestellt, dass sie nicht zu viel direktes Sonnenlicht abbekam. »Sie sieht viel besser aus.« Maddy hatte zu ihrem Lächeln zurückgefunden, als Roy ihr ein Glas reichte.

»Sie sieht erbärmlich aus«, verbesserte Roy sie und schwenkte den Brandy in seinem Glas. »Du hast sie ertränkt.« Er nahm einen Schluck. »Warum setzt du dich nicht, Maddy? Und sag mir, warum du gekommen bist.«

»Ich wollte dich einfach sehen.« Zum ersten Mal wünschte sie, sie hätte etwas von Carries Art, mit Männern umzugehen. Nervös ging sie umher. »Ich kenne mich in diesen Dingen nicht besonders gut aus, und ich hatte auch nie die Zeit, einen besonderen Stil dafür zu entwickeln. Geschickte Formulierungen kenne ich nur vom Theater, und da werden sie mir vorgegeben. Ich wollte dich einfach sehen.« Trotzig setzte sie sich auf den Rand des Sofas. »Darum bin ich gekommen.«

»Keinen Stil.« Es erstaunte ihn, dass er amüsiert sein konnte trotz des unwillkommenen Begehrens, das er für sie spürte. Er setzte sich auch, aber mit sicherem Abstand zu ihr. »Bist du gekommen, um mir einen unsittlichen Antrag zu machen?«

Zorn flammte in ihr auf. »Es sind also nicht nur die Tänzer, die ein Patent auf Selbstverliebtheit haben. Die Frauen, die du gewöhnt bist, stolpern dir offensichtlich auf einen Wink deines kleinen Fingers ins Bett.«

Er trank einen Schluck Brandy, um das Lächeln, das um seinen Mund zuckte, zu verbergen. »Die Frauen, die ich gewöhnt bin, singen keine Duette mit dem Pförtner in der Eingangshalle.«

Heftig setzte sie ihr Glas ab, sodass das Sodawasser bedrohlich nah am Rand schwappte. »Wahrscheinlich weil diese Frauen Blech in den Ohren haben.«

»Das wäre eine Möglichkeit. Der springende Punkt ist der, Maddy, ich weiß nicht, was ich mit dir tun soll.«

»Mit mir tun?« Sie stand auf, anmutig, aber fuchsteufelswild. »Du sollst nichts mit mir tun. Ich will nicht, dass du etwas mit mir tust. Ich bin keine Eliza Doolittle.«

»Du denkst sogar in Rollen.«

»Na und? Du denkst nur in Zahlenreihen. In Verhaltensmustern.« Erregt sprang sie auf und ging wieder umher. »Ich weiß nicht, was ich hier tue. Verdammt, ich fühlte mich eine Woche lang miserabel, und das bin ich nicht gewöhnt.« Anklagend drehte sie sich zu ihm um. »Ich habe meinen Einsatz verpasst, weil ich an dich denken musste.«

»Wirklich?« Er stand auf, obwohl er es nicht wollte. Er sollte sie in ihrer Wut bestärken, damit sie ging, bevor er etwas tat, was er doch nur bedauern würde. Aber er tat es jetzt, trat dicht auf sie zu und strich mit dem Daumen über ihre Wange.

»Ja.« Verlangen stellte sich ein, und die Wut verschwand. Sie ergriff seine Hand, bevor er sie sinken lassen konnte. »Und ich wollte, dass auch du an mich denkst.«

»Vielleicht habe ich das. Vielleicht habe ich mich selbst dabei ertappt, wie ich aus dem Fenster meines Büros gestarrt und über dich nachgedacht habe.«

Sie stellte sich auf die Zehenspitzen, um seine Lippen berühren zu können. Ein Sturm tobte in ihm, sie konnte es fühlen. Auch in ihr tobte ein Sturm, wenn auch aus unterschiedlichen Gründen und, wie sie wusste, mit unterschiedlichem Resultat. War es notwendig, ihn zu verstehen, wenn es ein schönes Gefühl war, einfach bei ihm zu sein? Doch das würde ihm nie genügen, auch das wusste sie. »Roy …«

»Nicht.« Er zog sie näher. »Sprich jetzt nicht.«

Ihr Mund war weich, warm und sinnlich. Als sie ihn berührte, wirkte es auf ihn, als wollte sie eher geben als nehmen. Einen Augenblick lang konnte er das sogar fast glauben.

Ein Kuss war für Maddy immer etwas Natürliches gewesen. Etwas, womit man einem lieben Menschen seine Zuneigung zeigte oder einen Freund begrüßte oder das man als Mittel auf der Bühne für das Publikum einsetzte. Doch mit Roy war es anders. Es war komplex, überwältigend, ein Kontakt, der Funken durch ihre Nerven schoss. Leidenschaft war nicht neu für sie. Die erfuhr sie jeden Tag in ihrer Arbeit. Sie hatte natürlich gewusst, dass es etwas anderes war, wenn es sich auf einen Mann bezog, doch die Erfahrung war neu, dass es ihre Muskeln erschlaffen ließ und ihren Kopf benebelte.

Er fuhr mit den Händen durch ihr Haar. Sie wünschte, er würde ihren Körper streicheln. Er begehrte sie. Sie konnte sein heftiges Begehren jedes Mal schmecken, wenn er sie küsste. Doch er tat nichts anderes, als sie dicht an sich gepresst zu halten.

Liebe mich, verlangte alles in ihr. Doch ihr Mund war von seinem verschlossen und konnte die Worte nicht aussprechen. Sie konnte sich Kerzenlicht, sanfte Musik und ein großes breites Bett vorstellen, auf dem sie eng umschlungen lagen. Die Vorstellung erhitzte ihre Haut und machte ihren Mund fordernder.

»Roy, willst du mich?«

Obwohl seine Lippen über ihr Gesicht streiften, spürte sie, wie er sich versteifte. Ganz leicht, aber sie spürte es. »Ja.«

Es war die Art, wie er es sagte, die sie ernüchterte. Widerstreben, selbst Ärger schien in seiner Antwort mitzuschwingen. Langsam löste sich Maddy von ihm. »Bereitet dir das ein Problem?«

Warum konnte es mit ihr nicht so einfach wie mit den anderen Frauen sein? Klare Abmachung, gemeinsamer Spaß, und niemand war verletzt. Ihm war von Anfang an klar gewesen, dass es bei ihr nicht so einfach sein würde.

»Ja.« Er ging zurück zu seinem Brandy und hoffte, dass er durch ihn seine Ruhe wiederfinden würde. »Das bereitet mir ein Problem.«

Ich bin zu schnell, entschied Maddy. Es war eine schlechte Angewohnheit von ihr, mit Höchstgeschwindigkeit vorwärtszupreschen, ohne auf die holprigen Stellen in der Straße zu achten. »Willst du mit mir darüber reden?«

»Ich will dich. Ich wollte mit dir ins Bett gehen, seit ich dich auf dem Bürgersteig beim Einsammeln deines Kleingeldes und deiner verschwitzten Sachen gesehen habe.«

Sie machte einen Schritt auf ihn zu. War ihm klar, dass sie genau das hatte hören wollen, auch wenn es ihr ein wenig Angst einjagte? War ihm klar, wie sie sich danach gesehnt hatte, dass er ein Teil von dem fühlte, was sie fühlte? »Und warum hast du mich neulich weggeschickt?«

»Ich bin nichts für dich, Maddy.«

Sie starrte ihn an. »Moment mal. Ich muss sicher sein, dass ich das auch richtig verstanden habe … Du hast mich weggeschickt, weil du es gut mit mir meinst?«

Er goss sich noch einen Brandy ein. Doch es half nicht. »Richtig.«

»Roy, du lässt ein Kind im Winter kratzige Kleidung tragen, weil du es gut mit ihm meinst. Wenn es aber ein bestimmtes Alter überschritten hat, ist es für sich selbst verantwortlich.«

Was zum Teufel sollte er in dieser Auseinandersetzung mit einem solchen Beispiel anfangen? »Du kommst mir nicht wie die Art Frau vor, die an einem unverbindlichen Abenteuer für eine Nacht interessiert ist.«

Ihr Lächeln erstarrte. »Nein, bin ich nicht.«

»Dann habe ich dir einen Gefallen getan.«

»Jetzt sollte ich wohl ›Danke schön‹ sagen.« Sie ergriff ihren Tanzbeutel und legte ihn wieder zurück. Es war nicht die Eigenart der O'Haras, leicht aufzugeben. »Und warum bist du so sicher, dass es nur für eine Nacht gewesen wäre?«

»Weil ich an nichts Dauerhaftem interessiert bin.«

»Ich habe das Gefühl, du meinst, ich wolle dich in einen Käfig sperren.«

Sie konnte nicht wissen, dass der Käfig zum Teil schon bestand, aber von ihm selbst errichtet worden war. »Maddy, warum können wir es nicht einfach dabei belassen, dass wir beide einfach nichts Gemeinsames haben?«

»Darüber habe ich nachgedacht.« Nun, da sie etwas Greifbares hatte, womit sie umgehen konnte, entspannte sie sich wieder. »In gewisser Hinsicht stimmt das zwar. Aber wenn du wirklich darüber nachdenkst, so haben wir viel Gemeinsames. Wir leben beide in New York.«

Eine Braue hochgezogen, lehnte er sich gegen die Bar. »Natürlich. Das macht alles andere bedeutungslos.«

»Das war der Anfang.« Sie hatte es wahrgenommen, diese schwache Andeutung amüsierten Aufblitzens. Für sie war es genug. »Wir haben beide im Augenblick ein wohlbegründetes Interesse an einem bestimmten Musical.« Sie lächelte ihn an, unbewusst und unwiderstehlich reizend. »Ich ziehe meine Socken vor meinen Schuhen an. Wie machst du es?«

»Maddy …«

»Stehst du unter der Dusche aufrecht?«

»Ich verstehe nicht …«

»Keine Ausflüchte. Nur die Wahrheit. Machst du es?«

Es war nutzlos. Er musste einfach lächeln. »Ja.«

»Erstaunlich. Ich auch. Schon einmal ›Vom Winde verweht‹ gelesen?«

»Ja.«

»Aha. Gemeinsame Literaturkenntnisse. Ich könnte wahrscheinlich Stunden weitermachen.«

»Darauf möchte ich wetten.« Er stellte sein Brandyglas ab und ging wieder zu ihr. »Worauf willst du hinaus, Maddy?«

»Darauf, dass ich dich mag, Roy.« Sie legte die Hände auf seine Unterarme und wünschte sich, ihm wenigstens etwas von seiner inneren Anspannung nehmen und dieses Lächeln in seinem Blick nur ein klein wenig länger halten zu können. »Ich glaube, wenn du etwas lockerer wirst – nur etwas –, könnten wir Freunde werden. Ich fühle mich von dir angezogen. Ich glaube, wenn wir uns Zeit lassen, könnten wir auch Liebende werden.«

Es war ein Fehler, natürlich. Er wusste es, aber sie sah gerade jetzt so anziehend, so ehrlich und sorglos aus. »Du bist einzigartig«, murmelte er und spielte mit einer Strähne ihres Haares.

»Das hoffe ich.« Mit einem Lächeln stellte sie sich auf die

Zehenspitzen und küsste ihn, ohne fordernde Leidenschaft.
»Ist das abgemacht?«

»Du könntest es bedauern.«

»Das wäre dann mein Problem, nicht wahr? Freunde?«
Feierlich bot sie ihm die Hand, aber ihre Augen blitzten ihn
dabei herausfordernd an.

»Freunde«, stimmte er zu und hoffte, er würde nicht der-
jenige sein, der es bedauern würde.

»Wunderbar. Übrigens, ich habe schrecklichen Hunger.
Du hast nicht zufällig eine Büchsensuppe oder so etwas zu
Hause?«

6. Kapitel

Oberflächlich gesehen, schien es genauso einfach zu sein, wie Maddy es umrissen hatte. Und für viele Menschen würde es auch tatsächlich so einfach sein. Aber nicht jeder spürte ein so tiefes Begehren wie Roy oder hatte es so gut wie Maddy gelernt, in eine Rolle zu schlüpfen.

Sie gingen ins Kino. Wenn sie es zeitlich in Einklang bringen konnten, aßen sie mittags im Park. Sie verbrachten einen ruhigen Sonntagnachmittag im Museum – mehr aneinander als an den Ausstellungsstücken interessiert. Wenn Roy sich nicht selbst besser gekannt hätte, würde er sagen, er sei dabei, eine Romanze einzugehen. Aber er glaubte nicht an Romanzen.

Liebe hatte seinem Vater Betrug gebracht, Betrug, mit dem Roy selbst Tag für Tag leben musste. Wenn Edwin es auch verarbeitet hatte, Roy hatte es nicht, konnte es nicht. Für die meisten Leute, mit denen er zu tun hatte, war Treue nur dann ein Wert, wenn sie anpassungsfähig war. Diese Leute hatten ihre Affären – keine Romanzen –, und sie hatten sie vor, während und nach ihrer Ehe. Nichts dauerte ewig, besonders Beziehungen nicht.

Freunde. Irgendwie hatten Roy und Maddy es fertiggebracht, Freunde zu werden, trotz ihrer unterschiedlichen Lebensauffassungen und ihrer entgegengesetzten Vorgeschichten. Auf seiner Seite war die Freundschaft vorsichtig, auf ihrer unbekümmert, doch sie hatten genügend Gemeinsames entdeckt, um eine zufriedenstellende Grundlage schaffen zu können.

Liebende. Es schien unausweichlich, dass sie Liebende werden würden. Die Leidenschaft, die jedes Mal aufflackerte, wenn sie zusammen waren, würde sich nicht lange zurückhalten lassen. Sie wussten es beide und akzeptierten es jeder auf seine Weise. Es machte Roy nur Sorgen, dass er diese unkomplizierte Freundschaft verlieren würde, sobald er mit Maddy ins Bett ging, wie er es sich wünschte.

Sex würde alles verändern. Das war nun einmal so. Intimität in körperlicher Hinsicht musste die emotionale Intimität, die sich gerade zwischen ihnen entwickelte, zerstören. Sosehr er Maddy in seinem Bett brauchte, so wenig wollte er es riskieren, die Maddy zu verlieren, die mit ihm noch nicht geschlafen hatte. Es war der Kraftakt eines Tauziehens, das er, wie er wusste, niemals gewinnen konnte.

Und er wollte ein Verlieren nicht gelten lassen. Mit genügend logischem Denken und genügend Planung sollte es ihm möglich sein, einen Weg zu finden, um beides zu bekommen. War es von Bedeutung, wenn er berechnend war, sogar knallhart, wenn das Ergebnis für sie beide angenehm sein würde?

Er fand darauf keine Antwort. Stattdessen sah er im Geist Maddy vor sich, so wie sie vor einigen Tagen gewesen war – lachend die Tauben im Park mit Brotkrumen fütternd.

Als der Summer auf Roys Schreibtisch ertönte, musste er feststellen, dass er weitere zehn Minuten durch Tagträumereien verloren hatte. »Ja, Hannah?«

»Ihr Vater ist auf Leitung eins, Mr. Valentine.«

»Danke.« Roy drückte auf einen Knopf und stellte die Verbindung her. »Dad?«

»Roy, ich habe läuten hören, Selby habe einen ganzen Schwung neuer Independent-Promoter übernommen. Weißt du etwas darüber?«

Tatsächlich war Roy schon darüber informiert worden, dass Galloway Records einige bisher von der Schallplattenindustrie unabhängige Projekte unter Vertrag genommen habe. »Auf die wichtigsten Sender soll etwas Druck gemacht worden sein. Manche sprechen auch von Schmiergeld. Bestimmte Platten sollen gespielt werden. Also nichts Neues. Wenn ich etwas Konkretes höre, lasse ich es dich umgehend wissen.«

»Hat mir nie gefallen, dafür zu zahlen, dass eine Platte im Radio gesendet wird«, entgegnete Edwin halblaut. »Na ja, lassen wir das. Ich würde mir gern eine Probe von unserem Stück ansehen. Begleitest du mich?«

Roy warf einen Blick auf seinen Terminkalender. »Wann?«

»In einer Stunde. Ich weiß, normalerweise sollte man sich vorher anmelden. Sie wollen, dass alles wie am Schnürchen klappt, wenn die Herren Geldgeber erwartet werden. Aber ich liebe Überraschungen.«

Roy hatte am Vormittag eigentlich zwei Termine. Doch einem Impuls folgend, entschloss er sich, sie zu verschieben. »Dann treffe ich dich um elf am Theater.«

»Hast du anschließend auch noch Zeit zum Essen? Dein alter Herr lädt dich ein.«

Er ist einsam, erkannte Roy. Edwin Valentine hatte seinen Club, seine Freunde und genügend Geld, um die Welt zu umkreisen, aber er war einsam. »Ich werde Appetit mitbringen«, versprach Roy.

Verstohlen betrat Edwin das Theater, wie ein Junge ohne Eintrittskarte. »Wir setzen uns unauffällig hier an die Seite, um zu sehen, wofür wir unser Geld ausgeben.«

Roy folgte seinem Vater, doch seine Aufmerksamkeit galt der Bühne, wo Maddy gerade von einem anderen Mann umarmt wurde. Unerwartet und heftig verspürte Roy Eifersucht.

Sie sah zu einem anderen Mann auf, die Arme um dessen Hals geschlungen, das Gesicht strahlend. Der andere Mann küsste sie auf die Stirn. Obwohl Roy wusste, es war nur ein Spiel, fühlte er erneut einen unangenehmen Druck im Magen.

»In Ordnung«, beendete der Regisseur mit dröhnender Stimme die Szene. »Hier haben wir fünfzehn Sekunden für den Umbau. Wanda, Rose, nehmt eure Positionen ein. Licht. Dein Stichwort, Maddy.«

Sie kam wieder auf die Bühne geeilt, wo Wanda sich in einem Sessel rekelte und die Frau namens Rose sich vor einem Spiegel aufputzte.

»Du bist spät«, sagte Wanda träge.

»Was bist du, eine Stechuhr?« Im Gegensatz zur vorigen Szene mit ihrem Liebhaber wirkte Maddy von ihrer Stimme und ihren Bewegungen her härter.

»Jackie hat dich gesucht.«

Maddy, die sich gerade eine auffällige rote Perücke überzog, hielt mitten in der Bewegung inne. »Was hast du ihm gesagt?«

»Dass er nicht an den richtigen Orten gesucht hat. Ich habe dich gedeckt, Mary, aber überzieh nicht die Saite.«

»Danke.« Maddy schlüpfte aus ihrem Rock, schob dann Rose ein wenig zur Seite und begann sich das Gesicht zu bemalen.

»Du brauchst mir nicht zu danken. Wir halten zusammen. Aber trotzdem, für mich bist du total übergeschnappt.«

»Ich weiß schon, was ich tue.« Maddy verschwand hinter einem Wandschirm. Kurz darauf warf sie die Bluse, die sie getragen hatte, über ihn. »Ich habe alles im Griff.«

»Du solltest aber auch sicher sein, Jackie im Griff zu haben. Kannst du dir vorstellen, was er mit dir und deinem hübschen Jungen macht, wenn er hinter eure Geschichte kommt?«

»Er wird nicht dahinterkommen.« Sie trat in einem langen, schleppenden, mit Pailletten übersäten Gewand hinter dem Wandschirm hervor. »Schon bin ich fertig.«

»Die Leute im Zuschauerraum sind heute Abend ziemlich wild.«

»Gut.« Sie zwinkerte Wanda zu. »So mag ich sie.« Dann ging sie ab.

»Linker Scheinwerfer«, rief der Regisseur. »Stichwort Terry.«

Roy erkannte den Tänzer, der von links auf die Bühne kam, von der letzten Probe wieder. Sein Haar war jetzt mit Haargel zurückgekämmt. Er trug eine glänzend weiße Krawatte zu einem schwarzen Hemd. Als Maddy hinter ihm auftrat, ergriff er sie beim Arm.

»Wo zum Teufel warst du?«

»Irgendwo.« Maddy warf ihre rote Mähne zurück und stützte aufreizend eine Hand in die Hüfte.

Edwin beugte sich vor und flüsterte Roy ins Ohr: »Hat wirklich überhaupt keine Ähnlichkeit mehr mit der kleinen Lady, die mit ihrer verkümmerten Pflanze in dein Büro gekommen ist.«

»Nein«, murmelte Roy, »überhaupt nicht.«

»Sie kommt groß heraus, Roy. Ganz groß.«

Roy spürte ein Aufwallen von Stolz, aber auch Besorgnis, und konnte sich beides nicht erklären. »Ja, ich glaube schon.«

»Süßer.« Maddy tätschelte ihrem Partner die Wange. »Was willst du eigentlich? Willst du, dass ich strippe oder dir mein Tagebuch vorlese?«

»Strippen«, befahl ihr Jackie.

»Na also.« Maddy warf den Kopf zurück. »Das kann ich nämlich auch am besten.«

»Licht«, rief der Regisseur. »Musik.«

Maddy griff nach einer roten Boa und ging – nein, schlenderte – zur Mitte der Bühne, wo sie mit ihrem Kostüm ganz in Rot wie eine Flamme wirkte. Sie begann zu singen, ließ ihre Stimme zunächst langsam kommen, ließ sie sich steigern, so mitreißend und aufreizend wie die aufreizenden Bewegungen, die sie dazu machte. Die Boa wurde hinunter ins Publikum geworfen.

»Ich glaube, ich habe dich noch nie zu einem Strip mitgenommen, Roy.«

Roy musste lächeln, während Maddy auf der Bühne ihre ellbogenlangen Handschuhe abstreifte. »Nein, das hast du nicht.«

»Ein Mangel in deiner Erziehung.«

Auf der Bühne ließ Maddy ihren Körper sprechen. Es war nur eine Szene von vielen. Aber Maddy wusste, wenn sie es richtig machte, würde gerade diese das Glanzstück der Show werden. Das wollte sie schaffen.

Als sie aus dem Rock schlüpfte, begannen einige der Techniker zu pfeifen. Sie lächelte breit. Nach dem zweiminütigen Tanz saß sie, nach hinten gebeugt, auf dem Boden und trug nicht mehr viel mehr als Flitter und Perlen am Körper. Zu ihrer eigenen freudigen Überraschung gab es lauten Applaus aus dem Zuschauerraum. Erschöpft stützte sie sich auf den Ellbogen und lächelte in den völlig im Dunkeln liegenden Teil des Theaters.

Schnell machte das Wort die Runde, vom Assistenten zum Assistenten zum Inspizienten zum Regisseur: Das Geld war im Haus.

Still fluchend, dass er es nicht schon vorher gemerkt hatte, kam Don hinunter in den Zuschauerraum. »Mr. Valentine. Und Mr. Valentine.« Herzlich wurden die Hände geschüttelt. »Wir haben Sie nicht erwartet.«

»Wir wollten einfach einmal etwas von der ganz normalen Probenroutine mitbekommen.« Roy sprach mit dem Regisseur, doch sein Blick wanderte zurück zur Bühne, wo Maddy immer noch am Boden saß und sich den Hals mit einem Handtuch abtupfte. »Sehr eindrucksvoll.«

»Wir könnten noch etwas mehr Biss gebrauchen, aber wir schaffen es bis Philadelphia.«

»Daran habe ich keinen Zweifel.« Edwin schlug ihm freundschaftlich auf die Schulter. »Wir wollen die Probe nicht aufhalten.«

»Ich würde mich freuen, wenn Sie noch bleiben. Wir wollten gerade mit den Proben der ersten Szene vom zweiten Akt anfangen. Kommen Sie doch weiter nach vorn, an die Bühnenrampe.«

»Deine Entscheidung, Roy.«

Der ließ sich nicht lange bitten. »Also gut.«

Die nächste Szene war eindeutig darauf angelegt, das Publikum zum Lachen zu bringen. Roy verstand nicht genug vom Theaterhandwerk, um zu erkennen, woran es lag, dass selbst die einfachsten Dinge komisch wirkten. Aber er konnte sehen, dass Maddy dieses Spiel verstand. Sie würde das Publikum ganz auf ihrer Seite haben.

Sie hatte etwas Lebenssprühendes an sich, etwas Überzeugendes und sogar Sympathisches in dieser Rolle der frechen und manchmal gereizten Stripperin. Und dann hatte sie noch die zweite Rolle, in der sie ihren ehrlichen Geliebten Jonathan mit der nötigen Unschuld davon überzeugen musste, dass seine Mary eine pflichtbewusste Bibliothekarin mit einer kranken Mutter sei. Es gelang ihr so, dass Roy selbst von ihr überzeugt worden wäre. Und es war gerade diese Fähigkeit, die ihm Sorgen bereitete.

»Eine tolle Schauspielerin«, bemerkte Edwin, als der Regisseur und der Inspizient die Köpfe zusammensteckten.

»Ja, das ist sie.«

»Es geht mich zwar nichts an, aber was läuft eigentlich zwischen euch beiden ab?«

Roys Gesicht blieb ausdruckslos, als er sich seinem Vater zuwandte. »Wie kommst du darauf, dass da etwas läuft?«

Edwin klopfte mit dem Finger leicht auf die Nase. »In diesem Geschäft wäre ich nie so weit gekommen, wenn ich nicht den richtigen Riecher hätte.«

»Wir sind … Freunde«, antwortete Roy nach kurzem Zögern.

»Du weißt, Roy, ich habe mir für dich immer eine Frau wie Madeline O'Hara gewünscht. Eine fröhliche, schöne Frau, die dich glücklich machen könnte.«

»Ich bin glücklich.«

»Du bist immer noch verbittert.«

»Nicht dir gegenüber«, fiel ihm Roy ins Wort.

»Aber deiner Mutter …«

»Lass es.« Obwohl er ruhig sprach, war die eisige Kälte da. »Das hier hat nichts mit ihr zu tun.«

Es hat nur damit zu tun, dachte Edwin betrübt, als Maddy wieder die Bühne beherrschte. Doch er kannte seinen Sohn zu gut und schwieg darum.

Edwin konnte die Zeit nicht zurückstellen und den Betrug von damals ungeschehen machen. Und selbst wenn er könnte, würde er es nicht tun, denn dann würde Roy jetzt nicht neben ihm sitzen. Wie konnte er seinen Sohn nur dazu bringen, die eigene Geschichte unverbittert anzunehmen? Wie konnte er seinem Sohn vermitteln, Vertrauen zu lernen, wo er doch unter einer Lüge geboren worden war?

Während der weiteren Probe waren Maddys Gedanken zum Teil auf Roy eingestellt. Er beobachtete sie so eindringlich. Es kam ihr vor, als wollte er sich selbst klarmachen, was an ihrer Rolle sie selbst sei. Verstand er denn nicht, dass ihre Arbeit es von ihr verlangte, sich selbst so weit auszuschalten, bis es keine Maddy mehr gab, nur noch eine Mary?

Sie glaubte Ablehnung, sogar Verärgerung bei ihm feststellen zu können. Wie gern würde sie jetzt einfach von der Bühne springen, um ihm etwas zu versichern, was ihr selbst nicht so ganz klar war. Aber er hätte das nicht von ihr gewollt. Zumindest noch nicht. Im Augenblick wollte er alles unverbindlich und sehr, sehr leicht. Nichts Bindendes, keine Versprechungen, keine Zukunft.

Sie verhaspelte sich und fluchte im Stillen über sich. Sie mussten unterbrechen und die Szene erneut durchgehen.

Maddy konnte ihm nicht sagen, was sie fühlte. Für eine Frau mit einem offenen Wesen war sogar Schweigen so etwas wie Täuschung. Aber sie konnte es ihm nicht sagen. Konnte ihm nicht sagen, dass sie ihn liebte und ihn vom ersten Moment ihres Kennenlernens an geliebt hatte. Er wollte das nicht hören. Er würde verärgert reagieren, weil er sich nicht von Gefühlen einfangen lassen wollte. Er würde nicht verstehen, dass für sie ein Leben ohne Gefühle bedeutungslos war.

Vielleicht glaubte er, dass sie ihre Liebe leicht verschenkte. Sicher, das stimmte, aber nicht diese Art von Liebe. Liebe der Familie gegenüber kam natürlich und blieb. Liebe zu Freunden entwickelte sich langsam oder auch schnell, aber ohne innere Zweifel. Sie konnte ein Kind im Park lieben für nichts anderes als für seine Unschuld. Oder einen alten Mann auf der Straße für nichts mehr als für sein Erdulden.

Doch die Liebe zu Roy schloss alles ein. Diese Liebe war vielschichtig, und sie hatte immer geglaubt, Liebe sei einfach. Liebe brachte Schmerzen, und sie hatte immer gedacht, Liebe bringe Freude. Die Leidenschaft war immer da, unterschwellig, wollte sich Bahn brechen. Es machte Maddy unruhig vor Erwartung, wo sie doch sonst immer so unbekümmert gewesen war.

»Lunch, Ladies and Gentlemen. Um zwei geht's weiter mit den zwei Schlussszenen.«

»Es ist also der Finanzier«, flüsterte Wanda Maddy ins Ohr.

»Was ist mit ihm?« Maddy beugte sich vor und ließ ihre Muskeln entspannen.

»Das ist er, nicht wahr?«

»Welcher Er?«

»Der Er.« Wanda gab ihr einen freundschaftlichen Klaps auf den Rücken. »Der Er, der dich mit verträumten Augen herumstehen lässt.«

»Ich stehe nicht mit verträumten Augen herum.« Das hoffte sie wenigstens.

»Das ist er«, beharrte Wanda und trollte sich mit einem zufriedenen Lächeln von der Bühne.

Verdrießlich über sich selbst, ging Maddy die Treppe hinunter in den Zuschauerraum. Dann legte sie ein frisches Lächeln auf. »Roy, schön, dass du gekommen bist.« Sie berührte ihn nicht und gab ihm auch nicht den freundschaftlichen Kuss auf die Wange, mit dem sie ihn sonst begrüßte. »Mr. Valentine. Ich freue mich, Sie wiederzusehen.«

Edwin umfasste mit seinen beiden großen Händen ihre Hand. »Eine reine Freude, Ihnen bei der Arbeit zuzusehen. Habe ich den Mann etwas von Lunch sagen hören?«

Sie legte eine Hand auf ihren Magen. »Ja, richtig.«

»Dann begleiten Sie uns doch?«

»Nun, ich …« Als Roy nichts sagte, suchte sie nach einer Ausrede.

»Sie werden mich doch nicht enttäuschen?« Edwin ignorierte das Schweigen seines Sohnes und ließ nicht locker. »Hier ist Ihr Revier. Sie kennen doch bestimmt ein gutes Plätzchen.«

»Gleich gegenüber gibt es ein Lokal …«, begann sie.

»Großartig.« Es würde ihn nur einen schnellen Anruf kosten, den reservierten Tisch in den Vier Jahreszeiten wieder abzubestellen. »Was meinst du, Roy?«

»Ich würde sagen, Maddy braucht noch eine Minute, um sich umzuziehen.« Jetzt endlich lächelte er sie an.

Maddy brauchte tatsächlich nur fünf Minuten, um sich umzuziehen. Sie zog über ihr Trikot ein wadenlanges, gelbes trägerloses Kleid – taillenlos und gürtellos, in dem sie trotzdem reizvoll genug aussah.

In das Schnellrestaurant gegenüber waren die meisten der Tänzer vom Theater wie hungrige Ameisen geeilt. Da der Besitzer geschäftstüchtig war, gab es hinten eine Musikbox, die pausenlos dröhnte.

Der große Grieche hinter der Theke begrüßte Maddy mit einem breiten Lächeln. »Ahh, ein O'Hara-Spezial?«

»Richtig.« An die Glasfront der Theke gelehnt, beobachtete sie, wie er ihr einen großen Salat zusammenstellte. Großzügig verteilte er Käse darauf und krönte alles mit einem Joghurt.

»Das essen Sie?«, fragte Edwin hinter ihr.

Lachend nahm sie die Salatschüssel in Empfang. »Ich verschlinge es.«

»Ein Körper braucht Fleisch.« Edwin bestellte sich einen Riesenhamburger mit Kartoffelsalat.

»Ich besorge uns gleich einen Tisch«, erbot sich Maddy und nahm sich noch eine Tasse Tee zu ihrem Salat. Vorsorglich strebte sie dann auf den der Musikbox entgegengesetzten Teil des Lokals zu.

»Maddy, Lunch mit den schweren Jungs?« Terry, der sein Haar immer noch wie in seiner Rolle als Jackie glatt zurückpomadiert trug, beugte sich über sie. »Legst du ein gutes Wort für mich ein?«

»Welches Wort würde dir gefallen?« Verschmitzt lächelnd blickte sie zu ihm auf.

»Wie wäre es mit ›Star‹?«

»Ich werde sehen, ob ich es einflechten kann.«

Er wollte noch etwas sagen, als er einen Blick zu seinem eigenen Tisch hinüberwarf. »Verdammt, Leroy, das ist meine Gewürzgurke!«

Maddy lachte noch, als Roy und sein Vater sich zu ihr setzten.

»Was für ein Laden hier«, kommentierte Edwin und war im Grunde schon ganz mit seinem Hamburger und dem Kartoffelsalat beschäftigt.

»Sie zeigen sich von ihrer besten Seite, weil Sie hier sind.«

Jemand begann zu dem Gedudel aus der Musikbox mitzusingen. Maddy erhob einfach ein wenig ihre Stimme. »Kommen Sie zur Premiere nach Philadelphia, Mr. Valentine?«

»Das muss ich mir noch überlegen. Ich reise nicht mehr so viel. Es gab einmal eine Zeit, da war ich häufiger außerhalb der Stadt als in meinem Büro.«

»Muss aufregend gewesen sein.« Sie machte sich über ihren Salat her und tat, als würde Roys Roastbeef ihr nicht das Wasser im Munde zusammenlaufen lassen.

»Hotelzimmer, Termine.« Er zuckte die Schultern. »Und ich habe meinen Jungen vermisst.« Er beobachtete, wie Roy ganz selbstverständlich von seinem Roastbeef etwas abschnitt und es Maddy reichte. Das erweckte seine Aufmerksamkeit. Und seine Hoffnung. »Und viele Baseballspiele. Roy war ein Klassespieler in der Highschool-Mannschaft.«

Lächelnd schüttelte Roy darüber den Kopf, als sich Maddy ihm zuwandte. »Du hast Baseball gespielt? Das hast du mir nie erzählt.« Kaum hatte sie die Worte ausgesprochen, erinnerte sie sich auch schon daran, dass er keinen Grund hatte, es ihr zu erzählen. Es gab vieles in seinem Leben, wovon er ihr nichts erzählt hatte. »Ich habe von Baseball nie wirklich etwas verstanden, bis ich nach New York kam«, fuhr sie hastig fort. »Dann habe ich mir einige Spiele der ›Yankees‹ angesehen, um zu verstehen, worum es bei dem Ganzen überhaupt geht. Und? Hatte Roy das Zeug für eine große Liga?«

»Meiner Meinung nach ja. Aber er wollte in der Firma arbeiten.«

»Das ist schließlich auch eine große Liga.« Bedächtig kaute sie das Stück Fleisch, das Roy ihr gegeben hatte. »Die meisten von uns sehen ja immer nur das fertige Produkt, das Album, das auf den Plattenteller gelegt wird, die Kassette, die in den Kassettenrekorder gesteckt wird. Aber wahrscheinlich ist es ein weiter Weg von der musikalischen Idee bis dahin.«

»Wenn Sie einmal drei oder vier Tage freihaben«, entgegnete Edwin lachend, »werde ich Sie darüber genau ins Bild setzen.«

Sie trank ihren mit Honig gesüßten Tee, der ihr Aufschwung für die nächsten vier Stunden geben musste. »Als wir das Album von ›Suzanna's Park‹ aufgenommen haben, habe ich schon einen Vorgeschmack davon bekommen. Ein Studio ist so ganz anders als die Bühne. So … nun ja, einschränkend.«

»Sicher, ein Studio ist in gewisser Weise einschränkend«, warf Roy ein. Er nahm einen Schluck von seinem Kaffee, der sich als so stark herausstellte, dass ein Löffel in ihm stehen könnte. »Andererseits bietet es zahllose Vorteile. Nehmen wir den Mann dort hinter der Theke. Im Studio könnten wir einen Caruso aus ihm machen, indem wir die richtigen Knöpfe drücken.«

Nachdenklich schüttelte Maddy den Kopf. »Das ist Betrug.«

»Das ist Absatzpolitik. Viele Plattenfirmen arbeiten so.«

»Auch Valentine?«

Er sah sie an, und der Blick seiner grauen Augen, die sie von Anfang an so angezogen hatten, war offen. »Nein. Valentine wurde mit Blick auf Qualität, nicht Quantität gegründet.«

Sie warf Edwin einen verschmitzten Blick zu. »Aber wollten Sie nicht mit den O'Hara-Drillingen einen Plattenvertrag machen?«

Edwin gab noch zusätzlich Salz auf seinen Hamburger. »Hatten die keine Qualität?«

»Wir waren … vielleicht minimal über dem Durchschnitt.«

»Eine ganze Ecke darüber, wenn das, was ich vorhin auf der Bühne gesehen habe, Rückschlüsse zulässt.«

»Das freut mich.«

»Haben Sie manchmal auch Zeit für Geselligkeit, Maddy?« Sie stützte das Kinn auf ihre Hand. »Wollen Sie mich um ein Rendezvous bitten?«

Zunächst war er verblüfft, aber nur für einen Augenblick. Dann brach er in schallendes Gelächter aus, das die Aufmerksamkeit sämtlicher Gäste auf sich zog. »Wenn ich zwanzig Jahre abschütteln könnte, will ich verdammt sein, wenn ich das nicht wollte. Sie ist schon goldrichtig.« Er tätschelte ihre Hand und sah dabei seinen Sohn an.

»Ja, das ist sie«, stimmte Roy ihm höflich zu.

»Ich würde gern eine Party geben.« Die Idee war Edwin ganz spontan gekommen. »Wie fänden Sie es, Maddy, wenn wir die Show im großen Stil auf die Reise nach Philadelphia schicken?«

»Eine großartige Idee. Bin ich eingeladen?«

»Unter der Voraussetzung, dass Sie einen Tanz für mich reservieren.«

Den Vater musste sie einfach gernhaben, so wie sie den Sohn liebte. »Sie können so viele bekommen, wie Sie wollen.«

»Ich fürchte, mehr als ein Tanz wäre nicht drin. Ich könnte mit Ihnen nicht mithalten.«

Sie fiel in sein Lachen ein. Als sie ihre Teetasse hob, bemerkte sie, dass Roy sie wieder beobachtete, sehr kühl. Die Missbilligung, die sie von ihm zu spüren glaubte, verletzte sie tief. »Ich … ich muss zurück. Ich muss noch einige Dinge vor der Probe erledigen.«

»Begleite die Lady über die Straße, Roy. Deine Beine sind jünger als meine.«

»Das ist schon in Ordnung.« Maddy stand hastig auf. »Ich brauche nicht …«

»Ich begleite dich.« Roy fasste sie beim Ellbogen.

Sie würde keine Szene machen, obwohl ihr wie noch nie danach zumute war. Stattdessen beugte sie sich vor und küsste Edwin zum Abschied auf die Wange. »Danke für die Einladung.«

Maddy wartete, bis sie draußen waren, bevor sie zu Roy sagte: »Roy, ich bin voll und ganz in der Lage, die Straße allein zu überqueren. Geh zu deinem Vater zurück.«

»Hast du irgendein Problem?«

»Ob ich ein Problem habe?« Sie entzog ihm den Arm und starrte ihn wütend an. »Ich kann deine so anständige, so nur auf Höflichkeit begründete Art, mit mir zu reden, einfach nicht mehr ertragen.« Und im Laufschritt begann sie, die Straße zu überqueren.

»Du hast noch zwanzig Minuten Zeit.« Er ließ sich nicht abschütteln.

»Ich habe gesagt, ich hätte noch einiges zu erledigen.«

»Du hast gelogen.«

Mitten auf der Straße, die Ampel schaltete auf Gelb, blieb sie stehen und drehte sich zu ihm. »Dann sagen wir doch einfach, ich hätte Besseres zu tun. Besseres, als dort zu sitzen und unter deine intellektuelle Lupe genommen zu werden. Gefällt es dir vielleicht nicht, dass ich die Gesellschaft deines Vaters genieße? Hast du Angst, ich hätte ihm gegenüber Absichten?«

»Hör auf damit.« Er zog sie unsanft vorwärts, als einige Autos zu hupen begannen.

»Du magst einfach Frauen nicht, nicht wahr? Du steckst uns alle gemeinsam in die große Kiste mit der Aufschrift ›Vorsicht, nicht vertrauenswürdig‹. Wenn ich nur wüsste, warum.«

»Maddy, du stehst kurz davor, hysterisch zu werden.«

»Oh, ich kann den Zustand noch ein wenig ausdehnen«, versprach sie und meinte es ernst. »Du warst plötzlich zu Eis erstarrt. Ich habe es genau von der Bühne her gesehen, wie du mich mit diesem kalten abschätzenden Blick beobachtet hast. Es war, als hättest du mich und nicht die Rolle, die ich gespielt habe, einordnen wollen ... Und du kannst mit beidem nichts anfangen, weil du es nicht willst.«

Weil er den Schimmer der Wahrheit in dem, was sie sagte, erkannte, wandte er sich von ihr ab. »Du bist lächerlich.«

»Nein, das bin ich nicht. Ich weiß, wann ich lächerlich bin, und im Moment bin ich es nicht. Ich weiß nicht, was dich so ausgehöhlt hat, Roy, aber was es auch gewesen sein mag, es tut mir leid. Ich habe mich bemüht, mich daran nicht zu stören, ich habe mich bemüht, mich an vielen Sachen nicht zu stören. Aber das ist zu viel.«

Er fasste sie bei den Schultern. »Was ist zu viel?«

»Ich habe deinen Gesichtsausdruck gesehen, als dein Vater über die Party sprach und über meine Anwesenheit dabei. Du brauchst dir keine Sorgen zu machen. Ich werde nicht kommen. Ich finde schon eine Entschuldigung.«

»Wovon sprichst du überhaupt?«, wollte er wissen und betonte dabei jedes einzelne Wort überdeutlich.

»Ich habe nicht gern, dass es dir peinlich ist, mit mir gesehen zu werden.«

»Maddy ...«

»Schon gut, es ist schließlich auch verständlich, oder?«, fuhr sie erregt fort. »Ich bin schlicht und einfach Maddy O'Hara, ohne Auszeichnungen hinter dem Namen oder einem bedeutenden Stammbaum davor. Ich habe Highschool-Abschluss per Post gemacht, und meine beiden Elternteile stammen von Bauern aus Südirland ab.«

Er umfasste ihr Kinn. »Wenn du das nächste Mal einen Abstecher ins Rätselhafte machst, könntest du mich dann vorher darüber informieren, damit ich mithalten kann? Ich weiß nicht, wovon du sprichst.«

»Ich spreche von uns«, schrie sie jetzt fast. »Und ich weiß nicht einmal, warum ich von uns spreche, weil es kein Uns gibt. Du willst kein Uns, darum ...«

Er schnitt ihr einfach das Wort ab, indem er seinen Mund auf ihren presste. »Sei still«, warnte er, als sie sich wehrte. »Sei eine Minute lang still. Hast du dich jetzt beruhigt?«, fragte er kurz darauf, als er sie wieder zu Wort kommen ließ.

»Nein.«

»In Ordnung, aber lass mich jetzt einmal reden. Ich weiß nicht genau, was ich gedacht habe, als ich dich auf der Bühne beobachtet habe. Es wird immer mehr zum Problem, überhaupt denken zu können, wenn ich dich ansehe.«

Sie wollte schon eine schnippische Bemerkung machen, hielt sie aber doch zurück. »Warum?«

»Ich weiß nicht. Und was das andere angeht, das ist lächerlich. Es ist mir egal, ob du deine Ausbildung durch Fernstudium oder eine Eliteschule erreicht hast. Und es ist mir egal, ob dein Vater zum Ritter geschlagen worden ist oder wegen Diebstahls verurteilt.«

»Wegen Ruhestörung«, murmelte Maddy. »Aber das war nur einmal ... zweimal, nehme ich an. Es tut mir leid.« Als die Tränen kamen, entschuldigte sie sich noch einmal. »Es tut mir leid. Ich hasse das. Immer, wenn ich ärgerlich bin, kann ich mich nicht beherrschen.«

»Nicht doch.« Er wischte ihr die Tränen weg. »Ich war auch nicht ganz fair dir gegenüber. Wir müssen wirklich einmal klären, was zwischen uns ist.«

»Okay. Wann?«

»Wann musst du denn einmal nicht in aller Herrgottsfrühe zum Training?«

Sie schniefte und suchte in ihrer Leinentasche nach einem Kleenex. »Sonntag.«

»Also dann Sonnabend. Kommst du zu mir?« Er fuhr mit dem Daumen über ihre Wangen.

»Ja, ich komme. Roy, ich wollte keine Szene machen.«

»Ich auch nicht, Maddy.« Er strich ihr noch einmal über die Wange und ging dann zurück.

7. Kapitel

Als Maddy ihr Apartment betrat, dachte sie immer noch an Roy. Das überraschte sie nicht, denn die Gedanken an Roy beherrschten so ihren Tag, dass sie sich immer wieder dazu zwingen musste, an ihre Rolle als Mary Howard zu denken. Die Premiere in Philadelphia war bereits in drei Wochen. Und da konnte sie es sich nicht leisten, sich von Vermutungen über das Was, Wenn, Falls und Wie betreffend Roy Valentine ablenken zu lassen.

Aber was würde Sonnabend passieren? Was sollte sie sagen? Wie sollte sie sich verhalten?

Maddy bezeichnete sich selbst als übergeschnappt, als sie plötzlich stirnrunzelnd stehen blieb. Das Licht war an. Sicher, sie war oft geistesabwesend oder in zu großer Eile, um sich alle Einzelheiten merken zu können, aber das Licht hätte sie nicht brennen lassen. Denn aus ihrer schlechteren Zeit hatte sie die Angewohnheit bewahrt, Energie – und Stromkosten – zu sparen.

Noch merkwürdiger, es roch nach Kaffee. Frischem Kaffee. Und dann hörte sie ein Geräusch aus ihrem Schlafzimmer. Mit heftig klopfendem Herzen zog sie einen Steppschuh aus ihrem Tanzbeutel und hielt ihn hoch wie eine Waffe. Sie kam gar nicht erst auf den Gedanken, hinauszurennen und um Hilfe zu rufen. Auch wenn sie sich nicht als aggressiv einschätzte, so war das hier ihr Zuhause, und sie hatte immer das verteidigt, was ihr gehörte.

Langsam, ohne ein Geräusch zu machen, durchquerte sie das Zimmer. Als sie das Geklapper von Kleiderbügeln hörte, fasste sie den Schuh fester. Wenn der Dieb dort etwas Wertvolles zu finden glaubte, dann konnte es für seine Dummheit gar keine Worte mehr geben. Und einen geistig verwirrten Dieb sollte sie doch mithilfe des mit Eisen verstärkten Absatzes ihres Steppschuhs in die Flucht schlagen können. Doch je näher sie ihrem Schlafzimmer kam, desto häufiger musste sie nervös schlucken.

Mit angehaltenem Atem fasste Maddy mit der freien Hand nach dem Türgriff. Dann riss sie die Tür auf. Fast gleichzeitig ertönten erschreckte Aufschreie.

»Nun.« Carrie legte die Hand auf ihr Herz. »Es ist doch immer wieder nett, dich zu sehen.«

»Carrie!« Mit einem Freudenschrei warf Maddy den Schuh weg und stürzte sich auf ihre Schwester. »Ich hätte dir fast ein Loch in den Kopf geschlagen. Was machst du hier?«

»Ein paar Sachen aufhängen.« Carrie küsste Maddy auf die Wange und warf dann ihre blonde Haarmähne zurück. »Es macht dir doch hoffentlich nichts aus. Seide knittert so schrecklich.«

»Natürlich macht es mir nichts aus. Ich habe gemeint, was machst du in New York? Du hättest mich benachrichtigen können.«

»Darling, ich habe dir letzte Woche geschrieben.«

»Nein, du …« Dann erinnerte sich Maddy an den ganzen Stapel von Briefen, den sie immer noch nicht geöffnet hatte. »Ich hatte noch keine Zeit für meine Post.«

»Typisch.«

»Ja, ich weiß.« Sie hielt ihre Schwester auf Armeslänge von sich, nur um sie anzusehen. Es war ein Gesicht, das sie so gut wie ihr eigenes kannte und das sie einfach immer wieder bewundern musste, mit den tiefblauen Augen und dem so herrlich geschwungenen Mund. »Ach, Carrie, du siehst wunderbar aus. Ich freue mich so, dich zu sehen.«

»Du siehst selbst wunderbar aus.« Aufmerksam betrachtete Carrie ihre Schwester. »Entweder wirken die Vitamine, die du schluckst, oder du bist verliebt.«

»Ich glaube, beides.«

Carrie zog eine ihrer fein geschwungenen Brauen hoch. »Tatsächlich? Dann lass uns darüber reden.«

Maddy hakte sich bei Carrie unter. »Ich wünschte, Alana wäre auch hier. Dann wäre alles perfekt. Wie lang bleibst du?«

»Ein paar Tage«, meinte Carrie, als sie zusammen ins Wohnzimmer gingen. »Ich soll bei einer dieser Preisverleihungen mitmachen. Mein Manager meint, so etwas mache sich gut.«

»Und du findest das nicht.« Maddy suchte ihre Schränke nach einer Flasche Wein ab.

Carrie warf einen Blick zum dämmrigen Fenster hinüber. »Du weißt, New York ist nicht meine Stadt, Darling. Es ist mir zu …«

»Wirklich?«, schlug Maddy vor.

»Sagen wir einfach zu laut.« Draußen wetteiferten zwei Polizistinnen miteinander. »Ich hoffe, du hast noch etwas Wein, Maddy. Der Kaffee war dir ausgegangen.«

»Ich habe ihn mir abgewöhnt«, entgegnete Maddy, deren Kopf fast in einem Schrank verschwand.

»Abgewöhnt? Du?«

»Ich habe zu viel davon getrunken. Ich habe meine Organe mit Koffein regelrecht überschwemmt. Jetzt trinke ich meistens Kräutertee.« Maddy nahm wieder den Kaffeegeruch wahr, der in der Luft hing. »Woher hast du ihn bekommen?«

»Oh, ich habe mir von deinem Nachbarn etwas ausgeborgt.«

Mit einer Flasche Wein kam Maddy aus dem untersten Schrankfach wieder hoch. »Doch nicht Guido.«

»Doch, Guido. Der mit dem Bizeps und den großen Zähnen.«

Maddy stöberte schließlich auch noch zwei Gläser auf.
»Carrie, ich lebe seit Jahren neben ihm und würde mit ihm
ohne einen bewaffneten Leibwächter nicht einmal einen Gu-
tenmorgengruß austauschen.«

»Er war reizend.« Carrie warf ihr Haar zurück. »Obwohl
ich ihn davon abbringen musste, mit herüberzukommen, um
den Kaffee für mich zu bereiten.«

»Darauf möchte ich wetten.« Maddy füllte zwei Gläser und
stieß ihres gegen das von ihrer Schwester. »Auf die O'Haras.«

Carrie nahm einen Schluck und verzog das Gesicht. »Maddy,
Wein scheinst du immer noch auf dem Flohmarkt zu kaufen.«

»So schlecht ist er nun auch wieder nicht. Komm, setz dich.
Hast du etwas von Alana gehört?«

»Bevor ich abgeflogen bin, habe ich sie angerufen. Sie war
gerade dabei, einen Streit zwischen den Jungen zu schlichten, und hörte sich überglücklich an. Dorian verwöhnt sie.«
Abgespannt nach dem langen Flug, machte Carrie es sich auf
dem Sofa bequem. »Werden Mom und Dad zu deiner Premiere kommen?«

»Ich hoffe es. Ich nehme an, du wirst es nicht schaffen,
oder?«

»Es tut mir leid.« Carrie legte ihre Hand auf Maddys. »Du
weißt, ich würde kommen, wenn ich könnte. Aber der Dreh-
beginn von ›Strangers‹ wurde aufgeschoben … es gab einige
Probleme wegen des Drehortes. Wir fangen wahrscheinlich
übernächste Woche an.«

»Du musst aufgeregt sein. Das ist eine so großartige Rolle.«

»Ja.« Nur ganz kurz hatte sich Carries Blick verdüstert.

»Was ist los?«

Carrie zögerte, schon fast entschlossen, Maddy von den
anonymen Briefen zu erzählen. Und von den Telefongesprä-
chen, die sie bekam. Doch dann ließ sie es. »Ich weiß auch
nicht. Wahrscheinlich die Nerven. Ich habe noch nie eine

Miniserie gemacht. Es ist weder richtiges Fernsehen noch ist es ein Spielfilm.«

»Nun hör aber auf, Carrie. Das kann doch nicht das Problem sein.«

»Es ist nichts.« Sie hatte sich dazu entschlossen, nichts zu erzählen. Wahrscheinlich würde sich die ganze Angelegenheit als unerhebliches Ärgernis entpuppen. Wenn sie wieder nach Kalifornien zurückkehrte, war bestimmt alles wieder vorüber. »Nur ein paar unverbindliche Beziehungen, die ich klären muss. Aber jetzt will ich viel lieber über den Mann reden, der dir im Kopf herumgeht.« Sie lächelte, als Maddy sich unbeteiligt geben wollte. »Lass gut sein, Maddy. Erzähle deiner großen Schwester alles.«

»Ich weiß gar nicht, was ich groß erzählen soll.« Maddy zog die Beine zum bequemen Lotossitz hoch. »Kannst du dich daran erinnern, von Dad jemals den Namen Edwin Valentine gehört zu haben?«

»Edwin Valentine?« Mit gerunzelter Stirn suchte Carrie in ihrer Erinnerung. Einer der Gründe für ihre schnelle Karriere als Schauspielerin in Hollywood war ihre Fähigkeit, nichts zu vergessen – keinen Text, keine Namen, keine Gesichter. »Nein, an den Namen kann ich mich nicht erinnern.«

»Von Valentine Records. Das ist eine der größten Plattenfirmen, wenn nicht sogar die größte. Wie dem auch sei, er hat Mom und Dad kennengelernt, als wir noch Babys waren. Damals hatte er gerade angefangen, und sie haben ihn auf einer Liege in ihrem Hotelzimmer schlafen lassen.«

»Klingt ganz nach ihnen.« Carrie streifte ihre Schuhe ab und rekelte sich nachlässig auf der Couch, was sie außerhalb des engsten Familienkreises nie machen würde. »Und weiter?«

»Valentine Records finanziert das Musical.«

»Interessant.« Doch dann griff sie nach Maddys Hand. »Maddy, du hast dich doch wohl nicht mit ihm eingelassen?

116

Er muss in Dads Alter sein. Nicht, dass das Alter mir so wichtig ist, aber wenn es sich um meine kleine Schwester handelt ...«

»Nun halt aber die Luft an«, amüsierte sich Maddy. »Habe ich nicht gelesen, dass du mit Count DeVargo von der De-Vargo-Juwelierkette gesehen worden bist? Der muss hart auf die sechzig zugehen.«

»Das ist etwas anderes«, entgegnete Carrie halblaut. »Europäische Männer sind alterslos. Außerdem sind wir nichts weiter als Freunde. Aber wenn du verträumte Augen wegen eines Mannes bekommst, der alt genug ist, dein Vater zu sein ...«

»Ich bekomme keine verträumten Augen. Und es ist sein Sohn.«

»Aha.« Beruhigt setzte Carrie sich wieder zurück. »Dieser Edwin Valentine hat also einen Sohn. Kein Tänzer?«

»Nein.« Maddy musste schmunzeln. »Er hat die Plattenfirma übernommen. Ich nehme an, er ist ein Magnat.«

»Gut«, sagte Carrie. »Langsam geht's aufwärts mit uns, nicht wahr?«

»Ich weiß nicht, was ich tun soll. Die meiste Zeit habe ich das Gefühl, ich sei verrückt. Er ist großartig und erfolgreich und konservativ. Er mag französische Restaurants.«

»Wie abscheulich.«

Maddy brach in Lachen aus. »Oh Carrie, hör auf.«

»Hast du mit ihm geschlafen?«

Das war Carrie, immer gleich zur Sache. »Nein.«

»Aber daran gedacht.«

»Ich kann kaum noch an etwas anderes als an ihn denken.«

Carrie griff nach der Flasche, um sich ihr Glas wieder zu füllen. Nach den ersten Schlucken schien auch sie den Wein fast genießbar zu finden. »Und was empfindet er dir gegenüber?«

»Genau da beiße ich auf Granit. Er ist freundlich und aufmerksam und all das. Aber wenn es um Frauen geht, holt er seinen Schutzschild hervor. In der einen Minute nimmt er mich in den Arm, und ich habe das Gefühl, darauf mein Leben lang nur gewartet zu haben. In der nächsten Minute lässt er mich links liegen, als würden wir uns kaum kennen.«

»Weiß er von deinen Gefühlen?«

»Ich fürchte fast, dass er es weiß. Ich würde es nicht wagen, es ihm zu sagen. Er hat mir unmissverständlich zu verstehen gegeben, dass er an einer Verbindung über einen, wie er sagt, längeren Zeitraum nicht interessiert ist.«

Carrie horchte auf. »Und du denkst dabei an etwas Verbindliches?«

»Ich könnte mein Leben mit ihm verbringen.« Tiefer Ernst und offene Verletzlichkeit spiegelten sich in den Augen wider, mit denen sie ihre Schwester ansah. »Carrie, ich könnte ihn glücklich machen.«

»Maddy, so etwas klappt nur bei Gegenseitigkeit.« Wie gut hatte sie das selbst erfahren. »Kann er dich glücklich machen?«

»Wenn er sich öffnen würde. Wenn er sich nur etwas öffnen würde, damit ich verstehen kann, warum er so vor Gefühlen zurückschreckt. Carrie, irgendetwas muss in seinem Leben geschehen sein, etwas Verheerendes, um ihn so misstrauisch zu machen. Wenn ich nur wüsste, was es war, dann könnte ich mich entsprechend verhalten. Aber ich habe keine Ahnung.«

Carrie setzte ihr Glas ab und ergriff beide Hände von Maddy. »Du liebst ihn wirklich?«

»Ich liebe ihn wirklich.«

»Dann ist er glücklich zu schätzen.«

»Du bist voreingenommen.«

»Da hast du verdammt recht.« Sie legte eine Hand unter Maddys Kinn. »Man braucht sich dieses Gesicht doch nur anzusehen. Es verrät Vertrauen, Treue und Hingabe.«

»Du sprichst von mir wie von einem niedlichen Cockerspaniel.«

»Maddy, es ist ganz einfach. Wenn du diesen Burschen liebst, dann ist der beste Weg, um von ihm wiedergeliebt zu werden, das zu sein, was du bist.«

Entmutigt griff Maddy nach ihrem Wein. Heute würde sie die Vorsicht einfach in den Wind schlagen und sich noch ein halbes Glas gönnen. »Ich hatte eher erwartet, von dir einige gut erprobte Tipps über die Kunst der Verführung zu bekommen.«

»Ich habe sie dir gerade gegeben, für dich. Darling, wenn ich dir einige meiner Geheimnisse verrate, würden dir die Haare zu Berge stehen. Außerdem, du hast doch die Ehe im Auge, richtig?«

»Ich denke, ja.«

»Also, in dem Fall kann ich dir doch nicht zur Verstellung raten, da solltest du schon aufrichtig sein. Wann siehst du ihn wieder?«

»Nicht vor Samstag.«

Carrie runzelte die Stirn. Sie würde sich gern persönlich ein Bild von diesem Valentine machen, aber Samstag würde sie schon wieder im Flugzeug Richtung Westen sitzen. »Auf alle Fälle würde neue Garderobe nicht schaden. Schon etwas Verführerisches, aber etwas, was zu dir passt. Nun, das überlass nur mir.« Sie warf Maddy einen kurzen Blick zu und schätzte, dass sie beide immer noch dieselbe Kleidergröße hatten. »Das ist das Einzige, was mir wirklich in New York gefällt: einkaufen. Wo wir schon vom Einkaufen sprechen, weißt du, dass du nur noch drei Mohrrüben und einen Fruchtsaft im Kühlschrank hast?«

»Ich wollte eigentlich noch etwas in dem Öko-Laden um die Ecke kaufen.«

»Erspar mir das. Ich mag keine Körner essen!«

»In der Nähe gibt es ein Restaurant, wo sie gute Spaghetti machen.«

»Großartig. Muss ich mich umziehen oder du?«

»Du«, meinte Maddy mit einem Blick auf Carries elegantes Seidenkleid. »Hast du nicht irgendetwas Unauffälligeres dabei?«

»Ich kann nichts mitbringen, was ich nicht habe. Es ist harte Arbeit, ein Image von Glanz und etwas Verruchtheit aufrechtzuerhalten.«

»Ich habe etwas, was du überwerfen kannst, ohne gleich zu sehr dein Image anzukratzen. Außerdem, bei ›Franco‹ wird dich sowieso niemand erkennen.«

Lächelnd erhob sich Carrie. »Welche Chancen räumst du mir ein?«

Maddy legte den Arm um ihre Schwester. »Carrie, du bist einzigartig.«

Carrie legte ihre Wange an die ihrer Schwester. So einfach sollte alles sein, dachte sie, alles sollte immer so einfach wie jetzt im Augenblick sein. »Nein, wir drei sind einzigartig. Und ich bin so froh, dich zu haben.«

Als Maddy am Samstag von der Probe nach Hause kam, war ihre Wohnung leer. Während ihres dreitägigen Besuches hatte Carrie den griesgrämigen Guido verzaubert, während eines kurzen Besuchs bei der Probe nachhaltigen Eindruck auf alle beim Musical Beteiligten gemacht und fast die Hälfte der Geschäfte in der Fifth Avenue leer gekauft.

Maddy vermisste sie schon jetzt. Doch sie bezeichnete sich auch sofort als töricht, dass sie nur für ein Gespräch mit Roy moralische Unterstützung nötig zu haben glaubte. Schließlich wollte sie nichts weiter als mit diesem Mann über ihre Beziehung reden.

Sie würde jetzt duschen, sich umziehen und in die U-Bahn

steigen. Es war ja auch nicht der erste Abend, den sie in Roys Apartment zubringen würde. Außerdem mussten sie miteinander reden. Und es gab keinen Grund, über etwas nervös zu sein, was getan werden musste.

Als sie ihr Schlafzimmer betrat, fiel ihr Blick sofort auf Carries Geschenk für sie, das auf dem Bett ausgebreitet lag. Als Erstes griff Maddy nach der Karte mit den großen geschwungenen Schriftzügen ihrer Schwester.

Maddy, nach anstrengender Suche und langem Überlegen habe ich das für Dich gewählt. Herzlichen Glückwunsch zum Geburtstag nächsten Monat. Trage es heute Abend für Deinen Roy. Noch besser, trage es für Dich selbst. Vergiss Deinen ersten Eindruck, die Farbe sei nichts für Dich. Vertraue mir. Ich werde an Dich denken, Kleines. Viel Glück.
Carrie

Gerührt, aber auch zweifelnd betrachtete Maddy Carries Geschenk. Die weich fallende Seidenhose war von einem kühnen flammenden Pink. Genau die Farbe, die Maddy wegen ihrer Haarfarbe vermeiden würde. Das Oberteil mit den Spaghettiträgern war in einem Jadeton gehalten. Aber zusammen ergab es eine freche Kombination, die zu Maddys Typ passte. Doch worüber sie in helles Entzücken ausbrach, war die Jacke.

Sie war aus changierender Seide, großzügig geschnitten und ebenso weich fallend wie die Hose. Das Changeant-Gewebe schuf ein Kaleidoskop an Farben. Je nachdem, wie es gehalten wurde, wechselte das Farbspiel. Zunächst hielt Maddy die Jacke für zu hochgestochen, zu elegant für sich, aber die sich laufend ändernden schillernden Farben übten doch eine faszinierende Wirkung auf sie aus.

»Also gut«, sprach sie sich Mut zu. »Gehen wir es an.«

Warum war er so nervös? Zum wiederholten Male schritt Roy unruhig auf und ab. Es war doch lächerlich, nur weil er eine Frau zu Besuch erwartete. Selbst wenn diese Frau Maddy war. Gerade weil diese Frau Maddy war, verbesserte er sich selbst.

Sie hatten schon andere Abende miteinander verbracht. Aber heute war es etwas anderes. Er schaltete die Stereoanlage ein, in der Hoffnung, sich durch die Musik ablenken zu können.

Wir werden nur miteinander reden, erinnerte er sich. Es war unumgänglich geworden, dass sie sich gegenseitig klarmachten, was sie voneinander wollten, wie die Bedingungen dafür aussahen und wo die Grenzen lagen. Er wollte mit ihr schlafen. Schon jetzt, allein bei dem Gedanken daran, stieg das Begehren in ihm auf.

Sie konnten doch Liebende werden und trotzdem alles auf der freundschaftlichen Ebene wie bisher belassen. Das mussten sie jetzt klären. Wenn sie kam, würden sie sich also einfach hinsetzen und ihre Bedürfnisse und Vorbehalte offenlegen, eben wie vernünftige Erwachsene. Sie würden zu einer klaren Einigung kommen und auf der Ebene weitermachen. Niemand würde dabei verletzt werden.

Doch, er würde sie verletzen. Aus irgendeinem Grund war sich Roy darüber sicher, wenn er sich an den Ausdruck in Maddys Augen bei ihrem letzten Zusammentreffen erinnerte. Beides, Mut und Verletzlichkeit, hatte daringestanden.

Sie ging ihm unter die Haut, und das durfte er nicht zulassen. Der beste Weg, der einzige Weg, den er sah, um dem Einhalt zu gebieten, war, feste Regeln aufzustellen.

Wieder ging er unruhig auf und ab und sah dann auf die Uhr. Sie verspätete sich. Sie machte ihn verrückt.

Was ist überhaupt das Besondere an ihr? fragte er sich zum x-ten Mal. Sie war nicht außergewöhnlich schön. Sie hatte kein gewandtes, beherrschtes und unterkühlt anziehendes Auftreten. Mit einem Wort, sie war nicht der Typ Frau, der normalerweise seine Aufmerksamkeit erregte.

Wo zum Teufel blieb sie nur?

Als es klingelte, fluchte Roy verhalten auf sie. Er wartete einen Augenblick, um sich zu sammeln. Es würde nichts bringen, gereizt und aufgebracht die Tür zu öffnen. Wenn er auf solidem, gefestigtem Grund anfangen würde, dann würde er auch auf solidem, gefestigtem Grund stehen. Dann öffnete er die Tür, und jeder vernünftige Gedanke war verflogen.

Hatte er sich eben gesagt, sie sei nicht wirklich schön? Wie konnte er sich so vollkommen irren? Hatte er sich gesagt, sie sei nicht anziehend? Und da stand sie vor ihm – verlockend, strahlend, lebenssprühend –, und er war noch nie zuvor von etwas mehr eingenommen gewesen.

»Hi. Wie geht es dir so?« Er konnte nicht wissen, dass ihr Herz unruhig klopfte, als sie lächelte und ihm einen Kuss auf die Wange gab.

»Gut.« Das war der Duft, den er seit Tagen nicht mehr vergessen konnte. Lächerlich, sich an etwas festzuhalten, was in jeder Kosmetikabteilung eines Kaufhauses gekauft werden konnte.

Maddy zögerte kurz. »Du hast doch gesagt, ich solle Samstag kommen?«

»Ja.«

»Nun, willst du mich nicht hereinlassen?«

Der Humor in ihrem Blick ließ ihn sich wie einen Trottel fühlen. »Natürlich. Entschuldigung.« Er schloss die Tür hinter ihr und fragte sich unwillkürlich, ob er gerade den größten Fehler seines Lebens gemacht hatte. Und den größten ihres Lebens. »Du siehst wunderbar aus. Verändert.«

»Findest du?« Lächelnd drehte sie sich um sich selbst.

»Meine Schwester ist für ein paar Tage in der Stadt aufgetaucht und hat das für mich ausgesucht. Schön, nicht wahr?«

»Ja. Du bist schön.«

Sie tat es mit einem Lachen ab. »Sagen wir, die Aufmachung. Du warst nicht mehr bei den Proben.«

»Nein.« Weil er Abstand von ihr brauchte. »Möchtest du etwas trinken?«

»Vielleicht etwas Wein.« Wie immer trat sie ans Fenster. »Die Show nimmt wirklich Form an, Roy. Langsam klappt alles tadellos.«

»Die Finanzabteilung wird sich darüber freuen.«

Es war sein trockener Ton, der sie zum Lachen brachte. »Du hast doch nichts zu verlieren. Kommen wir an, streichst du es ein. Fallen wir durch, schreibst du es steuerlich ab. Aber es kommt Leben herein, Roy.« Sie nahm das Glas, das er ihr reichte. »Jedes Mal, wenn ich als Mary auf die Bühne trete, wird es lebendiger, es wird immer mehr zum atmenden, pulsierenden Mittelpunkt meines Lebens.«

Mittelpunkt ihres Lebens. Er hatte es immer peinlich genau vermieden, einen für sich selbst zu haben. »Und eine Show kann dir das sein?«

Nachdenklich sah sie in ihr Weinglas und dann wieder auf die Stadt hinaus. »Wenn ich allein wäre, mit sonst nichts, nicht einmal mit der Chance auf etwas anderes, würde es reichen, mich glücklich zu machen. Wenn ich auf der Bühne bin ... Wenn ich auf der Bühne bin«, wiederholte sie, »und das Theater ist voller Menschen, die auf mich warten ... Roy, ich weiß nicht, wie ich es erklären soll.«

Er sah sie an, sah, wie die Lichter der Stadt hinter ihr flimmerten. »Versuche es. Ich möchte es wissen.«

Sie fuhr sich mit der Hand durchs Haar, das sie so sorgfältig zurechtgemacht hatte. »Ich fühle mich angenommen, vielleicht sogar geliebt. Und ich kann diese Liebe zurückgeben, mit einem Tanz, einem Song. Es klingt kitschig, wenn ich sage, dass ich dafür geboren wurde. Aber so ist es. So ist es.«

»Und es würde dir reichen, auf der Bühne zu stehen und von Hunderten von Fremden geliebt zu werden?«

Sie warf ihm einen forschenden Blick zu. Sie wusste, er verstand es nicht. Niemand, der nicht selbst spielte, konnte das verstehen. »Es würde reichen, würde reichen müssen, wenn ich sonst nichts haben könnte.«

»Du brauchst also keinen einzelnen Menschen dauerhaft in deinem Leben.«

»Das habe ich nicht gesagt.« Langsam schüttelte sie den Kopf, ohne den Blick von ihm zu lassen. »Ich habe gemeint, dass ich in der Lage bin, mich einer gegebenen Situation anzupassen. Applaus kann viele Lücken füllen, Roy. Sogar alle, wenn man sich sehr bemüht. Ich denke, deine Arbeit kann das bei dir auch.«

»Ja, das tut sie. Ich habe dir bereits gesagt, dass ich weder die Zeit noch die Absicht für eine langfristige Beziehung habe.«

»Das hast du.«

»Ich habe es auch wirklich so gemeint, Maddy.« Er trank wieder, weil die Worte ihm nicht so einfach über die Lippen wollten. Warum fühlte er sich, als ob er lügen würde, wenn er sich doch so sehr um Ehrlichkeit bemühte? »Wir haben es auf deine Art versucht. Mit Freundschaft.«

Ihre Finger wurden langsam kalt. Sie stellte ihr Glas ab und verschränkte die Hände, um sie zu wärmen. »Ich finde, es hat funktioniert.«

»Ich will mehr.« Er fuhr mit der Hand durch ihr Haar und zog sie näher. »Und wenn ich mehr nehme, werde ich dich verletzen.«

Das war die Wahrheit. Sie kannte sie, akzeptierte sie und

wollte sie doch vergessen. »Ich bin für mich selbst verantwortlich, Roy. Das schließt meine Gefühle mit ein. Ich will auch mehr. Was auch geschieht, es war meine Wahl.«

»Was für eine Wahl, Maddy?«, fragte Roy. »Sollten wir nicht allmählich beide zugeben, dass wir nie eine hatten? Ich wollte dich von mir stoßen. Das war meine Wahl. Aber ich habe dich immer näher und näher an mich gezogen.« Mit den Händen auf ihren Schultern zog er langsam Maddy die Jacke hinunter und ließ sie fallen, dass sie wie ein schillerndes Farbenspiel auf dem Boden lag. Zärtlich begann er, ihre Schultern zu streicheln. »Du kennst mich nicht«, sagte er leise, als er spürte, wie Maddy lustvoll erbebte. »Du weißt nicht, was sich in meinem Innern verbirgt. Es gibt vieles, was dir nicht gefallen, und noch mehr, was du nicht einmal verstehen würdest. Wenn du klug bist, würdest du sofort gehen.«

»Wahrscheinlich bin ich nicht klug.«

»Es würde auch keine Rolle mehr spielen.« Sein Griff auf ihren Schultern verstärkte sich. »Denn ich bin über den Punkt hinaus, dich gehen zu lassen.« Ihre Haut war so warm und so weich. »Du wirst mich, eher als du glaubst, hassen.« Er bedauerte das Unausweichliche schon jetzt.

»Ich hasse nicht so leicht, Roy.« Sie wollte ihn trösten und legte eine Hand auf seine Wange. »Vertrau mir ein wenig.«

»Vertrauen hat damit nichts zu tun.« Etwas flammte in seinen Augen auf, schnell, aufgewühlt, dann war es vorüber. »Überhaupt nichts. Ich will dich, und dieses Verlangen zerreißt mich schon seit Wochen. Das ist alles, was du von mir erwarten kannst.«

Der Schmerz kam, wie versprochen, aber sie setzte sich darüber hinweg. »Wenn das allein die Wahrheit wäre, dann hättest du nicht so hart dagegen angekämpft.«

»Ich habe den Kampf aufgegeben.« Seine Lippen senkten sich langsam auf ihre. »Du bleibst heute Nacht bei mir ...«

Sie umschmiegte mit beiden Händen sein Gesicht, um seine Anspannung abzuschwächen. »Ja, ich bleibe. Weil ich es will.«

Er nahm ihre Handgelenke, zog sie nahe an sich heran und küsste sie. Es war ein Versprechen, das einzige, das er ihr geben konnte. »Komm mit.«

Und ihrem Herzen folgend, ging sie mit ihm.

8. Kapitel

Nur ein schwacher Lichtschein fiel vom Korridor ins Schlafzimmer. Es kam Maddy vor wie ein Raum voller Schatten und Geheimnisse. Roy hatte die Stereoanlage angelassen, aber es drang kaum mehr als das Echo einer Musik zu ihnen herüber, als sie jetzt stehen blieben, um sich zu berühren.

»Du machst einen Fehler«, begann er.

»Pst.« Maddy verschloss seinen Mund mit ihren Lippen. »Lass uns später vernünftig sein. Ich wollte vom ersten Augenblick an wissen, wie es mit dir sein würde.« Sie sah ihm voll ins Gesicht, als sie begann, sein Hemd aufzuknöpfen. »Ich wollte wissen, wie du aussiehst. Wie du dich anfühlst.« Sie zog sein Hemd aus und ließ dann die Hände seine Brust hinaufgleiten, die sich hart, glatt und im Augenblick angespannt anfühlte. »Oft habe ich nachts wach gelegen und mich gefragt, wann wir so zusammen sein würden.« Langsam strich sie über seine Schultern und seine Arme hinunter. »Roy, mir ist vor dir oder meinen Gefühlen nicht bange.«

»Das sollte es aber.«

Sie bog den Kopf zurück und sah ihn herausfordernd an. »Dann zeige mir, warum.«

Mit einem unterdrückten Fluch gab er ihr, sich und allem nach. Er zog sie an sich und presste heftig seinen Mund auf ihren. Unter seinen Händen spürte er, wie sie zitterte. War es Furcht oder Erwartung? Er wusste es nicht. Aber er spürte, wie sich ihre Finger in seine Muskeln gruben und wie sie ihn fest an sich drückte. Ihre leicht geöffneten Lippen waren weich und einladend.

Einmal hatte er sich gefragt, ob sie eine Hexe sei. Der Gedanke kehrte jetzt wieder zurück, so als ob das, was zwischen ihnen war, nur auf Sinnlichkeit und Versuchung zurückzuführen wäre. Nichts an ihr war sorglos jetzt, nichts leicht oder einfach. Sie war vielschichtig und gefährlich wie Eva oder die sie herausfordernde Schlange.

Er fühlte sich ganz seiner körperlichen Lust ausgeliefert, er wollte Maddy nehmen, schnell, sofort, gerade da, wo sie standen. Nur das Jetzt zählte, ohne Verpflichtungen und Versprechungen.

Dann sagte sie leise mit einer ganz weichen und bewegten Stimme seinen Namen. Seine Hände wurden zärtlich, seine Lippen wurden weicher. Wie von selbst. Er konnte es nicht verhindern. Es würde eine Zeit kommen, wenn er Maddy verletzen würde. Aber heute Abend war etwas Besonderes. Er konnte nur noch an sie denken, nicht an die Vergangenheit und nicht an die Zukunft. Heute würde er einfach nur geben und nehmen, so viel wie er konnte.

Er schob die schmalen Träger von ihren Schultern, und ihr seidenglänzendes Oberteil rutschte herunter und wurde gerade noch von ihren Brustspitzen gehalten. Mit einer Zärtlichkeit, die Roy mehr als Maddy überraschte, ließ er seine Lippen über ihre nackten Schultern gleiten. Er fühlte ihre weiche Haut und atmete ihren erregenden Duft ein. Sie schien ihm auf einmal so klein, so zerbrechlich, so jung. Nach einem Augenblick des Zögerns ließ er seine Lippen mit ihren verschmelzen.

Sie spürte die Veränderung in ihm. Der innere Kampf, den er sonst ständig in sich auszufechten schien, hatte sich offensichtlich gelegt. Ihr eigenes Herz war schon längst bereit, ihn in sich aufzunehmen.

Langsam streichelte sie ihn und genoss es, seinen kräftigen schlanken Körper zu spüren. Obwohl ihr Atem nicht mehr gleichmäßig ging, hielt sie sich zurück, um ihm Zeit zu lassen, es für sich zu bejahen, was zwischen ihnen geschah. Sein Verstand würde es bekämpfen wollen, dessen war sie sich fast sicher, doch jetzt wurde er von seinen Gefühlen gelenkt. Eng umschlungen gingen sie hinüber zum Bett.

Maddy kannte ihren eigenen Körper zu genau, um sich befangen zu fühlen. Ihre Hüften waren schmal, ihre Beine lang, sie hatte kleine Brüste, war also wie eine Tänzerin gebaut. Und ebenso selbstverständlich, wie sie ihren Körper annahm, nahm sie Roys Bedürfnis, ihren Körper vorsichtig und behutsam zu erforschen.

Das Oberteil wurde zur Seite geworfen. Als sie Roys Hände auf ihrer nackten Haut spürte, ließ sie sich ganz in die durch ihn ausgelösten körperlichen Empfindungen gleiten. Aus halb geschlossenen Augen sah sie sein dunkles Haar, das über ihre Haut streifte. Sie hörte ihr Herz heftig schlagen. Dann spürte sie seine Zunge auf einer ihrer Brustspitzen, und ihr Körper spannte sich mit einer neuen, schwindlig machenden Welle der Lust an.

Ihre Bewegungen waren harmonisch, als entsprächen sie einer schon vor langer Zeit entworfenen Choreografie: Aktion und Reaktion, Bewegung und Gegenbewegung. Das war für Maddy etwas Selbstverständliches und Natürliches wie das Atmen.

Wohin die Lust ihn auch führte, Maddy war offen und empfänglich für ihn. So hatte er es noch nie erlebt und auch noch nie jemanden wie sie. Ihr Körper war heiß. Überall, wo er sie berührte, wo er sie schmeckte, spürte er ihren Pulsschlag. Noch nie hatte er eine Frau gekannt, die sich der Liebe so öffnete, so frei und ungehemmt. Als sie den Verschluss seiner Hose öffnete, sie ihm auszog und dann seinen nackten Körper berührte, tat sie es mit einer ungezierten Natürlichkeit, als würden sie sich und ihre Körper schon ewig kennen.

Auch sein Puls raste. Sie spürte es in der Beuge seines Ellbogens, als sie ihn dort küsste. Als er nackt war, betrachtete sie ihn mit unverhohlener Freude. Mit einem weichen Lächeln und einem leisen Lachen zog sie ihn an sich und umarmte ihn voller Leidenschaft und Zuneigung. Wie eine Welle fuhr die Hitze durch ihn und machte ihn verwirrt, benommen und ließ ihn nur noch sein Verlangen nach Maddy spüren.

»Küss mich«, sagte sie leise. Ihre Augen waren halb geschlossen, und sie erinnerte ihn an eine vor Behagen schnurrende Katze. »Ich habe mich nach deinen Berührungen gesehnt«, flüsterten ihre Lippen dicht an seinen. »Manchmal habe ich es mir direkt vorgestellt, wie es wäre, deine Hände auf mir zu spüren. Hier.« Sie führte seine Hand. »Und hier. Ich kann nicht genug davon bekommen.« Ihr Körper bog sich ihm entgegen. »Ich glaube, ich kann davon nie genug bekommen.«

Etwas entglitt ihm – die Kontrolle, mit der er seine Gefühle fest verschlossen hielt. Er konnte es sich nicht erlauben, ihr sein Herz zu geben. Aber er konnte ihr die Leidenschaft schenken, die sie suchte und auf eine so wunderbare Weise annahm. Er zog ihr die seidene Hose aus und beobachtete, wie sie aufreizend über Maddys Hüfte glitt. Der winzige Stoffstreifen, den sie darunter trug, folgte. Und auf einmal, ohne Übergang, wurde Roy nur noch beherrscht von seinem Begehren nach ihr, nach allem, was sie war und bot. Auf diese Art von Leidenschaft, auf diese Kraft und Ungezügeltheit war er allerdings kaum vorbereitet. Maddy hatte ihm mit ihrer Natürlichkeit und Lebenslust diesen Weg bereitet und ganz tiefe Bedürfnisse in ihm erregt und freigesetzt.

Er vergaß seine beherrschte Zurückhaltung und presste seine Lippen mit einer fast schmerzenden Heftigkeit auf ihre. Die Bewegungen seiner Hände, bisher eher vorsichtig, wurden immer zügelloser und heftiger, bis Maddy sich unter ihm aufbäumte. Mit jeder Bewegung, jedem Stöhnen schlug sein Herz schneller und hämmerte in seinem Kopf einen Rhythmus, der irgendwie an ihren Namen erinnerte. Sie schlang die Beine um ihn, und er nahm sie. Er hörte ein verhaltenes Aufstöhnen, das sich tief aus ihr hervorbrach, bevor ihm selbst der Atem stockte.

Sie war so warm, so unglaublich weich und offen. Noch einmal bemühte er sich um einen letzten Rest von Selbstkontrolle, als ihr Körper sich in einem ganz natürlichen und erotischen Rhythmus zu bewegen begann. Er bewegte sich mit ihr und wollte dabei beobachten, wie sie ihn in sich empfand. In ihrem Gesicht spiegelte sich das reinste Entzücken wider, doch sie hielt die Augen offen und auf ihn gerichtet.

Sie zitterte, und ihre Finger verkrallten sich im Betttuch. Diese Kraft, diese Stärke. Nichts, was sie bisher erlebt hatte, konnte hiermit verglichen werden. Sie könnte auf alles andere ohne Bedauern verzichten. Hier könnte sie ewig bleiben, während die Jahrhunderte draußen vorbeiflogen.

Dann pressten sie sich heftig aneinander, als der Sturm sie mit sich riss. Ihre Körper spannten sich an und bebten, bevor die Entspannung in Wogen eines unbeschreiblichen Glücksgefühls kam.

Maddy hatte den Mond und die Sterne angenommen, die er ihr anbot. Sie schlang die Arme um ihn und wusste, sie würde warten, bis er selbst sich ihr genauso anbot.

Als Roy erwachte, war Maddy fort. Es war ein schmerzliches Gefühl von Verlust, als er sich auf die Seite drehte, wo sie geschlafen hatte, und das Bett neben sich leer fand. Aus der Stereoanlage drüben, die nicht ausgeschaltet worden war, klangen die Sonntagmorgennachrichten herüber, während er sich wieder zurücklegte und dem Gefühl der Leere auf den Grund ging.

Warum sollte er sich leer fühlen? Er hatte eine aufregende Nacht mit einer aufregenden Frau verbracht, die nun wieder ihrer Wege ging. Das war es doch, was er gewollt hatte. So waren die Regeln dieses Spiels. In der Nacht hatten sie sich gegenseitig Wärme und Leidenschaft geschenkt. Jetzt hatte ein neuer Tag begonnen, und es war vorbei. Er sollte doch dankbar dafür sein, dass sie es so leichtnahm, dass sie sogar ohne ein Auf Wiedersehen gehen konnte.

Warum sollte er sich leer fühlen? Er konnte sich ein Gefühl des Bedauerns darüber nicht leisten, dass Maddy ihn jetzt nicht schläfrig anlächelte und sich an ihn kuschelte. Er wusste doch, wie flüchtig und brüchig Beziehungen tatsächlich waren. Er sollte ihr dankbar dafür sein, dass sie ihm durch ihr Verhalten deutlich zu verstehen gab, dass zwischen ihnen in der Nacht nichts anderes als gegenseitige körperliche Befriedigung abgelaufen war. Es waren keine Versprechungen gegeben und keine verlangt worden, es waren nur ein paar Stunden sinnlicher Lust gewesen, die keine Entschuldigungen oder Erklärungen verlangten.

Warum sollte er sich leer fühlen?

Weil sie gegangen war und er sie halten wollte.

Mit einem Fluch richtete Roy sich auf. Als er sich mit der Hand durchs Haar fuhr, fiel sein Blick auf die pinkfarbene Seide neben dem Bett.

Aber sie war doch gegangen …? Roy warf die Decke zur Seite und hob die Hose auf, die er in der letzten Nacht Maddy ausgezogen hatte. Selbst Maddy konnte ohne sie nicht weit kommen. Er hielt die Hose immer noch in der Hand, als er das Geräusch einer Tür hörte. Er warf die Hose über die Stuhllehne und zog sich einen Bademantel über.

Er traf sie in der Küche.

»Maddy?«

Sie stieß einen unterdrückten Schrei aus und schnellte herum.

»Roy.« Eine Hand auf ihr Herz gelegt, schloss sie einen Moment lang die Augen. »Du hast mich zu Tode erschreckt. Ich dachte, du schläfst.«

Und er hatte gedacht, sie sei gegangen. »Was machst du?«

»Ich habe uns etwas zum Frühstück besorgt.«

Er fühlte sich nicht mehr leer. Doch mit der Freude stieg in ihm auch wieder seine misstrauische Vorsicht auf. »Ich dachte, du wärst schon gegangen.«

»Red keinen Unsinn. Ich würde doch nicht einfach so weggehen.« Sie fuhr sich mit den Fingern durchs Haar, das heute Morgen noch keinen Kamm gesehen hatte.

»Maddy.« Er trat einen Schritt auf sie zu, als er überhaupt erst ihre Aufmachung bemerkte. »Was hast du eigentlich an?«

»Gefällt's dir?« Lächelnd fasste sie den Saum seines Hemdes und drehte sich. »Du hast einen ausgezeichneten Geschmack.«

In dem Hemd von ihm sah sie lächerlich attraktiv aus. »Ist das eine meiner Krawatten?«

Sie presste die Lippen aufeinander, um nicht auflachen zu müssen, während sie mit dem schwarzen Seidenschlips spielte, den sie als Gürtel benutzt hatte. »Tut mir leid, ich habe nichts anderes gefunden. Mach dir keine Sorgen, ich kann ihn wieder bügeln.«

Ihre Beine waren lang und nackt. Kopfschüttelnd betrachtete er sie erneut. »So bist du hinausgegangen?«

»Niemand hat sich nach mir umgedreht«, versicherte sie ihm und schien es selbst zu glauben. »Aber ich sterbe vor Hunger.« Sie legte ihm die Arme um den Hals und küsste ihn, mit einer ganz natürlichen Zuneigung, die seinen Puls antrieb. »Geh wieder ins Bett. In einer Minute bringe ich das Frühstück.«

Maddy ist nicht gegangen, dachte Roy, als er es sich wieder im Bett bequem gemacht hatte. Sie war hier, in seiner Küche, und bereitete das Frühstück zu, als sei es das Natürlichste der Welt. Es gefiel ihm. Es beunruhigte ihn. Er fragte sich, wie er sich ihr gegenüber verhalten sollte.

»Ich habe noch eine zusätzliche Portion Schlagsahne besorgt«, meinte Maddy, als sie mit einem Tablett hereinkam, sich Roy gegenüber aufs Bett setzte und das Tablett zwischen sie stellte.

Roy starrte entsetzt und amüsiert zugleich auf das sogenannte Frühstück. »Was ist das?«

»Eisbecher.« Sie nahm mit dem Zeigefinger etwas von dem Berg Schlagsahne und ließ sie genüsslich auf der Zunge zergehen. »Mit Erdbeeren.«

»Fruchtbecher? Zum Frühstück? Ist das dieselbe Maddy O'Hara, die sich laufend wegen der Kalorien Sorgen macht?«

»Eis ist ein Milchprodukt.« Sie reichte ihm einen Löffel. »Und die Erdbeeren sind frisch. Was willst du mehr?«

»Eier mit Schinken.«

»Zu viel Fett und Cholesterin – außerdem schmeckt es nicht so gut. Wie dem auch sei, ich feiere.«

»Was feiern?«

Ihre Blicke trafen sich. Dann schien sie zu seufzen. Wusste er es nicht? Wie sollte sie es dann erklären? »Du siehst wunderbar aus. Ich fühle mich wunderbar. Es ist Sonntag und die Sonne scheint. Das sollte doch reichen.« Sie fischte eine Erdbeere aus Roys Becher und hielt sie ihm hin. »Genieß es. Das Leben steckt voller Gefahren.«

Er nahm die Erdbeere in den Mund und spürte Maddys Fingerspitzen zwischen den Lippen. »Und ich dachte, du ernährst dich von Sojasprossen und Weizenkeimen.«

»Tu ich auch meistens. Darum ist das jetzt auch so großartig.« Sie nahm einen Löffel voll Eiscreme und ließ sie langsam und voller Genuss auf der Zunge zergehen. »Normalerweise jogge ich sonntagmorgens.«

»Joggen?«

»Aber nur fünf bis sechs Kilometer.«

»Nur.«

Sie leckte ihren Löffel ab. »Aber heute will ich einfach nur genießen.«

Er strich ihr übers Kinn. »Wirklich?«

»Genuss total. Morgen werde ich dafür zahlen müssen, also muss es gut sein.«

»Beabsichtigst du, hierzubleiben und dich dekadent zu geben?«

»Es sei denn, du ziehst es vor, ich gehe.«

Er verschränkte seine Finger mit ihren, eine Geste, die ihn selbst überraschte. »Ich will nicht, dass du gehst.«

Ein Lächeln erhellte ihr Gesicht. »Ich kann sehr dekadent sein.«

»Darauf zähle ich.«

Maddy fuhr mit dem Finger durch die Schlagsahne und leckte ihn langsam, aufreizend langsam, ab. »Du könntest schockiert sein.« Als sie den Finger wieder in die Schlagsahne tauchte, ergriff Roy ihr Handgelenk und brachte den Finger mit der Sahne in seinen Mund.

»Meinst du?« Er spürte, wie ihr Pulsschlag sich erhöhte, als er leicht an der Fingerspitze saugte. »Warum lassen wir es nicht einfach darauf ankommen?« Er nahm das Tablett und stellte es neben das Bett. Als er Maddy wieder ansah, waren ihre Augen riesig. »Du hast mich übrigens nicht gefragt, ob du mein Hemd ausleihen darfst, Maddy.«

Sofort war der Schalk wieder in ihren Augen, doch sie antwortete ganz ernsthaft. »Nein, tatsächlich. Das war ungehörig.«

»Ich will es zurück.« Er zog Maddy an sich. »Jetzt.«

»Jetzt?« Eine Woge erwartungsvoller Wärme durchfuhr ihren Körper. »Willst du auch die Krawatte?«

»Natürlich.«

»Ich muss zugeben, du hast ein Anrecht darauf«, entgegnete sie halblaut. Sie löste den Knoten und reichte ihm die Krawatte. Dann knöpfte sie langsam das Hemd auf, wobei sie den Blick fest auf Roy gerichtet hielt. Als sie es von ihren Schultern gleiten ließ, lächelte sie. Ganz unbefangen kniete sie mitten auf dem Bett, von Sonnenstrahlen beschienen. Das Hemd hielt sie ihm am Kragen hin.

»Das gehört dir.«

Er stieß das Hemd beiseite, erhob sich ebenfalls auf die Knie und umfasste ihre Schultern. »Mir gefällt das, was es verborgen hat, viel mehr.« Er küsste ihr Kinn und ließ die Hände an ihrem Körper hinuntergleiten. »Du hast einen unglaublichen Körper. Hart, weich, fest, geschmeidig, biegsam.« Er hielt sie auf Armeslänge von sich, um sie anzusehen. »Ich frage mich … Maddy, was trägst du da?«

»Was?« Ein wenig verwirrt folgte sie seinem Blick hinunter. »Oh, das ist ein Höschen – zugegeben, ein sehr knappes.«

Sein Blick verriet sowohl Amüsiertheit als auch Befremdung. »Es drängt sich die Frage auf, ob du deine Rolle als die Fröhliche Witwe nicht etwas zu ernst nimmst.«

»Bei meinem Strip nur allein für dich hast du das nicht gesagt«, wies sie ihn zurecht, dann schlang sie die Arme um seinen Nacken. »Diese winzigen Höschen habe ich entdeckt, als ich mich auf die Rolle vorbereitet habe.«

»Vorbereitet?« Er küsste sie. »Und was genau heißt das?«

»Genau das, was du jetzt denkst. Ich kann doch nicht eine solche Rolle übernehmen, ohne mich vorher etwas umgesehen zu haben.«

»Du bist in Striplokale gegangen?« Zwischen Aufgebrachtheit und Frustration hin- und hergerissen, umfasste er fest ihr Kinn. »Bist du verrückt? Weißt du auch, was an solchen Orten alles passieren kann?«

»Hast du viel Erfahrung gesammelt?«

»Ja … nein. Verdammt! Maddy, lenk jetzt nicht vom Thema ab!«

Sie lächelte ihn strahlend an. »Roy, ich musste etwas über Mary kennenlernen. Die beste Möglichkeit war, mit Strippern zu reden. Ich habe einige wirklich faszinierende Leute erlebt. Eine nannte sich Lotta Oomph.«

»Lotta …«

»Oomph«, beendete Maddy. »Ihr Tick war diese Art von Höschen aus weichem Leder. Sie hatte fünf davon und …«

»Ich glaube nicht, dass ich das hören will. Maddy, du bist verrückt, wenn du dich an solchen Orten aufhältst.«

»Nun hör aber auf. Ich habe schon mit zwölf an Orten gearbeitet, die sich von denen nicht sehr unterscheiden. Es ist alles nur Einbildung, Roy. Das sind zum großen Teil nichts anderes als Menschen, die hart für ihren Lebensunterhalt arbeiten müssen. Und die Gespräche mit einigen der Frauen haben mir wirklich geholfen, Mary besser verstehen zu können.«

»Mary ist eine Fantasiegestalt«, verbesserte er sie. »Was sich an diesen Orten abspielt – nur abspielen kann –, ist harte Wirklichkeit.«

»Ich weiß selbst, wie die Wirklichkeit ist, Roy. Ich sage ja auch nicht, dass Strippen ein bewundernswerter Beruf ist. Aber die meisten Leute, mit denen ich gesprochen habe, haben eine ganze Menge Ehrgeiz in ihre Tätigkeit gesteckt.«

»Ich will mich gar nicht über Moralvorstellungen oder die gesellschaftliche Bedeutung solcher exotischer Tanznummern auslassen, Maddy. Mir gefällt einfach nur die Vorstellung nicht, dass du in solche Lokale gehst.«

»Ich habe ja auch nicht vor, daraus eine Gewohnheit werden zu lassen.« Sie senkte den Blick und malte mit einem Finger Linien auf seine Brust. »Aber Lotta würde ich gern wiedersehen.«

»Maddy!«

Sie blickte auf, und in ihren Augen blitzte der Schalk. »Sie steckte wirklich voller Überraschungen.«

»So wie du.« Er strich ihr mit der Hand über die Hüfte, wo das dünne Band ihres Höschens verlief. »Und welche Bedeutung hat das?«

»Bequemlichkeit.« Sie kitzelte mit dem Mund sein Ohrläppchen. »Jede Frau in Amerika sollte solche Höschen tragen.«

»Trägst du sie immer?«

»Mmm. Unter Straßenkleidung.«

»Als wir uns die Ausstellung über viktorianische Architektur angesehen haben, da hast du diese weiten Kakihosen getragen, die wie aus einem Army-Laden aussahen.«

»Sie waren aus einem Army-Laden.«

»Hattest du darunter auch eins von diesen an?«

»Mmm.«

»Hast du eine Ahnung davon, was geschehen wäre, wenn ich es gewusst hätte?«

Glücklich rieb sie ihre Wange an seiner. »Was?«

»Direkt dort, vor dem Modell von Königin Victorias Sommerresidenz?«

Sie unterdrückte ihr Lachen. »Was?«

»Mit der vierköpfigen Familie aus New Jersey direkt hinter uns?«

Sie schlang die Arme um ihn. »Vielleicht können wir jenen Nachmittag noch einmal durchspielen.«

»Aussichtslos.« Er barg sein Gesicht an ihrem Hals.

Es erstaunte ihn, dass ihm nach Lachen zumute war, obwohl er eine nackte Frau bei sich hatte. Körperliche Liebe war eine ernsthafte Angelegenheit, die viel Umsicht und Sorgfalt erforderte. Er war schließlich kein Teenager, der sich auf dem Rücksitz eines Autos in einer dunklen Straße vergnügte. Er war ein erwachsener Mann, erfahren, weltklug.

Doch als er mit Maddy auf dem Bett herumrollte, war das Lachen da. Es war da, als er sie fest an sich zog, als sie sich an ihn schmiegte, als er sie berührte und sie sich ihm öffnete. Seine Lust, seine Freude an ihr war so groß, so ausufernd, dass Lachen die einzige Antwort darauf war. Und später, nicht sehr viel später, als das Lachen in Stöhnen überging, war die Freude nicht getrübt.

Es war so viel Liebe in ihr. Maddy wunderte sich, dass sie nicht ausbrach und den Raum erleuchtete. Roy war so wunderbar, so zärtlich, so vollkommen. Und voller Begehren nach ihr. Wenn sie ihm nicht schon ihr Herz geschenkt hätte, würde es ihm jetzt zufliegen.

Wie hatte sie denn wissen können, dass es so viel zu entdecken gab? So viel Lust, so viele körperliche Empfindungen. So freigiebig hatte sie sich noch keinem anderen Mann gezeigt, doch mit Roy war es ganz einfach.

Sie kannte ihren Körper genau, seine Stärken, seine Schwächen. Wie merkwürdig war es zu entdecken, dass sie über die Bedürfnisse ihres Körpers so wenig gewusst hatte. Als Roys Mund sich um ihre Brustspitzen schloss, verstärkten sich ungeahnte Empfindungen in ihr: Lust, Qual, Verzweiflung. Eine Bewegung seiner Hand ihren Schenkel hinunter löste einen Schauer durch ihren Körper aus. Die zärtliche Berührung seiner Lippen an ihrem Hals ließ sie aufstöhnen. Ihr Körper, den sie einer überstrengen Disziplin unterwarf, wurde eine unendliche Tiefe an Lust, Verwirrung, Erregung, wenn Roy sie zärtlich und fordernd an sich drückte.

Wenn sie ihn berührte, wurde sie schwach. Wenn sie ihre Hände über seinen Körper gleiten ließ, fühlte sie es bis ins Innerste ihrer Seele. Roy gehörte ihr. Sie redete sich ein, es sei gleichgültig, dass es nur für den Moment war. Er gehörte ihr, solange sie Körper an Körper, Mund an Mund waren.

Er begehrte sie. Sie spürte die Woge der Erregung in seinem

Körper. Wenn er, und sei es auch nur für einen kurzen Augenblick, die Fesseln lösen könnte, die er um seine Gefühle gelegt hatte, könnte er sie lieben. Das wusste sie. Wenn er sie hielt, dann verriet er mehr als Leidenschaft, mehr als Lust. Da war noch etwas viel Tieferes. Wenn seine Lippen ihre berührten, wenn er den Kuss langsam vertiefte, bis sie sich beide in ihm verloren, dann wusste sie, dass er kurz davor war, ihr zu geben, was sie ihm so verzweifelt selbst geben wollte.

Liebe. Sie wollte ihm sagen, wie wunderbar es sei, sich fest aneinander gebunden fühlen zu können. Sie wollte in ihm eine schwache Ahnung wecken, von dem Gefühl, jemanden zu haben, der zu einem gehört, jemand, der immer für einen da sein würde.

Seine Haut war heiß und feucht. Die Zärtlichkeit verlor sich mit der Steigerung seiner Erregung. Sie war wild, hungrig, voller Leben. Ihre Energie schien grenzenlos und brachte ihn weiter und weiter, bis an die Grenze seiner Selbstkontrolle.

Die Stereoanlage plärrte weiter. Draußen stieg die Hitze des Tages hoch. Es zählte nicht. Nichts zählte – außer ihnen und was sie sich geben konnten.

Sie rollte sich auf ihn und hielt ihn mit Armen und Beinen fest umschlungen. Sie fühlte nur noch den Drang, ihn ganz in sich aufzunehmen. Als sie sich dann aufzulösen schienen und sich dann langsam wieder fanden, waren sie immer noch zusammen.

Schwach, erschöpft und strahlend schmiegte sich Maddy an Roy. Ihre Haut war feucht und schien ganz natürlich mit seiner zu verschmelzen. Sie hörte seinen Herzschlag durch die dumpfe Benommenheit in ihrem Kopf hindurch. Als Roy über ihren Rücken strich, schloss sie die Augen und lieferte sich ihm ganz aus.

»Oh Roy, ich liebe dich.«

Zunächst war Maddy zu sehr in ihrem eigenen Glückstraum gefangen, um zu bemerken, wie Roy sich unter ihr versteifte. Die Realität war noch zu weit entfernt, als dass sie die plötzliche Anspannung seiner Finger auf ihrem Rücken wahrnahm. Aber allmählich wurde ihr Kopf klar. Maddy hielt noch einen Augenblick die Augen geschlossen. Die Worte waren gesagt, sie konnten nicht wieder zurückgenommen werden.

»Es tut mir leid.« Sie holte tief Luft und sah ihn an. Seine Miene war verschlossen. Obwohl sie körperlich noch beisammenlagen, hatte er sich innerlich schon entfernt. »Es tut mir leid, weil du es nicht hören willst.«

Roy sagte sich, dass die Gefühlsaufwallung in ihm Bedauern sei, nicht Hoffnung. »Maddy, ich bin an Phrasen nicht interessiert.«

»Phrasen.« Sie schüttelte den Kopf. »Hältst du ›Ich liebe dich‹ für eine Phrase?«

»Für was denn sonst?« Er umfasste ihre Schultern und richtete sich mit ihr zusammen auf. »Maddy, lass uns das Gute an unserer Beziehung nicht mit bequemen Lügen bemänteln.«

Was sie hinunterschluckte, war nicht Bitterkeit, sondern Verletztheit. »Ich habe nicht gelogen, Roy.«

Etwas rührte sich tief in ihm, etwas, was ihn warm überflutete. Er erkannte es nicht als eine Aufwallung von Hoffnung, bevor er es wieder zurückdrängte. »Dann hast du es dir eben eingebildet.«

Ihre Stimme war ruhig, wenn auch nicht ganz fest, als sie sprach. »Du kannst es nicht glauben, dass ich dich lieben könnte, habe ich recht?«

»Liebe ist nur ein Wort.« Er rollte sich aus dem Bett und griff wieder nach seinem Bademantel. »Es gibt sie, natürlich. Zwischen Vater und Sohn, Mutter und Tochter, Bruder und Schwester. Doch zwischen Mann und Frau gibt es Anziehung, Verliebtheit, sogar Besessenheit. Das kommt und geht, Maddy.«

Bewegungslos starrte sie ihn an. »Das glaubst du nicht wirklich.«

»Ich weiß es.« Er fiel ihr so heftig ins Wort, dass sie zusammenzuckte. Sofort bedauerte er seine Heftigkeit, doch er schluckte das Bedauern hinunter. »Menschen kommen zusammen, weil sie etwas voneinander wollen. Sie bleiben zusammen, bis sie es erreicht haben. Während sie zusammen sind, machen sie Versprechungen, die sie nicht einzuhalten beabsichtigen, und sagen Dinge, die sie nicht meinen. Das wird allgemein so erwartet. Ich habe keine Erwartungen.«

Maddy war plötzlich kalt, und sie zog die Decke hoch. Auf Roy machte sie einen schrecklich jungen, kleinen und verletzbaren Eindruck. »Ich habe noch nie einem Mann gesagt, dass ich ihn liebe. Aber das zählt wohl nicht.«

Er durfte es nicht dazu kommen lassen. Und er fand keinen Weg, es ihr zu erklären. »Ich will solche Worte nicht, Maddy.« Er trat ans Fenster und drehte ihr den Rücken zu. Er sagte nur die Wahrheit. »Ich kann sie nicht zurückgeben.«

»Ich frage mich, warum.« Entschlossen, nicht zu weinen, legte sie ganz kurz die Hände über die Augen. »Was hast du erlebt, dass du deine Gefühle verschließen musst, Roy? Warum willst du dich auf nichts einlassen? Ich habe gesagt, ich liebe dich.« Ihre Stimme hob sich, als sie es zuließ, dass Ärger ihren Schmerz übermannte. »Ich schäme mich deswegen nicht. Ich habe es nicht gesagt, um dich zu irgendwelchen großartigen Erklärungen zu drängen. Es ist einfach nur die Wahrheit. Du hältst Ausschau nach Lügen, wo es keine gibt.«

Du verlierst nicht die Beherrschung, ermahnte sie sich und atmete langsam ein und wieder aus. Aber sie war noch nicht fertig. Sie waren noch nicht fertig.

»Willst du mir weismachen, du hättest soeben nichts gefühlt? Bist du wirklich der Meinung, wir hätten Sex gehabt und nichts mehr?«

Er drehte sich mit einem ausdruckslosen Gesicht um. Der Kampf spielte sich ausschließlich in seinem Innern ab. »Es tut mir leid, ich kann dir nicht mehr bieten. Nimm es – oder lass es, Maddy.«

Ihre Finger verkrampften sich um die Decke, doch sie nickte. »Ich verstehe.«

»Ich brauche einen Kaffee.« Er drehte sich auf dem Absatz um und ließ sie allein.

Warum hatte er das Gefühl, als ob alles, was er gesagt hatte, die Gedanken eines anderen, die Worte eines anderen seien? Was war mit ihm los? Roy stellte heftig den Kessel auf die Herdplatte. Als sie ihm gesagt hatte, sie liebe ihn, hatte ein Teil von ihm darauf gehofft und ihr geglaubt.

Durch sie wurde er zum Narren. Das musste ein Ende haben. Er hatte doch das überzeugende Beispiel gesehen, wie es einem Mann erging, der einer Frau vertraute und ihr sein Leben verschrieb. Roy hatte sich geschworen, selbst nie in den gleichen Fehler zu verfallen. Maddy konnte daran nichts ändern. Er durfte es nicht zulassen.

Sie könnte tatsächlich glauben, dass sie ihn liebte. Es würde nicht lange dauern, bis sie es widerrief. Und in der Zwischenzeit mussten sie einfach nur vorsichtig weitermachen und sich an die Regeln halten.

Er hörte, wie die Eingangstür geöffnet und wieder geschlossen wurde. Eine lange Zeit verharrte Roy bewegungslos. Selbst als das Wasser im Kessel kochte, stand er einfach nur da. Er wusste, dieses Mal war sie tatsächlich gegangen. Und er fühlte sich entsetzlich leer.

9. Kapitel

»Mir ist es egal, ob du ein gebrochenes Herz auskurieren musst. Du gehst heute Abend zu der Party.« Wanda zog das mit den Augen übersäte ehemalige Sweatshirt von Maddy über und betrachtete das Ergebnis kritisch.

»Ich habe gesagt, ich bin müde und nicht in der Stimmung für eine Party.«

»Und ich habe gesagt, du schmollst.«

Mit gerunzelter Stirn zog sich Maddy ihren zweiten Schuh an. Sie war genau in der richtigen Stimmung für eine Auseinandersetzung. »Ich schmolle nicht.«

Wanda ließ sich neben sie auf die Bank fallen. »Du bist Weltmeister im Schmollen.«

»Fordere es nicht heraus, Wanda. Ich bin in einer bissigen Stimmung.«

Wanda bezweifelte, dass Maddy bissig sein konnte, selbst wenn sie Nachhilfestunden darin nehmen würde. »Maddy, wenn du nicht darüber reden willst, was für ein Schuft dein Freund ist, dann ist es in Ordnung.«

»Er ist nicht mein Freund.«

»Wer ist nicht dein Freund?«

»Er. Er ist nicht mein Freund«, stieß sie frustriert aus. »Ich habe überhaupt keinen Freund, ich will keinen Freund. Und darum, wer immer Er auch ist, kann er nicht mein Freund sein.«

Wanda betrachtete prüfend den neuen Rotton auf ihren Nägeln. »Aber er ist ein Schuft.«

»Ich habe nicht gesagt …« Sie fand zu ihrem Humor zurück und lächelte. »Ja, er ist ein Schuft.«

»Schätzchen, das sind sie alle. Der springende Punkt ist nur, Mr. Valentine senior schmeißt diese Party für uns, da kann der Star der Show nicht einfach nach Hause gehen und sich in die Wanne legen.«

»Das wollte ich auch nicht.« Sorgfältig schnürte sich Maddy den Schuh zu. »Ich wollte mich ins Bett legen.«

Wanda beobachtete, wie Maddy den zweiten Schuh verschnürte. »Wenn du nicht kommst, erzähle ich allen von der Truppe, dass du dir zu fein dazu bist, mit uns zu feiern.«

Verächtlich stieß Maddy die Luft durch die Nase. »Wer würde dir glauben?«

»Alle. Weil du nicht da bist.«

Maddy stand abrupt von der Bank auf und fuhr sich heftig mit der Bürste durchs Haar. »Warum gibst du nicht einfach Ruhe, Wanda?«

»Weil mir dein Gesicht gefällt.«

Wanda reagierte nur mit einem verschmitzten Grinsen, als Maddy sie finster anblickte. »Ich bin zu müde, um hinzugehen, das ist alles.«

»Blödsinn. Ich habe jetzt wochenlang mit dir geprobt. Du wirst nicht müde.«

Maddy ließ die Bürste ins Waschbecken fallen. Im Spiegel traf ihr Blick auf Wandas. »Heute Abend bin ich müde.«

»Heute Abend schmollst du.«

»Ich …« Ja, gab sie im Stillen zu. »Er wird da sein«, brach es aus ihr heraus. »Ich … ich glaube einfach nicht, dass ich damit klarkomme.«

Der übermütige Ausdruck auf Wandas Gesicht wurde durch Mitgefühl ersetzt. Sie erhob sich und legte einen Arm um Maddys Schulter. »Hat dich hart getroffen?«

»Ja.« Maddy presste die Finger gegen die Nasenwurzel neben den Augen. »Sehr schlimm.«

»Und hast du dich schon ausgeweint?«

»Nein.« Sie schüttelte den Kopf und kämpfte um ihre Selbstbeherrschung. »Ich wollte mich nicht noch mehr zum Narren machen, als ich mich schon gemacht habe.«

»Du bist ein Narr, wenn du es nicht herausweinst.« Wanda zog Maddy zurück zur Bank. »Setz dich, und leg den Kopf an Wandas Schulter.«

»Ich hätte nicht gedacht, dass es so schmerzen kann«, brachte Maddy mühsam heraus, als die ersten Tränen kamen.

»Wer tut das schon?«, entgegnete Wanda ruhig und tätschelte Maddys Arm. »Wenn wir immer wüssten, wie schlimm es sein kann, würden wir uns einem Mann doch keine drei Meter weit mehr nähern. Doch wir kehren immer wieder zu ihnen zurück, weil es manchmal das Beste ist, was es gibt.«

»Es stinkt.«

»Zum Himmel hinauf.«

»Er ist es doch nicht wert, dass man seinetwegen weint.«

»Keiner von ihnen – außer natürlich wegen des Richtigen.«

»Ich liebe ihn, Wanda.«

Wanda beugte sich etwas zurück, um Maddys Gesicht genau sehen zu können. »So richtig?«

»Ja.« Sie machte sich nicht die Mühe, die Tränen wegzuwischen. »Nur liebt er mich nicht wider. Er will nicht einmal, dass ich ihn liebe. Irgendwie habe ich früher immer gedacht, wenn es mich einmal erwischt, dann erwischt es den anderen genauso, und so würde es glücklich und zufrieden weiterlaufen. Roy glaubt nicht einmal, dass Liebe existiert.«

»Das ist sein Problem.«

»Nein, es ist auch meines, weil ich Tag für Tag versucht habe, über ihn hinwegzukommen, und es gelingt mir nicht.« Sie holte tief Luft. Es würde jetzt keine Tränen mehr geben. »Jetzt verstehst du also, warum ich heute Abend nicht kommen kann.«

»Zum Teufel, nein. Ich verstehe, warum du kommen musst.«

»Wanda …«

»Schau, Schätzchen, du kannst nach Hause gehen und den Kopf in den Sand stecken, und du wirst dich morgen genauso fühlen.« Als sie weitersprach, lag eine Härte in ihrer Stimme, die Maddys Rückgrat stärkte. »Was würdest du tun, wenn dein Publikum keine Reaktion zeigt und vor dir wie eine Versammlung von Mumien sitzt?«

»Am liebsten würde ich dann zurück in meine Garderobe flüchten.«

»Aber was würdest du tun?«

Seufzend fuhr sich Maddy mit den Händen über ihr tränenfeuchtes Gesicht. »Ich bleibe auf der Bühne und schwitze es aus.«

»Und genau das musst du heute Abend tun. Und wenn ich auch nur etwas von Männern verstehe, dann wird er selbst ins Schwitzen geraten. Ich habe gesehen, wie er dich beobachtet hat, als er mit seinem Vater zur Probe gekommen ist. Und jetzt los. Wir müssen uns umziehen.«

Maddy wappnete sich für das Wiedersehen mit Roy in der gleichen Art, wie sie sich wappnete, vor ihr Publikum zu treten. Sie erinnerte sich daran, dass sie ihren Text kannte, ihre Bewegungen kannte, und wenn sie einen Fehler machte, würde sie ihn ausgebügelt haben, bevor es auch nur jemand bemerken könnte. Sie wählte ein trägerloses Kleid, das ihre Hüften betonte, sich aufreizend an ihren Körper schmiegte und an der Seite bis zur Mitte des Schenkels aufgeschlitzt war. Sollte sie durchfallen, dann wollte sie dabei wenigstens großartig aussehen.

Doch vor Edwin Valentines eindrucksvoller Haustür musste sie doch allen Mut zusammennehmen. Dann hob sie entschlossen den Kopf. Sie war darauf vorbereitet, Roy zu begegnen. Sie war darauf vorbereitet, sich unbeteiligt und kühl zurückhaltend zu geben.

Das Einzige, worauf sie nicht vorbereitet war, war die

Möglichkeit, Roy könne selbst die Tür öffnen. So starrte sie ihn an und wunderte sich nur darüber, wie viele Gefühle in einem Menschen auflodern können.

Er wunderte sich, warum der gläserne Türgriff nicht einfach zerbrach, so fest hielt er ihn umfasst.

»Hallo, Maddy.«

»Roy.« Sie lächelte nicht. Das war jetzt einfach noch nicht möglich. Aber sie würde auch nicht gleich zu seinen Füßen zusammenbrechen. »Ich hoffe, ich bin nicht zu früh.«

»Nein, mein Vater erwartet dich schon ungeduldig.«

»Dann will ich ihn gleich begrüßen.« Von hinten, aus der Halle, klang der Ton einer Trompete zu ihnen herüber. »Ich nehme an, die Party ist dort.« Sie trat an ihm vorbei, ignorierte den Druck in ihrem Magen.

»Maddy.«

Sie nahm ihre Kräfte zusammen und warf einen möglichst gleichmütigen Blick zurück. »Ja?«

»Bist du … wie geht es dir?«

»Ich habe viel um die Ohren.« An der Eingangstür hinter ihm klingelte es wieder. »Wie ich sehe, hast du alle Hände voll zu tun. Bis später.« Wie benommen ging sie weiter.

Die Party war in vollem Gange. Maddy wurde sofort von guter Laune und Kameradschaftlichkeit umringt.

»Ich dachte schon, du wolltest dich drücken.« Wanda, die sich mit einem der Musiker unterhalten hatte, ließ ihn einfach stehen und kam auf Maddy zu.

»Unsinn. Niemand soll eine O'Hara einen Feigling nennen können.«

»Vielleicht hilft es dir, wenn du erfährst, dass der jüngere Valentine die Tür während der letzten halben Stunde nicht aus den Augen gelassen hat.«

»Tatsächlich? Nein, es ist mir egal«, verbesserte sie sich selbst schnell. »Holen wir uns einen Drink. Champagner?«

»Ja.« Wanda nahm sich ein Glas Champagner und trank es in einem Zug leer. Als sie dann Maddy über die Schulter sah, kam plötzlich ein verräterischer Glanz in ihre Augen. »Dort ist Phil. Ich habe mich entschlossen, ihn dahin zu bringen, dass er mich von der Ernsthaftigkeit seiner Absichten überzeugen soll.«

»Phil?« Interessiert musterte Maddy den Tänzer. »Und, will er?«

»Vielleicht, vielleicht nicht.« Wanda nahm sich ein neues Glas Champagner. »Der Spaß liegt im Herausfinden.«

Maddy wünschte, sie könnte ihr zustimmen. Sie wandte sich dem Büfett zu, um das sich Gruppen hungriger Tänzer scharten. Iss, trink – und sei glücklich, verordnete sie sich selbst. *Morgen sind wir auf dem Weg nach Philadelphia.*

»Maddy.«

Bevor sie zwischen Paté und Quiche wählen konnte, kam Edwin auf sie zu.

»Oh, Mr. Valentine.«

»Edwin«, verbesserte er sie, nahm ihre Hand und küsste sie so galant, dass sie lächeln musste. »Sie müssen Edwin sagen und mir den versprochenen Tanz geben.«

»Also Edwin, und den Tanz gebe ich Ihnen gern.« Eine Hand auf seine Schulter gelegt, begleitete sie ihn auf die Tanzfläche. »Ich habe mit meinen Eltern gesprochen. Sie sind in New Orleans, aber sie werden zur Premiere nach Philadelphia kommen können. Ich habe gehofft, Sie würden auch kommen.«

»Wissen Sie, Maddy, wenn man auf die sechzig zugeht, dann wird es Zeit, alles etwas langsamer anzugehen. Man hat es verdient. Man will sich dann nur noch entspannen und seine schwindenden Jahre genießen.«

»Schwindende Jahre.« Sie warf ihr Haar zurück und lächelte ihn schelmisch an. »Schauspieler.«

Er lachte auf, und sie fragte sich, warum Roy nicht auch diese freundlichen dunklen Augen geerbt hatte. »Ich brauche Jugend um mich, ihre Vitalität. Sehen Sie, durch Roy bleibe ich einfach jung. Für mich ist er nicht nur mein Sohn, sondern auch noch dazu mein bester Freund.«

»Er liebt Sie sehr.«

Etwas in ihrem Ton ließ ihn aufmerksam werden. »Ja, das tut er. Leider hat er sein Leben in den Dienst der Firma gestellt«, fügte er seufzend hinzu. »Wahrscheinlich ist das ein Fehler.«

»Er denkt nicht so.«

»Nein? Da bin ich nicht so sicher. Nun, wie dem auch sei, bis zu dieser Show habe ich nicht gewusst, was ich mit meiner Zeit anfangen soll. Aber jetzt habe ich es wohl gefunden.«

»Broadway-Fieber?«

»Genau.« Er hatte gewusst, dass sie ihn verstehen würde. Er konnte nur hoffen, sie würde seinen Sohn genauso verstehen lernen. »Sobald dieses Musical läuft, mache ich mich auf die Jagd nach einem anderen. Ich denke, ich habe dafür auch eine Expertin gefunden, die ich um Rat fragen und der ich vertrauen kann.«

Auf seinen fragenden Blick hin nickte sie langsam. »Wenn Sie im Finanziellen guter Engel spielen wollen, werde ich gerne Advocatus Diaboli für Sie sein.«

»Ich wusste, dass ich auf Sie zählen kann. Aber erst einmal wollen wir Ihnen etwas zu essen besorgen.«

Die bisher eher dezente Musik wurde flotter. Und bei einem Potpourri von Broadway-Hits zog Phil Wanda auf die Tanzfläche. Und kurz darauf wirbelten weitere Paare mit eindrucksvollen Tanzdarbietungen herum.

»Komm, Maddy.« Terry ergriff ihre Hand. »Wir können sie alle in den Schatten stellen.«

»Sicher«, entgegnete Maddy ungerührt und wollte sich endlich am Büfett bedienen.

»Wir haben einen Ruf zu verteidigen. Erinnerst du dich noch an die Nummer aus ›Within Reach‹?«

»Das war die größte Pleite, die ich je erlebt habe.«

»So? Nun gut, die Show war ein Reinfall«, entgegnete er gleichmütig. »Aber unsere Tanznummern waren toll. Wir haben als Einzige gute Kritiken bekommen. Nun komm schon, Maddy, um der guten alten Zeiten willen.«

Unfähig, ihm zu widerstehen, ließ Maddy sich vorwärtsziehen. Es war eine langsame sinnliche Tanznummer, die perfektes Taktgefühl und vollkommene Körperbeherrschung verlangte. Die Routine war wieder da, als wäre das Stück heute Nachmittag und nicht vor vier Jahren geprobt worden. Es war, als ob eine abgelegte Akte aufgeschlagen würde und ihr Körper sich erinnerte.

»Vielleicht war es doch nicht eine solche Pleite«, brachte sie schließlich atemlos hervor und lachte, einfach nur aus der Freude heraus.

»Baby, es war ein Volltreffer!« Er gab ihr einen freundschaftlichen Klaps auf den Po, als die Musik das Tempo änderte und andere Tänzer sie ablösten.

Roy beobachtete Maddy. Als ihr Blick von seinem angezogen wurde, spürte Maddy eine zusätzliche Hitzewelle, verbunden mit Sehnsüchten und Bedauern. Sie konnte nur an Flucht denken, wandte sich ab und ging hastig hinaus auf die Terrasse.

Die Luft war warm und schwül. Maddy lehnte sich ans Geländer und ließ die Hitze, die aus dem Boden hochstieg, die Partygeräusche und das Leben der Stadt unter ihr auf sich wirken. Sie fand zu ihrem inneren Gleichgewicht zurück, das eigentlich ihr Wesen ausmachte. Sie durfte begehren, sie durfte wünschen, aber sie würde nicht bedauern.

Sie wusste, dass Roy hinter ihr auf die Terrasse getreten war, bevor er sprach. Es war falsch von ihr gewesen, ans Weglaufen zu denken, daran zu denken, sich in ihrem Apartment zu verkriechen. Sie konnte sich drehen und wenden, er war es immer noch, den sie wollte.

»Wenn du möchtest, dass ich gehe, dann sage es mir.«

Typisch, dachte sie, mir die Entscheidung zu überlassen. Sie drehte sich um und sah ihn an. »Nein, natürlich nicht.«

Er steckte die Hände in die Taschen und stellte sich vor das Geländer neben sie. »Ich habe dich vermisst.«

»Das habe ich gehofft.« Sie sah zum Sternenhimmel auf, zum vollen Mond. Zumindest hatte sie dies, um sich an etwas festzuhalten. »Ich habe mir vorgenommen, heute Abend sehr cool und sehr unbeschwert zu sein. Ich glaube, ich kann das nicht weiter aufrechterhalten.«

»Ich habe dich beobachtet, wie du mit meinem Vater getanzt hast, und weißt du, was mir dabei in den Sinn gekommen ist?« Als sie den Kopf schüttelte, streckte er die Hand aus, da er sie einfach berühren musste, und sei es auch nur eine Strähne ihres Haares. »Du hast noch nie mit mir getanzt.«

Sie drehte sich ihm ein klein wenig zu, gerade genug, dass sie sein Profil betrachten konnte. »Du hast mich nie gefragt.«

»Ich frage dich jetzt.« Er hielt ihr die Hand hin und überließ damit die Entscheidung erneut ihr. Ohne nachdenken zu müssen, legte sie ihre Hand in seine. Sie traten aufeinander zu, bis sie nur ein Schattenbild auf dem Terrassenboden waren. »Als du letzte Woche gegangen bist, habe ich geglaubt, es sei nur zu unserem Besten.«

»Das habe ich auch geglaubt.«

Er streifte mit der Wange ihr Haar. »Es hat keinen einzigen Tag gegeben, an dem ich nicht an dich gedacht habe. Es hat keinen einzigen Tag gegeben, an dem ich dich nicht gewollt habe.« Langsam, um sofort auf einen möglichen Widerstand reagieren zu können, senkte er seinen Mund auf ihren. Ihre Lippen waren warm und einladend wie immer. Ihr Körper schmiegte sich an seinen, als sei ihrer für seinen und seiner für ihren gemacht. »Maddy, ich will, dass du zu mir zurückkommst.«

»Ich will das auch.« Sie strich ihm über die Wange. »Aber ich kann nicht.«

Heftig umfasste er ihre Handgelenke. »Warum nicht?«

»Weil ich mich auf deine Bedingungen nicht einlassen kann, Roy. Ich kann nicht aufhören, dich zu lieben, und du lässt es nicht zu, dass ich dich liebe. Diesen Zustand ertrage ich nicht.«

»Verdammt, Maddy, du verlangst mehr, als ich geben kann.«

»Nein.« Sie trat noch näher an ihn heran, und ihre Augen leuchteten und waren auf ihn gerichtet. »Ich verlange nicht mehr, als du geben kannst, oder mehr, als ich dir geben kann. Ich liebe dich, Roy. Wenn ich zu dir zurückkehrte, könnte ich mich nicht davor zurückhalten, es dir zu sagen. Und du könntest dich nicht davor zurückhalten, mir auszuweichen.«

»Ich will dich bei mir haben.« Verzweiflung klang aus seiner Stimme. »Reicht das denn nicht?«

»Ich weiß es nicht. Ich möchte ein Teil deines Lebens sein. Und ich möchte, dass du ein Teil meines Lebens bist.«

»Ehe? Ist es das, was du willst?« Er wandte sich ab und lehnte sich ans Geländer. »Was zum Teufel ist Ehe, Maddy?«

»Eine gefühlsmäßige Bindung zwischen zwei Menschen, die sich gegenseitig versprechen, ihr Bestes zu geben.«

»Im Guten und im Schlechten.« Er drehte sich wieder um, doch sein Gesicht lag im Schatten, sodass sie nur seine Stimme hören konnte. »Und wie viele von ihnen haben Bestand?«

»Nur diejenigen, bei denen sich die Partner genügend bemühen, nehme ich an.«

»Viele zerbrechen. Ehe bedeutet gar nichts. Es ist nichts weiter als ein Vertrag, der durch einen neuen Vertrag außer

Kraft gesetzt werden kann und der vorher schon ein Dutzend Mal gebrochen worden ist.«

»Roy, das kannst du doch nicht verallgemeinern.«

»Wie viele glückliche Ehen kannst du aufzählen? Wie viele dauerhafte?«, verbesserte er sich selbst. »Vergiss das ›glückliche‹.«

»Roy, das ist lächerlich. Ich …«

»… kann nicht einmal eine aufzählen?«, vervollkommnete er den Satz.

Allmählich verlor sie die Geduld. »Natürlich kann ich das. Die Gianellis vom ersten Stock bei mir.«

»Die, die sich laufend anschreien?«

»Sie schreien gerne. Es macht sie wahnsinnig glücklich zu schreien.« Weil sie selbst zu schreien begonnen hatte, wandte sie sich abrupt von ihm ab und überlegte hart. »Verdammt, wenn du mich nicht so in die Ecke drängen würdest, würden mir noch andere Beispiele einfallen. Jimmy Steward ist mindestens hundertfünfzig Jahre verheiratet, und … Königin Elizabeth und Prinz Philip scheinen eine passable Ehe zu führen. Und natürlich auch meine Eltern«, fuhr sie fort und kam richtig in Schwung. »Sie sind schon ewig zusammen. Meine Großtante Jo war fünfundfünfzig Jahre lang verheiratet.«

»Du musst ganz schön dabei überlegen, nicht wahr?« Er trat aus dem Schatten, und was sie in seinen Augen bemerkte, war Zynismus. »Du würdest es dir mit Ehen, die zerbrochen sind, leichter machen.«

»Gut, würde ich. Aber man gibt noch lange nicht etwas auf, nur weil die Menschen, die damit zu tun haben, Fehler machen. Außerdem, ich habe dich nicht gebeten, mich zu heiraten, ich habe dich nur gebeten zu fühlen.«

Er hielt sie fest, bevor sie wieder ins Haus stürmen konnte. »Willst du damit sagen, es ist nicht die Ehe, die du willst?«

Sie stand nun ganz dicht vor ihm. »Nein, das werde ich dir nicht sagen.«

»Ich kann dir keine Ehe versprechen. Ich bewundere dich, als Frau und als Künstlerin. Ich fühle mich von dir angezogen … Ich brauche dich.«

»All das ist wichtig, Roy, aber das ist nur genug für eine kleine Weile. Wenn ich mich nicht in dich verliebt hätte, könnten wir beide damit glücklich werden. Ich glaube nicht, dass ich das noch lange durchstehen kann.« Sie drehte sich um und suchte am Geländer Halt. »Bitte, lass mich allein.«

Und Roy sah keinen anderen Weg. Zu viele Widersprüchlichkeiten spürte er in sich selbst. Es gab zunächst einmal keine klaren Entscheidungen, also zog er sich zurück. »Wir sind noch nicht fertig. Ganz gleich, wie sehr wir uns auch das Gegenteil wünschen.«

»Vielleicht nicht.« Sie atmete tief ein. »Aber ich habe mich vor dir zum letzten Mal zum Narren gemacht. Lass mich jetzt allein.«

Roy war noch nicht ganz weg, als Maddy bereits fest die Augen schloss. Sie würde nicht weinen. Sobald sie sich wieder einigermaßen in der Gewalt hatte, würde sie hineingehen, sich entschuldigen und nach Hause gehen.

»Maddy.«

Als sie sich umdrehte, erkannte sie Edwin. Und sein Blick verriet ihr, dass sie sich nicht zu einem unbeschwerten Lächeln und irgendwelchen Ausflüchten zwingen musste.

»Es tut mir leid. Ich habe einen großen Teil mitbekommen, und Sie können zu Recht verärgert darüber sein. Aber Roy ist mein Sohn, und ich liebe ihn.«

»Ich bin nicht verärgert.« Sie fand, dass sie zu überhaupt keinem Gefühl mehr fähig sein konnte. »Ich muss jetzt gehen.«

»Ich bringe Sie nach Hause.«

»Nein, Sie haben Gäste.« Sie wies nach innen. »Ich besorge mir ein Taxi.«

»Die werden mich nicht einmal vermissen.« Er trat auf sie zu und ergriff ihren Arm. »Ich möchte Sie gern nach Hause bringen, Maddy. Es gibt eine Geschichte, die Sie hören sollten.«

Sie sprachen wenig auf dem Weg nach Hause. Edwin schien in Gedanken versunken zu sein. Und Maddy fand nicht wie sonst zu einem unbeschwerten, witzigen Gespräch.

»Ich mache einen Tee.« Maddy hatte ihre Wohnungstür aufgeschlossen und ließ Edwin in ihrem beengten Wohnzimmer allein.

»Das passt zu Ihnen, Maddy«, meinte er kurz darauf. »Gemütlich, hell und ehrlich.« Über das Neonlicht musste er lächeln, während er in einem Sessel Platz nahm. »Ich werde Sie jetzt in Verlegenheit bringen und Ihnen sagen, wie sehr ich bewundere, was Sie aus Ihrem Leben gemacht haben.«

»Sie bringen mich nicht in Verlegenheit. Ich höre es gern.«

»Talent allein reicht nicht. Ich habe viele, viele talentierte Menschen erlebt, die wieder in Vergessenheit geraten sind, weil sie entweder nicht die Kraft oder nicht das Selbstbewusstsein hatten, um an die Spitze zu kommen. Sie haben es geschafft, und Sie haben es bisher nicht einmal wahrgenommen.«

»Ich weiß nicht, ob ich an der Spitze stehe.« Sie kam mit einem Tablett zu ihm. »Aber ich bin dort glücklich, wo ich bin.«

»Das ist das Schöne daran, Maddy. Sie mögen es, wo Sie sind. Und Sie mögen sich.« Er nahm die Tasse Tee, die sie ihm reichte. »Roy braucht Sie.«

»Vielleicht auf einer gewissen Ebene.« Sie trat ein wenig zurück. Es schmerzte zu sehr. »Ich habe erkannt, dass ich mehr als das brauche.«

»Er auch, Maddy, er auch. Er auch, aber er ist zu eigensinnig und vielleicht auch zu verunsichert, um das zuzugeben.«

»Ich verstehe nicht, warum. Ich verstehe nicht, warum er so …« Im Stillen fluchend, schnitt sie sich selbst das Wort ab. »Es tut mir leid.«

»Das sollte es nicht. Ich glaube, ich kann es verstehen. Maddy, hat Roy jemals von seiner Mutter erzählt?«

»Nein. Das ist eins der Themen, die nicht angeschnitten werden dürfen.«

»Sie haben ein Recht, es zu erfahren.« Er seufzte und nahm einen Schluck Tee. Er würde jetzt unliebsame und schmerzliche Erinnerungen aufwühlen müssen. »Wenn ich mir nicht sicher wäre, dass Sie sich wirklich etwas aus Roy machen und dass Sie die Richtige für ihn sind, könnte ich Ihnen das nie erzählen.«

»Edwin, Sie sollten mir nichts erzählen, wovon Roy nicht will, dass ich es erfahre.«

»Ich erzähle es Ihnen, weil Roy Ihnen wichtig ist.« Er stellte seine Tasse zurück und beugte sich vor. »Roys Mutter war eine faszinierende Frau. Bestimmt ist sie das immer noch, aber ich habe sie seit Jahren nicht mehr gesehen.«

»Und Roy?«

»Nein, er weigert sich.«

»Weigert sich, seine Mutter zu sehen? Wie kann er so etwas tun?«

»Wenn ich es erklärt habe, dann verstehen Sie es vielleicht.« Seine Stimme klang auf einmal müde, und Maddy hatte Mitleid mit ihm.

»Ich habe Elaine geheiratet, als wir beide noch sehr jung waren. Ich hatte etwas geerbt, und sie wollte sich als Sängerin einen Namen machen, indem sie sich durch die Clubs arbeitete … Sie verstehen.«

»Ja, natürlich.«

»Sie hatte Talent, nichts Weltbewegendes, aber mit dem richtigen Manager hätte sie sich damit ein anständiges Auskommen schaffen können. Ich entschloss mich, dieser Manager für sie zu sein. Dann entschloss ich mich, sie zu heiraten. Ein oder zwei Jahre klappte auch alles. Sie war mir dankbar für das, was ich für ihre Karriere tat. Ich war dankbar, eine schöne Frau zu haben. Ich liebte sie, und ich habe hart für ihren Erfolg gearbeitet, weil es das war, was sie am meisten haben wollte. Doch irgendwann begann sich die Situation zu verändern. Elaine wurde ungeduldig.«

Edwin setzte sich zurück, nahm einen Schluck Tee und sah sich dabei in Maddys Apartment um. »Sie war jung«, fuhr er fort und wusste, dass das keine Entschuldigung war. »Sie wollte bessere Engagements und begann es mir zu verübeln, dass ich ihr bei der Garderobe und der Frisur Anweisungen gab. Sie glaubte allmählich, ich wollte sie zurückhalten, wollte sie benutzen, um meine eigene Karriere voranzubringen. Unsere Ehe lief immer schlechter. Und ich hatte mich schon fast damit abgefunden, sie zu beenden, als sie mir mitteilte, dass sie ein Kind bekommen würde.«

Edwin schloss nachdenklich die Augen. »Elaine hatte nur ihren Erfolg im Sinn. Im Gegensatz zu mir wollte sie keine Kinder. Sie bekam Roy, wie ich glaube, nur aus Berechnung. Ich hatte ihr einen kleinen Plattenvertrag besorgt. Ihr Entschluss, bei mir zu bleiben und Roy zu bekommen, hatte in erster Linie etwas mit ihrer Karriere zu tun.«

»Sie liebten sie noch?«

»Sie war mir nicht gleichgültig. Und dann war da Roy. Als er geboren wurde, fühlte ich mich, als wäre mir das größte Geschenk gemacht worden. Ein Sohn. Jemand, der mich liebte und mir meine Liebe zurückgab. Er war schön, ein wunderbares Baby, das sich zu einem wunderbaren Kind entwickelte.

Mein Leben veränderte sich von dem Moment an, als er geboren wurde. Ich wollte ihm alles geben. Mein Leben hatte plötzlich so etwas wie einen Mittelpunkt. Einen Klienten oder einen Vertrag konnte ich verlieren, aber mein Sohn wäre immer da. Bevor ich weiterrede, will ich betonen, dass mir Roy immer nur Freude bereitet hat. Ich habe ihn nie als Verpflichtung oder Last empfunden!«

»Das brauchen Sie mir gar nicht zu sagen. Ich kann es sehen.«

Er rieb sich die Schläfe, dann fuhr er fort. »Als er fünf war, hatte ich einen Unfall. Im Krankenhaus haben sie mich einer Menge Tests unterzogen.« Seine Stimme hatte sich verändert. Maddy spannte sich innerlich an, ohne den Grund dafür zu wissen. »Eines der Nebenergebnisse dieser Tests war die Feststellung, dass ich zeugungsunfähig war.«

Ihre Handfläche wurde feucht, und sie stellte die Teetasse zurück. »Ich verstehe nicht.«

»Ich konnte keine Kinder haben.« Offen und eindringlich sah er Maddy an. »Ich hätte niemals welche haben können.«

Ihr war plötzlich kalt, und in ihrem Magen bildete sich ein Knoten. »Roy.« Sie sagte nur ein Wort, doch es enthielt alle Fragen.

»Ich hatte ihn nicht gezeugt. Es war ein Schlag, den ich nicht beschreiben kann.«

»Oh Edwin.« Er hatte ihr ganzes Mitgefühl. Sie erhob sich und kniete sich, ohne zu überlegen, vor ihn.

»Ich habe es Elaine auf den Kopf zugesagt. Sie machte nicht einmal den Versuch zu lügen. Ich glaube, sie war der Lügen müde geworden. Unsere Ehe war kaputt, und sie hatte allmählich erkannt, dass sie nie groß als Künstlerin herauskommen würde. Es gab einen anderen Mann, einen, der sie im Stich gelassen hatte, als sie ihm von ihrer Schwangerschaft erzählte.« Er atmete gepresst.

»Sie muss eine sehr unglückliche Frau gewesen sein.«

»Nicht jeder findet leicht Zufriedenheit im Leben. Elaine war zu unruhig und immer auf der Suche. Als ich damals aus dem Krankenhaus entlassen wurde, war sie weg. Roy hatte sie in die Obhut einer Nachbarin gegeben.« Er holte tief Luft, denn trotz der vielen Jahre, die inzwischen vergangen waren, schmerzte es immer noch. »Maddy, sie hat es ihm gesagt.«

»Oh nein.« Sie ließ den Kopf auf seine Knie sinken und weinte für sie alle. »Armer kleiner Junge.«

»Ich habe mich ihm gegenüber auch nicht viel besser verhalten.« Edwin legte eine Hand auf ihr Haar. Er hatte nicht gewusst, wie entlastend es sein konnte, nach all den Jahren laut darüber zu reden. »Ich musste einfach weg. Ich habe also den Nachbarn Geld gegeben und Roy bei ihnen gelassen. In der Folgezeit habe ich versucht, Geld für Valentine Records aufzutreiben. Bis ich Ihre Familie getroffen hatte, habe ich nicht einmal ans Zurückkommen gedacht. Und das kann ich mir selbst kaum verzeihen.«

»Sie waren verletzt. Sie …«

»Roy war verstört. Ich hatte überhaupt nicht daran gedacht, welche Wirkung das auf ihn haben könnte. Ich habe mich selbst in die Arbeit gestürzt und einfach alles, was ich zurückgelassen hatte, verdrängt. Dann habe ich Ihre Eltern getroffen.«

»Und Sie schliefen auf einer Liege in ihrem Hotelzimmer.«

»Ich schlief auf einer Liege und habe beobachtet, welche Liebe Ihre Eltern füreinander und für ihre Kinder hatten. Es war, als wäre plötzlich ein Vorhang zur Seite gezogen worden, um mich sehen zu lassen, was Leben wirklich bedeutete, was das wirklich Wichtige war. Ihr Vater ist mit mir in eine Bar gegangen, und ich habe ihm alles erzählt. Der Himmel weiß, warum.«

»Mit Dad kann man leicht alles besprechen.«

»Er hat sich alles angehört, war einigem gegenüber mitfühlend, aber doch nicht so absolut, wie ich es meiner Meinung nach verdient hätte.« Nach all den vergangenen Jahren konnte Edwin bei der Erinnerung sogar wieder leise auflachen. »Er hatte einen Whisky in der Hand, den er in einem Zug hinunterstürzte. Dann schlug er mir auf die Schulter und sagte mir, ich hätte einen Sohn, an den ich denken müsse und zu dem ich zurückgehen solle. Er hat recht gehabt. Und ich habe nie vergessen, was er für mich getan hat, nur dadurch, dass er mich die Wahrheit hat sehen lassen.«

Sie nahm seine Hände und hielt sie fest. »Und Roy?«

»Er war mein Sohn, war es immer gewesen und wird es immer sein. Ich fuhr also zurück. Er spielte ganz allein im Hof. Dieser Junge, noch nicht einmal sechs, sah mich mit den Augen eines Erwachsenen an.« Erneut spürte er wieder ganz heftig seine damalige Erschütterung. »Niemals werde ich diesen Augenblick aus meinem Gedächtnis löschen können, denn ich sah, was seine Mutter und ich ihm angetan hatten.«

»Sie haben keinen Grund, sich Vorwürfe wegen Ihrer damaligen Entscheidung zu machen. Nein«, fügte sie hinzu, bevor Edwin sie unterbrechen konnte. »Ich habe Roy und Sie zusammen gesehen. Sie haben keinen Grund, sich Vorwürfe zu machen.«

»Ich habe damals alles getan, um es an ihm wiedergutzumachen. Und tatsächlich ist es mir ziemlich leichtgefallen, das Verhalten seiner Mutter zu vergessen. Roy hat es nie vergessen. In ihm steckt immer noch die ganze Bitterkeit, Maddy, die ich in seinem Blick gesehen habe, als er knapp sechs Jahre alt war.«

»Was Sie mir erzählt haben, hilft mir, vieles zu verstehen. Aber ich weiß trotzdem nicht, was ich tun kann, Edwin.«

»Sie lieben ihn doch, nicht wahr?«

»Ja, ich liebe ihn.«

»Sie haben ihm schon etwas gegeben. Er hat begonnen, jemandem zu vertrauen. Nehmen Sie ihm das jetzt nicht.«

»Er will nicht, was ich ihm zu geben habe.«

»Er wird. Sie dürfen nur jetzt nicht aufgeben.«

Sie erhob sich und legte die Arme um ihren eigenen Körper. Dann wandte sie sich ab. »Sind Sie sicher, dass ich es bin, die er braucht?«

»Er ist mein Sohn.« Als sie sich langsam wieder umdrehte, erhob sich Edwin. »Ja, ich bin sicher.«

Er konnte nicht schlafen. Fast hätte Roy dem Drang nachgegeben, sich mit einer Flasche Scotch Erleichterung zu verschaffen. Doch Unglück, entschied er, ist eine bessere Gesellschaft.

Er hatte Maddy verloren. Weil sie sich nicht gegenseitig annehmen konnten, wie sie waren, hatte er sie verloren. Oh, ihr würde es ohne ihn besser gehen. Dessen war er sich sicher. Und doch war sie das Beste, was ihm je widerfahren war.

Morgen fährt sie nach Philadelphia, redete er sich zu. Am besten wäre, es zu vergessen und die Durchführung des Musicals und die Fertigstellung des Albums seinem Vater zu übergeben. Er würde sich einfach davon zurückziehen und sich so von allen Erinnerungen an Madeline O'Hara befreien.

Das Läuten an der Tür überraschte ihn. Er hatte nicht häufig Besuch nachts um eins. Ich will keine Besucher, dachte er und ignorierte das Läuten. Doch es hielt einfach an. Verärgert riss Roy schließlich die Tür auf, mit dem Entschluss, denjenigen, der das Unglück hatte, dort zu stehen, zur Schnecke zu machen.

»Hi.« Mit dem Tanzbeutel über der Schulter und den Händen in der Tasche eines bequemen Baumwollrocks stand Maddy vor ihm.

»Maddy …«

»Ich war gerade in der Gegend hier«, begann sie und trat an ihm vorbei in seine Wohnung. »Ich dachte, ich schaue mal vorbei. Ich habe dich hoffentlich nicht geweckt?«

»Nein, ich …«

»Gut. Ich bin nämlich immer schlecht gelaunt, wenn mich jemand aufweckt. Also …« Sie ließ ihren Beutel fallen. »Wie wäre es mit einem Drink?«

»Was machst du hier?«

»Ich habe dir doch gesagt, dass ich gerade in der Nähe war.«

Er trat auf sie zu und fasste sie bei den Schultern. »Was machst du hier?«

Sie neigte den Kopf und sah ihn an. »Ich habe es ohne dich nicht ausgehalten.«

Bevor er es verhindern konnte, hatte er ihre Wange berührt. Schnell zog er die Hand wieder zurück. »Maddy, erst vor ein paar Stunden …«

»Habe ich eine Menge gesagt«, beendete sie für ihn. »Und alles war wahr. Ich liebe dich, Roy. Ich möchte dich heiraten. Ich will mein Leben mit dir verbringen. Doch bis du genauso denkst, müssen wir eben im Leerlauf fahren.«

»Du begehst einen Fehler.«

Sie verdrehte die Augen. »Roy, nicht das schon wieder. Wenn wir verheiratet wären, dann – vielleicht – könntest du mir raten, was das Beste für mich wäre. Doch so wie die Dinge liegen, fälle ich meine eigenen Entscheidungen allein. Und ich hätte wirklich gern einen Drink. Hast du vielleicht eine Diät-Cola?«

»Nein.«

»Also, dann einen Whisky. Roy, es ist sehr unhöflich, einem Gast einen Drink zu verweigern.«

Einen Augenblick lang starrte er sie an, bevor er nachgab. »Ich brauche dich, Maddy.«

»Ich weiß.« Sie umfasste sein Gesicht. »Ich weiß, dass du das tust. Ich bin froh, dass du es weißt.«

»Wenn ich dir denn geben könnte, was du dir wünschst …«

»Darüber haben wir zunächst einmal genug gesprochen. Ich fahre morgen nach Philadelphia.«

»Die roten Schuhe müssen tanzen«, murmelte er.

»Genau, ich werde das Letzte aus mir herausholen, darum will ich jetzt keine Auseinandersetzung, nicht heute Abend.«

»In Ordnung. Ich mache uns einen Drink.« Er ging hinüber zur Bar und öffnete eine Kristallkaraffe.

»Weißt du, Roy, es ist für mich immer noch ein sehr merkwürdiges Gefühl, mich auf der Bühne auszuziehen.«

Er musste lachen. Irgendwie gelang es ihr immer, ihn zum Lachen zu bringen. »Das kann ich mir gut vorstellen.«

»Ich trage zwar ein Bodysuit und Pailletten, sodass ich im Grunde nicht mehr enthülle, als ich es an einem öffentlichen Strand machen würde, aber es ist der Akt an sich, der ein merkwürdiges Gefühl verursacht. In ein paar Tagen muss ich das vor einigen Hundert Leuten durchziehen. Das bedeutet Probe, Probe und noch einmal Probe.«

Als er sich wieder umdrehte, lächelte sie ihn an und knöpfte langsam ihre Bluse auf. »Ich dachte, du könntest mir ganz unparteiisch deine Meinung über meine … Bühnenwirksamkeit sagen. Strippen ist eine Kunst, weißt du.« Sie ließ ihre Hand vorn über ihren Körper hinuntergleiten, und ihre Bluse teilte sich. »Erregend.« Sie drehte sich um und sah ihn über die Schulter an. »Neckisch.« Sie ließ die Bluse langsam hinuntergleiten. »Was meinst du?«

»Meiner Meinung nach bist du großartig. Bis jetzt.«

»Ich will nur sichergehen, dass ich die Mary echt bringe.« Sie öffnete den Gürtel ihres Rockes und ließ ihn fallen, während sie sich wieder umdrehte. Der schwarze Strapsgurt, den sie trug, veranlasste Roy, das Glas besser hinzustellen, bevor er es fallen ließ.

»Ich habe noch nie gesehen, dass du so etwas trägst.«

»Das?« Sie ließ erneut eine Hand an ihrem Körper hinuntergleiten. »Ist auch nicht mein Stil. Nicht bequem genug. Aber für Mary …« Sie beugte sich aus der Taille heraus und löste einen Straps von dem dünnen schwarzen Strumpf. »Es ist so etwas wie ihr Markenzeichen.« Sie richtete sich wieder auf und fuhr sich von unten nach oben mit beiden Händen durchs Haar. »Meinst du, es kommt an?«

»Ich meine, wenn du das auf der Bühne trägst, erwürge ich dich.«

Lachend löste sie den zweiten Straps und rollte langsam den Strumpf am Bein hinunter. »Du musst nur daran denken, dass ich, sobald der Vorhang aufgeht, Mary bin. Und dass ich dazu beitrage, aus deiner Show einen Hit zu machen.« Sie warf ihm den Strumpf zu und widmete sich dem zweiten. »Zu schade, dass ich nicht eine üppigere Figur habe.«

»Deine passt gut.«

»Meinst du?« Immer noch lächelnd, hakte sie die dünne Spitze auf, die ihre Brüste bedeckte. »Roy, ich will dich nicht nerven, aber du hast mir immer noch keinen Drink gegeben.«

»Entschuldigung.« Er nahm ihr Glas und brachte es ihr.

Maddy nahm es, und der Humor in ihrem Blick verwandelte sich für einen Augenblick in etwas Tieferes. »Auf meinen Dad«, sagte sie und stieß ihr Glas an seines.

»Wie bitte?«

»Du brauchst es nicht zu verstehen.« Auf einen Zug trank sie den Whisky aus. Wie glühende Lava strömte er durch ihren Körper. »Und was hältst du bis jetzt von der Show? Ist sie das Eintrittsgeld wert?«

Er wollte zärtlich sein, um ihr zu zeigen, was ihr Zurückkommen ihm bedeutete. Doch seine Hände, die sich in ihrem Haar vergruben, verrieten Erregung und heftiges Begehren. »Ich habe dich noch nie stärker begehrt.«

Sie legte den Kopf zurück und ließ ihr leeres Glas einfach auf den Teppich fallen. »Beweis es mir.«

Er zog sie an sich, heftig, verzweifelt. Auf ihren Lippen schmeckte er noch den Whisky, berauschend. Sie schlang die Arme um ihn, hieß die wilde Leidenschaft willkommen. Es war das erste Mal, dass er ganz ohne kontrollierte Beherrschtheit zu ihr kam. Und ihr Blut erhitzte sich in Erwartung seiner entfesselten Leidenschaft.

Er zog sie auf den Teppich, und sofort schienen seine Hände überall gleichzeitig ihren Körper zu berühren, zu streicheln und zu kneten. Er führte sie auf einen blendenden Gipfel, wo sie nur noch seinen Namen ausstoßen und nach mehr verlangen konnte.

Und dort war mehr, viel mehr.

Ungeduldig, fiebrig zerrte sie an dem Gürtel seines Bademantels, bis sie die Wärme und die Kraft seines nackten Körpers spürte.

Der Teppich war weich. Roys Körper lag hart auf ihrem. Sie hörte ihn leise und rau ihren Namen sagen. Und dann spürte sie Roy in sich.

Noch nie zuvor war es so schnell, so wild, so enthemmt gewesen. Ganz Körper, warf sie sich selbst in einen Wirbel reinster Freude. Ihr Körper bebte – ebenso wie seiner. Liebe und Leidenschaft vermischten sich so innig, dass sie das eine nicht mehr vom anderen unterscheiden konnte und es auch nicht länger versuchte.

10. Kapitel

»Zu Fuß wären wir jetzt weiter.«

Maddy ging etwas vom Gas herunter und lenkte den Wagen durch ein weiteres Schlagloch, bevor sie Wanda ein schalkhaftes Lächeln zuwarf. »Wo ist dein Sinn für Abenteuer geblieben?«

»Den habe ich schon im letzten Graben, durch den wir gefahren sind, verloren.«

»Es war kein Graben«, verbesserte Maddy und manövrierte den Wagen durch den Verkehr von Philadelphia. »Warum siehst du nicht einfach aus dem Fenster und sagst mir, wenn wir an etwas historisch Bedeutsamem vorbeikommen?«

»Ich kann nicht aus dem Fenster sehen.« Wanda bemühte sich, ihre langen Beine in eine bequemere Position zu bringen. Es war nicht ganz leicht in dem Kleinwagen mit den harten Sitzen, den Maddy gemietet hatte. »Es macht mich seekrank, wenn die Gebäude immer auf und ab schaukeln.«

»Das sind nicht die Gebäude, das ist der Wagen. Ist das die Unabhängigkeitshalle?«

Als Maddy sich umsah, gab Wanda ihr einen nicht zu sanften Schlag auf die Schulter. »Schätzchen, beobachte lieber die Straße.«

Bei einer Ampel musste Maddy heftig auf die Bremse treten. »Wie viel Zeit haben wir noch?«

»Fünfzehn Minuten voller Spaß.« Wanda hielt sich fest, als Maddy den Wagen wieder vorwärtsschießen ließ. »Ich weiß, ich hätte es vor dem Einsteigen fragen sollen, aber wann bist du das letzte Mal gefahren?«

»Ich weiß nicht. Vor einem Jahr. Vielleicht zwei. Ich finde, nach der Probe sollten wir uns diese kleinen Geschäfte in der South Street ansehen.«

»Wenn wir dann noch leben«, murmelte Wanda, als sie rasant einen Wagen überholten. »Weißt du, Maddy, auf den ersten Blick könnte man dich im Augenblick für den glücklichsten Menschen auf der Welt halten. Aber auf den zweiten Blick erkennt man, dass dein Lächeln gleich rissig wird, wenn du dich nicht wieder entspannst.«

Maddy nahm den Fuß etwas vom Gaspedal, als der Wagen wieder durch ein Schlagloch rumpelte. »Ist es so deutlich?«

»Deutlich genug. Wie läuft es mit dir und Mr. Wunderbar?«

Maddy seufzte. »Immer nur von einem Tag zum nächsten.«

»Und du bist der Typ, der die nächste Woche gut im Griff haben sollte.«

Es war wahr, zu wahr, doch sie schüttelte den Kopf. »Er hat einen guten Grund, warum er so ist.«

»Aber das ändert nichts an der Art deiner Gefühle. Müsstest du hier nicht abbiegen?«

»Wahrscheinlich nicht. Abbiegen? Oh, verdammt.« Maddy verwünschte sich selbst, als sie um den ganzen Block fahren musste. »Jetzt kommen wir zu spät!«

»Es ist sowieso besser, du bringst dich zunächst einmal von dem ab, was dir im Kopf herumspukt.«

»Ich habe einfach gehofft, er wäre hier. Ich weiß natürlich, dass er nicht die ganze Woche hier sein kann, die wir geprobt haben. Aber wir hatten doch eigentlich verabredet, dass er heute kommen würde.«

»Und?«

»Es ist etwas dazwischengekommen, irgendetwas wegen Plattenlisten oder Werbekampagnen oder was weiß ich.«

»Kleines, wir haben alle einen Job zu erledigen!«

»Sicher.« Mit einem Manöver, das sogar Wanda bewundern

musste, brachte Maddy den Wagen in eine winzige Parklücke direkt gegenüber dem Theater. »Und ich muss jetzt auch an mich denken. Noch zwei Proben, und dann ist es so weit.«

»Erinnere mich nicht daran.« Wanda legte eine Hand auf ihren Magen. »Jedes Mal, wenn ich daran denke, landet ein Düsenjet in meinem Magen.«

»Du wirst großartig sein.« Maddy stieg aus dem Wagen und schlug die Tür zu. »Wir werden großartig sein.«

»Ich werde dich daran erinnern. Das letzte Stück, in dem ich mitgespielt habe, ist nach zwei Vorstellungen abgesetzt worden. Ich war schon kurz davor, meinen Kopf in den Ofen zu stecken. Aber er war elektrisch.«

»Weißt du was?« Maddy blieb beim Bühneneingang stehen und grinste lausbübisch. »Wenn wir durchfallen, kannst du meinen benutzen. Ich habe Gas.«

»Vielen Dank.«

»Dafür hat man doch Freunde.« Maddy öffnete die Tür, trat ein und stieß einen Freudenschrei aus. Neugierig beobachtete Wanda, wie sie den Flur hinunterrannte und auf eine Gruppe von Leuten zustürzte.

»Ihr seid hier! Ihr seid alle hier!«

»Wo sollten wir sonst sein?« Frank O'Hara nahm seine Jüngste in die Arme und schwang sie herum.

»Aber gleich alle!« Kaum stand sie wieder auf dem Boden, drückte Maddy ihre Mutter fest an sich. »Du siehst gut aus, wirklich gut.«

»Du auch.« Molly drückte sie an sich. »Und zu spät zur Probe, wie üblich.«

»Ich habe die Abzweigung verpasst. Oh Alana.« Sie umarmte ihre Schwester. »Ich freue mich so, dass du kommen konntest.«

»Wie oft hat meine Schwester schon Premiere?« Doch leichte Besorgnis zeigte sich in Alanas Blick. Sie kannte ihre Schwester so gut wie sich selbst. Und sie glaubte nicht, dass die Spannung, die sie in ihr spürte, mit beruflicher Nervosität zu tun hatte.

Alana immer noch an sich gedrückt, griff Maddy nach der Hand ihres Schwagers. »Dorian, danke, dass du sie hergebracht hast.«

»Das war wohl eher andersherum.« Lachend küsste er Maddy auf die Wange.

»Zu schade, dass die Jungen nicht mitkonnten«, fuhr Maddy mit einem Zwinkern zu Alana fort.

»Wir sind doch hier.«

Absichtlich sah Maddy in die entgegengesetzte Richtung. »Habe ich etwas gehört?«

»Wir sind auch mitgekommen.«

»Ich könnte schwören …« Maddy brach ab, während ihr Blick auf ihre Neffen fiel. Gekonnt täuschte sie vor, sie nicht gleich zu erkennen, dann riss sie die Augen auf. »Ihr seid doch nicht Ben und Chris – oder doch? Das sind doch noch kleine Jungen. Ihr seid viel zu groß, um Ben und Chris sein zu können.«

»Wir sind es aber«, piepste Chris. »Wir sind gewachsen.«

Sorgfältig musterte Maddy sie. »Kein Scherz?«

»Nun mach schon, Maddy.« Obwohl Ben versuchte, nicht zu erfreut zu erscheinen, musste er grinsen. »Du weißt doch genau, dass wir es sind.«

»Ihr müsst es mir beweisen. Gebt mir einen Kuss.« Sie beugte sich herunter und nahm beide fest in die Arme.

»Wir sind mit dem Flugzeug gekommen«, begann Chris. »Ich habe am Fenster gesessen.«

»Miss O'Hara, bitte in die Garderobe.«

»Es geht los.« Maddy richtete sich wieder auf. »Wo wohnt ihr denn? Ich kann …«

»Wir haben in deinem Hotel Zimmer reserviert«, informierte Molly sie. »Und nun geh schon. Wir haben später genug Zeit.«

»Okay.« Als ihr Name wieder durch den Lautsprecher ertönte, eilte Maddy den Flur hinunter, zunächst rückwärts, um ihre Familie noch etwas länger sehen zu können. »Sobald ich fertig bin, feiern wir. Ich lade euch ein.«

Frank lachte auf und legte einen Arm um die Schulter seiner Frau. »Glaubt sie, wir streiten uns deswegen?«

Es war gut gelaufen. Maddy saß im Schneidersitz auf ihrem Bett und ließ die Probe in ihrem Kopf noch einmal Revue passieren. Sie würde es nie laut sagen, dass alles perfekt geklappt hatte, dazu waren Schauspieler vor der Premiere zu abergläubisch. Aber sie konnte es denken.

Morgen Abend. Morgen Abend zu dieser Zeit sitze ich in der Garderobe, dachte sie, und ihr Puls schlug etwas schneller. Noch vierundzwanzig Stunden. Sie legte sich auf den Rücken und starrte an die Decke. Wie sollte sie nur die folgenden vierundzwanzig Stunden überstehen?

Roy hatte sie nicht wieder angerufen. Maddy legte den Kopf zur Seite und betrachtete das Telefon. Seit sie in Philadelphia war, hatten sie ein paarmal miteinander telefoniert, und jedes Mal hatte sie das Gefühl gehabt, Roy wolle sich von ihr distanzieren. Vielleicht war es jetzt so weit. Tänzern war Schmerz nicht unbekannt. Man fühlte ihn, bekannte sich dazu und arbeitete weiter. Mit Schmerzen, die aus dem Herzen kamen, war zwar etwas schwieriger umzugehen als mit einem gezerrten Muskel, aber sie würde weitermachen. Weitermachen. Sie war immer stolz auf sich gewesen, das zu können.

Ihre Familie war hier. Maddy erhob sich vom Bett und ging zum Schrank. Sie würde sich umziehen, ihr strahlendstes Gesicht aufsetzen und mit ihrer Familie in die Stadt gehen. Nicht jeder ist so glücklich wie ich, erinnerte sich Maddy. Sie hatte immerhin eine Familie, die sie liebte, die hinter ihr stand und die an ihrer Art nichts auszusetzen hatte.

Sie hatte eine Karriere, die aufwärtsging. Und selbst wenn sie die verlieren würde, das Tanzen konnte ihr niemand nehmen. Selbst wenn sie wieder wie früher in Clubs oder an kleineren Theatern oder während der Sommerpause auftreten müsste, wäre sie immer noch glücklich.

Maddy O'Hara brauchte keinen Mann, um ihr Leben zu vervollständigen, weil ihr Leben vollständig war. Sie brauchte keinen Ritter, der sie von alldem wegriss. Sie war gern, wo sie war und wer sie war.

Seufzend lehnte sie sich gegen die Schranktür. Nein, sie brauchte Roy nicht, um sie zu retten oder zu beschützen. Aber wenn er sich aus ihrem Leben stehlen würde, wäre sie wahrscheinlich der unglücklichste Mensch auf Erden. Sie brauchte seine Liebe. Und – auch wenn er es sicher nicht verstehen würde – sie brauchte es, dass er zuließ, von ihr geliebt zu werden.

Als es an der Tür klopfte, rappelte sich Maddy aus einem Zustand hoch, der einer Depression gefährlich nahekam. »Wer ist da?«

»Ich bin's, Alana.«

Ohne sich erst Zeit zu nehmen, den Gürtel ihres Bademantels zu schließen, eilte Maddy zur Tür, vor der Alana, schon umgezogen, in einem weißen Kleid stand.

»Oh, du bist schon fertig. Ich habe noch nicht einmal angefangen.«

»Ich habe mich früher umgezogen, um noch herunterkommen und mit dir reden zu können.«

»Bevor du anfängst, muss ich dir erst einmal sagen, wie wunderbar du aussiehst. Vielleicht liegt es an Dorian, vielleicht liegt es an der Landluft, aber du hast nie besser ausgesehen.«

»Vielleicht liegt es an der Schwangerschaft.«

»Was?«

»Ich habe es kurz vor der Abreise erfahren. Ich bekomme noch ein Baby.«

»Oh Alana, das ist wunderbar. Ich glaube, ich muss weinen!«

»Okay, dann setzen wir uns so lange hin.«

Ohne Erfolg suchte Maddy ein Taschentuch in der Tasche ihres Bademantels. »Und wie hat Dorian reagiert?«

»Überwältigt.« Alana lachte, als sie sich beide auf den Rand des Bettes setzten.

»Und du wirst dich von jetzt an schonen. Nicht mehr den Stall ausmisten oder so etwas. Ich meine es ernst, Alana«, fuhr sie fort, bevor ihre Schwester sie unterbrechen konnte. »Ich werde Dorian eine Standpauke halten.«

»Das brauchst du nicht. Er würde mich am liebsten für die nächsten Monate in Watte hüllen. Aber dafür sind wir nicht geschaffen, Maddy, das weißt du genau. Wir O'Hara-Drillinge sind aus einem anderen Holz geschnitzt.«

»Wahrscheinlich, aber du kannst eine langsamere Gangart einlegen.« Sie nahm ihre Schwester in die Arme und drückte sie an sich. »Ich freue mich so für dich.«

»Ich weiß. Aber jetzt bist du an der Reihe.« Alana setzte sich entschlossen zurück. »Carrie hat mich angerufen und mir gesagt, du würdest dich wegen eines Mannes verrückt machen.«

»Ich mache mich nicht verrückt. Das ist nicht meine Art.«

»Wer ist es?«

»Er heißt Roy Valentine.«

»Valentine Records?«

»Ja. Woher weißt du das?«

»Ich halte mich immer noch etwas über die Musikbranche auf dem Laufenden. Und Dorian hat vor einiger Zeit mit ihm wegen eines Buches zu tun gehabt.«

»Stimmt. Roy hat es erwähnt.«

»Und?«

»Nichts und. Ich habe ihn kennengelernt, ich habe mich in ihn verliebt, und ich habe mich selbst zum Narren gemacht.« Sie bemühte sich um einen sorglosen und leichten Tonfall, und es gelang ihr auch fast. »Und nun sitze ich hier, starre das Telefon an und warte auf seinen Anruf. Wie ein Teenager.«

»Als du sechzehn warst, hattest du nicht die Möglichkeit, wie ein Teenager zu sein.«

»Das habe ich nie groß bedauert. Er ist ein guter Mann, Alana. Freundlich und zärtlich, obwohl er sich selbst nie so sehen würde. Kann ich dir von ihm erzählen?«

»Du weißt, dass du das kannst.«

Maddy erzählte von Anfang an und ließ nichts aus. Sie erzählte von ihrer Liebe, von den Einschränkungen, von dem schrecklichen Erlebnis, das Roys Kindheit überschattet hatte und bis heute sein Leben bestimmte. Und Alana hörte in ihrer ruhigen und mitfühlenden Art zu.

»Verstehst du jetzt? Wie sehr ich ihn auch liebe, ich kann das, was ihm widerfahren ist und wie er fühlt, nicht ändern.«

Sie rückten noch enger zusammen, und Alana legte den Arm um Maddys Schulter. »Ich weiß, wie schmerzhaft das ist. Ich kann dir nur aus meiner Erfahrung sagen, dass Liebe, wenn sie stark genug ist, Wunder bewirken kann. Dorian wollte mich nicht lieben. Und die Wahrheit ist, ich wollte ihn auch nicht lieben.« Heute fiel ihr die Erinnerung an die Ereignisse von damals leicht. »Wir hatten uns beide geschworen, nie wieder eine feste Beziehung einzugehen. Es war eine rein vernunftmäßige Entscheidung von zwei intelligenten Menschen.« Sie lächelte versonnen und lehnte den Kopf an Maddys Kopf. »Liebe kann wie ein Großreinemachen sein und alles, mit Ausnahme des wirklich Wichtigen, wegwischen.«

»Das habe ich mir auch immer wieder gesagt. Aber, Alana, er hat mir nichts vorgemacht. Von Anfang an hat er mir zu verstehen gegeben, dass er sich nicht binden will. Im Gegensatz zu mir ist er nur zu etwas Unverbindlichem bereit, und so muss ich mich an seine Bedingungen anpassen.«

»Was ist nur mit deinem Optimismus geschehen, Maddy?«

»Den habe ich zu Hause in einer Schublade gelassen.«

»Dann wird es Zeit, dass du ihn wieder hervorholst. Das bist einfach nicht du, nur alles grau in grau zu sehen. Du warst immer diejenige, die entschlossen so lange an einer Sache festgehalten hat, bis sie zu deiner Zufriedenheit lief.«

»Dies hier ist anders.«

»Nein. Weißt du eigentlich, wie sehr ich mir immer gewünscht habe, dein Selbstvertrauen zu haben? Darum habe ich dich immer beneidet, wenn ich in mir Ängste vor dem Versagen spürte. Wenn du ihn liebst, wirklich liebst, dann musst du so entschlossen wie immer daran festhalten, bis es ihm möglich ist, sich einzugestehen, dass er dich auch liebt.«

»Aber er muss es zunächst einmal empfinden.«

»Ich glaube, er tut es.« Sanft schüttelte sie ihre Schwester. »Bedenke doch selbst noch einmal all das, was du mir erzählt hast. Der Mann ist verrückt nach dir, Maddy, er konnte es bisher sich oder dir nur noch nicht zugeben.«

Die Hoffnung, die Maddy nie ganz vollständig verloren hatte, regte sich wieder. »Ich werde versuchen, das zu glauben.«

»Nicht versuchen, tun. Ich hatte die schlechteste Beziehung, die man sich vorstellen kann, Maddy. Und nun erlebe ich die beste.« Instinktiv legte sie eine Hand auf ihren Bauch, wo ein neues Leben heranwuchs. »Du darfst nicht aufgeben. Aber ich will verdammt sein, hier herumzusitzen und dich dabei zu beobachten, wie du darauf wartest, dass er sich gnädig dazu herablässt, dir ein paar Krümel hinzuwerfen. Zieh dich an«, bestimmte sie. »Wir wollen feiern.«

»Was bist du doch herrisch!« Maddy lächelte verschmitzt, als sie zu ihrem Schrank ging. »So warst du schon immer.«

Roy ließ das Telefon ein Dutzend Mal klingeln, bevor er auflegte. Es war fast Mitternacht. Wo verdammt war Maddy? Warum lag sie nicht im Bett? Wo zum Teufel war sie?

In Philadelphia, dachte er verärgert und ging aufgebracht zum Fenster und wieder zurück. Sie war Meilen entfernt in Philadelphia, in ihrer eigenen Welt, mit ihren eigenen Leuten. Sie konnte jederzeit alles mit jedem tun. Und er hatte kein Recht, sie danach zu fragen.

Zum Teufel mit allen Rechten, sagte er sich und griff wieder nach dem Hörer. Sie war es doch, die von Liebe, Verbindlichkeit und Vertrauen gesprochen hatte. Und sie war es, die den Hörer nicht abnahm.

Er konnte sich noch daran erinnern, wie enttäuscht sie bei seiner Mitteilung ausgesehen hatte, er wisse nicht, ob er zur Premiere kommen könne. Es stand eine sehr wichtige Konferenz mit in ihrer Bedeutung noch nicht abzuschätzenden Auswirkungen an. Er konnte schlecht einfach alles hinwerfen, nur um sich die Premiere eines Musicals anzusehen.

Es ist nicht irgendein Musical, dachte er, während er immer wieder das Läuten in der Leitung hörte. Es war Maddys Musical. Nein, mein Musical, erinnerte er sich, als er schließlich den Hörer wieder auf die Gabel warf. Valentine Records finanzierte es und hatte daher die Pflicht, seine Interessen zu wahren. Sein Vater würde anwesend sein, das reichte. Aber ich bin der Chef von Valentine, erinnerte sich Roy.

Suchte er nach Begründungen, warum er hinfahren oder hierbleiben sollte?

Es spielte keine Rolle. Nichts spielte wirklich eine Rolle. Was zählte, war, warum Maddy um Mitternacht nicht den Hörer abnahm.

Sie hatte ein Recht auf ihr eigenes Leben.

Den Teufel hatte sie!

Roy fuhr sich durchs Haar. Er benahm sich wie ein Idiot.

Um sich zu beruhigen, ging er zur Bar, um sich einen Drink einzugießen. Dann fiel sein Blick auf die Pflanze. Sie hatte neue grüne Triebe bekommen. Die alten gelben Blätter waren abgefallen und weggeworfen worden. Er konnte nicht widerstehen und strich über eins der glatten herzförmigen Blätter.

Ein kleines Wunder? Vielleicht, aber schließlich war es nur eine Pflanze. Eine sehr eigensinnige Pflanze, musste er zugeben. Eine, die sich geweigert hatte, einzugehen, als sie es sollte, eine, die auf die richtige Pflege und Aufmerksamkeit mit ihrem ganzen Pflanzenwesen reagiert hatte.

Mit Pflanzen hatte er Glück. Er zwang sich, den Blick von ihr zu wenden. Es war nicht klug, der Tatsache zu viel Bedeutung zuzumessen, dass es Maddys Pflanze war. Genauso wie es unklug war, zu viel der Tatsache beizumessen, dass Maddy sich nicht in ihrem Hotelzimmer befand. Er musste an andere Sachen denken.

Doch seinen Drink ließ er unberührt.

Das Hotelzimmer war stockdunkel, als das Klopfen an der Tür ihren Schlaf störte. Maddy drehte sich auf die andere Seite, kuschelte sich in ihr Kissen und wollte die Störung einfach ignorieren. Doch das Klopfen hielt an.

Es ist mitten in der Nacht, dachte sie und gähnte. Es waren noch Stunden hin, bis sie auf die Bühne treten musste. Aber das Klopfen wurde immer lauter.

»Ja, ja!«, rief sie gereizt und rieb sich die Augen. Wenn eine der Tänzerinnen dort mit Lampenfieber stand, würde sie sie einfach wieder wegschicken. Sie konnte es sich nicht leisten, um drei Uhr morgens für andere Kraftspender zu sein. Sie stieß kleine Verwünschungen aus, fand den Lichtschalter und warf sich einen Bademantel über. Dann schloss sie die Tür auf und öffnete sie, so weit es die Sicherheitskette zuließ.

»Roy!« Mit einem Schlag hellwach, knallte Maddy die Tür

wieder zu und mühte sich mit der Kette ab. Als sie die Tür wieder öffnete, warf sie sich in seine Arme. »Du bist hier. Ich kann es kaum glauben. Ich hatte mich schon damit abgefunden, dass du nicht mehr kommst. Nein, hatte ich nicht«, verbesserte sie sich noch, bevor sie seine Lippen auf ihren spürte.

»Hast du denn etwas dagegen, wenn ich hereinkomme?«

»Natürlich nicht.« Sie trat zurück und schloss hinter ihm die Tür. »Ist etwas passiert?«, begann sie und fasste ihn aufgeregt am Arm. »Es ist doch nichts mit deinem Vater, Roy?«

»Nein, meinem Vater geht es gut. Er kommt morgen.« Er löste sich von ihr und ging im Zimmer umher. Sie hatte dem Raum schon ganz ihre Note aufgedrückt. Überall lagen Trikots, Socken und Strümpfe herum. Der Toilettentisch war von Fläschchen, Töpfchen und Papierschnipseln übersät. Sie hatte etwas Puder verstreut und sich nicht einmal die Mühe gemacht, ihn wieder wegzuwischen. Er fuhr mit den Fingern darüber. »Ich habe dich heute Nacht nicht erreicht.«

»Oh? Ich war zum Dinner mit …«

»Du schuldest mir keine Erklärung.« Wütend, wenn auch nur auf sich selbst, drehte er sich um.

Sie strich ihr Haar zurück und wünschte, sie könnte ihn verstehen. Es war drei Uhr morgens. Er war offensichtlich gereizt. Sie war müde.

»Also gut, Roy, du willst mir doch nicht erzählen, du hast den ganzen weiten Weg nach Philadelphia gemacht, weil ich den Hörer nicht abgenommen habe.« Plötzlich verwandelte sich ihre Verwirrung in Humor und ihr Humor in Freude. »Oder doch?« Sie ging auf ihn zu, schlang die Arme um ihn und presste ihre Wange an seine Brust. »Das ist wirklich so ungefähr das Netteste, was jemand jemals für mich getan hat. Ich weiß gar nicht, was ich sagen soll. Ich …« Doch dann blickte sie auf und sah den Ausdruck in seinen Augen. Das Gefühl der Freude war mit einem Schlag verschwunden, und sie trat zurück.

»Du dachtest, ich sei mit einem anderen zusammen gewesen.« Ihre Stimme war ruhig, und sie betonte jedes Wort. »Du dachtest, ich schlafe mit einem anderen, deshalb bist du gekommen, um dich selbst zu überzeugen.« Ein bitterer Geschmack breitete sich in ihrem Mund aus. Sie wies zu ihrem leeren Bett. »Tut mir leid, dich enttäuschen zu müssen.«

»Nein.« Roy fasste sie bei den Handgelenken, bevor sie sich abwenden konnte, denn er hatte die tiefe Verletztheit in ihren Augen gesehen. »Das war es nicht. Oder – verdammt, vielleicht war es ein Teil der Gedanken, die mir im Kopf herumschwirrten. Du hast völlig recht.«

»Danke.« Sie befreite sich aus seinem Griff und setzte sich auf den Rand des Bettes. »Warum gehst du jetzt nicht, nun, wo du zufrieden sein kannst? Ich brauche meinen Schlaf.«

»Ich weiß.« Er fuhr sich mit beiden Händen durchs Haar und setzte sich dann neben sie. »Gerade weil ich das weiß, habe ich mich gewundert, dass ich dich nicht erreichen konnte.« Sie sah ihn nur an. »Also gut, ich habe mich gefragt, ob du mit einem anderen zusammen bist. Du bist mir gegenüber schließlich nicht verpflichtet, Maddy.«

»Du bist ein Idiot.«

»Das weiß ich auch.« Roy nahm ihre Hände, bevor sie sich widersetzen konnte. »Bitte. Ich habe mir zuerst Gedanken und dann Sorgen gemacht. Während der ganzen Fahrt über hierher habe ich mir Sorgen gemacht, dir könnte etwas zugestoßen sein.«

»Sei nicht lächerlich. Was sollte mir zustoßen?«

»Nichts. Alles.« Frustriert umfasste er ihre Hände fester. »Ich musste einfach kommen. Um dich zu sehen.«

Ihr Ärger schwand langsam. Obwohl ihr nicht klar war, was dem Ärger folgen würde. »Also gut, du hast mich gesehen. Und was nun?«

»Das liegt an dir.«

»Nein.« Wieder entzog sie sich ihm und stand auf. »Ich will es von dir hören. Ich will, dass du mich ansiehst und mir deutlich sagst, was du willst.«

»Ich will dich.« Langsam erhob er sich. »Ich will bei dir bleiben. Nicht, um dich zu lieben, Maddy, einfach nur, um bei dir zu sein.«

Es fiel ihr ganz leicht, ihre Verletztheit zur Seite zu schieben. Mit einem Lächeln trat sie auf ihn zu. »Du willst mich nicht lieben?«

»Ich will dich lieben, bis wir beide nicht mehr können.« Er berührte ihre Wange. »Aber du brauchst deinen Schlaf.«

»Machst du dir Sorgen um deine Kapitalanlage?« Sie ließ ihre Hände sein Hemd hinuntergleiten, wobei sie es gleichzeitig aufknöpfte.

»Ja.« Er umfasste ihr Gesicht. »Die mache ich mir.«

»Das brauchst du nicht.« Ohne ihren Blick von seinem zu lösen, zog sie sein Hemd über seine Schultern. »Vertraue mir. Vertraue mir wenigstens für heute Nacht.«

11. Kapitel

Wie gern würde Roy Maddy vertrauen, wie gern dem vertrauen, wer sie war, was sie sagte und was sie fühlte. Aber jetzt spürte er nur ihre zärtlichen Berührungen, sah nur ihren warmen Blick. Für heute Nacht, für diese eine weitere Nacht, sollte nichts anderes von Bedeutung sein.

Er hob ihre beiden Hände an seine Lippen, als wollte er ihr damit zeigen, was er nicht auszusprechen, nicht einmal zu denken wagte. Strahlend lächelnd sah sie ihn an, wie immer, wenn die Zärtlichkeit, zu der er fähig war, sie tief rührte.

Der helle Schein der Nachttischlampe fiel auf sie, als sie sich aufs Bett sinken ließen. Ihre Augen blieben offen, ihr Blick vertiefte sich, als er ihr Gesicht mit Küssen bedeckte. Zärtlich ließ er die Hand über ihre Schulter, über ihren Hals, bis zu ihren Lippen gleiten. Mit der Spitze ihrer Zunge befeuchtete sie seine Haut, auffordernd, verführerisch, versprechend. Dann nahm sie seine Fingerspitze zwischen die Lippen und sah ihn herausfordernd dabei an.

Ohne den Blick von ihrem zu lösen, strich er mit der Hand ihr Bein hoch, verharrte auf ihrer festen muskulösen Wade und der weichen Haut ihres Schenkels. Er spürte, wie sie den Atem anhielt, dann ließ er die Hand weiter hochgleiten, brachte Maddy zum Erzittern, einmal, zweimal, bevor er ihren Bademantel öffnete.

»Daran habe ich immer wieder gedacht, dich so zu berühren«, flüsterte Roy leise, während er eine ihrer kleinen festen Brüste liebkoste.

»Und ich habe mir gewünscht, dich hier bei mir zu haben.«
Langsam, um das sinnliche Feuer in seinem Blick aufflammen
zu sehen, zog sie ihm die Hose über die Hüften. »Jede Nacht,
wenn ich die Augen geschlossen habe, habe ich mir vorgestellt,
du wärst am nächsten Morgen hier. Und nun bist du es.«

Sie küsste seine Schulter, wobei sie ihre Hände, ebenso wie
er seine, nicht einen Augenblick still hielt.

Sie bewegten sich langsam, auch wenn die erregte Lust ihre
Bewegungen lenkte … Langsam genug, um voll genießen zu
können, in einem stillschweigenden Einverständnis, dass sie
all die Zeit hatten, die sie brauchten. Keine Hast, kein fieberhafter Rausch, keine wilde, fast verzweifelte Vereinigung, die
Körper und Geist benommen werden lassen. Heute war eine
Nacht vor allem für die Seele.

*Begehre mich – aber ruhig. Sehne dich nach mir – aber zärt-
lich. Verlange nach mir – aber geduldig.*

Maddy hoffte, dass diese Nacht still genießender Leidenschaft nie enden möge. Ihre Hände waren mit Roys ver-
schränkt, und sie spürte die Kraft, die von ihm ausging, während sich ihre Lippen erneut zu einem langen, nicht enden
wollenden Kuss fanden.

Seine Küsse, das Gefühl seiner Lippen auf ihren, schienen
ihr tatsächlich eine Nahrung für die Seele zu sein. Und auf irgendeine Weise wollte sie ihn das Gleiche erleben lassen. Sie
schlang die Arme nur noch fester um ihn, während sie ihm
wenigstens eine Ahnung dessen zurückgeben wollte, was sie
selbst erhielt.

Ihre Fähigkeit zu geben schien grenzenlos. Immer, wenn er
sie im Arm hielt, spürte er die Tiefe ihres Gefühls. Und selbst
jetzt, in den genussvoll leidenschaftlichen Bewegungen ihres
Körpers, konnte er es fühlen – als Sättigung der Seele, erqui-
ckend wie ein kühler Schatten in der Mittagshitze. Noch nie
zuvor hatte er so etwas erlebt.

Auf jede seiner Bewegungen reagierte ihr Körper. Ihre Sinnlichkeit machte sie zu einer Partnerin, wie sie sich ein Mann nur wünschen konnte. Aber sie war mehr, das ahnte er, sie war etwas, in das man sich sinken lassen und inneren Frieden finden konnte. Und genau das, was sie ihm so selbstlos bot, verstand er nicht zurückzugeben. Er hatte es nur gelernt, mit Vorsicht zu lieben.

Wenn es ihr jetzt möglich wäre, hätte sie ihm versichert, dass es genug sei – wenigstens für den Augenblick. Doch sie war zu keinen zusammenhängenden Worten mehr fähig, als ihr Geist und ihr Körper sich von allem zu befreien und schwerelos zu werden schienen. Überall, wo er ihre Haut berührte, entzündeten sich Flammen. Und als sie sich ganz mit all dem Feuer und der Innigkeit wahrer Liebender vereinten, gab es nichts außer der Liebe für ihn, die Maddy verzehrte.

Am nächsten Morgen war Maddy unruhig und von nervöser Energie erfüllt. In nur noch wenigen Stunden hieß es: geschafft oder durchgefallen, Sieg oder Niederlage, alles oder nichts.

»Ich dachte, du brauchst erst am späten Nachmittag im Theater zu sein«, meinte Roy, als Maddy ihn die Abkürzung entlangdirigierte, die sie vom Hotel zum Theater herausgefunden hatte.

»Es gibt zwar keine Probe, aber heute kann alles geschehen.«

»Ich hatte den Eindruck, dass heute Abend alles geschieht.«

»Nichts geschieht heute Abend ohne den heutigen Tag. Das Licht, die Kulisse, die Prospekte. Jetzt rechts abbiegen, dann wieder rechts.«

»Ich dachte, Schauspieler machen sich wenig Gedanken über die technischen Angelegenheiten einer Show.«

»Ein Musical würde mächtig an Schwung verlieren, wenn nicht alles genau stimmt. Versuche dir einmal, ›The King and I‹

ohne den Thronsaal vorzustellen oder ›La Cage‹ ohne den Nachtclub. Dort ist eine Lücke.« Maddy beugte sich aus dem Fenster. »Passt der Wagen überhaupt da hinein?«

Roy warf ihr einen nachsichtigen Blick zu und parkte dann nach einigem Hin und Her seinen BMW zwischen zwei anderen am Bürgersteig geparkten Wagen. »Zufrieden?«

»Großartig.« Sie beugte sich zu ihm herüber, um ihn zu küssen. »Du bist großartig. Ich bin so froh, dass du hier bist, Roy. Habe ich dir das überhaupt schon gesagt?«

»Ein paar Mal.« Er legte eine Hand über ihren Nacken, um sie nah bei sich zu halten. »Ich hätte dich doch überzeugender überreden sollen, im Bett zu bleiben. Um dich auszuruhen«, fügte er hinzu, als sie eine Braue hochzog. »Du bist einfach zu aufgedreht.«

»Das ist das ganz normale Premierenverhalten. Wenn ich entspannt wäre, dann könntest du dir Sorgen machen. Aber davon abgesehen, ich finde, du solltest dir nicht nur das Endprodukt, das du bezahlt hast, ansehen. Komm.« Sie stieg aus. »Du solltest einen Blick hinter die Bühne werfen.«

Sie betraten das Theater durch den Bühneneingang. Maddy winkte dem Pförtner zu und folgte dann dem Lärm. Eine Elektrosäge kreischte kurz auf, doch hauptsächlich herrschte ein lautes Durcheinander an Stimmen. Männer und Frauen in Arbeitskleidung schwirrten herum. Einige erteilten Befehle, andere führten sie aus.

Wenn Roy gewettet hätte, dass in einigen Stunden alles fertig sein und der Vorhang sich heben könne, würde er seine Wette jetzt abschreiben. Es gab nichts als Staub, etwas Schmutz und viel Schweiß. Von Kostümen, Glitter und Schminke war nicht einmal etwas zu ahnen.

Ein Mann mit Kopfhörern stand auf der Bühne, die Arme über dem Kopf ausgestreckt. Er sagte etwas in ein Mikrofon und brachte dann die Hände ein wenig näher zusammen.

Das Licht eines Verfolgers befolgte genau seine Anweisungen.

»Den Beleuchtungsdirektor hast du schon kennengelernt?«

»Kurz«, antwortete Roy, während er ihn bei der Arbeit beobachtete.

»Das Licht von allen Verfolgern muss gleichzeitig auf einen Punkt fallen. Der Beleuchtungsdirektor beaufsichtigt den Scheinwerfer hier unten, sein Assistent die anderen oben.«

»Wie viele Scheinwerfer gibt es?«

»Dutzende.«

»Das Stück beginnt um acht. Sollte das nicht schon längst erledigt sein?«

»Auf der Probe gestern haben wir noch einige Veränderungen vorgenommen. Aber keine Sorge.« Sie hakte sich bei ihm unter. »So oder so, die Show wird pünktlich um acht beginnen.«

Wieder sah sich Roy um. Riesige Holzkisten auf Rädern standen herum, Kabelknäuel bedeckten den Boden, hier und da waren Leitern aufgestellt. Auf einer Hebebühne stand ein Mann, der an einer Lichtanlage herumfingerte. Ein anderer Mann auf der Bühne machte eine Handbewegung nach unten, worauf ein dunkler Prospekt langsam herunterkam und auf Signal angehalten wurde.

»Sie testen die Prospekte«, erklärte Maddy Roy. »Sie haben alle ein ziemliches Gewicht, und die Bühnenarbeiter müssen wissen, wie weit sie sie herunterlassen und wie hoch sie sie ziehen dürfen. Komm, ich zeige dir den Schnürboden. Dort wird ein großer Teil des ganzen Zaubers verwirklicht.«

Maddy ging über die Bühne, um Kisten und Kasten und vorsichtig um die Leitern und die arbeitenden Männer herum.

»Miss O'Hara.« Einer von ihnen drehte sich mit einem freundlichen Grinsen um. »Sie sehen gut aus.«

»Sorgen Sie lieber dafür, dass ich heute Abend gut aussehe«, rief sie humorvoll mit einem kurzen Auflachen. Maddy drückte sich zwischen dem letzten Prospekt und verschiedenen riesigen Kisten hindurch.

»In diesem Theater müssen wir für unsere Auftritte immer unter der Bühne hindurch«, erklärte sie Roy. »Hier hinten ist nicht genügend Platz. Das ist aber immer noch besser, als für jeden Auftritt extra außen herumzurennen.«

»Wäre es besser organisiert, wenn …?«

»Das ist eben Theater.« Maddy nahm Roys Hand und führte ihn einen engen Gang entlang. »Hier hoch.« Sie stieg eine schmale steile Treppe hoch.

Auf Roy machte es den Eindruck wie das Deck eines Schiffes – eines, das heftige Stürme überstanden hatte. Überall gab es Seile, manche so dick wie Maddys Handgelenk. Sie hingen von oben herunter und verwirrten sich – ohne irgendeine Ordnung, wie es auf Roy wirkte – auf dem Boden.

»Das ist der Schnürboden«, begann Maddy. »Davon gibt es nicht mehr viele bei uns in den Staaten, leider. Alle herunterzulassenden Teile werden von hier bewegt. Der Perlenvorhang.« Sie legte eine Hand über einige Seile, die zusammengebunden und mit einem Schildchen versehen waren. »Er wiegt über zweihundertzwanzig Kilo. Wenn er im dritten Akt heruntergelassen werden muss, gibt der Bühnenmeister das Zeichen, und der Beleuchtungsmeister gibt es als Lichtzeichen nach hier oben weiter.«

»Klingt einfach.«

»Sicher. Es sei denn, man bekommt gleich zwei oder drei Zeichen oder ein Seil ist so schwer, dass zwei oder drei Männer allein damit beschäftigt sind. Die Burschen hier oben können sich keine Kaffeepausen leisten.«

»Wieso weißt du eigentlich so viel darüber?«

»Ich habe mein ganzes Leben in Theatern verbracht. Komm, ich zeige dir die Malplattform. Von dort hat man einen unglaublichen Blick.«

Maddy schlängelte sich durch die Seile und bückte sich, um unter einem eisernen Gitter auf die enge Plattform hinaustreten zu können. »Wenn irgendetwas gemalt werden muss, machen sie es hier.« Sie sah hinunter und schüttelte den Kopf. »Wäre nicht nach meinem Geschmack.«

Ein Prospekt senkte sich lautlos herunter. Ein Scheinwerfer kreiste auf ihm, sein Lichtkreis weitete sich, wurde wieder kleiner und verhielt dann. Maddy strich mit den Händen über das Geländer.

»Das ist mein Scheinwerfer im ersten Akt, Szene drei.«

»Wenn ich es nicht besser wüsste, würde ich sagen, du seist nervös.«

»Ich bin nicht nervös. Ich bin zu Tode verängstigt.«

»Warum?« Er legte eine Hand über ihre. »Du weißt doch, was du kannst.«

»Ich weiß, was ich gekonnt habe«, verbesserte sie. »Erst heute Abend, wenn sich der Vorhang hebt, werde ich wissen, ob ich es auch hier kann. Da unten ist dein Vater. Er scheint sich mit dem Theaterdirektor zu unterhalten. Du solltest dort unten bei ihnen sein.«

»Nein, ich sollte hier, bei dir, sein.« Erst langsam kam er dazu, die Wahrheit dieser Aussage zu akzeptieren. Er war nicht nur mitten in der Nacht nach Philadelphia gefahren, weil er ihr misstraut hatte. Er hatte sie nicht zum Theater begleitet, weil er nichts Besseres zu tun hatte. Er hatte beides getan, weil er dorthin gehörte, wo immer sie auch war. Sie hatte die roten Schuhe an und musste tanzen. Tanzte er nach ihrer Pfeife? Der Gedanke alarmierte ihn plötzlich.

Gut neun Meter über der Bühne, auf der schmalen eisernen Plattform, spürte Roy plötzlich Angst vor dem Fallen – aber nicht im Sinne von auf die Bühne fallen. »Lass uns hinuntergehen.« Er wollte Menschen um sich herum, Fremde, Lärm, alles, was ihn von dem ablenken konnte, das in ihm vor sich ging.

»Gut. Oh, da ist meine Familie.« Maddys Nervosität verschwand, und die Freude war so groß, dass sie es nicht bemerkte, wie er sich versteifte, als sie den Arm um seine Taille legte. »Da ist Dad. Siehst du den drahtigen kleinen Mann, der dem Schreiner ungefragte Ratschläge gibt? Er könnte in dieser Show alles machen – das Licht, die Kulisse, die Aufbauten. Er könnte einstudieren oder choreografieren, aber es sollte nie sein.« Stolz und liebevoll strahlte sie hinunter. »Das Rampenlicht, das braucht Dad.«

»Und du?«

»Man sagt, ich komme am meisten nach ihm. Dort ist meine Mutter. Siehst du die hübsche Frau mit dem kleinen Jungen? Das ist mein jüngster Neffe, Chris. Gestern hat er sich entschieden, Beleuchter zu werden, weil sie auf den Hebebühnen hochgefahren werden. Und meine Schwester Alana. Ist sie nicht reizend?«

Roy betrachtete die schlanke Frau mit leicht lockigem Haar. Obwohl sie mitten in dem Chaos dort unten stand, ging von ihr ruhige Zufriedenheit aus. Sie legte einem anderen Jungen die Hand auf die Schulter und zeigte in den Zuschauerraum.

»Wahrscheinlich zeigt sie Ben, wo sie heute Abend sitzen.«

Dorian, Alanas Mann, beugte sich in diesem Augenblick zu Chris herunter und nahm ihn auf seine Schultern. Das Jauchzen des kleinen Jungen drang bis zu Maddy und Roy herauf.

»Wunderbare Kinder.« Maddy hörte Wehmut aus ihrer eigenen Stimme heraus und schüttelte das Gefühl ab. »Lass uns gehen und sie begrüßen.«

Gerade als sie wieder unten waren, ertönte ein Signal, und Maddy nahm Roys Hand, um ihn zur Seite zu ziehen, während sich auch schon der Perlenvorhang glitzernd herabsenkte.

»Ist er nicht überwältigend? Er wird während meiner Traumszene eingesetzt, in der ich glaube, eine Ballerina und keine Stripperin zu sein. Und natürlich drehe ich eine Pirouette direkt in die Arme meines geliebten Jonathan. Das ist das Schöne am Theater – und an Träumen: Man kann alles verwirklichen, was man sich wünscht.«

Als sie um einen anderen Prospekt herumgingen, hörte Maddy die Stimme ihres Vaters bis zu ihnen heraufschallen.

»Valentine, mich trifft der Schlag.« Und der kleine flinke Frank O'Hara zog den großen stämmigen Edwin Valentine an sich. »Mein Mädchen hat mir schon erzählt, dass du über dich selbst hinauswächst bei der Finanzierung dieser Show.« Strahlend vor Freude trat Frank einen Schritt zurück und betrachtete ihn. »Wie lange ist es eigentlich her?«

»Zu lange.« Edwin ergriff Franks Hand und schüttelte sie begeistert. »Viel zu lange. Du siehst überhaupt nicht älter aus.«

»Nur, weil deine Augen es geworden sind.«

»Und Molly.« Edwin küsste sie auf die Wange. »Bezaubernd wie immer.«

»Mit deinen Augen ist offensichtlich doch nichts falsch«, versicherte sie ihm lächelnd und küsste ebenfalls seine Wange. »Wie schön ist es doch immer, alte Freunde zu treffen.«

»Ich habe euch nie vergessen. Und ich habe nie aufgehört, dich um deine Frau zu beneiden, Frank.«

»In dem Fall kann ich einen weiteren Kuss nicht zulassen. Es sollte dir weniger leichtfallen, dich an meine Alana zu erinnern.«

»Eine der Drillinge.« Zwischen seinen großen Händen verschwand die von Alana richtig. »Unglaublich. Welche …?«

»Die Mittlere«, kam sie ihm zu Hilfe.

»Vielleicht war es damals deine Windel, die ich gewechselt habe.«

Lachend wandte sich Alana Dorian zu. »Mein Mann, Dorian Crosby.«

»Crosby? Ich habe einige Ihrer Arbeiten gelesen. Haben Sie nicht auch mit meinem Sohn wegen eines Ihrer Bücher zusammengearbeitet?«

»Ja. Sie waren damals unterwegs, darum haben wir uns nicht kennengelernt.«

»Und Enkel.« Edwin warf Frank und Molly erneut einen Blick zu, bevor er in die Knie ging, um mit den Jungen auf einer Höhe zu sein. »Ein nettes Paar. Wie geht's euch?« Wie Erwachsenen reichte er jedem Jungen die Hand. »Das ist noch etwas, worum ich dich beneide, Frank.«

»Die zwei Bengel sind mir selbst richtig ans Herz gewachsen«, gestand Frank ein und zwinkerte den beiden zu. »Im nächsten Winter schenkt Alana uns noch ein Enkelkind.«

»Meinen Glückwunsch.« Er spürte Neid, Edwin konnte es nicht ganz verschleiern, doch auch Freude. »Wenn ihr nichts vorhabt, würde ich euch alle gern vor der Show zum Dinner einladen.«

»Wir sind O'Haras«, erinnerte Frank ihn. »Wir haben nie Pläne, die sich nicht ändern lassen. Wie geht's deinem Jungen, Edwin?«

»Gut. Er ist sogar … Nun, da ist er. Mit deiner Tochter.«

Als sich Frank zu den beiden umdrehte, ging ihm sofort ein Licht auf. Er sah Maddy, die die Hand eines großen schlanken Mannes hielt, mit verschlossenem Gesichtsausdruck. Und er sah Maddys Blick, strahlend und etwas verunsichert. Sein Baby hatte sich verliebt. Der Stich, den er im Herzen spürte, rührte zum Teil von Freude, zum Teil von Schmerz her. Beide Gefühle milderten sich, als Molly ihre Finger mit seinen verschränkte.

Während der gegenseitigen Vorstellungen nahm Frank nicht den Blick von Roy. Wenn sein Baby sich diesen Mann gewählt hatte, dann musste er sich vergewissern, dass sie gut gewählt hatte.

»Sie leiten also Valentine Records«, begann Frank, der immer gern den direkten Weg ging. »So eine Plattenfirma bringt eine Menge Verantwortung mit sich und braucht einen klugen Steuermann. Einen zuverlässigen. Sie sind nicht verheiratet?«

Um Roys Mundwinkel zuckte ein Lächeln. »Nein.«

»Noch nie gewesen?«

»Dad, habe ich dir schon gezeigt, wie wir den Ablauf des Finales geändert haben?« Maddy ergriff seine Hand und zog ihn zur Seite. »Was denkst du dir eigentlich dabei?«

»Wobei?« Er grinste und küsste sie auf beide Wangen. »Habe ich dir eigentlich schon gesagt, wie gut du aussiehst? Immer noch wie mein kleines Häschen.«

»Schmeicheleien werden dir nichts als einen Nasenstüber einbringen. Und hör auf, Roy so auszufragen, Dad. Es ist so … so offensichtlich.«

»Offensichtlich ist nur, dass du mein kleines Mädchen bist und ich ein Recht habe, auf dich aufzupassen.«

Mit verschränkten Armen legte sie den Kopf auf die Seite. »Dad, hast du bei meiner Erziehung gute Arbeit geleistet?«

»Ich habe gute Arbeit geleistet.«

»Würdest du sagen, ich sei eine vernünftige, verantwortungsbewusste Frau?«

»Verdammt, das bist du!« Stolz streckte Frank die Brust hervor. »Und ich würde mich mit jedem Mann anlegen, der das Gegenteil behauptet. Das kannst du mir glauben.«

»Gut.« Sie gab ihm einen Kuss. »Dann halte dich heraus, Frank O'Hara.« Sie versetzte ihm zwei Klapse auf die Wange. »Ich gehe jetzt hinauf in den Proberaum, um mich aufzuwärmen.«

Langsam und behutsam, um ihre Muskeln nicht der Gefahr einer Verletzung auszusetzen, wärmte sich Maddy auf. Sie war ganz allein. Nur sie und die Wände voller Spiegel. Sie konnte das Summen der Waschmaschine aus der Garderobe gegenüber hören. In der kleinen Küche am Ende des Ganges öffnete jemand die Kühlschranktür und warf sie wieder zu. Zwei Techniker blieben genau vor der Tür zum Proberaum stehen. Ihre Unterhaltung drang mal laut, mal leiser herein, während Maddy sich beugte, bis ihr Kinn ihr Knie berührte. Es gab nur sie und die Wände voller Spiegel.

Es war Myrons Idee gewesen, die Traumszene mit der Balletteinlage hereinzunehmen. Als sie bemerkt hatte, dass sie sechs Monate nicht mehr auf Spitzen gestanden habe, hatte er nur erwidert, dass sie ihre Spitzenschuhe ausgraben und üben solle. Und das hatte sie getan. Sie hatte jede Woche noch extra Spitzentraining gemacht. Sie konnte nur hoffen, dass sich das auszahlen würde.

Sie hatte gearbeitet und geprobt, bis die Bewegungen und die Musik fest in ihr verankert waren. Doch wenn es eine Nummer gab, die sie nervös machte, dann diese.

Die ersten vier Minuten würde sie allein auf der Bühne sein. Allein, die Beleuchtung ein fahles Blau, der Vorhang glitzernd und schimmernd hinter ihr. Die Musik würde einsetzen …

Maddy drückte die Starttaste des Kassettenrekorders und stellte sich vor den Spiegeln auf. Ihre Arme würden sich vor ihrem Körper kreuzen, und die Hände würden leicht auf ihren Schultern liegen. Langsam, ganz langsam würde sie in Spitzenposition gehen. Und anfangen.

Die Geräusche von draußen nahm Maddy schon nicht mehr wahr. Eine Reihe träumerischer Pirouetten. Ein Sprung, die Arme ausgestreckt. Es musste mühelos aussehen, so als würde sie schweben. Die angespannten Muskeln, der Kraftaufwand, nichts davon durfte in dieser Nummer zu ahnen sein. Sie verkörperte ein Traumbild, eine Musikboxtänzerin im Ballettrock mit Stirnreif. Fließende Bewegungen. Sie stellte sich vor, ihre Glieder seien aus Wasser, selbst als sie Kraft für eine Reihe schneller Drehungen brauchte. Sie hob die Hände über den Kopf und brachte ihren Körper in die Waagerechte. In der Figur musste sie ein paar Sekunden ausharren, bis Jonathan auf die Bühne kommen würde, um den Traum zum Pas de deux zu machen.

Maddy ließ die Arme wieder sinken und schüttelte sie, damit die Muskeln entspannt blieben. So weit konnte sie ohne ihren Partner proben. Sie ging zum Rekorder und spulte zurück. Noch einmal.

»Ich habe dich noch nie so tanzen sehen.«

Sie wurde aus ihrer konzentrierten Versunkenheit gerissen und bemerkte Roy in der Tür. »Es ist auch sonst nicht mein Stil. Ich habe dich gar nicht bemerkt.«

»Du bist eine ewig neue Überraschung«, murmelte er und trat näher. »Wenn ich dich nicht kennen würde, hätte ich geglaubt, ich beobachte eine Primaballerina.«

Es freute sie, doch sie tat es mit einem Lachen ab. »Einige klassische Bewegungen machen noch keinen sterbenden Schwan.«

»Aber du könntest, wenn du wolltest?« Er nahm ihr das Handtuch ab, nach dem sie griff, und tupfte damit sanft ihre Schläfen ab.

»Ich weiß nicht. Wahrscheinlich würde ich mitten in ›Dornröschen‹ den unwiderstehlichen Drang nach ein paar Steppschritten verspüren.«

»Für das Ballett ein Verlust, für den Broadway ein Gewinn.«

»Sprich nur weiter so.« Sie lachte auf. »Ich brauche es.«

»Maddy, du bist schon fast zwei Stunden hier. Du wirst erschöpft sein, bevor der Vorhang überhaupt aufgeht.«

»Heute habe ich genügend Energie, um das ganze Musical dreimal zu spielen.«

»Und wie steht es mit dem Essen?«

»Die Bühnenarbeiter machen Gulasch. Wenn ich um vier oder fünf etwas davon esse, müsste ich es eigentlich bis zum ersten Akt verdaut haben.«

»Ich wollte mit dir essen gehen.«

»Oh Roy, das könnte ich nicht, nicht vor der Vorstellung. Hinterher.« Sie legte die Hände in seine.

»Gut.« Ihre Hände waren kühl. Zu kühl, zu angespannt. Er wusste nicht, wie er Maddy beruhigen konnte. »Maddy, bist du vor einer Premiere immer so?«

»Immer.«

»Sogar, wenn du ganz zuversichtlich bist, dass es ein Erfolg wird?«

»Nur, weil ich zuversichtlich bin, bedeutet das nicht, dass ich nicht dafür arbeiten müsste, damit es ein Erfolg wird. Und das macht mich nervös. Nichts Lohnendes gelingt mühelos.«

»Nein.« Er blickte sie nachdenklich an. »Nein, das stimmt.«

Jetzt sprachen sie nicht mehr über die Premiere oder das Theater. »Du glaubst wirklich, wenn du nur hart genug an etwas arbeitest und fest genug daran glaubst, dann gelingt es auch?«

»Ja, das glaube ich.«

»Wir?«

Sie schluckte. »Ja, auch wir.«

»Selbst wenn wir so verschieden sind?«

»Es ist nicht eine Frage von Wesenszügen, Roy.«

Er ließ ihre Hände los und trat zurück. Wie oben, auf dem Schnürboden, überfiel ihn wieder diese Angst vor dem Fallen. »Ich wünschte, ich könnte so optimistisch sein wie du. Ich wünschte, ich könnte an Wunder glauben.«

Sie spürte, wie die Hoffnung, die in ihr aufgestiegen war, wieder in sich zusammenfiel. »Ich auch.«

»Heirat ist wichtig für dich.«

»Ja. Die Bindung. Die Verpflichtung. Das Versprechen. Ich bin dazu erzogen worden, so ein Versprechen zu respektieren und in einer Ehe kein Ende, sondern einen Anfang zu sehen. Ja, für mich ist es wichtig.«

»Es ist nur ein Vertrag«, fiel er ein, schien es aber eher sich selbst zu sagen. »Und nicht einmal ein sehr bindender. Wir haben beide Erfahrung mit Verträgen, Maddy. Wir könnten einen unterschreiben.«

Sie öffnete den Mund und schloss ihn langsam wieder, ehe sie erneut zum Sprechen ansetzte. »Wie bitte?«

»Ich habe gesagt, wir unterschreiben einen. Für dich ist es wichtig, wichtiger, als mir bewusst war. Und mir macht es wirklich nichts aus. Wir machen Bluttests, besorgen uns eine Eheerlaubnis, und damit hat es sich.«

»Bluttests.« Gepresst atmete sie aus und stützte sich auf den kleinen Tisch hinter ihr. »Eine Eheerlaubnis. Damit ist selbstverständlich jeder romantische Unsinn ausgeschlossen.«

»Es ist nur eine Formalität.« Er spürte einen merkwürdigen Druck im Magen, als er sich wieder zu Maddy umdrehte. Es war klar, was er gerade machte: Er schloss die Tür seines eigenen Käfigs. Warum er es tat, stand auf einem anderen Blatt. »Ich kenne mich mit den gesetzlichen Bestimmungen nicht so genau aus. Doch wenn es sein muss, könnten wir Montag nach New York fahren und es erledigen. Du könntest Dienstag rechtzeitig zur Abendvorstellung zurück sein.«

»Dann würde es unseren Terminkalender nicht durcheinanderbringen«, fügte sie ruhig hinzu. Sie hatte gewusst, er würde sie verletzen, aber sie hatte nicht gewusst, dass er ihr ganz einfach das Herz brechen würde. »Ich weiß das Angebot zu schätzen, Roy, aber ich verzichte.« Entschlossen drückte sie wieder die Starttaste des Rekorders und ließ die Musik laufen.

»Was meinst du damit?« Er fasste sie am Arm, bevor sie wieder ihre Grundstellung einnehmen konnte.

»Genau das, was ich gesagt habe. Und jetzt entschuldige mich, ich muss arbeiten.«

Noch nie war ihre Stimme so kalt und ausdruckslos wie jetzt gewesen. »Du wolltest die Ehe, und ich habe eingewilligt. Was willst du noch, Maddy?«

Sie trat zurück und musterte ihn. »Mehr, viel mehr, als du bereit bist zu geben … Und ich fürchte, mehr als du fähig bist zu geben. Verdammt, ich will kein Stück Papier. Ich will nicht, dass du mir einen Gefallen tust. Also, Maddy will heiraten, denkst du, und da es mir so oder so recht ist, da unterschreiben wir doch einfach an der bezeichneten Stelle, um sie glücklich zu machen. Du kannst dich zum Teufel scheren!«

»So habe ich es nicht gemeint.« Er wollte sie bei den Schultern fassen, doch sie wich zurück.

»Ich weiß, was du meinst. Ich weiß es nur zu gut. Ehe ist nichts als ein Vertrag, und Verträge kann man aufheben. Vielleicht möchtest du in diesen Vertrag sogar eine Sicherheitsklausel einfügen, sodass alles sauber geregelt ist, wenn du des Vertrages überdrüssig wirst. Nein danke.«

War sie es, die so kalt, so verächtlich sprach? Er wusste nicht mehr aus noch ein. »Maddy, ich bin nicht mit dem Vorsatz zu dir gekommen, uns in diese Situation zu bringen. Es ist einfach so geschehen.«

»Zu spontan für dich?« Dieses Mal war deutlich Sarkasmus zu hören. Wieder etwas Ungewöhnliches. »Warum lässt du dich auch auf etwas für dich so Schwieriges ein?«

»Was willst du überhaupt? Kerzenlicht und mich auf Knien vor dir? Sind wir darüber nicht hinaus?«

»Ich habe es satt, dir zu sagen, was ich will.« Aus ihrem Blick sprach nur noch Kälte und, zum ersten Mal, Verschlossenheit. »Ich muss bald auf die Bühne. Und für den Augenblick hast du genug getan, um es mir zu erschweren.« Sie spulte die Kassette wieder zum Anfang zurück. »Lass mich allein, Roy.«

Sie wartete auf ihren Einsatz und begann. Sie tanzte weiter, als sie allein war und ihre Augen sich mit Tränen füllten.

12. Kapitel

Als Roy die Treppe hinunterging, traf er seinen Vater. »Ist Maddy noch oben?« Edwin legte seinem Sohn den Arm um die Schulter. »Ich habe gerade mit dem Direktor gesprochen. Die Premiere ist ausverkauft und ebenso die ganze nächste Woche. Das wollte ich ihr nur mitteilen.«

»Lass ihr etwas Ruhe.« Roy vergrub die Fäuste in seinen Taschen und kämpfte gegen ein Gefühl grenzenloser Frustration an. »Sie tanzt sich ein.«

»Ich verstehe.« Er glaubte, dass er verstand. »Komm einen Augenblick hier herein.« Er öffnete die Tür zum Büro des Direktors. Sie traten ein, und er schloss sie wieder. »Du hast immer mit mir gesprochen, wenn du Probleme hattest. Möchtest du das nun nicht auch machen?«

»Manchmal kommt man an einen Punkt, wo es besser wäre, sie allein zu lösen.«

»Ich weiß, dass du darin immer gut warst, Roy. Aber du kannst mich trotzdem einweihen.« Er holte sich eine Zigarre aus der Tasche und wartete.

»Ich habe Maddy gefragt, ob sie mich heiraten will. Nein«, fuhr er schnell fort, bevor sich Freude im Blick seines Vaters zeigen konnte. »Das ist nicht ganz richtig. Ich habe Notwendigkeiten für eine Eheschließung aufgezählt.«

»Notwendigkeiten?«, fragte Edwin nach. Er konnte sich nicht vorstellen, was sein Sohn damit meinte.

»Ja.« Roys Stimme war scharf und ungeduldig. Er war in Verteidigungshaltung. »Wir brauchen Bluttests, eine Eheerlaubnis, und wir müssen es mit unserem Terminkalender in

Übereinstimmung bringen. Sie hat es mir wütend an den Kopf geschleudert.«

»Es?«, wiederholte Edwin und senkte leicht den Kopf. »Bei dir klingt das kurz, bündig und klar geregelt, Roy. Keine Blumen?«

»Sie kann eine Wagenladung voll Blumen haben, wenn sie sie will.« Er wäre gern im Raum auf und ab gegangen. Doch er blieb, wo er stand, angespannt wegen der sich verstärkenden drückenden Atmosphäre.

»Wenn sie es will.« Nun hatte Edwin das ganze Bild, und er setzte sich in einen der Sessel. »Roy, wenn du eine Hochzeit auf diese Ebene stellst, und das bei einer Frau wie Maddy, dann hast du nichts anderes verdient, als es an den Kopf zurückgeschleudert zu bekommen.«

»Vielleicht. Und vielleicht ist es so das Beste. Ich weiß selbst nicht, warum ich mit dem Ganzen überhaupt angefangen habe.«

»Vielleicht, weil du sie liebst.«

»Liebe ist doch nur ein Wort, um Glückwunschkarten verkaufen zu können.«

»Wenn ich dir das abnehmen würde, müsste ich mich für einen Versager halten.«

»Nein.« Außer sich vor Zorn wandte sich Roy ihm zu. »Du hast niemals irgendwo versagt.«

»Das ist nicht wahr. Ich habe in meiner Ehe versagt.«

»Nicht du.« Die Bitterkeit, die in Roy aufstieg, war zu groß, um sie einfach überspielen zu können.

»Doch. Und jetzt hörst du mir einmal zu. Wir haben nie richtig darüber gesprochen. Du wolltest es nicht, und ich habe es hingenommen, weil ich dachte, du seist genug verletzt worden. Ich hätte es nicht tun sollen.« Edwin sah seine Zigarre an und drückte sie dann langsam aus. »Ich habe deine Mutter geheiratet, obwohl ich wusste, dass sie mich nicht liebte. Ich dachte, ich könnte sie an mich binden, weil ich die Fäden zu dem in der Hand hatte, was sie wollte. Doch an je mehr Fäden ich zog, desto mehr fühlte sie sich eingeengt. Und als sie schließlich ausgebrochen ist, war es ebenso meine Schuld wie ihre.«

»Nein.«

»Doch«, verbesserte Edwin. »Ehe ist eine Angelegenheit zwischen zwei Menschen, Roy. Es ist kein Geschäft, es ist keine vertragliche Vereinbarung, niemand sollte dem anderen zu Dank verpflichtet sein.«

»Ich weiß nicht, wovon du sprichst«, entgegnete Roy. »Und ich sehe keinen Grund, jetzt darüber zu sprechen.«

»Du kennst den Grund. Die Ursache dafür ist oben.«

Langsam drehte sich Roy um. »Du hast recht.«

Edwin lehnte sich zurück. »Deine Mutter hat mich nicht geliebt, und sie hat dich nicht geliebt. Das tut mir leid, aber du musst wissen, Liebe ist nicht etwas, was automatisch bei einer Geburt entsteht oder durch Verpflichtung. Sie kommt vom Herzen.«

»Sie hat dich betrogen.«

»Ja. Aber sie hat mir auch dich geschenkt. Ich kann sie nicht hassen, Roy. Und es wird Zeit, dass du dein Leben nicht mehr daran orientierst, was sie getan hat.«

»Ich könnte wie sie sein.«

»Liegt dein jetziges Problem darin? Dass du Angst hast, du könntest sein wie deine Mutter?« Edwin wuchtete sich aus dem Sessel und packte Roy am Revers – das erste Anzeichen von Heftigkeit, das er seinem Sohn gegenüber je gezeigt hatte. »Wie lange trägst du das schon mit dir herum?«

»Ich könnte wie sie sein«, wiederholte Roy. »Oder ich könnte wie der Mann sein, mit dem sie geschlafen hat, und ich weiß nicht einmal, wer er war.«

Edwin löste seinen Griff und trat zurück. »Willst du es wissen?«

Roy fuhr sich mit den Händen durchs Haar. »Nein. Aber wie kann ich wissen, was sich in mir verbirgt? Wie kann ich wissen, dass die beiden in mir nicht weiterleben?«

»Du kannst es nicht. Aber du kannst in den Spiegel schauen und darüber nachdenken, wer du bist, statt dich zu fragen, wer du sein könntest. Und du kannst daran glauben, so wie ich, dass die fünfunddreißig Jahre, die wir miteinander verbracht haben, wichtiger sind.«

»Ich weiß, aber ...«

»Es gibt kein Aber.«

»Ich liebe Maddy.« Die Abwehrhaltung, die er seit seiner Kindheit aufgebaut hatte, brach langsam in sich zusammen. »Aber wie soll ich wissen, ob nächsten Monat, nächstes Jahr nicht alles anders ist? Wie kann ich wissen, ob ich überhaupt dazu fähig bin, ihr das zu geben, was sie braucht?«

»Das ist auch wieder etwas, was man nicht wissen kann. Das ist etwas, was du riskieren musst, etwas, was du willst und woran du deswegen zu arbeiten hast. Wenn du sie liebst, gelingt es dir auch.«

»Meine größte Angst ist es, sie zu verletzen. Sie ist das Beste, was mir jemals geschehen ist.«

»Ich nehme an, all das hast du nicht erwähnt, als du von deinen Ehebedingungen gesprochen hast.«

»Du hast recht.« Er fuhr sich mit den Händen über das Gesicht. »Ich habe alles zerstört. Ich habe sie von mir gestoßen, weil ich Angst hatte, sie an mich zu ziehen.«

»Ich will dir etwas sagen. Mein Sohn soll eine Frau wie Maddy O'Hara nicht verlieren, nur weil er glaubt, er wäre nicht der Richtige.«

Jetzt hätte Roy doch fast gelacht. »Das klingt wie eine Herausforderung.«

»Richtig, es ist eine.« Edwin legte die Hände auf Roys Schulter. »Und ich würde mein ganzes Geld auf dich setzen.

So wie damals beim Baseballspiel am Ende deiner Highschool-Zeit. Erinnerst du dich noch?«

»Ja, ich erinnere mich.« Nun lachte er wirklich.

Edwin grinste ihn an. »Und nun hätte ich gern einen Drink.«

In ihrem ältesten Bademantel, das Haar mit einem Stirnband zurückgehalten, saß Maddy vor dem Schminkspiegel und befestigte vorsichtig die falschen Wimpern über ihren eigenen. Ihre Maske war fast fertig und zeigte schon ganz deutlich das verführerische Gesicht von Mary. Noch etwas mehr Farbe auf die Wangen, noch etwas mehr Glitter auf die Lider und ein volles Rot für die Lippen. Als die Wimpern saßen, wartete Maddy darauf, dass sich der Druck in ihrem Magen endlich löste.

Premierenfieber, nur Premierenfieber, sprach sie sich zu, während sie Eyeliner über dem Ansatz der falschen Wimpern auftrug. Doch es war mehr, was sie durcheinanderbrachte, und sie konnte es nicht einfach von sich schieben.

Ehe. Roy hatte vom Heiraten gesprochen – aber in seiner Sprache. Ein Teil von ihr hatte immer gehofft und auf den Moment gewartet, dass er die Tatsache ihres Zusammenseins akzeptierte. Und dieser Teil von ihr war immer zuversichtlich gewesen, dass dieser Moment kommen würde. Nun war er gekommen, und sie konnte nicht zugreifen. Was er bot, waren nicht Jahre des Glücks, sondern ein Stück Papier, das sie vor dem Gesetz verband, aber für Gefühle keinen Raum ließ. Das war nicht das, was sie wollte.

Ich habe zu viele Gefühle, sagte sich Maddy. Zu viele Gefühle, zu wenig vernünftige Logik. Eine logische Frau wäre auf Roys Ebene eingegangen und hätte das Beste daraus gemacht. Sie dagegen hatte Schluss gemacht. Maddy starrte ihr Spiegelbild an. Heute war ein Abend des Beginns – und ein Abend des Verlustes.

Sie erhob sich und trat vom Spiegel weg. Sie hatte genug von sich gesehen. Draußen hetzten Menschen hin und her. Sie hörte den Lärm, die Nervosität, die Anspannung, die zu Premieren gehörten. Ihre Garderobe war jetzt schon voller Blumen und erfüllt von betörendem Duft.

Da waren Rosen von Carrie. Weiße. Die Margeriten waren von ihren Eltern. Bei den Gardenien hatte sie gewusst, dass sie von Terence kamen, bevor sie auf die beiliegende Karte gesehen hatte. Es gab noch viele andere Sträuße, aber keinen von Roy. Sie hasste sich selbst dafür, dass der Gedanke an das Nichtvorhandene sie die Schönheit des Vorhandenen vergessen ließ.

»Noch dreißig Minuten, Miss O'Hara.«

Maddy presste eine Hand auf ihren Magen. Noch dreißig Minuten. Warum ließ sie jetzt die quälenden Gedanken an Roy zu? Sie wollte nichts weiter als hinausgehen, singen und tanzen und ein Haus voller Fremder zum Lachen bringen – sich in ihrem Element fühlen und die Schatten vertreiben können.

Es klopfte an der Tür. Bevor sie antworten konnte, steckten ihre Eltern schon ihre Köpfe zur Tür herein.

»Kannst du zwei heitere Gesichter gebrauchen?«, erkundigte sich Molly.

»Oh ja. Ich kann alles gebrauchen, was ich bekommen kann.«

»Das Haus füllt sich!« Frank strahlte, als er sich in der Garderobe umsah, an deren Tür ein Stern klebte. Mehr hätte er sich für seine Tochter nicht wünschen können. »Du hast als Einzige eine Garderobe für dich, Kindchen.«

»Tatsächlich?« Wieder legte Maddy die Hand auf ihren Magen und fragte sich, ob sie irgendwo ein Alka-Seltzer hatte.

»Wenn der Vorhang erst aufgeht, brauchst du es nicht mehr«, meinte Molly, der es nicht schwerfiel, ihre Tochter zu verstehen. »Premierenfieber, Maddy, oder gibt es noch etwas anderes, worüber du sprechen möchtest?«

Sie zögerte, doch es hatte zwischen Maddy und ihrer Familie nie Geheimnisse gegeben. »Nur, dass ich einen absoluten Narren liebe.«

»Oh! Nun …« Mit einem Blick auf Frank zog Molly eine Braue hoch. »Ich weiß, wie das ist.«

Er wollte etwas entgegnen, wurde aber im wahrsten Sinne des Wortes von seiner Frau hinausbefördert. »Hinaus, Frank, Maddy muss sich ihr Kostüm anziehen.«

»Ich habe ihr den Hintern gepudert«, protestierte er schwach, ließ sich aber hinausdrängen. »Zeig's ihnen«, meinte er noch augenzwinkernd zu seiner Tochter, bevor er verschwand.

»Er ist unglaublich.« Maddy lächelte, als sie ihn draußen einer Tänzerin etwas zurufen hörte.

»Manchmal.« Molly nahm das Kostüm voller Glitter und Federn, das am Türhaken hing. »Ich helfe dir beim Anziehen. Sag mal, dieser Narr, das ist nicht zufällig Roy Valentine?«

»Zufällig ja.«

»Wir haben heute mit ihm und seinem Vater gegessen. Scheint ein netter junger Mann zu sein.«

»Schon. Aber ich will ihn nie wieder sehen!«

»Mm-hmm.«

»Noch fünfzehn Minuten, Miss O'Hara.«

»Ich glaube, mir wird schlecht«, flüsterte Maddy.

»Nein, wird dir nicht.« Geschickt legte Molly letzte Hand an Maddys Kostüm. »Es schien mir, als sei Roy etwas zerstreut während des Essens gewesen.«

»Ihm geht immer viel durch den Kopf. Meistens Verträge«, stieß sie bitter hervor.

»Ich verstehe. Sie machen uns das Leben nicht leicht.«

»Was?«

»Männer.« Molly drehte ihre Tochter einmal herum und überprüfte noch einmal das Kostüm. »Sie sind nicht hier, um uns das Leben leicht zu machen. Sie sind einfach hier.«

Zum ersten Mal seit Stunden war Maddy nach Lachen zumute. »Meinst du, die Amazonen haben es richtig gemacht?«

»Die, die Männer nach dem Liebesakt getötet haben?« Molly schien ernsthaft über die Frage nachzudenken, bevor sie den Kopf schüttelte. »Nein, das meine ich nicht. Es ist etwas sehr Angenehmes, einen Mann für das ganze Leben zu haben. Man gewöhnt sich an ihn. Wo sind deine Schuhe?«

»Dort.« Maddy musterte ihre Mutter. »Du liebst Dad immer noch? Ich meine, richtig lieben, so wie früher?«

»Nein.« Vor Erstaunen blieb Maddys Mund offen stehen, und Molly lachte. »Nichts bleibt gleich. Meine Liebe zu Frank heute ist eine andere als vor dreißig Jahren. Wir haben vier Kinder und ein Leben des Kampfes, des Lachens und der Tränen hinter uns. So stark wie jetzt hätte ich ihn mit zwanzig nicht lieben können. Und wahrscheinlich liebe ich ihn jetzt nicht so stark, wie ich es mit achtzig tun werde.«

»Ich wünschte …« Kopfschüttelnd brach Maddy ab.

»Sag mir doch, was du dir wünschst.« Mollys Stimme war sanft wie selten. »Eine Tochter kann ihrer Mutter alles erzählen – vor allem Wünsche.«

»Ich wünschte, Roy könnte so etwas verstehen. Ich wünschte, er könnte den Blick dafür öffnen, dass es Bindungen gibt, die ewig dauern. Mom, ich liebe ihn so sehr.«

»Dann will ich dir einen Rat geben.« Sie nahm Maddys Perücke. »Gib ihn nicht auf.«

»Ich glaube eher, dass ich mich aufgebe.«

»Das wäre für eine O'Hara etwas ganz Neues. Setz dich, Mädchen. Vielleicht hält die Perücke deinen Verstand zusammen.«

»Danke.«

Das Fünf-Minuten-Signal ertönte. Molly ging zur Tür und warf ihrer Tochter von dort einen letzten Blick zu. »Verpass deinen Auftritt nicht.«

»Mom.« Maddy erhob sich und straffte ihre Körperhaltung. »Ich werde die Leute von ihren Plätzen reißen.«

»Darauf zähle ich.«

Maddy verließ ihre Garderobe. Noch vier Minuten. Eine Tänzerin kam mit einem riesigen Kopfputz aus Straußenfedern die Treppe herunter. Die Eröffnungsmusik spielte schon. Maddy ging der Musik entgegen und verlor mit jedem Schritt ein wenig mehr von Maddy O'Hara. Wanda stand schon zum Auftritt bereit. Maddy warf ihr ein Lächeln zu und sah dann hinüber zum Pult des Bühnenmeisters. Er konnte die Vorstellung genau auf seinem Monitor mitverfolgen.

»Was war das Höchste, was du bisher bei deinen Auftritten an Vorhängen erlebt hast, Wanda?«

»In Rochester haben wir einmal siebzehn bekommen.«

Maddy stützte die Hände in die Hüften. »Heute stellen wir das in den Schatten.« Sie betrat die Bühne, nahm ihre Position ein und betrachtete den Vorhang. Hinter ihr, im Dunkel, lag die Kulisse des Nachtclubs, die jetzt von den anderen Tänzern gefüllt wurde. Von der rechten Bühnenseite her sah Myron der Vorstellung zu. Maddy warf ihm einen Blick zu und nickte. Sie war bereit.

»Saalbeleuchtung – zur Hälfte runter.«

Maddy holte tief Luft.

»Licht eins – an.«

Über ihrem Kopf blitzten Lichter auf und tauchten sie in Regenbogenfarben.

»Saalbeleuchtung – aus.«

Aus dem Publikum kam das letzte Hüsteln.

»Vorhang.«

Als Maddy zum ersten Kostümwechsel von der Bühne ging, stand sie unter Höchstspannung. In Windeseile war sie aus dem einen Kostüm heraus und in dem nächsten drin. Erleichtert seufzte sie auf, als sie die Perücke vom Kopf ziehen konnte.

»Wenn du die Energie bis zum letzten Vorhang durchhältst, spendiere ich dir das beste Essen von Philadelphia.«

Maddy starrte Myron an, während ihre Maske in Sekundenschnelle verändert wurde. Und schon musste sie wieder los, unter der Bühne hindurch, um auf ihr nächstes Stichwort zu warten.

Sie ging hinter dem Orchestergraben entlang, wo die Instrumente jetzt schwiegen. Ihr Jonathan und der Schauspieler, der die Rolle seines besten Freundes hatte, sprachen an dieser Stelle Text. Sie hörte das Publikum lachen. In der Nähe der Stufen, über die sie gleich wieder die linke Bühnenseite betreten würde, standen einige Bühnenarbeiter um ein tragbares Fernsehgerät herum. Der Ton war so leise heruntergedreht, dass das Geschehen von der Bühne her klar zu hören war.

»Wer gewinnt?«, fragte sie, als sie einen flüchtigen Blick auf das Baseballspiel warf.

»Noch keine Punkte bis jetzt. ›Pirates‹ gegen ›Mets‹. Haben gerade den dritten Schlag.«

»Ich habe auf die ›Mets‹ gesetzt.«

Einer der Männer lachte. »Hoffentlich können Sie den Verlust verschmerzen.« Auf der Bühne beendete Jonathan gerade einen Song. »Ihr Auftritt.«

»Das will ich meinen.« Und sie trat hinaus auf die Bühne für ihre erste Begegnung mit Jonathan C. Wiggings III.

Es herrschte genau die richtige Spannung. Mary und Jonathan trafen sich auf der Treppe der Bibliothek. Es war Liebe auf den ersten Blick. Die sich anbahnende Romanze zwischen der Stripperin und dem weltunerfahrenen Sohn eines reichen Mannes ergriff sofort das Publikum.

Die letzte Nummer vor der Pause war Maddys Striptease. Die Beleuchtung ging in grelle Pink- und Rottöne über. Maddy begann mit einer unglaublichen Energie, die während der ganzen Nummer nicht ein Mal nachließ.

Sie zog die Boa herunter und ließ sie fliegen. Ein Raunen ging durchs Publikum, als sie im Schoß von Maddys Vater landete.

Für dich, Dad, dachte sie und warf ihm eine Kusshand zu. *Weil du mir alles beigebracht hast.*

Maddy hielt Wort und riss das Publikum mit.

In der Pause gab es keine Zeit zur Entspannung. Es mussten Kostüme gewechselt, Make-up aufgefrischt, Energie erneuert werden. Es wurde Maddy mitgeteilt, dass die ›Mets‹ dabei waren zu verlieren. Sie nahm es gelassen. Heute hatte sie Wichtigeres verloren.

Von der Seitengasse aus warf Maddy einen Blick in den Zuschauerraum. Die Saalbeleuchtung war an, und das Publikum flanierte herum. Es herrschte eine erwartungsvolle Atmosphäre. Und sie hatte dazu beigetragen.

Dann sah sie Roy. Ihr Vater stand neben ihm. Er lachte gerade und legte einen Arm um Roys Schulter. Die Geste erwärmte sie. Sie sagte sich zwar, dass es jetzt eigentlich egal sei, doch es erwärmte sie, ihren Vater mit dem Mann, den sie liebte, lachen zu sehen.

»Wenn du den Blick beibehältst, wirst du sie noch alle vor dem Finale vergraulen.«

Maddy drehte sich um. Wanda trug wie sie ein Nachthemd für die folgende Szene in ihrer gemeinsamen Wohnung. Dann würde bald der Perlenvorhang herunterkommen, und Maddys Traumszene würde beginnen.

»Keine Angst. Wir wollen doch die siebzehn Vorhänge übertrumpfen.«

»Ist er draußen?«

»Ja. Er ist draußen.«

»Ich vermute, du hast das Bedürfnis, etwas zu beweisen.«

Dass ich es überleben werde, dachte Maddy. »Mir selbst«, murmelte sie, als sie ihre Positionen auf der Bühne einnahmen. »Nicht ihm, nur mir.«

In Theaterstücken kann der Autor die Verhältnisse so drehen und ändern, dass sie zu einem Happy End führen. Und so bekamen sich am Schluss Mary und Jonathan. Sie hatten alle Verschiedenheiten und Betrügereien, ihre Lebensumstände und die Lügen, Misstrauen und Enttäuschungen überwunden. Für sie begann das große Glück.

Dann kam der Applaus. Er raste, er überschüttete die Tänzer, als sie sich verbeugten. Er hielt an, wurde noch stärker, als das Produktionsteam heraustrat. Mit angespannt verschränkten Händen wartete Maddy. Sie würde als Letzte hinausgehen.

Lächelnd und mit erhobenem Kopf trat Maddy auf die Bühne. Der Applaus stieg an, überschüttete sie wie flüssige Lava. Die Hochrufe begannen oben in den Rängen, setzten sich nach unten fort, laut und lauter, bis das ganze Theater von ihnen widerhallte. Sie verbeugte sich.

Dann erhoben sich die Zuschauer, erst einer, dann zwei, dann ein Dutzend. Hunderte von Menschen standen und jubelten ihr zu. Überwältigt stand sie einfach nur da.

»Verbeuge dich noch einmal«, sagte Wanda leise. »Du hast es dir verdient.«

Maddy schüttelte ihre Benommenheit ab und verbeugte sich wieder, bevor sie Wandas Hand und die ihres Partners ergriff. Die drei Hauptdarsteller verbeugten sich wieder, dann fiel der Vorhang. Der Applaus schwoll an, immer wieder, Welle auf Welle.

Für diesen Augenblick hatten sie alle endlos geprobt und gearbeitet. Der Vorhang fiel sechsundzwanzigmal.

Es war für Maddy nicht so einfach, wieder in ihre Garderobe zu gelangen. Überall waren Menschen, immer wieder gab es Umarmungen und manchmal ein paar Tränen. Myron hob sie hoch in seine Arme und küsste sie voll auf den Mund.

Es herrschte ein ausgelassenes Durcheinander hinter der Bühne. Tänzer wirbelten herum und planten ein Riesenfest. Sie hatten Erfolg gehabt. Was auch immer noch für Veränderungen an dem Stück vorgenommen werden mochten, bis es am Broadway spielte, diesen Erfolg konnte man ihnen nicht mehr nehmen. Die Stunden und Stunden voller Arbeit, Schweiß und Wiederholungen hatten sich ausgezahlt. Jemand hatte sogar eine Trompete besorgt und blies zum Aufbruch.

Maddy gelang es endlich, ihre Garderobe zu erreichen. Dort ließ sie sich einfach auf einen Stuhl sinken und starrte ihr eigenes Spiegelbild an.

Sie hatte es geschafft.

Die Tür ihrer Garderobe wurde geöffnet, und etwas von der ausgelassenen Stimmung drang herein. Ihren Vater sah Maddy zuerst, die Boa hing ihm wie eine Siegesfahne um die Schultern. Ihre Energie kehrte zurück, und sie sprang hoch und stürzte sich ihm in die Arme.

»Dad. Es war großartig. Sag mir, dass es großartig war.«

»Großartig? Sechsundzwanzig Vorhänge sind mehr als nur großartig.«

»Du hast sie gezählt.«

»Natürlich.« Er drückte sie fest an sich, bis ihre Füße den Kontakt zum Boden verloren. »Da oben stand mein Mädchen. Mein kleines Mädchen. Du hast sie umgehauen. Ich bin so stolz auf dich, Maddy.«

»Oh Dad, nicht weinen.« Sie musste auch schniefen und griff in seine Tasche, um sich ein Taschentuch zu holen. »Du wärst auch stolz auf mich, wenn ich durchgefallen wäre.« Sie trocknete sich die Augen. »Und darum liebe ich dich.«

»Wie wäre es mit einem Küsschen für deine Mutter?« Molly streckte die Arme aus und zog Maddy an sich. »Ich habe nur daran denken müssen, als wir dir das erste Mal Tanzschuhe angezogen haben. Ich konnte es kaum glauben, dass du das eben wirklich warst, so voller Kraft, so voller Leben. Kraft. Das ist es, was dich wirklich ausmacht.«

»Ich habe immer noch Herzklopfen.« Lachend umarmte Alana ihre Schwester. »Bei jedem deiner Auftritte habe ich nach Dorians Hand gegriffen. Ich möchte nicht wissen, wie viele Finger ich ihm gebrochen habe. Ben hat der Frau neben ihm immer wieder stolz gesagt, dass du seine Tante seist. Ich wünschte nur …«

»Ich weiß schon, ich wünschte auch, Carrie wäre hier.« Sie beugte sich zu Ben herunter und drückte ihn an sich, dann sah sie Chris an, der sich mit schläfrigen Augen auf Dorians Arm kuschelte.

»Ich bin nicht eingeschlafen«, versicherte Chris mit einem riesigen Gähnen. »Ich habe alles mitgekriegt. Es war hübsch.«

»Danke. Und du, Dorian, meinst du, wir können damit an den Broadway?«

»Ich meine, du wirst den Broadway kopfstehen lassen. Meine Glückwünsche, Maddy.« Dann grinste er und betrachtete sie eingehend. »Dein Kostüm hat mir auch gefallen.«

»Knallig, aber knapp«, entgegnete sie mit einem Lachen und sah auf ihren roten Strapsgurt hinunter, den sie noch immer trug.

»Wir müssen die Kinder zu Bett bringen.« Alana warf Ben einen Blick zu, der seine Hand schon in Dorians gelegt hatte. »Wir sehen dich morgen, bevor wir abfahren.« Alana berührte Maddys Arm mit einer Geste, die alles verriet. »Ich denke an dich.«

»Wir müssen auch gehen.« Frank sah Molly verstohlen vielsagend an. »Du willst jetzt sicher mit den anderen feiern.«

»Du weißt, dass ihr eingeladen seid«, begann Maddy vorsichtig.

»Nein, nein, wir brauchen unsere Ruhe. Wir haben einen großen Auftritt in ein paar Tagen in Buffalo.« Frank drängte seine Familie zur Tür, wo er sich noch einmal umdrehte. »Du warst die Beste, Häschen.«

»Nein.« In diesem Augenblick fiel ihr alles ein – seine Geduld, seine Freude, die er ihr gezeigt hatte, den Zauber, den er auf sie übertragen hatte, als er ihr das Tanzen beigebracht hatte. »Du warst es, Dad.«

Seufzend setzte sich Maddy wieder. Sie zog eine Rose aus einer Vase und roch an ihr. *Die Beste.* Sie schloss die Augen. Warum reichte ihr das nicht?

Als sich die Tür wieder öffnete, setzte Maddy automatisch ein Lächeln auf.

Roy stand in der Tür, hinter ihm herrschte Lärm und Aufregung. Sehr vorsichtig steckte Maddy die Rose zurück. Das aufgesetzte Lächeln schien jetzt nicht notwendig zu sein.

»Darf ich hereinkommen?«

»Ja.« Sie sah ihn dabei nicht an. Bewusst drehte sie sich zum Spiegel um und zog die falschen Wimpern ab.

»Ich muss dir wohl nicht sagen, wie umwerfend du warst.« Er schloss die Tür und ließ den Lärm draußen.

»Oh, ich kann es gar nicht oft genug hören. Lob ist das Brot des Künstlers.« Sie tauchte den Finger in einen Topf mit Fettcreme und schmierte sie auf ihr Gesicht. »Du bist also für die Show geblieben.«

»Natürlich bin ich geblieben.« Sie ließ ihn sich wie einen Idioten fühlen. So war er noch nie einer Frau nachgelaufen. Und er wusste, wenn er jetzt einen Fehler machte, dann hatte er sie endgültig verloren. Als er hinter sie trat, bemerkte er ein Zögern in der Bewegung ihrer Hand, spürte ihre Anspannung in ihrer Körperhaltung. Noch hatte er sie nicht verloren.

Maddy wischte sich mit Papiertüchern die Creme und die Schminke vom Gesicht. Roy stellte ein großes blaues Paket auf den Tisch neben ihrem Ellbogen. Sie zwang sich, es zu übersehen, und warf die schmutzigen Tücher in den Papierkorb. Jetzt war alles von Mary weg und nur noch Maddy da. Sie erhob sich und griff nach ihrem Bademantel. »Ich muss aus meinem Kostüm heraus. Es macht dir doch nichts aus?«

»Nein.« Er ließ den Blick nicht von ihr. »Es macht mir nichts aus.«

Leicht wollte er es ihr offenbar nicht machen. So nickte sie nur und verschwand hinter dem Wandschirm. »Und du fährst morgen zurück nach New York?«

»Nein. Ich fahre nirgendwohin, Maddy. Und wenn du mich zappeln lassen willst, hast du wohl jedes Recht dazu.«

Sie warf ihr Kostüm über den Wandschirm. »Ich will dich nicht zappeln lassen. Das ist lächerlich.«

»Wieso? Ich habe mich doch wie ein Obernarr verhalten. Ich bin jetzt in der Lage, es zuzugeben. Aber wenn du noch nicht in der Lage bist, es zu akzeptieren, kann ich warten.«

Heftig zog sie den Gürtel ihres Bademantels zu, bevor sie hinter dem Wandschirm hervortrat. »Du spielst nicht fair. Du hast nie fair gespielt.«

»Ja, das stimmt, und es ist mich teuer zu stehen gekommen.« Er trat einen Schritt auf sie zu, als ein Blick in ihre Augen ihm verriet, dass er nicht weitergehen durfte. »Und wenn es bedeutet, dass ich von diesem Punkt aus wieder neu anfangen muss, dann bin ich dazu bereit. Ich will dich, Maddy, mehr, als ich je irgendetwas oder irgendjemanden gewollt habe.«

»Was soll das?« Sie fuhr sich durchs Haar und suchte nach einem Ausweg. Es gab keinen. »Immer, wenn ich mich selbst davon überzeugt habe, dass es aus und vorbei ist, immer, wenn ich mir sagen kann: ›Okay, Maddy, lass es‹, dann entziehst du mir wieder den Boden unter den Füßen. Ich habe es satt, immer wieder auf den Rücken zu fallen, Roy. Ich will nichts weiter, als mein Gleichgewicht wiederzufinden.«

Dieses Mal ging er zu ihr, nichts konnte ihn halten. Seine Augen waren sehr dunkel, doch sie verrieten nichts von seiner Angst. »Ich weiß, du kannst ohne mich leben. Ich weiß, du kannst ohne mich geradewegs an die Spitze gelangen. Und vielleicht … vielleicht könnte ich von dir gehen und es überstehen. Ich will es aber nicht riskieren. Ich mache alles, um es nicht dahin kommen zu lassen.«

»Verstehst du denn nicht? Wenn es keine gemeinsame Grundlage gibt, wenn wir uns nicht verstehen, uns nicht vertrauen, dann geht es nicht. Ich liebe dich, Roy, aber …«

»Sag nichts mehr.« Obwohl sich ihr Körper versteifte, zog er sie an sich. »Lass mich dazu etwas sagen. Seit ich dich kennengelernt habe, habe ich mir viele Gedanken gemacht und habe mich in vielem geändert. Vorher war meine Welt schön ordentlich schwarz-weiß. Die Farbe hast du geändert, und das möchte ich nicht mehr verlieren. Nein, sag nichts«, wiederholte er. »Öffne zuerst das Paket.«

»Roy …«

»Bitte, öffne nur zuerst das Paket.« Wenn er sie so gut kannte, wie er glaubte – wie er hoffte –, würde er ihr auf diese Weise mehr als mit Worten sagen können.

Kraft. Ihre Mutter hatte behauptet, sie sei voller Kraft. Jetzt musste sie es sich beweisen. Maddy wandte sich ab und öffnete das Paket. Einen Augenblick lang konnte sie nur hineinstarren.

»Ich habe dir keine Blumen geschickt«, begann Roy. »Ich dachte, davon bekommst du genug. Ich dachte – ich hoffte –, das würde mehr ausdrücken. Hannah hat sich wirklich selbst übertroffen, sie herzubekommen.«

Sprachlos nahm Maddy die Pflanze heraus. Sie hatte sie Roy gelb und dahinsiechend übergeben. Nun war sie grün und voller Leben, mit kräftigen jungen Trieben. Weil ihre Hände zittrig waren, stellte sie sie auf den Tisch.

»Ein kleines Wunder«, meinte Roy halblaut. »Sie ist nicht eingegangen, als sie sollte. Sie hat dagegen angekämpft und ist wieder gediehen. Man kann Wunder erreichen, wenn man es nur stark genug will. Das hast du mir einmal gesagt, doch ich habe es nicht geglaubt. Jetzt glaube ich es.« Er berührte ihr Haar und wartete, bis sie ihn ansah. »Ich liebe dich. Und ich will nichts anderes als es dir ein Leben lang beweisen.«

Sie trat dicht an ihn heran. »Dann fang jetzt damit an.«

Lachend und erleichtert fand sein Mund ihre Lippen. Mit einem kleinen Seufzer zog sie ihn fest an sich, mit der ganzen Liebe und der ganzen Kraft, die sie ihm versprechen würde.

Er löste sich noch einmal von ihr, da er auch noch das letzte Hindernis nehmen musste. »Das, was ich dir heute Nachmittag gesagt habe …«

Sie legte ihm nur einen Finger auf die Lippen und schüttelte den Kopf. »Du willst doch wohl jetzt nicht versuchen, dich davor zu drücken, mich zu heiraten?«

»Nein.« Er zog sie wieder an sich. »Nein, aber ich kann dich nicht danach fragen, bevor du alles über mich weißt.« Es war schwer, schwerer, als er gedacht hatte. Er ließ die Hände sinken. »Maddy, mein Vater …«

»Ist ein außergewöhnlicher Mann«, beendete sie für ihn und nahm seine Hände. »Roy, er hat mir schon vor Wochen alles erzählt.«

»Er hat es dir erzählt?«

»Ja. Hast du gedacht, das würde einen Unterschied machen?«

»Ich war mir nicht sicher.«

Sie schüttelte den Kopf. Dann erhob sie sich auf die Zehenspitzen und küsste ihn wieder, mit der ganzen Kraft ihrer Liebe. »Sei ganz sicher. Hier gibt es zwar kein Kerzenlicht, und ich will auch nicht, dass du vor mir auf die Knie sinkst. Aber ich will, dass du mich fragst.«

Er umfasste ihre Hände. Als er sie an seine Lippen hob, lag sein Blick fest auf ihr. »Ich liebe dich, Maddy. Ich will mit dir mein Leben verbringen, mit dir Kinder haben, mit dir glücklich sein. Ich will in der ersten Reihe sitzen, dich auf der Bühne vor Energie sprühen sehen und dabei wissen, nach der Vorstellung kommst du zu mir nach Hause. Willst du mich heiraten?«

Ganz langsam kam das Lächeln, bis es ihr ganzes Gesicht zum Strahlen brachte. Sie öffnete den Mund – und stöhnte auf, als es heftig an ihrer Tür klopfte.

»Schick sie weg.«

Maddy drückte Roys Hand. »Beweg dich nicht. Atme nicht einmal.« Sie schlich zur Tür und riss sie auf, entschlossen, sie ebenso schnell wieder zu schließen.

»Gewonnen, Miss O'Hara!« Übers ganze Gesicht grinsend, stand einer der Bühnenarbeiter vor der Tür. »Die ›Mets‹ haben mit vier zu drei gewonnen. Scheint, heute können Sie einfach nicht verlieren.«

Maddy blickte sich um und lächelte Roy zu. »Wenn Sie wüssten, wie recht Sie haben!«

Jill Shalvis

Flammen der Leidenschaft

Roman

Aus dem amerikanischen Englisch von
Sarah Falk

1. Kapitel

Die Feuerglocke läutete schon zum vierten Mal seit Mitternacht. Diesmal riss sie Aidan Donnelly aus einem erotischen Traum, in dem er äußerst fantasievollen Sex mit einer umwerfenden Blondine hatte. Offensichtlich stand Sex, ob imaginär oder real, für ihn in dieser Nacht nicht auf dem Programm.

Nach einer höllisch anstrengenden Doppelschicht, die eigentlich gleich zu Ende gewesen wäre, mussten er und sein Team erneut zu einem Einsatz ausrücken.

Während er die hinreißende Blondine aus seinen Gedanken verscheuchte und sich unter dem allgemeinen Gestöhne und Genörgel seines Teams erhob, warf Eddie die neueste Ausgabe der *Time* beiseite, auf deren Titelbild eine ganze Feuerwehrmannschaft abgebildet war.

»Was hat man davon, dass dieser Job angeblich so sexy ist, wenn man zu abgekämpft ist, um davon zu profitieren?«, maulte er.

»Nicht alle von uns brauchen ihren Schönheitsschlaf«, warf Eddies Partner Sam ein. »Wie unser Kalenderstar hier«, stichelte er mit einem Blick auf Aidan, der zu müde war, um darauf einzugehen.

Ohne sein Zutun war Aidan zu Santa Reys aufregendstem Feuerwehrmann des Jahres gewählt worden. Eine fragwürdige Ehre, die mit einer weiteren verbunden war: Ein Foto von ihm zierte das Titelblatt des diesjährigen Feuerwehrkalenders der Gemeinde. »Ich habe meinen Namen nicht ins Spiel gebracht.«

Eddie grinste. »Nee, das waren wir, Mr. Waschbrettbauch.«

Aidan verzog nur das Gesicht und holte seine Ausrüstung. Da er sich noch immer wie gerädert fühlte, überließ er das Steuer Ty, seinem derzeitigen Partner, der ihnen von einer anderen Feuerwache zugeteilt worden war. Zach, sein eigentlicher Partner, war noch immer krankgeschrieben.

Nachdem auch Eddie, Sam, Cristina und Aaron, der ebenfalls nur vertretungsweise bei ihnen war, ihre Plätze eingenommen hatten, fuhren sie in die Nacht – oder vielmehr frühe Morgendämmerung – hinaus und folgten dem Rettungswagen, der vor ihnen das Gelände verließ. Die Luft war feucht vom nahen Ozean. Noch war es angenehm kühl, doch mittags würde es heiß werden in der kalifornischen Augusthitze. Aidan sprach über Funk mit der Einsatzzentrale. »Eine Explosion«, unterrichtete er die anderen dann grimmig.

»Wo?«, fragte Ty.

»Am Hafen.« Das konnte praktisch überall sein, angefangen bei den Schiffsanlegestellen bis hin zu den ganzjährig bewohnten Hausbooten. »Bisher brennt nur ein Boot, aber das Feuer könnte auf andere übergreifen, und es ist noch nicht klar, was die Explosion verursacht hat.«

Hinter ihm fluchte Eddie, und Aidan stimmte ihm in Gedanken zu. Explosionen waren heikler als normale Feuer und sehr viel unberechenbarer.

»Schicken sie Verstärkung?«, fragte Sam.

Sie brauchten Unterstützung. Die Männer seiner Schicht waren völlig überarbeitet und schon fast am Ende ihrer Kräfte. Es gab viel zu tun, obwohl die eigentliche Brandsaison noch nicht einmal begonnen hatte. Sie hatten einen schlimmen Monat hinter sich. Sein Partner und bester Freund Zach war verletzt worden, als er versucht hatte, die mysteriösen Brandstiftungen aufzuklären, von denen Santa Rey heimgesucht worden war. Brandstiftungen, die jetzt mit Blake Stafford, einem ihrer eigenen Leute, in Verbindung gebracht wurden.

Allein der Gedanke versetzte Aidan jedes Mal einen Stich. Zach war krankgeschrieben, und Blake war tot. Es war für sie alle eine äußerst schwere Zeit gewesen. Besonders für Cristina, Blakes Partnerin. Sie hatte sich sehr gequält wegen seines Verlusts und auch wegen der Brandstiftungen, die ihm zur Last gelegt wurden.

Aidan hielt sich für einen ziemlich harten Typen, den nichts so leicht erschüttern konnte, aber Blakes Verlust hatte auch ihm beinah das Herz zerrissen. Er vermisste ihn und ärgerte sich über die gegen Blake erhobenen Vorwürfe. Er wollte weder glauben, dass Blake tot war, noch, dass er für diese Brandstiftungen – und den damit verbundenen Tod eines kleinen Jungen – verantwortlich war. Keiner von ihnen wollte das glauben, aber sämtliche Indizien wiesen darauf hin.

»Sie schicken uns zusätzliche Wagen von anderen Wachen.«

Keiner sagte etwas, aber alle dachten das Gleiche. Die Kollegen würden noch mindestens zehn Minuten bis zum Brandort brauchen. Ihr ungutes Gefühl verstärkte sich, als sie in die Zufahrtsstraße zum Hafen einbogen.

Wie sich herausstellte, wütete das Feuer nicht an den Docks, sondern an den Anlegestellen für kleinere Jachten, die sich in Privatbesitz befanden. Insgesamt waren es um die vierzig Boote, die hier lagen, und viele von ihnen waren bewohnt.

Chaos herrschte in der Morgendämmerung. Ihr Vorgesetzter war gewöhnlich als Erster vor Ort und richtete eine Kommandozentrale ein, doch diesmal kam er von einem anderen Brandort und war erst fünf Minuten nach ihnen da. Der Himmel war mondlos, und die Sicht wurde zusätzlich erschwert durch die dichten schwarzen Rauchwolken, die das Atmen schier unmöglich machten. Von einem Boot, das am zweiten der vier Piere vertäut war, schossen meterhohe

Flammen in die Luft. Aidans Magen verkrampfte sich, als sein Blick über die dicht an dicht liegenden Boote neben der brennenden Jacht glitt.

Das sah gar nicht gut aus.

Während sie ihre Ausrüstung bereit machten, fuhren drei Streifenwagen und der Einsatzleiter vor, und die Polizei begann sofort, das Hafengebiet abzusperren. Aidan und sein Team mussten das Feuer eindämmen. Es war so heiß, dass man die Hitze schon aus über dreißig Metern Entfernung spüren konnte. Da der Chief inzwischen vor Ort war und Befehle in sein Funkgerät brüllte, begannen Aidan und die anderen sich mit ihren Schläuchen in Richtung Bootsstege zu bewegen, um zu verhindern, dass das Feuer auf die anderen Boote übergriff. Sie waren schon auf halbem Weg, als sie den Schrei vernahmen.

Einen schrillen, angsterfüllten Schrei.

Aidans Nackenhaare sträubten sich. Er und sein Partner ließen alles fallen, um zu dem brennenden Boot zu laufen.

Wieder ertönte der Schrei, der eindeutig von einer Frau kam, und Aidan lief noch schneller. Niemand wusste besser als ein Feuerwehrmann, wie es war, von Flammen eingeschlossen zu sein, die an einem emporzüngelten und einem die Haut versengten. Es war der pure Horror.

Sie mussten die Frau rechtzeitig erreichen.

Hinter ihnen kamen Sam, Eddie, Cristina und Aaron, die ihre Wasserschläuche auf die Flammen hielten, um ihm und Ty einen Weg zum Boot zu bahnen. Als sie vielleicht noch drei, vier Meter entfernt waren, sah er die Frau, die schwankend an Deck des brennenden Bootes stand, die Flammen schon direkt hinter ihr.

»Springen Sie!«, schrie er und fragte sich, wieso sie nicht schon auf den nahen Pier gesprungen war. »Springen …«

Eine weitere Explosion erschütterte den Pier. Aidan kam

schlitternd zum Stehen, fuhr herum und warf sich nieder. Die Flammen prasselten immer heftiger, und Trümmer schossen in die Luft empor. Der Chief schrie etwas ins Funkgerät. Aidan meldete sich, während er sich mit angehaltenem Atem nach der Frau umsah.

Da! Sie war noch an derselben Stelle wie zuvor, nur dass sie jetzt auf dem Boden kauerte und sich den Kopf hielt. *Verdammt!* Aidan rappelte sich auf, nahm Anlauf und sprang zu ihr aufs Boot.

Sie schrie panisch vor Schreck los, als er neben ihr aufkam. »Schon gut«, sagte er und ließ sich neben ihr auf die Knie fallen, um zu sehen, ob sie verletzt war, aber der Rauch war so dicht, dass sie kaum mehr als ein Schatten war.

»Das Boot«, keuchte sie zwischen Hustenanfällen. »Es … explodiert …«

»Können Sie aufstehen?«

»Ja. Ich …« Sie gab einen Laut von sich, der ihn an irgendetwas erinnerte, aber er verdrängte den Gedanken, als sie sich aufrappelte. Mit seiner Hilfe stand sie auf, riss sich aber sofort wieder von ihm los und starrte zu den Flammen auf, die an Mast und Segeln hinaufzüngelten. »Oh Gott, oh Gott …«

Er zog sie an sich, um mit ihr auf den Pier zu springen, im selben Moment fiel ihm der Name des Bootes ins Auge. *Blake's Girl.*

Nein. Das kann nicht sein, schoss es ihm durch den Kopf, und augenblicklich wurde ihm noch etwas viel Besorgniserregenderes bewusst – das Ächzen und Vibrieren des Decks unter ihren Füßen. »Wir müssen weg!«

»Nein, bitte nicht!«, flehte die Frau. »Retten Sie das Boot.«

»Uns zuerst.« Mehr brachte er nicht heraus wegen all der Befürchtungen, die ihm durch den Kopf schossen. *Blake's Girl …*

Er hatte vollkommen vergessen, dass Blake ein Boot besessen hatte. Und dann diese Frau in seinen Armen, die ihn zwar nicht ansah, ihm aber dennoch bekannt vorkam. Da war etwas an ihren widerspenstigen blonden Locken, dem Klang ihrer Stimme, was ihm vertraut war.

Die Intensität des Feuers hatte sich in der kurzen Zeit fast verdoppelt. Das Deck unter ihren Füßen schwankte und bebte, als würde es keine Sekunde länger halten.

Sie würden in die Luft fliegen. Aidan fuhr fluchtbereit herum und erlebte eine weitere böse Überraschung – das Feuer hatte ihnen mittlerweile auch den sicheren Fluchtweg in Richtung Kai versperrt.

Auf der anderen Seite der monströsen Flammen standen mit ihren Schläuche in den Händen Ty, Eddie und Sam und bekämpften das Feuer vom Anleger aus, was ihm und der Frau aber schon nicht mehr half. Auch Cristina und Aaron waren dort, und selbst auf die Entfernung konnte er ihre Anspannung und ihre grimmige Entschlossenheit, ihn zu beschützen, spüren.

Sie hatten erst kürzlich einen Kameraden verloren; sie würden nicht zulassen, dass das erneut geschah.

»Oh Gott«, stieß die Frau neben ihm aus und starrte wie hypnotisiert auf die Flammen, die sie von allen Seiten einschlossen.

Für den Bruchteil einer Sekunde erstarrte auch Aidan, als er nun zum ersten Mal einen guten Blick auf sie erhielt. Er kannte dieses Profil.

»Kenzie?«

Als sie ihren Namen hörte, sah sie ihn aus großen Augen überrascht an. Ihr welliges blondes Haar umrahmte ein blasses, mit Ruß und Blut verschmiertes, aber trotzdem bildhübsches Gesicht.

Es war Mackenzie Stafford, Blakes Schwester. Kenzie für

diejenigen, die sie kannten und liebten; Sissy Hope für Millionen von Zuschauern, die sie in der Soap *Hope's Passion* sahen.

Ihn interessierte ihr Fernsehruhm nicht. Er kannte sie persönlich.

Sehr persönlich.

»Kenzie!«, brüllte er sie an und packte ihre Schultern. »Ich will, dass du den Atem anhältst, wenn ich es dir sage.« Es lagen etwa sechs Meter Wasser zwischen der *Blake's Girl* und dem nächsten Boot, das ebenfalls schon qualmte und jeden Moment Feuer fangen konnte.

»K…kenne ich Sie?«

In der Dunkelheit, mit seinem Helm und seiner Ausrüstung und mit all dem Chaos um sie herum konnte sie ihn vermutlich nicht richtig sehen. Trotzdem ärgerte es ihn, dass sie ihn nicht erkannte. »Ich bin's, Aidan. Halt den Atem an. Bei drei!«

»Aidan? Mein Gott!«

»Bist du bereit?«

»Das Boot wird explodieren, nicht?«

Ja, und uns mit in den Tod reißen, wenn wir uns nicht beeilen. Da sie den nächsten Pier nicht mehr erreichen konnten, blieb ihnen nur der Sprung ins kalte Wasser.

»Nein, es muss noch einen anderen Weg geben!« Kenzie sträubte sich.

Den gab es aber nicht, deshalb legte Aidan hastig seine Jacke und die Ausrüstung ab. Zwar boten ihm die zusätzlichen fünfundsiebzig Pfund Gewicht in den Flammen Schutz, doch im Wasser waren sie eher hinderlich. Er war froh, dass Kenzie bei Bewusstsein war. Ein rascher Blick verriet ihm, dass sie weder Schuhe noch irgendetwas anderes Schweres an sich trug. »Bei drei hältst du den Atem an, okay?«

»Ich glaube nicht …«

»Eins …« Er schob sie auf die Reling zu.

»Aidan …«

»Zwei ...«

»Bist du verrückt?«

»Drei!«

»Nein, verdammt, ich ...«

Er stieß sie ins Wasser, und sie schrie, bis sie darin versank.

2. Kapitel

Kenzie versank im eisigen Ozean, und erst als sie prustend Wasser schluckte, merkte sie, dass sie vergessen hatte, den Atem anzuhalten – was sie jedoch sofort wieder vergaß, als hinter ihr die *Blake's Girl* explodierte.

In dem gewaltigen Getöse registrierte sie kaum, dass sich zwei starke Arme um sie legten und sie hielten, während brennende Wrackteile durch die Luft flogen und neben ihr aufs Wasser aufschlugen.

Aidan. Mein Gott, Aidan. Dass er es war, brachte sie völlig durcheinander. Sie wollte ihn daran erinnern, dass sie schwimmen konnte, aber das eisige Wasser raubte ihr den Atem und beeinträchtigte ihre Fähigkeit zu denken.

Sie hatte so etwas noch nie erlebt. Noch nie war ihr so heiß und kalt zugleich gewesen. Die Flammen prasselten jetzt zwar hoch über ihnen, waren aber deshalb nicht minder Furcht einflößend. Gleichzeitig ergriff eine Eiseskälte von ihr Besitz, die sie lähmte, ihr die Brust zusammenpresste und die letzte kostbare Luft aus ihren überstrapazierten Lungen drückte.

Jemand schrie, und Kenzie beneidete ihn um die Fähigkeit, Luft schöpfen zu können, da ihre eigene Lunge sich anfühlte, als wäre sie zwischen zwei Mühlsteine geraten.

Wieder hörte sie einen Schrei, und ihr wurde klar, dass sie es war, die voller Entsetzen um ihr Leben kämpfte und nach Luft schnappte.

Zwei kräftige Arme legten sich um sie und hielten ihren Kopf über Wasser, ein breiter Körper schirmte sie vor herumfliegenden Trümmern ab. Ohne die Hilfe des Feuerwehrmannes wäre sie untergegangen wie ein Stein.

»Ganz ruhig, Kenzie«, hörte sie ihn sagen. »Ich hab dich. Es wird alles gut.«

Sie war verletzt und fühlte sich elend, dennoch stürmten beim Klang seiner Stimme die Erinnerungen auf sie ein.

Wieso hatte sie ihn nicht sofort erkannt?

Er war schließlich der Mann, der ihr das Herz gebrochen hatte.

Ohne den Helm konnte sie jetzt sein Gesicht besser sehen. Er wirkte nicht gerade, als würde er sich freuen, sie zu sehen. Wenn er nicht gerade dabei wäre, ihr das Leben zu retten, würde das durchaus auf Gegenseitigkeit beruhen. »Aidan.« In seinen Augen spiegelte sich das Feuer auf der *Blake's Girl*. Sie brannte mittlerweile lichterloh. »Mein Gott, wir wären beinah …«

»Ich weiß.«

Sein kurzes dunkles Haar klebte an seinem Kopf, Wasser rann in kleinen Bächen über sein blasses Gesicht, und er blutete aus einer Platzwunde über einer Augenbraue. Trotz allem kam ihr der absurde Gedanke, wie unwahrscheinlich gut er aussah.

Aidan Donnelly, ihr erster richtiger Freund, ihre große Liebe. Sie konnte es kaum glauben und wusste nicht, was sie denken oder sagen sollte, daher drehte sie sich um und starrte auf das Inferno auf dem Boot. »Es explodierte einfach so – und ich …«

»Kenzie …«

»Ich saß einfach nur da und dachte an Blake – und plötzlich …«

»Kenzie«, unterbrach Aidan sie scharf. »Du musst mir jetzt zuhören. Kannst du das?«

Sie konnte inzwischen wieder atmen, aber zuhören? Ihr

dröhnten immer noch die Ohren. Das Wasser war schrecklich kalt, und sie zitterte so heftig, dass ihre Zähne aufeinanderschlugen.

»Halt dich an mir fest, Kenzie. Mehr brauchst du nicht zu tun. Halt dich einfach an mir fest.«

Halt dich einfach an mir fest.

Sie war in Santa Rey aufgewachsen und hatte sich früher einmal oft genug an Aidan festgehalten. Sich an ihm festgehalten, mit ihm gelacht, mit ihm geschlafen.

Aidan hatte damals gerade seine Ausbildung zum Feuerwehrmann abgeschlossen. Er war beliebt, hatte einen umwerfenden Körper und wusste auch, wie er ihn einsetzen musste. Er hatte sie völlig aus der Bahn geworfen.

Wie lange ist das nun schon her? fragte sie sich. Sechs Jahre? Kenzie schüttelte sich. Sie konnte kaum noch denken und schon gar nicht rechnen.

Aidan schleppte sie in Richtung Kai, weg von dem Boot und der Gefahr, die von den herumfliegenden Trümmern ausging. Er versuchte den Feuerwehrmännern an Land etwas zuzurufen, doch sie glaubte nicht, dass sie ihn bei dem Lärm verstehen konnten.

Kenzie erinnerte sich plötzlich, dass sie schon einmal bei einem Brand dabei gewesen war. Allerdings war das nur eine Simulation am Set von *Hope's Passion*, bevor die Serie abgesetzt worden war. Die Umstände waren natürlich völlig andere. Was sie gerade erlebte, war keine Fernsehshow mit einem Drehbuch im Hintergrund, sondern das wahre Leben. Sie hätte jetzt nichts lieber als ein Skript mit einem Happy End gehabt.

Wenigstens war sie noch am Leben.

Blake hatte nicht dieses Glück gehabt. Da war er wieder, der schon vertraute Schmerz, der selbst ihre von der Kälte starren Glieder mühelos zu durchdringen schien – dieser Schmerz, der ihr ständiger Begleiter war, seit sie von Blakes Tod erfahren hatte. Was ihren Kummer noch verschärfte, sie verwirrte und empörte, war die Tatsache, dass Blake auch noch des Mordes und der Brandstiftung beschuldigt wurde.

Ein weiteres glühendes Wrackteil klatschte neben ihnen auf das Wasser, und Kenzie musste daran denken, dass es etwas war, was zu ihrem Bruder gehörte und was sie nie wiedersehen würde. Vielleicht war es aber auch ihr eigener Koffer oder ihr Laptop, der unter den gegebenen Umständen zwar kein großer Verlust war, aber die Drehbücher enthielt, die sie geschrieben hatte.

Wenigstens ein Gutes hätte es, wenn sie stürbe. Sie müsste sich keine Gedanken mehr darüber machen, dass sie ein Soapstar ohne Engagement war.

Welch verdammte Ironie des Schicksals. Sie hatte nie heimkommen können, als Blake noch lebte, weil sie zu beschäftigt gewesen war. Dann, nur wenige Tage nach seinem Tod, war ihre Serie abgesetzt worden. Jetzt konnte sie nach Santa Rey kommen, sooft sie wollte, doch Blake war nicht mehr da. Dies war seit Ewigkeiten ihr erster Besuch zu Hause, und sie war nur gekommen, um sich um seinen Nachlass zu kümmern, der jetzt im Wasser um sie herum verglühte.

»Halt durch«, sagte Aidan, den Blick auf irgendeinen für sie unsichtbaren Punkt gerichtet. Es war zu dunkel, um seine Augen deutlich sehen zu können, aber sie erinnerte sich, dass sie hellbraun waren mit grünen Sprenkeln.

Er warf ihr einen kurzen Blick zu und schwamm dann weiter, weg von den Flammen, aber auch weg von dem bisschen Wärme, während Kenzie tat, was er verlangt hatte, und sich an ihm festhielt. Sie konnte gar nichts anderes tun. Genau wie früher.

Warum musste ausgerechnet er es sein, der Mann, der ihr das Herz gebrochen hatte, der auf ihrem Stolz herumgetrampelt war und ihr dann den Rücken gekehrt hatte, ohne sich noch einmal umzublicken?

Bedauerte er Blakes Tod?

Glaubte er die Lügen?

Da dieser Gedanke – und all die anderen, die er mit sich brachte – Kenzie aus ihrer tröstlichen Benommenheit zu reißen drohte, verdrängte sie ihn rasch. Sie war seit sechs Jahren nicht mehr in Santa Rey gewesen, aber Blake hatte sie in L.A. am Set besucht, sooft er konnte. Außerdem waren sie per E-Mail und Telefon in Kontakt geblieben und hatten sich trotz der räumlichen Entfernung stets sehr nahegestanden. Er war alles an Familie, was sie gehabt hatte.

Nun war Blake nicht mehr da, war für immer fort aus ihrem Leben.

»Kenzie? Bist du noch bei mir?«

Aidans Gesicht wirkte hart vor Anspannung, sein Kinn rau, als hätte er seit Tagen keine Zeit gehabt, sich zu rasieren.

»Leider ja.« Sie wünschte, sie wäre weit fort. Egal wo, Hauptsache, nicht hier bei ihm. Sie konnte die Bewegung seiner langen kräftigen Beine an ihren spüren, was sie unvernünftigerweise ausgesprochen wütend machte. Sie wollte keine Hilfe, nicht von ihm. In einem Anfall von Trotz riss sie sich los, um ihm zu beweisen, dass sie ihn nicht brauchte, und ging unter wie ein Stein. Dabei war sie auch noch dumm genug, den Mund zu öffnen, und sog einen Schwall eisig kalten Salzwassers in ihre Lunge. Zum Glück wurde sie sofort wieder hinaufgezogen und an eine harte Brust gedrückt, während ein starker Arm sich um ihren Oberkörper legte und sie eisern festhielt – wie ein Feuerwehrmann das Opfer.

Nicht wie ein Ex-Freund seine Ex.

Sie musste wieder an früher denken und daran, dass er es gewesen war, der losgelassen hatte. Er wollte die Trennung wegen ihrer jeweiligen Berufe, so hatte er es begründet. Und auch, weil er ihre Beziehung nicht vor seinem Freund Blake verheimlichen wollte. Kenzie wusste, dass das nur eine Ausrede gewesen war. Er hatte sie verlassen, weil er geahnt hatte, dass sie sich in ihn verliebte. Er war für eine ernsthafte Beziehung noch nicht bereit gewesen.

Sie hatte ihn lange dafür gehasst, dass er sich keine Chance gegeben hatte, das Gleiche wie sie zu fühlen. Es hatte lange gedauert, aber irgendwann war ihre Wut verflogen. Sie hatte eingesehen, dass es richtig von ihm gewesen war, mit ihr Schluss zu machen, bevor sie noch mehr verletzt wurde. Das hatte ihren Schmerz damals allerdings nicht lindern können.

Vielleicht sollte sie sich glücklich schätzen, dass ihr Wiedersehen unter diesen Umständen stattfand – er bei seiner Arbeit und sie nur eins der vielen Opfer, die er rettete.

»Hör auf, dich zu wehren.«

Seine Stimme durchdrang den Lärm der Sirenen, das Prasseln des Feuers und das Rauschen der Wellen, die eben noch über ihrem Kopf zusammengeschlagen waren.

»Ich halte dich.«

»Das will ich aber nicht.«

»Okay, das verstehe ich. Aber du hast jetzt keine andere Wahl.«

»Von allen Feuerwehrmännern in dieser verdammten Stadt …«, weiter kam sich nicht, denn Wasser spritzte ihr ins Gesicht und in den Mund. Als sie die Augen wieder aufriss, sah sie den Anflug eines grimmigen Lächelns über seine Lippen huschen. Ihm gefiel das Ganze also auch nicht mehr als ihr. Er sah sie nicht einmal an, sondern konzentrierte sich auf das Boot hinter ihnen und auf den Kai. Das erinnerte sie daran, dass er nicht nur ihre Haut zu retten versuchte, sondern wohl auch noch nach anderen Menschen Ausschau hielt, die Hilfe brauchten.

»Ich war allein auf dem Boot«, informierte sie ihn.

»Was wolltest du dort?«

»Mich von Blake verabschieden.«

»Kenzie ...«

»Er hat nichts von dem getan, was ihr ihm vorwerft.« Jetzt hatte sie seine ungeteilte Aufmerksamkeit. »Er war es nicht, Aidan.«

»Hat er irgendwas zu dir gesagt, bevor er starb?«

Ihn so reden zu hören machte Blakes Tod noch realer. Kenzies Kehle war plötzlich so zugeschnürt, dass sie nur den Kopf schütteln konnte. Blake hatte absolut nichts zu ihr gesagt, was für sie alles noch schlimmer machte. »Er hat diese Brände nicht gelegt. Ich weiß es.«

»Kenzie«, sprach Aidan beruhigend auf sie ein.

Sie wollte nichts hören, schüttelte den Kopf und schloss die Augen, wodurch ihr jedoch derart schwindlig wurde, dass sie sich an Aidan festklammerte. »Ich will hier raus!«

»Ich weiß. Sie holen uns gleich.«

Das ist gut, dachte sie, denn irgendetwas schien plötzlich nicht mit ihr zu stimmen. Sie hatte das Gefühl, nicht mehr richtig sehen zu können, auch ihre Gedanken waren verschwommen. Hilflos und erschrocken drückte sie ihr Gesicht an Aidans Halsbeuge, aber diese so schmerzlich vertraute Geste rief wieder all die Erinnerungen wach.

Sie bildete sich ein, er roch genau wie früher. Dieser Duft, den sie nie ganz hatte vergessen können, brachte sie völlig aus der Fassung, mehr noch als die Tatsache, dass sie gerade eine Explosion überlebt hatte und ein nächtliches Bad im kalten Ozean nahm. Und mehr noch als die Tatsache, dass dies ein unangenehmes Wiedersehen mit dem einzigen Mann war, dem sie je die Macht gegeben hatte, ihr das Herz zu brechen.

»Kenzie.« Aidan schüttelte sie. »Bleib bei mir. Mach die Augen auf. Bleib wach, und werd mir jetzt nicht ohnmächtig.«

Sie wollte sich nur noch dieser köstlichen Lethargie überlassen, die mehr und mehr Besitz von ihr ergriff. »Ich bin müde.«

»Ich weiß, aber du musst durchhalten. Du kannst alles schaffen, weißt du noch?«

Sie lächelte fast bei der Erinnerung an ihr persönliches Motto, dann fiel ihr wieder ein, wer sie daran erinnerte. Sie hatte früher tatsächlich einmal geglaubt, sie könnte alles erreichen mit Aidan an ihrer Seite.

Er hatte ihr das Gegenteil bewiesen.

Ihr fielen wieder die Augen zu. Es wäre so leicht, sich einfach fallen zu lassen und die Kälte nicht mehr zu spüren. Trotz ihrer Benommenheit wusste sie, dass das schlecht war, und zwang sich, die Augen aufzuschlagen.

Inzwischen waren am Kai Scheinwerfer eingeschaltet worden, und sie konnte Aidan zum ersten Mal deutlich erkennen. Als sie ihn das letzte Mal gesehen hatte, waren sie beide noch sehr jung gewesen. Sie war damals zweiundzwanzig und gerade von einem Agenten aus L.A., der ihr ihre erste kleine Rolle verschafft hatte, unter Vertrag genommen worden. Aidan war zwei Jahre älter, sehr fit und gut aussehend und überglücklich über seinen Job als Feuerwehrmann. Offensichtlich war er noch immer gut in Form, und er sah auch immer noch gut aus, wie sie jetzt feststellen konnte. Hätte er sie damals nicht so sang- und klanglos abserviert, wäre sie froh gewesen, ihn zu sehen.

Eine Gruppe von Feuerwehrleuten hatte sich mittlerweile zum Ende des Nachbarpiers vorgekämpft und sicherte ihn mit dicken Wasserstrahlen. Einer der Männer sprang ins Wasser und schwamm mit langen kräftigen Zügen auf sie zu.

»Hier!«, rief er Aidan zu und streckte einen Arm nach Kenzie aus.

»Ich habe sie«, sagte Aidan.

Kenzie hatte genug von Aidan und seinen starken Armen und vor allem von den Erinnerungen. Deshalb befreite sie sich von ihm und warf sich ohne das geringste Zögern dem zweiten Feuerwehrmann in die Arme. In Arme, die sie noch nie gehalten hatten, Arme, die sie nicht kannte, Arme, die nicht die Vergangenheit in ihr heraufbeschworen.

Obschon sie stark versucht war, es zu tun, drehte sie sich nicht nach Aidan um.

3. Kapitel

Als Aidan sich aus dem Wasser zog, hatte Ty Kenzie bereits an Dustin und Brooke übergeben, die sie vom Feuer weg zu ihrem Rettungswagen führten.

Vollkommen durchgefroren ging er durch das allgemeine Chaos zum Einsatzwagen, wo er trockene Kleidung anzog und sich mit den Fragen auseinandersetzte, die ihm keine Ruhe ließen.

Was, zum Teufel, machte Kenzie hier? Und ausgerechnet zu diesem merkwürdigen Zeitpunkt, nachdem sie sich in all den Jahren nicht ein einziges Mal in Santa Rey hatte sehen lassen, jedenfalls nicht, soviel er wusste. Blake hatte nie etwas von Besuchen erwähnt. Andererseits, weshalb hätte er das auch tun sollen? Blake hatte nicht gewusst, dass er mit seiner kleinen Schwester zusammen gewesen war und mit ihr Schluss gemacht hatte, statt sich auf eine ernsthafte Beziehung einzulassen. Sie hatten es Blake nie gesagt, weil sie annahmen, dass es ihm nicht gefallen hätte.

Nein, Kenzie war niemals heimgekommen, nicht einmal zu Blakes Beerdigung, und jetzt war sie auf einmal da, auf seinem Boot. Einem Boot, das in die Luft geflogen war, nachdem sie es betreten hatte.

Ein äußerst merkwürdiger Zufall.

Aidan riss sich zusammen. Der Chief hatte Sprengstoffexperten eingesetzt und Maßnahmen getroffen, um das Feuer einzudämmen. Er musste wieder zurück ins Chaos, aber vorher wollte er Kenzie sehen und sich vergewissern, dass mit ihr alles in Ordnung war. Schon bevor er sie ins Wasser gestoßen hatte, hatte sie eine Kopfverletzung und mehrere Platzwunden gehabt.

Sie saß zwischen Brooke und Dustin im offenen Krankenwagen, sah er, als er auf sie zuging. Sie trug noch immer ihre nassen Kleider, und er konnte sehen, was er auch so schon wusste – sie war zierlich, hatte aber einen herrlich femininen Körper, der im Laufe der Jahre sogar noch umwerfender geworden war. Sie trug zwei T-Shirts übereinander, das oberste, ein langärmeliges pinkfarbenes, war bis zur Taille aufgeknöpft, das weiße mit pinkfarbenen Tupfen darunter war nicht tief ausgeschnitten, aber beide waren so durchnässt, dass ihr BH aus pinkfarbener Spitze hindurchschimmerte.

Aidan war seit Jahren Feuerwehrmann und hatte viele Frauen gerettet, von denen manche genauso nass gewesen waren wie Kenzie, aber noch nie, kein einziges Mal, hatte er in seiner Arbeit innegehalten, um die Brüste dieser Frauen zu betrachten.

Das war das erste Anzeichen dafür, dass er in Schwierigkeiten war, aber was Kenzie anbetraf, war das nichts Neues. Aidan beschloss, seine Beobachtung zu ignorieren, dennoch fiel es ihm erstaunlich schwer, den Blick von ihren T-Shirts auf ihre tief sitzende Jeans zu senken, was auch nicht ungefährlich war, da ihre Beine ihm immer sehr gefallen hatten.

Hör auf damit!

Sie strich sich das Haar aus dem Gesicht, das immer noch blass war, was ihrer Schönheit keinen Abbruch tat. Früher war sie der Inbegriff erotischer, geheimnisvoller Weiblichkeit für ihn gewesen.

Manche Dinge änderten sich nie.

Als würde sie seinen Blick spüren, schaute sie auf, und obwohl er noch ein ganzes Stück von ihr entfernt war, schien die Luft zwischen ihnen plötzlich zu knistern.

Vor sechs Jahren war ihm die Vorstellung einer Fernbeziehung genauso fremd gewesen wie die einer ganz normalen. Er hatte sich gesagt, ihm bliebe keine andere Wahl, als sich von Kenzie zu trennen. Gleichzeitig hatte er immer gewusst, dass das nur eine Ausrede war, denn in Wahrheit hatte er mit ihr Schluss gemacht, weil sie ihm Angst gemacht hatte. Seinem wild pochenden Herzen nach zu urteilen, tat sie es immer noch.

Sie war ihm unter die Haut gegangen. Er hatte Dinge empfunden, die er nicht empfinden wollte, und deshalb war er davongelaufen wie ein Feigling.

Genau das täte er am liebsten jetzt auch wieder, aber diesmal war es Kenzie, die sich abwandte. Dustin legte ihr eine Decke um, während Brooke ihr in die Augen leuchtete und dann die Platzwunden in ihrem Gesicht abtupfte.

Kenzie saß mit geschlossenen Augen da und nickte zu irgendetwas, was Brooke sie fragte. Aidan wusste, dass sie bei Brooke und Dustin, die beide gute Freunde waren, in den allerbesten Händen war. Trotzdem ließ er noch einmal prüfend seinen Blick über sie gleiten. Sie schien einigermaßen okay zu sein, und er sagte sich, dass er nun gehen konnte.

Sich abwenden und gehen, das konnte er sehr gut. Immerhin hatte er es in jungen Jahren schon in seiner eigenen Familie gelernt, von der er gründlicher durchgemischt worden war als ein Kartenspiel in einer Pokernacht. Sich abwenden oder zumindest so tun, als kümmerte es ihn nicht, wenn andere sich von ihm abwandten, das konnte er sehr gut.

Schließlich hatte er das auch bei Kenzie getan. Obwohl er es nicht gewollt hatte, war er damals grausam zu ihr gewesen.

Die Zeit auf der Akademie hatte ihm gutgetan. Er hatte gelernt, dass er zu einer »Familie« gehören konnte, dass er dauerhafte Freundschaften eingehen und jemanden von Herzen lieben konnte.

Seine Feuerwehrkameraden zu lieben wie die Brüder, die

sie für ihn geworden waren, war eine Sache, aber Kenzie zu lieben war etwas völlig anderes.

Seit sie fortgegangen war, hatte er sie nur noch im Fernsehen gesehen. In der Regel schaute er sich keine Soaps an. Er sah überhaupt nicht viel fern. Wenn er keinen Dienst hatte, werkelte er an dem renovierungsbedürftigen Haus herum, das er vor einem Jahr gekauft hatte. Und wenn nicht, spielte er Basketball oder etwas anderes, was nichts kostete, weil er seine gesamten Ersparnisse in das Haus investierte.

Es kam jedoch vor, dass er sich eine Folge von Kenzies Soap ansah. Drei Mal bisher, und er erinnerte sich an jede einzelne. Die erste hatte er vor fünf Jahren gesehen. Kenzie hatte darin den winzigsten schwarzen String-Bikini in der Geschichte winzig kleiner schwarzer String-Tangas getragen. Ihr Haar war zu einer lässigen Lockenfrisur aufgesteckt gewesen. Sie hatte unwahrscheinlich sexy ausgesehen, als sie ihren Bildschirm-Lover verführt hatte. Es hatte ihn mehrere Anläufe gekostet, den Kanal zu wechseln, und er hatte immer an den Bikini denken müssen.

Das zweite Mal war vor ein paar Jahren zu Weihnachten gewesen. Da hatte sie in einem hautengen leuchtend roten Abendkleid unter einem Mistelzweig gestanden und zu irgendeinem Beau des Monats aufgeschaut. Auch dieses Mal war er mit dem Umschalten nicht schneller gewesen und hatte sich die unerträglich lange Kussszene angesehen.

Beim dritten Mal hatte er sie bei der Verleihung der Emmys für die Daily Soaps gesehen. Sie hatte ihren Preis entgegengenommen, sich bei ihrem Bruder Blake dafür bedankt, dass er stets an sie geglaubt hatte, und dann noch jemand anderen namens Chad erwähnt.

Chad.

Was war das für ein Name, und wo war dieser Chad jetzt? Auf jeden Fall nicht hier, um sie von einem brennenden Boot herunterzuholen und ihren hübschen kleinen Arsch zu retten.

Im Krankenwagen sagte Dustin etwas zu Kenzie, und sie öffnete die Augen und lächelte. Nur ein wenig, aber das genügte Aidan. Sie war okay.

Nach einem letzten Blick auf sie zwang er sich, seine Arbeit zu erledigen.

Es war schon um die Mittagszeit, als Aidan und sein Team zur Feuerwehrstation zurückkehrten.

»Wie geht es dem Opfer? Ist es okay?«, erkundigte er sich bei Dustin, der den Rettungswagen reinigte.

In diesem Moment streckte Cristina den Kopf aus der Küchentür. »Hey, Leute, ich habe Essen …« Sie verstummte, als sie Dustin sah, mit dem sie mehrmals ausgegangen war, bevor sie ihn aus heiterem Himmel und ohne jede Erklärung wieder hatte fallen lassen. »Oh. Du bist hier.«

»Was?«, fragte Dustin spöttisch. »Ist das Essen nur für Kollegen, die du nicht flachgelegt und abserviert hast?«

Aidan war unangenehm berührt von der jäh eintretenden Stille. »Was ist mit dem Opfer?«, wiederholte er.

»Sorry«, sagte Dustin. »Dank deiner schnellen Reaktion geht es ihm nicht allzu schlecht. Die Frau hat ein paar leichte Verbrennungen, ein angeknackstes Handgelenk und ein paar Schürfwunden.«

»Ihre Kopfverletzung …«

»Keine Gehirnerschütterung.«

»Musste sie genäht werden?«, beharrte er, was Dustin zu einem schnellen Blick zu Cristina veranlasste, die eine Braue hochzog.

»Nein«, sagte Dustin. »Ist alles in Ordnung mit dir, Mann?«

»Klar.« Zum ersten Mal seit Stunden atmete Aidan richtig auf, was Dustin und Cristina zu einem weiteren langen Blickwechsel veranlasste.

»Bist du sicher?«, fragte sie.

»Ja, verdammt!« Aidan überließ die beiden sich selbst und ging zu den Umkleideräumen. Nachdem er geduscht und sich umgezogen hatte, stieg er in seinen Pick-up und überlegte, ob er heimfahren oder Kenzie im Krankenhaus besuchen sollte.

Heimfahren und sich ein paar Stunden Schlaf gönnen war ein verlockender Gedanke. Die zweite Möglichkeit war dagegen schon erheblich schwieriger. Bei Kenzie zu sitzen und in ihre ausdrucksvollen Augen zu sehen würde alles andere als einfach sein.

Also nach Hause, wo er nichts anderes zu tun brauchte, als ins Bett zu fallen. Aidan ließ den Wagen an – und fuhr in Richtung Krankenhaus.

Das Erste, was Kenzie sah, als sie die Augen öffnete, war die weiße Zimmerdecke über sich. Sie erfuhr, dass sie in der Notaufnahme lag. Ihre Platzwunden waren verbunden, ihr Handgelenk bandagiert, ihr Kopf wieder angenäht – oder vielmehr mit einer Halskrause gestützt. Nun stand sie unter Beobachtung, was immer das auch heißen mochte.

Sie hatte gerade mit dem Brandmeister Tommy Ramirez gesprochen. Mr. Ramirez war klein, dunkelhaarig und sehr geradeheraus. Er hatte ihr ohne Umschweife erklärt, er fände es äußerst seltsam, dass sie sich ausgerechnet zum Zeitpunkt der Explosion auf Blakes Boot befunden hatte.

Sie konnte ihm darin nur zustimmen, zumal sie erst am vergangenen Abend in die Stadt gekommen war. Sie fand es nur ein bisschen komisch, dass er seine Zeit damit verschwendete, sie zu verhören, statt dem wahren Brandstifter nachzuspüren, da ihr Bruder schuldlos war. Es war völlig ausgeschlossen, dass Blake all diese Brände gelegt hatte, die man ihm anzuhängen versuchte. Nicht Blake, ihr fürsorglicher, stiller, liebevoller Bruder, der immer für sie da gewesen war, seit ihre Eltern vor fünfzehn Jahren verstorben waren und sie bei Pflegefamilien untergebracht wurden. Er hatte sie auch unterstützt, als sie nach Hollywood gehen wollte. Er konnte keiner Fliege etwas zuleide tun, geschweige denn einem Menschen.

Blake sollte ein Kind gefährdet haben?

Nie im Leben.

Kenzie hasste Krankenhäuser. Sie rochen nach Angst, Schmerz und Hilflosigkeit, und das erinnerte sie an ihre unsichere Kindheit. Sie wünschte, sie wäre wieder in L. A. am Set von *Hope's Passion* und hätte nur den Part des Opfers, statt tatsächlich eins zu sein. Etwas Süßes zur Beruhigung würde helfen. Donuts zum Beispiel.

Sie musste eingedöst sein, denn das Rascheln des Vorhangs vor ihrem Bett schreckte sie auf. Plötzlich hatte sie das Gefühl, beobachtet zu werden, und die Härchen in ihrem Nacken richteten sich auf. Sie blinzelte und sah gerade noch, wie ein Mann davonhuschte. »Hey!«

Da er keinen Kittel, sondern ein rotes T-Shirt anhatte, konnte er nicht zum Klinikpersonal gehören. Wer war zu ihr gekommen und ohne ein Wort wieder gegangen? Kenzie versuchte nachzudenken, aber sie war zu müde. Sobald sie die Augen schloss, döste sie wieder ein.

»Ich kann nur sagen, dass es nicht die gleiche Brandursache war wie bei den anderen Feuern.«

Kenzie öffnete die Augen und sah, dass der Vorhang vor ihrem Bett jetzt ganz zugezogen war.

Wie viel Zeit mochte vergangen sein?

»Was soll das heißen, Tommy? Dass der Chief dich dazu verdonnert hat, den Mund zu halten?«

Kenzie brauchte nicht erst um den Vorhang herumzuspähen, um diese Stimme zu erkennen. Sie gehörte dem Mann, der einst der Gegenstand ihrer Träume, ihrer schönsten Fantasien gewesen war.

Aidan.

»Ich sage gar nichts«, sagte Tommy. »Außerdem habe ich dich und Zach schon vor Wochen darauf hingewiesen. Ich bin an der Sache dran. Es ist ein heikler Fall. Also lass die Finger davon.«

»Ich will Kenzie sehen, wenn sie aufwacht.«

Aidan war der Mann, der bei ihr hereingeschaut hatte? Sie wusste nicht, was sie davon halten sollte. Warum war er nicht zurückgekommen, als sie gerufen hatte?

»Dann sag mir wenigstens eins«, fuhr Aidan draußen fort. »Haben du oder der Chief gewusst, dass Blake ein Boot besaß?«

»Nein, aber ich wartete noch auf einen Bericht von der Bezirksverwaltung, und darin wäre das Boot erwähnt worden.«

»Und was hättest du dann gemacht? Es als Beweis beschlagnahmt?«

»Natürlich. Um es zu durchsuchen wie sein Haus. Alle derzeitigen Indizien deuten darauf hin, dass Blake in die Brandstiftung verwickelt war.«

In die Brandstiftung verwickelt. Was für eine merkwürdige Wortwahl, dachte Kenzie. Wollte Tommy damit sagen, es gäbe möglicherweise mehr als einen Brandstifter?

»Und wer ist dir bei dem Boot zuvorgekommen, Tommy? Wer wollte sichergehen, dass man dort keine Beweise findet?«

Die Antwort machte Kenzie wieder Hoffnung, weil sie bedeutete, dass vielleicht noch jemand anders mit im Spiel war, der versucht hatte, die Brandstiftungen ihrem Bruder anzuhängen.

»Würde Blake noch leben, säße er hinter Gittern. Dass er tot ist, ändert nichts. Die Untersuchung läuft noch.«

»Aber es wäre möglich, dass er mit jemandem zusammengearbeitet hat?« Das war Aidan.

»Kein Kommentar.«

»Weißt du, wer es ist?«

»Kein Kommentar.«

»Du weißt doch, dass etwas faul ist, Tommy, sonst wärst du nicht hier.«

»Ja«, gab der Ermittler zu. »Es ist etwas faul – und …«

Sie senkten ihre Stimmen zu einem Flüstern, und obwohl Kenzie sich weit aus dem Bett beugte, konnte sie nichts anderes mehr hören als ihren Namen.

Wieso sprachen sie über sie?

Sie lauschte noch angestrengter, konnte aber trotzdem nichts verstehen. *Verdammt!* Blake konnte nichts von all dem getan haben, was sie ihm vorwarfen. Das wusste sie und würde es, falls nötig, sogar selbst beweisen! Tommy sagte etwas, was Kenzie aber wieder nicht verstehen konnte, und so beugte sie sich noch weiter über den Bettrand, verlor den Halt und rutschte auf den Fußboden. »Autsch!«

Der Vorhang wurde aufgerissen. Kenzie versuchte, sich aufzurappeln, aber mit ihrem verletzten Handgelenk und dem anderen, das unter ihr eingeklemmt war, war sie hilflos wie ein gestrandeter Fisch – ein beinah nackter gestrandeter Fisch, da ihr Krankenhaushemd hinten aufklaffte und sie gleich drei Leuten ihren Po entgegenstreckte. Tommy, der Krankenschwester und – das war das Schlimmste – Aidan. Sie sah schon die Schlagzeilen: *Ex-Soapstar Mackenzie mit nacktem Hinterteil erwischt.* »Autsch«, sagte sie wieder und drehte sich auf den Rücken. Die Kälte des Linoleums ließ sie erneut zusammenfahren. Sie seufzte, als sich jemand neben ihr niederließ. Es war Aidan.

»Bist du okay?«, fragte er.

Na klar. Was für eine blöde Frage.

Nachdem die Schwester ihm geholfen hatte, Kenzie wieder auf das Bett zu legen, überprüfte sie noch einmal ihre Verletzungen. Kenzie war froh, dass wenigstens Tommy den Raum verlassen hatte.

»Was hast du bloß gemacht?«, fragte Aidan, nachdem die Schwester sie allein gelassen hatte.

»Nichts.« Als sie sah, dass ihr Hemd bis zu den Oberschenkeln hinaufgerutscht war – was nichts war im Vergleich zu dem, was sie gerade eben erst der Öffentlichkeit präsentiert hatte –, griff sie nach der Decke, um sie über sich zu ziehen. Die Bewegung verursachte ihr Übelkeit, und deshalb legte sie die Hand an ihren Kopf und schloss für einen Moment die Augen.

»Warte.« Aidan übernahm es, sie richtig zuzudecken, zog seine Hände danach aber gleich wieder zurück und senkte den Blick, als er sich zu ihr setzte.

»So«, sagte sie nach kurzem Schweigen. »Und was führt dich hierher?«

»Ich wollte nach dir sehen. Geht es dir gut?«

»Das kommt auf deine Definition von ›gut‹ an.«

Endlich sah er sie direkt an und strich sich fahrig über das Gesicht. »Es tut mir leid, Kenzie«, sagte er müde.

»Was? Dass du mich in dieser peinlichen Lage gesehen hast oder dass ich hier bin?«

Aidan stand auf und zog den Vorhang zu, um ihnen ein wenig Ungestörtheit zu verschaffen, von der sie gar nicht sicher war, dass sie sie wollte.

Er hatte sich umgezogen und trug nun Jeans und ein offenes langärmeliges Hemd über einem grauen T-Shirt, das seine breiten Schultern und seinen athletischen Körperbau betonte.

»Dein Hemd ist gar nicht rot«, bemerkte Kenzie.

»Was?«

»Vorhin hat jemand in einem roten Hemd hier hereingeschaut.«

»Wann?«

»Keine Ahnung.« Sie rieb sich die Schläfen. »Ich bin völlig daneben.«

»Es war eine anstrengende Nacht.«

»Ja.« Ihm war allerdings nichts von all den Anstrengungen anzusehen; er sah völlig cool, entspannt und locker aus. Wie die Ruhe selbst und so unglaublich vertraut und attraktiv, dass sie ihn nicht weiter ansehen konnte.

Wie unfair, dass er im Laufe der Jahre sogar noch attraktiver geworden war! »Danke, dass du vorbeigeschaut hast, Aidan, aber wie du siehst, geht es mir gut. Du kannst jetzt also wieder gehen.«

Er machte ein zweifelndes Gesicht.

»Im Ernst. Es geht mir wirklich gut.«

Sie hatte ihn schon fast so weit, aber dann verdarb sie es, indem sie fröstelte.

Kommentarlos nahm er eine weitere Decke und breitete sie über sie. Kenzie wusste sein Pflichtgefühl zu schätzen, doch sie hätte es weitaus mehr geschätzt, wenn er gegangen wäre.

»Okay, jetzt geht's mir besser, danke.«

»Wirklich?«

»Ja. Weißt du, du kannst mich ja nicht mal ansehen, also …«

Er hob den Kopf und sah ihr in die Augen. Sein Blick war heiß und verzehrend.

»Oh«, hauchte sie und konnte spüren, wie sich ihr Herz verkrampfte.

»Ich kann dich nicht ansehen?«, wiederholte er in ungläubigem Ton. »Machst du dich lustig über mich? Ich kann nicht aufhören, dich anzusehen, Kenzie.«

4. Kapitel

Kenzie stockte der Atem bei Aidans Worten. Sie wusste nicht, wie sie sie interpretieren sollte, vor allem nicht seinen Blick. Er sah sie an, als könnte er ihr bis ins Herz und in die Seele schauen, wo sich all der Schmerz und Kummer aufgestaut hatten.

Sie war über ihn hinweggekommen. Vor Jahren schon. Sie dachte kaum noch daran, wie schön es mit ihm gewesen war, wie er sie einst zum Lachen gebracht hatte, wie sie diskutiert hatten, wie glücklich er sie gemacht und wie er sie mit der körperlichen Liebe bekannt gemacht hatte.

Er konnte sie heute nicht mehr beeindrucken. Weder mit seinem fantastischen Körper noch mit seinen Blicken. Auch die Erinnerung an ihre gemeinsame Zeit konnte daran nichts ändern.

Na schön, räumte sie ein. Die Erinnerungen gingen ihr vielleicht schon ein bisschen nahe. Schließlich war er einen wundervollen Sommer lang das Beste in ihrem Leben gewesen – bevor er ihr den Rücken gekehrt hatte, ohne auch nur einen Blick zurückzuwerfen.

Kenzie merkte, dass sie wütend wurde. Gut. Sie durfte sich auf keinen Fall davon beeindrucken lassen, dass er leibhaftig vor ihr stand und so gut aussah, dass sie Lust bekam, über ihn herzufallen. Allein bei dem Gedanken daran wurde ihr schon heiß. Es war unglaublich. Scheinbar konnte sie über ihn hinweg sein, und gleichzeitig erregte sein Anblick sie. Sie hatte keine Ahnung, was das alles zu bedeuten hatte. Nicht den Schimmer einer Ahnung.

Sie war nicht mehr das naive junge Mädchen von damals, sondern eine Frau mit stählernem Willem, der ihr in schweren Zeiten geholfen hatte.

Ihr war bewusst, dass die meisten Menschen nur ihre sorgfältig kultivierte äußere Erscheinung sahen und sie deswegen unterschätzten. Sie war jemand, der nicht kleinzukriegen war. Sie war damit fertiggeworden, dass sie schon früh ihre Eltern verlor, und hatte eine Teenagerzeit überstanden, in der sie als Unterstützung niemand anderen als Blake gehabt hatte. Sie hatte im Blickpunkt der Öffentlichkeit gestanden, die Höhen und Tiefen des Fernsehruhms erlebt und musste zuletzt auch noch den Tod ihres Bruders durchstehen. All das hätte die meisten Frauen wohl ziemlich mitgenommen, aber sie war nicht so leicht aus dem Gleichgewicht zu bringen.

Sie war fest entschlossen, diesem Durcheinander auf den Grund zu gehen. Egal, was es war, sie würde tun, was nötig war, selbst wenn sie ihre Schönheit, ihr Geld oder ihren Körper dafür einsetzen musste.

Sie würde es tun.

Für Blake.

»Ich hörte dich vorhin mit dem Feuerinspektor reden und hatte das Gefühl, dass er sich fragt, ob ich etwas damit zu tun habe«, begann sie.

Aidan sah sie nur an und schwieg, was nicht gerade hilfreich war.

»Das Einzige, was ich von alldem weiß, ist, dass Tommy seine Arbeit nicht richtig getan hat, falls er glaubt, dass Blake der Feuerteufel war.«

Bei diesen Worten wurden Aidans Züge weicher, und in seinen Augen erschien ein Ausdruck des Bedauerns, der sie veranlasste, den Kopf zu schütteln, bevor er etwas sagen konnte.

»Sag es bloß nicht«, warnte sie ihn, weil sie es weder von Aidan noch von irgendjemand anderem hören wollte. Sie kannte Blake. Er hätte nie so etwas Schreckliches getan. Sie hätte bis vor Kurzem geschworen, dass Aidan das ebenfalls wusste, aber offensichtlich irrte sie sich da.

»Es gibt Beweise«, begann er.

Wieder schüttelte sie den Kopf. »Indizien.« Kenzie schluckte, weil der Kloß in ihrer Kehle sie am Sprechen hinderte. »Wie ich sehe, bist du als Kollege und Freund nicht besser, als du es als Boyfriend warst.«

Aidan setzte zu einer Antwort an, doch in dem Moment erschienen die Krankenschwester und ein Arzt und schickten ihn hinaus.

Kenzie schloss die Augen und öffnete sie erst wieder, als das Rascheln des Vorhangs ihr verriet, dass er gegangen war.

Aidan kam sich schrecklich mies vor, als er die Notaufnahme verließ. Kenzie hatte ihm in die Augen geschaut und etwas verstanden, was sie nicht verstehen wollte – er wusste, dass Blake in diese Brandstiftungen verwickelt war.

Zwar waren auch seine Gefühle sehr zwiespältig, was diese Angelegenheit betraf, aber Fakten waren nun mal Fakten. Blake war von verschiedenen Zeugen bei jedem der Brände am Tatort gesehen worden. Bei der Durchsuchung seines Hauses waren in der Garage ganz ähnliche Drahtkörbe gefunden worden wie jene, die man an den Brandstellen gefunden hatte und von denen man annahm, dass sie zur Brandstiftung verwendet worden waren.

Am eindeutigsten aber war, dass sein Partner Zach Blake mit einer Lötlampe gesehen hatte, Sekunden nachdem sein Haus in Brand gesteckt worden war. Zach und Brooke, eine weitere Kollegin, waren beide im Haus gewesen, und Zach wäre beinahe in dem Feuer umgekommen.

Blake war darin umgekommen, vielleicht sogar mit voller Absicht, worüber alle – Zach, er selbst, die anderen Kollegen, ja sogar Tracy, die Frau, in die Blake verliebt gewesen war – am Boden zerstört waren.

Kenzie wollte das alles nicht wahrhaben. Sie war wütend und brauchte jemanden, an dem sie ihre Wut auslassen konnte, und er war offenbar genau der Richtige dafür.

Wie ich sehe, bist du als Kollege und Freund nicht besser, als du es als fester Freund warst.

Das hatte gesessen. Von ihr angesehen zu werden, als wäre er der Bösewicht schlechthin, war ihm ganz schön nahegegangen. Vielleicht war es das Beste, heimzufahren und sich nach achtundvierzig Stunden auf den Beinen eine Mütze Schlaf zu gönnen.

»Aidan?«

Oh nein. Tommy erwartete ihn auf dem Parkplatz, mit einer Akte in den Händen und einem Gesichtsausdruck, als hätte er jede Menge zu besprechen. »Was ist denn nun schon wieder?«

»Ich wusste gar nicht, dass du Mackenzie Stafford kennst.«

Aidan seufzte. »Wir waren früher mal … befreundet.«

»Aha. Und wusstest du da schon, dass sie Blakes Schwester ist?«

Was spielte das jetzt noch für eine Rolle? »Ja, das wusste ich.«

»Wusstest du, dass dieses Boot Blake gehörte?«

»Nicht bis wir im Wasser waren und sie es mir sagte.« Aidan zog seine Autoschlüssel aus der Hosentasche. »Ich fahre jetzt nach Hause, um mich aufs Ohr zu legen. Wenn ich wieder im Dienst bin, kannst du mich löchern, so viel du willst. Vielleicht kann ich dann auch wieder klarer denken.«

»Vielleicht will ich ja nicht, dass du klarer denkst.«

»Was soll denn das wieder bedeuten?«

»Dass ich jetzt Antworten brauche, Aidan. Wusstest du, dass sie auf dem Boot war? Warst du vor dem Brand vielleicht sogar bei ihr?«

»Weder noch«, erwiderte Aidan müde.

»Miss Stafford denkt, dass ihr Bruder unschuldig ist, dass ihm nicht nur etwas angehängt wurde, sondern er vielleicht sogar ermordet wurde. Und das will sie auch beweisen.«

Das klang nach Kenzie. Sie mochte aussehen wie ein hübsches Püppchen, aber sie war äußerst scharfsinnig und ungemein loyal. Und wenn sie sich einmal etwas in den Kopf gesetzt hatte, vermochte nichts und niemand sie davon abzubringen.

»Du hast meine Frage noch nicht beantwortet«, fuhr Tommy fort. »Wie gut kennst du sie?«

»Kannte, Tommy, kannte.«

»Das genügt.«

»Wozu?«

»Um ihr den guten Rat zu geben, sich verdammt noch mal aus diesen Ermittlungen herauszuhalten.«

»Kenzie lässt sich von niemandem etwas sagen.«

»Du wirst es aber trotzdem tun, weil der Chief nämlich jeden verhaften lassen wird, der die Ermittlungen behindert.«

Na prima, dachte Aidan. Wenn er ihr das sagte, würde sie ihre Nase nur noch tiefer in die Sache hineinstecken, denn so, wie er sie kannte, gab es nichts, aber auch absolut gar nichts, was ihr Angst machte. »Ehrlich, Tommy. Es wäre keine gute Idee, ihr so etwas zu sagen.«

»Na, dann kann sie hoffentlich das Geld für die Kaution aufbringen.«

Mist. Aidan sah Tommy nach, als der ging, und setzte sich dann kopfschüttelnd in seinen Wagen. Da er etwas essen musste, bevor er sich schlafen legte, fuhr er zum »Sunrise«, dem beliebten Treffpunkt der Belegschaftsmitglieder der Feuerwehrstation. Das zweistöckige Gebäude, das direkt am Strand lag, verfügte neben einem Café im Erdgeschoss und der Wohnung der Besitzerin im ersten Stock auch über eine

Dachterrasse, von der man einen großartigen Ausblick auf den Ozean und die Berge hatte.

Beim Eintreten stiegen ihm gleich all die köstlichen Aromen in die Nase, die er mit Gemütlichkeit verband: Kaffee, Hamburger, Kuchen. Sheila, die zweiundsechzigjährige Besitzerin, begrüßte ihn lächelnd und umsorgte ihn, wie seine eigene Mutter es nie getan hatte.

Seine Mutter war nie sehr fürsorglich gewesen und hatte sich von seinem Vater scheiden lassen, als Aidan erst zwei gewesen war. Danach war er den größten Teil seiner Kindheit von Familienmitglied zu Familienmitglied weitergereicht worden, während seine Mutter ihre wilde Jugend noch einmal durchlebte.

Irgendwann war er wieder bei seinem Dad gelandet. Sie versuchten ein paar Jahre, einander wenigstens zu tolerieren. Als er fünfzehn war, heiratete sein Vater wieder und zeugte mit seiner neuen Ehefrau prompt drei Kinder hintereinander.

Aidan kam wieder zu seiner Mutter. Inzwischen hatte auch sie wieder geheiratet und war etwas ruhiger geworden. Nun hatte er fünf Halbbrüder und -schwestern und passte weder zu der einen noch zu der anderen Seite der Familie.

Nicht, dass er es so schwer gehabt hatte wie Blake und Kenzie. Er wusste, warum die Geschwister sich so nahegestanden hatten und weshalb Kenzie alles tun würde, um die Unschuld ihres Bruders zu beweisen.

Was er nicht wusste, war, wie er sie davon überzeugen sollte, dass es das Beste war, Tommy seine Arbeit tun zu lassen, oder ob er überhaupt das Recht hatte, so etwas von ihr zu verlangen.

Es war eine verdammte Zwickmühle, in der er saß.

Als er gegessen hatte, fühlte er sich wieder halbwegs menschlich. Er war immer noch todmüde, aber nach dem Gespräch mit Tommy fühlte er sich verpflichtet, Kenzie wenigstens zu warnen. Um der alten Zeiten willen.

Das sagte er sich jedenfalls.

Er nahm sein Handy und rief das Krankenhaus an, wo er allerdings erfuhr, dass Kenzie bereits entlassen worden war.

Und nun? Ein bisschen ratlos ließ er sich von Sheila das örtliche Telefonbuch geben. Wie sich herausstellte, war Kenzie in keinem der drei Hotels am Ort abgestiegen, und auch in den Motels und Pensionen war ihm kein Erfolg beschieden.

Da er keine Ahnung hatte, wie er sie aufspüren sollte, zahlte er und fuhr nach Hause, um sich hinzulegen und später nachzudenken. Als er sein Haus erreichte, sah er ein rotes Mercedes-Cabrio in der Einfahrt stehen. Auf seiner Veranda saß eine Frau.

Sie trug zwei Krankenhauskittel übereinander und ein Paar Gummistiefel, was ihn daran erinnerte, dass ihre Kleider bei dem unfreiwilligen Sprung ins Wasser zerrissen waren und jegliches Gepäck, das sie auf dem Boot gehabt hatte, in Flammen aufgegangen war.

Ihr normalerweise schon schwer zu bändigendes Haar umrahmte ihr Gesicht in einer wilden Mähne blonder Locken, die aber kaum die blauen Flecke auf ihrer Wange und ihrer Stirn verdecken konnte. Ihr linkes Handgelenk war geschient, und auch an ihrer anderen Hand und ihren beiden Armen waren Abschürfungen zu sehen – nichts allzu Schlimmes, aber doch genug, um sein Mitgefühl zu wecken. Ihre Beine sahen auch nicht sehr viel anders aus.

Sie so allein und angeschlagen zu sehen schnürte ihm die Kehle zu. Und als sie auch noch ihren Blick zu ihm erhob und ihre Augen sich mit Tränen füllten, da war es um seine Selbstbeherrschung geschehen.

Herrgott noch mal. Da hatte er geglaubt, ungeheuer tough zu sein, aber ein einziger Seufzer von diesen ungeschminkten Lippen, und schon bekam er weiche Knie!

Eine Plastiktüte lag neben ihr, wahrscheinlich mit ihren

Kleidern. In ihrer unverletzten Hand hielt sie ein Fläschchen mit Tabletten.

»Ich habe noch keine genommen«, sagte sie. »Ich musste ja meinen Wagen am Hafen abholen und hierherfahren.«

»Kenzie …«

»Da lag ein Päckchen vor der Tür. Der Umschlag war zerrissen, deshalb habe ich hineingeschaut.« Sie zeigte auf einen Stapel Feuerwehrkalender, auf deren Titelblatt er mit nacktem Oberkörper abgebildet war.

»Hübsch«, sagte sie mit dem Anflug eines Lächelns.

Aidan unterdrückte einen Seufzer. »Es ist für wohltätige Zwecke.«

»Zu denen du eine Menge beiträgst.« Sie wackelte mit ihren Augenbrauen, zuckte dabei aber zusammen. »Ich kann nicht in Blakes Haus wohnen, sie haben es versiegelt. Und die Hotels sind alle ausgebucht. Wusstest du, dass hier eine Konferenz der Hundetrainer stattfindet? Was machen fünfhundert Hundetrainer in Santa Rey?«

»An den Stränden hier sind Hunde nicht verboten.«

»Oh. Also lassen wir Hunde an unsere Strände, aber mich nicht in ein Hotel. Macht irgendwie Sinn, wenn man darüber nachdenkt.«

»Wieso?« Aidan hatte keine Ahnung, inwiefern das Sinn ergeben sollte.

»Weil mein Karma miserabel ist.«

»Ach, komm.« Vorsichtig zog er sie auf die Beine und hob die Tüte auf. Er würde ihr Tommys Warnung ausrichten und mehr nicht, sagte er sich, während er sie ins Haus führte. Dann merkte er, dass sie zitterte. Im Wohnzimmer ging sie direkt zu seiner Couch und ließ sich mit einem dankbaren kleinen Seufzer darauf nieder.

»Ich glaube, es ist in Urlaub.«

»Was?«

»Mein Karma«, sagte sie mit einem irritierten Blick auf ihn. Dann legte sie vorsichtig den Kopf zurück und schloss die Augen.

»Hey.« Aidan hockte sich vor sie hin und legte ihr die Hände auf die Knie. »Bist du okay?«

Sie gab einen Laut von sich, der halb wie ein Lachen, halb wie ein Schluchzen klang.

»Es waren anstrengende vierundzwanzig Stunden«, sagte er.

Wieder nickte sie. So langsam und vorsichtig, dass sie sich verriet. Sie war alles andere als okay, deshalb holte er ihr ein Glas Wasser und gab ihr eine der Tabletten.

»Es geht schon.«

»Das glaube ich nicht. Du siehst erbärmlich aus.«

»Danke für die Blumen.«

Seufzend hockte er sich wieder neben sie. »Hör mal, du hast viel durchgemacht. Ich weiß, dass du allein und …«

»Wenn du ›hilflos‹ sagst, kriegst du meine gesunde Hand zu spüren.«

Aidan lächelte im Stillen und dachte, dass sie einmal das Bemerkenswerteste in seinem Leben gewesen war.

Das absolut Erstaunlichste.

Bevor er sie kennengelernt hatte, gab es in seinem Leben keine Wärme, Liebe oder Loyalität. Mit ihr hatte sich all das geändert. Sie hatte Licht ins Dunkel gebracht – bis er sie weggeschickt hatte. »Nicht hilflos«, erwiderte er mit belegter Stimme. »Hilflos warst du nie.«

»Okay«, sagte sie und schlang fröstelnd ihre Arme um sich.

Stirnrunzelnd ging Aidan zum Kamin hinüber. Für einen Spätsommerabend war es kühl, und sie stand wahrscheinlich noch unter Schock. Er schichtete ein wenig Brennholz auf und hielt ein Streichholz daran, bis das Holz mit einem leisen Zischen Feuer fing.

Mit einem erschrockenen Aufschrei fuhr Kenzie vor den

Flammen zurück und schlug die Hände vors Gesicht.

Aidan verwünschte sich für seine Gedankenlosigkeit und trat schnell zu ihr.

»Schon gut.« Kenzie vermied es, das Feuer anzusehen, als sie ihre Hände wieder sinken ließ. »Es war nur das Geräusch. Ich weiß nicht, was mit mir los ist.«

»Es war dumm von mir, das Feuer anzuzünden. Ich lasse es ausgehen und schalte die Elektroheizung an, okay?«

Wieder legte sie sehr vorsichtig den Kopf zurück. »Danke.«

»Kenzie …«

»Könnten wir nicht einfach schweigen? Mir platzt der Kopf, Aidan.«

»Dann nimm die Tablette.«

»Na ja, vielleicht würde es mir ganz guttun, mich ein biss-chen zu benebeln. Weißt du eigentlich, dass sie mich in L. A. gar nicht Kenzie nennen?«

»Und auch nicht in den Klatschblättern.«

»Die liest du?«, fragte sie mit erhobener Augenbraue.

»Sie sind schwer zu übersehen im Supermarkt. Sie liegen gleich neben den Schokoriegeln.«

Der Anflug eines Lächelns huschte über ihr Gesicht.

»Du bist mit diesem Unterwäschemodel ausgegangen, das nackt in Werbespots herumtanzt. Chad, glaube ich.«

»Chase. Und er ist nicht nackt, sondern trägt die Unter-wäsche, für die er Werbung macht. Was nicht viel weniger ist als das, was du auf diesem Kalenderfoto anhast.«

»Letztes Jahr warst du mit einem europäischen Prinzen zusammen.«

»Das war nur Publicity.«

Aidan war sich nicht sicher, ob er ihr glaubte, aber natürlich interessierte es ihn. »Nimm die Tablette«, sagte er und beob-achtete, wie sie sie mit dem Wasser hinunterspülte, das er ihr gebracht hatte.

»Ich habe ein Problem«, erklärte sie und leckte einen Tropfen Wasser von ihrer Unterlippe.

Aidan musste sich zwingen, ihr in die Augen zu schauen.

»Selbst wenn keine Hundetrainer hier wären, könnte ich mir kein Zimmer nehmen. Ich habe kein Geld. Mein Portemonnaie ist entweder verbrannt oder liegt auf dem Grund des Ozeans.« Sie zuckte mit den Schultern. »Im Krankenhaus haben sie mir einen Taxigutschein gegeben, damit ich meinen Wagen holen konnte. Ich säße richtig in der Patsche, wenn meine Schlüssel nicht in meiner Hosentasche gewesen wären. Da ich zum Glück auch mein Handy im Wagen gelassen hatte, konnte ich meinen Finanzberater anrufen und mir Geld herschicken lassen. Deine Adresse war die einzige, die mir einfiel, und ich kann nirgendwo anders hin, bis das Geld ankommt. Und jetzt kann ich nicht mal mehr Auto fahren.« Sie schüttelte das Pillenfläschchen. »Das soll man nicht mit Schmerzmitteln.«

Ihre Blicke trafen sich, als ihnen die Bedeutung ihres kleinen Vortrags ins Bewusstsein drang.

»Ich vertraue dir anscheinend immer noch«, flüsterte sie. »Oder zumindest doch ein bisschen.«

Aidan empfand fast so etwas wie Scham bei ihren Worten. Trotz allem, was er ihr damals angetan hatte, vertraute sie ihm noch, und er konnte nicht verleugnen, dass ihm das etwas bedeutete. Außerdem konnte sie tatsächlich nirgendwo anders hin. Ob es ihm gefiel oder nicht, er war ihr einziger Kontakt in der Stadt. Was bedeutete, dass sie bleiben würde.

5. Kapitel

Kenzie saß in Aidans Wohnzimmer auf der Couch und wartete, während er etwas betreten schwieg. Ihre Augen waren geschlossen, aber sie konnte spüren, wie angestrengt er überlegte. »Wenn du mir ein paar Dollar leihst, rufe ich mir ein Taxi«, bot sie an.

»Um wohin zu fahren?«

Richtig. Wenn er sie nur ein bisschen in Ruhe ließe, könnte sie einfach dasitzen und ihn ignorieren – oder es wenigstens versuchen.

Es war nicht sein gutes Aussehen, das sie so faszinierte. Sie hatte mehr als genug gut aussehende Männer bei ihrer Arbeit um sich gehabt, und so hübsch wie diese Soapstars war Aidan in ihren Augen nie gewesen. Zumindest war sie bisher dieser Meinung, bis sie den Kalender gesehen hatte. Er war sehr professionell gemacht, und Aidan sah sehr gut aus auf dem Hochglanztitelblatt. In natura wirkte er allerdings wesentlich härter und sehr viel männlicher als auf dem Foto. Da war etwas in seinen Augen und den Lachfältchen um seinen Mund, was andeutete, dass er sowohl gefährlich als auch amüsant sein konnte, liebenswürdig oder alles andere als das, ein echtes Problem oder der nette Junge von nebenan.

Sie wusste, dass all das auf ihn zutraf.

Deshalb war sie zu ihm gefahren. Weil er der einzig vertraute Mensch für sie in Santa Rey war. Durch einen Anruf auf der Feuerwache hatte sie seine Adresse erhalten, und bis auf einen kurzen Schreck, als sie geglaubt hatte, von einem grauen Wagen verfolgt zu werden, hatte sie den Weg auch mühelos bewältigt.

Aidans Haus war klein und alt, aber gemütlich. Er hatte offenbar schon sehr viel renoviert. Das Wohnzimmer hatte einen schönen Hartholzboden und große Fenster, die zum Ozean hinausgingen. Er war schon immer sehr geschickt im Umgang mit Werkzeug gewesen, und er war intelligent.

Außerdem wusste er seinen Körper einzusetzen.

Oh ja, auf diesem Gebiet war er erstaunlich gut gewesen. Er war ein äußerst aufmerksamer Lehrer und sie eine sehr begabte Schülerin.

Dieser Gedanke führte zu anderen wie dem, dass sie einmal jung und dumm genug gewesen war, an Märchen zu glauben. Damals war Aidan ihr Prinz.

Bis er beschlossen hatte, ihr den Rücken zu kehren.

Nur gut, dass sie nicht mehr so naiv war wie damals. Wenn sie mit einem Mann ausging, träumte sie nicht mehr von einem weißen Gartenzaun und einem Häuschen voller Kinder, sondern verabredete sich eigentlich nur noch, um sich zu amüsieren und hin und wieder auch mal guten Sex zu haben.

Wie schade, dass sie und Aidan es jetzt nicht noch einmal versuchen würden, denn nun, da sie die Regeln verstand, könnten sie eine Menge Spaß miteinander haben.

Die Schmerztablette begann zu wirken, und sie ließ sich noch tiefer in die weichen Kissen sinken. Als sie das letzte Mal bei Aidan gewesen war, hatte er in einem kleinen Apartment gewohnt und nichts als ein Bett, einen Fernseher, eine Stereoanlage und eine Schachtel Kondome besessen.

Mehr hatten sie auch nicht gebraucht.

Sie war nicht die Einzige, die sich verändert hatte; auch er schien anspruchsvoller geworden zu sein. Das Haus war sehr gut eingerichtet und hatte eine warme anheimelnde Atmosphäre. Sie fühlte sich mehr darin zu Hause, als sie Aidan gegenüber zugegeben hätte.

Er saß neben ihr, aber sie vermied es immer noch, ihn anzusehen. Sie war noch nicht so weit. Ihre Nase schien das nicht zu wissen, denn ihre Nasenflügel zuckten und versuchten, einen Hauch seines Duftes einzufangen. Das Einzige, was sie riechen konnte, war der Rauch und Ruß auf ihrer Haut. »Ich stinke.«

»Das ist der Stress.«

»Nein, das meinte ich nicht. An mir riecht alles so verraucht.«

»Du könntest duschen«, schlug er mit leiser, etwas heiserer und ausgesprochen suggestiver Stimme vor. Zumindest bildete sie sich das ein. Sie konnte nichts dagegen tun, denn dieser Mann hatte eine Stimme, die die erotischsten Visionen in ihrem Kopf heraufbeschwor.

»Also was nun, Kenzie? Willst du duschen?«

Ja, bitte. In ihrem eigenen gemütlichen Badezimmer, mit ihren eigenen Sachen und ihrem kuschelig warmen Bademantel für hinterher. Dazu eine gute DVD und eine Tüte Popcorn, um ihrem Kopf einen Miniurlaub von seiner momentanen Höllenqual zu gönnen. »Danke, ja, das wäre schön.«

Er reichte ihr die Hand. Kenzie starrte sie an und erhob den Blick zu seinen Augen, die sie ernst betrachteten.

»Ich will dir nur helfen«, sagte er.

Da sie immer noch ein bisschen wacklig auf den Beinen war, legte sie ihre Hand in seine und ließ sich von ihm hochziehen. Als sie schwankte, hielt er sie. Sie legte ihr Gesicht an seine Brust und wurde sogleich wieder von Erinnerungen übermannt.

Da sie sich aber nicht erinnern wollte, zwang sie sich, zurückzutreten.

Den Korridor hinunter führte Aidan sie in einen Raum, der nur sein Schlafzimmer sein konnte. Die cremefarben gestrichenen Wände passten wunderbar zu der Zedernholzdecke, aber das Bemerkenswerteste in diesem Zimmer war das größte

Bett, das Kenzie je gesehen hatte. Es war mit einem Berg von Kissen und einem dunkelblauen Plumeau bedeckt.

Der bloße Anblick löste ein merkwürdiges Flattern in ihrem Magen aus.

»Komm.« Eine Hand am Ansatz ihres Rückens, schob er sie sanft durch das Zimmer zum angrenzenden Bad, das sehr elegant aussah mit seinen weißen Kacheln und dem vielen Holz, das er verwendet hatte.

»Wow!«, sagte sie, als sie die riesige Dusche sah.

»Ich dusche gern«, erwiderte er achselzuckend und drehte das Wasser auf.

»Ich weiß.« Die Worte entschlüpften ihr, bevor sie es verhindern konnte.

Aidan musterte sie und zog sehr langsam eine Augenbraue hoch.

Kenzie wandte sich ab, damit er ihr Erröten nicht sah, aber er drehte sie sanft zu sich um.

»Kenzie?«

Sie hielt den Blick auf seine breite Brust gerichtet. »Ja?«

»Müssen wir reden?«

Bloß nicht! »Nein.«

Sie wollte nicht an ihre erotischen Spiele unter der Dusche erinnert werden. Sie wollte nicht daran denken, wie Aidan sie immer an die Wand seiner Dusche gelehnt hatte, sich ihre Beine um seine Taille schlang und sie so wild und leidenschaftlich liebte, dass sie sogar ihren eigenen Namen vergaß. Sie war wie berauscht gewesen von dem Gefühl, ihn so heiß und hart in sich zu spüren, während das Wasser auf sie herunterprasselte, bis sie vor Lust schließlich so laut schrie, dass sein Mitbewohner an die Tür geklopft hatte, um sich zu vergewissern, dass mit ihr alles in Ordnung war. Sie hatten oft so gelacht, dass sie fast nicht weitermachen konnten, aber dann hatten sie es immer doch noch hinbekommen.

Wie immer.

Die Wahrheit war, dass er ihr früher in weniger als drei Minuten einen Orgasmus bescheren konnte, ohne etwas anderes als seinen Mund und den Duschkopf zum Einsatz zu bringen.

Allein die Erinnerung daran brachte sie ins Schwitzen, und ihr wurden die Knie weich. Wenn sie ehrlich war, musste sie sich eingestehen, dass sie sogar noch einige schamlosere Reaktionen erzeugte. Kenzie gab sich einen Ruck und hob das Kinn. »Nein. Wir brauchen nicht zu reden.«

Aidan nickte ernst, aber sie hätte schwören können, dass sein Blick feurig war und dass neben dieser Hitze auch ein Anflug von Belustigung darin erschien.

Na prima. Jetzt erinnerte er sich auch.

Was sie richtig wurmte, war, dass er sich amüsierte, während sie ganz kribbelig wurde, ihre Brustspitzen sich verhärteten und ihre Beine zitterten.

»Die Dusche war das Erste, was ich in dem Haus erneuert habe«, sagte Aidan und sah noch immer so belustigt aus, dass sie nur gleichgültig die Schultern zuckte.

Wen interessiert das schon?

Tatsächlich war sie alles andere als desinteressiert und dachte darüber nach, wie sie ihn so heißmachen und aus der Fassung bringen konnte, dass ihm seine Belustigung verging. Warum sie das wollte, war ihr selbst nicht klar, aber sie konnte nicht aufhören, daran zu denken. Sie begehrte ihn, und deshalb sollte er sie auch wollen. Vielleicht ging es nur um kleinliche Vergeltung an dem Mann, der sie einst verlassen hatte, vielleicht aber auch um eine dringend benötigte Ablenkung von dem wahren Grund, aus dem sie hier war. Sie wollte, nein brauchte es, dass er sie begehrte, und sie wollte, dass er dafür litt.

Wasserdampf begann von allen Seiten aufzusteigen, doch statt ihr sein unsterbliches Verlangen nach ihr zu gestehen, ging Aidan in sein Schlafzimmer zurück und verschwand aus ihrem Blickfeld.

Kenzie seufzte. Müde nahm sie die Armschiene ab und begann gerade, die Bändchen an ihren Krankenhauskitteln zu lösen, als Aidan plötzlich wiederkam.

Seine breiten Schultern füllten die Tür aus, sein Blick aus dunklen Augen suchte ihren, während er ihr zwei Badetücher reichte. »Nimmst du immer noch zwei?«

»Ja«, erwiderte sie mit belegter Stimme. »Danke.«

Mit etwas schmalen Lippen nickte er und blieb stehen, wo er war.

Jetzt sah er gar nicht mehr belustigt aus, sondern ein bisschen nervös.

Interessant, dachte sie, doch da wandte er sich schon wieder ab.

»Ich bin nebenan. Ruf mich, falls du etwas brauchst.«

Wow. Er war fürsorglich, nett und einfühlsam, was alles Eigenschaften waren, die sie nie mit ihm verbunden hätte. »Weißt du, dies alles wäre für mich sicher einfacher, wenn du noch derselbe Blödmann sein könntest, der du mal warst.«

»Da gibt es nur ein Problem.«

»Ach ja?«

»Ich bin nicht mehr der Mann, der ich mal war.«

Kenzie sah ihm sprachlos nach, als er ging und die Tür hinter sich zuzog. Langsam zog sie sich aus und trat unter die Dusche. Das heiße Wasser tat ein bisschen weh auf ihren Wunden, trotzdem blieb sie lange darunter stehen und wusch sich mehrmals die Haare. Als sie das Wasser abstellte, war ihre Haut verschrumpelt wie die einer Trockenpflaume, und sie roch wie Aidan. Es war lächerlich, aber sie hielt immer wieder ihren Arm an ihre Nase, um seinen Duft zu riechen.

Von Kopf bis Fuß in die Badetücher eingewickelt, öffnete

sie die Tür und sah, dass Aidan mit nachdenklicher Miene auf dem Bettrand saß.

»Fühlst du dich besser?«, fragte er und musterte sie prüfend.

»Fast schon wieder wie ein Mensch.«

Ein Lächeln huschte über seine Lippen, während er ihr Verbandszeug und eine antiseptische Salbe gab. »Ich fragte mich schon, ob du dich da drinnen ertränken willst.«

»Ich mag wütend, frustriert und deprimiert sein, aber ich bin nicht blöd.«

Er nickte, während sein Blick von ihrem Gesicht zu ihrem in das Badetuch gehüllten Körper glitt. Zufrieden registrierte Kenzie, dass jetzt keine Spur von Belustigung mehr darin war.

Langsam erhob er sich, und die unterschiedlichsten Gefühle wallten in ihr auf. Jähe Lust, die sie energisch unterdrückte. Ein Triumphgefühl, das sie bereitwillig Besitz von sich ergreifen ließ. Du willst mich, Aidan, dachte sie. Das kam ihr sehr gelegen, denn sollte er es zugeben, würde sie ihm hohnlächelnd die kalte Schulter zeigen und sich vielleicht ein kleines bisschen besser fühlen – hoffte sie zumindest. Irgendwie musste sie diese Enge in ihrer Brust loswerden, diesen verdammten Knoten, der sie zu ersticken drohte.

Im nächsten Moment kam Aidan auf sie zu, und sie erschauerte vor Erwartung, denn hier kam sie, die Szene, die sie sich in Gedanken schon so schön ausgemalt hatte.

Er reichte ihr jedoch nur ihr Handy. »Es klingelte, als du unter der Dusche warst. Es war eine Nummer von hier.«

»Oh.« Verwundert klappte sie das Telefon auf. Wer in Santa Rey sollte sie anrufen? Blake war ihre letzte Verbindung zur Stadt gewesen. Wer immer es auch war, er hatte keine Nachricht hinterlassen, und so legte sie das Handy wieder weg.

Aidan ging an ihr vorbei zu seiner Kommode.

Okay, das sah nach einem guten Anfang aus. Vielleicht

holte er ein Kondom, das selbstverständlich nicht zum Einsatz kommen würde.

Er hielt ein Hemd hoch. »Schläfst du immer noch in einem T-Shirt?«

Sie starrte das Hemd an und die Hand, die sie früher mit ihren zärtlichen Berührungen regelrecht zum Schnurren hatte bringen können. Sie hob den Kopf, suchte seinen Blick und lächelte.

Auch er schenkte ihr ein kleines Lächeln, das sie sehr sexy fand, weil es ein bisschen verwirrt und ratlos war, so als wäre er angenehm überrascht, endlich wieder von ihr angelächelt zu werden. Sie wollte und brauchte mehr als das und glaubte auch schon zu wissen, wie sie das erreichen konnte.

Falls sie den Mut dazu aufbrachte.

Schnell verwarf sie ihre Bedenken. Sie war schon immer mutig gewesen, besonders vor einer Kamera, und wenn sie die Augen schloss, konnte sie es hier auch sein.

Nachdem sie genau das getan hatte, griff sie nach dem Handtuch über ihrer Brust, zog es langsam auseinander und ließ es fallen.

Nackt wie am Tag ihrer Geburt schlug sie die Augen langsam wieder auf.

Aidan, der coole, durch nichts aus der Ruhe zu bringende Aidan, war wie versteinert. Die einzige Bewegung an ihm war der Hüpfer, den sein Adamsapfel vollführte, als er schluckte.

Wortlos streckte Kenzie ihre Hand nach dem T-Shirt aus.

Aidan gab es ihr aber nicht, sondern musterte sie von oben bis unten. Er wirkte immer noch wie erstarrt.

Kenzie hatte sich nie für besonders rachsüchtig gehalten und wünschte ihm auch gewiss nichts Schlechtes, nachdem er ihr das Leben gerettet hatte, aber er hatte sie einmal eiskalt abserviert und ihr damit nicht nur das Herz gebrochen, sondern auch ihr Selbstvertrauen zerstört.

Der Ausdruck auf seinem Gesicht tilgte einen großen Teil dieses alten Schmerzes. »Danke«, sagte sie, während sie nach dem Hemd griff, das sie ihm buchstäblich aus den Fingern reißen musste.

Er sagte nichts, aber das brauchte er auch nicht. Die Wölbung in seiner Hose war beredt genug. Mit einer aufreizend langsamen Bewegung zog Kenzie das Hemd über den Kopf. Dann wandte sie sich ab und ging hinaus. Zum ersten Mal, seit sie von Blakes Tod erfahren hatte, lächelte sie.

6. Kapitel

Kaum war Aidan allein in seinem Schlafzimmer, atmete er laut aus. Er musste Kenzie nachgehen und ihr sagen, dass sie sein Bett haben konnte, aber nach den Ereignissen in den letzten sechzig Sekunden brauchte er erst mal einen Moment, um zur Besinnung zu kommen.

Oder besser sogar eine kalte Dusche.

Als er sich nach dem Handtuch bückte, das sie fallen gelassen hatte, verzog er das Gesicht. Er war noch immer sehr erregt, aber wer wäre das nicht? Sie hatte eine Figur, von der die meisten Männer träumten – sanfte, verführerische Rundungen und lange, wohlgeformte Beine.

Oh ja, er brauchte auf jeden Fall noch einen Moment. Erst nachdem er ein paar komplizierte Kopfrechenaufgaben gelöst hatte, um sich abzulenken, ging er Kenzie nach.

Sie stand mit dem Rücken zu ihm im Wohnzimmer vor dem großen Fenster, in dem T-Shirt, das er ihr geliehen hatte. Dank ihrer kleinen Vorstellung wusste er, dass sie nichts darunter trug. Sie stand kerzengerade da, die Hände in die Seiten gestemmt, und er hatte keine Ahnung, was sie dachte.

»Ich wollte Blakes Asche im Ozean verstreuen. Das hätte ihn gefreut«, sagte sie leise.

Aidan atmete tief durch, weil ihm klar war, was als Nächstes kam.

»Nur gab es leider keine Asche.«

Der Schmerz in ihrer Stimme versetzte ihm einen Stich. *Verdammt.* Er ging langsam auf sie zu.

»Ich kann höchstens einen Grabstein neben den unserer

Eltern setzen.« Ihre Stimme zitterte. »Er ist unschuldig, Aidan, und ich hätte gedacht, dass du das auch so siehst.«

»Hör mal, Kenzie, warum gehst du nicht zu Bett und schläfst ein bisschen? Du wirst dich danach besser fühlen.«

»Das bezweifle ich. Blake wird auch morgen noch unschuldig sein«, versetzte sie, drehte sich aber zumindest endlich zu ihm um.

Das letzte Tageslicht, das hinter ihr durchs Fenster fiel, tauchte sie in seinen blassen Schein und machte das T-Shirt gerade durchsichtig genug, um Aidans Herz für einen Moment stillstehen zu lassen.

Nicht sicher, wie viel mehr von ihrem verführerischen Körper er noch verkraften konnte, ohne vor ihr auf die Knie zu fallen, blieb er stehen, wo er war.

»Kenzie, sie haben in Blakes Haus ein Album mit Berichten über all die Feuer gefunden. Er war über alle genauestens auf dem Laufenden.«

»Was nicht zwangsläufig bedeutet, dass er schuldig ist.«

»Und was bedeutet es?«

»Etwas anderes.« Sie schlang die Arme um sich und sah sehr traurig und einsam aus. »Ich wünschte, wir wären Freunde und du hättest mich nicht so verletzt und ich hätte nicht das Bedürfnis, es dir heimzuzahlen«, sagte sie leise.

Aidan nahm ihre Hand. »Es tut mir leid, dass ich dir damals wehgetan habe. Aber ich war jung und dumm. Ein Idiot, Kenzie.«

Sie zog nur eine Schulter hoch, als gäbe sie ihm recht.

»Ich könnte mir vorstellen, dass wir, wenn wir heute zusammen wären und einer von uns sich trennen wollte, das besser hinbekommen würden. Ich denke, dass wir Freunde bleiben würden.«

Wieder zog sie nur die Schulter hoch, aber zumindest widersprach sie nicht.

Das war doch immerhin schon etwas. Ihre Hand noch in seiner, drehte er sich um, um sie zu seinem Bett zu führen, wo er ihr eine gute Nacht wünschen und dann gehen würde.

Wie ein echter Gentleman.

Nur zog sie ihn zurück, und plötzlich hielt er sie in seinen Armen, und sie drückte ihr Gesicht an seinen Hals und atmete tief ein. *Verdammt!* Seine guten Vorsätze begannen zu bröckeln. »Ich habe schon auf der Feuerwache geduscht«, murmelte er an ihrem Haar. »Aber einmal war nicht genug. Ich rieche immer noch nach Rauch und …«

»Klar.« Sie trat sofort zurück. »Entschuldige.«

Offensichtlich dachte sie, er wolle sie nicht halten, obwohl es nichts gab, was er lieber täte. »Kenzie …«

»Nein, du hast recht. Lass uns so etwas vermeiden.« Sie lächelte, und jeder, der sie kannte, konnte sehen, wie unecht dieses Lächeln war. Aidan wagte nichts dazu zu sagen, weil er das Gefühl hatte, dass sie kaum noch an sich halten konnte.

Genau wie er.

»Du hast recht. Ich brauche Ruhe. Aber ich schlafe auf der Couch.«

»Sei nicht albern. Ich …«

»Vertu dich nicht, Aidan. Ich will dich immer noch verletzen. Das ist zwar unreif und kindisch von mir, aber so ist es nun einmal. Ich schlafe nicht in deinem Bett«, erklärte sie und ging zur Couch.

»Kenzie …«

»Bitte«, sagte sie, als sie sich auf den weichen Polstern ausstreckte und die Augen schloss. »Könnte ich eine Decke haben?«

»Natürlich.« Er holte ihr gleich mehrere und deckte sie damit zu.

Sie sagte nichts und rührte sich auch nicht.

»Ruf mich, falls du etwas brauchst«, sagte er schließlich.

Auch darauf erwiderte sie nichts, und Aidan nickte, obwohl sie ihn nicht ansah. »Na dann, gute Nacht, Kenzie.« Er wartete, aber sie sagte noch immer nichts, um ihn von dieser merkwürdigen Qual, die er verspürte, zu erlösen. Am Ende tat er, was sie scheinbar wollte. Er ließ sie allein.

Ein paar Minuten später hörte Kenzie Wasser rauschen und begann sich unwillkürlich vorzustellen, wie Aidan sich auszog und unter die Dusche trat.

Wie er sich einseifte, wie er nackt und sexy wie die Sünde unter dem dampfend heißen Wasserstrahl stand.

Irgendwo im Haus läutete ein Telefon. Ein Apparat sprang an, und sie hörte Aidans Stimme: »Nach dem Piepton, bitte.«

Dann kam ein »Hey, du« in einer etwas heiseren, sehr femininen Stimme. »Ich bin's, Lori. Du hast mich nicht zurückgerufen. Ich fühle mich einsam ohne dich. Komm doch bald mal wieder vorbei.«

Kenzie hörte, wie der Anrufbeantworter sich abschaltete und wieder Stille im Haus eintrat.

Aidan war also anscheinend noch immer ein Mann, der Frauen das Herz brach und dann nichts mehr von sich hören ließ. Das Beste wäre, es ihm mit gleicher Münze heimzuzahlen und einfach zu verschwinden, solange er unter der Dusche war.

Ein verlockender Gedanke, doch sie musste sich eingestehen, dass es auch etwas Tröstliches hatte, hier bei ihm zu sein. Sie hatte ihm gesagt, sie vertraue ihm ein bisschen, was ebenso wahr wie beunruhigend war. Im Moment war er der einzige vertraute Mensch in ihrem Leben, und sie wollte bei ihm sein, obwohl sie wusste, dass sie sich mit jeder Stunde, die sie zusammen waren, näherkommen würden, ob sie wollten oder nicht.

Sie fürchtete nur, dass es ihr gefallen würde, mehr, als ratsam war.

Aidan fuhr aus tiefem Schlaf auf, weil irgendetwas ihn geweckt hatte. Als er die Augen öffnete, war sein Schlafzimmer vom blassen Mondlicht, das durch die Blenden an den Fenstern fiel, in Schwarz und Weiß getaucht.

Neben seinem Bett stand ein Engel.

Ein Engel in seinem T-Shirt und genauso vom Mondlicht gestreift wie sein Zimmer.

Sie war verletzt, verängstigt, traurig. Warum, zum Teufel, hatte er ihr nicht eine Rüstung geben können statt nur ein T-Shirt? Weil er Bestrafung gesucht hatte? Denn da war sie, in Fleisch und Blut, mit verführerischen Kurven, lockigem blonden Haar und einem Gesicht, das so bestrickend schön war, dass es ihm den Atem raubte. Er war in Schwierigkeiten, großen Schwierigkeiten, denn obwohl es ihm vor Jahren gelungen war, ihr nicht sein Herz zu öffnen, war er nicht mehr sicher, ob es ihm auch dieses Mal gelingen würde.

Ohne ein Wort zu sagen, hob sie die Decke an und schlüpfte zu ihm in das Bett.

Aidan war erschöpft, mehr als das sogar, und befürchtete, dass er nicht die nötige Selbstbeherrschung hatte, damit umzugehen. »Jesus!«, stöhnte er, als sie ihre eiskalten Füße an seine drückte.

»Sorry.«

Sie zog sie jedoch nicht zurück, sondern schob sie nach Wärme suchend unter seine. »Sieh mich nicht so an«, flüsterte sie.

Er wusste nicht, wovon sie sprach. In den schmalen weißen Streifen des Mondlichts konnte sie bestimmt nicht seinen Gesichtsausdruck erkennen. Er sah ihre Augen, aber nicht ihre Nase, ihren Mund, aber nicht ihr Kinn.

»Ich schlafwandle nicht und bin auch nicht high von den Schmerztabletten.« Sie schmiegte sich noch fester an ihn und schob ihre Beine zwischen seine. »Und ich bin auch nicht hier, um mir noch einmal das Herz brechen zu lassen. Wenn diesmal jemandem das Herz gebrochen wird, wirst du es sein«, sagte sie. »Du kannst dir diesen mitleidigen Gesichtsausdruck also ruhig sparen.«

»Mitleid ist das Allerletzte, was ich verspüre«, versicherte er ihr, da er ihr so quälend nahe lag und dank ihrer kalten Füße heftig fröstelte. »Und du willst mir das Herz brechen, sagst du?«

»Ich werde mir die größte Mühe geben.«

»Aber es war niemals meine Absicht, dir das Herz zu brechen.«

»Dann lass mich wenigstens glauben, ich bekäme meine Revanche, okay?«

Es brachte ihn fast um, wie sie ihre Zehen und ihre Beine an seinen Körper schmiegte. Einer seiner Schenkel lag jetzt auch noch zwischen ihren.

Sie stützte sich auf ihren unverletzten Arm und sah ihn in dem schwach erhellten Zimmer an. »Dieses Mal wirst du es sein, der leidet«, flüsterte sie.

Das war durchaus möglich. Und weil er schwach und vielleicht auch ein bisschen dumm war, legte er eine Hand auf ihre Hüfte und beugte sich vor, um sie besser sehen zu können. »Es stimmte, was ich sagte, Kenzie. Es tut mir leid, dass ich dir wehgetan habe.«

»Gut. Ich will, dass es dir leidtut. Sehr, sehr leid.«

Ja, aber wollte sie ihn auch scharfmachen? Denn das war er. Ihr T-Shirt war weit genug hinaufgerutscht, um ihn daran zu erinnern, dass sie keinen Slip trug, und auch ihr musste inzwischen sonnenklar sein, dass er nackt war. Trotzdem zog er sie der Fairness halber noch ein wenig näher.

»Was tust du?«

Was er tat? Er senkte den Kopf, rieb sein Kinn an ihrem und stieß mit der Nasenspitze an ihr Ohrläppchen.

Erschauernd klammerte sie sich an ihn und legte den Kopf zurück, um ihm besseren Zugang zu ihrem Hals zu gewähren.

»Ich kann mich nicht erinnern, was ich gerade sagte«, murmelte sie.

Er blies seinen warmen Atem auf ihr Ohr und war erfreut, als sie wieder erschauerte. »Du sagtest, du würdest mir das Herz brechen.«

»Das stimmt.« Ihre Finger bohrten sich in seinen Rücken, als sie sich bewegte. »Das tue ich. Aidan?«

»Ja?«

»Du bist nackt.«

Er hatte sich schon gefragt, wann das zur Sprache kommen würde, zumal sie seine sexuelle Erregung deutlich fühlen musste.

Kenzie schluckte und tat etwas, womit er nicht gerechnet hatte. Sie legte sich auf den Rücken und zog ihn auf sich und zwischen ihre Schenkel, die nicht so kalt wie ihre Füße waren, sondern warm und weich und sehr einladend.

»Du solltest wissen, dass ich vorhabe, dich diesmal betteln zu lassen.«

Oh Gott. »Ich bin schon nahe dran«, gab Aidan zu.

»Wirklich?«

Die Atemlosigkeit in ihrer Stimme erregte ihn noch mehr. »Wirklich.«

Er war hart, und sie war weich, so weich, und ließ ihn all diese verführerische Weichheit spüren, wobei sie mit beiden Händen seinen Po umfasste. Da sein Mund an ihrer Schulter lag und sie so unglaublich gut duftete, biss er sie sanft in den Hals. Obwohl ihr Erschauern ihm verriet, wie sehr sie das mochte, schüttelte sie den Kopf.

»Kein Anfassen mehr, ohne darum zu bitten.«

»Ich habe dich nicht angefasst, sondern gebissen.«

»Auch das gibt's nicht, bevor du darum bittest.«

Aidan lachte leise. »Na schön.« Er nahm Kenzies Gesicht zwischen seine Hände und sah ihr in die Augen. »Darf ich dich küssen, Kenzie?«

»Ist das alles, was dir einfällt?«

»Darf ich dich bitte, bitte küssen?«

»Na ja, ich denke ...«

Weiter ließ er sie nicht kommen, sondern senkte seine Lippen auf ihre und küsste sie. Sie stieß einen überraschten und, wie er hoffte, auch erfreuten kleinen Seufzer aus. Zumindest er fühlte sich so, als wäre er in eine andere Zeit zurückversetzt worden, zurück in jenen unglaublich wundervollen heißen Sommer, den er einst mit ihr verbracht hatte.

Sie gab wieder diesen kleinen Laut von sich, der ihn rasend vor Verlangen machte, schlang ihm die Arme um den Nacken, strich mit den Fingern durch sein kurzes Haar, verschränkte sie und hielt ihn fest, als würde sie ihn nie wieder gehen lassen wollen.

Träum weiter, Aidan.

Als ihre Zungen sich zu einem aufregenden erotischen Spiel vereinten, war auch das wie eine Heimkehr. Diesmal drückte ihr leiser Seufzer pure Wonne und unverkennbar sinnliches Verlangen aus.

Nachdem sie sich wieder voneinander gelöst hatten, um durchzuatmen, lehnte Aidan sich zurück und sah in ihrem Gesicht die gleiche sprachlose Verwunderung, die sich vermutlich auch auf seinem zeigte. Beiden war klar, dass sie sich wegen ihrer gemeinsamen Vergangenheit zueinander hingezogen fühlten, und ihnen war klar, dass es plötzlich sehr viel mehr als nur das war. Bevor sie noch recht wussten, was geschah, stürzten sie sich aufeinander, umklammerten sich und küssten sich, als könnten sie nicht genug voneinander bekommen. Genau wie früher.

Nur dass alles neu war, unglaublich neu und noch berauschender als damals, weil sie nicht mehr jung und unerfahren waren, sondern wussten, was sie taten. Aidan war sich voll und ganz im Klaren darüber, dass er dieses Mal nicht unversehrt davonkommen würde.

7. Kapitel

Kenzie versuchte zu denken, aber Aidans leidenschaftliche Küsse hatte sie dieser Fähigkeit beraubt, und als er sich nun zwischen ihre Schenkel kniete und ihr T-Shirt hinaufschob, musste sie sich regelrecht zwingen, ihn aufzuhalten. »Warte«, sagte sie atemlos und legte eine Hand an seine Brust.

Die Hände auf ihrem T-Shirt, sah er sie verwundert an. »Warten?«

Sie hätte in seinem Blick ertrinken können. »Ich sagte, du sollst bitten.«

Er zog eine Braue hoch, aber sie schüttelte den Kopf. »Ich meine es ernst«, sagte sie. »Hier geschieht nichts mehr, ohne dass du darum bittest.«

Aidan senkte für einen Moment den Kopf. Als er ihn wieder hob, erwartete sie von ihm zu hören, dass er nie um irgendetwas bat, aber er überraschte sie.

»Als wir zusammen waren«, sagte er ruhig, »träumte ich nachts von dir, wenn wir nicht im selben Bett schliefen. Wusstest du das?«

»Nein. Das hast du mir nie gesagt.« Er hatte vieles nie gesagt, sondern war immer sehr verschlossen gewesen.

»Es hat mich total scharfgemacht«, gestand er jetzt ganz unverblümt. »Noch Jahre später hat es mich scharfgemacht, an dich zu denken.«

Sie schaute mit großen Augen zu ihm auf. »Du meinst, du hast …«

»Oh ja. Genau das habe ich getan.« Er war kaum mehr als ein Schatten, als er sich über sie beugte, damit sie ihm in die

Augen sehen konnte, die in einem Streifen Mondlicht geradezu zu glühen schienen. »So oft, dass ich von Glück sagen kann, dass ich nicht erblindet bin.«

Kenzie lachte, dann musste sie schlucken, weil sie die Vorstellung, dass er sich selbst befriedigte, während er an sie dachte, erstaunlicherweise sehr erregend fand. »Oh.«

»Ja, oh.«

Seine Augen strahlten, sein Blick war heiß und begehrlich. Ihm war deutlich anzusehen, dass er sich an ihre wilden Liebesspiele erinnerte. Auch sie erinnerte sich, und plötzlich durchflutete herrliche Hitze ihren Körper und erfüllte sie mit wohliger Wärme.

Mit einem Mal war sie unglaublich heiß.

»Dich heute Abend anzusehen ...« Aidan seufzte tief und schüttelte den Kopf. »Das bringt all die Gefühle und Empfindungen zurück, allerdings sind sie jetzt wesentlich stärker.«

Seine zärtliche, schmeichelnde Stimme beschwor Erinnerungen an ihre gemeinsame Zeit in ihr herauf.

»Du warst schön damals, aber jetzt bist du sogar noch schöner. Bitte lass mich dir dieses Hemd ausziehen, Kenzie.«

Daraufhin war sie fast versucht, die Rollen zu tauschen und ihn zu bitten. Der Saum des T-Shirts war ihre weit gespreizten Schenkel hochgerutscht, zwischen denen er noch immer kniete. Er brauchte das Hemd nur ein bisschen hinaufzuschieben, um zu sehen, dass sie bereits feucht war vor Erwartung.

»Bitte«, sagte er leise. »Bitte, lass es mich dir ausziehen.«

»Ja.«

Aidan bewegte sich, und für einen Moment konnte sie sein Lächeln sehen. Langsam schob er das T-Shirt hoch.

Sie hatte das gewollt, es unter dem Vorwand ihrer lang ersehnten Revanche sogar provoziert, aber langsam beschlichen sie Bedenken. Wer wird hier wen verletzen? fragte sie sich. Ging es ihr wirklich noch um Revanche?

Die kühle Nachtluft streifte ihre Haut, als Aidan ihr das T-Shirt auszog. Ihre Brustspitzen richteten sich auf, und ein Zittern durchlief sie, aber nicht wegen der Kälte. Silbrige Streifen Mondlicht verliefen quer über ihren Körper, über ihre Augen, ihren Hals, ihre Brüste, ihren Bauch und ihren Schoß. Aidan hätte sie nicht perfekter für seine eingehende Betrachtung positionieren können.

»Aidan …«

Er strich über ihre Hüfte, und Kenzie blieb die Luft weg. Sie wollte ihm eingestehen, vielleicht ein wenig voreilig gewesen zu sein mit ihrer Behauptung, diesmal ihm das Herz zu brechen, doch bevor sie dazu kam, legte er die Hände auf die Innenseite ihrer Schenkel und schob sie noch ein wenig weiter auseinander.

Das einzige Geräusch im Zimmer kam von Aidan, als er aufstöhnend den Kopf senkte. »Oh Kenzie, du bist wunderschön«, hauchte er dicht an ihrem Bauch. »Ich möchte dich küssen, dich liebkosen, deine Süße schmecken. Ich will das mehr als alles andere auf der Welt. Bitte lass mich …«

Das mit dem Bitten konnte er schon ganz gut. »Okay«, flüsterte sie, und noch bevor das Wort heraus war, spreizte er mit den Schultern ihre Beine und senkte seinen Mund auf ihren Schoß.

»Ja.« Kenzie presste ihre Fersen gegen die Matratze, als seine Zunge, seine Zähne, seine warmen Lippen sie berührten und sie mit ihren aufregenden Liebkosungen in einen Zustand reiner Verzückung versetzten. Sie kam fast umgehend und war noch gar nicht wieder richtig zu Atem gekommen, da hatte er sich bereits ein Kondom übergestreift und drang mit einer einzigen kraftvollen Bewegung in sie ein.

Sie stöhnte lustvoll und klammerte sich an ihn. Ihn so tief in sich zu spüren, so absolut und vollkommen von ihm ausgefüllt zu werden, ließ sie völlig vergessen, was eigentlich ihr

Ziel gewesen war. Dahin waren sämtliche Gedanken an Vergeltung oder Rache. Sie konnte an nichts anderes mehr denken als an ihn. Um wenigstens den Schein zu wahren, flüsterte sie: »Du … du hast nicht Bitte gesagt.«

Aidan lachte leise, rutschte zu ihr hoch, legte eine Hand an ihr Gesicht und sah ihr in die Augen. »Darf ich dich bitte, bitte ganz und gar um den Verstand bringen?« Seine Stimme war belegt, denn auch ihn quälte das gleiche drängende Verlangen, das sie beherrschte.

»Ja.«

»Gut. Darf ich dich auch bitte, bitte dazu bringen, meinen Namen herauszuschreien?«

Statt zu antworten, bog sie sich ihm entgegen, presste ihre Brüste an seinen muskulösen warmen Oberkörper und legte ihre Beine um seine Taille.

Er stöhnte auf, bewegte sich aber nicht. »Darf ich?«

»Ich schreie normalerweise nicht sehr viel.«

Aidan lächelte sie einen Moment an, dann küsste er sie mit der gleichen Leidenschaft, mit der er kurz darauf ihren Körper nahm. Es gelang ihm tatsächlich mit beängstigender Mühelosigkeit, ihr auch noch den letzten Rest Klarheit zu rauben, und als sie sich auf dem Höhepunkt aufbäumte, schrie sie seinen Namen.

Später, als das Blut schließlich ein wenig langsamer durch ihre Adern floss und eine wohlige Mattheit Besitz von ihr ergriff, wurde ihr bewusst, dass sie Aidan noch immer so fest umschlungen hielt, dass er sich kaum bewegen konnte.

Er beklagte sich jedoch nicht und strich mit den Lippen über ihren Hals, während sein Atem sich beruhigte.

Der ihre tat es nicht. Ein bisschen verlegen zwang sie sich, ihn loszulassen, überzeugt, dass er sich nun zur Seite rollen würde. Zu ihrer angenehmen Überraschung blieb er, wo er war, drehte nur den Kopf etwas herum, um seine Lippen auf ihr Kinn zu drücken. Dabei murmelte er leise seufzend ihren Namen.

Schlagartig wurde ihr klar, was für eine Närrin sie war. Sie hatte ihm gar nichts heimgezahlt, sondern alles nur noch schlimmer gemacht.

Sie hatte ihr eigenes Herz aufs Spiel gesetzt.

Nach einem Augenblick der Panik beruhigte sie sich wieder. Sie waren beide erwachsen geworden und hatten sich weiterentwickelt. Auch er hatte sich verändert. Vielleicht würde es diesmal anders werden.

»Du hast meinen Namen geschrien.« Aidan hob den Kopf und sah sie lächelnd an. »Und gebettelt hast du auch.« Jetzt grinste er ganz unverhohlen. »Wir strengen uns noch immer ganz schön an zusammen.«

»Es gibt kein Wir.« Kenzie war plötzlich irritiert und schob Aidan von sich. »Absolut nicht.«

Er lehnte sich lässig zurück, verschränkte die Hände hinter seinem Kopf und hörte nicht auf, wie ein Idiot zu grinsen. »Soll das heißen, dass du keine Lust hast, es noch mal zu versuchen?«

»Genau das.«

»Ach Kenzie. Was für eine schlechte Lügnerin du bist.«

Damit mochte er recht haben, doch sie wusste nicht, wie sie sonst vor ihm verheimlichen sollte, dass sie trotz oder auch vielleicht gerade wegen der Ereignisse in ihrer Vergangenheit noch immer sehr viel für ihn empfand. Denk nach, forderte sie sich in Gedanken auf. Sie brauchte Klarheit, und dafür musste sie allein sein. Sie schwang die Beine aus dem Bett, doch Aidan hielt sie zurück.

»Bleib«, sagte er leise.

Seufzend gab sie nach. »Okay. Aber nur, wenn du mir sagst, warum du damals wirklich Schluss gemacht hast.«

Sein belustigtes Lächeln verschwand. »Ich sagte dir doch schon, dass ich damals ein Idiot war.«

»Das warst du, stimmt, und warum sonst noch?«

Er sah sie lange an, und als er zart ihr Gesicht berührte, hielt sie den Atem an.

»Weil ich nicht wusste, was ich hatte«, sagte er schließlich.

Aidan schlief wie ein Toter und erwachte erst, als Kenzie sich vorsichtig aus seinen Armen löste und das Bett verließ.

Zufrieden lächelnd sah er ihr nach und beobachtete, wie sie ins Bad ging und die Tür hinter sich schloss. Einen Augenblick gestattete er sich, in Erinnerungen an die vergangene Nacht zu schwelgen, dann rappelte er sich auf. Kenzie brauchte etwas zu essen und einen neuen Verband. Er zog Jeans an und ging in die Küche, wo er eine Pfanne und Eier nahm und sich daranmachte, ihnen ein proteinreiches Frühstück zuzubereiten, damit sie danach wieder ins Bett zurückkehren konnten, um die Kalorien bei einem erregenden Frühsport zu verbrennen.

Das Klingeln an der Tür riss ihn aus seinen schönen Gedanken, und er unterbrach seine Arbeit, um ein dünnes Päckchen entgegenzunehmen, das ein Bote ihm überreichte. Als die Eier fertig waren, nahm Aidan seinen Erste-Hilfe-Kasten und klopfte an die Badezimmertür. »Verbandszeug, Aspirin und Frühstück. Und dein Päckchen aus Los Angeles ist hier.«

»Das kommt gerade richtig, denn ich muss jetzt los.«

»Du meinst, zurück nach Los Angeles?«

Die Tür wurde geöffnet, und Kenzie kam, in eins seiner Badetücher gehüllt, heraus.

»Nicht zurück. Noch nicht.«

»Du brauchst Ruhe, Kenzie.«

»Ich brauche etwas zum Anziehen«, sagte sie, schon auf dem Weg ins Schlafzimmer. »Kannst du mir einen Jogginganzug leihen?«

»Klar.« Er nahm einen heraus und gab ihn ihr.

»Danke. Ich muss jetzt wirklich los.«

Klar, dachte er, um da draußen herumzuschnüffeln, Tommy in die Quere zu kommen und festgenommen zu werden. »Kenz, hör zu. Du musst dich aus den Ermittlungen heraushalten. Der Chief will nicht, dass du deine Nase …«

»Er ist nicht mein Chef. Er kann mir nichts verbieten.«

»Wenn du bleibst …«

»Vielen Dank, aber nein.«

»Lass mich dir wenigstens die Verbände wechseln …«

»Das kann ich selbst. Ich bin nicht mehr das hilflose kleine Ding von früher«, fügte sie auf seinen erstaunten Blick hinzu. »Ich bin erwachsen und brauche niemandes Hilfe mehr.«

»Ach ja?«, versetzte Aidan mit erhobener Braue. »Du brauchtest mich aber, als …«

»Nein – oder doch, ja, ich brauchte dich, um dem Feuer zu entkommen, aber …«

»Davon spreche ich nicht.« Aidan zeigte auf sein Bett.

»Oh nein. Das habe ich nur getan, um dir das Herz zu brechen. Ich hatte dich gewarnt, nicht wahr?«

Blödsinn, dachte Aidan. Das war nicht nur eine Revanche gewesen. »Kenzie, bitte.«

»Sorry. Ich muss los.« Wieder ließ sie das Handtuch fallen, was den gleichen Effekt auf ihn hatte wie in der vergangenen Nacht. Während er noch dastand und ihre fantastische Figur bewunderte, zog sie den Jogginganzug an, küsste ihn auf die Wange und verließ das Zimmer, und dem Geräusch der sich öffnenden und schließenden Haustür nach zu urteilen, verließ sie auch sein Haus.

8. Kapitel

Jemand stand draußen und hämmerte gegen seine Haustür, das wurde Aidan klar, nachdem er die Dusche abgestellt hatte. Kenzie war zurückgekommen! Mit wild klopfendem Herz band er sich ein Handtuch um die Taille und sprintete an die Tür.

Es war aber nicht Kenzie, sondern sein bester Freund und Partner Zach, der draußen stand. »Verdammt.«

»Ich freue mich auch, dich zu sehen.« Ohne eine Einladung abzuwarten, schob Zach sich an ihm vorbei ins Haus.

Aidan schloss die Tür hinter ihm und strich sich durch das nasse Haar. »Sorry. Ich dachte, du wärst jemand anders.«

Zach musterte Aidan vielsagend und nickte. »Offensichtlich. Wer ist sie?«

»Woher weißt du, dass es eine Sie ist?«

»Weil wir, wenn du in diesem Aufzug einen Mann erwarten würdest, über etwas völlig anderes sprächen.«

Aidan verdrehte die Augen und ließ Zach allein, um sich etwas anzuziehen. In seinem Schlafzimmer warf er einen Blick auf das zerwühlte Bett und die leeren Kondompäckchen auf dem Nachttisch. Obwohl Kenzie sein Shampoo und seine Seife benutzt hatte, glaubte er noch immer ihren unverwechselbaren femininen Duft wahrzunehmen. Er starrte auf die zerwühlten Laken und erinnerte sich daran, wie er sich gefühlt hatte, als sie zu ihm unter die Decke geschlüpft war, wie natürlich es ihm vorgekommen war, sie zu küssen und zu berühren, sich in ihrem Körper zu verlieren und mit ihr zusammen die Lust zu genießen, die er schon sehr lange nicht mehr erlebt hatte. Aber dann war sie gegangen.

Als Aidan in die Küche zurückkam, stand Zach vor dem Frühstück, das er für Kenzie zubereitet hatte.

»Du hast Frühstück gemacht. Ein richtiges Frühstück«, sagte er.

»Ja und?«

»Du hast sogar Servietten aufgelegt.«

»Gut beobachtet. Und wenn du möchtest, kannst du gerne mit mir frühstücken.«

Zach ließ sich nicht zweimal bitten, sondern zog sich einen Stuhl heran und setzte sich.

»Ich dachte, du wolltest ein paar Tage mit Brooke verreisen?«, fragte Aidan.

»Wir fahren morgen früh. Ich wollte dich nur vorher noch einmal sehen.«

»Was für eine nette Geste, Zach.«

»Blödsinn.« Zach nahm sich etwas Rührei und sah dann Aidan an. »Ich habe von der Explosion gehört. Ich hätte da sein sollen.«

Aidan warf einen Blick auf den Gips an Zachs linkem Handgelenk und bekam eine Gänsehaut bei der Erinnerung daran, wie knapp sein Partner davongekommen war. Fast hätte er ihn zusammen mit Blake verloren. »Du bist noch nicht ganz wiederhergestellt.«

»Es wird aber schon besser.« Zach krümmte und streckte seine Finger. »Ich könnte wieder arbeiten, verdammt. Ich verstehe nicht, wieso der Chief so strikt dagegen ist.«

»Genieß die freien Tage. Ihr verdient sie, du und Brooke.«

»Ja.« Zach seufzte. »Das Boot ist also völlig hin?«

»Leider ja.«

»Und Kenzie ist okay?«

»Das hast du also auch bereits gehört?«

»Ja.« Zach machte eine Pause. »War es nicht ein bisschen komisch, wo ihr früher doch einmal zusammen wart?«

»Sie zu retten, meinst du?«

»Was denn sonst?« Zach sah ihn prüfend an. »Hab ich was verpasst?«

Aidan schüttelte den Kopf. »Nichts, worüber ich reden will.«

»Na schön«, sagte Zach und wechselte das Thema. »Ich hörte, dass Blake seine Brandbeschleuniger auf dem Boot gehabt haben muss. Man nimmt allgemein an, dass es deswegen so schnell in Flammen aufging.«

Das war eine Theorie, aber Aidan hatte eine andere. »Du wirst mich für verrückt halten, wenn ich dir sage, was ich denke.«

Zach stand auf, um Milch aus dem Kühlschrank zu holen. »Jedes Mal, wenn ich dachte, dass diese Feuer gelegt worden waren, warst du der Einzige, der mir glaubte. Ich wäre der Letzte, der dich für verrückt erklärt.«

»Ja, aber wir wissen jetzt, dass Tommy die ganze Zeit hinter dir stand, er war mittendrin in seiner Untersuchung und wollte keine Einmischung von dir. Und er lässt immer noch nicht locker, obwohl der Chief ihm im Nacken sitzt, die Sache zu beenden.«

»Ja.« Zach schob seinen Teller fort. »Deshalb frage ich mich, was sie jetzt wohl sagen werden.«

»Wozu?«

»Dass du bei dem Feuer auf dem Boot genauso wenig an einen Zufall glaubst wie bei den anderen und dass ich auch nicht an Zufall glaube.«

Aidan seufzte. »Das Boot wurde aus irgendeinem Grund in die Luft gejagt, und ich vermute, dieser Grund war, etwas zu verbergen. Etwas, wovon jemand nicht wollte, dass es gefunden wird.«

»Was?«

»Keine Ahnung. Und ich wette, dass Tommy und der Chief es auch nicht wissen, es aber unbedingt rauskriegen wollen.«

»Das ergibt doch keinen Sinn«, meinte Zach. »Blake ist tot.«

Aidan nickte. »Ja, und das bedeutet, dass er diese Brandstiftungen nicht allein begangen hat. Wer immer auch sein Komplize ist, hat anscheinend Angst bekommen.«

»Oder sonst jemand. Aus heiterem Himmel taucht nach sechs Jahren plötzlich Kenzie auf. Das ist doch komisch, oder?«

Aidans Magen verkrampfte sich. »Ihr Bruder ist tot, Zach.«

»Ja. Ihr brandstiftender Bruder. Sie standen sich sehr nahe, nicht?«

»Du denkst doch nicht etwa, dass sie seine Komplizin ist?«

»Hör zu, ich will auch nicht denken, dass Blake all das getan hat, was ihm vorgeworfen wird. Und ich will schon gar nicht daran denken, dass er im Gefängnis säße, wenn er noch am Leben wäre, aber das sind nun mal die Fakten.«

Aidan strich sich nachdenklich über das unrasierte Kinn. »Sie ist gerade erst in die Stadt gekommen.«

»Weißt du das mit Sicherheit?«

Nein, das wusste er tatsächlich nicht.

»Warum war sie auf seinem Boot?«

»Um seine Sachen durchzusehen«, sagte Aidan. »Und weil sie ihn vermisst.«

Zach rieb sich die Augen. »Wenn das stimmt, wäre sie dann nicht schon früher gekommen?«

»Keine Ahnung. Ich weiß nur, dass Blake alles war, was sie noch hatte.« Aidan stand auf und begann auf und ab zu gehen. »Sie ist am Boden zerstört. Sie ist entsetzt und wütend, weil wir alle Blake für schuldig halten. Ich glaube, sie wird selbst Nachforschungen anstellen und herausfinden, was sie kann.«

»Worüber Tommy alles andere als begeistert wäre.«

»Er wird sie festnehmen lassen, falls sie die Ermittlungen behindert«, stimmte Aidan zu. »Und das wird sie, denn sie will Blakes Unschuld unbedingt beweisen.«

Zach zog eine Braue hoch. »Und das hast du alles erfahren, als du sie aus dem Wasser gezogen hast?«

Aidan zog es vor zu schweigen.

»Du hast sie nach dem Feuer im Krankenhaus gesehen«, fuhr Zach fort.

»Ja.«

»Und auch danach noch, denke ich.«

»Ja.«

Zach blickte an Aidan vorbei ins Wohnzimmer und auf den Korridor.

»Sie ist nicht mehr hier«, sagte Aidan müde.

»Aber sie war hier? Verdammt, Aidan. Was würde Tommy dazu sagen?«

»Seit wann spielt das eine Rolle?«

»Seit wir beide wissen, dass er bei all den Brandstiftungen der gleichen Meinung war wie wir. Und das wird er auch bei dieser sein, das garantiere ich dir.«

Zach hatte recht. Im Nachhinein betrachtet, war es dumm gewesen, mit Kenzie ins Bett zu gehen.

»Sie war verletzt, Zach, und allein. Ihr Portemonnaie ist verbrannt, und sie konnte nirgendwohin, deshalb ließ ich sie hier übernachten. Das ist alles.«

»Du hättest ihr Geld leihen können.«

»Die Hotels sind alle ausgebucht«, erwiderte Aidan achselzuckend. »Sie hat eben einfach Pech gehabt.«

»Pech gehabt? Komisch, aber du siehst gar nicht sehr verärgert aus.«

»Hast du keine Verlobte, die auf dich wartet?«

Zach grinste. »Doch.«

»Dann geh zu ihr.«

Zach stand auf. »Hör mal, Aidan, ich weiß, dass sie dir einmal etwas bedeutet hat, aber …«

»Sie ist Blakes Schwester.«

»Und deine Ex. Ich denke, das ist Grund genug, dich von ihr fernzuhalten.«

Kenzie öffnete den Umschlag, den Aidan ihr gegeben hatte, und küsste vor Erleichterung die Kreditkarte, die sie darin entdeckte. Sie brauchte ein paar Dinge wie Kleider, Unterwäsche und Toilettenartikel, obwohl sie nichts gegen Aidans Jogginganzug hatte – er roch nach ihm und ließ sie sich ihm nahe fühlen. Und genau deshalb musste sie raus aus ihm.

Nachdem sie einen Rock, zwei T-Shirts und ein Paar Sandalen gekauft und sich umgezogen hatte, stieg sie wieder in ihren Wagen. Sie hatte zwei Anrufe auf ihrem Handy verpasst, beide von derselben Nummer wie zuvor. Da keine Nachricht hinterlassen worden war, ignorierte sie sie und fuhr zum Hafen. Dort besorgte sie sich eine heiße Schokolade und eine Schachtel Donuts, aß in ihrem Wagen und starrte auf die verkohlten Überreste von Blakes Boot.

Ab und zu fuhr ein Wagen vorbei, ansonsten war sie allein. Einer war ein hellgrauer Mittelklassewagen, der langsamer wurde, als er an ihr vorbeikam. Die Wagenfenster waren so dunkel getönt, dass sie nicht hineinsehen konnte. Bei seinem Anblick beschlich sie ein sonderbares Gefühl. Sie war sicher, ihn schon einmal gesehen zu haben.

Bis vor zwei Wochen, vor Blakes Tod, hatte sie weder Schokolade noch Donuts angerührt. Sie hatte sich an eine strikte Achthundert-Kalorien-Diät gehalten und sie mit einem harten Fitnesstraining kombiniert. Alles, um gut auszusehen. Dafür wurde ein Fernsehstar schließlich bezahlt.

Jetzt gab es keine Fernsehshow mehr, in der sie gut aussehen musste. In L. A. hatten die Castings längst begonnen. All ihre ehemaligen Co-Darsteller nahmen daran teil, und was tat sie? Donuts essen, statt der Tatsache ins Auge zu sehen, dass sie arbeitslos war, dass ihr bequemer, angenehmer, interessanter Job vorbei war.

Ihr Leben war vorbei.

Sie sah die *Blake's Girl* an und spürte, wie das letzte Stück

Donut ihr in der Kehle stecken blieb. Nein. Ihr Job mochte vorbei sein, aber nicht ihr Leben.

Es war Blakes Leben, das vorbei war.

Kenzie wischte sich den Zucker von den Fingern und stieg aus. Ihr Handgelenk schmerzte nicht, aber die Schiene war so lästig, dass sie nicht einmal ihr Haar zu einem Pferdeschwanz hatte zusammenbinden können. Nun flog es ihr im Wind, der über den Hafen strich, ins Gesicht und in die Augen. Sie hätte Aidan bitten können, ihr beim Frisieren zu helfen, aber lieber ließ sie ihr Haar offen, als sich noch einmal von ihm anfassen zu lassen.

Na gut, dachte sie. *Das stimmt nicht, natürlich nicht, aber ich kann immerhin so tun, als wäre es so.*

In diesen wenigen Stunden in seinen Armen hatte sie sich nicht allein, verloren und verletzt gefühlt, sondern war wie verwandelt gewesen und seit langer Zeit mal wieder auf andere Gedanken gekommen. Sie hatte sogar vergessen, Aidan dafür zu bestrafen, dass er sie sitzen gelassen hatte. *Gut gemacht, Kenzie.* Sie schüttelte den Kopf über sich selbst, während sie zu den Piers hinüberging. Die verkohlten Überreste der *Blake's Girl* waren von einem gelben Absperrband umgeben. Sie wusste nicht, wozu.

Sie hielten Blake für einen Verbrecher? Na schön, aber diesen Brand konnten sie ihm nicht anlasten, da er nicht mehr lebte.

Ihre Brust verkrampfte sich, während sie so nah wie möglich an dem gelben Band entlangging. Niemand war zu sehen, und sie spielte mit dem Gedanken, einfach darunter hindurchzuschlüpfen und an Bord zu gehen, um die verkohlten Überreste durchzusehen. Gerade als sie sich bückte, um es zu tun, hörte sie den Motor eines Wagens. Sie richtete sich auf und sah sich um.

Es war der graue Wagen, der schon wieder eine Runde auf dem Parkplatz drehte.

Kenzie fröstelte. Sie fühlte sich wieder genauso beobachtet wie im Krankenhaus.

Wer verfolgte sie?

War es Tommy, der Brandmeister?

Nein. Der hatte nicht die Mittel, sie beschatten zu lassen. Sie bezweifelte, dass es überhaupt jemanden in Santa Rey gab, der sie hatte.

Dann fielen ihr die verpassten Anrufe ein, und sie nahm ihr Handy heraus und rief die Nummer an.

Niemand antwortete.

Noch einmal strich sie über das gelbe Absperrband und seufzte. Sie hatte nicht den Mut, sich so dreist über das Gesetz hinwegzusetzen. Zumindest nicht bei hellem Tageslicht, aber in der Nacht, im Schutz der Dunkelheit, wer weiß?

Entschlossen wandte sie sich ab – und schrie erschrocken auf, als sie gegen etwas stieß, was ihr im ersten Moment wie eine Wand vorkam. Eine Wand, die in Wirklichkeit eine warme harte Brust war, die ihr nur zu gut bekannt war, genau wie die großen warmen Hände, die sich auf ihre Arme legten.

9. Kapitel

Der Zusammenstoß brachte Kenzie ins Schwanken, aber Aidan hielt sie fest.

»Alles okay?«, fragte er besorgt.

»Ja«, erwiderte sie kurz. »Alles bestens.«

»Gut. Was, zum Teufel, tust du hier?«

»Komisch, genau das wollte ich dich auch gerade fragen. Bist du mir gefolgt?«

»Nein.«

»Du fährst keinen grauen Wagen und verfolgst mich überallhin?«

»Ich fahre einen blauen Pick-up und bin dir nicht gefolgt. Ich hatte nur so eine Ahnung, dass du zum Hafen fahren und irgendwelche Dummheiten begehen würdest.«

»Was für Dummheiten?«, erwiderte sie steif.

»Dann wäre es für dich keine Dummheit, unter einem Absperrband hindurchzuschlüpfen?«

»Nur wenn ich dabei erwischt würde.«

»Würde? Und was ist damit?«, fragte er und schloss seine Finger noch ein wenig fester um ihren Arm.

»Du zählst nicht.«

Er sah sie halb erstaunt und halb verärgert an. »Und wieso nicht?«

»Weil du mich ja wohl kaum verhaften lassen wirst, oder?« Kenzie erhob den Blick und sah eine überraschende Mischung aus Mitgefühl und Zuneigung, Frustration und Sorge in seinem Gesicht.

»Natürlich nicht. Ich kam nur her, um mit dir zu reden«,

sagte er. »Aber was hat es mit diesem grauen Wagen auf sich, von dem du eben gesprochen hast?«

»Nichts.«

Er sah sie lange an. »Was verschweigst du mir?«

»Gar nichts.«

»Wohl eher alles, denke ich«, entgegnete er mit einem frustrierten Seufzer. »Tommy will, dass du ihn nicht bei seiner Arbeit störst.«

»Ich werde ihm nicht in die Quere kommen, sondern ihm nur helfen.«

»Er will aber keine Hilfe und kann und wird dich festnehmen lassen, wenn du ihm nicht aus dem Weg bleibst.«

»Ich habe nicht vor, deinem Tommy zu nahe zu kommen.«

Aidan nickte. »Gut. Dann können wir ja von etwas anderem reden. Wegen gestern Nacht …«

Kenzie wusste nicht, wie sie darüber dachte, und wollte auch nicht darüber reden. »Nicht jetzt, Aidan.«

»Du willst nicht darüber reden?«

Sie schüttelte den Kopf. »Später vielleicht.«

Seine Hände lagen noch auf ihren Armen, und auch wenn sie es niemals zugegeben hätte, war seine Unterstützung im Moment für sie wie eine Rettungsleine. Ihre einzige. »Beantworte mir eine Frage«, bat sie und sah ihm in die Augen, weil das, was sie wissen wollte, für sie sehr wichtig war. »Brandstiftung ist doch ein sehr gründlich analysiertes Verbrechen, nicht? Die Täter sind sich vom Charakter her doch meist sehr ähnlich? Sie sind aggressiv, gewalttätig und fast immer Wiederholungstäter.«

Aidan nickte. »Das stimmt. Aber woher weißt du das?«

»Letztes Jahr ging es in einigen Folgen unserer Soap um einen Brandstifter. Würdest du Blake als aggressiv oder gewalttätig charakterisieren?«

»Absolut nicht.«

»Siehst du«, sagte sie.

»Das besagt aber gar nichts. Es gibt Beweise.«

»Das weiß ich«, unterbrach sie ihn. »Aber die meisten Brandstifter wollen doch, dass ihr Werk bewundert wird?«

»Ja, aber …«

»Aber Tommy sagte mir, dass Blake nicht aufgehört hat, seine Unschuld zu beteuern.«

»Auch das ist wahr«, gab Aidan zu.

»Könnte es also nicht sein, dass du dich in Bezug auf Blake geirrt hast?«

»Nicht ich bin es, der ihm die Brandstiftungen anlastet.«

Seine Antwort brachte ihr plötzlich zu Bewusstsein, dass er genauso wenig wie sie das Schlimmste von Blake glauben wollte. Das war so viel mehr, als sie erwartet hatte, dass sie ihn impulsiv umarmte.

Er erwiderte die Umarmung. »Er wird alles gut, Kenzie, du wirst schon sehen«, versuchte er sie zu beruhigen.

Kenzie fühlte sich so gut in seinen Armen an, dass Aidan sein Gesicht in ihr Haar schmiegte und ihren Duft einatmete. Am liebsten hätte er sie ewig so festgehalten.

Er wollte sie nicht mehr gehen lassen.

Sie war so warm, so weich und so verführerisch, dass er seine Hand an ihrem Rücken hinabgleiten ließ und sie noch fester an sich zog.

Weiter unten am Kai zankten sich zwei Möwen über irgendeine Beute. Wasser klatschte gegen die Holzpfosten, und gleich dahinter schaukelten die Überreste der *Blake's Girl* auf dem Wasser. »Du musst hier weg«, sagte Aidan, der nicht wollte, dass Kenzie die traurigen Überreste des Bootes sah.

»Ja.« Sie löste sich von ihm. »Ich weiß. Ich bin schon weg.«

Er nahm ihre Hand und warf ihr einen prüfenden Blick zu. Es war klar, dass sie absolut nicht vorhatte, ihre Schnüffelei einzustellen.

»Ich bin kein kleines Mädchen mehr und kann selbst auf mich aufpassen, Aidan.«

Richtig. Sie war eine erwachsene Frau, die auf sich selbst aufpassen konnte, aber das änderte nichts daran, dass er sie immer noch beschützen wollte. »Hast du schon gegessen?«

Sie starrte ihn an. »Ich sag dir, ich kann auf mich selbst aufpassen, und du fragst, ob ich gegessen habe? Und das, obwohl du weißt, dass das gestern … dass ich nur mit dir zusammen war, um dir das Herz zu brechen?«

»Ach, das …« Er strich ihr eine Haarsträhne hinter das Ohr und konnte spüren, wie sie erschauerte. »Das war sicher nicht der einzige Grund, warum du gestern Nacht geblieben bist und mit mir geschlafen hast.«

»Okay, nicht nur. Du hattest mir auch das Leben gerettet, und ich stand in deiner Schuld.«

Er schüttelte den Kopf. »Auch nicht nur deshalb.«

»Und warum dann, du Schlauberger?«

»Weil du gern mit mir zusammen bist.«

Ein hilfloses kleines Lachen entrang sich ihr.

»Ich bin auch sehr gern mit dir zusammen, Kenz.«

Sie schüttelte den Kopf. »Du tickst wohl nicht richtig.«

»Das wissen wir bereits. Also? Gehen wir nun was essen?«

Wieder starrte sie ihn an. »Ein bisschen hungrig bin ich schon.«

Sie gingen zurück zum Parkplatz, und Kenzie folgte ihm in ihrem Wagen zum »Sunrise«, wo Sheila Aidan sehr herzlich begrüßte, während sie Kenzie nur ein neugieriges Lächeln schenkte. Obwohl schon früher Nachmittag war, bestellte Aidan ein komplettes Frühstück. Als Kenzie nur eine Tasse Kaffee wollte, verdoppelte er seine Bestellung und führte Kenzie in den gut besetzten Speisesaal.

»Das ist viel zu viel für mich«, protestierte sie, als Sheila ihnen kurz darauf das Essen brachte.

Aidan schob ihr eine Gabel hin. »Das hast du früher auch immer gesagt. Und dann hast du meinen ganzen Teller leer geputzt.«

Kenzie lächelte. »Damals warst du auch mein Freund und musstest mit mir teilen.«

Aidan beugte sich vor und strich ihr wieder eine lose Haarsträhne aus dem Gesicht. Er wusste nicht, warum er ständig Vorwände suchte, um sie zu berühren, außer dass sie traurig und verloren aussah. Sie war ungeschminkt, und ihr schönes blondes Haar umspielte in weichen Locken ihr Gesicht. Sie war einfach nur Kenzie, weder der berühmte Soapstar noch die Frau, die er von einem brennenden Boot heruntergeholt hatte. Einfach nur die Frau, die früher einmal sein Herz berührt hatte – und es anscheinend noch immer tat.

Deshalb tat Aidan, was er die ganze Zeit schon gewollt hatte. Er beugte sich vor und küsste sie sachte auf die Lippen.

Kenzie lächelte ein bisschen verwundert und berührte ihren Mund mit den Fingern. »Wofür war das gerade?«

Bevor er antworten konnte, stand plötzlich Zach vor ihrem Tisch. »Hey.«

»Hey«, sagte Aidan überrascht. »Kenzie, das ist Zach. Zach, Kenzie ist …«

»… Blakes Schwester.« Zachs Blick wurde weicher, als er sie ansah. »Ihr Bruder fehlt mir.«

»Danke. Mir auch«, murmelte sie.

Zach reichte Aidan eine Akte.

»Was ist das?«

»Ich möchte, dass du sie hast, falls du sie brauchst, solange ich nicht hier bin.«

Aidan öffnete die Akte und sah sofort, dass sie sämtliche Indizien enthielt, die Zach in den letzten Monaten zu den Brandstiftungen gesammelt hatte. Zach hatte als Erster Verdacht geschöpft und mit Tommy, ihrem Brandmeister, über seine Vermutungen gesprochen. »Danke«, sagte er. »Willst du dich zu uns setzen, Zach?«

»Ich kann nicht. Brooke wartet. Ich habe gerade mit Eddie und Sam gesprochen. Wusstest du, dass es gestern Nacht eine weitere Explosion gab? In dem Haushaltswarenladen in der Sixth Street.«

»Gab es Verletzte?«

»Einige. Und eine Tote. Tracy Gibson.«

Aidans Magen verkrampfte sich. Tracy Gibson war die Frau, in die Blake schon Monate vor seinem Tod verliebt gewesen war.

»Wer ist Tracy?«, fragte Kenzie, die Zachs und Aidans Blickwechsel bemerkt hatte.

»Sie arbeitete in dem Haushaltswarengeschäft«, antwortete Zach. »Es war die gleiche Geschichte wie bei der *Blake's Girl*. Also bewahr das hier gut auf«, sagte er an Aidan gewandt und tippte auf die Akte. »Schön, Sie kennengelernt zu haben«, sagte Zach dann zu Kenzie und klopfte Aidan auf die Schulter, dann ging er.

»Und was schließen wir daraus?«, fragte Kenzie. »Wenn es in diesem Laden eine ähnliche Explosion gab, war das mit Blakes Boot vielleicht gar kein Unfall.«

»Möglich.«

»Ein neuer Serienbrandstifter?«, entgegnete sie spöttisch. »Wie groß ist die Wahrscheinlichkeit in einer solch kleinen Stadt wie dieser?«

»Ich weiß es nicht.«

»Aber ich«, sagte sie. »Sie ist gleich null.«

Kenzies Blick und ihr trotzig vorgeschobenes Kinn ließen erkennen, dass sie nicht aufgeben würde, und Aidan, der ihre Willenskraft und Leidenschaft aus eigener Erfahrung kannte, hatte plötzlich Angst um sie.

Angst um sie und Angst vor den Gefühlen, die sie in ihm heraufbeschwor.

Eine Zeit lang sah er zu, wie sie auf ihrem Teller herumstocherte, dann legte er seine Hand um ihre und führte eine Gabel Rührei an ihren Mund. Sie aß es und sah ihm dabei tief in die Augen.

»Du siehst mich an, als läge dir etwas an mir«, sagte sie.

»Das tut es auch.«

»Das sollte es aber nicht.«

»Und warum nicht?«

»Weil ich deine Gefühle nicht erwidern werde.« Sie brach den Blickkontakt ab und betrachtete ihren Teller. »Oder jedenfalls nicht wie früher.«

»Das sagtest du bereits.«

»Es war mir ernst damit, Aidan.«

»Und ich glaube dir aufs Wort.« Vielleicht würde ihr Wunsch sich tatsächlich erfüllen, denn hier mit ihr zu sitzen und zu wissen, dass sie diesmal ihn verlassen würde, weckte ein eigenartiges Gefühl in ihm. Es kam ihm vor, als zöge sich sein Herz zusammen und weigerte sich, seinen normalen Rhythmus wieder aufzunehmen.

Kenzie aß gerade einen weiteren Bissen, als Aidans Handy klingelte. »Sorry«, sagte er nach einem Blick auf das Display. »Aber das ist die Einsatzleitung.«

»Kein Problem.«

Kenzie blickte nicht mal auf, als er hinausging, um besseren Empfang zu bekommen. Zwei Feuerwehrleute waren erkrankt und mussten in der nächsten Schicht vertreten werden, erfuhr er. So viel zu einem freien Tag – er war ab sofort wieder im Dienst. Als er sich umdrehte, um in das Café zurückzugehen, stieß er fast mit Kenzie zusammen.

»Tut mir leid«, sagte sie mit einem etwas merkwürdigen Lächeln, das ihre Augen nicht erreichte. »Ich muss los.«

Sie hatte ihm die Worte aus dem Mund genommen.

»Die Rechnung ist bezahlt.«

Er griff nach seiner Brieftasche. »Lass mich ...«

»Nein, nein, ich lade dich ein. Betrachte es als kleine Anzahlung.«

»Wofür?«

»Für das, was ich dir schulde. Als meinem Lebensretter, meine ich.«

»Kenzie ...«

»Danke«, sagte sie leise und mit einem Blick, der ihn schwindlig machte. »Vielleicht habe ich es nicht oft genug gesagt, aber ich bin dir wirklich sehr, sehr dankbar.«

Moment mal. Das klang ja fast wie ein Lebewohl. »Warte, Kenzie! Bist du ...?«

Sie stellte sich auf die Zehenspitzen, legte eine Hand an seine Brust und küsste ihn aufs Kinn. Diesmal schenkte sie ihm sogar ein echtes Lächeln, während sie ihre Finger an die Lippen legte und ihm noch eine Kusshand zuwarf, bevor sie ihn stehen ließ und ging.

So wie er es einst mit ihr gemacht hatte. »Kenzie ...«

Sie stieg bereits in ihren Wagen. Wohin, zum Teufel, fuhr sie? Einen Moment starrte Aidan ihr nach, von einer Vielzahl widerstreitender Gefühle überwältigt, dann schüttelte er sie ab und ging hinein, um sich von Sheila zu verabschieden. Drinnen wurde ihm schlagartig klar, was gerade geschehen war.

Kenzie hatte Zachs Akte mitgehen lassen.

10. Kapitel

Dummerweise war die Stadt noch immer voller Hundefreunde, sodass Kenzie weder in einem Hotel noch einer Pension unterkommen konnte. Als sie nach ihrer erfolglosen Suche wieder in ihrem Wagen saß, fühlte sie sich sehr allein und vermisste ihren Bruder.

Wenn sie ehrlich war, musste sie zugeben, sie vermisste auch Aidan. War das nicht absurd? Sie hatte ihn gerade erst verlassen und war auch noch so dreist gewesen, seine Akte mitgehen zu lassen. Wahrscheinlich verfluchte er sie in ebendiesem Augenblick und vermisste sie ganz sicher nicht.

Nach kurzer Überlegung ging sie in die öffentliche Bibliothek und suchte sich einen Platz in einer stillen Ecke, um die Akte durchzulesen. Fast augenblicklich beschlich sie jedoch wieder ein eigenartiges Gefühl, und sie konnte spüren, wie sich die Härchen in ihrem Nacken aufrichteten.

Sie wurde beobachtet.

In ihrer unmittelbaren Umgebung sah jedoch niemand auch nur zu ihr herüber, offenbarte ihr ein schneller Blick. Du leidest unter Verfolgungswahn, sagte sie sich und begann sich wieder mit der Akte zu befassen. Es gab darin eine Liste der Feueralarme der letzen sechs Monate, von denen fünf markiert waren. Die suspekten Brände, nahm sie an.

Die Brände, die ihrem Bruder angelastet wurden.

Zachs Akte enthielt auch Baupläne und Baugenehmigungen, eine Liste der Eigentümer der Gebäude und eine weitere, in der alle Käufe und Verkäufe der letzten Jahre festgehalten waren. Zach hatte notiert, dass an allen markierten Brandorten Metallpapierkörbe gefunden worden waren. Es gab sogar ein Foto von einem dieser Körbe. Während Kenzie es sich ansah, vibrierte ihr Handy. Fast hätte sie es ignoriert, doch dann sah sie, dass es die mysteriöse Nummer war, und meldete sich leise. »Hallo?«

Eine ebenso leise Stimme antwortete: »Vergessen Sie das Ganze, und fahren Sie nach L. A. zurück.«

Kenzie umklammerte den Apparat. Sie konnte die Stimme nicht erkennen, da sie eindeutig verstellt war. »Soll das eine Drohung sein? Wer spricht da überhaupt?«

»Das ist unwichtig. Sehen Sie nur zu, dass Sie von hier verschwinden.«

»Also ist es eine Drohung.«

»Wenn ich das bejahe, fahren Sie dann?«

»Nein.«

»Verdammt.« Kurzes Schweigen. »Gut, dann hören Sie mir zu. Es gibt nur eine Lösung für all das.«

»Und die wäre?«

»Ihr Laptop wurde bei dem Bootsfeuer zerstört, nicht wahr?«

»Woher wissen Sie das?«

»Sie haben Sicherungskopien.«

»Was haben die damit …?« Kenzie verstummte, als sie schlagartig begriff. Sie und Blake hatten regelmäßig über das Internet Kontakt gehalten, und einmal in der Woche hatte er ihr eine Sicherungsdatei geschickt, damit sie sie ihm zurückschicken konnte, falls sein Computer einmal abstürzen sollte. Sie hatte ihre Dateien und Blakes in ihrem E-Mail-Account gespeichert. Sie brauchte nur einen Computer, um an sie heranzukommen. »Wer sind Sie?«

»Sehen Sie sich die Abrisse an. Sie sind der Schlüssel.«

»Was? Wie meinen Sie das? Wer sind …?«

Der Anrufer hatte schon wieder aufgelegt. Wer war er? Ein Freund von Blake? »Verdammt!«

Das merkwürdige Prickeln in ihrem Nacken war verschwunden. Sie war so nervös, dass sie aufsprang, durch den Gang lief und um die Ecke schaute. Dort sah sie gerade noch einen Mann davonlaufen. Auch wenn er dieses Mal kein rotes Hemd trug, so wusste sie doch, dass es derselbe Mann war, den sie schon im Krankenhaus gesehen hatte. Sie lief ihm nach, aber als sie das andere Ende des Saals erreichte, stieß sie mit der empörten Bibliothekarin zusammen.

»Man rennt nicht in einer Bibliothek!«

»Entschuldigung.« Kenzie ging rasch um sie herum, aber es war bereits zu spät. Ihr hilfreicher mysteriöser Anrufer war weg. Sie wandte sich wieder der Bibliothekarin zu. »Kann ich hier einen Internet-Zugang benutzen?«

Die Frau zuckte mit den Schultern. »Wir schließen in einer halben Stunde, und alle Computer sind besetzt. Kommen Sie später wieder.«

»Gut.« Kenzie wollte sich ohnehin noch auf dem Boot und in Blakes Haus umsehen. Danach würde sie sich Aidans PC ausleihen oder hierher zurückkommen, um den Beweis zu finden, dass ihrem Bruder etwas angehängt worden war, denn eine andere Erklärung würde sie nicht akzeptieren.

Jemand hatte ihm etwas in die Schuhe geschoben und tat es immer noch.

Sie würde herausfinden, wer.

Aidan war vollkommen erledigt, denn seine Einheit hatte ohne Pause zu verschiedenen Einsätzen ausrücken müssen. Gegen Ende der Schicht wurden sie zu einem zweiten Feuer in dem Haushaltswarengeschäft gerufen, in dem vor zwei Tagen Tracy Gibson bei einer Explosion umgekommen war. Dieses zweite Feuer war eindeutig gelegt worden, daran bestand für ihn nicht der kleinste Zweifel.

An der Brandstelle lag ein metallener Papierkorb. Genau solche hatte er schon bei anderen Bränden gesehen.

Tommy schüttelte den Kopf, als er Aidans Gesichtsausdruck sah. »Fang nicht wieder an.«

»Das war Brandstiftung.«

»Ich sagte, fang nicht wieder an.« Tommy wirkte äußerst
angespannt. »Ich bin kurz davor, das Ganze zu beenden, also
lass mich einfach meine Arbeit tun, okay?«

Was bleibt mir anderes übrig, dachte Aidan. Als sie zurück
auf der Feuerwache waren, legte er sich auf die Couch, schloss
seine müden Augen und versuchte nachzudenken.

Irgendwie hing das alles zusammen, das wusste er, doch er
kam nicht weiter und schlief ein. Er träumte von einer spezi-
ellen, geradezu unglaublich verführerischen Frau. Von einer
sexy Frau, die zufällig auch eine Diebin war.

Das Klingeln seines Handys ließ ihn aus seinem Traum auf-
fahren, und er ergriff es schnell, weil er hoffte, es sei Kenzie,
aber es war Tommys Stimme, die er hörte.

»Du solltest mal beim Kommissariat vorbeischauen«, sagte
der Brandmeister.

»Wieso denn das?«

»Weil ich dafür gesorgt habe, dass deine Freundin festgenommen wurde.«

»Du hast Kenzie verhaften lassen?«

»Hast du noch eine andere Freundin?«

»Sie ist nicht meine …« Aidan kniff sich in den Nasenrü-
cken. »Was, zum Teufel, wirft man ihr denn vor?«

»Unbefugtes Betreten eines Tatorts, Behinderung von Ermittlungen und so weiter und so weiter. Du hast deine Frauen
offenbar nicht unter Kontrolle, Aidan.«

»Sie ist nicht meine Frau!«

»Wie auch immer. Ah, und nimm dein Scheckbuch mit,
denn dieses Date wird dich teuer zu stehen kommen, Mann.«

11. Kapitel

Im Gefängnis zu sitzen war längst nicht so spannend, wie es in einer der Folgen ihrer Soap dargestellt worden war, in der man Kenzie verhaftete. Da hatte sie nicht nur eine Maskenbildnerin und weiches, vorteilhaftes Licht gehabt, sondern sie konnte das Set verlassen und das Ganze mit einem Lachen abtun, als die Szene abgedreht war.

Ganz im Gegensatz zum wahren Leben.

Man erlaubte ihr immerhin, ihren Anwalt anzurufen, der versprach, sie unverzüglich auf Kaution herauszuholen. Mit ihrem eigenen Geld natürlich.

Nachdem sie mehrere Stunden in einer Zelle gesessen, über die unerfreulichen Wendungen in ihrem Leben nachgedacht und sich ein paar Nägel abgekaut hatte, überreichte man ihr eine Plastiktüte mit ihrem persönlichen Besitz und führte sie zum Tor – vor dem jedoch nicht ihr Anwalt, sondern ihr gut aussehender Lebensretter wartete.

Aidan trug noch seine Uniform und sah aus, als käme er direkt von der Arbeit. Er wirkte mehr als nur ein bisschen übellaunig, als wäre er alles andere als erfreut darüber, sie zu sehen.

Nun, das war sie auch nicht.

Zumindest im Großen und Ganzen, denn ihr schamlos wollüstiges Ich dachte: Kann ich ihn nicht bitte wenigstens noch ein Mal haben?

Kenzie ignorierte das Kribbeln in ihrem Bauch und versuchte sich an Aidan vorbeizudrängen.

»Was, nicht mal ein Dankeschön?« Aidan trat ihr in den Weg, sodass sie mit ihm zusammenstieß.

Kenzie fuhr zurück, stemmte die Hände in die Hüften und funkelte ihn böse an. »Ich habe dich nicht angerufen. Woher wusstest du, dass ich hier bin?«

»Von Tommy.«

»Dieser Schwätzer! Hier bleibt aber auch wirklich nichts geheim.«

»Ach, komm schon.« Aidan nahm ihren Arm, aber Kenzie riss sich los und ging ihm voran ins Freie. Er folgte ihr, lehnte sich an einen Baum und sah sie so finster an, als wäre sie eine glimmende Zündschnur.

Sein Haar war strubbelig, er war offensichtlich nur mit den Fingern hindurchgefahren. Er roch nach Seife und Mann, und diese betörende Mischung machte sie kribbelig. Auch wenn sie zweihundert Jahre zur Verfügung hätte, würde sie nicht verstehen, warum sie sich so zu ihm hingezogen fühlte. Daheim, in ihrer Welt in L. A., kannte sie schließlich Dutzende umwerfend aussehende Männer.

Obwohl sie mit einigen ganz nette Flirts gehabt hatte, war nie etwas Richtiges daraus geworden. Wahrscheinlich, weil viele der Männer, die sie kannte, genauso waren wie sie selbst.

Schauspieler eben.

»Danke, dass du mich da herausgeholt hast«, sagte sie.

»Soll ich dich zu deinem Wagen fahren, oder schaffst du das auch allein?«

Die Sonne schien warm, und Kenzie legte den Kopf zurück und atmete tief ein. Dann wandte sie sich dem Mann zu, der einmal das Wichtigste in ihrem Leben gewesen war und dessen Anblick auch heute noch ihren Puls beschleunigte und ihre Hormone verrücktspielen ließ. »Ja. Das wäre schön, wenn es dir nichts ausmacht.«

Darauf zog er nur die Brauen hoch und führte sie zu seinem Wagen.

»Apropos mitfahren«, sagte sie, als sie in seinem Pick-up saßen. »Die Hotels sind noch immer ausgebucht. Vielleicht gibt es woanders noch etwas.«

»Du weißt, wo es noch etwas gibt.« Er ließ den Motor an und fuhr los. »Bei mir.«

»Ich weiß nicht ...«

»Was?«

Kenzie seufzte. »Es ist ein ... ein Dilemma für mich, wenn ich bei dir wohne.«

»Wieso?«

»Weil ich dich nicht in Versuchung führen will.«

»Ich dachte, es machte dir Spaß, es mir so richtig heimzuzahlen?« Als sie seinem Blick auswich und nichts erwiderte, setzte er hinzu: »Sei ehrlich, Kenzie. Du hast gar keine Angst, mich zu verletzen, sondern höchstens, selbst verletzt zu werden.«

Wie wahr.

»Du hast mir gezeigt, dass du dich verändert hast«, fuhr Aidan fort. »Aber ich habe mich auch verändert, Kenz.«

Oh ja, das hatte er.

»Du wolltest doch wissen, was damals geschehen ist? Ich habe Angst bekommen, das war alles. Ich hatte noch nie jemandem mein Herz geöffnet, weil ich nicht verletzt werden wollte. Aber du hast es im Nu erobert, und das beängstigte mich ungemein. Und nun tust du es wieder, worüber ich auch nicht gerade erfreuter bin, als ich es damals war.«

Eine wonnige Wärme durchströmte sie bei seinen Worten und dem leisen, gefährlich verführerischen Ton, in dem er sprach.

»Ein Fünfsternehotel kann ich dir nicht bieten«, sagte er, als er vor seinem Haus hielt. »Aber Fünfsternedienste biete ich dir gern.«

Als sie seinen Blick erwiderte, sprühten seine Augen geradezu vor Übermut. »Aidan …«

»Ich spreche von meinem Frühstück, das du bisher verpasst hast, und meinen ganz besonderen Massagen.« Er zwinkerte ihr weder zu, noch wackelte er mit den Augenbrauen, aber das Lächeln, das seine Augenwinkel kräuselte, war beredt genug.

Dieses gefährlich verführerische Lächeln. Kenzie wusste schon, wie überaus erotisch, sinnlich und gewagt er sein konnte. Sie war nicht bereit, sich diesem Risiko noch einmal auszusetzen. Nicht wenn sie dieses Mal diejenige sein wollte, die ihn sitzen ließ und ging.

Noch während sie das dachte, ergriff er ihre Hand und führte sie zur Haustür. Bevor sie eintreten konnte, hielt er sie jedoch zurück und sah sie fragend an. »Hast du noch irgendetwas anderes vor, wovon ich wissen sollte?«

»Wie zum Beispiel?«

»Keine Ahnung. Was auch immer.«

Kenzie schüttelte den Kopf. »Im Augenblick kreisen meine Gedanken nur um eine Dusche.«

»Ist das alles?«, fragte er so misstrauisch, dass sie lächelte.

»Ja.«

Er berührte kurz mit einem Finger ihre Mundwinkel. »Es steht dir, wenn du lächelst.«

»Was soll das denn heißen? Ich lächle immer.«

»Im Fernsehen vielleicht, aber hier wohl eher nicht.«

»Tja, vielleicht liegt das daran, dass ich fast in die Luft geflogen wäre, mich mit dem Tod meines Bruders abfinden musste …« *Und dann in deinem Bett gelandet bin, nackt, deinen Namen stöhnend und deinen Kopf umklammernd, während du mich auf Gipfel überwältigender Süße führtest …*

»Sag mir, was dieser Blick bedeutet«, verlangte Aidan. »Ich will wissen, was du dachtest, als du diesen Blick bekamst.«

Sie verschränkte die Arme über ihren Brüsten, die ihr plötzlich viel zu schwer vorkamen. »Nichts.«

»Was für eine Lügnerin du bist«, beschuldigte er sie und trat beiseite, um sie eintreten zu lassen.

Ohne auf seine Bemerkung einzugehen, folgte sie ihm in die Küche. »Aidan?«

»Ja?«

»Danke.«

»Wofür?«

»Dass du mich aus dem Gefängnis geholt hast.«

Er lehnte sich an die Wand und musterte sie prüfend. »Dann sag mir doch, warum du überhaupt noch mal zum Kai gegangen bist, nachdem ich dich gewarnt hatte …« Er brach ab und schüttelte den Kopf. »Vergiss es. Als ich mich gerade selber reden hörte, wurde mir schon klar, warum du es getan hast. Gerade weil ich dich gebeten habe, es nicht zu tun.«

»Bin ich so verbohrt?«

»Ja, so verbohrt bist du.«

Sie verdrehte die Augen, aber dann sah sie ihn lachen und lachte mit. »Na schön, dann war es eben nicht das Klügste, was ich je getan habe. Aber es war richtig.«

»Und meine Akte zu stehlen, war das auch richtig?«

Kenzie seufzte. »Ich habe mich schon gefragt, wann du das zur Sprache bringen würdest.« Sie nahm die Akte aus ihrer Tasche und gab sie ihm zurück. »Danke.«

»Keine Ursache – würde ich jetzt sagen, wenn ich sie dir gegeben hätte.«

»An meiner Stelle hättest du das auch getan.«

»Glaubst du?«

Sie blickte in seine ernsten Augen und spürte, wie ihr der Atem stockte. »Nein. Du hättest gefragt. Vielleicht bist du ja ein besserer Mensch als ich.«

Die Feststellung schien ihn zu überraschen. Sie wussten

beide, dass sie nicht immer so über ihn gedacht hatte. »Die Menschen ändern sich, nicht wahr?«, sagte sie leise.

»Ja, das tun sie.« Das Lächeln erreichte seine Augen schon, noch bevor er die Mundwinkel verzog, und Kenzie begann wieder dieses beunruhigende Kribbeln tief in ihrem Innersten zu spüren. Das war nicht gut, gar nicht gut.

Sie wandte sich ab, empfand das aber als feige, deshalb drehte sie sich wieder zu Aidan um. »Es tut mir leid, dass ich dich in all das hineingezogen habe, dass ich mich ins Gefängnis gebracht habe und du mich dort herausholen musstest.«

»Du hast mich in gar nichts reingezogen.«

»Noch nicht vielleicht, aber ich bin kurz davor.« Kenzie atmete aus. »Ich muss dir etwas sagen. Etwas, was dir nicht gefallen wird.«

»Doch wohl hoffentlich nichts, was dich wieder ins Gefängnis bringen wird?«

»Nein. Aber ich habe Anrufe von jemandem erhalten, von dem ich glaube, dass er mir helfen will.«

Aidan runzelte die Stirn. »Du meinst den mysteriösen Anrufer?«

»Ja. Er sagte mir, der Schlüssel – was immer das auch heißen mag – sei in Blakes Computerdateien zu finden.«

»Er?«

»Ich glaube, dass es ein Mann ist, aber ich kann die Stimme nicht einordnen. Er hat sie irgendwie verändert.«

»Und woher weiß er, dass der Schlüssel in Blakes Computerdateien liegt?«

»Keine Ahnung.«

»Blakes Laptop wurde nie gefunden. Er ist wahrscheinlich mit der *Blake's Girl* in die Luft geflogen.«

»Und meiner auch. Aber mit einem Computer käme ich an meine Sicherungsdateien und damit auch an Blakes heran.«

»Ich habe einen PC.«

Aidan war ihr so nahe, dass sie die grünen Sprenkel in seinen braunen Augen sehen konnte. Die Narbe, die quer durch seine linke Braue verlief, und die feinen Fältchen um seine Augen verliehen ihm eine interessante Ausstrahlung und einen Sex-Appeal, den Kenzie sich beim besten Willen nicht erklären konnte.

Seine Mundwinkel waren leicht verzogen, und sie wusste, dass seine Lippen sich warm anfühlen würden, wenn sie sie jetzt mit ihren berührte.

»Ich hätte bis vor Kurzem nicht gedacht, dass ich noch einmal froh sein würde, dich wiederzusehen«, sagte sie und trat ein wenig näher. »Aber bei zwei Gelegenheiten hat sich das als falsch herausgestellt, als du mich aus dem Feuer gerettet hast und als ich aus dem Gefängnis kam und dich dort stehen sah.«

»Nur in diesen beiden Punkten?«

»Na ja, vielleicht auch noch in einem anderen ...«

Aidan beugte sich zu ihr, sodass seine Lippen ihr Ohr streiften, und sagte: »Mach ein paar mehr daraus.«

Bei der Erinnerung daran, dass er ihr mehrere Orgasmen beschert hatte, und das so mühelos, als würde er ihren Körper besser kennen als sie selbst, durchrieselte es sie wohlig.

»Ich bin sehr besorgt um dich«, sagte Aidan leise. »Du musst dich aus dieser Sache heraushalten. Halt dich fern von Tommy.«

Wie von selbst schmiegte ihr Gesicht sich an Aidans Hals, und sie atmete seinen unverwechselbaren Duft ein. »Ich werde Blakes Unschuld beweisen«, murmelte sie und streifte mit ihren Lippen seine Haut.

»Selbst wenn der Preis dafür der Verlust meiner Freundschaft ist?«

Die Kehle wurde ihr eng bei dem Gedanken, und sie lehnte

sich zurück und sah ihm in die Augen. »Werde ich sie verlieren?«

Er zog ihre Hand an seine Brust und lächelte. »Das kommt darauf an. Willst du immer noch auf meinem armen Herzen herumtrampeln?«

Kenzie musste lachen und spürte, wie ihre Anspannung ein wenig nachließ. »Ich hatte wirklich vor, dir wehzutun«, gestand sie ihm. »Als ich dich wiedersah, wollte ich dich genauso verletzen, wie du mich damals verletzt hast, aber dann haben wir uns geküsst und – na ja.«

»Wir haben erheblich mehr getan als uns geküsst.«

Kenzie dachte an die Nacht, in der sie zu ihm ins Bett geschlüpft war und zuerst nur ihre kalten Füße und dann ihren Körper an ihn geschmiegt hatte. Sie erinnerte sich an den Moment, als sie bemerkte, wie nackt und warm und stark und hart er war. Er war absolut unwiderstehlich gewesen, sodass sie den Kopf verloren hatte. Er hatte recht, sie hatten weitaus mehr getan, als sich zu küssen. »Also gut. Wir haben uns geküsst, und dann beschloss ich, mit dir Sex zu haben und danach zu gehen. Als vollendete, perfekte Rache.«

In Aidans Augen blitzte es amüsiert auf. »Vollendet vielleicht, ja, aber nicht perfekt. Weil es nämlich nicht so leicht war, wie du dachtest, was?«

Nein, das war es wirklich nicht gewesen. »Vielleicht habe ich das ja falsch gesehen.«

Er rührte sich nicht vom Fleck, stand einfach nur da und sah sie mit einem Lächeln an, so attraktiv und unbeschreiblich sexy, dass sie es fast nicht ertrug.

Sie begehrte ihn. Noch immer.

»Vielleicht ist das nicht der Punkt, einmal mit dir zu schlafen und dann zu gehen«, hörte sie sich sagen. »Vielleicht sollten wir dieser Geschichte einfach ihren Lauf lassen, solange ich hier bin.«

»Mit ›dieser Geschichte‹ meinst du wohl die Tatsache, dass wir anscheinend einfach nicht die Finger voneinander lassen können.«

Seine Stimme war so rau und heiser, dass sich Kenzies Brustspitzen versteiften. »Ja.«

12. Kapitel

Aidan trat noch dichter auf Kenzie zu, ganz locker und entspannt, aber mit einer Glut in seinem Blick, die ihr schier den Atem raubte. Er blieb erst stehen, als ihre Zehen sich berührten und sie den Kopf heben musste, um ihm in die Augen sehen zu können.

»Du willst also Sex«, sagte er. »Hier. Und jetzt sofort.«

Seine Unverblümtheit ließ ihr Herz schneller schlagen. »Und später vielleicht noch einmal.«

»Später«, wiederholte er, als müsste er das erst verarbeiten.

»Vielleicht sogar, bis ich Santa Rey verlasse und wir uns dann in aller Freundschaft trennen.«

Einen Moment lang starrte er sie an. »Man sollte meinen, ich wäre tough genug, um ein solch unbeschreiblich romantisches Angebot zurückzuweisen, aber offenbar bin ich das nicht«, gestand er und legte seine Hände auf ihre Hüften.

Kenzie lächelte nervös. »Also bist du einverstanden?«

Er sah ihr tief in die Augen, während er sie langsam an sich zog. »Ich weiß nicht. Es macht mir fast ein bisschen Angst.«

Sein Lächeln war ein wenig unsicher und ungemein gewinnend.

»Sei bitte ernst, okay?«

»Das bin ich. Es ist nur so, dass du mir diesmal wirklich das Herz brechen könntest, ob du es dir nun vornimmst oder nicht.«

»Ach, komm«, wehrte sie ab, obwohl sie insgeheim befürchtete, dass er recht haben könnte, und nicht nur in Bezug auf ihn. »Wenn wir nur eine sexuelle Beziehung und nichts anderes haben, wie können wir dann verletzt werden?«

Mit einem leisen Lachen legte er seine Hände auf ihren Po und drückte sie an sich, um sie spüren zu lassen, wie erregt er war. Sein warmer Atem streifte dabei ihr Ohr und löste ein lustvolles Erschauern in ihr aus.

»Nur eine sexuelle Beziehung? Du meinst, mehr ist das hier nicht? Wirklich nicht?« Er biss sie sanft ins Ohrläppchen, und wieder durchrieselte es sie heiß.

»Es ... es sollte nicht mehr sein«, war alles, was sie herausbekam.

Wieder stieß er ein leises missbilligendes Lachen aus. »Okay, da wir schon einmal so ehrlich zueinander sind ...« Er strich über ihren Rücken, schob seine Hände unter ihr T-Shirt und streichelte sie zärtlich. »Obwohl ich weiß, dass du mich verletzen wirst, ist das noch kein Grund für mich, um Nein zu sagen. Die Wahrheit ist, dass ich das gar nicht könnte.«

Kenzie wollte etwas sagen, aber er schmiegte sein Gesicht an ihren Hals und biss sie zärtlich. Sie schloss verzückt die Augen und schlang ihm ihre Arme um den Nacken. »Ohne Fleiß kein Preis«, flüsterte sie, und wieder lachte er leise, während er sie aufhob und in sein Schlafzimmer trug.

Auf seinem Bett beugte er sich über sie und betrachtete lange ihr Gesicht. Dann senkte er den Kopf, um seine Lippen zu einem leidenschaftlichen Kuss mit ihren zu vereinen.

Kenzie stöhnte leise und zog ihn fest an sich. Sie hatte das Gefühl, die Hitze seines Körpers würde auf sie übergreifen. Er streichelte sie, strich über ihre Arme und nahm ihre Handgelenke über ihrem Kopf zusammen. Dabei flüsterte er ihr die köstlichsten erotischen Versprechen ins Ohr.

Ihr war hinterher nicht klar, wie er es geschafft hatte, sie auszuziehen, ohne seine Liebkosungen auch nur ein einziges Mal zu unterbrechen. Irgendwann wurde ihr bewusst, dass sie bis auf den Slip nackt war, während er noch vollständig angekleidet war. Mit einer geschickten Bewegung streifte er ihr auch noch den Slip ab und warf ihn fort. »Du bist wunderschön, Kenzie.«

»Und du viel zu angezogen.« Tatsächlich war er immer noch in Uniform.

»Gleich«, sagte er, schob sanft ihre Beine auseinander, kniete sich dazwischen und betrachtete sie.

Kenzie kam es vor, als würden seine Blicke wie sengende Hitze über ihre Haut streichen. Endlich hob er seine Hände und begann sie zu streicheln, ihre Brüste, ihren Bauch, ihre Schenkel. Sein Daumen glitt über die kleine Knospe zwischen ihren Beinen, und sie erschauerte. Darauf senkte er den Kopf und verwöhnte sie mit seiner Zunge und seinen Lippen. Kenzie sog scharf den Atem ein.

»Aidan …«, flüsterte sie, als er mit seiner Zunge ihre empfindsame Knospe umkreiste. Sie erkannte ihre eigene Stimme kaum wieder. Aidan intensivierte seine Liebkosungen noch. Kenzie krallte beide Hände in das Laken und richtete sich leicht auf, um ihm dabei zuzusehen, wie er sich ganz und gar auf ihr Vergnügen konzentrierte. Seine Augen waren geschlossen, er wirkte wie entrückt. Sein Anblick steigerte ihre Lust und ließ sie alles andere vergessen.

Es war, als wüsste er genau, worauf sie ansprach. Sie konnte nicht genug bekommen von seinen Liebkosungen und der hingebungsvollen Zärtlichkeit, mit der er sie erregte. Nach einer Weile schloss sie die Augen und überließ sich ganz dem überwältigenden Höhepunkt, den er ihr mit seinen magischen Berührungen bescherte.

Seinen Namen stöhnend, bäumte sie sich auf, bohrte ihre Finger in seine Schultern und umklammerte ihn in rückhaltloser Hingabe, als Woge um Woge unbeschreiblich lustvoller Empfindungen sie durchströmte.

Sie ahnte mehr, als dass sie spürte, wie Aidan sie streichelte, mit seinen Lippen über ihre Rippen, ihre Brustspitzen und ihren Nacken strich, während sie mit geschlossenen Augen dalag und die wonnevollen Gefühle auskostete, die sie immer noch durchrieselten. Behutsam brachte Aidan sie in die Wirklichkeit zurück, indem er ihr Gesicht umfasste. Sie schlug die Augen auf und sah, dass er sie anlächelte.

»Du hast mich überrumpelt«, sagte sie mit leiser rauer Stimme.

»Nur in bester Absicht.« Mit kreisenden Bewegungen drängte er ihr sein Becken entgegen.

»Das werde ich dir heimzahlen«, drohte sie.

»Müsste ich jetzt Angst bekommen?«

»Oh ja.« Kenzie schob ihn von sich, drängte ihn auf den Rücken und setzte sich auf ihn. Dann begann sie, ihm sein Uniformhemd auszuziehen. Er hatte einen durchtrainierten, durch Jahre körperlicher Arbeit fit gehaltenen Körper mit breiter harter Brust und flachem Bauch. Der hob und senkte sich bei jedem Atemzug auf eine Art und Weise, die ihr verriet, dass sie nicht die Einzige war, die diese starke, schon fast animalische Anziehung zwischen ihnen erlebte.

Aidan half ihr beim Ausziehen seiner Hose, damit es schneller ging, und Kenzie machte große Augen, als sie sah, wie erregt er war.

Unwillkürlich strich sie mit der Zunge über ihre Lippen.

Aidan stöhnte.

Kenzie lächelte und beugte sich über ihn, um die samtene Spitze seines Glieds zu küssen.

»Kenz«, stieß er erstickt hervor und schob seine Finger in ihr Haar.

Da ihr Mund mit etwas anderem beschäftigt war, konnte sie nicht antworten, aber Aidan murmelte ohnehin nur Unverständliches, was sie ausgesprochen erregend fand. Sie liebte es, diesen großen kräftigen Mann so aus dem Konzept zu bringen, dass ihm die Worte fehlten. Und sie liebte auch das Gefühl der Macht, das sie erfasste, als sie ihn mühsam atmen und ihren Namen stöhnen hörte.

Sie liebte es so sehr, dass es sie erschreckte und zugleich noch kühner und draufgängerischer machte. Hauptsache, sie musste nicht darüber nachdenken, wie viel ihr das Zusammensein mit ihm bedeutete.

Wie viel er ihr bedeutete.

Mit ihren Lippen und ihrer Zunge reizte sie ihn so geschickt, dass er fast die Beherrschung verlor.

»Ich halte das keine zwei Minuten mehr aus«, stöhnte er und ballte die Hände zu Fäusten.

Kenzie intensivierte ihre aufreizenden Liebkosungen sogar noch.

»Okay, keine dreißig Sekunden mehr …«

Sie machte unerbittlich weiter, bis er sie mit einem unterdrückten Fluchen von sich schob und nach einem Kondom griff. Nachdem er es sich übergestreift hatte, schob er sie auf das Bett und kniete sich zwischen ihre einladend gespreizten Schenkel.

»Komm«, flüsterte sie rau und bog sich ihm entgegen. »Ich will dich in mir spüren.«

Aidan ließ sich nicht lange bitten. Während er mit einer einzigen geschmeidigen Bewegung in sie eindrang, biss er sie in die Unterlippe und küsste sie dann hart und leidenschaftlich. »So?«

Kenzie konnte nicht antworten, sie konnte nicht mal mehr regelmäßig atmen.

»Kenzie?«

»Ja«, stöhnte sie und erschauerte, während er sich zurückzog, um sogleich wieder in sie einzudringen. »So.«

Ihn hart und heiß in sich zu spüren war so überwältigend,

dass sie nur noch seinen Namen stöhnen konnte. Sie legte ihm ihre Beine um die Taille und vergaß, was sie ihm eigentlich heimzahlen wollte. Ihre Zehen krümmten sich, ihre Haut fühlte sich an, als wäre sie zu eng für ihren Körper, ihr war heiß und kalt zugleich. Er füllte sie absolut und vollkommen aus. »Aidan ...«

»Komm«, verlangte er und knirschte mit den Zähnen, als litte er die größten Qualen. »Ich will dich kommen fühlen, bevor ich ...«

In dem Moment löste sich die schier unerträgliche Anspannung in ihr, und sie erschauerte heftig. Sie hörte kaum Aidans erstickten Aufschrei, als auch er den Höhepunkt der Lust erreichte.

Noch lange danach lagen sie in inniger Umarmung da. Ihre schweren Atemzüge waren die einzigen Geräusche im Zimmer.

»Bilde ich mir das nur ein«, sagte Kenzie schließlich, »oder wird es wirklich immer besser?«

»Das bildest du dir nicht nur ein.«

Kenzie schwieg einen Moment. »Ob das wohl so bleibt? Bis ich wieder gehe, meine ich?«

»Wenn ja, wird es mich umbringen.«

»Ja«, seufzte sie verträumt. »Aber was für eine Art zu sterben!«

Sein leises Lachen war das Letzte, was sie registrierte, dann schlief sie ein.

Einige Zeit später wachte Aidan wieder auf, ein Lächeln auf den Lippen und bereit für eine weitere Runde. Als er sich aber im Dunkeln zu Kenzie umdrehte und die Hand nach ihr ausstreckte, war da nichts.

Mit einem unguten Gefühl richtete er sich auf. »Du bist weg, nicht wahr?«, sagte er in das Dunkel.

Als keine Antwort kam, schlug er die Decke zurück, stand auf und schaltete das Licht ein. Es war zu spät; Kenzie war fort. Er sagte sich, dass er nicht ihr Bewacher war und sie gehen konnte, wohin sie wollte, dennoch war er überzeugt gewesen, dass mehr zwischen ihnen war, dass sie noch nicht mit ihm fertig war.

Und das war sie auch nicht, nicht mit ihm und nicht mit Santa Rey. Was wiederum bedeutete, dass sie vermutlich irgendwo da draußen war, um ihre Nase wieder in die Ermittlungen zu stecken. Aidan zog sich hastig an. Er hatte keine Ahnung, wo er nach ihr suchen sollte, aber er musste sie finden. Sie würde jede kleine Spur verfolgen und Tommy mit ihrer Schnüffelei zur Weißglut bringen.

Verdammt. Sie hatten sich stundenlang geliebt, im Bett, unter der Dusche und dann wieder im Bett. War sie denn durch gar nichts zu ermüden?

Aidans Magen knurrte, und sein Kopf begann zu pochen. Er griff nach seinem Handy und gab Kenzies Nummer ein. Die Tatsache, dass sie sich sofort meldete, überraschte ihn völlig.

»Hi«, sagte sie mit dieser weichen, etwas atemlosen Stimme, die ihn vor ein paar Stunden noch in Ekstase versetzt hatte.

Allein sie zu hören weckte wieder seine Lebensgeister, besonders an ganz bestimmten Stellen seines Körpers. »Wo bist du?«

»Ach, nur ein bisschen joggen.«

»Du hasst Jogging.«

»Nicht mehr. Weißt du, wie viel Mühe es erfordert, sich fürs Fernsehen in Form zu halten?«

Er hörte das unverkennbare Geräusch einer Schiebetür, die geöffnet oder geschlossen wurde. »Wo bist du?«

»Ups … schlechter Empfang«, sagte sie.

Aidan biss die Zähne zusammen. »Der Empfang ist prima. Was führst du jetzt wieder im Schilde, Kenzie?«

»Hallo? Ich kann dich nicht verstehen …«

»Kenz!«

»Ich muss weiter.«

Aidan brauchte das Klicken nicht zu hören, um zu wissen, dass sie das Gespräch beendet hatte. Er fluchte nicht einmal, sondern griff nach seinen Schlüsseln, um ihr nachzufahren, weil er wusste, dass ihre Möglichkeiten begrenzt waren. Zum Kai konnte sie nicht zurückgekehrt sein, denn dort gab es keine Schiebetüren. Also war sie wahrscheinlich in Blakes Haus. Natürlich könnte sie auch an jedem anderen Schauplatz der ihrem Bruder zur Last gelegten Brandstiftungen sein, aber die meisten dieser Gebäude waren abgerissen worden. Außerdem erschien es ihm nur logisch, dass sie mit ihrer Schnüffelei in Blakes Haus begann.

Er behielt recht.

Als Aidan vor dem kleinen Haus hielt, das Blake gehört hatte, stand dort Kenzies rotes Cabrio. Die Motorhaube war noch warm, als er eine Hand darauf legte.

Also war sie noch nicht lange hier. Sie hatte verdammtes Glück, dass sie nicht schon wieder verhaftet worden war, da das Haus noch immer von der Polizei versiegelt war. Allein der Gedanke, was Tommy dazu sagen würde und für wie lange er sie diesmal einsperren lassen würde, brachte Aidan schon ins Schwitzen. Die Haustür war zu und, wie er feststellte, auch abgeschlossen.

Vorsichtig ging er um das Haus herum. Sein Plan war einfach. Er würde Kenzie einen Wahnsinnsschreck einjagen, dann würde er sie küssen, bis sie nicht mehr wusste, wie sie hieß und wer sie war.

Was danach kommen würde, davon hatte er keine Ahnung. Ihr den Hintern zu versohlen wäre eine Möglichkeit.

Die Schiebetür auf der Terrasse war unverschlossen und stand einen Spalt weit offen. Durch diese Tür war sie hineingekommen. Aidan schlüpfte ebenfalls hinein. Unten war es dunkel, aber oben brannte Licht, weshalb er sich in diese Richtung wandte. Auf ein Geräusch hinter sich fuhr er herum. Im selben Moment stießen ihn zwei Hände hart gegen die Brust. Beim Zurücktaumeln streckte er die Hände nach seinem Angreifer aus und riss ihn mit sich. Aidan schlug rücklings auf der ersten Treppenstufe auf, und Kenzie landete direkt auf ihm.

»Was willst du hier?«, fuhr sie ihn an.

Mit den harten Stufen im Rücken und ihrem Gewicht auf ihm konnte er sich einen gequälten Seufzer nicht verkneifen. »Was ich hier will? Die Frage ist wohl eher, was du hier willst?«

»Ich …« Sie verkniff sich, was immer sie auch hatte sagen wollen, und richtete sich auf.

»Nein, nein, mir geht es bestens, danke«, murmelte Aidan, während er sich aufrappelte und sich den Staub von der Hose klopfte. »Wie bist du reingekommen?«

»Blake hat mir schon vor langer Zeit einen Ersatzschlüssel gegeben.«

»Okay, also zurück zu meiner ersten Frage. Was tust du hier?«

»Nach Beweisen für Blakes Unschuld suchen«, erklärte sie mit einem ärgerlichen Blick und zeigte auf die Tür. »Du solltest jetzt verschwinden.« Sie atmete schnell, und ihre Stimme war belegt und rau, als hätte sie geweint.

»Und du auch.«

»Oh nein. Das ist das Haus meines Bruders, und als seine Erbin darf ich hier sein.«

»Nicht solange ein polizeiliches Absperrband ums Haus führt. Ach Kenzie. Lass uns …«

»Geh«, sagte sie und verschränkte störrisch die Arme vor der Brust.

»Okay. Aber du kommst mit.«

»Nein.«

»Oh doch.« Aidan packte sie am Arm und zog sie in Richtung Schiebetür. Sie riss sich jedoch los und stolzierte hocherhobenen Hauptes hinaus, alles andere als glücklich über diese Wendung. »Kenzie«, sagte Aidan beschwichtigend, aber sie ging zu ihrem Wagen.

»Ich will jetzt nicht mit dir reden.« Sie stieg ein und versuchte die Fahrertür zu schließen, aber er schob sich dazwischen und hielt sie auf.

»Sag mir, wo du hinwillst, Kenzie.«

Zum ersten Mal sah er sie zögern.

»Du könntest es bei mir versuchen. Mit meinem Computer«, schlug er vor.

Wieder zögerte sie. »Ich will dich nicht belästigen.«

»Eine Belästigung wäre es, wenn ich dich wieder aus dem Gefängnis herausholen müsste. Also fahr zu mir, wir sehen uns dann dort.«

»Gut.« Sie ließ den Wagen an und brauste davon. Aidan konnte nur hoffen, dass sie sich an ihr Versprechen hielt.

13. Kapitel

Da mitten in der Nacht so gut wie niemand unterwegs war, brauchte Aidan nur fünf Minuten für die Fahrt nach Hause. Als er in seine Einfahrt einbog und neben Kenzies rotem Sportwagen parkte, sah er sie schon mit gereizter Miene zur Eingangstür hinaufstürmen.

Nicht minder ärgerlich als sie, ging er ihr nach. Wusste sie denn wirklich nicht, was sie ihm antat?

»Warte«, sagte sie und verhielt so abrupt den Schritt, um sich zur Straße umzuschauen, dass er mit ihr zusammenstieß. »Hast du diesen grauen Wagen gesehen?«

»Nein.«

Sie biss sich auf die Unterlippe. »Denk nicht, ich wollte nur das Thema wechseln, denn ich bin stocksauer und viel zu wütend, um zu reden, aber ich habe ernsthaft das Gefühl, von jemandem verfolgt zu werden.«

Aidan griff um sie herum, um die Tür zu öffnen, und bedeutete ihr, voranzugehen, bevor er sich noch einmal zur Straße umwandte.

Er sah keinen grauen Wagen und auch keine anderen Autos, aber er zweifelte keinen Augenblick an ihren Worten. »Du hast ihn vorher schon einmal gesehen, nicht?«

»Ja. Und ich habe langsam ehrlich das Gefühl, beobachtet zu werden.« Sie fuhr abrupt zu ihm herum. »So, und jetzt kann ich wieder sauer sein.«

Aidan stand inzwischen so dicht vor ihr, dass sie mit ihm zusammenstieß. Als sie rasch zurücktreten wollte, hielt er sie an beiden Armen fest. »Wie lange hast du schon den Verdacht, dass du verfolgt wirst?«

»Seit dem Feuer auf dem Boot.«

»Hast du es irgendjemandem gesagt? Tommy? Der Polizei?«

»Ich war mir nicht ganz sicher und bin es mir noch immer nicht. Es ist nur so ein Gefühl.«

Aidan ließ sie los, um sein Mobiltelefon herauszunehmen. »Was hast du vor?«

»Ich werde die Polizei anrufen.«

Kenzie trat vor, klappte sein Handy zu und steckte es ihm wieder in die Tasche. »Hör zu, Aidan. Wir wissen beide, dass du und ich keine richtige Beziehung wollen, schon gar nicht miteinander. Auf sexueller Ebene verstehen wir uns jedoch sehr gut. Und falls dich das verwirren sollte – der größte Unterschied zwischen dem einen und dem anderen ist, dass man bei einer rein sexuellen Beziehung keine privaten Informationen austauscht.«

Ihm gefiel nicht, worauf das hinauslief. Absolut nicht. »Und was genau willst du mir damit sagen?«

»Dass ich dir keine Rechenschaft ablegen muss und du nicht für mich verantwortlich bist.«

Gekränkter, als er es wahrhaben wollte, starrte er sie an. »Na toll.«

»Ich meine es ernst, Aidan.«

»Ich soll also nicht die Polizei anrufen?«

»Und den Typ verscheuchen? Auf gar keinen Fall.«

»Wie du willst«, erwiderte er seufzend.

»Genau. Und würdest du mir nun bitte sagen, wo dein Computer steht? Wir müssen an ein paar Sicherungsdateien heran.«

»In meinem Schlafzimmer.«

Sie standen so dicht beieinander, dass ihre Nasen sich berührten und ihre Atemzüge sich vermischten. Aidan konnte

Kenzies Körperwärme spüren, und aus welchem Grund auch immer strich er mit den Händen über ihre Arme. Er war weitaus stärker bewegt von dieser Nähe, als er es sich eingestehen mochte.

Ihre Brustspitzen streiften seine Brust, ihre Schenkel berührten seine, ihre Augen schienen Funken zu sprühen, und ihr Mund war schmal und grimmig.

Dieser Mund, von dem Aidan plötzlich nicht mehr seinen Blick abwenden konnte.

Sie strich über seine Brust und bohrte ihre Finger so hart in seine Muskeln, dass er scharf die Luft einsog. Einen Moment sah sie ihm in die Augen, dann senkte sie den Blick auf seinen Mund.

Sie überlegte, ob sie ihn küssen sollte.

Aidan nahm ihr die Entscheidung ab. Als ihre Lippen sich berührten, erstickte er ihren entzückten kleinen Seufzer mit einem heißen Kuss und verlor sich in seinen leidenschaftlichen Empfindungen für sie. Kenzie schmiegte sich an ihn und schlang ihm so fest die Arme um den Nacken, dass er kaum noch Luft bekam. Ihre Hände waren in seinem Haar, seine pressten ihren Körper an sich. Nach einer kleinen Ewigkeit schob sie ihn von sich, wandte sich ab und ging ins Schlafzimmer. Nach Atem ringend starrte er ihr nach und kämpfte gegen sein Verlangen an. Er konnte ihr nachgehen oder sie zur Abwechslung einmal im Regen stehen lassen.

Träum weiter, alter Junge, dachte er und ging ihr hinterher.

Als Aidan die Schlafzimmertür öffnete, hielt Kenzie den Atem an. Sie hatte das Licht nicht eingeschaltet, sodass er sich nur als Silhouette im Licht der Wohnzimmerlampe hinter ihm abhob. Er wirkte groß, verführerisch und sexy, es war fast nicht zu ertragen. Und er schien völlig gelassen zu sein, als er an ihr vorbeiging, seinen Laptop aufklappte und auf den Startknopf drückte.

Während der PC hochfuhr, starrte Kenzie Aidan im Dämmerlicht an und wünschte, das Leben wäre nicht so kompliziert.

Sich etwas zu wünschen war eine Sache, es zu bekommen eine völlig andere. Wenn sie doch nur einen Drehbuchautor oder Regisseur anrufen und sich über diese Stelle im Skript beschweren könnte oder sich sogar ein neues Drehbuch schicken lassen könnte! Eins mit einem Happy End. Mit einem Seufzer setzte sie sich an den Tisch, auf dem der Laptop stand. »Soll ich die Dateien auf deinen Desktop herunterladen?«

»Ja.«

Sie öffnete ihr E-Mail-Programm und die Dateien, die sie dort gesichert hatte. »Es wird eine Weile dauern«, sagte sie, während sie die erste von Blakes Dateien anklickte. »Es ist ein sehr umfangreiches Dokument. Und es wird noch wesentlich länger dauern, alles durchzugehen und zu sehen, ob wir etwas finden, was wir brauchen können.«

»Dein Anrufer meinte doch, da wäre etwas.«

»Ja, aber wieso weiß er das? Und was weiß er?«

»Lass es uns herausfinden, Kenzie.«

»Ich habe keine Lust, jetzt über den Fall zu reden.«

Aidan trat näher. »Und wozu hast du Lust?«

»Wie wäre es mit dem Einzigen, worin wir beide gut sind?«

Er zog überrascht die Augenbrauen hoch und trat näher zu ihr. »Kenzie …«

»Das ist mein Ernst.« Sie konnte spüren, wie erregt er war und wie angespannt. Es war die gleiche Spannung, die auch sie beherrschte. »Ich will nicht reden.«

»Na schön.« Nicht gerade sanft zog er sie hoch und in die Arme. Sein Körper war warm und muskulös, seine Hände fühlten sich heiß an auf ihrem Rücken. Und sein Mund war unbeschreiblich.

Seine Lippen waren zärtlich und fordernd zugleich, als er sie auf ihre presste und sie mit einer Hemmungslosigkeit küsste, die sie vor Wonne schier zerfließen ließ und ihr weiche Knie bescherte.

Eine solch brennende Lust sprach aus Aidans Kuss, dass sie stöhnte und sich an ihm festklammerte, bis sie es nicht mehr erwarten konnte, ihn endlich nackt zu sehen. »Ausziehen«, befahl sie, während sie schon ihr Top abstreifte. Sie war froh zu sehen, dass Aidan es ebenfalls eilig hatte, aus seinen Kleidern zu kommen. Sie ließen sich gegenseitig nicht aus den Augen, während sie ihre Jeans aufknöpften und die Schuhe wegkickten. Er war einfach umwerfend, dieser Mann. Schlank, durchtrainiert und so sexy, dass er die hemmungslosesten Begierden in ihr weckte. Sie streiften beide gleichzeitig ihre Jeans ab, aber anders als bei ihr fiel sein Slip zusammen mit seiner Jeans, was ihren Mund vor Aufregung ganz trocken werden ließ.

Fasziniert von seinem Anblick, stand Kenzie in BH und Slip vor ihm und starrte ihn an. Sein Körper war perfekt, seine Bewegungen waren geschmeidig. Es war weiß Gott nicht das erste Mal, dass sie ihn so sah, sie hatte all diese nackte Pracht schon oft gesehen, aber sie konnte sich nicht erinnern, jemals zuvor so ergriffen von diesem Anblick gewesen zu sein.

»Du hast geschummelt«, sagte er, trat zu ihr und griff nach einem Träger.

Kenzie fühlte seine Erektion an ihrem Bauch, und statt sich weiter auszuziehen, legte sie eine Hand darum, worauf Aidan hörbar die Luft einsog.

»Zu fest?«, fragte sie und streichelte ihn zärtlich.

»Nein, deine Finger sind nur eisig kalt.«

Sie wusste selbst nicht, wieso, aber plötzlich musste sie lachen. Es war ihr unbegreiflich, aber sie stand tatsächlich da, ihre Hand um seine sehr beeindruckende Erektion gelegt, und lachte.

»Weißt du, es ist wirklich nicht sehr schmeichelhaft, das

beste Stück eines Mannes in der Hand zu halten und zu lachen«, protestierte Aidan, was Kenzie nur noch mehr zum Lachen brachte.

»Tz, tz.« Er schüttelte den Kopf und lächelte, während seine geschickten Finger Kenzie von ihrem BH befreiten.

Aidan drängte sich an sie, und dabei rieben sich ihre zarten Knospen an seiner Brust. Diesmal war sie es, die den Atem anhielt, als sie sich zu zwei harten kleinen Spitzen zusammenzogen. Als er sich dann vor sie hinkniete und langsam ihren Slip hinunterzog, sog sie scharf die Luft ein.

Bei ihrem Anblick entrang sich ein leises raues Stöhnen seiner Kehle, und er strich fast andächtig über ihre Schenkel bis hinauf zu ihrem Po. »Wie schön du bist, Kenzie.«

»Aidan …«

»Du bist wunderschön«, wiederholte er und strich mit einem Finger über das weiche Haar zwischen ihren Schenkeln. »Ganz feucht und warm. Für mich.«

Ein erwartungsvoller kleiner Schauer durchrieselte Kenzie angesichts der unverhohlenen Bewunderung in seiner Stimme.

»Spreiz deine Beine«, sagte er und drückte heiße Küsse auf die Innenseiten ihrer Schenkel. »Ja, so«, murmelte er und zog sie an sich, damit er sie mit seinen Lippen verwöhnen konnte.

Bei der ersten Berührung seiner warmen Zunge gaben ihr fast die Knie nach, aber Aidan hatte eine Hand um ihre Hüfte gelegt und hielt sie, während er sie mit der anderen Hand und seiner Zunge auf äußerst erotische Weise streichelte und reizte, bis sie sich unter seinen Liebkosungen schier aufzulösen glaubte. »Aidan …«

»Du schmeckst wunderbar«, stieß er rau aus.

Kenzie bog sich ihm entgegen, schob die Finger in sein Haar und warf in sinnlicher Verzückung den Kopf in den Nacken. Sie fühlte sich, als stünde sie vor einem schwindelerregenden Abgrund, als würde sie jeden Moment den Boden unter den Füßen verlieren und hinunterstürzen. Sie konnte nicht sprechen, nicht denken, nur noch genießen.

Sie war bereit, sich ihm völlig auszuliefern, und fieberte dem Höhepunkt entgegen, doch Aidan hatte offenbar andere Pläne, denn er zog sich von ihr zurück und sah sie an.

»Verdammt, Aidan!« Kenzie stöhnte enttäuscht auf. »Warum hörst du auf?«

»Ich könnte dich den ganzen Tag nur ansehen.«

»Gucken kannst du später. Tu jetzt was.«

»Immer in Eile«, sagte Aidan tadelnd, aber er zog sie an sich und schob ihre Beine weiter auseinander. Dann lehnte er sich zurück, um ihren Anblick zu genießen, dabei strich er mit den Fingern über das weiche feuchte Haar.

Kenzie fühlte sich einen irritierenden Moment sehr verwundbar, als sie so vor ihm stand, dann beugte er sich vor und umkreiste ihre kleine Knospe mit seiner Zunge, und sie vergaß alle Bedenken und verlor sich in ihren sinnlichen Empfindungen.

Als ihre Knie nachgaben, hielt er sie, richtete sich mit ihr auf und trug sie zum Bett. Sie konnten nicht genug voneinander bekommen. In hemmungsloser Begierde klammerten sie sich aneinander, während sie sich voller Leidenschaft küssten. Nicht mal das Klingeln ihres Handys konnte sie trennen. Kenzie dachte gar nicht daran, das Gespräch anzunehmen. Das Haus hätte in Flammen stehen können, ohne dass sie sich auch nur einen Moment Gedanken darüber gemacht hätte. »Komm, ich will dich in mir spüren.«

Aidan lachte rau.

»Jetzt!«

Sie brauchte ihn, weil das Hier und Jetzt das Einzige waren, was zählte. Weil ihre einzige bewusste Wahrnehmung das Gefühl seiner Hände auf ihrem Körper war und die hingebungsvolle Zärtlichkeit, mit der er sie erregte.

Endlich hatte Aidan ein Kondom gefunden und schob sich zwischen ihre Schenkel. Dabei sah er ihr so intensiv in die Augen, dass Kenzie erschauerte.

»Das ist nicht nur Sex«, sagte er rau. »Das ist es absolut nicht. Nicht für mich.«

Kenzie blinzelte, um einen klaren Kopf zu bekommen.

»Falls es dir anders geht, muss ich das jetzt wissen.« Aidan schob eine Hand zwischen ihre Beine, streichelte sie und drang mit einem Finger in sie ein. »Sag es«, verlangte er und wartete auf ihre Antwort.

Kenzie sah ihm mit klopfendem Herzen in die Augen, und langsam dämmerte ihr die Wahrheit. »Es ist mehr«, gab sie leise zu, was offenbar die richtige Antwort war, denn er spreizte ihre Beine und drang in sie ein, hart und schnell, wie sie es wollte. Wie in Ekstase zog er sich zurück und stieß vor, und Kenzie ließ sich mitreißen.

Unvermittelt hielt er inne und legte schwer atmend seine schweißfeuchte Stirn an ihre. »Halt mich auf«, flehte er sie fast an.

Kenzie schüttelte den Kopf über seine rau hervorgestoßene Bitte. Ihn aufhalten? Niemals.

Nie mehr. Was für ein beängstigender Gedanke. »Aidan …«

»Ja?«

»Du hast mir gefehlt«, flüsterte sie ihm zu und suchte seinen Blick, während sie ihm ihr bestgehütetes Geheimnis anvertraute.

Einen Moment sah er sie überrascht an, dann schloss er die Augen und drang mit einem kräftigen Stoß in sie ein. Kurz darauf erlebte Kenzie den himmlischsten Höhepunkt ihres Lebens.

14. Kapitel

Aidan lag auf dem Rücken, eine erhitzte, nackte, noch immer zitternde Kenzie in seinen Armen, und dachte über ihre Worte nach.

Du hast mir gefehlt. »Kenz?«

»Hm?«

Sie hatte ihr Gesicht an seinen Hals geschmiegt, und selbst jetzt noch löste ihr warmer Atem ein angenehmes Kribbeln bei ihm aus, obwohl seine Knochen sich in Wachs verwandelt zu haben schienen und er nicht einmal zu einer Bewegung fähig gewesen wäre, wenn er sein Leben hätte retten müssen.

Was allerdings nicht für einen bestimmten Teil seiner Anatomie galt, der sich von seinem Verstand abgekoppelt zu haben schien, denn dieser Teil wollte eine zweite Runde und wahrscheinlich auch noch eine dritte.

Kenzie hob den Kopf und sah ihn aus schläfrigen Augen fragend an. Sie sah so entzückend aus, dass er mit beiden Händen ihr Gesicht umfasste, sich zu ihr beugte und sie küsste.

»Du hast mir auch gefehlt«, flüsterte er danach an ihren Lippen.

Als sie sich zurücklegte und die Augen schloss, war er enttäuscht. Er sah sie an und atmete aus. Offensichtlich war es ihr nicht ernst gewesen und ihr nur in der Hitze des Augenblicks entschlüpft. In gewisser Weise konnte er das sogar verstehen. Es war tatsächlich ein heißer Moment gewesen. »Schon gut, Kenz, ich versteh das schon«, log er, obwohl das Gegenteil der Fall war. Er brauchte jetzt dringend Ablenkung. Drüben auf dem Tisch stand sein Laptop, der ihnen über vieles Aufschluss geben könnte. »Wir sollten besser aufstehen«, sagte Aidan und war froh, dass seine Stimme wieder normal zu klingen schien, dass er noch atmete und auch sein Herz, das sie ihm gerade gebrochen hatte, anscheinend noch funktionierte – auch wenn es blutete.

Es war nicht ihre Schuld, dass er ihr sein Herz geöffnet hatte. Schließlich hatte sie ihn gewarnt, dennoch war er anmaßend genug gewesen, es nicht einmal für möglich zu halten, dass sie ihn verletzen könnte.

»Aidan?«

Irgendwie schaffte er es, sie anzusehen.

»Ich habe dich wirklich vermisst. Und das hier. Aber …«

»Aber das Leben geht weiter. Auch das verstehe ich.«

Sie sah ihm in die Augen und stand dann seufzend auf. Splitterfasernackt ging sie hinüber zum Computer und beugte sich darüber, wo sie, nur vom sanften Licht des Monitors angestrahlt, einen ganz besonders schönen Anblick bot.

»So«, sagte sie und beugte sich ein wenig vor, um an die Tastatur heranzukommen.

Sie hatte keine Ahnung, was für ein hinreißendes Bild sie in dem flimmernden Licht abgab, das ihre wild zerzausten blonden Locken, ihre festen Brüste und ihren wohlgeformten Po in einen grünen Schimmer tauchte.

»Das ist aber komisch«, sagte sie, und ihr Stirnrunzeln vertiefte sich, während ihre Finger noch schneller über die Tasten glitten.

Aidan wollte schon fragen, was so komisch war, da beugte sie sich noch weiter vor, und er vergaß, was er hatte sagen wollen, und konnte sie nur noch anstarren. Sein Blick glitt über ihren hübschen schlanken Rücken, ihre schmale Taille und die sanft gerundeten Hüften, um dann an einer seiner Lieblingsstellen des weiblichen Körpers zu verweilen, ihrem Schoß. Kenzies Beine waren leicht gespreizt, ihre Schenkel angespannt, was ihm einen ausgezeichneten Blick bot.

»Aidan?«

Angesichts ihres ernsten Tonfalls unterdrückte er seine Lust, stand auf und ging zu ihr hinüber. Als er nackt, wie er war, hinter sie trat und die Arme um sie legte, war diese Lust jedoch sofort wieder da. Er konnte nichts dagegen tun. Seine Brust lag an ihrem Rücken, ihr hübscher kleiner Po an seiner schon fast schmerzhaft starken Erektion. Er legte ihr die Hände um die Hüften und strich an ihrem Körper hinauf, bis er ihre Brüste umfassen konnte. Während er mit seinen Lippen über ihren Nacken strich, liebkoste er mit den Fingern die zarten Spitzen ihrer Brust, die sich unter seinen sinnlichen Berührungen sogleich verhärteten.

Das war es, was er wollte, langsam ließ er eine Hand über ihren Bauch und zwischen ihre Beine gleiten.

»Sieh mal.« Kenzie hielt seine Hand fest und zeigte auf eine Datei mit einer offenbar sehr interessanten Liste. »Mein mysteriöser Anrufer hat gesagt, ich soll mir ansehen, was mit den Brandruinen passiert ist. Ich wusste nicht, was er meinte, aber all die verbrannten Gebäude sind dem Erdboden gleichgemacht worden. Ich habe die Fotos in Zachs Akte gesehen, und nicht alle dieser Häuser waren schwer beschädigt.«

Aidan musste sich zwingen, den Computer und nicht den nackten, sündhaft sexy Frauenkörper vor sich anzusehen. »Das stimmt. Aber die Gebäude wurden trotzdem abgerissen. Mit Ausnahme der letzten beiden.«

»Auf wessen Anweisung?«

»Die Berichte sind unter Verschluss.«

»Warum?«

»Gute Frage. Zach hat versucht, eine Antwort darauf zu finden, und einen hohen Preis dafür bezahlt.« Aidan betrachtete die Liste vor ihm noch eingehender. »Das sind beeindruckende Informationen, die Blake gesammelt hat.« Das musste ihn sehr viel Zeit gekostet haben.

Hatte er also nicht nur den Überblick über seine eigenen Taten behalten, sondern auch noch festgehalten, was nach jedem Brand mit dem entsprechenden Besitz geschehen war?

»Wer kann den Abriss eines abgebrannten Gebäudes anordnen?«, fragte Kenzie.

»Der Eigentümer, sein Vertreter oder die Feuerwehr, falls ein Gebäude für instabil oder gefährlich erachtet wird.«

Kenzie stand auf und begann ihre im Zimmer verstreuten Kleider einzusammeln. Aidan sah ihr bedauernd zu, während sie die Teile eins nach dem anderen aufhob und anzog. Als nichts mehr von ihrem verführerischen Körper zu sehen war, seufzte er, griff nach seiner Jeans und stieg hinein. Zeit, sich wieder wie Erwachsene zu benehmen.

»Wie kommt es, dass du dir Blakes Dateien vorher noch nie angesehen hast?«, fragte er.

»Der Gedanke ist mir nie gekommen. Wir haben uns regelmäßig Dateien geschickt. Es war unser Sicherungssystem.«

»Was hast du ihm geschickt?«

Kenzie zog eine Schulter hoch. »Grobe Skizzen und Entwürfe.«

»Wofür?«

»Ich habe Drehbücher geschrieben. Für die Zeit, wenn ich schließlich doch zu viele Donuts esse und zu keinem Casting mehr gebeten werde.«

»Du wärst bestimmt eine sehr gute Autorin.«

»Meinst du?«

Er dachte daran, wie einfühlsam sie war, wie sprachgewandt und witzig, und bejahte.

»Danke«, sagte sie und lächelte ihn an.

»Wann hat Blake dir diese Datei geschickt?«

»Er schickte mir jede Woche eine Sicherungsdatei. Wir wollten eigentlich immer nur die letzte Version füreinander aufheben, aber da ich meistens zu faul war, die von der Vorwoche zu löschen, müsste ich noch etliche haben.« Kenzie starrte Aidan einen Moment mit großen Augen an, dann fuhr sie herum und hastete zurück an den Laptop. Ihre Finger flogen nur so über die Tasten, als Aidan sich über ihre Schulter beugte, um zu sehen, was sie tat.

Der Bildschirm füllte sich mit einer ganzen Liste von Sicherungsdateien von Blake, die zeitlich kurz nach den ersten verdächtigen Feuern begannen und am Tag vor seinem Tode endeten. Alle schienen in Zusammenhang mit den Brandstiftungen zu stehen.

»So«, sagte Kenzie nachdenklich. »Nach dem, was wir hier vorliegen haben, war er also entweder ein gottverdammter Schuft, oder er hat selbst wegen der Brandstiftungen ermittelt.«

Ihr Ton ließ klar erkennen, was sie glaubte.

»Oder«, wandte Aidan leise ein, wohl wissend, dass sie ihn dafür hassen würde, »er hat das alles schriftlich festgehalten, um einen Partner auf dem Laufenden zu halten.«

Kenzie wandte sich ihm wieder zu, und er konnte sehen, wie eisig ihr Blick wurde.

»Öffne die erste Datei.«

Ohne ein Wort zu sagen, klickte sie sie an. Es war ein Word-Dokument, eine Art Tagebuch mit Kommentaren. Der erste lautete:

Hill Street – Feuer:
Zweiter Brandherd auf mysteriöse Weise am Tag der Reinigung verschwunden. Ein metallener Papierkorb, so ungewöhnlich vom Design her, dass er auffindbar sein müsste. Als ich das dem Chief sagte, meinte er, ich solle mich darauf beschränken, Feuer zu bekämpfen.

Kenzie las die Notiz zweimal vor und scrollte dann zum nächsten Eintrag, der mehrere Wochen später vorgenommen worden war.

»Blut ist dicker als Wasser«, sagte man mir heute, und das darf ich wohl auch nicht vergessen, falls ich weiter-leben will.

Kenzie drehte sich zu Aidan um. »Was soll das heißen?«

»Es hört sich an, als hätte man ihm gedroht«, erwiderte er grimmig.

»Blut ist dicker als Wasser. Wen meinte er damit? Wir haben keine Familie mehr. Oder zumindest keine Verwandten, die sich etwas aus uns machen.«

Aidan hasste diesen abwesenden, verschlossenen und ab-wehrenden Gesichtsausdruck, den sie jedes Mal bekam, wenn sie über ihre Vergangenheit sprach. Für ihn bestand kein Zweifel, dass sie und Blake es sehr schwer gehabt hat-ten in ihrer Kindheit, als sie von einer Pflegefamilie zur an-deren geschickt worden waren. Das einzig Gute war, dass sie zusammengehalten hatten, deshalb war ihre Bindung auch so stark gewesen. »Habt ihr irgendwo noch Blutsver-wandte?«

»Ein paar, aber die leben überall verstreut. Eine Großtante in Florida, ein Onkel in Chicago, eine Cousine in Dallas …« Kenzie verschränkte abwehrend die Arme vor der Brust. »Es gibt bloß niemanden, der uns gewollt hat.«

Aidan drehte sie sanft zu sich herum. »Könnte Blake dann vielleicht dich gemeint haben?«

»Bestimmt nicht. Wir waren die ganze Zeit in Verbindung, haben aber nie über diese Dinge hier gesprochen.«

Aidan fuhr fort, die Einträge zu lesen, von denen sich ei-ner auf die Arbeitszeiten der Feuerwehr bezog. Blake hatte sogar Kopien der Dienstpläne hinzugefügt. Um sein Alibi zu untermauern – oder weil er sich für das von jemand anderem interessiert hatte?

Blake war auch an Tommys ersten offiziellen Bericht über die Brandstiftungen herangekommen. Aidan und Kenzie stellten fest, dass er bei keinem der verdächtigen Brände im Dienst gewesen war, was Tommy offenbar als Beweis betrachtet hatte, da Blake dadurch kein Alibi für die Zeit der Brandstiftungen hatte. Aidan scrollte ein paar Zeilen weiter.

»Moment!« Kenzie zeigte auf den Bericht über den zweiten Brand. »Da! Das kann nicht stimmen. Blake hatte ein Alibi für dieses Feuer. Er war in dieser Woche nach Los Angeles gekommen, um mich zu der Verleihung der Emmys zu begleiten. Er flog direkt danach nach Hause, ohne sich auch nur ein paar Stunden hinzulegen, weil er sagte, er müsse zur Frühschicht wieder bei der Arbeit sein.«

»Okay.« Aidan kehrte zum Dienstplan für diesen Tag zurück. »Aber er hatte gar keinen Dienst, steht hier.«

Kenzie starrte den Bildschirm an und schüttelte den Kopf. »Blake hätte mich deswegen nicht angelogen.«

Sie sagte das mit so unerschütterlicher Überzeugung, dass Aidan geneigt war, es zu glauben, nur weil sie es glaubte. Wenn Blake Kenzie nicht belogen hatte, gab es nur noch eine andere Erklärung.

»Könnte der Dienstplan geändert worden sein?«, fragte sie.

»Möglich. Vielleicht hat jemand getauscht. Oder …«

»Oder jemand hat den Dienstplan nach den Vorfällen geändert«, sagte sie rundheraus. »Und Blake ist nicht mehr da, um sich verteidigen zu können.«

»Nein, aber wir.« Aidan hielt den Blick auf den Bildschirm gerichtet, bis er merkte, dass Kenzie gar nicht hinsah, sondern ihn anschaute.

»Das hätte ich nicht für möglich gehalten«, sagte sie mit belegter Stimme. »Oh Gott!« Sie schlug die Hände vors Gesicht. »Das hätte ich wirklich nie gedacht.«

»Was?« Aidan warf einen Blick auf den Bildschirm und versuchte zu verstehen, was sie meinte. »Was hättest du nie gedacht?«

»Dass ich dich sogar noch mehr als damals mögen könnte.« Ihre Worte berührten ihn wie kaum etwas anderes in all diesen Jahren. »Kenz«, sagte er leise und nahm sanft ihre Hände von ihrem Gesicht. »Ich …«

Kenzie machte ihre Hände los und fuchtelte mit einem Zeigefinger vor seiner Nase herum. »Nur keine Aufregung! Ich will nicht so etwas für dich empfinden, und ich sage dir auch gleich, dass ich alles tun werde, um nicht so für dich zu empfinden.«

Aidans Herz krampfte sich zusammen. »Wir waren damals fast noch Kinder, Kenz.«

»Und jetzt sind wir erwachsen. Das ändert nichts, nur, dass wir älter sind, deshalb wird es jetzt sogar noch mehr wehtun.« Wieder schüttelte sie den Kopf und wandte sich dem Bildschirm zu. »Aber das hier ist wichtiger. Viel wichtiger, als alte Gefühle aufzuwärmen, von denen ich sowieso nichts wissen will.« Ihre Finger glitten wieder über die Tasten. »Da! Hier ist er auch nicht zum Dienst eingeteilt, aber er hatte mich von der Feuerwehrstation aus angerufen. Das weiß ich so genau, weil es mein Geburtstag war. Er rief mich um sechs Uhr morgens vor der Arbeit an. Da ich an dem Tag kein frühes Shooting hatte, war ich sehr verärgert, dass er mich geweckt hatte. Ich war erst spät ins Bett gekommen, weil ich gefeiert hatte.«

»Mit Chad?«

Sie warf ihm einen Blick zu. »Nein, mit Teddy White.«

»Stand der nicht auf der *People*-Liste der bestaussehenden Leute?«

»Woher weißt du das?«

Weil Cristina die Zeitschrift im Bad der Feuerwehrstation liegen gelassen und er darin herumgeblättert hatte. »Das ist unwichtig.«

»Es war nur eine einmalige Sache, das mit Teddy.«

Na prima. Jetzt konnte er sich sie und diesen Teddy bei einem One-Night-Stand vorstellen.

»Er ist ein Freund.«

Ein Freund wie jemand, der sie aus einem Feuer gerettet oder aus dem Gefängnis geholt hatte?

»Ja«, sagte sie leise, »ich weiß, dass das Wort ›Freund‹ ein dehnbarer Begriff ist, und in Hollywood erst recht.«

»Fehlt dir Hollywood?«

Kenzie seufzte. »Die Arbeit macht Spaß und wird erstaunlich gut bezahlt, aber …« Sie zuckte mit den Schultern. »Alles ist doch ziemlich hohl und leer. Das habe ich nie richtig verstanden, bis ich wieder hier war.«

Aidan war sich nicht ganz sicher, was er von dieser Offenbarung halten sollte.

»Das spielt jetzt sowieso keine Rolle mehr.« Sie wandte sich wieder dem Bildschirm zu. »Es ist vorbei. Meine Soap ist abgesetzt worden.«

»Wirklich?«

»Ja. Es gibt zwar jede Menge Castings für neue Rollen, aber da ich zu viele Donuts gegessen habe, werde ich …«

»Was?«

»Zu dick.«

Aidan lachte leise. »Du siehst fantastisch aus, Kenzie. So gut, dass ich nicht die Hände von dir lassen kann, wie du vielleicht bereits bemerkt hast. Das mit deinem Job, das tut mir wirklich leid.« Er konnte selbst kaum glauben, was er als Nächstes sagte. »Aber du kannst ja immer noch hier in Santa Rey bleiben.«

»Darüber habe ich schon nachgedacht.« Sie seufzte und sah ihn wieder an. »Irgendwie erscheint es mir zu bequem. Wie Drückebergerei. Und außerdem würde ich hier keinen Job bekommen.«

»Ich weiß, dass hier keine Filme gedreht werden, aber du könntest doch auch etwas anderes tun als schauspielern.«

Zuerst verzog sie das Gesicht, aber dann sah sie ihn mit einem winzigen Hoffnungsschimmer an. »Wie was zum Beispiel?«

»Schreiben. Dann könntest du so viele Donuts essen, wie du willst.«

Sie sah ihn schweigend an, bis er es nicht mehr aushielt. »Was?«

»Ich hätte eher gedacht, du würdest alles tun, um mich so schnell wie möglich aus der Stadt zu kriegen.«

»Na ja, das war vielleicht mein altes Ich.«

»Tja, und mein neues Ich ist hier, um Blakes guten Namen wiederherzustellen. Das ist alles.«

»Und auch, um auf meinem Herzen herumzutrampeln. Vergiss das nicht.«

»Nein.« Kenzie seufzte. »Obwohl ich ehrlich gesagt lieber von hier verschwinden würde, ohne dir wehgetan zu haben.« Ohne zu wissen, wie sehr sie ihn gerade verblüfft hatte, beugte sie sich zum Bildschirm vor, wobei eine Strähne ihres Haars sich in den Bartstoppeln an seinem Kinn verfing.

Es roch wunderbar.

Aidan musste sich sehr zusammenreißen, um sein Gesicht nicht in dieses duftende Haar zu drücken und Dinge zu sagen, die Kenzie zwar wieder in sein Bett lotsen, sie und ihn aber eigentlich überhaupt nicht weiterbringen würden. Trotzdem wollte er es gerade tun, als Kenzie ihm zuvorkam.

»Sieh mal«, sagte sie und zeigte auf eine weitere Eintragung von Blake.

In keinem der offiziellen Untersuchungsberichte wurde erwähnt, dass die Metallpapierkörbe aus dem Haushaltswarenladen sind, in dem Tracy arbeitet.

Kenzie runzelte die Stirn und drehte sich zu Aidan um, der wie vom Donner gerührt war. »Meint er die Tracy, die …«

»… bei dem Feuer umgekommen ist? Ja. Sie sind ein paar Mal miteinander ausgegangen. Blake hat Tracy sehr gemocht.«

»Wirklich? Er hat mir erzählt, dass er mit ihr ausgegangen war, aber er hat nie erwähnt, wie viel ihm an ihr lag.«

»Vielleicht hat er dir nicht alles erzählt.«

»Doch, das hat er«, widersprach Kenzie. »Du wirst jetzt sagen, dass er nicht mit mir über die Brandstiftungen gesprochen hat, aber so etwas hätte er … Nein, so etwas hätte er nie getan, Aidan. Dass Tracy bei einem Brand ums Leben kam, kann nur ein tragischer Zufall gewesen sein.«

»Ich beginne allmählich zu glauben, dass gar nichts Zufall ist. Sieh dir mal den nächsten Eintrag an.«

Tracy wird mir eine Liste der Leute geben, die Metallpapierkörbe gekauft haben, aber sie muss bis zum Wochenende warten, wenn ihr Chef nicht da ist.

Die nächste Eintragung klärte gar nichts auf, sondern machte alles nur noch komplizierter.

Ich habe die Liste, und, Teufel, ja, Blut ist dicker als Wasser. Das darf ich nicht vergessen …

Kenzies Finger bohrten sich in Aidans Arm. »Was soll das bedeuten, ›Blut ist dicker als Wasser‹? Das hat er schon einmal geschrieben.«

Aidan schüttelte den Kopf. »Ich wünschte, ich wüsste es.«

Er hat mich auf dem Kieker. Ich muss jetzt verdammt vorsichtig sein.

»Wer hatte ihn auf dem Kieker?« Kenzie sprang auf und begann unruhig auf und ab zu gehen. »Gott. Wen immer er damit meint, glaubst du …?«

Ja. Aidan war jetzt überzeugt davon, dass Blake jemandem auf den Schlips getreten war. Entweder war dieser Jemand sein Komplize oder die Person, gegen die Blake in aller Stille selbst ermittelt hatte.

Falls das stimmte und Blake ein Opfer war, war diese andere Person nicht nur ein Brandstifter, sondern auch noch ein Mörder.

Auf Aidans Handy ging die Nachricht ein, er werde dringend auf der Feuerwehrstation gebraucht.

»Geh nur«, sagte Kenzie. »Ich lese das hier alles durch und sehe, was ich sonst noch herausfinden kann.«

»Bleib aber bitte hier in der Wohnung.«

Sie schaute fragend zu ihm auf.

»Kenzie … ich habe ein ungutes Gefühl.«

»Der pragmatischste, coolste Mensch, den ich kenne, hat ein ungutes Gefühl?«, fragte sie mit erhobenen Augenbrauen.

»Vertrau mir einfach, Kenz.«

»Du denkst, ich sei in Gefahr.«

Er dachte es nicht nur, er wusste es. Er konnte ihr nur nicht das Wie oder Warum erklären, aber es würde ihn verrückt machen, nicht zu wissen, wo sie war.

»Ich werde mich nicht hier verkriechen, Aidan. Das ist lächerlich. Außerdem weiß niemand, was ich tue.«

»Nach deiner Verhaftung, Kenzie, weiß hier jeder, was du tust.«

»Ich komme schon zurecht.«

Was konnte er schon tun, außer sie am Stuhl festzubinden – eine Vorstellung, die äußerst interessante Bilder in ihm heraufbeschwor. »Versprich mir, dass du vorsichtig sein wirst.«

Sie sah ihn lange an. »Ich dachte, wir wollten uns nichts mehr versprechen«, sagte sie dann. »Niemals wieder.«

»Versprich es«, beharrte er.

»Keine Bange.« Ihr Gesicht war völlig ausdruckslos, als sie zurücktrat. »Ich habe vor, sehr vorsichtig zu sein, und ich habe auch vor, in jeder Hinsicht unversehrt hier wieder rauszukommen.«

Was sollte das nun wieder heißen?

»Bis dann, Aidan.«

Oh, oh, dachte er. Das war kein einfaches »Bis später, Aidan«, sondern mehr ein »Das war's mit uns, man sieht sich, Aidan.«

Ein Abschiedsgruß, der nichts Gutes für sein Herz verhieß, das er ihr gegen seinen Willen geöffnet hatte. Schon wieder. »Ich komme wieder.«

»Okay.«

»Bald.« Er zögerte. »Wirst du dann noch hier sein?«

Sie erwiderte seinen Blick. »Ich weiß es nicht.«

Verdammt. So hatte er sich das nicht vorgestellt.

15. Kapitel

Zwischen zwei Einsätzen schlüpfte Aidan ins Büro der Feuerwehrstation. Er hatte sich nie sehr oft dort aufgehalten, weil er lieber draußen bei der Arbeit oder im Gemeinschaftsraum der Feuerwache war.

Nun machte er es sich dort bequem und sagte jedem, der ihn komisch ansah, er arbeite an seiner Steuererklärung, was, ihren mitfühlenden Gesichtern nach zu urteilen, offensichtlich ein genialer Vorwand war. Als er endlich allein war, ging er die Tagesberichte und Dienstpläne durch, insbesondere die der Tage, an denen die Brandstiftungen stattgefunden hatten.

Schnell stellte er fest, dass diese Dienstpläne sich nicht mit jenen deckten, die Blake gespeichert hatte.

Den Tagesberichten zufolge hatte Blake tatsächlich an all diesen Tagen Dienst gehabt – ob durch Zufall oder weil es so geplant gewesen war, konnte Aidan nicht sagen. Er wusste nur, dass nicht immer alle verfügbaren Einheiten für die Einsätze benötigt wurden. Bei zwei Bränden war Blakes Einheit gar nicht eingesetzt worden, und trotzdem war er von Zeugen an der Brandstätte gesehen worden.

War er selbst der Brandstifter gewesen, oder hatte er nur versucht, ihn aufzuhalten?

Die Tür zum Büro ging auf, und Aidan drehte sich um, schon wieder die Ausrede mit der Steuererklärung auf den Lippen.

»Spar dir deine Erklärungen«, sagte Tommy und legte eine CD auf den Tisch vor ihm.

»Was ist das?«

»Eine Kopie des Überwachungsbands aus der Kamera, die ich in Blakes Haus installieren ließ.«

»Du hast sein Haus überwachen lassen?«

»Ich bin Brandermittler. Und deswegen ermittle ich.«

»Und wonach suchst du?«

»Das ist schon eine bessere Frage. Was hat Kenzie dort gesucht?«

»Das kann ich dir nicht sagen.«

»Kannst du nicht, oder willst du nicht?«

Aidan beantwortete die Frage nicht.

»Du gibst dir wirklich keine große Mühe, mir diese Frau vom Hals zu halten.«

Nein. Genauso wenig Mühe, wie er sich gab, sie sich selbst vom Hals zu halten.

»Okay, ich werde dir sagen, wie es läuft«, erklärte Tommy. »Du wirst mir alles erzählen, was du über die Brandstiftungen und Blake herausgefunden hast, und im Gegenzug werde ich dich nicht wegen Behinderung meiner Ermittlungen belangen.«

Aidan scherte sich nicht um die Drohung, die in Tommys Stimme lag. Das Einzige, was ihn kümmerte, war, die Wahrheit ans Tageslicht zu bringen, um Blakes und Kenzies willen. Obwohl Tommy eine echte Nervensäge sein konnte, war Aidan sich doch ziemlich sicher, dass sie auf derselben Seite standen.

»Einverstanden?«

»Einverstanden.«

Tommy nickte, schloss die Tür ab und zog einen Stuhl heran.

Kenzie hatte kein Problem, sich zu beschäftigen. Sie verbrachte den Tag damit, Blakes Dateien zu lesen, darüber nachzudenken und jede der Eintragungen ihres Bruders zu analysieren.

Später schlief sie in dem großen wundervollen Bett. Allein war das aber nicht annähernd so schön, wie neben dem großen wundervollen Mann zu liegen, dem dieses Bett gehörte. Sie hatte wilde Träume. In einem war sie in einem Feuer gefangen und hörte Blake nach ihr schreien. Eine völlig andere Art von Traum handelte von Aidan. Dabei lag sie auf dem Bett, und er entkleidete sie langsam. Dann strich er mit seiner Zunge über jeden Zentimeter ihres Körpers, bis sie jäh erwachte, feucht vor Schweiß, nach Atem ringend und eine Hand zwischen ihren Beinen.

Selbst wenn er nicht da war, entflammte Aidan ihre Sinne.

Am Morgen fuhr sie wieder zum Hafen, um sich die *Blake's Girl* anzusehen, weil sie gar nicht anders konnte. Sie stand mit einem heißen Klumpen in der Kehle am Kai, starrte auf die Überreste dessen, was einmal Blakes Segelboot gewesen war, und fragte sich, was sie als Nächstes tun sollte. Das Klingeln ihres Handys schreckte sie auf.

Es war wieder der mysteriöse Anrufer ans Santa Rey.

»Haben Sie die Sicherungskopien?«

»Wer spricht da?«

»Sie müssen sich vom Boot fernhalten. Da ist nichts mehr für Sie.«

Erschrocken fuhr Kenzie herum und schaute sich um, aber es war weit und breit niemand zu sehen. »Wo sind Sie? Beobachten Sie mich?«

»Sie brauchen keine Angst zu haben.«

Auf dem Parkplatz standen nur drei Wagen, aber nirgends waren Leute. Der Kai war menschenleer, und die benachbarten Boote sahen ebenfalls verlassen aus. »Ich soll keine Angst haben? Sie ticken wohl nicht richtig!«

»Hören Sie mir zu«, beschwor er sie. »Es wird Zeit, dass Sie die Suche einstellen und nach Hause zurückkehren, Kenzie.«

Die Härchen in ihrem Nacken richteten sich auf, und wieder drehte sie sich langsam um. Hinter einem der drei Autos entdeckte sie ihn schließlich.

Ein grauer Wagen mit getönten Fenstern.

Mit schmalen Augen ging sie darauf zu, weil sie endlich wissen musste, mit wem sie da sprach und warum sie beim Klang seiner Stimme eine Gänsehaut bekam. Sie hatte eine ungute Ahnung, der sie auf den Grund gehen musste.

»Kommen Sie nicht näher«, warnte der Anrufer sie.

Kenzie ging weiter. »Kenne ich Sie?«

Der Motor wurde angelassen.

»Nein!«, rief sie und begann zu laufen. »Warten Sie …«

Der graue Wagen schoss mit quietschenden Reifen vor und bog sofort nach rechts ab, wodurch sie den Fahrer hinter dem Lenkrad nur flüchtig sehen konnte, aber dieser kurze Blick genügte. Ihr stockte der Atem, und ihre Brust wurde fast unerträglich eng.

Der Wagen verließ den Parkplatz, was sie jedoch kaum bemerkte, denn die Beine gaben unter ihr nach, und sie sank auf die Knie, die Hände an ihre Brust gepresst. Ihr Herz schlug zum Zerspringen. Was sie gesehen hatte, war unmöglich. Es konnte nicht sein, denn er war im Feuer umgekommen, und doch würde sie sofort ihr Leben darauf verwetten, dass der Fahrer des grauen Wagens kein anderer als ihr Bruder gewesen war.

Kenzie fuhr den ganzen Weg zu Aidans Haus zurück, bevor ihr einfiel, dass er bei der Arbeit war. Noch immer bis ins Innerste erschüttert, wendete sie und fuhr zur Feuerwehrstation. Der Erste, dem sie dort im Aufenthaltsraum begegnete, war Zach. Er trug Jeans und ein T-Shirt, saß am Tisch und kratzte sich mit einem etwas betretenen Lächeln mit einem Stift unter dem Gips an seinem Arm.

»Das Ding macht mich noch wahnsinnig«, sagte er und

warf den Stift auf einen kleinen Schreibtisch an der Wand. »Suchen Sie Aidan?«

»Ja.« Sie wollte ihm sagen, dass ihr Bruder nicht tot war oder dass sie langsam den Verstand verlor.

»Er ist bei einem Einsatz.« Zach sah sie sich näher an und runzelte die Stirn. »Alles okay?«

Nein. »Ich habe die Akte gesehen, die Sie über die Brandstiftungen angelegt haben.« Auch Zachs Haus war in Brand gesteckt worden, was ihm an sich schon einen guten Grund gegeben hätte, ihren Bruder zu hassen. »Es wurde keine Leiche gefunden, als Blake starb.«

Ein Schatten fiel über Zachs Gesicht. »Die Hitze war so groß, dass nichts übrig blieb.«

Kenzie erlaubte sich, etwas anderes zu denken. »Gibt es irgendetwas, was das Feuer überstanden hat?«

»Ein Teil der Lötlampe, die Blake in der Hand hielt, und sein Schutzhelm.«

»Aber keine physischen Rückstände von ihm selbst?«

Zach zögerte einen Moment. »Warum fragen Sie mich das?«

Oh, nur weil er vielleicht gar nicht gestorben ist ... »Wissen Sie, wann Aidan wieder hier sein wird?«

»Nein, aber ich kann ihm sagen, er soll Sie anrufen. Er macht sich Sorgen um Sie.«

»Mir geht es gut.« Kenzie lächelte, wie um es zu beweisen, obwohl sie in Wahrheit auch besorgt war. Sie verließ die Feuerwache, stieg in ihren Wagen und nahm ihr Telefon heraus. Nach einem tiefen Atemzug wählte sie die Nummer ihres mysteriösen Anrufers.

»Hallo.«

Kenzie erstarrte förmlich, als sie die Stimme hörte. Sie war immer noch verstellt, aber das spielte keine Rolle mehr. Sie wusste jetzt, mit wem sie sprach. »Blake?«

Klick, es wurde aufgelegt.

Oh Gott. Mit wild pochendem Herz stürmte sie zurück in die Feuerwache und ins Büro von Tommy Ramirez. Er zog eine Augenbraue hoch, als er sie sah, seufzte dann aber nur, während sie eintrat und die Tür hinter sich zumachte.

Er hatte drei ungeöffnete Dosen Red Bull auf seinem Schreibtisch stehen. Kenzie nahm sich eine, riss den Verschluss auf und trank wie eine Verdurstende. Dann blieb sie mit geschlossenen Augen stehen, bis die Wirkung des Koffeins einsetzte. »Gott, das brauchte ich.«

Tommy, der aufgestanden war, als sie hereinstürmte, lehnte sich gegen die Tür und sah Kenzie missbilligend an. »Das war mein Red Bull.«

»Danke, dass du mir eine Dose überlassen hast.«

»Weißt du, die meisten Leute haben Angst vor mir.«

»Ja, aber die meisten Leute wissen auch nicht, dass du mir früher meine Ballettstunden bezahlt hast.«

»Und das bleibt auch weiterhin unter uns, okay? Ich will nicht, dass das herauskommt.«

Kenzie schüttelte den Kopf. »So hart wie immer, was?« Als Blake damals auf der Akademie gewesen war, waren ihr und ihrem Bruder ein paar finanzielle Fehler unterlaufen. Große finanzielle Fehler. Tommy, der über Blakes Situation im Bild gewesen war, hatte ihm Geld geliehen, um ihm das Studium und Kenzie ihre Ballettstunden zu ermöglichen.

Nicht viele wussten, dass der Brandmeister auch eine weiche Seite hatte, denn er zeigte sie nicht gern. Er hatte sie auch Kenzie seither nie wieder gezeigt, aber sie hatte seine Großzügigkeit nie vergessen. Sie hatte auch nie auch nur für eine Sekunde in Betracht gezogen, dass es Tommy sein könnte, der Blake etwas anzuhängen versuchte. Blake hatte Tommy vertraut, und sie vertraute ihm ebenfalls.

Tommy warf die Akten, die er in seinen Händen hielt, auf den Tisch und nahm sich eine Dose Red Bull. »Ich habe dich ins Gefängnis gesteckt, damit dir nichts passiert. Dass du auf Kaution herauskommst, war nicht vorgesehen. Ich wollte dich dortbehalten, bis alles vorbei ist, aber es dauert länger, als ich dachte.«

»Du hast mich festnehmen lassen, damit mir nichts geschieht?«

»Glaub mir, mir erschien das sehr vernünftig. Und du kannst mir auch glauben, dass ich weiß, wie schwer das alles für dich ist.«

»Ja«, stimmte sie ihm milde zu. »Es ist schwer für mich, dass meinem Bruder etwas angelastet wird, was er nicht getan hat. Es ist schwer für mich, zu wissen, dass all seine Freunde, seine Kollegen, praktisch jeder glaubt, er sei der Feuerteufel. Es ist schwer für mich, zu wissen, dass er sich nicht verteidigen kann. Aber es ist sogar noch schwerer für mich, dass du es auch nicht tust.«

»Du verstehst das nicht.«

»Dann hilf mir, es zu verstehen.«

Tommy schüttelte den Kopf. »Das kann ich nicht.«

»Möchtest du wissen, was das Schwerste überhaupt ist?«, flüsterte Kenzie, weil ihre Kehle eng geworden und sie den Tränen nahe war. »Ich weiß, dass Blake unschuldig ist, und ich weiß, dass du das auch glaubst.«

»Kenzie …«

»Du kannst nur nicht darüber reden, das verstehe ich. Aber ich glaube, ich habe Blake gesehen. Lebendig. Kannst du darüber reden?«

Er starrte sie an. »Was?«

»Ich glaube, ich habe ihn auf dem Parkplatz an den Docks gesehen.«

Tommy ließ sich auf seinen Sessel fallen. »Was hast du an den Docks gemacht?«

»Ich habe Blake gesehen. Lebend. Hörst du mir nicht zu?«

Er betrachtete sie mit einem mitfühlenden Blick. »Kenzie, hör mir zu …«

»Nein.« Sie lachte leise auf. »Hör du mir zu. Ich habe ihn gesehen. Außerdem ruft mich ständig jemand an, um mir Hinweise zu geben. Es ist Blake, er …«

»Was für Hinweise?«

»Ich weiß nicht. Dass der Schlüssel die Abrisse der Brandruinen sind, was ich nicht ganz verstehe, und dass Blut dicker ist als Wasser. Auch das verstehe ich ehrlich gesagt nicht.«

Tommy wurde blass. Er kam zu ihr, nahm ihren Arm und führte sie zur Tür. »Ich will, dass du mir jetzt zuhörst, ja? Und zwar sehr genau. Fahr zurück nach Los Angeles. Ich ruf dich an …«

»Nein.« Kenzie riss sich los. »Ich geh nicht von hier weg.«

»Oh doch, das tust du. Und wenn ich dich wieder verhaften lassen muss!«

»Weswegen?«

»Mir fällt schon etwas ein.«

Sie sah ihm ins Gesicht, das seine Empfindungen nur allzu deutlich widerspiegelte. »Okay, du hast Angst um mich. Das verstehe ich, Tommy. Ich werde mich zurückhalten, ich halte mich heraus.«

»Versprich es.«

Sie sah ihn lange an. »Was sagte ich vorhin? Dass Blut dicker ist als Wasser?«

»Versprich es.«

»Versprochen«, sagte sie sehr leise. »Aber nun musst du mir auch etwas versprechen. Du kommst, sobald du kannst, mit Antworten zu mir.«

»Einverstanden.«

Während der Sommermonate verdreifachte sich wegen der Touristen die Bevölkerung von Santa Rey, was sich auch in den häufiger werdenden Einsätzen der Feuerwehr bemerkbar machte. Allein in den letzten vierundzwanzig Stunden hatte Aidan Feuer in einem Restaurant und in einem Laden bekämpft. Er war zu einen Autobrand ausgerückt und zu zwei Hausbränden. Alle waren sie durch menschliche Dummheit verursacht worden.

Alles war reine Routine, dann geschah doch noch etwas Ungewöhnliches.

Es kam zu einer Explosion.

Zum Glück ereignete sie sich in einem leeren Lagerhaus. Niemand wurde verletzt, bis auf Cristina, die bei den Löscharbeiten von einer Leiter abrutschte und sich den Knöchel verstauchte.

Dustin wollte sie zum Röntgen ins Krankenhaus bringen, was sie geradezu empört zurückwies, wie es so typisch für Cristina war.

Aidan ließ die beiden ihren Streit allein austragen und begab sich in das ausgebrannte Lagerhaus.

Tommy war schon da, mit seiner Ausrüstung und der Kamera. Als er Aidan sah, zuckte ein Muskel an seinem Kinn. »Überlass mir das hier.«

Aidan betrachtete die Wand vor Tommy, wo die Brandspuren auf ein jähes Aufflammen und vermutlich auch auf den Ursprung des Feuers hindeuteten. »Ich konnte nicht mehr auf die *Blake's Girl* nach der Explosion, aber ich bin ziemlich sicher, dass du dort so etwas wie das hier gefunden hast«, er deutete auf einen Metallpapierkorb. »So einer war auch in dem Haushaltswarengeschäft, in dem Tracy umgekommen ist.«

Tommy schien mit sich zu kämpfen, schließlich seufzte er. »Hör mal, ich will nicht deine Intelligenz beleidigen, so wie ich Zachs beleidigt habe. Es war ein Fehler, ihn auszuschließen, weil es ihn nur noch in seiner Entschlossenheit bestärkte, zu beweisen, dass er recht hatte.«

»Er hatte ja auch recht.«

»Ja, aber das wusste ich. Und das habe ich ihm auch gesagt, aber er hörte mir nicht zu, und dann bohrte er weiter und machte sich zur Zielscheibe des Brandstifters.«

»Des Brandstifters? Ich dachte, du wärst dir sicher, dass es Blake war.«

»Wie gesagt, ich will nicht deine Intelligenz beleidigen«, wiederholte Tommy, »indem ich dich glauben lasse, was wir die Allgemeinheit glauben lassen. Deshalb sage ich dir eins: Ich kriege diesen Kerl. Wenn ich also will, dass du dich raushältst, dann tu das bitte auch. Mach es Zach nicht nach, und bring dich nicht auch noch in Gefahr.«

Aidan starrte ihn an. »Du weißt, dass es jemand anders ist.«

»Ich bin nahe dran.«

»Du hast es die ganze Zeit gewusst.«

Tommy räumte das mit einem leichten Nicken ein. »Du brauchst mir jetzt also nur noch aus dem Weg zu bleiben. Und sorg auch dafür, dass Kenzie mir nicht in die Quere kommt. Ich will nicht, dass noch jemand stirbt.«

»Blake ist unschuldig.«

»Das ist eine Theorie.«

»Aber ist es die richtige?«

»Herrje, Aidan.« Tommy fuhr sich mit der Hand über das Gesicht. »Spielst du nur mit diesem Mädchen rum?«

»Nein. Und was geht dich das überhaupt an? Vor ein paar Tagen hast du sie noch verhaften lassen.«

»Verletz sie nur nicht, hörst du? Denk nicht mal daran, Aidan.«

Aidan stieß ein freudloses kleines Lachen aus. »Glaub mir, wenn hier jemand verletzt werden wird, bin ich das.«

Nach Schichtende fuhr Aidan sofort nach Hause, weil er hoffte, dass Kenzie ihn dort erwartete. Zu seiner großen Erleichterung stand ihr Wagen auch wirklich noch vor seinem Haus. Als er aber hineinging und ihren Namen rief, erhielt er keine Antwort.

»Kenzie?«

Wieder keine Antwort. Er warf die Schlüssel auf den kleinen Sekretär im Wohnzimmer und ging durch das Haus. Schließlich hörte er das Rauschen der Dusche. Die Aussicht auf eine nackte, nasse sexy Frau unter seiner Dusche munterte ihn augenblicklich wieder auf und ließ ihn all die anderen Dinge vergessen, die er Kenzie hatte sagen wollen. Er konnte nur noch daran denken, wie sie unter dem Wasserstrahl aussah.

Sie war nicht gegangen, sein Herz macht einen kleinen Hüpfer.

Total erleichtert klopfte er an die Badezimmertür. »Kenz?«

Als sie nicht antwortete, öffnete er die Tür einen Spalt und sah, dass sie in seiner Dusche hockte, das Gesicht auf ihren Knien und die Arme fest um sich geschlungen.

»Kenzie?«

»Mir geht's gut.«

Na klar. Ihr ging es gut, ihm ging es gut, also konnten sie es sich auch zusammen gut gehen lassen.

Sie hob den Kopf, als er die Tür zur Duschkabine öffnete, aber sie sagte nichts, als er zu ihr hineinstieg.

»Du bist angezogen«, bemerkte sie dann schließlich nur.

Leider ja. »Sag mir, was mit dir los ist.«

»Das wird dir nicht gefallen.«

Es gefiel ihm auch so schon nicht, sie wie ein Häufchen Elend auf dem Boden der Dusche hocken zu sehen. »Sag es einfach.«

»Ich habe Blake gesehen.«

Aidan blinzelte das Wasser weg, das ihm in die Augen lief. »Du hast ... Blake gesehen.« Er hockte sich vor sie hin. »In einem Traum?«

»Nein.«

»Du hast Blake gesehen«, wiederholte er und versuchte zu verstehen. »Und nicht in einem Traum. Was soll das heißen, Kenzie?«

»Dass er noch am Leben ist, heißt das.«

16. Kapitel

Kenzie sah, wie Aidan die Neuigkeit zu verarbeiten versuchte, während das Wasser auf ihn herabrauschte und sein Haar und seine Kleider vollkommen durchnässte. »Ich weiß, dass es ein Schock ist«, sagte sie.

Das Wasser lief ihm in kleinen Bächen über das Gesicht; das Hemd klebte an seinen breiten Schultern und Armen, die Hose wie eine zweite Haut an seinen Beinen. Da war etwas an der Art, wie er hereingestürmt war, um sie vor ihren Dämonen zu erretten, was sie ungemein berührte. Mehr als nur berührte. Es wühlte sie auf und brachte sie völlig aus dem Gleichgewicht.

Sie wusste nicht, wie es geschehen war, zumal sie so darauf geachtet hatte, ihr Herz nicht in Gefahr zu bringen, aber sie hatte sich wieder in ihn verliebt.

»Du hast also Blake gesehen«, wiederholte er.

»Er lebt. Er ist dieser mysteriöse Anrufer.« Kenzie stand langsam auf. »Er war die ganze Zeit am Leben und hat es mir nicht gesagt. Die Männer, die ich liebe, sind alle bescheuert.«

Aidan seufzte und erhob sich, um Kenzie ins Gesicht sehen zu können. »Die Männer, die du liebst?«

»Geh weg.«

»Die Männer, die du liebst?«, wiederholte er, während das Wasser auf seine breiten Schultern prasselte. »Kenz …«

»Nein.« Sie schüttelte den Kopf. »Hör auf damit.« Sie legte ihre Hände auf seine Brust, um ihn wegzuschieben, aber ihre Finger krallten sich in sein nasses Hemd, und sie begann daran zu ziehen. Aidan war so überrascht, dass er das Gleichgewicht verlor und sich mit beiden Händen rechts und links von ihr an den gekachelten Wänden abstützen musste, um sich aufrecht zu halten. »Kenz …«

Sie brachte ihn mit einem Kuss zum Schweigen. Es war unvernünftig, völlig unvernünftig, aber sie wollte, musste ihn haben, gleich hier und jetzt. Wenn auch nur für dieses letzte Mal, bevor die Hölle losbrach.

»Gott«, stieß Aidan rau hervor, als sie sein Kinn mit Küssen übersäte, während sie mit den Knöpfen seiner Hose kämpfte.

Er nahm die Hände von der Wand und umfasste Kenzies Arme. Das Wasser lief ihm in Strömen über das Gesicht. »Ich dachte, du hättest mir schon Lebewohl gesagt.«

Sie hatte es versucht. Immerhin hatte sie ein Leben, zu dem sie zurückkehren musste. Zu schade nur, dass sie keine Ahnung hatte, was sie in diesem Leben erwartete, aber darüber konnte sie sich an einem anderen Tag noch den Kopf zerbrechen. Erst musste sie herausfinden, wieso ihr Bruder noch am Leben war. »Dann habe ich dir eben Lebwohl gesagt. Und jetzt sage ich Hallo.« Noch immer zwischen der Wand und Aidan stehend, strich sie über seine Brust und verschränkte die Finger in seinem Nacken. Dabei lehnte sie sich zurück und presste ihre Brüste an den nassen Stoff seines Hemds.

Ihre Brustspitzen verhärteten sich augenblicklich, und sie spürte das raue Aufstöhnen, das Aidans Brust erbeben ließ. Seine Hände glitten über ihre Hüften und zu ihrem Po hinunter, den er nicht gerade sanft umfasste, während er wieder ein aufreizendes Stöhnen von sich gab.

»Muss ich mich nach dieser Dusche auf ein weiteres Lebewohl gefasst machen?«

»Vielleicht nicht sofort danach«, erwiderte Kenzie atemlos, weil sie etwas empfand, was nichts mit Sinneslust oder Hormonen zu tun hatte, sondern sehr viel tiefer ging und unendlich viel gefährlicher war. Sie legte ihre Hände an seine Wangen und sah ihm in die Augen, in denen sie ihr Spiegelbild sehen konnte. Sie war sicher, dass sich ihm in ihrem Blick ihr Herz und ihr Seele, ihr ganzes Leben offenbarten.

Sie liebte ihn. Und wenn sie jetzt taten, was sie wollte, wenn sie sich noch einmal von ihm lieben ließ, würde sie nie wieder darüber hinwegkommen. Das wusste sie, aber wie beim letzten Mal würde das Wissen sie auch dieses Mal nicht daran hindern. Abgesehen davon drängte er sie so ungestüm an die Wand, dass sie das Gefühl hatte, auch so schon eins mit ihm zu sein. Mit geschlossenen Augen zog sie ihn noch näher und drückte ihr Gesicht an seinen Hals.

Er flüsterte ihren Namen, und in fieberhafter Eile machten sie sich beide daran, ihn aus den nassen Kleidern zu schälen. Bevor er die Jeans aus der Dusche warf, griff er noch einmal in die Tasche und fischte ein Kondom heraus. Als er die Hände wieder frei hatte, drückte er Kenzie mit dem Rücken an die Wand und begann ihre zitternden nackten Beine zu liebkosen, die sich wie von selbst um seine Taille legten, um es ihm leichter zu machen. Mit einer einzigen Bewegung drang er in sie ein, und sie war verloren.

Nein, dachte sie. *Wenn ich mit ihm zusammen bin, finde ich mich wieder.*

Das Wasser prasselte immer noch auf ihn herab, und Aidan glaubte, das Dröhnen seines Herzschlags in den Ohren zu spüren, als Kenzie sich schließlich von ihm löste. Kraftlos und ermattet sah er zu, wie sie an ihm vorbeischlüpfte, um das Wasser abzustellen. Dann warf sie ihm ein Handtuch zu, nahm sich selbst eins und ließ ihn im Bad allein.

Er hatte keine Ahnung, was gerade geschehen war.

Als er es geschafft hatte, sich abzutrocknen und auf Beinen, die noch immer zitterten, das Badezimmer zu verlassen, fand er Kenzie in seinem Schlafzimmer, wo sie sich hastig anzog.

»Hast du einen Führerschein für diesen Lastwagen, der mich gerade überfahren hat?«, fragte er mit einem schiefen Lächeln.

Sie schaute ihn nicht einmal an. »Ich habe Blake wirklich gesehen.« Als er darauf nichts entgegnete, sage sie: »Und ich werde ihn finden.«

»Kenzie, Blake ist …«

»… tot. Ich weiß, das glauben alle, aber er ist es nicht«, erklärte sie und ging hinaus.

Mit einem Seufzer trat Aidan an seine Kommode, um trockene Sachen herauszuholen. Er war gerade in eine Jeans geschlüpft, als er Schlüssel klirren hörte. »Kenzie!«, rief er. *Verdammt.* »Warte!« Er schnappte sich ein Hemd und lief den Gang hinunter, wo sie gerade die Haustür öffnete. Sie zögerte, als der Piepton ihres Handys eine Textnachricht ankündigte.

»Ist er das?«, fragte Aidan.

»Ja, das ist er. Er schickt mir eine Nachricht aus dem Reich der Toten.« Sie klappte das Handy auf und ließ Aidan über ihre Schulter mitlesen.

Fahr heim. Ich komme zu dir, wenn das hier vorbei ist und du nicht mehr in Gefahr bist.

Während Kenzie und Aidan in der offenen Tür standen und das Display anstarrten, kam ein riesiger Müllwagen die Straße hinuntergerumpelt, der die Erde erbeben ließ, als er vorbeifuhr.

Im selben Augenblick gab es eine heftige Detonation.

Kenzies feuerroter Sportwagen verschwand in einer Rauchwolke. Flammen loderten auf, und Metallteile flogen umher.

Kenzie saß vor Aidans Haus und blickte zur Straße hinunter, auf der es nur so wimmelte vor Polizisten und anderen Beamten, unter denen sich auch Tommy und der Chief befanden.

Alle versuchten herauszufinden, was geschehen war.

Ihr Wagen war in die Luft geflogen wie die *Blake's Girl*, das war geschehen.

»Kenzie?« Aidans Sportschuhe erschienen in ihrem Blickfeld – und dann der Rest von ihm –, als er sich zu ihr setzte.

»Meine Versicherungsgesellschaft wird nicht begeistert sein«, sagte sie. »Ich gebe dem Müllwagen die Schuld.«

»Der Müllwagen hat dir das Leben gerettet. Dein Wagen war so manipuliert worden, dass er explodiert wäre, wenn du eingestiegen wärst, aber der Lastwagen hat die Straße so erschüttert, dass er vorher in die Luft geflogen ist.«

»Oh.« Kenzie schüttelte sich leicht. »Das hätte ich ehrlich gesagt lieber nicht gewusst.«

»Gib mir dein Handy.«

»Wozu?«

»Damit ich mit dem, der dich angerufen hat, reden kann.«

»Das war Blake. Blake hat mich angerufen.«

»Wer auch immer.« Aidan kniff die Lippen zu einer schmalen Linie zusammen, so frustriert war er. Er hatte Angst um sie. »Ich will nur, dass er von dir wegbleibt.«

»Das mit der Explosion war nicht er.«

»Wer dann?«

»Daran arbeite ich noch.«

Er sah auf sie herab. »Ganz allein?«

»So arbeite ich offenbar am besten«, gab Kenzie zurück. In dem Moment, in dem sie es aussprach, wurde ihr klar, dass sie sich irrte. In den Jahren, die sie nicht in Santa Rey verbracht hatte, hatte sie sich sehr verschlossen und niemanden an sich herangelassen, doch so würde sie nicht wieder leben können. Es war ein denkbar schlechter Augenblick für diese Einsicht, doch was immer auch geschah, ob sie blieb oder nach Los Angeles zurückging, wie immer sie sich entschied, sie würde sich nicht wieder abkapseln können.

»Kenzie.«

»Ich wollte gar nicht lernen, so gut allein zurechtzukommen. Mir war nicht einmal bewusst, dass L.A. die Stadt der Blender ist, dass ich mir nie echte Beziehungen aufgebaut habe.« Sie atmete aus und sah Aidan ruhig an. »Das begriff ich erst, als ich hierherkam. Als ich mit dir zusammen war. Ich liebe dich, Aidan. Schon wieder. Noch immer. Ich liebe dich, verstehst du?«

Während Aidan noch dieses schockierende Eingeständnis verdaute, rief jemand nach ihm, aber er sah nur Kenzie an. »Du ...«

»Aidan!«

Er verzog das Gesicht und warf einen Blick über seine Schulter. »Mist, das ist der Chief.«

»Geh ruhig.«

»Kenzie ...«

»Geh!«

Aidan biss die Zähne zusammen. »Bleib, wo du bist, ich bin gleich wieder da.«

Sie nickte und sah ihm nach, wie er zu einem hochgewachsenen, mit dem Rücken zu ihr stehenden Mann ging, auf dessen dunkelblauem Hemd das Wort »Chief« zu lesen war. Dann wandte sie sich ab und ging. Sie hatte keinen Wagen und daher auch keine Ahnung, wie sie fortkommen sollte, aber sie musste weg.

In ihrer Tasche kündigte das Piepen ihres Handys die Ankunft einer neuen Nachricht an. Sie nahm es heraus und las sie.

Einen halben Block weiter steht ein grauer Wagen.

Ich liebe dich. Genau das hatte Kenzie zu ihm gesagt, und dann war sie verschwunden. Aidan hatte keine Ahnung, wo sie war. In einem Moment hatte sie noch auf der Treppe gesessen, und im nächsten war sie fort gewesen. Das war jetzt Stunden her, und er hatte immer noch nichts von ihr gehört.

Von der Feuerwehrstation aus hatte er sie inzwischen wohl hundertmal angerufen, doch sie ging einfach nicht an ihr Telefon. Allmählich begann er durchzudrehen, denn er machte sich die größten Vorwürfe. Er hätte nicht weggehen sollen, um mit dem Chief zu reden, er hätte sie mitnehmen sollen.

»Hey, Mr. Kalenderblatt.« Cristina kam in die Küche und steuerte auf den Kühlschrank zu. »Was schmollst du so?«, fragte sie und nahm sich das Lunchpaket von jemand anderem.

»Du könntest dir mal selbst was mitbringen.«

»Könnte ich.« Cristina zog ein dickes Truthahnsandwich aus der Folie. »Aber tue ich nicht.«

»Hey, das gehört mir!«, protestierte Dustin, der aus der Garage zu ihnen herüberkam. »Was habe ich dir über das Stehlen meines Lunchs gesagt?«

»Würden wir noch miteinander schlafen, würdest du mir dein Sandwich mit Vergnügen schenken«, erwiderte Cristina kauend.

Dustins Augen verdunkelten sich. »Du hast genau ein Mal mit mir geschlafen.«

»Und?«

»Würden wir immer noch miteinander schlafen, würde ich dir dein verdammtes Sandwich sogar machen, jeden Tag.«

Sie nahm einen weiteren Bissen und kaute ihn genüsslich. »Weißt du, darüber sollte ich mal nachdenken, denn du machst die besten Sandwiches, die ich kenne.«

Dustin hob nur resigniert die Hände und verließ den Raum.

Als er gegangen war, gab Cristina ihre toughe Haltung auf und sah ihm mit unverhohlener Sehnsucht nach.

»Du könntest ihm einfach die Wahrheit sagen«, schlug Aidan vor.

»Was? Dass seine Sandwiches lausig sind?«

»Nein, dass du Angst hast vor einer Beziehung. Das würde er verstehen.« Aidan verstand diese Angst selbst nur allzu gut.

»Machst du Witze? Ich habe keine Angst.« Cristina legte den Rest des Sandwichs wieder in den Kühlschrank. »Ich habe vor gar nichts Angst.« Als sie den Kühlschrank schloss, legte sie ihre Stirn für einen Moment an die Tür. »Ach verdammt, natürlich habe ich Angst. Alles ist vermurkst. Dustin ist mir böse. Es gibt nichts Anständiges zu essen, und Blake ist nicht mehr da.«

»Er fehlt dir immer noch.«

»Na, klar fehlt er mir immer noch. Er war ein wunderbarer Partner. Und jetzt will ihn sogar der Chief, sein eigen Fleisch und Blut, zu einem Monster machen, das er, wie wir alle wissen, gar nicht war.«

»Moment mal.« Aidan griff nach ihrem Arm. »Was hast du da gesagt?«

»Dass er kein Monster war.«

»Nein, das mit dem Fleisch und Blut. Was meintest du damit?«

Cristina presste die Lippen zusammen. »Ich musste Blake versprechen, es niemandem zu erzählen.«

»Was solltest du nicht erzählen?«

»Dass der Chief sein Onkel ist«, erwiderte sie seufzend. »Sie hatten sich allerdings entfremdet. Blakes Eltern sind …«

»… tot. Sie starben schon vor Jahren.«

»Ja. Aber sein Vater war der Halbbruder des Chiefs.«

Blut ist dicker als Wasser … großer Gott. »Wenn das stimmt«, fragte Aidan mit belegter Stimme, »warum sind Blake und Kenzie dann bei Pflegefamilien aufgewachsen?«

»Weil der Chief keine Kinder wollte. Oder so was in der Art.« Cristina zuckte mit den Schultern. »Ich weiß nicht, was genau es war.«

Das wusste er auch nicht. Er wusste nur, wie sehr sich die Gefahr vergrößert hatte, in der Kenzie sich befand, wenn der Chief etwas mit den Brandstiftungen zu tun hatte.

Aidans Handy klingelte. Als er einen Blick auf das Display warf, begann sein Herz wie wild zu klopfen. »Gott sei Dank, Kenz!«, sagte er statt einer Begrüßung. »Hör zu. Mir ist gerade klar geworden …«

»Aidan, ich brauche dich. Es tut mir leid. Ich weiß, dass ich eigentlich nicht das Recht habe, dich darum zu bitten, aber ich tue es trotzdem. Kannst du dich mit mir treffen? Jetzt sofort – bitte!«

»Sag mir, wo.«

Aidan stürmte in das »Sunrise« und sah sich um.

Kenzie war nirgendwo zu sehen.

»Sie ist auf der Dachterrasse, Aidan«, sagte Sheila, die hinter dem Tresen Gläser abtrocknete.

»Danke.«

»Sie sagte irgendwas über Tommy, der unterwegs sei und alle Antworten habe, die ihr braucht.«

Die hatte er auch schon. Ihm fehlte nur noch Kenzie, was sich aber sehr schnell ändern würde. Er stürmte die Treppe hinauf und hielt erst erleichtert inne, als er Kenzie auf einer Bank auf der Dachterrasse sitzen sah.

»Tommy ist auf dem Weg hierher«, sagte sie.

Als sie sich von der Bank erhob, trat jemand aus dem Schatten hinter ihr, und Aidan blieb beinahe das Herz stehen, als er ihn sah.

Es war Blake, der logischerweise tot sein müsste.

Nur dass absolut nichts an alldem logisch war. Weder an den Brandstiftungen noch an Aidans plötzlicher Erkenntnis, dass er die Frau, die vor ihm stand, liebte, wie er noch nie jemanden geliebt hatte.

»Hör ihm zu«, bat Kenzie leise. »Und hör auf dein Herz, Aidan.«

Er hätte nur zu gern auf sein Herz gehört und Kenzie in die Arme genommen, um ihr zu sagen, dass er ihre Liebe erwiderte. Er hätte ihr gern gesagt, dass es ihm leidtat, so lange gebraucht zu haben, um das zu erkennen, dass er wie Cristina Angst gehabt hatte und sie noch immer hatte, dass er aber nicht mehr vor seinen Gefühlen davonlaufen würde.

All das musste jedoch warten. Er sah Blake an, der dünner war denn je und sich auf einen Stock stützte.

»Ich weiß, es ist verrückt«, sagte sein alter Freund mit leiser, eindringlicher Stimme. »Ihr dachtet, ich sei tot. Na ja, wie du siehst, lebe ich. Ich habe meinen Tod nur vorgetäuscht.«

»Das weiß ich jetzt.«

»Als ich herausfand, wer der wahre Feuerteufel ist, wurde mir klar, dass niemand vor ihm sicher ist.« Blakes Gesicht war verzerrt vor Qual. »Unmittelbar, nachdem er mein Boot in die Luft gejagt hatte, brachte er auch Tracy um.«

»Ich weiß. Ich weiß alles, Blake. Ich weiß sogar, von wem wir sprechen. Ich weiß nur nicht, warum er das alles getan hat.«

»Ich kann dir sagen, warum«, fiel der Mann ein, der gerade durch die Tür zur Dachterrasse kam, und nickte Aidan zu. »Falls du es wirklich wissen willst.«

Der Chief!

Aidan nahm sein Handy heraus, drückte auf die Taste für Tommys Nummer und hielt das Telefon ans Ohr.

»Beeil dich. Und bring Verstärkung mit«, sagte er hastig, nachdem Tommy sich mit angespannter Stimme gemeldet hatte.

»Bis dahin wird es zu spät sein«, stellte der Chief mit einem Lächeln fest.

»Onkel Allan?«, flüsterte Kenzie und starrte verblüfft den Chief an. Dann sah sie Aidan an. »Er ist der Chief der Feuerwehr? Ich dachte …« Sie wandte sich wieder ihrem Onkel zu. »Ich dachte, du wärst in Chicago.«

»War ich auch, aber ich bin vor einem Jahr zurückgekommen. Wie schade, dass wir den Kontakt verloren hatten, sonst hättest du es gewusst.«

»Wir haben den Kontakt verloren …«, Kenzie trat einen Schritt auf ihn zu oder versuchte es zumindest, aber Blake ergriff ihre Hand und hielt sie zurück, »… weil du uns nicht haben wolltest.«

»Aber, aber. Das stimmt nicht ganz, Kenzie. Ich konnte nur nicht die Verantwortung für Kinder übernehmen. Ich wollte keine Kinder.«

»Aber du konntest die Verantwortung dafür übernehmen, Leute umzubringen?«

»Nicht Leute, sondern einen bestimmten Menschen«, berichtigte er sie. »Und außerdem war das ein Unfall.«

»Du hast Tracy umgebracht, das war kein Unfall«, stieß Blake empört hervor. »Du hast sie ermordet.«

»Ach, weißt du, Blake, zu Mord gehört ein Vorsatz, und den hatte ich nicht. Was ich habe, ist eine Sucht. Ein Zwang.« Er lächelte traurig. »Und das bedeutet, dass ich gar nicht anders kann.«

Kenzie versuchte erneut, sich auf ihn zu stürzen, aber diesmal war es Aidan, der sie zurückhielt, weil er sie nicht in die Nähe dieses Mistkerls lassen wollte.

»Wenn ich Alkoholiker wäre, würdet ihr mich dann auch so ansehen?«, fragte der Chief. »Oder, wenn ich ein Drogenproblem hätte? Nein, dann würdet ihr versuchen, mir zu helfen.«

»Ich habe versucht, dir zu helfen«, sagte Blake. »Als ich herausfand, dass du das zweite Feuer gelegt hattest, hast du mich um Verständnis angefleht. Du hast mich belogen und gesagt, es sei dein erstes Mal gewesen und du würdest damit aufhören und dir Hilfe suchen. Stattdessen starb ein Kind, und als ich versuchte, dich der Polizei zu übergeben, hast du mir gedroht.«

Der Chief schüttelte den Kopf. »Tommy war zu nahe dran, und du hörtest nicht auf, mir zuzusetzen. Ich musste etwas tun. Ich musste dich zum Schweigen bringen.«

Blake warf Aidan einen gequälten Blick zu, als bäte er ihn um Verzeihung. »Mittlerweile hatte mein Onkel mich schon schwer belastet«, sagte er. »Er hatte die Dienstpläne geändert und mir Beweise untergeschoben. Er brachte mich in Misskredit, damit ich, selbst wenn ich ihn verriet, der Erste sein würde, der ins Kittchen ging. Und er drohte damit, Kenzie etwas anzutun, sobald ich im Gefängnis war.«

Blake suchte mit schmerzverzerrtem Gesicht nach einer bequemeren Stellung.

»Dann begann Zach Fragen zu stellen, und der Chief versuchte ihn zu töten, indem er sein Haus in Brand steckte. Ich war ihm gefolgt, Zach sah mich, und da wusste ich nicht, was ich tun sollte. Ich geriet in Panik und täuschte meinen Tod vor. Ich dachte, wenn ich nicht mehr lebe, hätte unser Chief keinen Grund mehr, Kenzie etwas anzutun.«

»Und das habe ich ja auch nicht getan.«

»Du hast Tracy umgebracht!«

»Aber nicht Kenzie«, entgegnete der Chief gelassen. »Weißt du, Tracy wollte eine Liste von Leuten zusammenstellen, die diese metallenen Papierkörbe gekauft haben. Auf dieser Liste hätte auch ich gestanden.«

»Du brauchtest sie doch nicht zu töten!«, schrie Blake.

»Doch, das musste er, um noch mehr Feuer legen zu können«, wandte Aidan grimmig ein.

Der Chief nickte. »Das ist wahr. Ich kann nichts dagegen tun, obwohl ich mich wirklich sehr bemüht habe. Ich konnte nicht aufhören, aber ich habe mir zumindest immer nur alte, heruntergekommene oder überversicherte Gebäude ausgesucht.« Er machte eine Pause. »Wie dieses hier.«

Aidan starrte ihn an. »Was?«

»Sheila hat von bevorstehenden Instandsetzungsarbeiten gesprochen«, sagte der Chief.

»Sie muss was unternehmen«, sagte Aidan. »Das Haus hat strukturelle Probleme.«

»Ja, deshalb ist sie ja auch so hoch versichert. Das ist eine Situation, die geradezu nach einem Brandstifter verlangt. Das Haus muss brennen.«

»Oh, mein Gott«, flüsterte Kenzie entsetzt. »Du bist ja völlig irre, Onkel Allan!«

»Leider ja«, stimmte ihr Onkel ihr mit einem freudlosen Lächeln zu und klatschte in die Hände. »Schön, dass wir das alles aufgeklärt haben, aber ich muss die Sache jetzt beenden.«

»Damit kommst du nicht davon«, sagte Aidan. »Diesmal nicht. Du wirst für deine Verbrechen bezahlen.«

»Ich bezahle für gar nichts. Dir ist nichts passiert. Keiner von euch ist umgekommen.«

»Machst du Witze?«, fragte Aidan ungläubig. »Blake ist fast gestorben bei dem Versuch, dich aufzuhalten. Kenzie hast du beinah auf der *Blake's Girl* umgebracht und dann noch einmal, als du ihren Wagen in die Luft gejagt hast.«

»Fast, mein Lieber, fast. Das wird keinem Gericht der Welt genügen. Ich wollte ihr sowieso nur Angst machen, damit sie Santa Rey verlässt. Der Wagen sollte eine Stunde vorher explodieren, aber der Zünder funktionierte nicht richtig. Und das mit dem Boot war ein Unfall. Ich wollte nur Blakes Laptop verschwinden lassen. Ich konnte ja nicht wissen, dass sie in jener Nacht dort war.«

»Da ist noch etwas, was du nicht weißt«, klärte Aidan ihn auf. »Blake hat Kenzie Sicherungskopien gemailt.«

Der Chief presste die Lippen zusammen. »Ich werde für nichts von alldem zur Rechenschaft gezogen werden. Ich bin der Chief.«

»Nicht mehr lange«, sagte Blake. »Du wirst diesen Titel verlieren und ins Gefängnis gehen.«

»Das kannst du vergessen«, entgegnete der Chief. »Ich gehe nicht ins Gefängnis, dafür habe ich gesorgt. Fast dreißig Jahre lang habe ich mein Leben riskiert, um Menschen zu retten. Mich wird man nicht als Brandstifter in Erinnerung behalten.«

Aidans Magen verkrampfte sich. Es konnte nur einen Grund geben, warum der Chief so schamlos mit der Wahrheit herausrückte und seine Verbrechen zugab: Er hatte nicht die Absicht, sie am Leben zu lassen, damit sie jemandem davon berichten konnten. »Was immer du geplant hast, es wird nicht geschehen.«

»Es ist zu spät. Niemand kann die Ereignisse noch aufhalten.« Der Chief sah zuerst Kenzie und dann ihren Bruder an. »Es tut mir leid. Wirklich.«

»Was hast du getan?«, fuhr Blake ihn an. »Oh Gott, du hast doch nicht …« Ohne den Gedanken zu Ende zu bringen, fuhr er herum, hinkte zur Dachterrassentür und brüllte, während er nach unten lief: »Evakuieren! Alle raus!«

Weiter kam er nicht, denn eine gewaltige Explosion erschütterte das Haus. Das gesamte Gebäude bebte und schwankte so heftig, dass Aidan und Kenzie zu Boden fielen.

17. Kapitel

Dumpfes Getöse wie Donnergrollen folgte der Explosion. Die Welt schien stillzustehen oder sich höchstens noch in Zeitlupe weiterzudrehen. Kenzie landete hart auf dem Betonboden der Dachterrasse. Es gelang ihr, den Kopf zu heben, als Aidan sich zu ihr hinüberrollte, das Gesicht starr vor Sorge. Ihr Onkel, der einige Schritte entfernt lag, regte sich nicht mehr. Kenzie rappelte sich auf die Knie auf und starrte auf die Tür, durch die ihr Bruder gerade verschwunden war. »Blake!«, schrie sie.

Sie erhielt keine Antwort, und er tauchte auch nicht wieder auf. Eine dicke schwarze Rauchwolke quoll ihnen entgegen, bei deren Anblick sich ihr Herz zusammenzog. »Oh Gott, Blake …«

»Geht es dir gut?« Aidan kniete vor ihr, strich ihr das Haar aus dem Gesicht und musterte sie prüfend. Obwohl er äußerlich ruhig wirkte, verriet ihr sein Blick, wie besorgt er um sie war. »Geht es dir gut?«, wiederholte er noch einmal rau.

Zutiefst erschüttert, aber körperlich unverletzt, nickte sie. »Blake …«, flüsterte sie und zeigte auf die Tür nach unten.

Ein grimmiger Ausdruck erschien in Aidans Augen und um seinen Mund. »Ich weiß. Er ist nach unten zu den anderen gelaufen. Wir sind gleich bei ihm«, versprach er und sah sich nach dem Chief um.

»Ist er tot?«, fragte Kenzie geschockt.

Aidan prüfte seinen Puls. »Nur bewusstlos.« Er zog Kenzie auf die Beine und riss gleichzeitig sein Handy aus der Hosentasche. Weit unter ihnen konnten sie neben dem Prasseln des

Feuers Schreie und Gebrüll hören. Irgendwo gingen Autoalarmanlagen los.

All das erinnerte Kenzie an die Nacht auf der *Blake's Girl* und an den Brand und die Explosion, und es befiel sie die gleiche Panik, die sie dort empfunden hatte.

Damals hatten sie ins Wasser springen können, jetzt war nichts außer Asphalt dort unten.

»Ruf die Polizei an«, sagte Aidan und drückte ihr das Telefon in die Hand, dann lief er an seinem reglos daliegenden Vorgesetzten vorbei und beugte sich über den Rand des Daches. »Verdammt, ich kann nicht sehen, ob Leute herauskommen!«

Das Café war nicht bis auf den letzten Platz besetzt gewesen, aber es waren mindestens zwanzig Gäste anwesend, als sie gekommen waren, außerdem Sheila und ihr Personal.

Und Blake, dachte Kenzie. Hatte sie ihn wiedergefunden, nur um ihn gleich darauf wieder zu verlieren, diesmal wirklich und wahrhaftig? »Aidan …«

»Hör mir zu. Um hier wegzukommen, müssen wir über die Treppe. Es gibt hier weder eine Feuerleiter noch irgendeine andere Möglichkeit, vom Dach zu kommen.«

Sie starrten beide auf die Tür, aus der dichter Rauch hervorquoll. Kenzie war wie gelähmt. Sie wusste, dass sie hinuntermussten, um sich in Sicherheit zu bringen, aber die Angst, die ihr den Hals zuschnürte, war stärker als ihre Vernunft. Sie hatte geglaubt, Blake sei in einem Feuer umgekommen. Auch sie wäre fast in einem Feuer umgekommen. Wieder sah sie das Inferno auf der *Blake's Girl* vor ihrem inneren Auge, die schwarze Nacht und das noch schwärzere Wasser. Auf ihrer Haut glaubte sie die sengende Hitze der Flammen zu spüren, aber auch die eisige Kälte des Wassers, das ihren Körper zu verschlingen gedroht hatte.

»Kenzie.«

Kenzie blinzelte, um ihren Blick zu klären und in die Gegenwart zurückzukehren. Aidan stand vor ihr und hielt ihre Arme umfasst. Er sah ihr mit besorgter Miene ins Gesicht.

»Ich kann da nicht hinunter«, sagte sie atemlos. »Ich kann es nicht.«

»Okay.« Er warf einen Blick hinüber zum Chief, der sich immer noch nicht rührte, dann trat er wieder an den Rand des Dachs und sah auf die Straße hinunter. Was immer er dort entdeckte, ließ ihn seine Lippen zu einer schmalen Linie zusammenkneifen. Sein Blick wurde grimmig. Langsam kam er zurück zu Kenzie, zog sie in eine Ecke und befahl ihr, sich mit dem Rücken an die Wand zu setzen, sodass sie einen Blick auf die Tür zum Treppenhaus hatte. »Ich gehe«, setzte er an, doch Kenzie hielt ihn zurück.

»Nein!« Sie umklammerte seine Arme und bohrte ihre Fingernägel tief hinein.

»Kenzie …«

»Nein!« Panische Angst befiel sie, und sie starrte in den Rauch, der sich in dichten schwarzen Wolken durch die offene Tür wälzte. »Es brennt da unten!«

Aidan sagte nichts dazu, weil das nicht nötig war. »Ich habe schon Sirenen gehört. Sie kommen, um das Feuer zu löschen. Es wird alles gut, Kenzie. Aber ich muss runter, um zu helfen. Dieses Dach wird nicht mehr lange sicher sein.«

»Ich weiß.«

Sein Blick verriet, wie schwer ihm die Entscheidung fiel, sie allein zu lassen, doch er löste sich sanft aus ihrer Umklammerung.

»Komm sofort zurück«, befahl sie.

»Ja.«

»Und pass gut auf dich auf, hörst du?«

»Das werde ich.«

»Und bring Blake mit.«

»Ich verspreche es.«

Einen Moment schaute er ihr in die Augen, und Kenzie glaubte, bis in sein Herz und seine Seele blicken zu können. Sie wusste, dass er niemals irgendwelche Versprechungen machte, niemals, und dennoch tat er es jetzt bei ihr, was bedeutungsvoller war als alles andere, was er je getan hatte.

Sie setzte eine tapfere Miene auf und nickte, dann ließ sie sich zurückfallen und bedeckte das Gesicht mit ihren Händen, um nicht mit ansehen zu müssen, wie Aidan im beißenden Rauch verschwand.

Verdammt, dachte sie schließlich und riss sich zusammen. *Ich brauche wirklich ein neues Drehbuch!* Wahrscheinlich machte Aidan sich jetzt Sorgen um sie, statt sich auf das Feuer zu konzentrieren – und das war sehr gefährlich. Sie zwang sich, die Augen zu öffnen, und heftete ihren Blick auf den verqualmten Treppenzugang. Auf Blakes Boot hatte Aidan ihr das Leben gerettet. Das war fabelhaft gewesen, aber sie hätte sich auch selber retten können. Sie konnte schließlich schwimmen.

Sie konnte sich auch diesmal selber retten.

Sie musste nur ihre Angst überwinden. Das wird mir jetzt gleich bestimmt gelingen, sagte sie sich.

Die Sirenen wurden lauter, was Kenzie aus ihrer Starre riss. Tommy war sicher auch schon in der Nähe, vermutete sie. Sie richtete sich auf, wischte sich den Schweiß aus den Augen und ging zu ihrem Onkel. Er hatte sich den Kopf an einem Dachfenster angeschlagen. Sie kehrte ihm den Rücken zu und wandte sich zur Tür. »Sei kein Feigling«, sprach sie sich laut Mut zu. »Du bist unverletzt, es wird schon gehen.« Sie wiederholte die Worte wie ein Mantra, während sie den Hauseingang betrat. Als sie merkte, dass sie in dem dichten Rauch nicht atmen konnte, zog sie ihr Hemd über den Mund.

Sie machte einige tastende Schritte, da passierte es. Der

Boden unter ihr bebte, die Wände bewegten und verschoben sich. Eine zweite Explosion erfolgte, deren Druckwelle sie gegen eine Wand warf. Erst jetzt wurde ihr bewusst, dass vorher Licht im Treppenhaus gebrannt haben musste, denn sie befand sich plötzlich in absoluter Finsternis.

Kenzie rappelte sich stöhnend auf, tastete nach dem Geländer und zog sich auf die Beine. Es ging ihr gut, den Verhältnissen entsprechend.

Sie tastete sich weiter, um hinunterzugehen, da begann die Treppe unter ihr zu vibrieren. Es war keine weitere Explosion, wie sie im ersten Moment befürchtet hatte, sondern jemand stürmte polternd mit Riesenschritten nach oben. »Kenzie?«, hörte sie eine bekannte Stimme rufen.

»Blake? Oh, mein Gott, Blake, dir ist nichts passiert …«

Er tauchte unvermittelt aus dem Qualm vor ihr auf und fasste sie bei den Schultern.

»Wo ist der Chief?«, wollte er wissen.

»Auf dem Dach.«

»Bleib hier«, befahl er. »Rühr dich nicht vom Fleck!« Damit lief er weiter und auf das Dach hinaus.

Von wegen. Diesmal würde sie selbst die Initiative ergreifen und das Drehbuch einfach umschreiben. Und sobald alles vorbei war, würde sie den ganzen verdammten Tag lang Skripts schreiben, soviel sie wollte. Und Donuts würde sie essen, jede Menge Donuts. Mit wild pochendem Herzen stolperte sie ihrem Bruder hinterher. Als sie auf das Dach hinaustrat, sah sie zu ihrem Entsetzen, dass ein Teil davon eingestürzt war und Flammen aus der Öffnung schlugen. Blake war diesem Abgrund viel zu nahe, außerdem raufte er mit ihrem Onkel, der inzwischen zu sich gekommen war.

»Nein«, schrie sie auf. In dem Moment erschien Aidan in der Tür. Er sah sehr mitgenommen aus, abgerissen und blutig, und rief mit heiserer Stimme ihren Namen.

»Du bist verletzt!« Kenzie lief ihm entgegen.

»Die Explosion hat mich von den Beinen gerissen, und ich bin die Treppe hinuntergestürzt.« Er zog sie an sich, ohne den Chief und Blake aus den Augen zu lassen. »Aber ich bin okay.«

Kenzie kam sich vor wie in einem schlechten, in Zeitlupe ablaufenden Film, während sie beobachtete, wie der Chief zum Rand des Dachs hinüberhechtete und Blake ihm nachsprang und ihn mit sich zu Boden riss.

Flammen schossen jetzt überall um sie herum durchs Dach. Kenzie schrie und versuchte, an ihren Bruder heranzukommen, aber Aidan hielt sie eisern fest, obwohl er aussah, als würde er gleich zusammenbrechen. Seine Kleider waren zerrissen, er blutete aus mehreren Wunden und war vollkommen verrußt.

Blake kämpfte noch immer mit dem Chief.

»Bleib hier«, sagte Aidan und hielt Kenzie zurück. »Es ist zu gefährlich.«

Die Flammen züngelten jetzt aus allen Richtungen empor, doch plötzlich prasselte ein dicker Wasserstrahl auf das Dach. Die Feuerwehr war eingetroffen, keinen Augenblick zu früh.

»Halt still, du verdammter Mistkerl«, herrschte Blake den Chief an, der davonkriechen und zum Rand des Dachs gelangen wollte.

Aidan löste sich von Kenzie, um Blake mit dem Chief zu helfen, plötzlich schwankte er und brach zusammen.

»Aidan!« Kenzie war mit wenigen großen Schritten bei ihm.

Aidan hielt sich den Kopf »Ich muss mir vorhin wohl den Kopf angeschlagen haben.« Er blinzelte Kenzie an. »Auf jeden Fall sehe ich dich doppelt.«

Besorgt tastete sie die heftig blutende Platzwunde an seiner Schläfe ab. »Verhalt dich still!«

Kenzie hörte Stimmen hinter sich und drehte sich. Eine Feuerwehrleiter war ausgefahren worden und ragte jetzt über das Dach hinaus. Zwei von Aidans Kollegen standen oben auf der Plattform und riefen Blake etwas zu. Sie wirkten geschockt.

»Später«, schrie Blake ihnen zu. »Ich erkläre es euch später! Aidan ist verletzt, und wir brauchen Tommy und ein Paar Handschellen. Sagt mir bitte, dass hier jemand Handschellen bei sich hat!«

Es ist wirklich nicht leicht, aber das war es ja noch nie, dachte Kenzie, als sie Stunden später alle um Aidans Krankenhausbett herumsaßen. Er würde die Nacht auf der Station verbringen müssen, da er eine Gehirnerschütterung hatte.

Der Chief war ins Gefängnis gebracht worden. Die Neuigkeit, dass er für die Brandstiftungen verantwortlich war, hatte für Aufruhr in der Stadt gesorgt. Tommy war gegangen, um sich auf eine Pressekonferenz vorzubereiten. Sheila, die Besitzerin des Cafés, saß in einem Sessel, ein Handgelenk in einer Schlinge. Es war ihre einzige Verletzung, aber das Café war völlig zerstört. Dustin saß neben ihr, einen Arm um ihre Schultern gelegt. Auch Cristina war da. Sie überreichte Sheila einen Eimer, in dem sich Geld befand, das von den Feuerwehrleuten und dem Krankenhauspersonal für sie gestiftet worden war.

»Ich könnte nach Hawaii fliegen mit all dem Geld«, sagte Sheila mit belegter Stimme. In ihren Augen glitzerten Freudentränen.

»Oder dein Café wieder aufbauen«, schlug Aidan von seinem Bett aus vor.

Auf der anderen Seite seines Bettes saß Blake. »Der Chief ist in Haft«, berichtete er Aidan. »Und er wird nicht so leicht davonkommen.«

Aidans Blick ging zu Kenzie. »Ich will auch nicht so leicht davonkommen«, sagte er und griff nach ihrer Hand. »Weder heute Nacht noch überhaupt.«

Sie drückte seine Hand und zog sie an ihr Herz. Aidan beteiligte sich zwar an der Unterhaltung, doch was er sagte, ergab keinen Sinn. Sie hatte nicht mehr richtig durchgeatmet, seit sie ihn zum Röntgen gebracht hatten, und machte sich nun erneut große Sorgen. »Ich hole die Schwester …«

»Nein.« Er hielt ihre Hand erstaunlich fest. »Ich bin nicht verrückt.«

»Ich weiß …«

»Hör mir zu. Du hast es geschafft, du hast mir mein verdammtes Herz gebrochen. Wir sind quitt.«

»Ist ja gut, Aidan«, beschwichtigte sie ihn.

»Vielleicht sollten wir sie allein lassen«, schlug Dustin vor und machte Sheila, Blake und Cristina ein Zeichen, ihm hinauszufolgen.

»Ich liebe dich, Kenzie«, sagte Aidan, sobald alle fort waren. »Aber ich glaubte, das wusstest du schon, oder?«

»Nein, das wusste ich nicht. Ich hoffte nur …« Sie schüttelte den Kopf und wusste nicht, ob sie lachen oder weinen sollte. »Aber quitt sind wir noch nicht«, flüsterte sie.

»Kenzie …« Aidan sah sie unsicher an.

»Wir sind nicht eher quitt, bis ich mein Happy End bekomme.« Sie war so gerührt, dass sie kaum sprechen konnte. »Da ich meinen Lebensunterhalt von nun an mit dem Schreiben von Drehbüchern verdienen werde, sollte ich in der Lage sein, mir ein wunderbares Happy End auszudenken.«

Aidans Blick verriet sowohl Überraschung als auch Stolz. »Du wirst eine fantastische Autorin sein, aber apropos Happy End – komme ich darin vor?«

»Darauf kannst du Gift nehmen.«

Er lächelte, und da wusste Kenzie, dass sie für ihre Zukunft mit Aidan kein Drehbuch benötigte. Das Leben war unendlich viel besser und aufregender als jeder Hollywoodfilm. Sie legte ihre Hände an seine Wangen und küsste ihn voller Liebe und Zärtlichkeit.

Lilian Darcy

Sehnsuchtsmelodie

Roman

Aus dem amerikanischen Englisch von
Patrick Hansen

1. Kapitel

Allein, mitten im rostroten Sand unter dem endlosen blauen Himmel, sah er aus wie ein Cowboy.

Genauer gesagt, er sah so aus, wie jede Frau sich einen Cowboy vorstellte. Er hatte sich den Hut tief in die Stirn gezogen, und das Gesicht lag halb im Schatten, aber ein einziger Blick auf das Profil verriet jeder Frau alles, was sie über ihn wissen musste. Kantiges Kinn, fester Mund, durchdringender Blick … auch wenn er die Welt um ihn herum gar nicht richtig wahrzunehmen schien.

Er war nicht der Typ, der den flachen Bauch und die Muskeln durch ein zu enges T-Shirt betonte. Er hatte gelernt, seine Kräfte zu sparen – für die langen Tage, an denen er die Zäune abritt, Rinder mit Brandzeichen versah oder eine Herde auf frisches Weideland trieb. Im Moment ruhten die muskulösen Unterarme auf dem hölzernen Geländer vor ihm. Er war Viehzüchter, ein Rancher im australischen Outback, der in der Weite des riesigen Kontinents auf seinem Land lebte und arbeitete.

Neun von zehn Frauen sahen genauer hin, wenn sie an ihm vorbeigingen. Acht von zehn waren beeindruckt und wüssten gern mehr über ihn. Welche Farbe hatten seine Augen? War die Haut unter den kurzen Ärmeln hell oder ebenfalls gebräunt? War er ungebunden? War er so gut, wie er aussah?

Aber falls der Rancher das Interesse der Frauen registrierte, so ließ er es sich nicht anmerken. Wer vermutete, dass Callan Woods in Gedanken mindestens zweihundert Meilen entfernt war, lag keineswegs falsch.

»Sieh ihn dir an, Brant! Was sollen wir tun?«

Branton Smith antwortete nicht sofort. Wie Callan verbrachten auch Dusty Tanner und er die Tage fast nur im Freien. Sie arbeiteten hart, und wenn es Probleme gab, beispielsweise durch Dürre, Flut oder Feuer, oder wenn sie ein verletztes Tier fanden, dann packten sie einfach noch energischer an. Sie bestiegen ein Pferd und trieben die Rinder oder Schafe auf höher gelegenes Land. Sie standen morgens zwei Stunden früher auf und warfen Heuballen auf die Ladefläche eines Lastwagens, bis ihre Hände schwielig wie Leder waren und jeder Muskel schmerzte. Sie waren große tüchtige Männer mit Verstand und suchten nach praktischen Lösungen.

Aber was sollten sie mit Callan tun?

»Vielleicht sollten wir einfach nur für ihn da sein«, antwortete Brant schließlich.

Dusty lachte abfällig. »Du klingst wie die Lebensberaterin in einer Frauenzeitschrift!«

Richtig.

Außerdem war der Rat nicht gerade einfallsreich, denn sie beide waren »für Callan da«, seit seine Frau Liz vor vier Jahren gestorben war. Trotzdem schien er sich in diesem Jahr noch weiter in sich selbst zurückgezogen zu haben.

Wie die beiden anderen Männer stand Callan an der Bahn, auf der Australiens bekanntestes Outback-Pferderennen ausgetragen wurde. Der gedankenverlorene Blick, die hängenden Schultern, der schmale Mund und das brütende Schweigen ließen vermuten, dass er gar nicht mitbekam, was um ihn herum vorging.

Die drei Männer waren befreundet, seit sie zusammen auf die Cliffside-School in Sydney gegangen waren. Das lag jetzt siebzehn Jahre zurück, und damals waren sie schüchterne Jungen aus dem Outback gewesen, die zum ersten Mal von zu Hause fort waren und mit den Söhnen von Börsenmaklern, Autohändlern und Immobilienhaien die Bänke drückten.

Jetzt besaßen sie Rennpferde, fünf rassige Vierbeiner, von denen gerade zwei starteten. Drei davon wurden auf einem Gestüt in der Nähe von Brants Schafzucht westlich der Snowy Mountains trainiert, während die beiden, die heute antraten, bei einem Trainer in Queensland nicht weit von Dusty untergebracht waren. Als Hobby deckte der Rennstall gerade eben seine Kosten, als gemeinsames Unternehmen dreier Freunde war er Gold wert.

Die zweijährige Stute Surprise Bouquet war am Vormittag bei ihrem Jungfernrennen nach einem schwachen Start immerhin noch Fünfte geworden. Saltbush Bachelor war das Pferd, von dem sie sich heute am meisten versprachen.

Callan, Brant und Dusty sahen sich nicht sehr oft, aber die Renntage waren ein Ereignis, bei dem sie sich regelmäßig trafen. Callan hatte zwei Jahre verpasst, als Liz krank gewesen war. Sie war Ende September gestorben, und für ihn gehörten die Veranstaltung in Birdsville und ihr Tod untrennbar zusammen.

»Er ist dreiunddreißig«, murmelte Dusty. »Wir dürfen nicht zulassen, dass er denkt, sein Leben wäre vorbei, Brant.«

Callan stand neben seinen beiden Freunden und dachte nicht das, was sie befürchteten.

Jedenfalls nicht genau.

Aber er wusste, dass Brant und Dusty sich um ihn Sorgen machten. Die mitfühlenden Blicke. Die leisen Kommentare, die er zwar nicht immer verstand, deren Inhalt er jedoch erriet. Die übertrieben aufmunternden Einladungen, ein Bier trinken zu gehen. Die gelegentlichen Bemerkungen über eine Frau – nichts Plumpes, nur »hübsche Beine« oder so ähnlich. Und danach stießen sie ihn immer an, und er nickte jedes Mal pflichtschuldig.

Brant und Dusty fanden, dass er eine neue Mutter für seine Jungen suchen sollte.

Callan hatte das auch geglaubt. Früher.

Vor drei Jahren, um genau zu sein, bei diesen Renntagen.

Ihm kam es vor wie gestern.

Er erinnerte sich an die Panik, die Einsamkeit, die Trauer und die quälende Frage, wie seine Söhne den Verlust der Mutter verkraften würden.

Aber hatte er an jenem Tag wirklich angenommen, dass jemand aus der Großstadt, mit »hübschen Beinen«, einem Glas Champagner in der einen Hand und dem Rennprogramm in der anderen, ihm ernsthaft helfen konnte?

Auch äußerlich war an der jungen Frau alles falsch gewesen. Die Sommersprossen an der Nase waren nicht Liz' Sommersprossen. Das Blond ihrer Haare war nicht das von Liz. Die Figur stimmte nicht, ebenso wenig wie die Stimme.

»Sie sind jetzt in den Startboxen«, verkündete Brant. »Er sieht lebhaft aus, aber nicht zu nervös.«

»Und Garrett ist scharf auf diesen Sieg«, fügte Dusty hinzu. »Er wird ihn genau richtig reiten.«

Beide Männer hatten Feldstecher vor den Augen und wollten, dass auch Callan sich dafür interessierte, wie Saltbush Bachelor abschnitt.

Die Seidentrikots der Jockeys flimmerten im hellen Sonnenschein. Auf dem benachbarten Flugplatz standen die Propellermaschinen aufgereiht wie Minivans im Parkhaus eines Einkaufszentrums, und die Bevölkerung der ländlichen Kleinstadt war von ein paar Hundert auf mehrere Tausend angewachsen. Es roch nach Bier und Grillwürsten, Sonnencreme und Pferdefutter und Staub.

Callan gab sich einen Ruck. »Ja, Mick Garrett ist ein guter Jockey«, sagte er zu den Freunden, ohne das Fernglas zu heben. In Gedanken war er bei seinen Jungen und deren Großmutter auf der Arakeela Creek Ranch. Bei seinem Vieh und der Katastrophe, die er vor drei Jahren hier in Birdsville mit der Frau mit den hübschen Beinen erlebt hatte.

Und bei der anderen Frau, der skandinavischen Rucksacktouristin, die am Wasserloch in der Schlucht von Arakeela gezeltet und mit ihm geflirtet hatte. Der One-Night-Stand mit ihr war ein absoluter Reinfall gewesen.

Wie er diese Erinnerungen hasste! Hatte er wirklich geglaubt, dass ein Abenteuer mit einer Wildfremden seine Trauer vertreiben würde?

Brant und Dusty wechselten besorgte Blicke.

»Weiß er überhaupt, dass das Rennen schon läuft?«, murmelte Dusty.

»Er weiß es«, erwiderte Brant. »Aber es interessiert ihn nicht.«

»Wenn Salty gewinnt ...«

»... wird es ihm egal sein. Verdammt, Dusty, was sollen wir bloß tun? Einfach da zu sein reicht nicht. Du hast recht, er braucht Ablenkung.«

»Ablenkung? Wir tun doch, was wir können! Als er aus der Renngemeinschaft aussteigen wollte, haben wir es ihm ganz einfach verboten.«

»Und seine Mutter hat es ihm ausgeredet.«

Die Rennpferde galoppierten um die Kurve, und die Farben der Jockeys verschwammen.

Neben Brant feuerten zwei Möchtegern-Paris-Hiltons das Pferd an, auf das sie gewettet hatten. »Los, Van Der Kamp!«, riefen sie immer wieder, aber der Hengst lief erst im nächsten Rennen. Keiner der Männer machte sich die Mühe, die beiden aufzuklären.

»Kerry hat mich in der letzten Woche angerufen und gebeten, auf ihn aufzupassen«, fuhr Brant fort.

»Als würden wir das nicht längst tun.«

Die Pferde bogen auf die Gerade ein. Die Paris-Hilton-Mädchen hatten inzwischen gemerkt, dass sie bei diesem Rennen auf Salty gesetzt hatten, und feuerten ihn an.

»Er schafft es!«, schrie Brant. »Er ist vorn! Das wird eng. Siehst du ihn, Dusty? Callan?«

Callan antwortete nicht.

Die Pferde donnerten vorbei. Noch zwanzig Meter, noch zehn …

»Da ist er … und wird Zweiter! Er ist … Verdammt, er fällt zurück, aber er …« Brant verstummte.

Zweiter? Es war ein Fotofinish, also würden sie auf das offizielle Ergebnis warten müssen. Brant spitzte die Ohren, als der Sprecher den Einlauf verkündete. Keiner der Namen, die aus dem scheppernden Lautsprecher kamen, klang auch nur entfernt wie Saltbush Bachelor. Ihr Pferd war mit einer Nasenlänge Rückstand Vierter geworden.

Die beiden jungen Frauen seufzten enttäuscht.

Callan reagierte gar nicht.

»Sprich mit deiner Schwester, Brant«, schlug Dusty vor. Eine Fliege summte an seinem Mund vorbei. Wie die meisten Menschen, die im Outback aufgewachsen waren, hatte er früh gelernt, die Lippen beim Sprechen nicht zu weit zu öffnen – was bei vertraulichen Unterhaltungen ein echter Vorteil war. »Vielleicht kann sie uns einen Rat geben. Nuala ist ein kluger Kopf.«

»Aber voller verrückter Ideen«, knurrte Brant.

»Vielleicht ist eine verrückte Idee genau das, was wir brauchen.«

»Ja, weil die normalen nicht funktioniert haben! Na gut, ich rede mit ihr, aber ich warne dich, es kann sein, dass ihre Idee dir nicht gefallen wird.«

Dusty machte ein trotziges Gesicht. »Hauptsache, sie hilft Callan.«

2. Kapitel

»Wie sollen wir uns an Nuala für diese blödsinnige Idee rächen?«, fragte Dusty Brant fast sechs Monate später.

Es war ein Freitagabend im späten Februar. Ihre Pferde hatten im Frühjahr ein paar kleinere Rennen gewonnen. Brants Land hatte mehr Regen als sonst abbekommen, während Dustys unter der Dürre in Queensland gelitten hatte. Kerry Woods hatte die beiden Männer eindringlich gebeten, etwas für ihren Sohn Callan zu tun.

»Du hast gesagt, es ist dir egal, wie verrückt sie ist. Hauptsache, sie hilft Callan«, erinnerte Brant seinen Freund. Dabei hatte er – seit die neueste Ausgabe von *Today's Woman* in den Zeitschriftenregalen lag – selbst schon überlegt, wie sie es seiner Schwester heimzahlen konnten.

»Ich bin immerhin hergekommen, oder nicht?«, entgegnete Dusty. »Mein Foto ist in dem verdammten Magazin abgedruckt. Ich musste meine Hobbys auflisten und erzählen …« Er malte Anführungsstriche in die Luft. »… *was mir an einer Frau gefällt und warum ich glaube, dass Liebe von Dauer sein kann.* Und dann haben sie höchstens ein Viertel von dem genommen, was ich gesagt habe.«

»Du hast die Fragen besser beantwortet als ich«, knurrte Brant.

Dusty grinste. »Ich war ehrlicher.«

»Hast du denn gar keinen Selbsterhaltungstrieb?«

»Reichlich sogar. Ich bin nur kein sehr guter Lügner. Glaubt deine Schwester allen Ernstes, dass Callan auf diese Weise findet, was er sucht?«

Die beiden Männer sahen sich in dem elegant eingerichteten Raum um. Es war kurz nach sechs, und die Klimaanlage kämpfte gegen die Sommerhitze von Sydney. An den Stränden wimmelte es von schlanken gebräunten Körpern und sandigen Kindern. Auf den Straßen vermischten sich die Autoabgase mit den Gerüchen aus den unzähligen Restaurants.

Hoch über dem dichten Feierabendverkehr war dies der ideale Ort für eine Cocktailparty, mit Blick auf den Hafen und die Brücke, die die renovierten Piers überspannte.

Er war Lichtjahre von Brants, Dustys und Callans Ländereien entfernt.

Brant schätzte die Zahl der Gäste auf etwa fünfzig. Sie setzten sich zusammen aus zwanzig männlichen Outback-Singles und zwanzig weiblichen Großstadt-Singles, hinzu kamen einige Journalisten und Fotografen von der Zeitschrift und eine Handvoll Kellner, die mit Getränken und modischen, nicht sehr nahrhaft aussehenden Häppchen umherstreiften.

»Laut Nuala soll er nicht *finden*, was er sucht, sondern *heraus*finden, was er sucht«, verbesserte Dusty.

»Sagt ausgerechnet Nuala, die sich erst neulich mit einem Mann verlobt hat, den sie kennt, seit sie … wie alt war? Drei?«, brummte Dusty. »Ja, sicher, sie ist eine echte Beziehungsexpertin!«

»Nuala um Rat zu fragen war deine Idee«, widersprach Brant.

»Und sie glaubt wirklich …«

»Soll ich sie zitieren?«, unterbrach Brant ihn und zählte die Argumente seiner Schwester an den Fingern ab. »Es wird Callan dazu bringen, sich bewusst zu machen, was er will und was in seinem Leben fehlt. Er wird merken, dass es auch ohne Liz noch ein paar anständige Frauen gibt. Und er wird begreifen, dass er nicht der Einzige ist, dessen Herz …«

Er brach ab, als er merkte, dass sie nicht mehr allein in der Ecke standen.

»Hi! Wen haben wir denn hier? Dustin, richtig?« Die übertrieben begeisterte Amerikanerin warf einen diskreten Blick auf ihr Klemmbrett, während direkt neben ihr ein Blitzlicht aufflackerte. Reporterinnen von der Frauenzeitschrift, alle beide.

Dusty blinzelte. »Dusty.«

»Dusty ...« Die Amerikanerin setzte ein strahlendes, aber äußerst künstliches Lächeln auf.

Brant machte einen Schritt zurück und sah, dass sie glänzendes Haar, einen breiten Mund und hübsche Beine hatte. Wer Rennpferde besaß, hatte einen Blick für Beine. Auch Dusty musterte sie interessiert.

»Du bist gekommen, um Mandy kennenzulernen, Dusty«, sagte die Amerikanerin. »Und hier ist sie!«

Fehlt nur noch der Tusch, dachte Brant.

Mandy trat vor. Sie war etwa eins siebzig groß, mit ziemlich unauffälligen Beinen, hatte aber dunkle Augen und lächelte eifrig. Außerdem war sie sichtlich stolz darauf, dass sie erraten hatte, welches Foto zu den Angaben passte, die Dusty über sich gemacht hatte – wodurch sie die Teilnahme an dieser Party gewonnen hatte.

Dusty wirkte etwas verwirrt, doch als sie ihm mit ihren großen Augen ins Gesicht sah ...

Ja, dachte Brant, wahrscheinlich würde ich mich auch geschmeichelt fühlen. Es war schön, wenn eine Frau sich ernsthaft für einen interessierte. Er machte sich auf die Suche nach einem Drink und fragte sich nervös, welche für ihn vorgesehen war.

Als er an Callan vorbeikam, sah er, dass sein Freund – dem dieses ganze absurde Manöver galt – in Gedanken meilenweit entfernt war.

»Warum bin ich hier?«, murmelte Jacinda Beale.

Sie fühlte sich auf dieser schicken, extravaganten, mondänen Cocktailparty wie ein gehetztes Tier, das von einem Suchscheinwerfer erfasst wurde. Außerdem kannte sie keine Menschenseele. Sie war noch nicht mit dem Mann bekannt gemacht worden, den sie hier kennenlernen sollte.

Die Frau, die dafür zuständig war und sich Jacinda als Shay-von-der-Zeitschrift vorgestellt hatte, huschte umher und sah fast so nervös aus wie die meisten Gäste, von denen die meisten viel zu schüchtern waren, um von allein mit anderen ins Gespräch zu kommen.

Warum bist du hier, Jacinda?

Na los, such dir etwas aus, erwiderte ihre innere Stimme. *Schließlich bist du Drehbuchautorin. Dich zwischen den verschiedensten Motiven zu entscheiden gehört zu deinem Job.*

Weil ich einem verrückten Impuls nachgegeben und gedacht habe, dass es Spaß machen … oder wenn nicht, wenigstens gut für mich sein könnte.

Weil in Today's Woman *eine Serie namens »Gesucht: Ehefrauen fürs Outback« erscheint und ich erstens erraten habe, welche Beschreibung eines Outback-Singles zu welchem Foto eines Outback-Singles passt, und zweitens der Zeitschrift in höchstens dreihundert Worten geschrieben habe, warum ich die ideale Kandidatin bin.*

Ja, eine Einladung zu dieser Cocktailparty sollte für mich so etwas wie ein Hauptgewinn sein.

Weil ich verzweifelt bin und alles tue, was auch nur einigermaßen Erfolg versprechend erscheint.

Weil ich Autorin bin und dringend Anregungen für mein nächstes Drehbuch brauche.

Die letzte Antwort verstärkte ihre Panik. Autoren konnten behaupten, dass so ziemlich alles Recherche war. Um Ideen zu sammeln, hatte Jacinda teuren Schmuck anprobiert, im Mülleimer eines fremden Menschen gewühlt, sich in eine besonders steile Achterbahn getraut, in einem der exklusivsten Restaurants der USA gegessen und … Die Liste war endlos.

Aber war sie wirklich noch Autorin?

Elaine Hutchison, ihre Chefin bei *Heartbreak Hotel*, fand es jedenfalls.

»Du hast eine Schreibblockade«, hatte Elaine vor sechs Wochen gesagt. »Du brauchst eine Pause. Schnapp dir deine süße Tochter, flieg über den Ozean, und komm frühestens in einem Monat wieder. Danach wirst du vor Ideen nur so sprühen, und ich kann dir Reece' und Naomis Szenen geben, denn du bist die Einzige, die ihre Dialoge auch nur annähernd glaubwürdig hinbekommt.«

»Über welchen Ozean?«, hatte Jacinda gefragt.

»Egal, Honey. Hauptsache, ein großer. Weißt du, warum ich das sage?«

Elaine hatte keine Namen genannt, aber Jacinda war auch so klar gewesen, was ihre Chefin meinte. Dass sie so viel Entfernung wie möglich zwischen sich und Kurt legen sollte. Und der Pazifik war der größte Ozean in der Gegend – außerdem liefen seine Wellen praktischerweise am Strand von Kalifornien aus. Also befand sie sich jetzt auf der anderen Seite, auf einer Cocktailparty, die sie ebenso wenig genoss wie die vielen anderen, zu denen sie mit Kurt gegangen war.

Selbst als Kurt und sie noch verliebt gewesen waren.

Ja, sie war mal naiv genug gewesen, ihn zu lieben.

Das einzig Positive in ihrer Ehe war die Geburt von Carly gewesen.

»Jacinda?«, sagte eine Frauenstimme, die so amerikanisch klang wie ihr eigene.

Sie drehte sich nun zu der dynamischen Redakteurin um. »Hi …«

Der große Moment war da.

Neben Shay-von-der-Zeitschrift stand ein Mann. Er sah sogar noch besser aus als auf dem Foto, wirkte jedoch wesentlich weniger entspannt. Das Foto zeigte ihn in seinem Element, ein langes, in Jeans gehülltes Bein auf einem rostroten Felsbrocken, das Gesicht unter einem staubigen Hut. Er hatte die Finger in das dichte Fell eines – ebenfalls rostroten – Hundes geschoben, und sein Lächeln machte die Augen so schmal, dass sie kaum zu erkennen waren.

Aber jetzt sah Jacinda sie deutlich, und sie waren … unglaublich. Blau und ernst, voller vielschichtiger Emotionen, die sie noch vor dreißig Sekunden niemals einem südaustralischen Viehzüchter zugetraut hätte.

Ja, *Today's Woman* hatte es ihr nicht schwer gemacht. Der endlose Himmel, der Hund und die Eidechse auf dem Felsbrocken waren Hinweis genug gewesen, dass es sich um Callan Woods, Rancher, handelte – nicht um Brian Snow, Bergmann in einer Opalmine, oder Damian Peterson, Arbeiter auf einem Erdölfeld, oder einen der anderen siebzehn Outback-Singles, die in der Februar-Ausgabe vorgestellt worden waren.

Today's Woman behauptete, dass es im Outback jede Menge einsamer Männer gab, die Probleme hatten, die richtige Frau zu finden.

Die ich nicht sein werde, dachte Jacinda. *Nicht für diesen Mann.*

»Callan, ich möchte dir Jacinda vorstellen«, verkündete Shay-von-der-Zeitschrift fröhlich.

»Hi«, sagte er nur.

Er wirkte nicht gerade begeistert … was immerhin eine Gemeinsamkeit war.

»Du glaubst nicht, wie Jacinda dich deinem Foto zugeordnet hat, Callan!«, säuselte Shay. »Sie hat doch tatsächlich erkannt, was für eine Eidechse auf dem Felsbrocken hockt! Kannst du dir das vorstellen?«

»So? Die Bartagame?« In seinen Augen zeigte sich ein Anflug von Interesse, als er Jacinda die Hand gab. Er hatte einen festen Händedruck, ließ sie jedoch schnell wieder los.

»Die Bartagame war der Grund, weshalb ich …« Sollte sie sich Shays lockerem Ton anpassen? Vermutlich. »… dich ausgesucht habe«, fuhr sie zaghaft fort und sah Shay an. »Meine Tochter fand sie süß.« Dass es sich um eine Bartagame handelte, hatte Lucy ihr erzählt.

Ihr ging auf, dass das keine sehr taktvolle Erklärung war. Süß sollte nicht das Reptil, sondern – wenn überhaupt – der Mann sein.

Aber Callan schien geradezu erleichtert zu sein. »Ja, auch mein Sohn Lockie liebt Bartagamen«, erwiderte er mit leuchtenden Augen. »Er hatte mal eine als Haustier, fand es jedoch schrecklich, sie in einen Käfig zu sperren.«

»Also hast du auch Kinder?«, fragte Jacinda dankbar. »Meine Tochter ist vier.«

»Ich habe zwei Jungen. Lockie ist zehn, Josh acht. Wir haben ihre Mutter …« Er atmete tief durch. »Meine Frau ist vor vier Jahren gestorben. Das sollte ich wohl gleich sagen.« Er sah Shay verlegen an.

»Das verstehe ich«, versicherte Jacinda.

»Ich bin eigentlich kein … *wildes Herz auf der Suche nach Liebe*«, zitierte er die Überschrift aus der Zeitschrift. »Zwei Freunde von mir wollten unbedingt teilnehmen und haben mich zum Mitmachen überredet.«

Jacinda betrachtete die beiden hochgewachsenen Männer, auf die er unauffällig zeigte. Einer von ihnen blickte auf eine Frau hinunter, deren Hand auf seinem Arm lag.

»Ich tue es für sie«, fuhr er fort. »Für Brant und Dusty. Ehrlich gesagt suche ich niemanden.«

Die Freunde sahen in seine Richtung.

Jacinda entging nicht ihr besorgtes Stirnrunzeln. Und auch

nicht, wie die beiden sowohl Callan als auch sie aufmerksam musterten. Schlagartig ging ihr auf, dass es genau umgekehrt war.

Callan tat das hier für seine Freunde? Nein, Brant und Dusty taten es für ihn.

Sie hörte ihn etwas murmeln und begriff, wie sehr ihn seine Worte schmerzen mussten. *Meine Frau ist vor vier Jahren gestorben.* Auch sie hasste es, über ihre Vergangenheit zu sprechen. *Kurt und ich sind jetzt geschieden.* Es war, als würde man sich die Kleidung aufreißen, um einem wildfremden Menschen seine Operationsnarben zu zeigen.

»Das verstehe ich«, wiederholte sie. »Dies ist eine … künstlich geschaffene Situation. Man müsste schon verrückt sein, um zu hoffen, dass man ausgerechnet hier den richtigen Partner findet. Egal, wie sehr man sucht. Aber trotzdem kann es ganz nützlich sein. Um in Übung zu bleiben oder … seine Menschenkenntnis zu erproben. Ich bin geschieden. Und es war eine hässliche Scheidung.« *Also habe ich auch Narben.* »Ich weiß gar nicht mehr, wann ich mich zuletzt mit einem Mann unterhalten habe, den ich nicht kenne. Einfach nur so … um Kontakt zu schließen.«

Er nickte nur. Vielleicht sprach er lieber mit seinem Hund. »Du bist keine Australierin«, sagte er nach einigen Sekunden.

»Der Akzent verrät mich, was?« Sie lächelte.

»Ja. Aber du lebst hier?«

»Ich mache hier Urlaub. Ich wohne bei einer australischen Freundin, die ich vor ein paar Jahren in Kalifornien kennengelernt habe. Lucy. Sie hat mir vorgeschlagen, an diesem Wettbewerb teilzunehmen, nur aus Spaß. Und es hat mir Spaß gemacht«, versicherte Jacinda. »Ich bereue es nicht.«

Nein?

Während der ersten zwanzig Minuten der Cocktailparty hatte sie es bereut, dass sie Lucys Drängen nachgegeben hatte.

Jetzt tat sie es plötzlich nicht mehr. Weshalb? Wegen der blauen Augen? Weil Callan Woods diese Veranstaltung ebenfalls nicht ernst zu nehmen schien?

»Ich auch nicht«, sagte Callan. »Zugegeben, meine Freunde mussten mich erst überreden, aber bisher war es nicht so schlimm, wie ich erwartet habe.«

Jacinda sah ihm an, wie erleichtert er war. Wie jemand, der gerade einen Termin beim Zahnarzt überstanden hatte. Es tat gut, wieder ein Gefühl mit einem Mann zu teilen – auch wenn es jemand war, den sie nicht kannte.

»Wann fliegst du nach Hause?«, fragte er.

»Am Dienstag. In drei Tagen. Wir waren einen Monat hier, und ich kann nicht glauben, wie schnell die Zeit vergangen ist. Ich habe sie genossen, genau wie Carly, meine Tochter.«

»Dienstag.« Er entspannte sich ein wenig mehr. »Also nimmst du das hier auch nicht ernst.«

»Nein.«

»Gut, dass wir uns darin einig sind!«

Sie lächelten einander zu, nahmen sich jeder ein Häppchen von einem vorbeikommenden Kellner und schafften es irgendwie, sich während der nächsten zwei Stunden zu unterhalten, ohne sich zu langweilen.

»Meine? Ein Reinfall«, antwortete Brant am nächsten Morgen auf Dustys neugierige Frage. Sie saßen in einem Café. »Sie war ungeheuer empfindlich. Als ich ihr sagte, dass mein Singledasein mich gar nicht so sehr stört, tat sie, als hätte ich sie beleidigt. Egal, was ich sie fragte, die Antwort war einsilbig, und als sie an der Reihe war, fiel ihr nichts ein. Sei froh, dass du sie nicht hattest, Call.«

»Wieso?«, erwiderte Callan.

Brant runzelte die Stirn. »Wieso was?«

»Wieso ist es gut, dass ich sie nicht hatte? Traust du mir nicht zu, mit einer empfindlichen und nicht sehr gesprächigen Frau fertigzuwerden?«

»Meine war toll«, verkündete Dusty, bevor Brant antworten konnte. »Eine ganz natürliche, anständige Frau, die weiß, was sie will, und es offen ausspricht. Kann gut sein, dass wir in Verbindung bleiben.«

Callan kannte Dustys Gesichtsausdruck. Sein Freund schien genau zu wissen, was für ein miserabler Lügner er war.

»Also macht es dir nichts aus, ein Single zu sein, Brant«, begann Callan langsam. »Und du, Dusty, findest, dass diese Aktion ideal ist, um einem einsamen Rancher aus dem Outback eine Ehefrau zu verschaffen – obwohl du noch vor vier Sekunden das genaue Gegenteil behauptet hast …« Er betrachtete die schuldbewussten Gesichter seiner Freunde. »Kann einer von euch mir erklären, warum wir uns das hier zugemutet haben?«

Er war nicht dumm und brauchte ihre Antworten gar nicht zu hören.

Was gut war, denn die beiden gaben irgendwelchen Blödsinn von sich, beantworteten seine Frage jedoch nicht.

Callan überlegte, ob er ihnen böse war – ob er es sein wollte, ob er überhaupt die Energie dazu aufbrachte.

Brant und Dusty hatten ihn in eine Falle gelockt. Sie hatten sich hinter seinem Rücken verschworen. Sie hatten ihn überredet, sein Foto, seine Lebensgeschichte und seine Gefühle einer landesweit erscheinenden Frauenzeitschrift auszuliefern. Warum? Weil sie hofften, dass er jemanden kennenlernte? Dass er sich nicht damit abfand, für immer allein zu bleiben? Oder … dass er sich einfach nur einen Abend lang vergnügte und sich sogar geschmeichelt fühlte, weil so viele Frauen sich für ihn interessierten?

War er ihnen deswegen böse?

Zu seiner eigenen Überraschung musste er lächeln. Die beiden Männer waren seine besten Freunde. Sie hatten es gut gemeint. Sie waren zwar Idioten, aber er mochte sie.

»Selbst schuld, wenn deine ein Reinfall war, Branton. Selbst schuld, Dustin, wenn du von deiner nie wieder etwas hörst. Ich dachte, ich tue euch einen Gefallen, indem ich mitmache, aber da habe ich mich offenbar geirrt. Alles, was ich will, ist, dass meine Söhne glücklich werden. Aber es war trotzdem ein schöner Abend. Es hat Spaß gemacht, mich mit Jacinda zu unterhalten.«

Callan wusste, dass nichts daraus werden konnte. Er wollte es nicht und sie auch nicht. Vermutlich hatten sie sich nur deshalb so angeregt unterhalten – weil Jacinda frisch geschieden war und bald abreisen würde, weil bei ihnen beiden die Wunden der Vergangenheit noch nicht verheilt waren.

Sie sah Liz kein bisschen ähnlich, was ebenfalls ein Vorteil war. Liz war klein und kräftig gewesen, Jacinda dagegen war groß und gertenschlank. Sie hatte große, leuchtende graue Augen, keine gefühlvollen und grünen. Ihr Haar war schwarz und schwer zu bändigen, nicht blond und seidig, die Haut makellos und leicht gebräunt, nicht hell und voller Sommersprossen. Stimme, Akzent, Herkunft, alles verschieden und daher sicher. Sicher genug, um ihn hoffen zu lassen, dass Jacinda ihm eine gute Freundin sein konnte, falls er je eine brauchen würde.

So sah er sie an diesem Morgen – als jemanden, den er irgendwann um Rat fragen konnte, in Erziehungsfragen oder einfach nur, um vielleicht von der Sichtweise einer Großstädterin zu profitieren.

Er hatte die Anschrift ihrer Freundin Lucy in Sydney und Jacindas E-Mail-Adresse in Amerika, und sie hatte seine, doch das würde er Brant und Dusty nicht erzählen. Er beließ es bei einem Lächeln, dieses Mal ein wenig spöttisch und ausweichend, und sprach darüber, was sie heute unternehmen sollten, bevor sie morgen auf ihr Land, zu ihren Tieren und ihren Familien zurückkehrten.

Und dabei fühlte er sich wohl – so unbeschwert – wie schon eine ganze Weile nicht mehr.

Sie hatten ihre Adressen ausgetauscht, aber Jacinda hatte wirklich nicht erwartet, Callan wiederzusehen.

Sein Timing war alles andere als perfekt. Er kam um sieben Uhr abends, als sie gerade dabei war, ihre Tochter zu Bett zu bringen. Sie und Carly hatten gegessen, ihre Freundin Lucy war ausgegangen, und jetzt war Carly so müde, dass sie nicht freiwillig aus der Badewanne kam. Deshalb war Jacinda nass, als sie Callan die Wohnungstür öffnete. Eine oder zwei Minuten später war ihre Tochter plötzlich gar nicht mehr müde, denn Callan hatte ihr etwas mitgebracht.

»Es ist nichts Besonderes«, sagte er leise, während Carly auf dem Fußboden saß und das bunte Geschenkpapier aufriss. Jacinda hatte von ihm Blumen bekommen – einen riesigen Strauß aus australischen Prachtexemplaren, deren Namen sie nicht kannte. »Es ist ein Bumerang zum Selbstbemalen. Ich hoffe, er macht nicht zu viel Arbeit.«

»Das kann passieren – wenn sie darauf besteht, es jetzt sofort zu tun.« Jacinda lächelte, um ihre Antwort abzumildern. Callan hatte auch Kinder. Er würde es verstehen. »Das wäre doch nicht nötig gewesen.«

»Ich weiß, aber ich bin heute Morgen aufgewacht und …« Er versuchte es erneut, aber mehr als drei Worte fielen ihm nicht ein. »Ich wollte es.«

»Jetzt ist es sieben Uhr abends. Hast du den ganzen Tag gebraucht, um zu dem Ergebnis zu kommen, dass du es willst?«, scherzte sie. Er hatte Sinn für Humor, das hatte sie gestern schon festgestellt.

»Ja. So ungefähr.« Seine blauen Augen glitzerten belustigt. »Es ist spät, aber wir könnten essen gehen, wenn du magst.«

Nun musste sie ihm erklären, dass Lucy unterwegs war, Carly ins Bett gehörte und ihre Tochter und sie schon gegessen hatten.

Er nickte. »Ich hätte vorher anrufen sollen.«

Sie überlegte, ob sie ihm einen Kaffee oder einen Drink anbieten sollte, wagte es jedoch nicht. Erst recht nicht wollte sie ihn küssen und feststellen, dass es ihr gefiel. Sie wollte nicht herausfinden, dass sie – nach den beiden unbeschwerten Stunden auf der Cocktailparty – nichts mehr zu reden hatten.

Nein!

»Danke«, sagte sie stattdessen. »Die Blumen sind wunderhübsch, genau wie das Geschenk für Carly. Aber jetzt muss ich sie ins Bett bringen, sonst ist sie morgen ungenießbar.«

Er betrachtete ihre nasse Bluse und das zerzauste Haar, und sie sah ihm an, dass er die Situation richtig deutete. Er wünschte ihnen einen angenehmen Heimflug und bat sie, ihn anzurufen, falls sie etwas brauchte. »Das ist mein Ernst«, fügte er hinzu.

Jacinda glaubte ihm.

Zwei Tage später landeten Jacinda und Carly in Los Angeles, und die Realität kehrte in ihr Leben zurück.

Jacinda gönnte sich und ihrer Tochter einen freien Tag, um sich vom Jetlag zu erholen, doch dann mussten Carly wieder in die Vorschule und Jacinda zur Arbeit. Aber kaum betrat sie das Zimmer der Drehbuchautoren, wusste sie, dass sich auch nach einem Monat Aufenthalt auf der anderen Seite des Pazifiks nichts geändert hatte.

Sie wollte nicht schreiben.

Sie konnte nicht schreiben.

Wie um alles in der Welt hatte sie glauben können, dass es nach dem Urlaub einfacher sein würde?

Auf dem Weg hierher hatte sie ihre Post abgeholt. Zwischen den Rechnungen und Werbesendungen fand sie zwei Geburtstagskarten von Kurt, eine für sie und eine für Carly, denn sie waren beide im Februar zur Welt gekommen und hatten in Australien gefeiert. Sie zuckte zusammen, als sie seine Handschrift auf den Umschlägen sah. Was er geschrieben hatte, war noch schlimmer.

Jacinda, Darling, bitte verbring Carlys Geburtstag nie wieder im Ausland. Glaub mir, so etwas kannst Du Dir nicht leisten. Weder emotional noch finanziell. Ich werde in diesem Frühjahr ziemlich beschäftigt sein und brauche Carly für mein seelisches Gleichgewicht. Der Sender will das Programm umstellen, und ich bin für bestimmte Bereiche zuständig.

Trotzdem interessiert mich Eure Seifenoper noch immer sehr. Reece und Naomi haben bald ein paar tolle Szenen – straffe, scharfsinnige Dialoge, die ein junger Autor geschrieben hat, während Du fort warst. Er bringt frischen Wind in die Serie. Elaine und ich werden seine Entwicklung im Auge behalten. Sie plant schon länger, ein paar Umstellungen vorzunehmen.

Alles Gute zum 32. Geburtstag. Ich hoffe, Du hast die Pause genutzt, um Dir über Deine Prioritäten klar zu werden.

Herzliche Grüße

Kurt

Das war es, was sie so blockierte. Kurts Anrufe, E-Mails und Briefe. Die Schreiben von seinem Anwalt, sogar Carlys harmlose Kommentare, nachdem sie ein paar Stunden bei ihm und seiner neuen Frau verbracht hatte. Immer waren die Drohungen so geschickt verpackt, dass sie fast aufmunternd klangen.

Bisher hatte Jacinda das Sorgerecht für Carly gehabt, aber sie wusste, dass er jederzeit vor Gericht gehen und ihr ihre Tochter wegnehmen konnte. Und selbst wenn er es nicht vorhatte, würde er sie immer im Ungewissen lassen, um sie einzuschüchtern.

Sie war sieben Jahre mit Kurt verheiratet gewesen. Egal, wie erfolgreich er war, niemals würde er darauf verzichten, sie und Carly und Elaine zu kontrollieren …

Jacinda entging der besorgte Blick nicht, den Elaine ihr zuwarf. Hastig lud sie die Datei mit Reece' und Naomis Dialogen auf den Bildschirm ihres Computers. Sie hatte eine Zusammenfassung der Szene, die sie an diesem Morgen schreiben sollte. »Reece und Naomi treffen sich in ihrem Lieblingsrestaurant und streiten darüber, ob sie ihre Affäre fortsetzen sollen.«

Sie schrieb REECE oben in die Mitte der Seite und darunter *Hi.* Dann ließ sie NAOMI ebenfalls *Hi* sagen. Aber eine Stunde später war der Rest des Bildschirms noch leer, obwohl ihr immer wieder die Worte *straff, scharfsinnig* und *frisch* durch den Kopf gingen. Beim Mittagessen mit Elaine bekam sie keinen Bissen herunter.

Auch ihre Chefin hatte keinen Appetit. »Ich will ehrlich zu dir sein, Jacinda«, sagte sie nach einer Weile. »Ich kann dich nicht sehr viel länger schützen. Du kennst Kurt.«

»Ja.«

»Er setzt mich unter Druck.«

Jacinda wusste, was sie antworten musste. »Elaine, du darfst deinen Job nicht für meinen opfern.« Sie sah die Erleichterung in den Augen ihrer Chefin.

Als sie wieder an ihrem Rechner saß, entdeckte sie eine E-Mail von Callan Woods. Bis sie drei Stunden später ihre Tochter von der Vorschule abholte, war das der einzige schöne, *sichere* Moment des Tages.

3. Kapitel

Das Postflugzeug würde jeden Augenblick eintreffen.

Neben dem Landestreifen saß Callan am Steuer seines Geländewagens. Er hatte die Türen und Fenster geöffnet, denn im April konnte die Hitze in den North Flinders Ranges noch unerträglich sein, obwohl klimatisch schon Herbst war.

Lockie und Josh erledigten zu Hause ihre Schulaufgaben übers Internet. Manchmal, wenn Besuch kam, gab Callan ihnen den Vormittag frei, damit sie mit zum Flugplatz fahren konnte, aber heute hatte er Nein gesagt.

In der Ferne ertönte das Brummen der Maschine. Sie kam im Tiefflug heran, vor dem Hintergrund der kahlen, aber malerischen Berge, und in Callans Bauch breitete sich ein eigenartiges Gefühl aus.

Freute er sich auf diese Gäste?

Wie so viele Empfindungen seit Liz' Tod war auch diese widersprüchlich.

Er hatte keine Ahnung, warum Jacinda und ihre Tochter herkamen und wie lange sie bleiben wollten, aber er wusste, dass Jacinda nicht gefragt hätte, wenn ihr eine andere Wahl geblieben wäre.

Sie schrieben sich jetzt seit sechs Wochen. Er hatte daran gedacht, sie anzurufen, die Idee jedoch sofort wieder verworfen. Die E-Mails waren angenehm. Ungefährlich. Er hatte nicht erwartet, dass sich aus der ersten Begegnung mehr ergab, und doch war etwas daraus geworden – ein kleines neues Fenster in eine andere Welt, eine Freundschaft in sicherer Entfernung. Er schrieb sich auch mit zwei Australierinnen, die er über die

Zeitschrift kennengelernt hatte, vermutete jedoch, dass der Kontakt bald einschlafen würde. Außerdem bekam er laufend Zuschriften von anderen Frauen.

Warum hatte er bei Jacinda ein viel besseres Gefühl?

Weil sie Autorin war und ihr von Natur aus flüssiger Stil es auch ihm leichter machte, sich auszudrücken?

Vielleicht.

Dusty und die kleine Brünette von der Cocktailparty waren in Verbindung geblieben. Er sprach sogar davon, sich in Sydney mit ihr zu treffen, und hatte allen anderen Frauen höflich abgesagt. Bei den Pferden hielt Dusty es genauso – er setzte immer nur auf ein Pferd pro Rennen, und das auf Sieg.

Brant hatte mehr Briefe bekommen, und da sein Land näher an Sydney und Melbourne lag, hatte er sich mit einigen Frauen verabredet.

Bisher war er nicht gerade begeistert gewesen.

Vielleicht, weil er mit seinem Leben als Single zufrieden war. Die Sache mit der Zeitschrift war die Idee seiner Schwester gewesen, wie Callan mittlerweile wusste.

Das Flugzeug streifte den Boden, hob kurz wieder ab, setzte härter auf und blieb unten. Dann rollte es langsam aus.

Callan stieg aus dem Wagen. Er schloss die Türen nicht und zog auch den Zündschlüssel nicht ab. Sechs Wochen. Ob Jacinda noch so aussah, wie er sie in Erinnerung hatte?

Es waren keine Äußerlichkeiten gewesen, die ihn angezogen hatten, trotzdem hatte er sie reizvoll gefunden. Große Augen, ein ansteckendes Lächeln, eine herzliche Wärme. Würde die lebende, atmende, dreidimensionale Jacinda Beale etwas mit der Frau gemeinsam haben, die ihm fast jeden Tag eine E-Mail geschickt hatte?

In letzter Zeit waren sie immer kürzer geworden. Förmlicher. Irgendwie rätselhaft. Sie hatte geschrieben, dass sie Probleme hatte, aber nicht darüber reden wollte.

Er hatte »Jacinda, geht es Dir gut?« geschrieben.

Dann rief sie an.

Aus Sydney.

Mit zittriger Stimme, gequältem Humor und – zum Schluss – absoluter Ehrlichkeit. »Könnten Carly und ich eine Weile bei dir bleiben? Es ist alles … so schlimm.«

»Wo liegt das Problem?«

»Ich … kann noch nicht darüber sprechen. Aber ich werde nicht wegen Mordes gesucht, falls dich das beruhigt.«

»Das tut es, ja.«

»Callan, ich … kann nicht bei Lucy wohnen. Du bist der einzige Mensch, bei dem ich … Deine Ranch ist der einzige Ort, an dem ich mich sicher fühle, weil sie so weit weg ist. Nur bis ich wieder freier atmen kann? Länger nicht, Callan. Ich … ich weiß, es ist viel verlangt.«

Wie hätte er ablehnen können?

Obwohl … im Moment wäre er froh, wenn sie gar nicht erst gefragt hätte.

Das Flugzeug hielt an der üblichen Stelle, keine fünfzig Meter von Callans Geländewagen entfernt. Eine private Start- und Landebahn wie diese brauchte kein Terminal oder auch nur eine Asphaltdecke. Der Staub, den die Propeller aufgewirbelt hatten, hing noch in der Luft und driftete gemächlich nach Osten, während die Kabinentür sich öffnete.

Rob, der Pilot, half Jacinda beim Aussteigen und hob Carly heraus. Das kleine Mädchen nahm die Hand seiner Mutter. Rob lud das Gepäck aus. Und einen vollen Postsack.

Grinsend hielt Rob ihn hoch.

Noch mehr Briefe von Frauen, mit denen Callan sich nicht treffen wollte.

Carly wirkte etwas überwältigt davon, plötzlich an einem Ort zu sein, der vollkommen anders als Sydney und Los Angeles war. Ihre Mutter bewegte sich langsam, fast steif.

Grüßend hob Callan die Hand, aber Jacinda sagte nicht einmal Hallo, nur: »Es tut mir leid.« Ihr Gesicht war weiß, die Lippen trocken und rissig, aber er wusste, dass sie sich keineswegs nur dafür entschuldigte, dass ihr vom Flug unwohl war.

»Atme tief durch, mach ein paar Schritte, geh umher.« Er nahm eine kalte Flasche Wasser aus dem Wagen. Auch die kleine Carly sah aus, als würde sie einen Schluck brauchen.

Jacinda nahm die Flasche und nippte hastig daran. Ja, das Wasser tat gut.

»Du musst dich für nichts entschuldigen«, versicherte er. »Und du brauchst auch nicht zu reden.«

Sie reichte ihrer Tochter die Flasche.

Während das Mädchen trank, holte Jacinda tief Luft. Aus ihren grauen Augen wich die Panik, und das Gesicht bekam wieder Farbe. Aber sie hatte abgenommen und sah schmal aus. Sie trug kein Make-up, die Augen waren groß, die Wimpern dunkel, und der Mund hatte von Natur aus eine anmutige Form.

Er versuchte zu entscheiden, ob sie schön ... attraktiv ... oder hübsch war.

Atemberaubend. Das war das einzige Wort, das sie angemessen beschrieb.

Er fühlte sich wie vom Blitz getroffen. Hilflos.

»Sag einfach Bescheid, wenn wir fahren können«, knurrte er verlegen.

Rob hatte drei Koffer, eine kleine Reisetasche und den Postsack zum Wagen gebracht. »Soll ich die einladen?«

Callan nickte, und der Pilot öffnete die Hecktür. Er tat so, als wäre der Postsack wegen der vielen Briefe kaum anzuheben. Callan erwiderte sein vielsagendes Lächeln. Rob und er kannten sich so gut, wie man sich im Outback eben kannte – fünf Minuten Kontakt ein paarmal im Monat konnten sich wie echte Freundschaft anfühlen.

»Die Fahrt?«, sagte Jacinda. »Wohin? Wie weit?«

»Drei Meilen.«

Sie wirkte erleichtert.

»Aber die Strecke ist holprig. Wir warten noch eine Weile.«

»Ich möchte die Eidechse sehen«, forderte Carly.

»Ich habe noch ein paar Starts und Landungen, also verzichte ich lieber auf das Bier«, sagte Rob.

»Das nächste Mal«, erwiderte Callan, als hätte er dem Mann tatsächlich eins angeboten.

Der kurze Dialog war typisch für eine Männerfreundschaft hier draußen. Rob trank nie Bier, wenn er flog, aber das Angebot galt auch unausgesprochen.

Der Pilot ging zum Flugzeug zurück.

»Danke!«, rief Jacinda ihm nach.

»Ich hole Sie und Ihre Tochter auf dem Rückflug ab«, sagte er, war aber taktvoll genug, sie nicht zu fragen, wann sie auf ihn warten würde.

»Kann ich jetzt die Eidechse sehen?«, wiederholte Carly.

»Es hat ihr riesigen Spaß gemacht, den Bumerang anzumalen«, murmelte Jacinda. »Ich bin nicht sicher, ob es auf dem Flugplatz Eidechsen gibt, Honey. Vielleicht können wir morgen eine suchen. Gibst du mir bitte das Wasser zurück?«

Dieses Mal nahm sie einen kräftigen Schluck. »Noch nie hat mir Wasser so gut geschmeckt!«

Doch ihm entging nicht, dass ihre Hände zitterten.

Carly sah verschwitzt aus. Sie trug keinen Hut. Jacinda schob ihr das dunkelblonde Haar aus der Stirn. »Ist dir schlecht, Honey?«

»Jetzt nicht mehr. Und vorhin nur ein bisschen, nicht so schlimm wie bei dir, Mommy.«

»Callan will mit uns zu seinem Haus fahren. Glaubst du, das schaffst du?«

»Wo ist sein Haus?«

»Bald kannst du es sehen, Carly«, versprach er. »Schnallen wir dich erst mal fest.«

»Ihr legt hier draußen Gurte an?«, fragte Jacinda erstaunt. »Obwohl es meilenweit keine anderen Autos gibt?«

»Die Gurte verhindern, dass man sich den Kopf an der Decke stößt.«

Sie hielt es für einen Scherz.

Bald würde sie verstehen, dass es keiner war.

Wie lange wollte sie bleiben? Was konnte er tun, damit sie sich willkommen fühlte? Was würde im endlosen einsamen Outback aus ihrer neuen, noch nie auf die Probe gestellten Freundschaft werden?

Aber vor allem fragte er sich, warum sie aus ihrem Leben in Los Angeles geflüchtet war. Und was erhoffte sie sich von ihm?

Er konnte sie nicht fragen.

Noch nicht.

Auf der Fahrt schwieg Callan während der ersten Minuten.

Jacinda lauschte dem Motorengeräusch, dem Knarren der Karosserie und dem Ächzen der Stoßdämpfer. Die Strecke war nicht asphaltiert, die Landschaft um sie herum kahl, aber sie verstand schon jetzt, warum manche Menschen das Outback schön fanden. Die vorherrschenden Farben waren Lehmrot, Ockergelb und Kalkweiß. In der Ferne, in der Nähe eines Halbkreises aus Eukalyptusbäumen, weideten rotbraune Rinder.

Sie wusste, dass sie erklären musste, warum sie hier war. Aber sie würde damit warten, bis sie ruhiger und nicht mehr unterzuckert war. Sie wollte, dass Callan ihr glaubte und nachvollziehen konnte, wie groß ihre Angst war. Er musste einsehen, dass ihre Geschichte nicht nur auf den bitteren Gefühlen gegenüber Kurt und auf ihrer schriftstellerischen Fantasie beruhte.

Denn wenn er an ihren Motiven zweifelte und Carly und sie auf seiner Ranch nicht willkommen waren, wüsste sie nicht, wohin sie sonst flüchten sollte.

»Das ist die Ranch«, sagte er.

Sein gebräunter Arm tauchte in ihrem Blickfeld auf und zeigte nach links. Sie hatte vergessen, wie kräftig er gebaut war, und hier, in seinem Element, wirkte er noch maskuliner. Wie mochte er auf einem Pferd aussehen? Oder mit einem störrischen Kalb ringend, das sein Brandzeichen bekommen sollte?

Die Vorstellung war viel zu reizvoll. Kurts Stärke war nie physischer Natur gewesen … oder auch nur emotionaler. Sie beruhte einzig auf Geld und Einfluss. Callans Ausstrahlung war dagegen bodenständig und geradlinig.

Jacinda sah zu der Ansammlung von Gebäuden hinüber, deren Umrisse langsam deutlicher wurden. Das Dunkelrot der Dächer war im unerbittlichen Sonnenschein zu einem Farbton verblasst, der dem noch nicht ganz reifer Kirschen glich. Schlanke Bäume mit kleinen Blättern spendeten Schatten. Das Haupthaus war sandfarben und gemauert, mit rötlichem Backstein an den Ecken und um die Fenster.

In einem Garten, der an zwei Seiten von trockenem Buschwerk und an einer dritten von einer Hecke begrenzt wurde, standen Obstbäume in zwei kurzen Reihen. Auf einer gelblich grünen Wiese in der Nähe des Hauses grasten mehrere Pferde. Einige von ihnen tranken Wasser aus einer Tränke.

Einige Gebäude hatten breite Veranden, und neben allen befanden sich Wassertanks, in denen der seltene Regen gesammelt wurde. Es war ein buntes Ensemble aus Wohnhäusern, Scheunen und Ställen und erinnerte Jacinda an eine Wagenburg in einem altmodischen Western oder eine Oase in der Wüste.

Vielleicht hatte sie deshalb das Gefühl, dass Carly und sie hier sicher waren.

Wesentlich sicherer als in Los Angeles.

Sicherer als bei Lucy, nachdem das Telefon zu jeder Tages- und Nachtzeit geklingelt hatte und jedes Mal aufgelegt worden war. Es konnte nur Kurt gewesen sein.

»Wie groß ist deine Ranch?«, fragte sie Callan.

»Meine Station. Hierzulande nennen wir sie nicht Ranches. Sie ist ungefähr zweitausendvierhundert Quadratkilometer groß.«

»Wow!« Das klang sehr beeindruckend. »In Acres sind das ... zweimal so viel? Vier- oder fünftausend?«

Sie riet nur. Kurt besaß eine Ranch im Osten Kaliforniens. Sechstausend Acres. Er breitete immer die Arme aus, holte tief Luft und verkündete: »Mann, ist das ein Stück Land!«

Callan lachte. »Nun ja, etwas mehr als das. Ungefähr neunhundert Quadratmeilen. In Acres sechshunderttausend.«

»Sech*shundert*tausend! Hundertmal so groß wie die Hobbyranch meines Ex-Manns?«

»Verglichen mit anderen ist die Station eher klein. Anna Creek, westlich vom Lake Eyre, hat sechs Millionen Acres.«

Anna Creek interessierte Jacinda nicht. »Das heißt ... dir gehört ... Rhode Island! Ein kompletter Bundesstaat der USA!«

»Nur, dass ich wahrscheinlich weniger Rinder habe.«

»Wie viele?«

»Etwa zweitausendvierhundert. Ein Tier pro Quadratkilometer. Hier draußen ist es dürr. Das Land ernährt einfach nicht mehr. Meistens streifen sie frei umher und sind manchmal schwer zu finden, wenn man sie einfangen will.«

Callan besaß mehr Land als ein durchschnittlicher europäischer Fürst. Und hundertmal mehr als Kurt. »So weit das Auge reicht? Das gehört alles dir?«

»Ja.« Obwohl er es leise sagte, hörte sie heraus, wie stolz er war.

Wenig später rumpelten sie über ein Metallgitter zwischen zwei Zäunen, und hundert Meter weiter erreichten sie das Haupthaus. Callan parkte davor. Zwei Hunde rannten um eine Ecke und begrüßten ihn, als hätten sie ihn seit einer Woche nicht mehr gesehen. Einer davon war ein schwarz-weißer Border Collie, der andere wahrscheinlich der rote Hund auf Callans Foto in der Zeitschrift.

»Hallo, Pippa«, sagte er. »Hallo, Flick. Ihr mögt mich. Schon verstanden. Aber Jacinda und Carly können auf eure Begrüßung verzichten, klar? Die beiden kommen aus der Großstadt, also benehmt euch.« Auf seinen Befehl hin setzten die Hunde sich mit hängenden Zungen in den Schatten.

Eine Fliegentür quietschte, und auf der Veranda erschienen drei Menschen.

Callans Söhne und seine Mutter Kerry. Alle drei hatten seine strahlend blauen Augen. Er hatte in seinen E-Mails von ihnen erzählt, und Jacinda wusste, dass sein Vater vor elf Jahren gestorben war und Kerry in einem kleinen Cottage auf dem Gelände wohnte.

»Ich kann mich nicht abschnallen«, kam Carlys Stimme vom Rücksitz.

Jacinda stellte fest, dass auch ihr Gurt nicht so einfach zu lösen war. Vermutlich weil das Schloss dauernd dem Staub ausgesetzt war. Sie stieg aus, half ihrer Tochter und war sich dabei bewusst, dass sie die ganze Zeit angestarrt wurde – nicht unfreundlich, aber dennoch war es ihr unangenehm. Callan öffnete die Hecktür.

»Koffer? Warte, ich helfe«, rief Kerry Woods und kam die steinernen Stufen herunter. »Ihr müsst Jacinda und Carly sein. Ich bin Kerry.« Sie tätschelte Jacindas Schulter und strich Carly übers Haar. »Jungs, steht nicht herum! Das hier ist Carly, jemand zum Spielen!«

»Heißt das, wir sind mit der Schule fertig?«

»Zum Spielen *nach* der Schule, also gegen Mittag, Lockie!«

Jacinda sah auf die Uhr. Es war halb zwölf. Nein, Augenblick mal. Der Pilot hatte ihr erklärt, dass es hier eine halbe Stunde früher als in Sydney war.

»Hattet ihr einen guten Flug?«, fragte Callans Mutter.

»Ja, zwischen Sydney und Broken Hill war der Ausblick aus dem Flugzeug faszinierend. Zwischen Broken Hill und hier habe ich leider …«

»Nach der Landung sah sie ziemlich grün aus«, warf Callan unbeschwert ein.

Kerry lächelte mitfühlend, und Carly fragte wieder nach der Eidechse. Die Jungen hatten die Hunde aufgescheucht, und sie brachten Callan fast ins Stolpern, als er mit den beiden schwersten Koffern die Treppe zur Veranda betrat. Kerry nahm den dritten und sagte etwas von Tee und Keksen. Die Hunde bellten freudig. Lockie und Josh beschwerten sich erneut über die Schulaufgaben.

Das reinste Chaos.

Jacinda lächelte. Ein ganz normales, angenehmes, beruhigendes Familienchaos.

»Tee und Kekse könnte ich jetzt gut vertragen«, sagte sie und griff nach dem Sack, den Rob-der-Pilot mitgebracht hatte. »Soll ich das hier mit hereinnehmen?«

»Das ist nur die Post«, erwiderte Callan.

»Wow! Ihr kriegt aber viel Post hier draußen!«

»Normalerweise nicht.«

»Noch mehr Briefe, Callan?«, fragte Kerry.

»Hoffentlich nicht.«

»Ich glaube, es sind auch ein paar Bücher«, sagte Jacinda und sah ihm an, wie erleichtert er darüber war.

Sie war noch recht schwach auf den Beinen. Das schaukelnde Flugzeug, die Nachwirkungen des Jetlags nach dem Flug von Kalifornien nach Sydney vor vier Tagen, die Tatsache, dass sie in letzter Zeit nicht genug gegessen hatte … Ihr

Blutzuckerspiegel war im Keller, und ihre Nerven waren zum Zerreißen gespannt.

Kerry schien ihr Zustand nicht entgangen zu sein.

»Komm rein«, sagte sie. »Jungs, lasst unsere Besucher für eine Weile in Ruhe. Callan, ich habe die Betten im hinteren Eckzimmer gemacht. Das Fenster geht auf den Garten hinaus, Jacinda, und es hat eine Tür zur Veranda. Das Bad liegt auf der anderen Seite des Flurs, und die Jungs dürfen es nicht benutzen, solange ihr hier seid. Sie können Callans nehmen. Wenn ihr euch also frisch machen wollt oder ich euch den Tee aufs Zimmer bringen soll …«

Chaos.

Dann Frieden.

Carly hatte sich gleich mit Lockie, dem Eidechsenliebhaber, angefreundet und wollte, dass er ihr den Garten zeigte. Im Haus war es dunkler und kühler als im grellen Sonnenschein. An den Wänden des Flurs hingen die bunten Bänder, mit denen Callans Rinder ausgezeichnet worden waren. Die drei Koffer und die Tasche standen in ihrem neuen Zimmer. Callans Postsack war irgendwohin verschwunden.

Der Raum war ziemlich geräumig, aber spartanisch eingerichtet – zwei Betten mit Quilts, ein Deckenventilator, ein Kleiderschrank, eine Spiegelkommode und das gerahmte Bild einer Landschaft, das offenbar aus Zweigen und Rinde gemacht worden war.

Jacinda legte sich hin und fühlte sich endlich wirklich sicher. Sie war weit genug von Kurt entfernt. Hier würde er Carly nicht finden, und falls doch, wäre selbst er hier im australischen Outback machtlos.

Sie schloss die Augen. Ihr Herz klopfte nicht mehr so heftig. Für immer konnte sie nicht hierbleiben. Höchstens ein paar Wochen. Trotzdem durften Carly und sie Callan und seiner Familie nicht zur Last fallen. Aber vorläufig …

Zwanzig Minuten später saß sie bei Tee und Keksen mit Kerry und Callan zusammen. »Bitte gebt mir etwas zu tun«, sagte sie. »Abwaschen, kochen und staubsaugen, was auch immer. Behandelt mich nicht wie einen Gast.«

Sie hat recht, dachte Callan. Es wäre für sie alle einfacher, wenn er sie irgendwie beschäftigen könnte. Aber halb wilde Rinder zusammentreiben? Viertausend Meter lange Zäune mit neuem Draht bespannen? Verwitterte rote Dächer streichen?

Hm. Gut möglich, dass eine Drehbuchautorin aus Los Angeles dafür nicht geeignet war.

Mum, hilf mir …

Seine Mutter hatte Carly Bauklötze gebracht, und das Mädchen spielte auf der Veranda. Die Jungen saßen wieder an ihren Schreibtischen, Josh löste Mathematikaufgaben, Lockie mühte sich mit einer Buchbesprechung ab. »Zur Schule« gingen die beiden im Internet und über das Funkgerät.

Seine Mutter warf ihm einen fragenden Blick zu.

Er wusste, was sie meinte. Wenn sie die Jungen nicht beaufsichtigen musste, hatte sie mehr Zeit für den Garten. Aber sie arbeitete schon jetzt viel zu hart.

Doch Kerry kam ihm zuvor. »Lockie könnte etwas Hilfe bei seiner Buchbesprechung gebrauchen«, sagte sie. »Callan hat erzählt, dass du Autorin bist …«

Jacinda nickte und schien plötzlich zu frieren.

Callan griff ein. »Mum, ich glaube … das ist fast so, als würde man auf einer Party einen Arzt um einen kostenlosen medizinischen Rat bitten.«

»Nein, das ist kein Problem«, versicherte Jacinda.

Er sah ihr an, dass es durchaus ein Problem war.

Dennoch war sie schon aufgestanden und nach nebenan gegangen, wo er die Büroarbeiten und seine Söhne die Schulaufgaben erledigten. Missmutig starrte Lockie auf den fast leeren Bildschirm des Computers. »Was ist das für ein Buch, Lockie?«

Ich kann es, dachte sie verzweifelt.

Dabei war es ihr schon schwergefallen, vor der Landung in Sydney die Einreisekarte auszufüllen. Vor drei Tagen – zwölf Stunden vor dem panischen Anruf bei Callan – hatte sie drei Ansichtskarten gekauft, sie jedoch bei Lucy gelassen, weil sie keine Zeile zustande gebracht hatte.

Der Bildschirm war vertraut. Die leicht schimmernde weiße Fläche des Textverarbeitungsprogramms mit seinen Symbolen und Schaltflächen, der leuchtend blaue Streifen am oberen Rand.

BUCHBESPRECHUNG, hatte Lockie geschrieben. In der Mitte der Seite, genau wie sie in Los Angeles die Namen REECE und NAOMI. Die Überschrift schien vor ihren Augen zu verschwimmen.

Jacinda schnappte nach Luft. In ihrem Kopf vermischten sich die Dialoge aus der Seifenoper mit dem, was Kurt zu ihr gesagt hatte – verhüllte Drohungen, pseudofürsorgliche Ratschläge und indirekte Anschuldigungen. Ein Abgrund tat sich in ihr auf, und sie konnte an nichts anderes als Flucht denken.

Weg von hier, bloß weg von hier.

Sie nahm kaum wahr, wie Lockie ihr antwortete, rannte aus dem Zimmer, auf die Veranda, vorbei an ihrer verwirrten Tochter, die Stufen hinunter, über die rote, von der Sonne steinhart gebackene Erde und zu den Bäumen, die sich um ein Windrad aus glänzendem Metall und einen Wassertank gruppierten. Erst dort blieb sie keuchend und mit hämmerndem Puls stehen.

Das schwarze Loch in ihr schloss sich langsam, und zurück blieb nicht die nackte Angst, sondern nur die Erinnerung daran. Jacinda griff nach einem herabhängenden Zweig und fühlte, wie winzige pinkfarbene Körner in ihre Hand rieselten.

416

Sie waren trocken, wie Papier, und als sie sie zwischen den Fingerspitzen zerrieb, rochen sie wie Pfeffer.

Eine Brise setzte die Flügel des Windrads in Bewegung, und ein dünner Wasserstrahl ergoss sich in den Tank.

Jacinda atmete tief durch, zitterte jedoch noch am ganzen Körper.

»Was ist passiert, Jacinda?« Callan stand hinter ihr. »Er war doch nicht frech zu dir, oder?«

»Nein, nein, überhaupt nicht.« Sie drehte sich zu ihm um, weg von der angenehm kühlen Seite des Tanks. »Es war meine Schuld.«

»Was war denn?« Er machte einen Schritt auf sie zu und sah erst jetzt, wie sehr sie zitterte. »Hey …« Er berührte ihren Arm.

Seine Hand fühlte sich schwer und kräftig und warm an, und instinktiv erwiderte sie den Griff und hielt sich an ihm fest.

Sie waren einander viel zu nahe. Er hätte sein Kinn auf ihren Kopf stützen, sie umarmen oder ihr etwas ins Ohr flüstern können.

»Ich bekomme in letzter Zeit immer wieder Panikattacken«, gab sie zu. »Bitte sag Lockie, dass es mir leidtut. Er wollte mir gerade von seinem Buch erzählen, aber ich bin einfach … gegangen.«

»Es sah dramatischer aus, Jacinda.«

»Ich kann mich nicht mal daran erinnern.« Ohne es zu wollen, presste sie die Stirn gegen Callans Schulter.

Er hielt sie fest und gab beruhigende Laute von sich – wie bei einem verängstigten Tier. Genau das bin ich, dachte sie.

Als er sich bewegte, protestierte sie leise. Er durfte sie noch nicht loslassen, dazu fühlte es sich zu gut an. Ihr Körper sehnte sich nach dem Kontakt, brauchte ihn wie Wärme oder Nahrung. Es war nicht zu erklären, es war … einfach so.

Sie packte seine Hände und murmelte etwas Entschuldigendes. Dann fühlte sie, wie Callan sie entschlossen von sich schob.

»Carly macht sich Sorgen um dich«, sagte er leise. »Sie kommt gerade her. Und meine Mutter ist direkt hinter ihr.«

»Es tut mir leid.«

»Hör auf, dich ständig zu entschuldigen!«

»Du kannst mich jetzt loslassen. Es geht mir wieder gut.«

»Möglicherweise will meine Mutter Carly aufhalten. Das hier sieht ziemlich … na ja, privat aus.«

Also hatte auch er die Nähe gespürt. Die Wärme. Das, was nicht zu erklären war.

Aber es gefiel ihm ebenso wenig wie ihr.

»Ja. Ich werde mit ihnen reden.«

»Warte. Ich … will nicht aufdringlich sein, aber … ich kann nicht zulassen, dass meine Mutter einen falschen Eindruck bekommt.« Er ging auf Abstand. »Jacinda, sobald du kannst … musst du mir erklären, warum du hier bist.«

4. Kapitel

»Meine Mutter macht den Kindern etwas zu essen«, berichtete Callan. »Ich habe ihr gesagt, dass wir beide miteinander reden müssen.«

»Danke«, erwiderte Jacinda. »Das müssen wir wirklich. Ich will dich nicht weiter im Dunkeln lassen.«

»Setz dich auf die Bank. Keine Eile. Hast du Hunger? Durst?«

»Das kann warten.«

Er war mit ihr in den Garten gegangen. Sie hatte nicht geahnt, dass Kräuter und Gemüsepflanzen so hübsch aussehen konnten. Es gab Beete mit Rosmarin und Lavendel und Thymian, mit jungen faustgroßen Salatköpfen, deren helles Grün sich mit dem dunkleren, rötlichen der Ringelblumen abwechselte. Einige der Beete waren durch aufgespannte Stoffplanen vor der Mittagssonne geschützt, und Büsche hielten den staubigen Wind ab.

Die Erde sah saftig und fruchtbar aus, ganz anders als der ockerfarbene Boden ringsherum. Dahinter befand sich ein Stall mit Auslauf für die eifrig pickenden und scharrenden Hühner, die von einem prächtigen Hahn beaufsichtigt wurden.

Jacinda stieß den angehaltenen Atem aus. »Wo soll ich anfangen?«

»Du hast eine hässliche Scheidung hinter dir«, sagte Callan. »Aber ich dachte, die ist vorbei. Vermögensausgleich, Sorgerecht, alles.«

»Das dachte ich auch, aber Kurt hat andere Vorstellungen. Er will Carly.« Sie war noch immer nicht sicher, was für ein

Spiel er spielte. »Oder er will mir Angst machen. Und es wirkt. Er begnügt sich nicht mehr damit, mir bei der Arbeit Schwierigkeiten zu machen.«

»So?« Callan sah ihr kurz ins Gesicht und dann wieder zur Seite. Es wäre einfacher für Jacinda, wenn sie einander nicht ansehen würden. Er hob einige Kieselsteine auf und warf sie einzeln fort, als hätten sie beide alle Zeit der Welt. Hoch über ihnen krächzte ein Rabe.

»Kann ich das auch tun?«, fragte sie. Lächelnd ließ er die Hälfte seiner Steine in ihre ausgestreckte Hand fallen. Sie schwiegen fast eine Minute lang, bevor sie den Mut aufbrachte, ihre Geschichte zu erzählen. »In der letzten Woche hat eine Frau, die Carly nicht kannte, versucht, sie von der Vorschule abzuholen. Die Frau sah genauso aus wie ich.«

Die Erinnerung war noch frisch. Sie hatte die Fremde mit eigenen Augen gesehen und sich nichts dabei gedacht, sondern nur beiläufig registriert, wie eine schlanke Frau mit langem dunklem Haar unweit des Schultors in einen Wagen stieg, der ihrem eigenen glich.

Da nicht auszuschließen war, dass Kurt eines Tages Carly abholen würde, hatte sie sich angewöhnt, zehn Minuten früher zur Schule zu fahren. Mit so etwas hatte sie allerdings nicht gerechnet. Sie ging hinein und fand Helen Franz, die Direktorin, blass und zitternd an ihrem Schreibtisch. Die Frau war so entsetzt, dass sie noch nicht einmal die Polizei gerufen hatte. Die Fremde hatte Carlys Namen gekannt, den ihrer besten Freundin und sogar die der Lehrerinnen.

»Diese Frau geht an der Schulleiterin vorbei zu Carly«, erzählte Jacinda Callan. »Sie sagt: ›Hi, Mrs. Franz, ich bin heute früher als sonst und habe Carly schon in der Anwesenheitsliste ausgetragen.‹ – ›Deine Mom ist hier, Honey‹, sagt die Schulleiterin zu Carly. Sie sieht sich die Frau nicht genauer an, schöpft keinen Verdacht und ist kurz davor, ihr Carly mitzugeben. Aber Carly merkt natürlich, dass es nicht ihre Mutter ist, und will sie nicht begleiten. ›Darling, du kannst nicht zu Ende spielen‹, sagt die Frau. Mit meiner Stimme! Und meinem Lächeln! Carly fängt an zu weinen. Helen Franz kommt näher, um nachzusehen, was los ist. ›Das ist nicht meine Mom! Sie ist eine Außerirdische!‹, ruft Carly voller Angst, weil die Frau mir so ähnlich sieht. Das muss für sie am schlimmsten gewesen sein.«

»Das kann ich gut verstehen«, murmelte Callan und legte den Arm auf die Rückenlehne. »Es klingt unheimlich.«

»Helen Franz kann zwar verhindern, dass Carly entführt wird, muss jedoch untätig zusehen, wie die Frau verschwindet, leise und ohne noch mehr Aufsehen zu erregen. Als hätte sie die Anweisung, die Aktion sofort abzubrechen, sobald es Probleme gibt. Sie trug meine Sonnenbrille, war angezogen wie ich und hatte sogar die gleiche Frisur. Sie muss ihren Auftritt geprobt haben. Unter Anleitung, Callan.«

Sie ließ die Kieselsteine fallen und packte seinen Arm. »Ich weiß, es klingt verrückt … als würde ich unter Verfolgungswahn leiden. Aber mein Ex-Mann ist ein erfolgreicher Fernsehproduzent. Er kennt ehrgeizige Schauspielerinnen, Masken- und Kostümbildner, Schauspiellehrer, er könnte so etwas arrangieren. Einfach so!« Sie schnippte mit den Fingern.

»Helen Franz wird dir alles bestätigen, wenn du möchtest. Wir haben die Polizei nur deshalb nicht informiert, weil Carly nichts zugestoßen ist, aber Helen hat einen genauen Bericht verfasst. Es ist tatsächlich passiert, Callan!«

»Ich glaube dir. Aber wer würde bei so etwas mitmachen? Es war eine versuchte Entführung!«

»So hat Kurt es nicht genannt, als er die Schauspielerin engagierte. Vermutlich hat er es ihr als Realityshow mit versteckten Kameras verkauft. Oder als Probeaufnahme für eine große Filmrolle. Und er hat ihr ein fünfstelliges Honorar gezahlt.

Außerdem ist er Kurt Beale! Also hören die Leute auf ihn! Er hat Macht und setzt sie gern ein. Er ist Kurt Beale«, wiederholte sie.

»So?«, sagte Callan lächelnd. »Ich habe aber noch nie von ihm gehört.«

Jacinda schloss die Augen. »Ich weiß. Genau deshalb bin ich hier.«

Sie erzählte ihm, dass sie nicht mehr schreiben konnte. Dass sie fürchtete, für immer blockiert zu sein. Dass sie Elaines wegen ihren Job als Drehbuchautorin bei *Heartbreak Hotel* aufgegeben hatte. Dass sie nach Sydney geflüchtet war und bei Lucy dauernd anonyme Anrufe bekommen hatte.

»Ich bin in Panik geraten. Leider rechne ich immer mit dem Schlimmsten. Das ist eine Berufskrankheit! Hast du eine Ahnung, was für ein Fluch es sein kann, schriftstellerische Fantasie zu besitzen? Ich kann nichts mehr ausschließen! Wenn du mich fragst, ob Kurt imstande ist, Carly entführen zu lassen und vor mir zu verstecken … ob er dafür sorgen kann, dass ich nie wieder in der Unterhaltungsindustrie arbeiten werde … ob er fähig ist, einen Mord zu begehen … eine dieser Wenn-ich-sie-nicht-haben-kann-soll-niemand-sie-bekommen-Geschichten, von denen man so oft liest … wenn du mich das fragst, muss ich sagen, ja, das alles traue ich ihm zu!«

»Hey … hey.«

»Ich höre mich schrecklich an, was?«, versuchte sie zu scherzen. »Du denkst, sechshunderttausend Acres sind nicht groß genug für uns beide.«

»Nein, im Gegenteil. Ich wollte dir sagen, dass sechshunderttausend Acres doch groß genug sind. Hier bist du sicher, bis …«

Er musste es von ihr hören. Wie lange wollte sie bleiben?

»Einen Monat, wenn du einverstanden bist, ja?«, fragte sie hastig. »Unser Rückflug geht in einem Monat. Bis dahin werde ich mir etwas einfallen lassen.« Sie würde mit Carly umziehen. Nach Texas. Oder Vermont. Oder Maine. Irgendwohin, wo es viel Platz und saubere Luft gab und Kurt keine Macht hatte. Sie würde zur Ruhe kommen, und Carly würde nachts in ihrem Bett bleiben.

»Carly schlafwandelt«, platzte sie heraus.

»Tatsächlich?«

»Ja. Das sollte ich dir erzählen. Und den Jungs. Und deiner Mutter. Es fing vor ein paar Monaten an. Der Arzt meinte, dass es mit der Scheidung und Kurts Machenschaften zu tun hat.«

»Ist es gefährlich?«

»Nein, aber sie erschreckt sich, wenn man sie nicht behutsam genug weckt. Ich schlafe nicht sehr fest, also höre ich immer, wenn sie aufsteht. Dann kann ich sie langsam zurück ins Bett bringen.«

»Ich sehe nicht, warum es für uns ein Problem sein sollte. Die Jungen schlafen ziemlich tief und fest, und meine Mutter wohnt im anderen Haus.«

Sie schwieg einen Moment. »Wie soll ich deine Mutter eigentlich nennen?«

»Kerry.«

»Und Carly?«

»Ich würde sagen, nenn sie auch weiterhin Carly«, scherzte er.

Jacinda lachte. Es tat gut. Doch dann wurde sie wieder ernst. »Nein, was ich meinte …«

»Ich weiß, was du meintest. Wie soll Carly sie nennen? Auch nur Kerry. Oder Gran, wie die Jungs es tun.«

»Danke, Callan.«

Dafür, dass er so entspannt damit umging.

Dass er sie zum Lachen brachte.

Dass er nicht Kurt war.

»Leben Carlys Großmütter noch?«

»Nein. Kurts Mutter starb, kurz bevor wir uns kennenlernten, und meine, als ich zwölf war. Mein Vater lebt an der Ostküste.« Sie ging zu dem Maschendrahtzaun, der den Garten vom Auslauf der Hühner trennte. »Ich liebe diese Hühner. Das Gefieder ist so hübsch.«

»Und sie sind auch gute Legehennen.« Hübsches Gefieder? Diese Vögel waren hier, um ihre Arbeit zu machen!

»Meinst du, Carly und ich könnten die Eier einsammeln? Es würde ihr Spaß machen, glaube ich.«

»Sicher.« Er stellte sich neben sie.

»Beißen Sie?«, fragte Jacinda besorgt. »Mit Pferden kann ich umgehen. Kurt und ich sind oft geritten. Aber Hühner …« Mit denen kannte sie sich nicht aus. Hühner passten nicht zu Kurts Image.

»Sie picken alles auf, was essbar aussieht. Schnürsenkel, Ringe. Aber sie hören sofort auf, wenn es ihnen nicht schmeckt. Und sie sind nicht aggressiv. Man kann sie streicheln und mit der Hand füttern.« Er zog ein Büschel Petersilie aus der Gartenerde und gab ihr die Hälfte, bevor er in die Hocke ging und die andere Hälfte durch den Maschendraht steckte. Sofort pickte ein rotbrauner Vogel daran. »Siehst du? Versuch es auch mal.«

Sie hockte sich hin. »Hallo, kleines Huhn.«

»Die Jungs haben allen Namen gegeben. Nach dem Lunch können sie dich und Carly mit ihnen bekannt machen.«

»Ihr Ex-Mann hat ihr nachgestellt«, erzählte Callan seiner Mutter. »Beruflich und privat. Sie brauchte eine Zuflucht, die sicher und weit entfernt ist.«

»Arakeela müsste beides sein«, gab Kerry Woods zurück.

Von der Veranda aus beobachteten sie die Frau und das kleine Mädchen, die inmitten der Hühner standen. Lockie und Josh hatten die beiden dem Hahn Darth Vader und den Hennen Furious, Gollum, Frodo, Shrek, Donkey, Princess und Hen vorgestellt.

Carly fand die Namen toll. »Welche war noch gleich Frodo, Mommy?«, hörten Callan und Kerry sie fragen.

»Ich weiß, dass es eine der Schwarzen war …«

Die Jungen hatten ihnen gezeigt, wo die Hühner ihre Eier am liebsten legten, und wechselten jetzt im Schuppen das Öl an den vierrädrigen Quad-Bikes. Die meisten Outback-Kinder in ihrem Alter fuhren solche Motorräder, wenn sie beim Viehtrieb halfen, aber Callan war streng. Wenn seine Söhne damit fahren wollten, mussten sie sich auch um die Maschinen kümmern und durften sie nur benutzen, wenn er dabei war.

»Wie lange werden sie bleiben?«, fragte Kerry.

»Ihr Rückflug ist erst in einem Monat, aber ich konnte nicht Nein sagen«, erwiderte Callan.

»Natürlich nicht.«

»Jacinda hat Panikattacken. Sie weiß nicht, ob sie auch weiterhin als Autorin Geld verdienen kann.«

»Wahrscheinlich muss sie nur aufhören, sich unter Druck zu setzen, und mal richtig zur Ruhe kommen.«

»Ja, das muss sie wohl«, antwortete er und bezweifelte, dass es so einfach war. Nicht in seinem Fall.

Zur Ruhe kommen?

War das alles?

Seine Mutter hatte keine Ahnung.

Wie sollte sie auch? Callan hatte nicht vor, ihr jemals auch nur ein Wort zu erzählen.

Von der Blondine beim Pferderennen in Birdsville. Oder von der dänischen Rucksacktouristin, die ein paar Monate später am Wasserloch gezeltet hatte. Niemand – auch nicht Brant oder Dusty – wussten, dass das Mädchen ihn zu verführen versucht und er versagt hatte.

»Wir haben Eier!«, rief Carly begeistert. »Seht mal, wir haben Eier! Sechs Stück! Mommy hat vier, und ich habe zwei, weil meine Hände zu klein sind.«

»Nicht so schnell, Honey«, ermahnte ihre Mutter sie. »Sonst fällst du hin, und sie zerbrechen.«

»Aber ich will sie Callan zeigen und …« Das Mädchen ging langsamer und sah über die Schulter. »Wie heißt die Lady?«, fragte sie leise.

Jacinda warf Callan einen Blick zu. Kerry oder Gran?

Bevor er antworten konnte, ging Kerry zu den beiden.

»Gran«, sagte sie zu Carly und beugte sich vor, um die Eier zu bewundern. »Du kannst mich Gran nennen.«

Der Jetlag holte Jacinda und Carly kurz nach dem Abendessen ein. Jacinda versuchte, sich die Erschöpfung nicht anmerken zu lassen, aber ihre Tochter war nicht so höflich. »Mommy! Ich bin so müde! Ich will jetzt ins Bett!« Vor acht Uhr waren sie beide eingeschlafen.

Gegen Mitternacht wachte Jacinda auf und sah blinzelnd zu dem kleinen Schatten an der Tür. Carly schlafwandelte wieder.

Auf dem Flur hielt sie das Mädchen vorsichtig fest, um es zum Bett zurückzuführen, aber Carly weigerte sich.

»Butterbanane auf der Maschine.« Carly sprach im Schlaf, und nie ergab es einen Sinn.

»Komm zurück ins Bett«, wiederholte Jacinda.

Carlys Augen waren offen, aber sie war nicht wach. Sie hatte etwas vor. Und wie immer, wenn sie schlafwandelte, war sie schwer davon abzubringen. »Ich komme am Morgen hoch«, sagte sie und schob Jacinda von sich.

»Nein, Honey.«

»Doch!«, widersprach das Mädchen. »Nach draußen!«

Vielleicht war es am besten, ihr nachzugeben. Der Arzt

hatte gesagt, dass es gefährlich war, sie zu wecken. Aber meistens endeten ihre nächtlichen Ausflüge damit, dass sie weinend von bösen Träumen erzählte.

»Na gut, Carly, möchtest du es mir zeigen?« Jacinda nahm ihre Tochter an die Hand und führte sie den Flur entlang, durch das große Wohnzimmer und zur Haustür. Das Fliegengitter quietschte, als sie es aufstieß. Würde das Geräusch Callan und die Jungen wecken? So leise wie möglich schloss Jacinda es hinter sich.

Carly ging in Richtung Treppe, wechselte jedoch im letzten Moment die Richtung und steuerte das alte Korbsofa mit den geblümten Sitzpolstern an.

Einverstanden, Honey, dachte Jacinda. *Setzen wir uns eine Weile hin.*

Auf dem Sofa kuschelte ihre Tochter sich an sie. »Joghurt, kein Joghurt«, sagte sie, dann entspannte sich ihr Gesicht, und sie schloss die Augen.

»Kein Joghurt. Gleich bringe ich dich wieder zu Bett«, flüsterte Jacinda.

Sie nahm die Wolldecke von der Lehne und breitete sie über ihnen aus. Sie hatte es nicht eilig. Es war schön, hier mit ihrer Tochter zu sitzen und sich sicher zu fühlen.

So fand Callan sie einige Minuten später. Er hatte das Quietschen des Fliegengitters gehört. Im Outback wurden die Türen nachts nicht abgeschlossen. Jedes Fahrzeug war meilenweit zu hören, und die Hunde schlugen sofort an, wenn jemand sich dem Haus näherte.

Trotzdem stand er nach einer Weile auf, um nachzusehen, ob alles in Ordnung war.

Ja, das war es. Die beiden schliefen. Als Callan sich umdrehte, um wieder in sein Zimmer zu gehen, knarrte eine Diele, und Jacinda schlug die Augen auf.

»Ist sie schlafgewandelt?«, fragte er leise.

»Ja. Haben wir dich geweckt?« Sie betrachtete ihn von Kopf bis Fuß. Er trug ein weißes T-Shirt und eine blaue Pyjamahose.

»Ich habe das Fliegengitter gehört«, gab er zu.

Sie selbst trug einen pinkfarbenen Schlafanzug, und das dunkle Haar fiel ihr über die Schultern. Wenn sie lächelte, wirkten die Lippen noch voller.

»Warum schläft deine Mutter im Cottage?«

»Sie …« Er wusste nicht, warum sie ausgerechnet jetzt an Kerry dachte. »Sie ist dort eingezogen, als ich Liz geheiratet habe.« Er wollte sich nicht daran erinnern. »Natürlich schläft sie im Haupthaus, wenn ich nicht da bin, aber sie arbeitet hart und braucht hin und wieder ein bisschen Ruhe vor den Jungs.«

»Natürlich.«

»Warum fragst du?«

Sie blinzelte. »Ich weiß es nicht!«, gestand sie betrübt und verlegen zugleich, bevor sie zur Seite rückte und die Decke anhob.

Nach kurzem Zögern setzte er sich neben sie und deckte sich zu. Das alte Sofa hing in der Mitte durch, und sein Oberschenkel berührte Jacindas. Carly bewegte sich im Schlaf und drängte sich zwischen ihn und ihre Mutter.

»Du kannst mich alles fragen, was du wissen willst«, sagte er. »Es sollte nicht so klingen, als würde es dich nichts angehen.«

Schweigen.

»Es ist so still«, murmelte sie.

»Ist es dir unheimlich?«

»Etwas. Aber so still ist es wohl gar nicht. Das Haus knarrt, und draußen raschelt es ab und zu. Gerade eben habe ich einen Frosch gehört, glaube ich. Jedenfalls hoffe ich, dass es ein Frosch war.«

»Und keine der berüchtigten Killerfledermäuse mit Giftzähnen und messerscharfen Krallen, meinst du?«

»Genau.«

»Na ja, ihre Paarungsrufe sind denen der Frösche sehr ähnlich, aber die Killerfledermäuse halten sich normalerweise von Häusern fern.«

Sie lachte. »Du bist unmöglich!«

Er wurde wieder ernst. »Aber es gibt hier ein paar Giftschlangen.«

»Im Haus?«

Er seufzte. »Ich würde wirklich gern Nein sagen, Jacinda, aber das wäre gelogen. Hin und wieder, wenn es extrem heiß ist, suchen sie unter der Veranda Schatten.«

Sie schwieg, und er rechnete damit, dass sie gleich verkündete, morgen früh abreisen zu wollen, zurück nach Los Angeles und zu Kurt mit seinen Machtspielchen. »Was soll ich Carly sagen?«, fragte sie schließlich.

»Dass sie nicht unter die Veranda kriechen soll. Dass sie nicht auf dem Stapel Zaunpfosten am großen Schuppen spielen soll. Wenn sie draußen eine Schlange sieht, muss sie sofort stehen bleiben, denn das Tier hat mehr Angst als sie. Wenn sie gebissen wird oder glaubt, gebissen worden zu sein, denn meistens tut ein Schlangenbiss nicht weh, muss sie Ruhe bewahren, es jemandem erzählen und sich so wenig wie möglich bewegen.«

»Und dann?«

»Sie wird nicht gebissen werden. Ich habe mein ganzes Leben hier verbracht, abgesehen von der Zeit im Internat, und bin nie gebissen worden.«

»Aber wenn doch?«

»Dann legen wir einen Druckverband an und rufen einen fliegenden Arzt. Der kommt mit dem Flugzeug, einer Krankenschwester und einem wirksamen Gegenmittel.«

»Und bringt Carly in ein Krankenhaus, wobei ich auf dem Flug dorthin ihre Hand halten kann.«

»Ja«, bestätigte er. »Aber der Druckverband ist ziemlich wichtig. Morgen früh zeige ich dir, wo wir die Verbände aufbewahren. Und wie man sie anlegt.«

Jacinda nickte erleichtert. »Danke. Also hast du eine Ausbildung in Erster Hilfe?«

»Ich habe mehrere Lehrgänge mitgemacht. Genau wie meine Mutter.«

Inzwischen waren sie beide hellwach. Der Mond wanderte über den Himmel, und die tiefblauen Schatten glitten langsam über die silbrige Landschaft. Es war warm unter der Wolldecke, und Jacinda entspannte sich immer mehr. Sie war eine gute Zuhörerin und stellte die richtigen Fragen. Außerdem brachte sie ihn zum Lachen und entlockte ihm Dinge, über die er sonst nicht sprach – dass er seinen Vater noch immer vermisste, zum Beispiel, oder dass sein Vater stolz auf die Neuerungen wäre, die er in Arakeela eingeführt hatte.

»Wie spät es ist?«, fragte sie irgendwann und gähnte hinter vorgehaltener Hand.

»Nach dem Stand des Monds müsste es etwa drei sein.«

»Drei? Du meinst, ich sitze seit drei Stunden hier? Oh, Callan, das tut mir ja so leid! Du musst morgen früh wieder arbeiten. Ich bin ein Gast, der unter Jetlag leidet, und hätte dich nicht so lange aufhalten dürfen.«

»Bin ich etwa langsam in Richtung Tür gerutscht?«

»Nein, weil Carlys Füße auf deinen Knien liegen!«

»Stimmt, und wer hätte gedacht, dass sie so knochige Fersen hat?«

Das kleine Mädchen musste seinen Namen gehört haben. Die Augenlider zuckten, und es bewegte sich. Jacinda und Callan hielten den Atem an. Es beruhigte sich wieder, doch die Brust hob und senkte sich immer schneller, und Carly schnappte mehrmals nach Luft.

»Ich glaube, sie träumt schlecht«, murmelte Jacinda. Carly begann zu weinen und um sich zu schlagen und musste geweckt werden. »Es ist alles gut, mein Schatz, es war nur ein böser Traum. Sieh mich an. Mommy ist bei dir, siehst du? Wir sitzen auf der Veranda. Der Mond scheint. Callan ist hier. Alles ist gut.« Sie wandte sich wieder Callan zu. »Ich werde sie zu Bett bringen, aber geh ruhig schon vor.«

Sie stand auf und versuchte, Carly auf die Arme zu nehmen.

»Willst du sie tragen?«

»Sonst wird sie ganz wach und kann nicht wieder einschlafen.«

»Sie ist zu schwer. Soll ich sie nehmen?«

»Es geht schon.« Jacinda lächelte. »Mütter entwickeln kräftige Oberarme und brauchen kein teures Fitnessstudio. Danke, dass du aufgeblieben bist.«

»Kein Problem.«

Aus irgendeinem Grund starrten sie beide auf die Wolldecke, die halb zu Boden gefallen war, dann sahen sie sich an. Und plötzlich wusste Callan, warum sie ihn gefragt hatte, wo seine Mutter schlief.

Jacinda hatte sich vorgestellt, wie es wirken musste, wenn seine Mutter auf die Veranda kam und sie beide unter einer Decke sitzen sah, mit dem schlafenden Kind auf dem Schoß.

Seine Mutter war nach Liz' Tod im Cottage geblieben. Sie sprach zwar nie darüber, aber insgeheim schien sie zu erwarten, dass er irgendwann eine neue Frau finden würde.

Er sollte ihr sagen, dass sie vergeblich hoffte.

5. Kapitel

»Am Samstag und Sonntag haben wir keine Schule«, verkündete Lockie. Die beiden Jungen waren an diesem Morgen aufgeregter als sonst, obwohl die Uhr erst kurz nach sechs zeigte. In Arakeela stand man früh auf. Heute war der vierte Morgen, an dem Jacinda hier aufwachte, und sie fand die Sonnenaufgänge magisch.

Und kalt.

Trotzdem war es einfach herrlich, sich – und Carly – warm anzuziehen und in die Küche zu gehen, wo Lockie, Josh und Callan ein reichhaltiges Frühstück zubereiteten. Es gab heißen Kaffee, Toast, Schinken und Eier oder Porridge, Hafergrütze mit warmer Apfel- oder Beerensoße.

Durchs Fenster beobachteten sie, wie es immer heller wurde, und sobald sie konnte, ging Jacinda mit Carly nach draußen, um die Hühner zu füttern, wie sie behauptete. In Wirklichkeit wollte sie die atemberaubende Schönheit des beginnenden Tages genießen.

Der nackte Fels glühte wie Feuer, und das leuchtende Rot ging langsam in eine Vielfalt von Braun-, Rost- und Purpurtönen über. Der Tau ließ das gelbgrüne Gras, den Garten und die Obstbäume glitzern und die Spinnweben wie Gebilde aus funkelnden Diamanten erscheinen. Vogelschwärme in Pink, Weiß und Grau oder strahlendem Gelb, Rot und Grün stiegen aus den Eukalyptusbäumen auf. Die Luft war so frisch, dass Jacinda das Gefühl hatte, selbst fliegen zu können, wenn sie sie einatmete.

»Und was passiert am Wochenende?«, fragte Jacinda Lockie,

nachdem er zusammen mit Carly und Josh die Hunde begrüßt hatte.

»Dann ziehen wir mit Dad los. Wir reiten die Grenze ab und sehen nach den Tieren und dem Wasser.«

»Aber heute ist es keine Arbeit, sondern ein Picknick«, sagte Callan. »Wir zeigen Jacinda und Carly das Wasserloch.«

»Können wir baden?«, fragte Lockie. »Und uns Yabbys holen?«

»Oh ja!«, rief Josh begeistert.

»Yabbys? Sind die ansteckend?«, fragte Jacinda mit einem verschmitzten Lächeln. Es klang wie eine Krankheit, aber natürlich wusste sie, dass es keine war.

»Yabbys sind Tiere. Man fängt sie im Wasserloch, dann kocht man sie«, erklärte Josh.

»Wie große Garnelen«, ergänzte Callan.

»Shrimps?«, fragte Jacinda, während sie die Bestecke auf den Tisch legte.

»Genau.« Er goss Kaffee in zwei Becher und gab warme Milch dazu. Sie tranken ihn beide so. »Einverstanden, Jungs, wir baden und fangen Yabbys. Falls du und Carly überhaupt Lust auf ein Picknick habt, Jacinda.«

»Große Lust sogar«, antwortete sie.

Carly klatschte freudig in die Hände.

»Ich sehe oft nach den Wasserlöchern. Manchmal lassen Touristen Abfälle zurück, oder Tierkadaver verpesten das Wasser. Also reiten wir hin, machen ein Lagerfeuer und verbringen den Tag dort. Ich werde meine Mutter fragen, ob sie mitkommt, aber wahrscheinlich bleibt sie zu Hause.«

»Deine Mutter ist erstaunlich.«

»Leider *zu* erstaunlich. Die Ärzte haben gesagt, dass sie auf ihren Blutdruck achten muss.«

Was für eine Familie, dachte Jacinda, als sie sich zu fünft an den Tisch setzten, um sich das herzhafte Frühstück schmecken zu lassen. Eine solche Gemeinschaft hatte sie noch nie erlebt.

Callan schien ihre Gedanken zu erraten. »Wo bist du aufgewachsen?«, fragte er sie. »Hast du schon immer in Los Angeles gelebt?«

»Nein, in New Jersey, bis ich zwölf war. Dort war es ganz anders als in Los Angeles, aber auch großstädtisch. An einem Ort wie diesem bin ich noch nie gewesen.«

»Warum bist du umgezogen?«

Sie zögerte. »Weil meine Mutter starb.«

»Hat deinen Vater dort zu viel an sie erinnert?«

»Nein, ich bin allein umgezogen.«

Warum fiel es ihr so schwer, darüber zu sprechen? Weil es klang, als wäre sie ein streunender Welpe gewesen, der nie ein richtiges Zuhause gefunden hatte? Jedenfalls hatte Kurt sie so behandelt. Sie hatten sich bei einem Seminar für Drehbuchautoren kennengelernt, als sie noch unglaublich naiv und unerfahren gewesen war. Er hatte sie nach seinem Geschmack stylen lassen, sie abgerichtet, ihr ein diamantbesetztes Halsband umgelegt und sie nach allen Regeln der Kunst verwöhnt … Und dann hatte er das Interesse an ihr verloren, als sie sich noch immer nicht wie eine Preisträgerin bei einer Hundeschau aufführte.

Callan wartete auf ihre Erklärung.

»Mein Vater glaubte nicht, dass er es allein schaffen würde, eine Tochter im Teenageralter zu erziehen«, fuhr sie fort. »Meine Brüder sind viel älter. Sie waren achtzehn und sechzehn, als ich geboren wurde. Mein Vater ist jetzt achtundsiebzig und lebt in einem Seniorenheim in der Nähe meines ältesten Bruders Andy.«

Sie hatte eine einsame Kindheit gehabt. Ihre Eltern waren beide über vierzig gewesen und hatten nicht damit gerechnet, jemals wieder Windeln wechseln, mitten in der Nacht aufstehen, Kinderlärm ertragen und Gutenachtgeschichten vorlesen zu müssen. Meistens hatte Jacinda allein gegessen, mit einem Buch vor der Nase. Dann war ihre Mutter gestorben …

»Also hat mein Vater mich zur jüngeren Schwester meiner Mutter geschickt, weil sie Töchter hatte.« Sie senkte die Stimme. Carly sollte noch nicht von der traurigen Kindheit ihrer Mutter erfahren. Zum Glück wetteiferten sie und die Jungen gerade darum, wer die komischste Grimasse ziehen konnte.

Callan nahm einen Schluck Kaffee, und Jacinda gefiel, wie er den Becher mit beiden Händen hielt, um die Wärme zu fühlen.

»Denk jetzt nicht an Aschenbrödel und die böse Stiefmutter«, fuhr sie fort. »Meine Tante hat sich große Mühe gegeben, genau wie meine Cousinen … aber die beiden waren fünf Jahre älter als ich, hübsch, blond und beliebt. Dauernd gingen sie zu Partys, Verabredungen, Tanzstunden und Fototerminen. Die drei führten ein hektisches, turbulentes Familienleben, in das ich nicht passte. Frühstück und Abendessen unterwegs, in Drive-in-Restaurants, Raststätten am Highway oder vor dem Fernseher. Als Einzelkind war ich es gewöhnt, allein zu sein, zu lesen und zu träumen, von Pferden und davon, wie ich Reiten lerne. Ich war einfach nicht … cool genug. Und selbst nach vier Jahren Ballettunterricht mit meinen Cousinen würdest du mich lieber nicht tanzen sehen wollen!«

»Aber ich würde dich gern reiten sehen«, erwiderte er nach einem Moment.

Sie war ihm dankbar, dass er das Thema wechselte. »Darauf freue ich mich schon! Aber was machen wir mit Carly? Bisher hat sie nur auf einem Shetlandpony gesessen, auf Kurts Ranch, und ist immer im Kreis geritten, wobei jemand die Zügel gehalten hat.«

»Uns fällt schon etwas ein.«

»Sie kann mit mir reiten«, warf Lockie ein. »Ich zeige dir, wie man galoppiert, Carly. Ich zeige dir Tammys Tricks, wart nur ab!«

Carly sah ihn aus großen Augen an. »Ja?«

»Lockie, mit dem Galoppieren und den Tricks warten wir noch eine Weile, okay?«, sagte Callan und wandte sich wieder Jacinda zu. »Die beiden scheinen sich gut zu verstehen«, fügte er leise hinzu.

»Ja, und das hilft ihr wirklich sehr, Callan. Ich bin so froh.«

Ihre Tochter schlafwandelte nicht mehr. Vielleicht lag es daran, dass sie dank der Jungen und der Hunde, Hühner und Pferde viel an der frischen Luft war. Auch an diesem Morgen wollte Carly gleich nach dem Frühstück mit Lockie und Josh losziehen, um die Pferde einzufangen und zu satteln.

»Aber Carly hält sich von den Pferden fern, solange Jacinda und ich nicht dabei sind, klar?«, ermahnte Callan seine Söhne. »Sie kennt sich noch nicht mit ihnen aus.«

»Werden sie daran denken?«, fragte Jacinda, als die drei fort waren.

»Ja. Es sind gute und zuverlässige Jungs.«

Jacinda gefiel seine Art, wie er den Jungen vertraute, und nach fast vier Tagen auf der Station verließ sie sich auf seine Worte. Seine Söhne kannten die Gefahren, die im Outback lauerten.

Als sie schließlich zum Picknick aufbrachen, war es schon wärmer, und Jacinda wusste inzwischen, dass um die Mittagszeit bis zu dreißig Grad herrschen würden. Jeder trug Badesachen unter der Kleidung und hatte Wasserflaschen, Handtücher und seinen Anteil an den Vorräten in den Satteltaschen. Die Jungen nahmen außerdem Netze und Köder für die Yabbys mit.

Carly saß vor Callan auf Moss, seiner großen braunen Stute. Jacinda war etwas besorgt, doch Joshs alter Reithelm und Callans Unbeschwertheit halfen ihr, die unvermeidliche Nervosität im Zaum zu halten.

Es war ein herrlicher Ritt. Das aufgeregte Bellen der Hunde verfolgte sie, bis der Weg, der entlang des Weidezauns verlief, abwärts zum trockenen Flussbett führte und die Station hinter dem Hügel verschwand.

Callan überließ seinen Söhnen die Spitze des kleinen Trupps, er selbst ritt hinten und behielt Jacinda im Blick. Sie fand es beruhigend.

Aber an einem so schönen Tag konnte eigentlich nichts schiefgehen. Eine Brise sorgte für Abkühlung, und die Eukalyptusbäume warfen ihre Schatten auf die sich schnell erwärmende Erde. Einige Kängurus schreckten auf, als sie näher kamen, und sprangen über das Geröll und den tiefen Sand des Flussbetts davon. Auf der anderen Seite grasten Rinder, die neugierig zu ihnen glotzten.

Jacinda drehte sich im Sattel um. »Wann führt der Fluss Wasser?«

»Wenn es gerade geregnet hat«, antwortete Callan. »Und nur ein paar Tage lang, gerade genug, um die Wasserlöcher zu füllen. Zum Glück haben wir noch einige, die sich aus tiefen Quellen speisen.«

»Fließt das Wasser ins Meer?«

»Nein, in den Lake Frome, östlich von hier.«

»Ein Salzsee, nicht?« Sie hatte sich mit Carly eine Landkarte angesehen.

»Richtig.«

Es war später Vormittag, als sie das Wasserloch am Anfang der Schlucht erreichten. Callan und die Jungen ließen die Pferde trinken, bevor sie sie im Schatten anbanden.

»Wollen wir erst schwimmen?«, fragte Callan.

»Ist es wirklich sicher?«

»Wenn man vorsichtig ist.«

»Also ist es nicht sicher?«

»Es gibt tiefe Stellen, und das Wasser ist kalt.«

»Aber keine Krokodile?«

Er lachte. »Kein einziges. Aber es ist kälter, als man erwartet, vor allem, wenn man taucht. Bleib mit Carly im Flachen.« Er zeigte hinüber. »Siehst du? Es ist wie ein Strand. Der Sand ist nicht so fein wie am Meer, aber er fällt nicht steil ab.«

»Na gut.« Sie sah mit eigenen Augen, wie die Farbe des Wassers sich veränderte. Am Rand glich es blassem Eistee, zur Mitte hin colafarbenem Sirup. »Warum ist es so dunkel?«

»Das kommt von den Eukalyptusblättern. Bei etwas anderem Licht sieht es grüner aus. Die Jungs und ich springen gern auf der anderen Seite hinein, sehen uns die Stellen jedoch vorher genau an. Manchmal verfangen sich Äste zwischen den Steinen am Grund.«

»Ich werde mit Carly im flachen Bereich bleiben.«

Er hatte recht. Das Wasser war so kalt, dass ihr der Atem stockte, als sie die Füße hineintauchte. Und es roch würzig, fast wie ein Moorbad. Carly planschte lachend herum, während ihre Mutter beobachtete, wie Callan und seine Söhne zur anderen Seite schwammen, nach möglichen Untiefen suchten und erst danach auf einen Felsvorsprung kletterten, um kopfüber ins Wasser zu hechten.

Nach etwa einer Viertelstunde begann Carly, mit den Zähnen zu klappern. Jacinda breitete ein Handtuch aus, ihre Tochter legte sich in die Sonne, und bald war ihr warm genug, um sich ein T-Shirt anzuziehen und im Sand ein kleines Kanalsystem und Miniaturgärten anzulegen. Nach einer Weile hatte auch Lockie genug und schwamm zurück zum Strand.

»Versuch es auch mal!«, rief Callan Jacinda zu. Er stand auf dem Felsvorsprung.

Nicht in einer Million Jahren, dachte sie. »Ich passe auf Carly auf.«

»Das kann Lockie tun.«

»Nein, wirklich …«

»Ich schwimme auch zurück«, sagte Josh. Er und Callan sprangen hinein und kraulten ebenfalls zum sandigen Uferabschnitt.

»Bei den Jungs ist sie in guten Händen«, versicherte Callan, während er durch das immer flacher werdende Wasser watete. Auf seiner gebräunten Haut glitzerten Tropfen, und Jacindas Blick fiel wie von selbst auf die straffen Muskeln.

Er zeigte hinter sich. »Hier ist es mindestens sechs Meter weit flach und sandig, erst danach wird es langsam tiefer. Ihr wird nichts passieren. Und dir auch nicht, wenn du dich zu springen traust. Es macht großen Spaß.«

Sie zögerte.

»Stellst du es dir gerade vor? Wie du abspringst und durch die Luft saust? Du musst dabei schreien. Lockie war fünf, als er das erste Mal gesprungen ist.«

Genieß das Leben doch mal, schienen seine Augen zu sagen. Sie leuchteten wie Carlys, wenn sie Mommy ein Bild schenkte, das sie in der Vorschule gemalt hatte.

»Callan, ich …«

»Manchmal muss man im Leben schreien, und das hier ist die beste Gelegenheit, die ich kenne.«

»So?«

Ich glaube es nicht, dachte sie wieder.

Ich stelle es mir tatsächlich vor.

Ernsthaft.

Ich habe große Lust, laut zu schreien. Einfach so.

Ihr Herz begann zu klopfen. Sie nahm den Pferdegeruch

an ihrem Körper wahr, den Staub in der Luft, das Wasser in Carlys nassem Haar. Sie war achttausend Meilen von dem Ort entfernt, den sie ihr Zuhause nannte.

War sie mutig genug, um schreiend in ein dunkles Wasserloch zu hechten?

»Du musst dir die Yabbys verdienen.« Callan streckte die Hand aus.

Lockie stopfte gerade Fleischbrocken in alte Strümpfe, während Josh nach langen Zweigen suchte, die sie als Angelruten verwenden konnten.

»So aufregend habe ich es mir nicht vorgestellt«, sagte Jacinda, als sie nach Callans Hand griff.

Sekunden später hatte er ihr auf die Beine geholfen, und sie sah sich etwas gegenüber, was sogar noch aufregender als ein Kopfsprung von einer Klippe war. Sein muskulöser nasser Körper auf dem heißen Sand. Sein ansteckendes Lächeln. Das alles war viel zu nahe und viel zu real.

Er fühlte es auch, und es schien ihm nicht zu gefallen, denn er ließ sie schnell wieder los. »Zieh dich aus, bevor dich der Mut verlässt«, forderte er sie verlegen auf.

Sie trug nur ein T-Shirt über dem zweiteiligen Bikini im Leoparden-Look. Sie zog das Shirt über den Kopf und ließ es fallen. Callan sah zu den Kindern.

In ihrem Badeanzug fühlte sie sich wie Jane bei Tarzan. Aber war Tarzan ein solcher Gentleman gewesen?

»Ich komme mit, aber ich verspreche nicht, dass ich springe«, sagte sie.

Er sah sie wieder an, das Stirnrunzeln verschwand, und seine Augen glitzerten. »Warten wir es ab.«

Er nahm ihre Hand und rannte ins Wasser. Je tiefer man hineinging, desto kälter wurde es. »Lass mich los!«

»Du musst schwimmen«, erwiderte er und machte es ihr mit kraftvollen Zügen vor.

Ängstlich folgte sie ihm. Das Wasser fühlte sich ganz anders an als in einem Swimmingpool oder dem salzigen Ozean. So ruhig. So tief. Unwillkürlich dachte sie an unheimliche Geschöpfe, die auf dem Grund des Lochs lauerten.

Bevor ihre Fantasie außer Kontrolle geraten konnte, erreichten sie den Vorsprung, und sie kletterte auf den warmen Fels.

»Du bist eine gute, schnelle Schwimmerin«, lobte er.

»Nur weil ich mich verfolgt gefühlt habe.«

»Von den Bunyips?«

»Von den … was? Also gibt es dort unten etwas! Ich wusste es! Was um alles in der Welt sind Bunyips?«

»Fabelwesen. So etwas wie die australische Version des Ungeheuers von Loch Ness.«

»Weißt du, Callan, manche Menschen sind überzeugt, dass das Ungeheuer von Loch Ness wirklich existiert. Ich finde nicht, dass man sich über so etwas lustig machen sollte. Ich habe Artikel darüber gelesen, und in der New Yorker Kanalisation gibt es angeblich Alligatoren …«

Er hörte ihr nicht mehr zu, sondern zog sie über die flachen Felsplatten, die wie Stufen nach oben führten. Dort führte er sie vom Wasser weg und in den Schatten der sich hoch über ihnen verengenden Schlucht.

Jacinda packte seinen Unterarm und fühlte die Muskeln, die so kräftig ausgebildet waren, dass sie sie nicht mit den Fingern umschließen konnte.

»Sprich mir nach!«, sagte er. »Bunyips sind Fabelwesen.«

»Bunyips sind Fabelwesen. Aber ich muss dir sagen, dass ich eine blühende Fantasie habe.«

»Na schön. Und jetzt lauter. Bunyips … sind … Fabelwesen!«

»Bunyips … sind … Fabelwesen! Und wenn nicht, weißt du, wie man sie verjagt, richtig?«

»Bunyips sind äußerst friedlich.«

»Callan …«

»Auf geht's! Aber dieses Mal schreien wir es hinaus. Bist du so weit?« Hand in Hand rannten sie nach vorn. »Bunyips … sind …«

Beim letzten Wort stimmte Jacinda aus vollem Hals ein, während sie durch die Luft segelte und wild mit den Beinen strampelte. »… Fabelwesen!« Das Wort hallte von den Felswänden wider.

Sie jubelte.

Es hatte etwas Befreiendes.

Sie schlug auf dem Wasser auf.

Callan hielt noch immer ihre Hand. Sie sausten in die eisige Dunkelheit, und wie er trat sie Wasser, um wieder aufzutauchen. Keuchend brach Jacinda durch die Oberfläche und lachte. »Hol mich hier raus! Ich *weiß*, dass dort unten ein Bunyip lauert!«

»Noch mal?«

Will ich?

Kann ich?

»Ja!«

Zusammen sprangen sie noch viermal, jubelnd und lachend, bis Lockie sich beschwerte. »Dad, ihr verscheucht die Yabbys! Wir haben noch keinen einzigen gefangen.«

»Versucht es hinter den Felsen. Dort, wo es schlammig wird!«, rief er zurück. »Hast du genug, Jacinda?«

»Ich glaube schon.«

Der Kontrast zwischen dem kalten Wasser und dem heißen Sonnenschein auf den Felsen fühlte sich bei jedem Sprung und jedem Aufstieg herrlicher an, aber sie hatte wirklich genug, und außerdem war Carly bestimmt schon hungrig. Sie wollten Würstchen und Lammkoteletts grillen, und Callan musste noch Feuer machen. Als sie Seite an Seite zurückschwammen, tauchten keine Bunyips auf, und nichts schnappte nach ihren Zehen.

»Ich hatte ja solche Angst, Callan. Das kannst du dir gar nicht vorstellen!«, gab sie zu, als sie durch das flache Wasser wateten.

»Aber es ist eine gesunde Angst, findest du nicht auch? Man überwindet sie, indem man schreit, und danach fühlt man sich großartig.«

»Woher willst du das wissen?«

»Ich habe in meinem Leben oft genug Angst gehabt.«

»Vor dem Wasserloch? Vor den Bunyips?«, fragte sie verblüfft.

»Nein, das nicht. Aber ich war oft genug hier, wenn ich Angst hatte.« Er zögerte. »Und jedes Mal habe ich versucht, die Angst wegzuschreien, und es hat immer funktioniert.«

»Wovor hattest du Angst?«

»Nach Liz' Tod …« Er senkte die Stimme und atmete tief durch. »Nach ihrem Tod hatte ich Angst …«

»Es tut mir leid«, unterbrach sie ihn hastig. »Du brauchst es nicht auszusprechen. Ich weiß, was du meinst.«

Er nickte. »Ja, das geht vielen so.«

»Tut mir leid«, wiederholte sie.

»Man hatte mir einige Broschüren gegeben«, fuhr er fort. »Im Krankenhaus in Port Augusta. Über Trauerarbeit. Mit einer ganzen Liste von Gefühlen, die auftreten können. Und einer Liste von Dingen, die man angeblich dagegen tun kann. Von Gruppen, die man anrufen kann, wenn man Hilfe braucht.«

»Aber auf keiner der Listen stand, dass man in ein Wasserloch springen und dabei schreien soll?«

»Nein.«

Sie war ziemlich sicher, dass er nicht jedem Gast zeigte, wie man seine Angst auf so einfache, aber wirksame Weise bekämpfte. Er schien zu ahnen, dass sie es lernen musste.

Bunyips waren Fabelwesen.

Und Kurts Machtspiele waren weit entfernt.

»Ich habe einen!«, rief Josh.

Zwanzig Sekunden später triumphierte Carly. »Mommy, ich auch!«

»Lass Lockie ihn in den Eimer tun, Carly«, sagte Callan. »Wenn du ihn anfasst, könnte er dir wehtun. Lockie …«

»Schon gut, Dad. Ich helfe ihr.«

»Machen wir Feuer.«

Callan trocknete sich ab, zog T-Shirt, Jeans und Reitstiefel an und ging daran, die Rucksäcke und Satteltaschen auszupacken.

Im Schatten am Ufer des Flussbetts befand sich ein Kreis aus rußgeschwärzten Steinen.

»Suchst du uns Rinde und Zweige?«, bat er Jacinda.

Während sie Brennmaterial sammelte, brach er dickere Äste in kurze Stücke, und schon nach wenigen Minuten erhitzte ein loderndes Feuer einen Topf Wasser. Im gleißenden Sonnenschein waren die Flammen kaum zu erkennen, aber Jacinda spürte die Hitze, und aus dem Topf stieg Dampf auf.

Inzwischen hatten die Kinder zwölf Yabbys in ihrem roten Plastikeimer.

»Das Köderfleisch verliert den Geschmack«, verkündete Josh.

»Ein Dutzend reicht«, meinte sein Bruder und ging zu den Pferden, um etwas aus den Satteltaschen zu holen.

»Die sind nur die Vorspeise«, warf Jacinda ein.

»Die können wir doch nicht essen!«, rief Carly entsetzt.

»Doch, das können wir«, entgegnete Josh. »Die werden es gar nicht merken.«

»Wieso nicht?«, fragte Carly.

»Lockie, bringst du die Teebeutel mit?«, rief Callan.

»Dad wirft sie in das kochende Wasser, das geht alles so schnell, dass sie es gar nicht fühlen«, erklärte Josh. »Wenn ich ein Yabby wäre, würde ich mich lieber von einem Menschen essen lassen als von einem Vogel oder so.«

»Warum, Josh?«

»Weil die Vögel mich bei lebendigem Leib fressen würden.«

»Igitt! Lebendig! Habt ihr das gehört, Yabbys?« Carly beugte sich über den Eimer. »Wir sind liebe Menschen. Wir essen euch nicht bei lebendigem Leib.«

Das Problem wäre gelöst. Jacinda lächelte erleichtert.

Zehn Minuten später ließ ihre Tochter sich ein warmes Yabby-Sandwich mit Butter, Pfeffer und Salz schmecken.

Jacinda probierte ebenfalls eins und fand es lecker. »Dies ist einer der Momente, in denen ich kaum glauben kann, dass ich wirklich hier bin«, gab sie zu und leckte sich die Lippen.

»Tatsächlich?« Callan wedelte sich den blauen Rauch aus dem Gesicht.

Über die Holzkohle hatte er einen Rost gelegt, der aussah, als hätte er ihn aus Zaundraht selbst gebaut. Der improvisierte Grill reichte für die Koteletts und Würstchen, die sogar noch besser dufteten, als die Yabby-Sandwiches geschmeckt hatten.

In einer Pfanne brutzelten Zwiebeln im Schaum einer halben Dose Bier. Die andere Hälfte trank Callan zwischendurch, während Jacinda an einem Becher mit heißem Tee nippte.

»Ich habe gerade etwas gegessen, wovon ich noch vor einer Woche nie etwas gehört hatte«, sagte sie staunend. »Ich bin durch Wasser geschwommen, in dem es von Bunyips wimmelt. Ich habe mir erzählen lassen, dass es unter dem Haus Giftschlangen gibt, und bin nicht schreiend weggelaufen.«

Er lächelte. »Ich bin beeindruckt.«

»Danke. Übrigens, dort drüben ist eine Straße, von der du

behauptest, dass sie nach Adelaide führt, aber seit wir hier sind, habe ich kein einziges Auto gesehen oder gehört.«

»Es hat welche gegeben.«

»Ich habe sie nicht bemerkt, weil ich zu beschäftigt war. Es ist einfach unglaublich. Ich hoffe, Carly wird das hier nie vergessen. Es wird sie verändern.«

Nur Carly? Uns beide!

Mich wird es sogar noch mehr verändern, aber meine neue Tapferkeit hat Grenzen, auch wenn ich das noch nicht offen zugeben kann.

»Es würde mich nicht wundern, wenn es auch die Jungs verändert«, antwortete Callan. Er wendete das Fleisch, leerte die Bierdose und sah sie an.

Nur die Jungs? Sie hoffte, dass es auch ihn veränderte.

»Dad?« Die zaghafte Stimme seines Sohnes drang in die Duschkabine.

»Was gibt es, Lockie?«, rief Callan.

»Kann ich dich kurz sprechen?«

Seufzend drehte Callan das Wasser ab. Lockie war anzuhören, dass es dieses Mal nicht um Hausaufgaben oder ein neues Computerspiel ging. »Na los, heraus damit.«

»Ich habe meinen Gameboy am Wasserloch vergessen.«

»Was hast du?« Callan tastete um den Vorhang herum nach dem Handtuch.

»Ich habe ihn herausgeholt, nachdem wir Yabbys gefangen hatten, aber dann haben wir gegessen, und ich habe ihn vergessen und mich erst jetzt daran erinnert«, gestand Lockie.

»Was sollen wir jetzt tun?« Callan schlang sich das Handtuch um und zog den Vorhang zur Seite.

»Ich kann gleich morgen früh hinfahren«, sagte Lockie.

»Wie lange hast du dein Taschengeld gespart, um dir das Ding zu kaufen? Ein Jahr?«

Es war fast dunkel, und sie wollten gleich essen. Wie so oft am Samstag oder Sonntag hatte seine Mutter etwas Besonderes gekocht. Es duftete nach Lasagne und Knoblauchbrot, und die Kinder hatten verkündet, dass es zum Nachtisch warmen Pfirsichkuchen und Eis gab.

Callan hatte Hunger. Er war seit halb sechs auf den Beinen und hatte keine Lust, noch einmal aus dem Haus zu gehen.

»Tut mir leid, Dad.« Lockie zögerte. »Wenn er nass wird oder ein Känguru ihn vom Felsen stößt oder eine Kuh darauf tritt, kann er kaputtgehen.«

»Stimmt.«

»Also sollte ich vielleicht jetzt schon los«, schlug Lockie vor.

»Nein. Lockie.« Er hatte nicht vor, einen Zehnjährigen allein durch die Dunkelheit fahren oder reiten zu lassen. »Wir essen, dann hole ich ihn selbst.«

»Ich kann mitkommen.«

Sein Sohn sah müde aus. Er hatte bei den Pferden geholfen und verschiedene andere Aufgaben erledigt. »Du kannst fernsehen, im Bett noch etwas lesen und dann schlafen.«

»Wenn du willst, kann ich dir mein Taschengeld für die nächsten zwei Monate geben.«

Callan lachte. »Nein, sorg lieber dafür, dass du den Gameboy nie wieder irgendwo vergisst.«

»Danke, Dad.«

Callan half seiner Mutter, das Abendessen aufzutragen, und ließ sich die Lasagne schmecken.

»Du fährst doch mit dem Quad-Bike?«, fragte Kerry.

»Ja. Obwohl es in der Dunkelheit schwierig sein wird, bis zum Wasserloch zu fahren.«

»Du kannst die letzten hundert Meter laufen. Aber nimm Jacinda mit. Vier Augen sehen mehr als zwei.«

»Wenn sie mitkommen will.«

»Natürlich begleite ich dich«, hatte Jacinda sofort gesagt, obwohl sie nach dem langen Tag an der frischen Luft erschöpft war.

Das vierrädrige Gefährt holperte über eine Bodenwelle, und wieder wurde sie gegen Callan geworfen. Er legte einen Arm um ihre Schultern. »Wir halten unter dem Baum dort und laufen die restliche Strecke.«

Wieder spürte sie seine Nähe, dieses Mal noch intensiver, noch unwiderstehlicher. Ihr Atem ging schneller.

Im Scheinwerferlicht ragte der Stamm auf. Callan parkte unter den ausladenden Ästen und stieg ab.

Jacinda folgte ihm und gab ihm eine Taschenlampe.

»Siehst du den Mond?«, fragte er. »Die brauchen wir wahrscheinlich gar nicht. Wir lassen sie aus, bis wir mit der Suche beginnen.« Lockies Angaben darüber, wo er seinen Gameboy vergessen hatte, waren nicht sehr genau gewesen.

Umgeben von magisch wirkenden blauen und silbrigen Schatten und Umrissen machten sie sich auf den Weg zum Wasserloch. Sie sprachen wenig, denn Callan hatte erzählt, dass sich um diese Zeit dort wilde Tiere trafen. »Wenn wir still sind, können wir sie sehen.«

Es tat Jacinda gut, nicht zu reden. Einfach nur dem Knirschen der Stiefel auf dem Geröll zu lauschen und zu wissen, dass Callan sie sicher durch die Nacht führte.

In Los Angeles schien niemand schweigen zu können. Alle waren an ihre Handys gekettet, saßen dauernd in Besprechungen, vereinbarten Termine, ließen über ihre Sekretärinnen mehr oder weniger wichtige Dinge ausrichten. Es gab eine ganze Hierarchie, die festlegte, mit wem Kurt persönlich sprach, wen er sofort zurückrief, wen er einem Mitarbeiter überließ und auf wessen Anruf er überhaupt nicht reagierte.

Außerdem existierte ein Standardrepertoire an Lügen und Ausreden. *Ich liebe dieses Drehbuch. Das hier ist originell und unverbraucht. Wir sind gerade in Verhandlungen. Unsere Ehe ist felsenfest.* Jacinda hatte viel zu lange an solche Antworten geglaubt, wenn sie von Kurt, seinem Personal und seinen sogenannten Freunden damit abgespeist wurde.

Sie hatte eine einsame Kindheit gehabt. Erst das stille sterile Haus ihrer Eltern, dann ihr selbst gewähltes Schweigen, wenn sie sich aus der ungastlichen Wirklichkeit in ihre Fantasiewelt zurückgezogen hatte, auf dem Rücksitz des Wagens, in dem Tante Peggy die Cousinen durch die Gegend fuhr.

Als Kurt sie, frisch vom College, den Abschluss in Englisch in der Tasche, in seinen Medienzirkus holte, war sie dankbar für all die neuen Horizonte, die sich ihr eröffneten. Es war herrlich, andere Autoren zu treffen, mit ihnen zu diskutieren, nach Europa zu reisen, Abenteuer auf Jachten, Skipisten und Pferden zu erleben. Sie wollte reden und brauchte keine Stille.

Doch dann wurde ihr die Hektik zu viel, und sie fand heraus, wie heilsam Schweigen sein konnte.

»Lass uns das verdammte Ding suchen«, sagte Callan nach einer Weile. »Das Wasserloch liegt direkt vor uns.«

»Können wir erst nachsehen, ob Kängurus da sind?«, flüsterte Jacinda.

Er nahm ihre Hand und ging mit ihr hinter einem großen Felsbrocken in Deckung. Sie warteten einige Minuten, blieben jedoch allein.

Nur sie beide.

Jacinda hörte Callan atmen und fühlte, wie sein Körper sie anzog. Er verlieh dem Wort *maskulin* eine vollkommen neue Bedeutung.

»Wir sind etwas zu spät dran«, sagte er, als sie zum Steinkreis im Flussbett gingen. »Es ist schon viel zu dunkel. Wir kommen wieder her, dann kannst du deinen Fotoapparat mitnehmen.«

An den hatte sie heute gar nicht gedacht. »Das wäre toll! Können wir früh aufstehen und zum Sonnenaufgang hier sein?«

»Wir klettern auf den Mount Hindley, und wenn die Sonne aufgegangen ist, machen wir hier ein Lagerfeuer. Würde dir das gefallen?«

»Oh, das wäre wundervoll!«

Er lächelte. Sie hatten die Taschenlampen noch immer nicht eingeschaltet. »Bist du sicher, dass du aus Los Angeles kommst?«

»Warum fragst du?«

»Eigentlich solltest du dich in Einkaufszentren wohler fühlen als an Wasserlöchern.«

»Ich mag neue Dinge.« Sie überlegte kurz. »Nein, das stimmt nicht. Es klingt, als würde ich damit Einkaufszentren meinen.« Sie formulierte es anders. »Ich mag es, Dinge aus einem neuen Blickwinkel zu betrachten. Den Tagesanbruch, zum Beispiel.«

»Der ist neu?«

»Für mich ja. In Los Angeles bedeutet Tagesanbruch, dass man die ganze Nacht auf einer Party verbracht hat. Oder dass man sich den Wecker stellen muss, um einen Flug zu bekommen. Wenn man die Sonne aufgehen sieht, dann nur durch Glas. Man riecht den beginnenden Tag nicht, man spürt keinen Tau an der Haut. Hier ist der Tagesanbruch … ja, neu. Er schärft meine Sinne, macht mir die Umwelt bewusster. Und Autoren brauchen das. Autoren …« Sie verstummte.

Callan lehnte sich gegen einen Baumstamm, der ins Flussbett ragte.

»Erzähl mir von deinem Job als Autorin«, sagte er.

Jacinda schüttelte den Kopf. »Es ist nicht wichtig.«

»Doch, das ist es«, beharrte er. »Außerdem bin ich neugierig.«

Sie wandte sich ihm zu und ignorierte die unausgesprochene Aufforderung, sich ebenfalls an den Stamm zu lehnen. Auch ohne ihn zu berühren, spürte sie Callans Nähe jetzt sogar noch deutlicher als auf dem Quad-Bike. Vielleicht lag es an der Stille um sie herum.

»Ich weiß nicht mehr, ob ich noch eine Autorin bin, das ist alles«, sagte sie leise. »Ich glaube, meine Begabung ist verschwunden. Langsam frage ich mich, ob sie jemals da war.«

»Hey, du hast davon gelebt.«

»Ich hatte ein Ohr für Dialoge, und die verrückten Wendungen in den Seifenopern wirkten halbwegs glaubwürdig, wenn ich den Figuren Worte in den Mund gelegt habe. War mein Talent jemals mehr als das? Falls ja, dann erinnere ich mich nicht.« Sie lachte, machte einen Schritt auf Callan zu und legte eine Hand auf den Baumstamm. Die Rinde war weder weiß noch grau, sondern silbrig und von der Sonne und dem Wind so glatt wie Seide. »Ich habe einen Roman begonnen. Er ist noch lange nicht fertig. Bisher habe ich nur ein paar Kapitel, einige Ideen und ein paar Dialogfetzen für die großen Szenen, die später kommen sollen.«

»Ist er gut?«

»Fragst du mich das im Ernst?« Lachend lehnte sie sich mit der Hüfte gegen den Stamm. Sie benahmen sich wie zwei Fremde an einem Bartresen, die mit gelockerten Zungen ihre Lebensgeschichten austauschten.

»Das ist eine naive Frage, was?«, sagte Callan. »Tut mir leid.«

»In Los Angeles würde sie mir niemand stellen, weil man gar keine ehrliche Antwort erwartet. Schließlich will ich meinen Roman verkaufen. In der Branche gibt es Leute, die ihre Projekte so raffiniert präsentieren, dass sie immer wieder Geld für Drehbücher bekommen, von denen sie noch keine einzige Zeile geschrieben haben.«

»Das klingt nicht nach echten Autoren.«

»Die Wahrheit ist, dass ich keine Ahnung habe, ob mein Roman gut ist. Ob er es wert ist, zu Ende geschrieben zu werden. Ob ich ihn jemals an einen Verlag verkaufen kann.«

»Du musst es aber mal gewusst haben«, erwiderte er.

»Da bin ich mir inzwischen gar nicht mehr sicher.«

»Aber du glaubst, dass der Tagesanbruch hier in den North Flinders Ranges dir hilft, ihn weiterzuschreiben.«

Sie schüttelte den Kopf.

»Doch.« Er drehte sich zu ihr. »Denn du hast mir gerade erzählt, warum du den Tagesanbruch liebst und die Dinge aus einem neuen Blickwinkel betrachten willst. Weil du Autorin bist.«

»Lass uns Lockies Gameboy suchen.«

»Du hoffst, dass du wieder schreiben kannst.« Er berührte ihren Arm. »Du willst es. Es ist dir wichtig.«

»Das ist nicht dein Problem, Callan.«

»Nein, aber ich kann verstehen, dass …« Er brach ab. »Nein, du hast recht, es ist nicht mein Problem.«

Sein Oberschenkel streifte ihren, ganz leicht, aber sie verstellten sich nicht mehr. Nach kurzem Zögern nahm Callan Jacinda in die Arme.

Noch vor zwei Monaten hatte sie diesen Mann nicht gekannt, und selbst nach dem Artikel in der Frauenzeitschrift und der Cocktailparty hatte sein Gesicht nur in ihrer Erinnerung existiert, wie ein paar Schnappschüsse oder Videoclips. Erst nachdem sie einander einige E-Mails geschickt hatten, war ihr eingefallen, wie erleichtert er darüber gewesen war, dass auch sie die ganze Aktion mit den »Outback-Ehefrauen« nicht ernst nahm. Dann hatte sie an den Abend denken müssen, an dem er Blumen für sie und ein Geschenk für Carly mitgebracht hatte.

Sie hatte sein Foto aus der Zeitschrift aufgehoben und es immer wieder betrachtet. Sie hatte es sich eingeprägt.

Es war ein neues, ein faszinierendes Gesicht.

Er lächelte nicht. Die Lippen waren schmal. Aber sein Mund gefiel ihr auch so. Jacinda liebte seine Augen, die Konturen der Brauen und des Kinns. Sie entdeckte eine Stelle, die er beim Rasieren vergessen hatte, und strich mit dem Daumen darüber. Sie tat es so beiläufig, wie sie Carly Staub aus dem Gesicht wischte.

Callan ließ sie nicht los, sondern hielt sie, locker und ohne Druck, und betrachtete sie dabei, wie sie ihn betrachtete. Die Anspannung stieg und wurde unerträglich. Plötzlich senkte er den Kopf, legte die Stirn an ihren Hals und stieß die angehaltene Luft aus.

»Jacinda …«

»Ich will dich küssen«, platzte sie heraus.

»Ich dich auch.«

»Dann tu es. Bitte.«

Er war so nervös, so verkrampft, dass auch sie es spürte. Sein Atem wärmte ihren Hals, bevor er ihn mit dem Mund berührte. Kurz und zaghaft. Er gab einen leisen Laut von sich, der tief aus der Brust kam. Dann fühlte sie seine Lippen wieder an ihrer Haut. Sie waren so warm.

Jacinda wartete.

Auf mehr.

Oh, das hier war unerträglich.

Auf wundervolle Weise unerträglich.

Warum bewegte er sich nicht?

Beide standen sie da wie versteinert … aber Stein war niemals so warm und lebendig wie sein Körper. Sie hielt es nicht länger aus, sie wollte, dass sein Mund über ihren Hals glitt und ihre Lippen fand.

Sie legte den Kopf auf die Seite und rieb sich mit dem Gesicht an ihm wie eine Katze. Sie schmiegte sich mit den Hüften an seine. Er war erregt. Endlich – *endlich!* – fand er ihre

Lippen und streifte sie nur, bevor sein Mund weich und voll wurde und sich ganz auf ihren legte.

»Ja«, wisperte sie.

Es war herrlich, nicht mehr warten zu müssen. Sie legte die Hände in seinen Nacken, öffnete die Lippen, schmeckte den Hauch von Vanille und Pfirsich an seinen. Er wollte das hier, also unterdrückte auch sie ihr Verlangen nicht, sondern vertiefte den Kuss und gab ihm alles, was sie hatte – den Dank, den Hunger, das Glück und die Hoffnung.

Irgendwann musste man das einfach tun. Die Angst überwinden und sich öffnen.

In dreieinhalb Wochen würde sie mit Carly nach Sydney zurückkehren. Zwei Tage danach würden sie Australien verlassen und in eine Zukunft fliegen, über die sie sich noch keine Gedanken gemacht hatte. Aber auch das war kein Grund, diesen Mann nicht zu küssen.

Sie ließ die Hände an seinem Rücken nach unten gleiten und zog ihn noch fester an sich. Mmh. Sie spürte sein Bein zwischen ihren und wusste, dass er ihre Brüste fühlte. Nicht groß genug für Hollywood, aber hübsch und feminin.

Mmh, Callan.

Wenn es doch bloß keine Jeans gäbe, die ihre erhitzten Körper voneinander trennten! Sie wollte fühlen, wie seine kräftigen Finger an ihrem Slip zerrten, wollte alles, was er mit ihr tun konnte, wollte jedes Wort hören, das er dabei keuchte.

Es war wie ein Sprung in das Wasserloch. Man lief los, rannte, schrie und wollte nicht mehr aufhören. Sie dachte nicht daran, dass es immer kühler wurde, dass der Sand unter ihr hart und kratzig sein und die fabelhaften Bunyips sie beobachten würden. Sie *wollte* einfach nur.

Ihn.

Die Flucht aus der Wirklichkeit.

Das Neue.

Wollte er es auch?

Erst als Callan den Kuss abbrach und sich von ihr löste, wurde ihr klar, was in ihm vorging. Danach kam sie sich albern vor ... und nackt, denn aus der milden Brise schien plötzlich ein frostiger Wind geworden zu sein.

»Es tut mir leid«, sagte er.

Sie riss die Augen auf.

»Das hier ... Ich hätte es nicht tun dürfen.« Er hatte sich halb von ihr abgewandt, und seine ganze Körperhaltung signalisierte nichts als Reue. Was wollte er vor ihr verbergen? Sie wusste doch schon, dass er erregt war. Genau wie sie. In ihr pulsierte das Verlangen, und es war nichts, dessen man sich schämen musste. Es war menschlich ... normal ... wunderbar.

»Warum, Callan?«, fragte sie enttäuscht. »Es war doch ... gut, oder? Wirklich schön.«

Wirklich schön? Du meine Güte, kein Wunder, dass sie nicht mehr wagte, sich als Schriftstellerin zu bezeichnen. *Wirklich schön* beschrieb nicht annähernd das, was sie in seinen Armen gefühlt hatte.

»Ja, das war es. Aber es führt zu ... Ich hätte es nicht tun dürfen.« Er ging herum, rastlos, hektisch, wie gehetzt.

»Wozu führt es?« In ihrer Verwirrung klang sie schärfer, als sie wollte. »Jedenfalls zu nichts Schlimmem«, fuhr sie ruhiger fort. »Bitte glaub nicht, dass ich von dir erwarte ...« Sie machte eine hilflose Handbewegung.

»Es tut mir leid«, wiederholte er, ohne sie anzusehen. »Ich sage nicht, dass es deine Schuld ist.«

Schuld?

»Ich weiß nicht, wo das Problem liegt, Callan.«

»Ich auch nicht«, knurrte er. »Aber was auch immer das Problem ist, es ist meins, nicht deins, in Ordnung?«

»In Ordnung«, sagte sie gehorsam. »In dem Fall ... danke für einen tollen Kuss. Sollen wir es dabei belassen?«

Er nickte. »Es ist besser so.« Der Kreis, in dem er durch das Flussbett marschierte, wurde immer weiter. »Wir müssen den verdammten Gameboy finden. Im Haus werden sie sich schon fragen, was mit uns passiert ist.«

Das frage ich mich auch. Und ich bin nicht im Haus, ich bin hier, bei dir. Ich sehe dich an, Callan, und ich habe keine Ahnung, was los ist.

Jacinda suchte nur halbherzig mit. Sie wusste nicht, ob sie sich gedemütigt fühlen oder wütend auf ihn sein sollte. Aber er sah nicht besonders glücklich aus. Im Gegenteil, er schien mit sich und der ganzen Welt unzufrieden zu sein.

Er murmelte etwas davon, wie unachtsam Lockie war … von diesen dämlichen elektronischen Spielzeugen … dass er ihm gar nicht erst hätte erlauben dürfen, sich das Ding zu kaufen.

Dann fand er das Gerät auf einem Felsbrocken in der Nähe der Stelle, an der die Pferde im Schatten gestanden hatten, und ging zum Quad, mit hochgezogenen Schultern, als würde er Jacinda dadurch auf Abstand halten können.

Schweigend fuhren sie zum Haus zurück.

Als sie dort ankamen, warf er einen ärgerlichen Blick auf die erleuchteten Fenster. »Sieht aus, als wären die Kinder noch auf.«

»Nach einem langen Tag ist Carly manchmal schwer ins Bett zu bekommen. Ich hoffe, Kerry hat nicht zu viel Mühe mit ihr.«

»Wir sind alle müde. Also bitte vergiss, was passiert ist.« Er klang aufgebracht.

»Möchtest du, dass wir abreisen, Callan?«

»Was?« Er kniff die Augen zusammen. »Nein! Verdammt, nein! Das würde es noch schlimmer machen!« Er atmete tief durch, und sie spürte, dass er nicht auf sie, sondern auf sich selbst wütend war. Das war eine ungeheure Erleichterung, denn die Erinnerung an die beständige quälende Angst vor Kurts Unmut war noch zu frisch. »Bitte bleib«, sagte er. »Wenn du diesen Abend vergessen kannst.«

»Nein, Callan, ich will ihn nicht vergessen. Er war …«

»Aber ich will es«, unterbrach er sie.

»… so gut«, brachte sie den Satz zu Ende, weil sie die Worte nicht mehr herunterschlucken konnte.

Er antwortete nicht und sah sie auch nicht an, sondern stieg einfach nur ab.

6. Kapitel

In dieser Nacht konnte Jacinda nicht einschlafen, weil sie ständig an Callan denken musste. Daran, wie er sie geküsst hatte. Wie er ihr den Rücken zugekehrt hatte.

Irgendwann fielen ihr vor Erschöpfung die Augen zu, und als sie nach einem viel zu kurzen, wenig erholsamen Schlaf erwachte, stellte sie erschrocken fest, wie spät es schon war.

Halb neun!

Carly war längst auf. Jacinda hörte sie draußen mit den Jungen herumtollen. Beim hastigen Anziehen hörte sie auch einen Motor im Leerlauf stottern und eine unbekannte Männerstimme.

»Das ist Pete«, erklärte Kerry kurz darauf. Sie stand an der Spüle und wusch Gemüse. »Er gehört zum Stamm der Ureinwohner hier in North Flinders, den Adnyamathanha, und hat mal als Viehzüchter gearbeitet. Jetzt lebt er in Nepabunna, aber er kommt oft vorbei, um Callan zu helfen.«

»Er kommt vorbei?«, wiederholte Jacinda. »Wie weit ist Nepabunna von hier?«

Kerry lächelte verschmitzt. »Nur einen Sprung entfernt. Etwa hundertfünfzig Kilometer.«

»Hundertfünfzig Kilometer sind nur ein Sprung?«

»Es ist praktisch nebenan. Zum Glück für uns, denn manche Arbeiten fallen mir inzwischen zu schwer. Wir stellen zwar ein paar Saisonkräfte ein, um die Rinder zu zählen und zu markieren, aber meistens kümmern Callan und Pete sich allein um alles. Heute fahren sie nach Springer's Well. Ich glaube, Lockie will mit.«

»Oh. Carly wird ihn vermissen.«

Und ich Callan.

Er ging ihr aus dem Weg.

Als sie nach ihrer Tochter suchte, sah sie, dass Lockie und die beiden Männer bereit zum Aufbruch waren. Auf der Ladefläche des Transporters stapelten sich die Zaunpfähle, vor denen Callan Carly und sie in der letzten Woche gewarnt hatte, weil es unter ihnen Schlangen geben konnte.

Callan stand auf dem Stapel und fing die Werkzeuge auf, die Pete ihm zuwarf. Er trug Handschuhe, kakifarbene Shorts, feste Stiefel und den breitkrempigen Hut.

Er sah großartig aus, so männlich, so sehr in seinem Element, dass es ihr wehtat.

Der gestrige Abend tat ihr weh.

Er winkte ihr zu, und sie winkte zurück.

Sie lächelte, doch er wandte sich sofort wieder ab und sagte etwas zu Pete.

Wie erstarrt stand Jacinda da. Kein Zweifel, er wich ihr aus.

Er sprang von der Ladefläche, rief seinem Sohn etwas zu und kletterte ins Führerhaus. Lockie stieg ein, Pete folgte ihm, und Callan gab Gas.

In einer Staubwolke fuhr der Transporter vom Hof.

Pippa und Flick, die beiden Hunde, bellten. Carly und Josh rannten kreischend vor dem Staub her, als wäre er ein Ungeheuer, das sie jagte, und verschwanden im Haus.

Callan winkte Jacinda noch einmal zu, Lockie und Pete ebenfalls, bevor der Wagen auf den holprigen Weg einbog.

Plötzlich schien jeder Atemzug in der Brust zu schmerzen, und Jacinda war entsetzt, wie verletzlich sie sich fühlte. Wegen eines einziges Kusses? Weil er so abrupt zu Ende gegangen war, ohne mehr zu versprechen? Weil Callans stummes Winken bewies, dass er sie absichtlich mied? Weil er sie deshalb auch nicht mit Pete bekannt gemacht hatte?

Oder war es einfach nur, weil sie ihn den ganzen Tag nicht sehen würde?

»Ich bin zu emotional«, murmelte sie und ging ziellos auf dem Hof umher, während das Motorengeräusch immer leiser wurde.

Reiß dich zusammen, Jacinda. Lass ihm Zeit. Callan ist nicht Kurt.

In der Küche knetete Kerry gerade Brotteig, während Carly und Josh im Wohnzimmer mit Legosteinen spielten. Das Verhältnis zwischen den beiden war deutlich angespannter als das zwischen Lockie und ihrer Tochter – hin und wieder kam es zum Streit um bestimmte Steine.

»Josh ähnelt mehr Callan«, sagte Kerry, als sie merkte, wie gespannt Jacinda den Kindern zuhörte. »Er mag sein Leben, wie es ist, und will nicht, dass es sich ändert.«

»So ist Callan?«

»Ja, aber er meint es nicht böse«, versicherte Kerry. Sie trat zur Seite und zeigte auf den Teig. »Willst du es mal probieren?«

»Ich habe noch nie Brot gebacken. Ich möchte den Teig nicht ruinieren.«

»Das kannst du gar nicht. Außerdem hilft es einem, sich zu entspannen.«

Zaghaft ging Jacinda daran, den Teig zu kneten. Es war anstrengender, als sie gedacht hatte, aber Kerry hatte recht, es tat gut. Es war eine ganz andere Art von Kreativität.

»Das hast du absichtlich gemacht!«, rief Josh wütend.

»Ich glaube, da muss noch jemand seine Aggressionen loswerden«, sagte Kerry mit einem nachsichtigen Lächeln und ging nach nebenan.

Im Wohnzimmer kehrte Frieden ein, weil Carly und Josh sich darauf einigten, zwei Türme zu bauen, einen runden und einen eckigen.

»Mal sehen, wie lange es anhält«, sagte Kerry, als sie in die Küche zurückkehrte.

»Und so war Callan als Kind auch?«, fragte Jacinda.

»Nein. Eigentlich hat er immer gern geteilt«, erzählte seine Mutter. »Er und seine Schwester sind ungefähr gleich alt. Nicky ist nur fünfzehn Monate jünger, daher hat er sie nie als Konkurrenz empfunden. Sie war einfach immer da.«

»Und jetzt lebt sie in Adelaide?« Callan hatte es mal erwähnt.

»Zwei Stunden nördlich von Adelaide, in Clare Valley. Sie hat Agrarwissenschaft studiert und einen Winzer geheiratet. In zwei Monaten kommt meine erste Enkelin zur Welt! Dann werde ich eine Weile bei ihnen wohnen.«

»Wie schön.« Sosehr Jacinda sich für Kerry freute, sie wollte viel lieber über deren Sohn reden. »Wenn Callan keine Veränderungen mag, stören Carly und ich wahrscheinlich noch mehr, als ich befürchtet habe.«

»Nein, nein, das hast du falsch verstanden«, protestierte Kerry. »Als ich das sagte, habe ich nicht an euch beide, sondern an Liz gedacht.«

»Oh. Na gut.«

Kerry teilte den Teig und knetete zwei Laibe, die genau in die schon eingefetteten Formen passten. »Ich weiß, wie einsam Callan sich manchmal fühlt, und fürchte, dass jede Frau, die nicht Liz ist, ihn erschrecken wird. Er hat nie gern um Hilfe gebeten, also wird er seine Angst allein überwinden müssen. Leider bin ich nicht sicher, ob er es schafft.«

Die Ofenklappe quietschte laut, als Kerry sie öffnete, um die Backformen in die Röhre zu stellen.

Jetzt bin ich an der Reihe, dachte Jacinda.

Bei der Hausarbeit fiel es leichter, heikle Themen anzusprechen. Die Gesprächspausen, in denen man nach den richtigen Worten suchte, waren nicht so unangenehm wie sonst.

»Ich … glaube … er ist stärker als das, Kerry«, sagte sie schließlich. Callan hatte seine eigenen Methoden, um mit seiner Angst fertigzuwerden.

»Hat er mit dir darüber gesprochen?«, fragte seine Mutter hoffnungsvoll. »Über Liz?«

»Er hat nur …«

»Nein, bitte!« Abwehrend hob Kerry die Hände. »Ich will gar nicht wissen, was er gesagt hat. Aber ich mache mir Sorgen.«

»Natürlich.« Jacinda war selbst eine Mutter. »Callan weiß wenigstens, wogegen er kämpft.« Er hatte Angst vor Veränderungen. Angst, dass es auf der ganzen Welt niemanden gab, der wie Liz war. »Und es ist immer besser, wenn man seinen Feind kennt.«

»Stimmt. Er ist ein Kämpfer!« Lachend füllte Kerry den Wasserkocher und schaltete ihn ein. »Möchtest du auch einen Kaffee? Auch wenn es nur löslicher ist?«, fragte sie, nachdem sie eine Weile geplaudert hatten.

»Gern.« Jacinda holte das Pulver heraus, während Kerry das Wasser in zwei Becher goss, den kleinen Rest aus der Kanne jedoch nicht weg, sondern in die benutzte Rührschüssel kippte.

»Ist das mühsam?«, fragte Jacinda.

Überrascht sah Kerry sie an. »Was denn?«

»Dauernd daran zu denken, dass man Wasser sparen muss.«

»Ich glaube, ich denke gar nicht mehr bewusst daran, sondern mache es ganz automatisch. Es gehört einfach dazu, wenn man hier lebt.«

»Bringst du es mir bei? Ich möchte nichts falsch machen«, bat Jacinda nachdrücklich.

Kerry schien zu ahnen, dass Jacinda nicht nur das Wasser meinte. Sie goss Milch in die Becher und gab ihr einen.

»Callan und Liz waren sich zu ähnlich«, sagte sie leise.

»Versteh mich richtig, ich habe Liz geliebt und war glücklich, dass Callan jemanden wie sie gefunden hatte. Jemanden, der hierher und in sein Leben gehörte. Wenn ich es gekonnt hätte, wäre ich an ihrer Stelle gestorben. Das sagt man so, aber ich meine es ernst.«

»Ich weiß.«

»Sie waren eins von den Paaren, die einfach ... zusammenwachsen. Wie zwei Bäume, die sich einander anpassen. Liz war ideal für ihn, und genau das machte ihren Tod noch schlimmer.« Kerry blickte über ihren Becher. »Verstehst du, was ich meine?«

»Wenn ihre Ehe für ihn eine größere Herausforderung gewesen wäre ...«

»Ja. Callan wäre damit fertiggeworden, und es hätte ihn vielleicht ...« Kerry suchte nach den richtigen Worten. »Besser vorbereitet.« Verärgert schüttelte sie den Kopf. »Nein, das klingt falsch. Ich weiß nicht, wie ich es ausdrücken soll, ohne dass es sich anhört, als würde ich ihn oder Liz oder ihre Ehe kritisieren.«

»Ich weiß, was du meinst.«

Weiß ich es wirklich? Sagst du mir, dass ich gut genug für Callan sein könnte, obwohl ich nicht wie Liz bin? Weil ich nicht wie sie bin? Oder warnst du mich? Sagst du mir, dass ich niemals hierher, niemals zu ihm passen werde?

Obwohl sie mit den Kindern spielte und im Garten arbeitete, war Jacinda auch am Nachmittag noch aufgewühlt und verunsichert. Gegen vier brauchte sie mehr Platz für sich, als der Hof ihr bieten konnte. »Ich dachte mir, ich gehe eine Weile spazieren, wenn es dir recht ist«, sagte sie zu Kerry. »Ich kann Carly mitnehmen.«

»Lass sie ruhig hier«, antwortete Callans Mutter. »Sie ist beschäftigt, und ich mache den beiden gleich einen Snack.«

»Danke.«

Jacinda trank ein Glas Wasser, setzte ihren Hut und die Sonnenbrille auf und nahm den Weg, den sie gestern geritten waren. Sie folgte dem Weidezaun bis zum Flussbett, ging von dort aus jedoch nicht nach Süden, sondern nach Norden, weil sie etwas Neues sehen wollte.

Es war windstill, und sie hörte die Vögel hoch über ihr und scheuchte einige Eidechsen auf. Falls es Schlangen gab, so fühlten sie die Erschütterung im Boden und versteckten sich, wie Callan es vorhergesagt hatte.

Callan … Nein, an ihn wollte sie jetzt nicht denken.

»Noch dreiundzwanzig Tage«, sagte sie laut. Sie musste bald einige Entscheidungen treffen.

Es war erschreckend, wie wenig sie sich nach zu Hause sehnte. Wie so oft ging sie im Kopf die Liste ihrer Freunde in Kalifornien durch, und ihr fiel niemand ein, der wirklich zu ihr halten und sich Kurt zum Feind machen würde.

Sie dachte an ihre Brüder und ihren Vater, die alle noch an der Ostküste lebten. Vielleicht sollte sie versuchen, wieder mit ihnen in Kontakt zu treten.

Oder war es dazu schon zu spät?

Leider hatte sie keinen Kugelschreiber und keine Postkarten dabei, sonst hätte sie ihnen sofort ein paar Zeilen geschrieben. Am liebsten wäre sie gleich losgefahren. Zum nächsten …

Laden.

Welcher Laden?

Der nächste Ort war über hundert Meilen entfernt.

Aber die Idee, sich bei ihrer Familie zu melden – und sei es auch nur mit einer Ansichtskarte oder E-Mail aus dem australischen Outback –, ging ihr nicht aus dem Kopf. Sie würde Callan fragen. Vielleicht hatten er oder Kerry Postkarten. Oder sie fuhren demnächst nach Leigh Creek, dort würde sie welche kaufen können.

Und dann? Gab man sie einfach am Postflugzeug ab?

Es war höchste Zeit, sich auf den Rückweg zu machen. Sie war so in ihre Gedanken vertieft gewesen, dass sie gar nicht auf die Uhr gesehen hatte. Wenn sie sich nicht beeilte und den Zaun nicht bald erreichte, würde sie ihn im schwächer werdenden Tageslicht vielleicht verfehlen.

Doch bevor sie in Panik geraten konnte, tauchte er vor ihr auf. Als sie hindurchkletterte, sah sie in der Ferne eine Staubwolke. Das mussten Callan, Lockie und Pete sein, die nach einem langen Arbeitstag zurückkehrten.

Vorfreude stieg in Jacinda auf, aber auch die Angst, zurückgewiesen zu werden.

Callan.

Der Mann, der sie gestern Abend geküsst und sich dann abgewandt hatte.

Callan, dem sein Leben so gefiel, wie es war. Der sich gegen Veränderungen wehrte – was so ziemlich das genaue Gegenteil von dem war, was Jacinda tun musste.

Als der Mond aufging, verschwammen die Konturen der Umgebung immer mehr. In Gedanken schon auf dem Hof und beim Wiedersehen mit Callan, stolperte Jacinda über einen kleinen Felsbrocken und verlor das Gleichgewicht. Unwillkürlich griff sie nach dem Zaun – und in den Stacheldraht, der ihn nach oben abschloss.

Auf dem Vordersitz des Transporters war Lockie eingeschlafen, und sein Kopf kippte immer wieder gegen Petes Schulter. Irgendwann hatte Pete den Kopf des Jungen vorsichtig angehoben und seinen Hut darunter geschoben. Auch Callan war so erschöpft, dass für ihn die zerdrückte Kopfbedeckung verdammt bequem aussah. Selbst die Hunde schliefen auf der leeren Ladefläche.

Callan blinzelte, um die Augen am Zufallen zu hindern. Sie brannten vom Staub und schmerzten, weil er sie trotz der

Sonnenbrille immer wieder zusammengekniffen hatte. Sie hatten hart gearbeitet, aber die neue Koppel würde noch einige Tage in Anspruch nehmen. Pete war nicht mehr so kräftig wie früher, und vielleicht würde der Vorrat an Pfosten und Draht nicht ausreichen. Zum Glück wartete in Leigh Creek eine Lieferung.

Als er auf den Hof fuhr, hob sich seine Stimmung. Gleich würde er duschen, danach zu Abend essen und sich ein Bier gönnen. Jacinda konnte kochen. Ob sie seine Mutter überredet hatte, ihr den Herd zu überlassen? Vielleicht gab es heute irgendein neues kalifornisches oder asiatisches Gericht. Sein Magen knurrte.

Noch besser als die Mahlzeit und das heiße Wasser waren die Menschen. Seine Mutter, Josh, Carly … und Jacinda. Sein verräterisches Herz schlug schneller, aber er wollte jetzt nicht darüber nachdenken, denn Pete legte eine große Hand auf Lockies Schulter.

»Wach auf, kleiner Mann«, sagte Pete. »Es gibt Essen.«

»Isst du mit uns, Pete?«, fragte Callan, während sein Sohn die schweren Lider hob.

»Wenn ich das tue, werde ich hier übernachten.«

»Du bist jederzeit willkommen«, versicherte Callan ihm beim Aussteigen.

Pete schüttelte den Kopf. »Ich habe zu Hause noch etwas zu erledigen.«

»Dann bleibst du morgen Abend über Nacht.«

»Vielleicht.« Pete ging zu seinem Wagen.

Inzwischen war Lockie hellwach. »Ich bin am Verhungern!«

Pippa und Flick sprangen von der Ladefläche und folgten ihnen auf die Veranda, wo frisches Futter auf sie wartete.

Im Haus duftete es lecker, aber zu Callans Erstaunen war der Küchentisch noch leer. Hatte seine Mutter sie etwa nicht gehört? Josh und Carly liefen in ihren Schlafanzügen umher.

»Soll ich den Tisch decken?«, fragte er, als Kerry aus dem Badezimmer kam.

»Ich mache mir Sorgen, Callan. Jacinda ist noch nicht zurück.«

»Wohin ist sie denn?«

»Sie wollte spazieren gehen. Vor zweieinhalb Stunden.«

»Was hat sie mitgenommen? Es ist fast dunkel!«

»Ich bin nicht mal sicher, ob sie Wasser dabeihatte.«

»Gib den Kindern etwas zu essen«, sagte er und vergaß, wie hungrig er war. »Ich hole die Hunde. Wir gehen zu Fuß zum Flussbett.«

Ich werde nicht in Panik geraten, nur weil eine erwachsene Frau zu spät zum Abendessen kommt.

»Callan, sie hat keine Ahnung, wie unbarmherzig dieses Land jeden Fehler bestraft!«

»Ich weiß. Wenn ich in einer halben Stunde nicht zurück bin, sattle Moss für mich.«

Zwei Minuten später hatte er Wasser, Snacks, Jacindas Jacke und ein kleines Erste-Hilfe-Set im Rucksack verstaut.

»Warum ist Mommy noch nicht zurück?«, fragte Carly ängstlich, als er zur Tür ging.

Der Stacheldraht hatte sich an vier Stellen durch ihre Haut gebohrt. Jacindas Handfläche brannte höllisch, und die letzte halbe Meile kam ihr unendlich lang vor, während sie in der Dunkelheit bei jedem Schritt darauf achtete, wohin sie trat. Sie brauchte richtige Wanderstiefel.

Noch heute Abend werde ich Andy und Tom eine E-Mail schicken, beschloss sie und überlegte, wann sie das zum letzten Mal getan hatte. War es wirklich mehr als zwei Jahre her?

Die Hunde bellten, als noch mindestens hundert Meter Weidezaun vor ihr lagen. Sie klangen aufgeregt, aber sie würden sie doch wohl nicht für eine Fremde halten. Oder doch?

Jemand musste sie durch die Pforte gelassen haben, denn sie preschten auf sie zu. Hinter ihnen zuckte ein Lichtstrahl durch die Dunkelheit. Dann hörte sie Callans Stimme.

»Jacinda, bist du es?«

»Ja! Bitte sag Pippa und Flick, dass ich eine Freundin bin!«

Er pfiff, und die Hunde rannten zu ihm. »Gut gemacht, ihr habt sie gefunden«, lobte er.

»Mich gefunden?«, wiederholte Jacinda verblüfft.

»Bitte, jag uns nie wieder solche Angst ein, okay?«, sagte er scharf.

»Angst?« Die Taschenlampe hatte sie geblendet, und sie blinzelte. »Callan, ich habe mich nicht verirrt!« Sie starrte in seine Richtung. Es war das erste Mal, dass sie heute miteinander sprachen. »Hast du dir Sorgen gemacht?«

Was für eine dumme Frage. Er klang nicht besorgt, sondern ärgerlich.

»Wie viel Wasser hattest du dabei?«

»Ich habe ein großes Glas getrunken, bevor ich aufgebrochen bin.«

»Und hast du eine Jacke mitgenommen? Einen Pullover?«

»Ich wollte nur kurz frische Luft schnappen.«

»Deshalb warst du fast drei Stunden fort.«

»Ich weiß. Ich musste über ein paar Dinge nachdenken und bin ich nicht rechtzeitig umgekehrt. Es wurde so schnell dunkel.« Sie tastete nach der Sonnenbrille, die in ihrem Haar steckte. Die Baseballkappe befand sich in der Tasche.

»Eine Sonnenbrille reicht nicht, um hier draußen zu überleben«, sagte er streng. »Wenn du dir den Knöchel verstaucht und die ganze Nacht draußen verbracht hättest, hättest du dich in kurzen Ärmeln, ohne einen Tropfen Wasser und einen Bissen zu essen und bei fünf Grad pudelwohl gefühlt, ja?«

»Ich …«

»Leute, die sich hier draußen verirren ... ohne Ausrüstung ... Leute, die nach einer Autopanne nicht beim Wagen bleiben, sondern losmarschieren ... solche Leute sterben, Jacinda, und es dauert nicht sehr lange.« Seine Stimme war heiser. »Dieses Land verzeiht keine Fehler!«

»Es tut mir leid«, sagte sie leise.

Er stieß einen langen Seufzer aus und bückte sich, um Pippa zu tätscheln. Ihm war anzusehen, wie schwer es ihm fiel, seine Gefühle zu kontrollieren. »Ich hätte dich warnen sollen«, murmelte er.

»Nein, ich hätte Wasser und eine Jacke mitnehmen sollen – und zwar ohne, dass du mir einen Vortrag darüber hältst, wie man im Outback überlebt. Außerdem habe ich gerade in einen Stacheldraht gegriffen. Heute Abend war ich wirklich sehr unvernünftig.«

»Wir waren beide heute etwas ... von der Rolle«, knurrte er, und sie wusste, dass er dabei an den gestrigen Abend dachte.

»Ich habe ein paar Kratzer davongetragen«, platzte sie heraus und nahm die Taschenlampe, um sie auf ihre blutende Handfläche zu richten.

»Bist du gegen Tetanus geimpft?«

»Ja.«

Wie hatte sie nur so unüberlegt handeln können! Liz wäre niemals ohne Wasser und warme Kleidung losmarschiert!

»Wir wussten nicht, wo wir dich suchen sollten, und wollten Carly nicht beunruhigen.«

»Hat sie Angst?«

»Meine Mutter ist bei ihr«, erwiderte er ausweichend. »Das Essen steht auf dem Tisch.«

»Also hat sie Angst!« Jacinda eilte zum Haus.

Callan folgte ihr mit den Hunden. »Vergiss, dass ich dich angeblafft habe«, bat er.

»Wir sind beide müde.«

Sicher wird Carly heute Nacht wieder schlafwandeln, dachte Jacinda mit schlechtem Gewissen.

Auf dem Hof warf ihre Tochter sich in ihre ausgebreiteten Arme. »Mommy, ich dachte, eine Schlange hätte dich gebissen!«

»Mir ist nichts passiert, mein Schatz, aber ich hätte Kerry sagen sollen, wohin ich will. Diesen Fehler werde ich nicht noch mal begehen.«

»Sie hat sich Sorgen um dich gemacht.«

»Ich weiß.« Tröstend strich sie Carly über den Rücken.

Nach dem Abendessen setzte sie sich mit verbundener Hand an Callans Computer, um ein paar E-Mails zu schreiben. Lange, viel zu lange starrte sie auf den leeren Bildschirm, bevor sie ihren Mut zusammennahm.

Hi, Andy! Rate mal, wo ich bin! In Australien, bei Freunden an einem Ort namens Arakeela Creek! Natürlich mit Carly. Such nicht nach einer Landkarte, er ist nicht verzeichnet, obwohl er so groß wie Rhode Island ist. Wie geht es den Kindern? Und Dad? Du kannst mich bis zum 13. Mai unter dieser E-Mail-Adresse erreichen. Lass mich wissen, wie es dir geht. Deine Schwester Jacinda

Sie überflog, was sie geschrieben hatte. Hätte sie Kurt erwähnen sollen? Sich dafür entschuldigen sollen, dass sie nicht in Kontakt geblieben war? Vollständige Sätze formulieren sollen?

Natürlich mit Carly hatte kein Verb. Die allzu vertraute Panik stieg in ihr auf. Du meine Güte, konnte sie nicht einmal eine schlichte E-Mail verfassen, ohne an ihren Fähigkeiten als Autorin zu zweifeln?

Der kurze Text musste reichen. Sie schickte ihn auch an Tom, ersetzte *Und Dad?* jedoch durch *Irgendwelche besonderen Neuigkeiten?*

»Und ich habe mich mal Schriftstellerin genannt!«, murmelte sie.

Sekunden später bekam sie eine Fehlermeldung – beide Nachrichten waren nicht angekommen. Ihre Brüder mussten neue E-Mail-Adressen haben, die sie nicht kannte.

Als Callan das Büro betrat, sah er ihr die Enttäuschung an.

»Willst du sie anrufen?«, fragte er nach einem Blick auf den Bildschirm.

Sie dachte an den Zeitunterschied. »Dort ist es noch zu früh.« Hier war es acht Uhr abends, an der Ostküste der USA erst halb sieben am Morgen. »Ehrlich gesagt wüsste ich gar nicht, was ich sagen sollte.«

»Das ist schade.«

Sie wollte nicht zu schnell aufgeben. »Hast du Postkarten? Ich möchte Andy und Tom wenigstens wissen lassen, wo ich bin.«

»Ich fahre in den nächsten Tagen nach Leigh Creek, um einzukaufen. Dort bekommst du Postkarten und alles, was du sonst noch brauchst. Wir können Carly mitnehmen. Es ist eine lange Fahrt, aber wir halten unterwegs an.«

»Danke.«

Und wenn ihre Tochter dabei war, würde sie nicht die ganze Zeit daran denken, wie es sich anfühlte, ihn zu küssen. Genau das tat sie jetzt nämlich …

Callan nahm einige ungeöffnete Umschläge vom Schreibtisch und ließ sie wieder fallen.

»Du bekommst ja jede Menge Post«, sagte Jacinda, dankbar für die Ablenkung.

»Die Zeitschrift hat sie an mich weitergeleitet«, erklärte er, und sie begriff erst jetzt, um was für Briefe es sich handelte.

Sie stammten von Frauen, die hofften, dass Callan nach einer suchte, die das Leben im Outback mit ihm teilen wollte.

»Du hast sie noch nicht aufgemacht?«

»Ich habe schon einen Riesenstapel aufgemacht und beantwortet. Mit einigen habe ich E-Mails gewechselt, aber die meisten Kontakte sind schon wieder eingeschlafen. Dies sind die Briefe von den letzten beiden Postflügen, ich bin … noch nicht dazu gekommen, sie zu lesen.«

»Du brauchst eine Sekretärin!«

Er lächelte verlegen. »Bewirbst du dich um den Job?«

Gemeinsam gingen sie die Zuschriften durch. Kerry brachte ihnen zwei Becher Tee.

»Möchtest du ein paar Antworten entwerfen, Mum?«

»Das überlasse ich euch.« Seine Mutter verschwand wieder.

Im nächsten Brief, den sie öffneten, schrieb eine Frau, sie sei »bereit, bis zu zwei Jahre in der Wildnis zu leben und danach über einen Umzug in eine städtischere Umgebung zu verhandeln.«

»Danke für Ihr Interesse«, antwortete Callan, »aber im Moment bin ich nicht auf der Suche.«

Ein paar Briefe später hatte ein Mädchen namens Tracy »nicht viel Glück bei Männern, weil ich zu schüchtern bin«. Sie wollte »die Dinge langsam angehen lassen, weil man nichts überstürzen darf«.

»Sie klingt nett«, sagte Jacinda.

»Sie sieht auch nett aus«, erwiderte Callan und zeigte ihr das Foto, das Tracy beigelegt hatte.

Jacinda beugte sich vor. Dabei streifte ihr Arm seinen. Er sah nicht auf den Schnappschuss, sondern in ihr Gesicht, und sie las darin wie in einem offenen Buch.

Sie wirkt sympathisch, aber du bist die Frau, die ich will. Es ist zu kompliziert, und ich wehre mich dagegen, doch das ändert nichts daran, dass ich nur dich will.

»Vielleicht sollten wir für heute Schluss machen«, sagte er und senkte den Blick.

Jacinda nickte. »So viel habe ich ... eine ganze Weile nicht mehr geschrieben.« Das Bedürfnis, mehr als nur höfliche Absagen an unbekannte Menschen zu verfassen, wurde immer stärker.

»Ich sehe mal nach Carly«, sagte sie, obwohl sie wusste, dass ihre Tochter längst schlief. Ob sich in einer Seitentasche ihres Gepäcks Schreibpapier fand?

»Callan, hast du zufällig einen Schreibblock, den ich benutzen kann?«, fragte Jacinda nervös. »Ein Zettel reicht auch«, fügte sie hinzu, als würde sie nur eine Einkaufsliste schreiben wollen.

»Ein altes Schulheft?«, schlug Callan vor und tat so, als würde er ihr nicht anmerken, wie angespannt sie war. »Die Jungs bekommen jedes Jahr neue, dabei sind in den alten noch viele Seiten leer.«

»Das wäre toll.«

Sie schien erleichtert zu sein, dass er nicht nachfragte.

»Ich hole dir eins.«

»Wenn es zu viel Mühe macht, kann ich bis morgen früh warten.«

»Tut es nicht.«

Eigentlich war er hundemüde und wollte nur ins Bett, aber was gestern Abend am Wasserloch passiert war, bereitete ihm noch immer ein schlechtes Gewissen. Sie hätten Lockies Gameboy suchen und wieder verschwinden sollen, anstatt nach wilden Tieren Ausschau zu halten und ihre Lebensgeschichten auszutauschen und ...

Warum zum Teufel hatte er sie geküsst? Er hatte doch gewusst, dass es so enden würde.

Vielleicht hatte er sich etwas vorgemacht.

Im Büro holte er den Karton heraus, in dem er die alten Schulsachen der Jungen aufbewahrte. Er hatte keine Ahnung, warum er sie nicht weggeworfen hatte. Weil er nostalgisch war? Nein, das nicht, aber er hatte ein Problem mit Veränderungen.

Das hatte seine Mutter jedenfalls mehrmals behauptet, seit Liz tot war. Mit zwölf hatte er sich heftig dagegen gewehrt, aufs Internat zu gehen, und Monate gebraucht, um sich in Hillside einzugewöhnen. Dass er es schließlich geschafft hatte, verdankte er auch Dusty und Brant.

Callan starrte auf die Schulhefte. Was für eins sollte er Jacinda geben? Würden nur drei leere Seiten sie kränken? Würde ein ganz leeres Heft sie zu sehr unter Druck setzen? Warum zerbrach er sich über ihre Ängste den Kopf?

Sie sah Liz kein bisschen ähnlich, und er hatte sie auch nicht mit Liz verglichen, als er sie küsste. Keine Sekunde lang. Nein, seine Panik hatte mit den beiden anderen Frauen zu tun. Mit der vom Pferderennen und der Rucksacktouristin und mit ihrer Reaktion auf sein … Versagen. Die eine hatte sich enttäuscht abgewendet, die andere hatte ihn getröstet – und sich danach wie eine skandinavische Sexualtherapeutin aufgeführt, die in ihm eine Herausforderung sah.

Ohne Erfolg.

Verdammt!

Hör auf, daran zu denken!

Er blätterte in einem von Joshs Schulheften. Die letzten zwanzig Seiten waren leer. Vielleicht würde Jacinda sie füllen können. Er hoffte es jedenfalls, denn er wusste, wie wichtig es ihr war.

Callan stellte den Karton wieder weg und ging mit dem Schulheft in die Küche.

»Hast du etwas gefunden?«, fragte sie und lächelte erwartungsvoll.

Er gab es ihr. »Sag Bescheid, wenn du noch eins brauchst.«

»Danke.«

An diesem Abend schrieb Jacinda keine einzige Zeile. Allein in der Küche, nachdem Callan zu Bett gegangen war, starrte sie ungeduldig auf die leeren Seiten, bis sie müde wurde.

Was sollte sie denn auch schreiben?

Und wozu überhaupt?

Für das bisschen, was sie an Kreativität noch besaß, hätte ihre Handfläche ausgereicht. Vielleicht hätte sie Callan um einen kleinen Notizzettel bitten sollen.

Gegen Mitternacht wanderte Carly wieder umher.

Jacinda trank in der Küche einen Schluck Wasser, ging ins Bad und sah auf der Veranda nach den Hunden, alles wie im Schlaf.

Als Jacinda am nächsten Morgen von Darth Vaders Krähen wach wurde, war das Zweite, woran sie – nach ihrer Tochter – dachte, das Schulheft, das Callan ihr gegeben hatte.

Im Haus war es still, und in Kerrys Cottage brannte noch kein Licht. Hastig zog sie sich an, setzte sich mit dem Heft auf die Veranda, legte sich die Wolldecke um und schlug die leeren Seiten auf.

Fünf Minuten vergingen. Sie war versucht, etwas hineinzukritzeln, wie man es beim Telefonieren tat, aber sie beherrschte sich. Sie wollte *schreiben*.

Und endlich kamen ihr Worte in den Sinn, die sie festhalten wollte.

»Ich sitze hier«, begann sie, »und warte darauf, dass es hell wird – wie auf der Bühne in einem Theater am Broadway.«

Es war keiner der berühmten ersten Sätze der Weltliteratur, aber sie ließ sich nicht entmutigen. *Mach einfach weiter. Du brauchst das hier nicht zu verkaufen, du wirst es niemandem zeigen. Nein, auch Callan nicht. Schreib einfach, was dir einfällt.* Ihre Hand schmerzte, und sie hatte vier Seiten vollgeschrieben, als Callan nach draußen kam. Bei Kerry brannte Licht, und aus der Küche drangen die Stimmen der Jungen. Sie musste fast eine Stunde auf dem Korbsofa gesessen haben.

»Möchtest du einen Kaffee?«

Er stand neben ihr, und fast hätte sie die Seite mit der Hand abgedeckt, damit er nicht lesen konnte, was sie geschrieben hatte. Aber er sah gar nicht in das Heft, sondern in ihr Gesicht.

»Ich komme gleich.«

»Nein, ich bringe dir einen«, erwiderte er. »Du bist beschäftigt.«

»Euer Hahn mag wohl keine Besucher, die gern ausschlafen, was?«, versuchte sie zu scherzen. »Ich vertreibe mir nur die Zeit, bis Carly aufwacht.«

»Das ist sie schon – aufgewacht.«

Also nimmst du mir meine Ausreden nicht ab, Callan?
Könntest du wenigstens so tun?

»Oh, braucht sie mich nicht?« Sie klappte das Heft zu.

»Sie ist bei den Jungs.« Er beugte sich hinab und schlug die Seiten wieder auf. Dabei streiften seine Finger ihre, und er zog die Hand hastig zurück. »Mach ruhig weiter, ich hole dir den Kaffee.«

»Nein, nein, ich bin fertig.«

»Du sahst aus, als würdest du noch daran arbeiten.«

»Es ist keine Arbeit. Es ist … nichts.«

»Mach trotzdem weiter«, wiederholte er beharrlich.

»Na gut. Danke.«

Plötzlich schien er es nicht mehr eilig zu haben. Anstatt den versprochenen Kaffee zu holen, blieb er in der offenen Tür stehen, und sie spürte seine Nähe, als wäre sein Körper magnetisch. Sie wollte ihn an sich ziehen und seinen erregenden Duft einatmen.

»Sind noch genug freie Seiten in dem Heft? Ich kann dir auch Druckerpapier geben. Oder wenn du den Computer benutzen willst …«

»Das hier reicht.« Sie legte eine Hand auf die halb volle Seite.

Er ging noch immer nicht. »Du willst es mir nicht zeigen.«

»Nein.«

»Nein?«

»Es ist … keine Geschichte oder so etwas. Nur Eindrücke.«

»Wie ein Gedicht.«

»Nicht mal das. Vielleicht mache ich irgendwann ein Gedicht daraus.«

»Und dann kannst du es mir zeigen.«

Sie sah ihm an, dass er nur mit Mühe ein aufmunterndes Lächeln unterdrückte. »Nein! Bitte … behandle mich nicht wie ein Kind, das gerade seine ersten Kekse gebacken hat, Callan! Tut mir leid, ich finde das nicht komisch. Ich kann dir auch nicht erklären, warum es mir so wichtig ist …«

»Hey …«

Oh nein! Jetzt hatte er sich auch noch neben sie gesetzt! Warum hatte sie nicht einfach versprochen, es ihm irgendwann zu zeigen?

»Ich mache mich nicht darüber lustig, Jacinda.«

Das Korbsofa hing in der Mitte ein wenig durch, und sie saßen wieder so dicht zusammen wie am ersten Abend. *Na los, fühl seinen Oberschenkel an deinem. Das magst du doch.*

»Ich lache dich nicht aus.« Seine Stimme klang belegt. »Das würde ich nie tun. Ich weiß, wie wichtig es ist.«

»Es ist nicht wichtig.« Sie versuchte, unauffällig von ihm abzurücken. Er respektierte ihr Bedürfnis nach mehr Freiraum und lehnte sich zurück. »Selbst wenn ich in meinem ganzen Leben kein Wort mehr schreibe, wird der Welt nichts fehlen.«

»Das glaubst du doch nicht im Ernst.«

Sie lachte. »Nein, aber ich sollte es! Ich erwarte nicht, dass du mich verstehst.«

»Traust du es mir nicht zu?«

»Du bist kein Autor, das ist alles.«

»Muss ich das denn? Ich weiß auch so, dass du ohne das Schreiben … nicht ganz bist«, sagte er einfach.

Jacinda nickte verblüfft.

So schlicht, aber gleichzeitig so treffend hatte es noch niemand formuliert.

»Du … hast recht«, stammelte sie. »Wie …«

»Jeder hat etwas, was er braucht, um ganz zu sein. Kinder, Beruf, Land. Gartenarbeit, Gitarre oder Sport.« Er senkte die Stimme. »Du brauchst weder dich noch jemand anderen zu fragen, warum das Schreiben dir so viel bedeutet, Jacinda. Du musst nur wissen, dass dir ohne das Schreiben etwas im Leben fehlt. Das ist in Ordnung. Es ist wie eine offene Wunde, die schmerzt, bis du sie geschlossen hast.«

»Woher weißt du das alles?«, flüsterte sie. Spontan griff sie nach seiner Hand. »Allein zu hören … wie du es aussprichst … ist herrlich … eine Erleichterung. Danke … dass du es ernst nimmst. Aber woher weißt du, wie sehr es einen quälen kann?«

Callan wich ihrem Blick aus. »Verdammt, Jacinda! Glaubst du wirklich, du bist die Einzige, der so etwas passiert ist?«, murmelte er.

7. Kapitel

Mehr sagte Callan nicht.

Jacinda wollte ihn nicht bedrängen, aber sie musste verstehen, was er meinte. Was war ihm passiert? Inwiefern war er nicht ganz? Außer Trauer hatte sie auch Scham gespürt.

Glaubst du wirklich, du bist die Einzige, der so etwas passiert ist?

Er schämte sich? Weswegen?

Sie hatten etwas gemeinsam, und was immer es war, er brauchte sich dessen nicht zu schämen, nicht vor ihr. Aber er wollte nicht darüber reden. Als Carly kurz darauf auf die Veranda kam, wirkte er zutiefst erleichtert.

»Hallo, Carly!«, rief er. »Bereit für den nächsten großen Tag?«

Jacinda umarmte ihre Tochter und nahm Lockies Schulheft mit ins Haus. Vorläufig mussten vier Seiten reichen. Vier Seiten wären schon ein Riesenerfolg.

Drei Tage später hatte sie fünfzehn Seiten geschrieben.

Trotzdem war sie nicht zufrieden. Der Text war zu unzusammenhängend und zu persönlich für eine Kurzgeschichte. Zu poetisch für ein Tagebuch. Nicht aktuell genug, um ihn im Internet zu veröffentlichen.

Sie schrieb über das Gefieder ihrer Lieblingshenne, darüber, wie sich Brotteig beim Kneten anfühlte, und mit welchen Worten Kerry es ihr beigebracht hatte. Sie schrieb zwei Seiten darüber, wie sie Kurt anschreien wollte – nicht in seinem Büro oder vor Carlys Schule, sondern auf dem Felsvorsprung oberhalb des Wasserlochs.

Sie schrieb über all die neuen Dinge, die Carly erlebte, und die Entdeckungen, die sie selbst machte.

Einschließlich einer Schlange.

Ja, das war ein ziemlicher Schock gewesen. Carly und sie waren vor dem Mittagessen am Dienstag nach draußen gegangen, um die Eier einzusammeln, und hatten das Reptil erst gesehen, als sie höchstens eine Armeslänge davon entfernt waren.

Jacinda blieb fast das Herz stehen. Carly schrie laut auf. Kerry rannte herbei und verkündete gelassen, dass es nur ein Teppichpython war.

Nur …

Die sei harmlos, sagte Kerry. Eine Schlange, die einen nicht einmal zu Tode quetschen würde – was Jacindas zweiter Gedanke gewesen war, gleich nach dem Gift.

»Sieh sie dir an«, forderte Kerry Carly auf, und Carly tat es.

Aus sicherer Entfernung, genau wie ihre Mutter.

Die Zeichnung auf der schuppigen Haut war deutlich zu erkennen. Sie sah aus wie ein Strickmuster, mit feinen Abstufungen von Beige und Gelb auf bräunlichem Grau.

Am Donnerstag fuhren sie mit Callan nach Leigh Creek, eine moderne kleine Stadt mit jungen Eukalyptusbäumen und rosa, gelb und rot blühenden Sträuchern. Mittags machten sie in einem viel älteren Ort namens Copley Rast und probierten den leckeren Quandong-Kuchen mit australischen Pfirsichen, die wie Rhabarber schmeckten.

Jacinda blieb im Café sitzen und schrieb ihre Ansichtskarten, während Callan mit Carly durch die ruhigen Straßen spazierte. Es dauerte eine Weile, bis sie die richtigen Worte gefunden hatte, aber schließlich schaffte sie es und fügte Callans E-Mail-Adresse hinzu.

Auf der Heimfahrt schlief Carly zwischen ihnen ein, und auch Jacinda wurde schläfrig. Sie waren früh am Morgen aufgebrochen, und Callan hatte ihr für einen Teil der Strecke das Steuer überlassen. Der große Transporter, noch dazu auf holprigen Outback-Straßen, war eine echte Herausforderung gewesen, aber Jacinda hatte nicht kneifen wollen. Irgendwie erschien es ihr gerade jetzt besonders wichtig zu beweisen, wie stark sie war – vor allem sich selbst.

»Du hast ganz schön fest geschlafen«, sagte Callan belustigt, als sie wieder aufwachte. »Du hast geschnarcht, gemurmelt, Shakespeare und deine Kontonummer rezitiert und mich dadurch wach gehalten, also danke.«

»Hab ich nicht!«

»Na gut, dann werde ich dir nicht erzählen, was du noch alles im Schlaf getan hast.«

»Ich habe nur ein Nickerchen gemacht«, protestierte sie. »Etwa zehn Minuten.«

»Von wegen! Eine Dreiviertelstunde.«

»Soll das heißen, dass wir schon fast zu Hause sind?« Sie sah nach vorn und erkannte die vertraute Silhouette des Mount Hindley. »Oh, tatsächlich! Ich habe wirklich geschlafen!«

»Ich war wohl nicht sehr unterhaltsam.«

»Du hast kein Wort gesagt!«

Über Carlys Kopf hinweg lächelten sie einander zu, und es war ein … gutes Gefühl.

Am Freitagabend schlug Callan den nächsten Ausflug vor. »Möchtest du immer noch sehen, wie die wilden Tiere am Wasserloch trinken?«

»Sehr gern.«

»Wie wäre es mit morgen?«

Abgesehen vom Dienstag, an dem sie in die Stadt gefahren waren, hatte Callan die ganze Woche hindurch an der neuen Koppel gearbeitet. Pete hatte auf der Veranda übernachtet, auf einem alten Feldbett, eingehüllt in einen Schlafsack. Er war ein unkomplizierter Gast, denn er machte keine Unordnung und aß alles, was man ihm vorsetzte.

Und er erzählte Carly Geschichten über die Akurra-Schlange, der der Sage nach die Wasserlöcher, Felsschluchten und der Lake Frome zu verdanken waren. »Die großen Felsbrocken im Flussbett sind Akurras Eier. Und wenn die Erde bebt, ist das ihr Magen, der knurrt, weil sie zu viel Salzwasser getrunken hat.«

Ob sagenhafte Schlangen, echte Teppichpythons oder Yabby-Sandwiches, Carly war von all den neuen Dingen fasziniert. Aber für den Aufstieg auf den Mount Hindley waren ihre Beine zu kurz, also beschloss Callan, dieses Mal Kerry und die Kinder zurückzulassen. Er packte Frühstück und Proviant für die Wanderung ein und riet Jacinda, ebenfalls einen Rucksack mitzunehmen.

»Für Trinkwasser, Sonnencreme, ein Handtuch, deinen Fotoapparat und einen Pullover, wenn es dir zu kalt wird.«

Jacinda verstaute auch einen Kugelschreiber und das zweite Schulheft, das er ihr »vorsichtshalber« gegeben hatte, obwohl sie sicher war, dass sie beides nicht brauchen würde.

Callan hatte den Wecker auf halb sechs gestellt, damit sie den Sonnenaufgang vom Gipfel des Mount Hindley beobachten konnten, wurde jedoch schon gegen Viertel vor fünf von allein wach. Die Vorfreude auf den Tag mit Jacinda ließ ihn nicht länger schlafen.

Er mochte sie.

Sehr.

Ihre Nähe. Ihre Einstellung. Ihr Lächeln.

Und weil er ein Mann war, nahmen seine Gedanken eine vorhersehbare Richtung.

Seine Mutter war nicht blind und sah, wie seine Augen zu leuchten begannen. Außerdem hörte sie, dass seine Stimme lebhafter klang. Er war gesprächiger und lauter. Er lachte häufiger.

Und Jacinda ging es ebenso.

Ihre Blicke begegneten sich oft. Sie fanden viele Gründe, einander zuzulächeln. Jeder kurze Wortwechsel nahm eine tiefere Bedeutung an. Der gemeinsame Kaffee am Morgen bekam etwas fast Intimes. Die Scherze wurden lustiger. Callan brauchte immer länger, bis er abends einschlief.

Er sprach mit Jacinda über alles Mögliche – die neue Koppel, die Viehzucht und den Marktpreis für Rinder, die Wettervorhersage und die Dämme, die er bauen wollte, um mehr Regenwasser zu sammeln.

»Ich hatte keine Ahnung, was alles dazugehört, wenn man auf einem Land wie diesem Rinder züchtet«, sagte sie, und er hatte das Gefühl, dass sie von seinen Ideen und seiner Tatkraft beeindruckt war.

Bei Liz war das ganz anders gewesen, denn sie war im Outback aufgewachsen.

Callan mochte Jacinda so sehr, dass er ihr den Sonnenaufgang vom Mount Hindley aus zeigen wollte. Und die Felszeichnungen, die Petes Vorfahren in der Schlucht hinterlassen hatten. Und die blutroten Wildblumen, die auf seinem Land blühten.

»Hast du den Fotoapparat?«, fragte er, als sie zum Geländewagen gingen. Sie waren leise, denn die Kinder schliefen noch. Bei seiner Mutter brannte schon Licht. Noch bevor Carly und die Jungen sich den Schlaf aus den Augen gerieben hatten, würde sie angezogen und im Haupthaus sein.

»Ja.« Jacinda hielt den Rucksack hoch und fröstelte leicht.

»Ist dir kalt?«

»Ein bisschen, aber das macht nichts.«

Auch das gefiel ihm. Sie beklagte sich nie. Ob sie fror oder schwitzte, Hunger oder Durst hatte … oder einem Teppichpython begegnete, nichts konnte ihr die gute Laune verderben.

Mit einer Ausnahme.

Vor fünf Tagen, auf der Veranda.

Was hatte er noch zu ihr gesagt?

Glaubst du wirklich, du bist die Einzige, der so etwas passiert ist?

Es war eine explosive Bemerkung, aber beide taten so, als wäre sie nie gefallen. Jacinda wusste nicht, was Callan gemeint hatte, und er würde es ihr nicht erklären. Daher konnte er nur hoffen, dass sie nicht nachfragte.

Wenig später parkte er unter demselben Baum wie am vergangenen Samstagabend. Das war ein Fehler, denn es erinnerte ihn an … alle möglichen Dinge.

Im Osten wurde der Himmel langsam grau, doch die Luft war noch kühl und feucht vom Tau.

»Ich bin gern so früh draußen«, sagte Jacinda fröstelnd.

Anstatt den Arm um sie zu legen, marschierte Callan los, wie er es sein ganzes Leben hindurch getan hatte, und kletterte sicher über die Felsen. Sie folgte ihm, aber er war zu schnell.

»Callan, könntest du …? Au!«

Unter ihr hatte ein Felsbrocken gewackelt, und sie war nach vorn getaumelt und schürfte sich an einer scharfen Kante die Wade auf, bevor sie auf die Knie fiel.

»Tut mir leid. Ich wollte nur, dass uns warm wird.«

Er eilte zu ihr. Sie war schon dabei, den Schmutz aus der Wunde zu wischen.

»Lass mich das machen.«

»Das ist nur ein Kratzer.«

»Und was ist das hier?« Vorsichtig drehte er ihren Arm so, dass sie sehen konnte, wo Blut aus einer Schramme sickerte.

»Es war meine Schuld«, gab er zu. »Ich war zu schnell und habe bessere Stiefel als du.«

Zusammen wuschen sie die Wunden aus, tupften sie ab und klebten Pflaster darauf, wobei sie sich viel zu oft beieinander entschuldigten. Aber ihre Ungeschicklichkeit hatte nichts mit mangelhaften Erste-Hilfe-Techniken zu tun, sondern sehr viel damit, dass sie krampfhaft versuchten, einander nicht zu berühren.

Callan unterdrückte einen Fluch.

Würde er jemals lernen, sich ganz natürlich zu verhalten, wenn Jacinda dabei war?

»Wir müssen fast oben sein«, sagte sie, als sie sich wieder an den Aufstieg machten.

Es tat gut, über etwas Unverfängliches reden zu können. »Siehst du den Steinhaufen dort? Das ist der Gipfel.«

»Hat deine Familie den gebaut?«

»Nein, den haben zwei Brüder, die Haymans, Mitte des neunzehnten Jahrhunderts aufgeschichtet.«

»Kennst du die komplette Geschichte deines Landes, Callan?«

»So ziemlich.«

»Und die Sagen der Ureinwohner?«

»Und die Geologie. Du stehst gerade auf Quarzit.«

Sie lachte. »So?«

»Ja. Unten in der Schlucht findet man Granit. Ich kann dir ein paar Karten zeigen. Und Satellitenfotos. Die sind faszinierend, wenn man …« Er verstummte.

Das alles konnte sie unmöglich interessieren. Sie war einfach nur höflich.

»Erzähl weiter«, bat sie.

»… sieht, wie das Land sich faltet. Sag Bescheid, wenn du die Fotos sehen möchtest. Und jetzt holst du besser deine Kamera heraus, sonst verpasst du den Sonnenaufgang.«

Jacinda holte den Fotoapparat heraus und stellte sich auf einen Felsbrocken. Es war ein aufregender Moment.

Callan schwitzte vom Klettern und hatte Durst, aber er

wollte nicht nach der Wasserflasche suchen, sondern Jacinda betrachten.

Sie trug schwarze Shorts, und die nackten Beine verschwanden in Tennissocken. Sie lehnte sich mit dem Po gegen einen Felsen und hatte die Knie angezogen, um die Arme darauf zu stützen.

Die Ärmel des marineblauen Sweatshirts waren nach oben geschoben. Ihre Hände wirkten zart, hatten die Kamera jedoch fest im Griff. Sie hatte die Baseballkappe umgedreht, damit der Schirm ihr nicht die Sicht nahm.

»Oh, es ist wunderschön ... wunderschön«, flüsterte sie.

Es war, als würde der Horizont in Flammen aufgehen, und die ersten goldenen Strahlen ergossen sich über das Land und ließen es wie geschmolzenes Gold schimmern. Jacinda machte ein Foto, richtete sich auf, drehte sich langsam zweimal im Kreis und drückte immer wieder auf den Auslöser, während das Licht sich um sie herum veränderte. Aus einer in der Ferne nur schemenhaft zu erkennenden Rinderherde wurden plötzlich gestochen scharfe rotbraune Silhouetten, die im Sonnenschein zu glühen schienen.

Jacinda ließ den Apparat sinken und lächelte zufrieden.

Callan war kurz davor, ihr die Kappe vom Kopf zu reißen und sie zu küssen ... Doch dann drängten sich all die Gründe, die schon am ersten Abend dagegen gesprochen hatten, wieder in den Vordergrund.

»Ich möchte die Satellitenfotos sehen und alles über die Geschichte hören, Callan«, sagte sie. »Glaub bloß nicht, dass du mich damit jemals langweilen wirst.«

»Hätte ja sein können«, murmelte er.

»Nein, das hätte es nicht. Verstanden?«

Er nickte nur.

Sie tranken beide einen Schluck, dann verstaute sie die Kamera im Rucksack. »Werden wir die Kängurus verpassen?«

»Lass uns in die Schlucht gehen, bevor die Sonne zu hoch steigt.«

Dieses Mal blieb er hinter ihr. Unten lag das Wasserloch noch im Schatten, und sie sahen zahlreiche Kängurus und Wallabys, die geschickt zwischen den Felsen balancierten, nachdem sie ihren Durst gestillt hatten. Auch eine Emu-Familie rannte mit wippendem graubraunem Gefieder davon, als sie die Menschen bemerkte.

Jacinda holte den Fotoapparat wieder heraus und machte mehrere Aufnahmen.

»Ich habe Frühstück mit«, sagte Callan. »Wir können ein Feuer machen. Oder nach Hause fahren.«

»Können wir hierbleiben?«

»Natürlich. Ich bekomme langsam Hunger.«

Und ich will nicht, dass das hier schon endet.

Sie half ihm, Brennholz zu sammeln. Er hatte eine Pfanne, Eier und Schinken, Brot zum Rösten, ein paar Tomaten zum Grillen, haltbare Milch, Instantkaffee und einen Topf mitgebracht. Sie bereiteten alles vor, aber die Flammen schlugen noch zu hoch, um das Frühstück zuzubereiten.

Jacinda sah immer wieder auf ihren Rucksack, bis Callan sie fragte, ob sie befürchtete, dass eine Schlange hineinkriechen würde.

»Ich habe mein Schulheft dabei«, gab sie zu. »Stört es dich, wenn ich mir ein paar Notizen mache?«

Natürlich machte es ihm nichts aus.

Er versuchte, nicht hinzusehen, als sie erst zaghaft und langsam, dann immer schneller schrieb. Um sich abzulenken, legte er Schinken und Tomatenscheiben in die Pfanne und hielt sie über das Feuer, obwohl es noch nicht weit genug heruntergebrannt war.

Er war so sehr damit beschäftigt, Jacinda *nicht* zu beobachten, dass ihre Frage ihn völlig unvorbereitet traf. »Callan, was hast du damit gemeint, dass ich nicht die Einzige bin, der so etwas passiert ist?«

Er zuckte zusammen und drehte sich so schnell zu ihr um, dass die fast fertigen Spiegeleier beinahe über den Rand der Pfanne gerutscht wären.

Verblüfft sah sie ihn an. »Vorsicht …«

Er stellte die Pfanne ab.

»Callan.« Sie legte eine Hand auf seinen Arm, und erneut zuckte er zusammen. »Ich wollte dich nicht überfallen.«

»Schon gut …«

»Es tut mir leid. Ich hatte das Gefühl, dass du mich so gut verstehst. Die Schreibblockade. Dass ich mich nicht … ganz fühle. Aber eben fiel mir das Schreiben so leicht. Das habe ich dir zu verdanken, denn ich hätte nicht gedacht, dass ich jemals einen Ort finden würde, an dem ich mich so sicher fühle … nach allem, was ich zu Hause mit Kurt durchgemacht habe. Und deshalb wollte ich dich verstehen, das ist alles. Ich wollte von dir hören, warum du dich nicht ganz gefühlt und was du dagegen unternommen hast. Wie du es geschafft hast, dein Problem zu lösen.«

Er erstarrte.

Wieder falsch, Jacinda.

Er schloss die Augen. »Ich habe es nicht gelöst.«

Er schüttelte ihre Hand ab und ging auf Distanz. Wie am Samstagabend.

»Bitte verschließ dich nicht vor mir, Callan.« Sie machte einen Schritt auf ihn zu.

Er bewegte sich nicht.

»Das hast du auch getan, als wir den Gameboy …«

»Ja, ich weiß, was du meinst.«

»Ich würde wirklich gern darüber reden, Callan. Um es zu verstehen.«

Er lachte, als wäre sie naiv.

Vielleicht war sie es auch, denn sie hatte immer noch den Mut, ihn zu fragen. Kam das daher, dass sie wieder schreiben konnte?

Nein.

Er rührte daher, dass sie diesen Mann begehrte.

Und daher, dass sie spürte, wie sehr auch er sie begehrte – trotz seiner abweisenden Körpersprache.

»Na gut, dann reden wir eben nicht.« Sie legte von hinten die Arme um ihn. »Sondern tun das hier ...«

Er war vollkommen verkrampft, und seine Anspannung löste sich auch dann nicht, als sie ihn berührte. Unter anderen Umständen hätte sie ihn sofort wieder losgelassen, doch das Verlangen machte sie nicht nur mutig. Es gab ihr die Gewissheit, dass er sie nicht zurückweisen würde. Dass das, was in ihm vorging, vielschichtig und kompliziert war.

Also strich sie über die breiten Schultern und wagte es, die Fingerspitzen in sein Haar zu schieben und die Ohrläppchen zu streicheln. Noch immer bewegte er sich nicht.

»Eine Massage vor dem Frühstück«, wisperte sie. »Die Sonne scheint auf meinen Rücken, also bekomme ich auch eine. Was immer passiert, Callan, sei mir nicht böse. Schieb mich nicht weg.«

Er antwortete nicht, doch als er den angehaltenen Atem ausstieß, klang es wie ein Seufzer.

»Wenn ich aufhören soll, musst du mir sagen, warum«, fuhr sie fort.

Er schwieg, und sie hörte nicht auf, ihn zärtlich zu berühren.

»Ich will nicht, dass du aufhörst«, sagte er schließlich.

Sie legte eine Wange an seinen Rücken, schob die Hände unter seinen Armen hindurch und strich über seine Brust. Er atmete tief durch, und sein Rücken drängte sich gegen ihre Brüste. Die Spitzen waren längst fest. Konnte er es fühlen?

Sie ließ die Hände nach unten wandern, zu seinen Hüften und von dort aus nach innen.

Er löste sich aus der Erstarrung.

Endlich.

Er drehte sich um und hielt sie fest. Sie wollte ihn küssen, sein Gesicht zwischen die Hände nehmen und ihn dazu bringen, es zu erwidern. Doch vor allem wollte sie mit ihm reden.

»Du hast gesagt, du seist nicht ganz. Und das nicht, weil du Liz verloren hast«, flüsterte sie. »Wir kennen uns zwar noch nicht lange, aber du bist mir wichtig, Callan. Du bist gut für mich. Gut zu mir. Und ich vertraue dir und möchte, dass du mir auch vertraust, denn dann können wir uns gegenseitig besser helfen.«

»Ich vertraue dir. Ich brauche keine Hilfe.« Sie rechnete damit, dass er sie von sich schieben würde, aber das tat er nicht. »Ich will dich. Du glaubst nicht, wie sehr.«

»Ja ...«

»Aber genau darin bin ich nicht ganz, Jacinda. Ich kann es nicht aussprechen. Oder tue ich es etwa schon?« Er zitterte am ganzen Körper.

»Ich verstehe nicht.«

»Das Problem ist ... ich könnte dich nicht ... befriedigen. Keinen von uns.« Klang das zu hart? Nein, es war nun mal so! »Das kann ich seit vier Jahren nicht, seit ...« Er brach ab, und als er den Kopf hob, sah sie den Schmerz in seinen blauen Augen. »Ich bin impotent«, sagte er, und sie wusste, dass es für ihn der hässlichste Satz seines Lebens war.

Ein falsches Wort.

Jacinda wusste, dass sie jetzt nur ein einziges falsches Wort zu sagen brauchte, und alles zwischen ihnen – das Vertrauen, die Chemie – wäre zerstört.

Aber auch Schweigen wäre fatal, also musste sie schnell antworten. »Danke, dass du es mir erzählt hast.«

»Du hast mir keine andere Wahl gelassen.«

»Nein.«

»Jetzt weißt du es.«

Sie wartete darauf, dass er sich von ihr löste, doch er blieb, wo er war.

»Mit wem hast du darüber gesprochen?«

»Mit dir«, murmelte er. »Gerade eben.«

»Mit keinem Arzt?«

»Nein.«

»Solltest du das nicht tun?«

»Wozu braucht man Ärzte? Im Internet findet sich genug, was einem Angst macht, und das gratis.«

»Also hast du dich dort informiert?«

»Ich habe nichts gefunden, was mir ... wichtig erschien. Nur jede Menge über die Nebenwirkungen bestimmter Erkrankungen. Diabetes, zum Beispiel. Körperliche Dinge.«

»Du glaubst also, es hat emotio...?«

»Ich möchte nicht darüber reden, Jacinda«, unterbrach er sie scharf.

Sie hatte kein Recht, ihn zu bedrängen, und inzwischen war er auf Abstand gegangen.

»Dann frühstücken wir. Du hast die Spiegeleier gerettet, wir sollten sie nicht kalt werden lassen. Aber vorher möchte ich dir noch mal danken, dass du es mir gesagt hast.«

»Das heißt, du wirst es wieder ansprechen, ja?« Er griff nach der Pfanne.

»Wir können uns gegenseitig helfen, Callan.«

»Hör auf. Bitte!«

»Na schön.« Sie holte Luft. »Hm, riecht der Speck gut!«

Sie setzten sich auf zwei gegenüberliegende Felsbrocken. Nach dem Aufstieg und der vielen frischen Luft schmeckte jeder Bissen wundervoll.

Sie ist noch hier, dachte Callan. Was bedeutete, dass sie sich als Sexualtherapeutin versuchen würde, genau wie Birgit, die Rucksacktouristin. *Wir müssen dich nur in Stimmung bringen. Beim ersten Mal mit jemand Neuem ist man immer nervös.* Er hatte ihr nicht gesagt, dass sie die Zweite war, bei der er versagte.

Das alles wollte er nicht von Jacinda hören. Ihm wäre es am liebsten, wenn sie die verbleibenden zweieinhalb Wochen ihres Besuchs schweigend verbrachten, wie im Kloster. Im Schutz seiner Hutkrempe musterte er sie und wartete darauf, dass sie ihn als Herausforderung ansah und sich auf ihn stürzte – bildlich gesprochen oder im wahrsten Sinne des Wortes. Es dauerte einen Moment, bis er begriff, dass sie das gar nicht vorhatte.

Sie aß mit einem Appetit, der unmöglich vorgetäuscht sein konnte. Sie wollte nicht verführerisch wirken, aber er fand es sexy! Tief in ihm regte sich etwas, was er lange nicht mehr gespürt hatte. Sie legte Ei, Schinken und Tomate zwischen zwei Toastscheiben, schloss die Augen und biss hinein. Als ihr das Eigelb übers Kinn rann, riss sie lachend die Augen auf.

Mit dem Zeigefinger wischte sie das Eigelb ab und leckte ihn ab. »Schade, dass wir nicht jeden Tag so frühstücken können! Salz! Cholesterin! Und wennschon!« Sie schluckte und entschuldigte sich dafür, dass sie mit vollem Mund sprach.

Eine Fliege umschwirrte sie, und Jacinda wedelte sie fort. Sie tat es nicht hektisch, sondern fast grazil. Unwillkürlich erinnerte Callan sich daran, wie er ihre tastenden Finger an seinem Körper gefühlt hatte. Hastig trank er einen weiteren Schluck Kaffee.

Wie von selbst kam ihm eine Szene in den Kopf, so klar und deutlich wie ein Filmausschnitt. Sie zeigte, wie er eine Decke im Sand ausbreitete – auch wenn er gar keine mitgebracht hatte – und darauf einschlief. Dann verführte Jacinda ihn, ohne ihn zu wecken. Er hielt das Ganze für einen Traum, während sie ihn langsam auszog und er ihren warmen Atem und ihr seidiges Haar an seiner Haut fühlte.

Die Sonne stieg immer höher, und ihre Körper erhitzten sich. Jacinda glitt auf ihn und umschlang ihn mit den Beinen. Voller Verlangen drang er in sie ein, und weil es nur ein Traum war, dachte er an nichts anderes. Gemeinsam erreichten sie den Höhepunkt, bevor die Angst, erneut zu versagen, in ihm aufsteigen konnte.

Versagen.

Callan, iss dein Frühstück.

»Haben wir noch Zeit zum Schwimmen?«, fragte Jacinda.

»Das Wasser ist ziemlich kalt.«

»Ich glaube, eine Abkühlung würde mir guttun.«

Uns beiden, hörte er aus ihren Worten heraus.

Ablenkung.

Oder Therapie.

Die Outback-Version einer kalten Dusche. Nicht, dass er eine brauchte, aber sie vielleicht. Er wusste, dass sie ihn begehrte, und er hatte sie enttäuscht.

»Wir sollten erst das Feuer löschen.«

Sie schaufelte Sand auf die Glut.

Er verstaute den Eierkarton, das Kaffeeglas und die anderen Sachen im Rucksack, und Jacinda wühlte in ihrem nach dem Badeanzug, was bei Callan sofort eine neue Fantasie auslöste. Dass sie den Badeanzug vergessen hatte. Dass sie nackt schwimmen musste. Dass sie beide …

»Warum stecken Sachen immer dort, wo man ganz zuletzt sucht?«, sagte sie und zog den Zweiteiler aus einer Seitentasche.

»Weil man mit dem Suchen aufhört, sobald man sie gefunden hat?«

Verdutzt starrte sie ihn an, dann lachte sie. »Viehzüchterlogik?«

»Ob du es glaubst oder nicht, unter diesem Hut arbeitet ein messerscharfer Verstand.«

Sie lachte wieder, und er fühlte sich besser. Keine erotischen Fantasien mehr. Keine verkrampften Muskeln. Die Wut auf sich selbst war verschwunden. Sie waren Freunde, gute Freunde. Daran musste er denken, daran musste er sich klammern, darauf musste er vertrauen.

Er musste *ihr* vertrauen.

Und er durfte sie nicht beobachten, während sie sich umzog.

Sie half ihm, indem sie hinter dem hellen Stamm des riesigen Baums verschwand, der über das Flussbett ragte. Hastig zog er seine Stiefel und die Hose aus, unter der er graue Badeshorts trug.

Sekunden später rannte Jacinda über den Sand. »Wenn ich schnell bin, merke ich die Kälte nicht!«, rief sie und warf sich einfach in das hoch aufspritzende Wasser. »Kommst du, Callan? Es ist eisig!«

»Wenn du es so anpreist …« Er folgte ihr.

»Springen wir heute?«, prustete sie.

»Ist dir noch nicht kalt genug?«

»Wir müssen uns bewegen. Der Felsvorsprung wird gleich in der Sonne liegen. Beim ersten Mal habe ich nicht laut genug geschrien.«

»Wer als Erster dort ist«, erwiderte er und gewann das Rennen.

Knapp.

»Du hast auf mich gewartet.« Keuchend stand sie vor ihm, und er musste sich beherrschen, um nicht auf ihre Brüste zu starren. Er war sich ihrer Nähe bewusst, sie ging ihm unter die Haut, und er wusste, dass auch sie etwas spürte. »Du hast dich von mir einholen lassen, ja?«

»Das wirst du nie erfahren.«

Sie spritzte ihm Wasser ins Gesicht, dann kletterten sie zusammen auf die Felskante.

Wie am Samstag zuvor rannten und sprangen und schrien sie, stiegen wieder nach oben und wiederholten das Ganze mehrmals. »Warum fühlt sich das so gut an?«, fragte Jacinda begeistert. Der höchste Teil des Vorsprungs lag jetzt im Sonnenschein, also setzten sie sich auf den warmen Granit und streckten die Beine aus. »Das hier gehört in ein Selbsthilfebuch.«

»Warum schreibst du keins?«, schlug Callan vor. »Die verkaufen sich ziemlich gut.«

»Niemals, egal, wie gut sie sich verkaufen. Ich glaube, ich habe nicht genug Antworten für mich selbst, geschweige denn für andere!«

»Ich bezweifle, dass solche Bücher echte Antworten enthalten. Ich habe mir ein paar angesehen. In denen klingt alles immer so einfach. Und wenn sie Antworten geben … Was ist mit deinem Roman? Braucht ein Roman nicht auch Antworten?«

»Ja, aber das sind die komplizierten. Sie sind nicht perfekt, sondern menschlich und niemals endgültig. Außerdem verhalten die Figuren sich manchmal ganz schön unberechenbar.«

»Aber als Autorin kannst du sie doch zwingen, das zu tun, was du willst.«

»Nein, dazu sind sie zu eigenwillig. Das müssen sie sein, sonst wirken sie unglaubwürdig, wie Abziehbilder, und die Leser merken so etwas.«

»Wenn du über das Schreiben sprichst, verändert sich dein Gesicht, wusstest du das?«, fragte er.

»Tatsächlich?« Verlegen presste sie die Hände auf die Wangen.

»Ja! Deine Augen funkeln, du lächelst, du bewegst dich mehr als sonst. Schreibst du an deinem Roman, in Lockies Schulheft?«

»Nein.« Heftig schüttelte sie den Kopf. »Das tue ich nicht. Jedenfalls nicht …« Sie zögerte.

»Also doch?«

»Ich habe mir ein paar Gedanken über die Hauptfigur gemacht, das ist alles. Richtig geschrieben habe ich noch kein Wort.«

»Willst du es nicht mal versuchen? Das solltest du wirklich tun. Gib nicht zu schnell auf.«

»Danke für den Rat«, erwiderte sie trocken.

Er lächelte. »Gern geschehen.«

»Vielleicht solltest du ihn selbst beherzigen.«

Seine Miene verfinsterte sich. Er wusste genau, was sie meinte. Sein … Problem. »Das ist etwas anderes«, knurrte er.

»Warum?«

»Willst du etwa behaupten, dass es vergleichbar ist? Deine Schreibblockade und meine …« Er brach ab. »Das ist nicht dein Ernst!«

»Doch, verdammt!«, brauste Jacinda auf und sprang auf. »Wir wollen uns doch gegenseitig helfen, oder etwa nicht? Du gibst mir einen Rat, ich gebe dir einen!« Sie hechtete ins Wasser und tauchte blinzelnd wieder auf.

Wasser oder Tränen?

Er war nicht sicher.

Aber er war sicher, dass sie wütend auf ihn war. Kurz entschlossen sprang er hinterher.

Auch wenn er es nicht verstand, ihr Zorn erregte ihn. Sein Herz schlug schneller. In dem nassen Badeanzug sah sie aus wie eine nasse Leopardin. Im Sonnenschein glitzerten die Tropfen auf ihren Schultern, das Haar fiel ihr über den Rücken. Das Wasser hob ihre Brüste an, bis sie sich aus dem züchtigen Ausschnitt des Oberteils zu drängen schienen.

Ihre grauen Augen wirkten riesig und funkelten ihn an. Ihre Anspannung war deutlich zu spüren. Es war, als wäre die Luft um sie herum elektrisch aufgeladen.

»Jacinda …«

»Es belastet mich wirklich, dass ich nicht mehr schreiben kann. Ich dachte, du würdest das verstehen. Wegen ... ja, weil du selbst ... blockiert bist. Ich habe dir gesagt, wie sehr es mir hilft, hier zu sein. Ich habe ... mich vor dir entblößt.«

»Glaubst du etwa, ich nicht?«

»Doch, das hast du.« Sie zögerte. »Entschuldige, ich habe wohl überreagiert.«

»Und ich war voreilig.«

»Vergessen wir es«, sagte sie und ließ sich mit ausgebreiteten Armen auf dem Wasser treiben. Die Sonne schien auf den gebräunten Streifen Haut zwischen den beiden Teilen ihres Badeanzugs.

Callan schaffte es nicht, den Blick von ihr abzuwenden. Dass Wasser schien das ... Knistern zwischen ihnen noch zu verstärken. Er fühlte das Verlangen im ganzen Körper, und es war so gewaltig, dass ihm fast schwindlig wurde.

Als Jacinda sich wieder aufrichtete, sah er, dass ihr ein Träger von der Schulter gerutscht war. Sie hob eine Hand, um ihn zurückzuschieben, doch er hinderte sie daran. »Bitte nicht. Lass ihn unten. Bitte.«

Sie sah ihn an und brauchte nicht zu fragen, warum.

Das war gut so, denn er hätte ihr keine Antwort geben können. Er wollte an nichts anderes denken als daran, wie sehr er sie begehrte, denn jede Ablenkung könnte den Zauber dieses Augenblicks vertreiben.

Sie trieben aufeinander zu. Die Kälte war unwichtig. Er fühlte, wie ihre Schenkel sich kühl und fest und glatt um seine Taille legten, während sie die Arme um seinen Hals schlang. Ihre Augen waren groß und klar, der Blick auf sein Gesicht gerichtet. Er umfasste ihren Po mit beiden Händen, zog sie an sich und streichelte ihre Innenschenkel.

Sie küsste ihn, ihre Lippen waren kalt, der Mund warm und nach dem Wasser aus dem Flussbett schmeckend.

Callan erwiderte den Kuss, leidenschaftlicher als beim letzten Mal. Und länger. Der Sonnenschein trocknete die Gesichter und erhitzte die Haut dort, wo das Wasser sie nicht bedeckte.

Er zog die Knie an, tauchte mit Jacinda unter und unterbrach den Kuss selbst dabei nicht. Dann zog er sie mit nach oben und löste sich von ihr. Er sagte nichts, konnte es nicht. Aber er wollte mehr, also tastete er nach dem zweiten Träger ihres Badeanzugs und streifte ihn am Arm hinab.

Sie protestierte nicht.

Doch sie beobachtete ihn, und ihre Augen forderten ihn auf, weiterzumachen.

Er schob das Oberteil bis zur Taille hinunter und sah, wie die nackten Brüste sich im Wasser bewegten. Der Stoff bauschte sich auf, und sie hob die Arme, damit er es ihr über den Kopf ziehen und an den Strand werfen konnte.

Jacinda machte zwei Schritte zurück und richtete sich auf. Das Wasser reichte ihr bis zur Taille, und die Tropfen rannen glitzernd an ihr hinunter. Sie wusste, dass Callan auf ihre Brüste starrte, und so wollte sie es auch.

Sie legte den Kopf in den Nacken, bis die Sonne ihr ins Gesicht schien, und schloss die Augen. Er sah ihr an, wie sehr sie diesen Ort, die Freiheit, die Luft und die Weite um sie herum genoss. Hier waren sie beide unbeobachtet, nichts und niemand störte sie oder nahm ihnen den Sonnenschein und die saubere Luft.

Er ging zu ihr und küsste sie erst auf den Mund und den Hals, dann senkte er den Kopf, um die festen Spitzen zu liebkosen. Er umschloss sie mit den Lippen, bis Jacinda schneller atmete und seinen Kopf an sich presste. Ihre Brüste drängten sich zwischen seine Hände, bis sie ganz hineinpassten.

Ihre Erregung übertrug sich auf ihn. So sehr, dass Jacinda es gleich bemerkte.

Behutsam zog sie ihn in flacheres Wasser, streichelte seinen

Rücken, schob die Daumen in seine Badeshorts und streifte sie nach unten. Danach legte sie sich auf den Sand und zog Callan auf sich, bis sie sein Verlangen dort spürte, wo nur noch der dünne Stoff des Unterteils sie voneinander trennte. Er hörte, wie ihr der Atem stockte, und fühlte, wie sie die Hüften hob, um den Kontakt noch zu intensivieren.

Callan tastete nach ihr, nach der Wärme, die ihn anzog. Sie presste sich gegen seine Hand, und unter Wasser schob er den störenden Stoff beiseite und tastete sich noch weiter vor. Sie keuchte, schrie leise auf und wand sich zitternd, um mehr, viel mehr von ihm zu fühlen, und er gab es ihr.

Doch dann spürte er, wie sie sich beherrschte. Sie legte ihre Hand auf seine und öffnete die Augen, damit er in aller Deutlichkeit erkennen konnte, was sie dachte, welche Fragen ihr in diesem Moment durch den Kopf gingen.

Sollte sie sich hiermit zufriedengeben oder den nächsten Schritt wagen? Was musste sie tun, damit er erregt blieb? Was durfte sie *nicht* tun, wenn sie die Stimmung nicht zerstören wollte? Würde sie alles ruinieren, wenn sie nur an ihr eigenes Vergnügen dachte?

Ihre Hand glitt an seinem Arm hinauf. »Noch nicht«, flüsterte Jacinda.

Eben noch war er selbstsicher und voller Zuversicht gewesen, doch diese beiden Worte holten ihn schlagartig in die bittere Realität zurück. Es war, als würde man ein im Wind schwebendes Stück Distelwolle jagen. Man griff danach, und es driftete weiter weg. Man verfolgte und packte es – und zerdrückte die zarten Fasern zwischen den Fingern und vergaß dabei, warum man überhaupt danach gegriffen hatte.

»Callan?«

»Es tut mir …«

»Entschuldige dich nicht«, bat sie. »Bitte nicht. Es war meine Schuld.«

Er lachte.

»Wirklich! Ich wusste nicht ...«

»Was du als Nächstes tun solltest, weil ich eine so zarte Blume bin. Ein falscher Schritt ...«

»Und ich habe ihn gemacht. Ich habe den falschen Schritt gemacht.«

»So sollte es nicht sein! Verdammt, manchmal fühlt sich das zwischen uns so stark an. Ich mag dich, Jacinda, ich will dich, da sollte man doch meinen, ich würde zwanzig falsche Schritte verkraften und trotzdem ans Ziel gelangen.«

Er ging zum Strand, setzte sich auf den warmen Sand, zog die Beine an und schlang die Arme um die Knie, um den Beweis seines Versagens vor ihr zu verbergen. Die Sonne schien ihm auf den Rücken, und dieses Mal war es nicht wie ein Streicheln, sondern wie eine Ohrfeige.

Jacinda kniete sich vor ihn, mit hängenden Schultern, wie immer, wenn sie niedergeschlagen war. Waren seine Selbstzweifel so ansteckend? Sie verschränkte die Arme, bedeckte ihre Brüste. »Was kann ich tun, um meinen Fehler ungeschehen zu machen, Callan?«

Er hatte keine Antworten. Dankbar dafür, dass sie wenigstens das Wort *Hilfe* vermieden hatte, schüttelte er den Kopf und schloss die Augen.

Keine Minute später hörte Jacinda ein Fahrzeug. Zuerst hielt sie es für etwas anderes, für den Wind in den Eukalyptusbäumen oder eins der Flugzeuge, die gelegentlich am Himmel auftauchten. Aber es wurde lauter, und sie erkannte darin das Motorengeräusch eines Autos. Machte Kerry sich etwa um sie Sorgen? So lange waren sie doch noch nicht fort?

Hektisch suchte sie nach dem Oberteil, während der Wagen näher kam. Nein, es waren mehrere. Sie sah den ersten und dann zwei dicht dahinter, als sie das sandige Kleidungsstück vom heißen Boden riss. Callan zog seine Badehose an und ging durchs Flussbett, während Jacinda das Oberteil abspülte und anzog.

Den zitternden Körper.

Noch immer fühlte sie Callans Berührung, und ihre Haut kribbelte, wo die Sonnenstrahlen sie trafen.

Hätten sie beide weitergemacht, hätte er mit ihr geschlafen, und sie wären dabei überrascht worden. Sie war nie exhibitionistisch veranlagt gewesen, doch in diesem Moment wäre sie lieber in flagranti ertappt worden, als dieses quälende Gefühl des Scheiterns zu ertragen.

Zu glauben, dass eine so tief sitzende Blockade wie Callans sich durch ein paar Zärtlichkeiten oder die Wucht ihres eigenen Verlangens überwinden ließ, war naiv. Und zu hoffen, dass das Vertrauen und die Nähe zwischen ihnen dazu ausreichten, war blauäugig.

Nähe?

Davon konnte überhaupt keine Rede sein.

In zweieinhalb Wochen würden Carly und sie diesen friedlichen Ort verlassen, um auf der anderen Seite der Welt ein neues Leben zu beginnen. Sie würde an die Ostküste ziehen und an ihrer Beziehung zu Andy, ihrem Vater und Tom und ihren Nichten und Neffen arbeiten.

Sie würde von ihren Ersparnissen und Kurts Unterhaltszahlungen leben und schreiben … zu schreiben versuchen … und feststellen, ob sie ihren Roman schreiben … und verkaufen konnte. Wenn nicht, würde sie in einem Büro oder als Lehrerin Geld verdienen, während Carly zur Schule ging.

Jacinda fand ihre restlichen Sachen und zog sie an, was über dem nassen Badeanzug ziemlich mühsam war. Ihre Füße waren voller Sand, der sich in den Socken und Schuhen rau und kratzig anfühlte.

Callan sprach noch mit den Neuankömmlingen und zeigte auf die Karte, die sie auf einer Motorhaube ausgebreitet hatten.

Noch während sie überlegte, ob sie zu ihm gehen sollte, kehrte er zum Wasserloch zurück.

»Sie wollen hier zelten«, sagte er, und sie sah ihm an, wie froh er über das unverfängliche Thema war.

»Da haben sie sich eine schöne Stelle ausgesucht!«, erwiderte sie, um es ihm leicht zu machen.

Er nickte dankbar und wischte sich den Sand von den Armen, ein guter Vorwand, sie nicht anzusehen. »Sie gehören zu einem Offroadclub und wollen drei Nächte bleiben und morgen nach oben klettern.«

»Nimmst du Geld dafür, dass du sie hier campen lässt?« Sie hielt ihm das Handtuch hin, doch er war schon fast trocken und brauchte es nicht mehr. »Schließlich ist es dein Land.«

»Es wäre der Mühe nicht wert. Wir müssten für Wegweiser, Abfalleimer, vielleicht sogar für eine Toilette sorgen, und das würde noch mehr Leute anlocken.«

»Die Autos der Touristen würden das empfindliche Ökosystem gefährden, oder?«

»Zum Glück kommen kaum welche her. Wir liegen nicht an der Hauptstraße nach Leigh Creek, und unsere Nebenstraße endet nicht weit vom Hof in Wiltana Bore. Noch vor einer Generation war Arakeela also ein ziemlich einsamer Ort.« Er zögerte. »Wir sollten aufbrechen.«

»Ja.« Sollte sie seinem Beispiel folgen und so vieles unausgesprochen lassen? Plötzlich fühlte es sich falsch an. »Callan …«

»Kannst du die Frühstückssachen im Wagen verstauen? Ich ziehe schnell mein Hemd über, sonst bekomme ich noch einen Sonnenbrand.«

Also wollen wir uns nicht mal bewusst machen, dass wir nicht darüber reden, Callan? Das war's dann wohl, oder?

Aber Jacinda wusste nicht, was sie sonst tun sollten.

8. Kapitel

»Hallo, Callan!«, sagte Brant eine Woche später am Telefon.

»Hey …«, antwortete Callan erfreut und vorsichtig zugleich. Durch die geschlossene Tür seines Büros, in dem er über Abrechnungen gebrütet hatte, drangen die Geräusche eines typischen Abends. Kerry rief nach Lockie, der ihr beim Abwasch helfen sollte. Wasser rauschte in einer Leitung. Josh stellte den CD-Player ein und drehte ihn sofort leiser.

»Wir hatten heute zwei Gewinner«, berichtete Brant. »Gypsy Caravan in Albury und Lucite in Rose Hill.«

»Das ist großartig.« Die Siege lenkten ihn von den Fragen ab, auf die er keine Antworten hatte. Das Rauschen verstummte. Er hörte Schritte auf dem Flur.

Jacindas Schritte.

Inzwischen erkannte er sie sofort.

»Du schläfst schon halb, nicht wahr, mein Schatz?«, sagte sie, und er wusste, dass sie Carly zu Bett brachte.

»Rae denkt daran, Lucite für den Melbourne Cup zu melden«, verkündete Callans Freund.

»Sie will hoch hinaus.« Am ersten Dienstag im November nahm sich ganz Victoria frei, um das Rennen zu sehen, und das Preisgeld war gewaltig.

»Apropos hoch hinaus«, sagte Brant. »Inzwischen habe ich dich überflügelt. Was die Briefe angeht, meine ich.«

»Briefe? Ach, die von den Ehefrauen fürs Outback.«

Bitte, Branton, wechsle das Thema.

»Dusty schätzt, dass er etwa hundertfünfzig hat. Er hat

allen abgesagt. Wegen Mandy. Ich habe schon über zweihundert, und noch immer kommen welche.«

»Ich liege irgendwo dazwischen«, gab Callan zu. Erst heute Morgen hatte er Rob ein Bündel Antwortschreiben mitgegeben.

Jacinda kam wieder den Flur entlang. »Kann ich dir helfen, Kerry?«

»Nein, Liebes, Lockie und ich schaffen es allein.«

»Dann gehe ich auf die Veranda.«

Um zu schreiben, vermutete Callan.

»Und Dusty und ich werden barfuß über Glasscherben laufen müssen, weil wir dich mit hineingezogen haben«, kam es aus dem Hörer. »Ist es das, was du mir sagen willst?«

»So ungefähr.«

Aber ohne die Frauenzeitschrift und ihre Aktion wäre er Jacinda nie begegnet …

Er wollte nicht, dass sie und Carly abreisten … aber er zählte die verbleibenden Tage. Es war jetzt zehn Tage her, dass er blitzschnell die Badehose angezogen hatte, als die Camper am Wasserloch aufgetaucht waren, aber in Jacindas Nähe fühlte er sich noch immer nackt.

Er wusste nicht, wie er mit der Situation umgehen sollte.

»Was ist mit dir?«, fragte er Brant. Sein Freund brauchte nicht zu erfahren, dass Jacinda hier war, und Angriff war die beste Verteidigung. »Mit wie vielen hast du dich getroffen?«

»Ich habe sie nicht gezählt«, erwiderte Brant. »Morgen kommt eine von Nualas Freundinnen aus Europa hier an. Sie steckt in einer Krise!«

»Wer? Nuala?«

»Nein, die heiratet Chris. Leider erst im September.«

»Du wirst es überleben.«

»Nicht, wenn die europäische Freundin bis zur Hochzeit bleibt.«

Sie sprachen noch über ihre Rennpferde. Nachdem er aufgelegt hatte, ging Callan ans Fenster und blickte hinaus auf die Veranda. Jacinda saß auf dem altersschwachen Korbsofa.

Ja, sie hatte eins von Lockies Schulheften auf dem Schoß und einen Kugelschreiber in der Hand.

Er würde sie nicht stören.

Aber er beneidete sie.

Seit Tagen schrieb sie abends zwei Stunden lang, und selbst tagsüber holte sie immer wieder einen Zettel aus der Hosentasche und notierte etwas mit einem Bleistiftstummel.

Die wieder aufblühende Kreativität tat ihr sichtlich gut. Aber wenn sie doch bloß aufhören würde, sich dauernd bei ihm zu bedanken! *Danke, dass du mir dein wunderschönes Land gezeigt hast, Callan. Danke, dass du mir den Frieden und die Sicherheit gegeben hast, die ich brauchte. Danke für alles.*

Und ihre grauen Augen leuchteten, wenn sie es sagte. Ihre Wangen röteten sich, ihre ganze Körperhaltung strahlte eine neue Energie aus. Wie er sie beneidete!

Er ließ es sich nicht anmerken und arbeitete härter als je zuvor. Er überholte den Motor des Transporters komplett, stellte mit Pete die neue Koppel fertig, ritt jeden Tag aus, um Rinder zu markieren, den Zaun zu kontrollieren, mit Draht zu flicken oder Pfosten aufzustellen, wo wahrscheinlich gar keine nötig waren.

»Nimm doch Jacinda mit«, schlug seine Mutter mehrfach vor.

»Nein, vielleicht will sie schreiben.«

»Sie kann sich unter einen Baum setzen und schreiben, während du arbeitest«, beharrte Kerry.

Sie konnte nicht wissen, was zwei Samstage zuvor geschehen war.

»Aber wenn sie den Computer braucht …«

Seine Mutter hatte nicht aufgegeben. »Sie scheint gern mit der Hand zu schreiben.«

Callan beobachtete Jacinda durchs Fenster. Es war dunkel, aber noch warm. Sie hatte die Schuhe ausgezogen und es sich auf dem Sofa bequem gemacht. Das Licht der Klemmleuchte, die er in der Woche zuvor angebracht hatte, fiel auf sie und das Heft.

Spontan ging er zu ihr. »Ich fahre morgen nach Wiltana Bore«, begann er. »Um das Windrad zu reparieren. Möchtest du mitkommen? Du könntest im Schatten sitzen, etwas Kaltes trinken und schreiben, während du mir zusiehst.«

Sie nickte langsam. »Gern.« Dann lächelte sie mädchenhaft. »Du fährst oder reitest jeden Morgen los und behauptest, dass es Arbeit ist. Jetzt kannst du es mir beweisen.«

»Ich werde schuften wie noch nie.« Mit Humor klappte es zwischen ihnen immer noch am besten.

»Oh, in dem Fall werde ich Fotos machen!«

»Wir brechen gleich nach dem Frühstück auf«, sagte er und fühlte, wie seine Anspannung sich etwas legte.

Im Geländewagen legten sie fünfzehn Kilometer zurück, bevor der Wassertank und das Windrad vor der Windschutzscheibe des Geländewagens auftauchten. Eine Herde rotbrauner Rinder drängte sich um den Trog. Callan lud die Werkzeuge und das Öl aus, während Jacinda sich eine schattige Stelle suchte, den Campinghocker aufstellte, ihren Hut aufsetzte … und kein einziges Wort zu Papier brachte.

Sie war nicht blockiert, nur rastlos – abgelenkt durch Callans vertrauten Körper und voller Fragen. Nach fünf Minuten gab sie auf, legte Schulheft und Kugelschreiber ab, goss Eiskaffee in zwei Becher und ging damit zum Windrad, das sich quietschend in der Brise drehte.

»Kann ich irgendetwas tun?«, fragte sie.

»Schreibst du nicht?«

»Im Moment nicht. Vielleicht beschreibe ich gleich die Kühe.«

»Begrüß sie doch einfach. Sie beißen nicht.«

»Ehrlich gesagt würde ich sie lieber auf der anderen Seite des Zauns sehen.«

»Ich nicht. Das ist nämlich nicht mein Land!«

Jacinda lachte. »Nein? Soll das heißen, es existiert Leben jenseits von Arakeela Creek?«

»Man behauptet es.«

Das Vieh interessierte sich mehr für das Wasser als für Jacinda, als sie langsam zum Zaun ging. Es war eine imposante Barriere, fast zwei Meter hoch, eine angemessene Grenze für Callans Königreich. »Kein Wunder, dass du dauernd Zäune reparierst«, sagte sie auf dem Rückweg und lächelte. »Ich wusste gar nicht, dass Rinder so hoch springen können.«

»Sie lernen es von den Kängurus«, erwiderte er, ohne eine Miene zu verziehen.

»Callan, du spinnst!«

»Aber für diesen Zaun bin ich nicht zuständig. Das ist der Hundezaun.«

»Der was?«

»Er ist über fünfeinhalbtausend Kilometer lang. Der längste Zaun der Welt. Er trennt den Norden vom Süden und sorgt dafür, dass die Hunde auf der anderen Seite bleiben.«

»Weil die Leute im Süden keine Pudel und Cockerspaniel mögen?«

»Na ja, Pudel sind ziemlich gefährlich, aber schlimmer sind die Dingos – die Wildhunde, die die Aborigines vor zwanzigtausend Jahren mitgebracht haben. Dingos und Schafe vertragen sich nicht.«

»Aber du hast doch gar keine Schafe.«

»Manche Farmer in den Flinders haben welche. Und natürlich weiter im Süden.«

»Ich kann es nicht glauben, ein Dreitausend-Meilen-Zaun!«

»Schreib darüber«, schlug er vor.

Also tat sie es.

Sie schrieb über das Geräusch des Windrads, den schwefligen salzigen Geruch des Wassers und die satte, fast kirschrote Farbe, die das Fell der Kühe in der Sonne annahm. Dann sah sie zu Callan hoch, der mit einem großen Werkzeug in der Hand auf das Windrad gestiegen war, und ihr wurde bewusst, dass eine der männlichen Figuren in ihrem Roman sich im Laufe der vergangenen Woche verändert hatte.

Russ, ihr breitschultriger Anwalt aus Chicago, sah aus, bewegte sich und lachte wie Callan und … wollte kein Anwalt mehr sein. In einem Akt der Rebellion hatte er seinen Aktenkoffer weggeworfen und zu einem Rancherhut gegriffen.

Was sollte sie mit ihm machen?

»Wie kommst du zurecht?«, fragte sie Kerry, als sie wieder zu Hause waren. »Stört Carly dich, während die Jungs für die Schule arbeiten?«

»Nein, die ist brav. Sie ist immer brav!«

»Wäre es dir recht, wenn ich heute Nachmittag schreibe?«

»Genau dazu fordere ich dich doch immer auf.«

»Und Callan hätte nichts dagegen, wenn ich auf seinem Computer ein paar neue Dateien anlege? Die Jungs brauchen ihren selbst.«

»Er hat ihn dir angeboten.« Kerry klopfte ihr auf die Schulter.

»Na, dann fange ich sofort an.«

Callan hatte sich bereits – mit ein paar riesigen Sandwiches zum Lunch – an die nächste Aufgabe gemacht. In seinem Büro war es still, Jacinda schloss die Tür und war sofort von seiner vielschichtigen Aura umgeben.

Der Raum war schlicht und praktisch eingerichtet. Der nagelneue PC stand auf einem alten Schreibtisch, neben dem Mauspad lag ein bunter Untersetzer, den eines der Kinder für Callans Kaffeebecher gebastelt hatte, und über dem Fenster hatte er von Lockie und Josh gemalte Bilder aufgehängt.

In den meisten Regalen standen Fachzeitschriften für Rinder- und Pferdezüchter und Bücher über Steuerrecht, aber einige hätten auch in ein Museum für Naturgeschichte gepasst, denn sie waren Nachschlagwerke über Steinäxte und Speerspitzen der Ureinwohner, sehenswerte Steine, Schlangenhäute, Vogelnester und Federn.

Außerdem gab es das gerahmte Foto einer dunkelblonden jungen Frau mit einem Neugeborenen im Arm. Liz mit Lockie. *Russ.*

Ich soll mir Gedanken über Russ machen.

Der sich strikt weigerte, in seine schicke Anwaltskanzlei zurückzukehren.

Sie rief Callans Textverarbeitungsprogramm auf, legte einen Ordner namens Jacinda-Roman an und begann zu schreiben. Die Worte strömten nur so, und bald hörte sie weder Kerry noch die Kinder.

Irgendwann kam Kerry auf Zehenspitzen herein. »Tee«, flüsterte sie, bevor sie einen dampfenden Becher und ein Stück Zitronenkuchen abstellte und wieder hinausschlich. Callan musste zurück sein, denn sie hörte seine schweren Schritte auf dem Flur, schrieb jedoch weiter, und plötzlich war es sechs, und Kerry rief sie zum Abendessen.

Hastig schloss Jacinda ihre Dateien und die Internetseiten, die sie aufgerufen hatte, und ging hinaus, um darauf zu achten, dass Carly sich die Hände wusch. Zwar hatte sie ein schlechtes Gewissen, weil sie Kerry den Haushalt und die Kinder überlassen hatte, aber andererseits wusste sie, dass dies ihr produktivster Tag seit Jahren gewesen war.

Dass Jacinda ihre Dateien nicht richtig geschlossen hatte, stellte Callan fest, als er nach dem Abendessen und der Dusche in sein Büro ging, um sich im Internet über neue Impfprogramme für Rinder zu informieren.

Offenbar hatte sie von dem, was sie geschrieben hatte, keine Sicherungskopie gemacht. Also nahm er den USB-Stick aus dem Vogelnest im Regal, schloss ihn an und speicherte ihre Arbeit darauf ab. In der Leiste am unteren Bildschirmrand war noch eine Datei angezeigt, und da sie an einem Roman schrieb, den sie veröffentlichen wollte, rief er sie auf. Wenn irgendwann einmal jeder in einen Buchladen gehen und ihn kaufen konnte, würde es sie wohl kaum stören, wenn er einen Blick darauf warf.

Er beugte sich gespannt vor.

Und fand sich selbst.

Cs Silhouette vor diesem unglaublichen Himmel, wie ein Puzzleteil an genau der richtigen Stelle, las Callan. *Seine Muskeln, sein ganzer Körperbau, der Blick auf dem, was er gerade tut – alles an ihm ist anders als die künstlich aufgepumpten Gestalten, die ich in den Fitnessstudios von Los Angeles gesehen haben.*

Eine Brise kommt auf, und das Windrad hält sein Gänseblümchengesicht in den warmen Wind. Fall bloß nicht herunter, C, flehe ich stumm, und ich weiß, dass ihm nichts zustoßen wird. Mein Vertrauen in seinen Körper, in seine Kraft und Geschmeidigkeit ist grenzenlos. Vom Körper dieses Mannes würde ich mich an jeden Ort der Welt entführen lassen.

Das ist es, was eine Frau will. Jedenfalls, was Megan von Russ will. Es hat ihr nie gereicht, dass Russ sich im Zivilrecht, mit Verträgen jeder Art und Firmenfusionen auskennt. Sie braucht außer einem Verstand auch einen Körper, auf den sie sich verlassen kann. Vielleicht ist sie animalischer, als ich dachte – ich bin es – und deshalb kann Russ kein Anwalt sein!

Hinter Callan öffnete sich die Tür, und als er sich umdrehte, sah er Jacinda, das Haar zu einem Pferdeschwanz gebunden, die Ärmel bis zu den Ellbogen aufgekrempelt, feuchte Stellen vom Abwaschwasser am T-Shirt.

»Callan, tut mir leid, wenn ich störe, aber ich konnte den USB-Stick ...« Sie brach ab, und ihre Stimme veränderte sich. »Ist das eine meiner Dateien?«

Er ignorierte die Frage. »Du hast über mich geschrieben.«

»Du hast es gelesen?«

»C. Das bin ich. Oben auf dem Windrad in Wiltana Bore. Du hast mich in das Buch aufgenommen!«

»Du hast es ohne meine Erlaubnis gelesen!«

Sie hörten einander nicht richtig zu. Callan stand mit der Hand auf der Maus vor dem Schreibtisch, und Jacinda starrte ihn an, als würde sie damit rechnen, dass er gleich die komplette Datei löschte. »Du hast mir nicht erzählt, dass du über mich schreibst.«

»Das ist nur ein Entwurf.« Empört stützte sie die Arme auf die Hüften. »Nein, nicht mal das! Eine Skizze für eine Romanfigur. Das bist nicht du, Callan. Aber du hast es gelesen!«

»Du hast keine Sicherungskopie davon gemacht, und ich wollte es nachholen, das ist alles! Es ist ein Roman, Jacinda, das hast du selbst gesagt. Und du hoffst, dass eines Tages Leute dafür bezahlen, ihn zu lesen. Über mich, Callan Woods, über Dinge an mir, die niemanden etwas angehen!«

»Das bist nicht du«, wiederholte sie ungeduldig. »Es sind Notizen. Private Notizen! So arbeiten Schriftsteller nun mal, Callan. Wir skizzieren Bruchstücke, vermischen sie, setzen sie neu zusammen – und dabei ... Hast du eine Ahnung, wie nackt man sich fühlt, wenn ein Außenstehender das Rohmaterial liest?«

»Hast du eine Ahnung, wie nackt man sich fühlt, wenn man

von ›C‹ liest, oben auf dem Windrad, mit einem Körper, auf den Megan sich verlassen kann?«

Er schloss die Augen, die Hand noch immer auf der Maus. Was war los mit ihm? Warum regte er sich so auf? Es ist die sexuelle Frustration, dachte er verzweifelt. *Bei uns beiden. Und deshalb machen wir aus einer Mücke einen Elefanten und können nicht damit aufhören. Ich will nicht, dass sie in sechs Tagen abreist und ein Stück von mir mitnimmt, in ihrem verdammten Roman! Und was lässt sie mir dafür hier? Nichts, denn das Einzige, was wir beide wollen, kann ich ihr nicht geben!*

»Also ist es schlimm, dass ich deinem Körper vertraue?«, sagte Jacinda und klang schon nicht mehr so wütend.

»Ich weiß nicht, warum du es tun solltest.« Er ließ die Maus los und lehnte sich auf den Schreibtisch. »Wie oft hat er dich im Stich gelassen?«

»Nicht sehr oft«, erwiderte sie leise und kam näher. »Und ich gebe nicht auf. Das tust nur du, Callan. Darum geht es doch, oder?«

»Ja, für dich geht es darum, und ich frage mich, warum. Vielleicht lege ich keinen Wert auf deine sexualtherapeutischen Bemühungen. Die Jacinda-Beale-Patentheilung.«

»Wie kannst du etwas so Schreckliches sagen?«

»Und ich will meinen Körper nicht in deinem Buch, Jacinda. Ich will nichts von mir in deinem Buch!«

»Das ist dein Problem, nicht meins!«, entgegnete sie scharf. »Ich habe dir gesagt, Russ ist *nicht du*!«

Er war es leid, sich mit ihr zu streiten, und kehrte ihr demonstrativ den Rücken zu.

»Ich checke jetzt meine E-Mails«, murmelte sie. »Deine Dateien sind gesichert. Der USB-Stick liegt im Vogelnest, falls du ihn brauchst.«

512

Jacinda sah nach Carly. Ihre Tochter schlief fest, aber sie selbst war zu aufgewühlt, um zu Bett zu gehen. Also setzte sie sich auf die Veranda – wo sie die ersten Worte nach langer Zeit geschrieben hatte, wo sie und Callan die erste Nähe zwischen ihnen gespürt hatten, im Mondschein an ihrem ersten Abend hier.

All die »ersten« Erlebnisse. Bald würden Carly und sie mit den »letzten« beginnen. Der letzte Besuch am Wasserloch, die letzten Eier aus dem Hühnerstall, Carlys letzter Morgen als Gast der Fernschule. Der letzte Kaffee mit Callan, die letzte Umarmung. Daran wollte sie jetzt nicht denken.

Aber sie konnte nicht anders.

Der letzte Scherz, das letzte Lächeln.

Oh, verflixt, sie schaffte es einfach nicht, ihm böse zu sein. Sie war in ihn verliebt.

Als er einige Minuten später nach draußen kam, schien er sich auch wieder beruhigt zu haben.

»Da ist eine E-Mail für dich«, verkündete er sanft. »Von einem A. Dugan mit einer dieser langen amerikanischen Adressen. Ich habe sie nicht geöffnet. Ist es nur Werbung?«

»A. Dugan? Das ist Andy. Andy Dugan. Mein Bruder.«

Andy hatte geantwortet!

Jacinda spürte, wie ihre Augen feucht wurden. »Kann ich sie lesen? Oder bist du beschäftigt?«

»Nein. Du kannst sie lesen.« Er ging vor und hielt ihr die Tür zum Büro auf.

Als sie an ihm vorbeieilte, sah sie, wie er eine Hand hob, um sie zu berühren. Doch er ließ sie sofort wieder sinken und wandte sich ab. »Schalt einfach den Monitor aus, wenn du fertig bist.«

»Gut.«

Er drehte sich halb zu ihr. »Und können wir vergessen, dass wir uns vorhin angefaucht haben?«

»Ja, bitte!«

»Ich habe überreagiert. Es tut mir leid.«

»Mir auch. Ich muss mich bei dir entschuldigen.«

Jacinda setzte sich an Callans Schreibtisch und öffnete die E-Mail.

Hey, Jacinda, es war schön, von dir zu hören, las sie.

Andy berichtete ein paar Neuigkeiten – seine Frau Debbie hatte ein Geschäft für Bilderrahmen eröffnet, ihr jüngster Sohn würde ab Herbst das College besuchen – und fragte sie, wie es ihr ging. Debbie war aufgefallen, dass Jacindas Name nicht mehr im Abspann von *Heartbreak Hotel* auftauchte.

Jacinda mailte sofort zurück und erzählte ihm, dass Carly und sie vielleicht bald an der Ostküste wohnen würden und sich darauf freuten, ihn und die anderen wiederzusehen.

»Also hat dein Bruder die Postkarte bekommen«, sagte Callan, als sie kurz darauf die Küche betrat.

»Ja, und er hat mir eine nette E-Mail geschickt. Ich bin gespannt, ob Tom sich auch meldet.«

Jacindas Stimmung hatte sich abrupt gehoben – aber nur, um am nächsten Vormittag ebenso schlagartig abzustürzen, als ihre Freundin Lucy anrief. »Ich wollte nicht, dass du dir Sorgen machst. Aber Kurt hat sich gemeldet.«

»Die anonymen Anrufe?«

»Er legt nicht mehr auf, sondern bleibt in der Leitung. Außerdem ist er ausfallend geworden und hat mir gedroht. Er ist überzeugt, dass ich weiß, wo du bist.«

Jacinda erstarrte. »Hast du es ihm erzählt?«

»Wie denn? Ich habe keine Ahnung, wo du steckst! Auf irgendeiner Farm im Outback, die zivilisiert genug ist, um E-Mail und Telefon zu haben.«

»Hast du ihm das gesagt? Hast du ihm irgendetwas gesagt? Womit droht er?«

»Dass er dich aufspürt. Dass er mit Carly verschwindet und du sie niemals finden wirst, weil du nicht gut genug für sie bist und er der beste Vater ist, den es je gegeben hat.« Lucy klang verängstigt. »Er hörte sich unheimlich an – nimmt er Drogen? Und er hat gesagt, dass er Flugtickets hat und in zwei Tagen in Sydney landet.«

»Tickets? Mehrzahl?«

»Für ihn und … Ich weiß nicht mehr, welches Wort er benutzt hat. Bodyguards. Gefolge. Jedenfalls irgendwelche bezahlten Muskelpakete.«

»Das würde passen«, bestätigte Jacinda. Kurt liebte es, sich von Sicherheitsleuten in schwarzen Hemden und mit Sonnenbrillen begleiten zu lassen. Drei Schritte hinter ihm. Sie hatte sich darüber lustig gemacht, aber er hatte nie lachen können.

»Er weiß, wo ich wohne, oder?«, fragte Lucy nervös. »Du hast ihm mal meine Adresse genannt.«

»Ja, das habe ich. Oh mein Gott, Lucy! Es tut mir so leid!«

»Kannst du herausfinden, ob er wirklich herkommen will?«, bat ihre Freundin. »Er glaubt vermutlich, dass du noch bei mir bist, und wenn er … Ich werde die Polizei verständigen, aber ich warte damit, bis du mit jemandem in Kalifornien gesprochen hast. Vielleicht hat er nur geblufft.«

Leere Drohungen waren nie Kurts Stil gewesen. Jacinda wurde fast übel. »Ich rufe Elaine an, und dann melde ich mich sofort bei dir«, versprach sie.

In Los Angeles war es fünf Uhr nachmittags, und sie erreichte ihre ehemalige Chefin auf dem Handy, mitten im dichten Verkehr auf dem Freeway.

»Ich kann dir jetzt nichts Genaueres sagen«, beantwortete Elaine ihre Frage.

»Weil du nicht allein bist?«

»Richtig.«

»Kurt?«

»Nein, Honey, aber du weißt ja, dass die Bank in dieser Gegend viele Filialen hat.«

Jacinda wusste, was Elaine damit meinte. »Stimmt. Aber du kannst mir zuhören.«

»Das tue ich.«

Sie erzählte ihr von Lucys Anruf. »Passt das zu dem, was bei dir los ist, Elaine?«

»Dieser Verkehr! So ein Mist!«

»Elaine, ich verstehe nicht.«

»Ich kann dich deutlich hören.«

»Nicht die Verbindung! Sondern was du gemeint hast. So ein Mist? Bei Kurt? Ich will nur wissen, ob Lucy die Polizei informieren sollte. Und ob … Carly in Gefahr ist.« Jacindas Stimme versagte. Noch während sie ein Schluchzen unterdrückte, ging die Tür auf, und ihre Tochter erschien, blond, mit großen Augen, das Wertvollste in ihrem Leben. »Alles in Ordnung, Honey«, sagte Jacinda so unbeschwert wie möglich.

»Heißt das, wir sollen auflegen, damit ich dich zurückrufen kann?«, fragte Elaine.

»Nein! Doch, du sollst mich zurückrufen, aber ich habe gerade mit Carly gesprochen, und Carly weiß jetzt, dass alles in Ordnung ist.«

»Aber du nicht?«

»Nein, absolut nicht.«

»Ich rufe dich zurück, einverstanden?«

»Wann?«

»Sobald ich mehr herausgefunden habe«, antwortete Elaine.

Doch bis zum Abendessen hörte Jacinda nichts von ihr, und als sie Elaine zu Hause, bei der Arbeit und auf dem Handy anrief, erreichte sie nur die Anrufbeantworter. Also teilte sie Lucy mit, dass sie nichts Genaues in Erfahrung gebracht hatte. »Es tut mir leid, Lucy. Ich wünschte, ich könnte dir mehr sagen.«

»Es ist ihr Ex-Mann, oder?«, fragte Kerry Callan, während Jacinda Carly zu Bett brachte.

»Ja.«

»Was ist los?«

»Er hat ihrer Freundin damit gedroht, nach Australien zu kommen.«

»Nach Arakeela Creek?«

»Er weiß nicht, wo sie und Carly sind, aber Jacinda hat Angst, dass er es irgendwie herausfindet.«

»Carly spürt, wie nervös ihre Mutter ist«, sagte Kerry leise. »Sie reisen in weniger als fünf Tagen ab, Callan.«

Er wusste, was seine Mutter von ihm hören wollte – ob und wie Jacinda und Carly in seine Zukunftspläne passten. Aber er konnte ihr keine Antwort geben, denn er hatte selbst keine.

Gegen acht kam Jacinda endlich in die Küche. »Schläft sie?«, fragte er.

»Ja. Aber erst nachdem ich ihr zwei Geschichten vorgelesen und drei Lieder gesungen habe.«

»Was willst du jetzt machen?«

»Lesen. Und einen Tee trinken, falls in der Kanne noch welcher ist.«

»Wegen der Drohungen deines Ex-Manns, meine ich.«

»Ich muss erst noch mal mit Elaine reden.«

»Er wird Carly nicht von meinem Land entführen, Jacinda. Hier kann er dir nichts tun.« Davon war Callan überzeugt.

»Ich weiß nicht, was er vorhat. Morgen früh rufe ich Elaine an.«

»Meinst du, dass du schlafen kannst?«

»Irgendwann«, erwiderte sie, klang jedoch nicht sehr zuversichtlich.

Als Jacinda wach wurde, sah sie auf das Uhrenradio. 2 Uhr 49. Mit klopfendem Herzen lag sie da und fragte sich, was sie geweckt hatte.

Quietsch … rumms.

Das Geräusch.

Ich kenne das Geräusch.

Es war das Fliegengitter der Verandatür. Schon wieder. Quietsch … rums. Sie schlug gegen die Wand. Carly vergaß manchmal, sie zu schließen.

Carly.

Jacinda drehte sich zum Bett ihrer Tochter.

Es war leer.

Sie wehrte sich gegen die Panik. Carly hatte gespürt, wie aufgebracht ihre Mutter war, und schlafwandelte wieder. Leise stand Jacinda auf und sah überall nach. Tatsächlich, die Tür zur Veranda war offen. Aber Carly lag nicht auf dem Korbsofa, sie war nicht bei den Hunden, die auf ihren Decken dösten, und auch nicht im Hühnerstall, wo sie manchmal nachts nach Eiern suchte.

Jacinda blieb nichts anderes übrig, sie musste Callan wecken.

»Carly schlafwandelt, aber ich kann sie nicht finden«, erklärte sie.

Er setzte sich auf und rieb sich die Augen. Dann warf er die Decke ab und stand auf. »Ist sie nicht bei den Hunden?«

»Nein. Auch nicht im Garten oder im Hühnerstall.«

Er schaltete das Licht ein und zog sich an. »Sie kann nicht weit gekommen sein. Ich hole die Taschenlampen.«

»Weit kann sie nicht gekommen sein«, sagte auch Kerry, die kurz darauf in der Tür ihres Cottages erschienen war, als sie Jacindas besorgte Stimme auf dem Hof hörte.

Aber Jacinda wusste, welche Strecken ihre Tochter bei ihren nächtlichen Ausflügen manchmal bewältigte. Was hatte Carly sich in den Kopf gesetzt? Was sie tat, musste nicht unbedingt logisch sein. Konnte sie zum Wasserloch gegangen sein? Sie war noch nie zu Fuß dort gewesen und hatte keine Vorstellung davon, wie weit entfernt es war.

Oder wollte sie die Pferde besuchen? Sie hatte die Scheu vor ihnen abgelegt, nachdem Lockie sie auf dem ruhigen Wallach, den Josh meistens ritt, durch die Koppel geführt hatte.

Als sie den Zaun des Auslaufs erreichten, leuchtete Callan umher. Die Pferde schliefen in einer Ecke. Carly war nirgends zu sehen.

Jacinda dachte an die Schlangen, an das kalte tiefe Wasser, an dem die wilden Tiere sich trafen, an die in die Erde eingelassenen Metallgitter, wo ein Weg auf eine Weide führte – an all die Gefahren, die hier draußen auf ein kleines Mädchen lauerten.

Sie dachte daran, dass Elaine sie noch nicht zurückgerufen hatte, dass Lucy sich in Sydney bedroht fühlte, dass Kurt imstande war, in einem gecharterten Hubschrauber im Outback aufzutauchen, dass selbst, wenn sie Carly fanden …

Ihre Knie begannen, so heftig zu zittern, dass sie nicht mehr stehen konnte und kraftlos zu Boden sank. Callan fing sie auf und zog sie an sich. Er sagte nichts, doch sein Körper war warm und stark, und sie brauchte ihn mehr, als sie jemals zuvor die Arme eines Mannes gebraucht hatte.

»Hilf mir, Callan«, keuchte sie. »Hilf mir.«

»Ich tue alles für dich, Jacinda.« Er küsste ihr Haar. »Das musst du wissen. *Alles.*«

»Wenn wir Carly nicht finden …«

»Sag das nicht. Wir werden sie finden.«

»Woher weißt du das?«

»Ich weiß es, weil ich nicht aufgeben werde, bevor ich sie gefunden habe.«

Einige Sekunden lang hielten sie einander fest, dann löste Jacinda sich von Callan. »Wir müssen weitersuchen, aber wo?«

Er strich über ihre Arme, während er sprach. »Wenn sie bei Tagesanbruch nicht zurück ist, rufen wir die Polizei an und organisieren eine Suchaktion.«

»Sie wird schreckliche Angst haben, wenn sie in der Dunkelheit aufwacht und nicht weiß, wo sie ist. Oh, Callan!«

Er streichelte sie, ließ sich von ihrer Panik nicht anstecken, und tatsächlich beruhigte sie sich etwas. »Lass uns noch mal im Haus nachsehen, und dann müssen wir die Jungs wecken.«

»Noch mal im Haus nachsehen«, wiederholte sie matt. »Mein Gott, das habe ich noch gar nicht getan!«

»Was?«

»Im Haus nachgesehen! Ich habe die Verandatür gehört und einfach angenommen, dass sie draußen ist!«

»Lass uns hineingehen.«

»Ja!«

Sie rannten über den Hof. Kerry kam um die Ecke der Scheune. »Ich habe hinter jedem Heuballen nachgesehen. Oh, Jacinda ...«

»Vielleicht ist sie schon ins Haus zurückgegangen!«, rief Callan ihr zu, ohne stehen zu bleiben.

Kerry folgte ihnen in Hausschuhen und Morgenmantel, während Jacinda neue Hoffnung schöpfte.

Aber im Haus war es so still gewesen. Wenn Carly dort war, musste sie irgendwo friedlich schlummern, sonst hätte sie sie gehört.

Bitte lass sie da sein, bitte lass sie da sein ...

Vor Callan rannte sie auf die Veranda und riss die Tür auf. Das Wohnzimmer war leer, das Esszimmer, die Küche ... Sie sah auch ins Büro und in Callans Zimmer.

Keine Carly.

»Sie ist nicht im Bad oder der Waschküche«, verkündete er.

Und dann betrat sie Lockies Zimmer und fand ihre Tochter.

Carly.

Fest schlafend, wie ein Engel.

An Lockie geschmiegt.

In Sicherheit.

Jacinda stöhnte vor Erleichterung auf. Wie auf der Koppel gaben ihre Beine nach, und wenn Callan nicht direkt hinter ihr gestanden hätte, wäre sie umgefallen.

»Sie ist hier«, flüsterte sie. »Bei Lockie. Gott sei Dank!«

Sie begann zu weinen, und Callan hielt sie fest, die Arme um sie gelegt, das Kinn auf ihrer Schulter, sein Kopf an ihrem.

»Es ist alles gut«, tröstete er. »Ihr ist nichts zugestoßen.« Er rieb seine Wange an ihrem Haar, berührte es jedoch nicht mit dem Mund. Trotz ihres Zustands registrierte sie die Distanz zwischen ihnen.

Schweigend betrachteten sie die schlafenden Kinder. Carly lag zwischen Lockie und der Wand, auf dem Rücken, ein Bein lugte unter der leichten Decke hervor. Ihr Gesicht war entspannt, und wenn man die Ohren spitzte, konnte man die beiden atmen hören.

Carly fühlt sich hier so sicher und geborgen, dachte Jacinda. *Sie hat das Gefühl, hierherzugehören, sonst hätte sie sich niemals mitten in der Nacht zu Lockie gelegt. Auch ich fühle mich, als würde ich hierhergehören, aber bald müssen wir wieder fort.*

Fast hätte sie es laut ausgesprochen.

Callan, ich will hierbleiben.

Aber dann hörten sie Kerrys Schritte auf der Veranda, und die Tür quietschte. »Kann ich dich jetzt loslassen?«, fragte Callan.

»Nur wenn du mir einen Riesenbecher mit medizinischem Branntwein gibst.«

»Ich werde nachsehen, ob genug für uns beide da ist.« Er ließ die Arme sinken, und sie lehnte sich an den Türrahmen, als er davonging.

»Eine heiße Schokolade reicht auch«, sagte sie zu seinem Rücken.

»Mum?«, hörte sie ihn leise rufen. »Carly ist nichts passiert. Sie war die ganze Zeit im Haus, bei Lockie.«

Jacindas Knie zitterten noch immer, und auf dem Weg ins Wohnzimmer musste sie sich an der Wand festhalten.

»Wir trinken eine heiße Schokolade, Mum. Möchtest du auch eine?«

»Nein danke. Ich lege mich wieder hin.« Kerry umarmte Jacinda. »Ab jetzt wird Callan die Türen abschließen. Vor Einbrechern brauchen wir hier keine Angst zu haben. Auf die Idee, dass jemand ausbricht, sind wir nie gekommen! Ich habe mir solche Sorgen um Carly gemacht! Sie ist ein Schatz!«

»Du auch, Kerry«, erwiderte Jacinda.

»Willst du sie wieder in ihr Bett bringen?«

»Das sollte ich wohl besser. Lockie wird mir dankbar sein, denn manchmal tritt sie im Schlaf um sich!«

9. Kapitel

»Möchtest du auf der Veranda sitzen?«, fragte Callan, als er mit der heißen Schokolade aus der Küche kam.

»Sehr gern.« Das alte Korbsofa war zu Jacindas Lieblingsplatz geworden.

Carly schlief wieder in ihrem Bett.

Lockie war kurz aufgewacht. »Bringst du sie zurück?«, fragte er schläfrig.

»Ja. Hat sie dich vorhin geweckt?«

»Das macht nichts. Sie hatte wohl schlecht geträumt. Ich habe mir eine Geschichte für sie ausgedacht, danach ist sie wieder eingeschlafen. Ich auch.«

»Danke, dass du auf sie aufgepasst hast.« Jacinda hatte den Jungen umarmt und war dabei den Tränen nahe gewesen.

Aus vielerlei Gründen.

Durchs Fenster schien warmes mildes Licht auf die Veranda. Die heiße Schokolade duftete … anders als sonst.

»Was hast du hineingetan?«, fragte Jacinda, als sie sich auf das Sofa setzten.

Callan hatte die Jacke und die Stiefel ausgezogen.

»Baileys Irish Cream.«

»Wie viel?«

»Nur einen Fingerhut voll.«

Sie nahm einen Schluck. Es schmeckte herrlich. Und beruhigend. »Das tut gut.«

»Einen Fingerhut für einen so großen Daumen.« Er malte den Umriss in die Luft, in etwa so groß wie eine Aubergine.

Sie lachte, und er lächelte zufrieden. Es gefiel ihm, wenn sie lachte, das wusste sie. Und er mochte es auch, wenn sie ihn zum Lachen brachte.

Warum wusste er nicht, was ihr noch alles an ihm gefiel? Warum ließ er zwischen ihnen keine emotionale Nähe zu, damit sie gemeinsam seine schreckliche Blockade überwanden? Sie hatte sich in ihn verliebt, sie wollte nicht fort von hier, aber es gab etwas, was zwischen ihnen stand und unüberwindlich erschien.

Callan, ich will dich, aber wenn ich es dir sage, fühlst du dich unter Druck gesetzt und verschließt dich. Ist dir eigentlich klar, wie wenig Zeit uns noch bleibt? Vier Tage! Können wir es denn nicht zusammen schaffen?

Sie wusste nicht einmal, wie sie es ihn fragen sollte.

Schweigend saßen sie einige Minuten lang da, während die Schokolade sie schläfrig machte und die Irish Cream sie entspannte.

Carly war in Sicherheit.

Callan hatte gesagt, dass er nicht aufgeben würde, bevor er sie fand, und sie hatte ihm geglaubt und vertraut. Sie wusste, dass er sie niemals im Stich lassen würde, dass er seine Kraft nicht einsetzen würde, um andere Menschen zu unterdrücken – wie Kurt es so gern tat.

Das musste doch zählen, das musste ihr doch Hoffnung machen.

Sie leerte den Becher, stellte ihn auf den Boden und streifte die Schuhe ab. Callans Becher war noch halb voll. Sie gab den Kampf gegen das durchhängende Sofa auf und lehnte sich mit dem Kopf an Callans Schulter.

»Danke, dass du im Gegensatz zu mir nicht die Nerven verloren hast«, sagte sie.

»Gern geschehen.«

Nach einem Moment versuchte sie erneut, ein Gespräch zu beginnen. »Lockie wachte auf, als ich Carly holte. Er hat erzählt, dass sie schlecht geträumt und er sich eine Geschichte für sie ausgedacht hat, damit sie wieder einschläft. Sie fühlt sich sicher bei ihm, Callan. Es ist so schön, den beiden zuzusehen.«

»Er ist ein liebenswerter Junge. Josh dagegen kann manchmal etwas störrisch sein.«

»Wir sind neu in seiner Welt, und er ist nicht überzeugt, dass wir dorthin gehören.«

Tun wir das, Callan?

Er antwortete nicht.

Wieder setzte Stille ein.

Sie schwiegen, bis Callan es nicht mehr aushalten konnte. »Kalt?«

»Ja, so langsam.« Jacinda trug nur ein dünnes Sweatshirt und Jeans.

Er nahm die Wolldecke von der Rückenlehne und breitete sie über ihren Beinen aus. Sie hielt den Atem an, denn so etwas tat ein Mann nur, wenn er eine Ausrede brauchte.

Oder nicht?

Sie wartete und wagte kaum, sich zu bewegen oder zu sprechen.

Sie wartete lange.

Nichts.

Nichts außer einer immer unerträglicher werdenden Anspannung. Sie fühlte Callans Oberschenkel an ihrem. Sie fühlte, wie er Luft holte. Als sie vorsichtig den Kopf drehte, sah sie, was sie an ihm so sehr liebte – die Falten an den Augenwinkeln, die daher rührten, dass er jeden Tag in die Sonne blinzeln musste, das kantige Kinn, die sanft geschwungene Unterlippe.

Würden sie bis zum Morgen hier sitzen bleiben? Warm unter der Ecke, aber innerlich fröstelnd?

»Hilf mir.«

Einige Sekunden lang glaubte sie, sie hätte sich verhört.

»Callan?«, flüsterte sie.

Er wiederholte seine Worte, nahm ihre Hand und drückte sie, bis es fast wehtat. »Hilf mir, Jacinda.« Er klang so verzweifelt, so herzzerreißend wie vor über einer Stunde, als sie genau diese beiden Worte zu ihm gesagt hatte.

Hilf mir, oder ich verliere für immer die Hoffnung.

Hilf mir, oder ich weiß nicht, wie ich weiterleben soll.

Hilf mir, denn du bist der einzige Mensch auf der ganzen Welt, der dazu imstande ist, und ich habe noch nie im Leben jemanden um etwas so Wichtiges gebeten.

All das sprach Callan nicht aus, aber Jacinda hörte es trotzdem. Sie nahm sein Gesicht zwischen die Hände, und die Hoffnung schnürte ihr beinahe die Kehle zu. »Willst du das wirklich?«

Er schloss die Augen und nickte, und sie wusste, dass dies die letzte Chance war, die er ihnen beiden gab.

»Oh, Callan …«

Sie hatte nicht mehr viel Zeit. Wenn sie jetzt etwas falsch machte, würde ihn der Mut verlassen.

Behutsam streifte sie seinen Mund mit ihrem. Zuerst blieben seine Lippen starr, und sie fragte sich, ob sie es weiter versuchen sollte.

Du darfst nicht daran zweifeln.

Mach es richtig, Jacinda.

Sei zuversichtlich, glaub an dich. Glaub an euch beide.

Sein Mund war so verführerisch, wie geschaffen für spielerische Zärtlichkeiten. *Du hast es nicht eilig*, dachte sie. *Nur nichts überstürzen. Du hast alle Zeit der Welt.* Mit einer Hand an seiner Wange und der anderen an seiner Halsbeuge küsste sie ihn leicht und sanft, ohne Hast, aber voller Zuversicht. Sie liebte ihn so sehr, dass es das Wort *Versagen* für sie nicht mehr gab.

Callan hielt die Augen geschlossen, und das gab ihr den Mut, etwas mehr zu wagen. Zwischen den Küssen betrachtete sie sein Gesicht, studierte die Form seiner Wangenknochen und des Kinns und beobachtete, wie er – als sie den Kuss beendete – die Lippen öffnete und nach Luft schnappte.

Er wollte sie wieder fühlen.

Ihren Kuss.

Ja. Gut.

Sie hob den Kopf und wartete darauf, dass er ungeduldig wurde und sie zu bedrängen versuchte.

Oh nein, Callan. Fühl erst, was du vermisst hast. Als er sich vorbeugte, legte sie die Fingerspitzen auf seinen Mund. »Nein, noch nicht«, flüsterte sie und strich federleicht über seine Wange.

Dieses Mal ließ sie ihn länger auf ihren Kuss warten und ihre Lippen über seinen schweben, damit er ihre Wärme spürte, ohne sie zu berühren.

Noch nicht, noch nicht.

Fühl mich und warte.

Ah, er hatte die Augen geöffnet. »Was machst du mit mir?«, murmelte er.

»Nichts«, flüsterte sie zurück. »Ich liebe dich nur. Ohne Eile. Auf meine eigene genüssliche Weise.«

Er stöhnte auf.

Dann übernahm er die Initiative. Er presste den Mund auf ihren und küsste sie stürmisch und voller Leidenschaft. Sie fühlte seine Zunge an ihrer und schmeckte Schokolade und Sahnelikör. Ihre Brüste drängten sich gegen den störenden Stoff, doch sie konnte selbst jetzt noch warten. Oh, wenn Küsse so berauschend waren, konnte sie sogar sehr, sehr lange warten.

Er begann, nach ihr zu tasten, streifte die Brüste mit den Fingerknöcheln. »Du hast ja kaum etwas an«, sagte er leise.

»Verstößt das denn gegen die Kleiderordnung?«, fragte sie lächelnd.

»Nicht um diese Zeit. Im Gegenteil, es ist ... angenehm.« Er umschloss ihre Brust, und es kitzelte. Mehr als das. Seine Finger waren so sanft, so zart, und unter dem weichen Stoff war ihre Haut so empfindlich wie noch nie zuvor. »Sind meine Hände kalt?«, fragte er.

»Ich weiß es nicht.«

Er schob sie unter das Sweatshirt. »Weißt du es jetzt?«

»Sie sind ... mmh ... genau richtig.«

»Gut. So weit, so gut.«

»Immer gut, Callan. Egal, was passiert.«

»Was im Moment passiert, gefällt mir ziemlich gut.«

»Mir auch.«

Sie lachten fröhlich, und er küsste sie wieder. Obwohl er vorsichtig war, fühlten seine Hände sich rau an, und sie genoss es. Sie strich über die Muskeln, die von Kraft und vielen Jahren harter Arbeit zeugten, und ließ ihre Finger dort verweilen, wo ihre Berührung ihn vor Verlangen zittern ließ.

»Weißt du was?«, flüsterte sie irgendwann.

»Was denn?«

»Ich habe da ein Problem mit der Kleiderordnung. Ich bin noch immer zu korrekt angezogen.«

»Da könntest du recht haben.«

»Darf ich einen Vorschlag machen?«

»Ich bin ganz in deinen Händen.«

»Wenn ich meinen Vorschlag in die Tat umsetze, wird mehr von dir in meinen Händen sein.« Ungeduldig zupfte sie am Bund seiner Jeans.

»Tu dir keinen Zwang an«, wisperte er. »Ich warte auf deine Vorschläge.«

»Das T-Shirt stört.«

»Dann habe ich nur noch die Jeans an.«

»Die müssen auch weg. Ich werde dich wärmen, das verspreche ich.«

»Falls ich mich an die neue Kleiderordnung halte, darf ich dann auch ein paar Wünsche äußern?«, fragte Callan.

Sie nickte.

»Dann wirst du das Sweatshirt, die Jeans und alles darunter loswerden müssen.« Er streichelte ihre linke Brust. »Und das ist nur der Anfang.«

»Ich höre.« Jacinda setzte sich auf und zog das Sweatshirt über den Kopf. Sie warf es zur Seite, und Callan schlang die Arme um sie und legte den Kopf zwischen ihre Brüste. Dann stöhnte er tief auf.

»Ich möchte, dass wir hier draußen bleiben«, begann er und küsste ihren Hals. »Dass wir uns … vielleicht … zum Lachen bringen, anstatt das hier allzu ernst zu nehmen.«

Sie verstand, was er meinte. Er wollte sich emotional schützen. »Ich glaube, das können wir beide ziemlich gut.«

»Es ist schön, Jacinda. Ich mag das.«

Und ich liebe dich, dachte sie.

Noch wagte sie nicht, die Worte laut auszusprechen.

»Ja, es ist sehr schön«, sagte sie stattdessen.

»Mmh.« Er küsste ihren Nacken. »Worüber haben wir gerade gesprochen?«

»Über nichts. Wir sind uns einig. Kleiderordnung. Wunschliste. Die Planungsphase ist abgeschlossen … Jetzt gehen wir an die Umsetzung«, flüsterte sie und liebkoste dabei sein Ohr.

»Ich wusste gar nicht, wie sexy ein so nüchternes Wort sein kann«, murmelte er. »Kannst du das noch mal sagen?«

Sie sprach es langsamer und betonter aus. Ihre Lippen spitzten sich bei *Um-*, ihre Zunge streichelte das *-ung*. »Halt still, Callan«, fuhr sie fort. »Ich ziehe dir jetzt das T-Shirt aus …«

Es war atemberaubend. Callan zog sie an sich, und seine Brust war fest und stark und warm. Ihre Brüste rieben sich daran, intim und zärtlich, so richtig und vollkommen, wie es sein sollte.

Jacinda tastete nach dem Knopf seiner Jeans, doch die saß inzwischen so eng, dass es ihr schwerfiel, die Hose zu öffnen.

»Brauchst du einen Experten?«, fragte er und rückte etwas von ihr ab.

»Ja, sogar ganz dringend.«

Sie sah ihm zu. Er hob die Hüften an und schaffte mühelos, was ihr nicht gelungen war. Noch nie zuvor hatte sie dieses ungehemmte Bedürfnis empfunden, einen Mann zu sehen, erregt und bereit. Seine Finger zitterten, als er sich die Jeans nach unten schob.

Jacinda berührte ihn und fühlte, wie er erbebte. Sie legte sich aufs Sofa und zog ihn auf sich. Er umfasste ihren Po und presste sie an sich, als sie sich ihm entgegenbog.

»Jacinda … jetzt müssen wir dir die Jeans ausziehen.«

Gleichzeitig gingen sie daran, so ungeduldig, so ungeschickt, dass sie sich gegenseitig behinderten. Nach einer Weile glitt Callan vom Sofa und kniete sich davor, um ihre Hose zusammen mit dem Slip nach unten zu streifen, bevor er ihre Beine mit heißen Küssen bedeckte und sich genau dort Zeit ließ, wo sie es am meisten ersehnte.

Als er ihren Mund erreichte und sie nebeneinanderlagen, konnte sie nicht länger warten.

Und auch Callan war mehr als bereit.

Unter ihnen knarrte das alte Korbgeflecht und hing in der Mitte durch wie eine hohle Hand. Jacinda schlang die Beine um Callans Taille und hielt den Atem an. Doch das Sofa gab zu sehr nach, und Callan fluchte leise.

Egal, sagte sie sich. *Das macht nichts. Wir werden es schon schaffen.*

Dann krähte Darth Vader.

Oh nein, es war fast schon Morgen. Jacinda öffnete die Augen und sah, dass sich am Horizont schon das erste Grau zeigte. Wie lange blieb ihnen noch? Vierzig Minuten? Eine halbe Stunde? Dann hörte sie Callan seufzen. »Jacinda, es tut mir …«

»Sag es nicht! Wag es ja nicht!«, unterbrach sie ihn und umklammerte ihn so fest, dass ihre Beinmuskeln zu schmerzen begannen. »Komm bloß nicht auf die Idee, jetzt aufzuhören!«

»Die Kinder werden bald wach sein.«

»So früh nicht! Es ist fast noch stockdunkel. Halt den Schnabel, du dämlicher Hahn!«, zischte sie in Richtung des Hühnerstalls. »Callan, du solltest deinen lebenden Wecker anders einstellen.«

»Jacinda …«

»*Nein!* Du wolltest lachen, also lachen wir. Du wolltest das hier nicht zu ernst nehmen, und das tun wir auch nicht! Das hier ist lustig. Komisch und zum Lachen! Dieses prüde Korbsofa hat sich mit eurem gefiederten Spielverderber gegen uns verschworen, aber wir lassen uns nicht unterkriegen! Auf gar keinen Fall, Callan!«

Sie verstummte und küsste ihn, denn es war so gut gewesen. Sie waren kurz vor dem Ziel gewesen.

So nahe.

Beieinander.

Er lag auf ihr, und obwohl er den Kuss erwiderte, spürte sie, dass es anders war, nicht mehr so wie eben. Also hörte sie auf, ihn zu küssen, zerzauste sein Haar und zog seinen Kopf auf ihre Brust. »Erzähl mir von den anderen Frauen, die so gar nicht zu dir gepasst haben.«

Er stieß einen leisen Fluch aus.

»Ich werde sie jagen und mit bloßen Händen umbringen!«

Endlich lachte er. »Oh, Jacinda …«

»Ich will Namen, Alter, Beruf, unveränderliche Kennzeichen.«

Er lachte wieder und stöhnte leise auf. Und dann, das Gesicht noch immer zwischen ihren Brüsten, erzählte er ihr von der Blondine beim Pferderennen und der Dänin, die am Flussbett gezeltet hatte, und danach sagte er etwas, was ihr fast das Herz brach. »Ich weiß nicht, warum ich erwartet habe, dass es dieses Mal anders laufen könnte.«

Jacinda hatte die Wahl. Sie konnte ihr gebrochenes Herz pflegen oder darum kämpfen, es zu heilen. Sie entschied sich für den Kampf, denn auch sein Herz musste gebrochen sein, wenn er etwas so Niederschmetterndes von sich gab. »Warum hast du das erwartet, Callan? Willst du denn nicht die Antwort wissen? Weil …«

Weil ich dich liebe, wollte sie sagen, aber es war noch zu früh, also sagte sie etwas, was beinahe genauso wichtig war. »Weil ich es bin!«

»Wie?« Er hob den Kopf.

»Ich bin es. Nur ich. Sonst niemand. Keine Blondine. Keine Rucksacktouristin. Und ganz bestimmt keine Sexualtherapeutin. Nur ich!« Sie packte ihn an den Schultern. »Ich bin mit dir von der Felsklippe gesprungen, obwohl ich Angst hatte. Ich lache über deine Scherze. Ich trinke meinen Kaffee so, wie du deinen trinkst. Steck mich mit niemandem in eine Schublade, denn ich bin anders als diese Frauen, das musst du doch inzwischen begriffen haben! Es tut weh. Es tut wirklich weh, Callan!«, flüsterte sie in sein Haar.

Jacinda hatte recht.

Callan lag halb auf ihr, spürte ihren Atem an seiner Wange und wusste, wie recht sie hatte. Sie war nicht wie die anderen Frauen.

Und trotzdem hatte er sie enttäuscht.

Der Verstand hatte ausgesetzt und war durch Angst – blinde

Panik – abgelöst worden. Aber was sie sagte, stimmte. Irgendetwas war anders, denn er war noch hier und spürte, wie sie ihn hielt und küsste. Haar und Ohr, Schläfe und Augenlid. Er hatte sich nicht abgewandt, und sie auch nicht.

Sie kannten einander, und er bedeutete ihr etwas, und deshalb waren sie beide noch hier, auf dem alten durchgesessenen Korbsofa auf der Veranda.

Plötzlich fiel ihm ein Stein vom Herzen, und Callan fühlte sich frei – nicht mehr in das traurige pessimistische Verlies gesperrt, in das er sich selbst zurückgezogen hatte.

Jacinda.

Das hatte er nur Jacinda zu verdanken.

Wortlos legte er den Kopf auf das Polster, um es mit ihr zu teilen, und tastete nach ihren Brüsten. Er hielt sie fest, fühlte die Wärme und die noch immer vor Erregung harten Spitzen. Er begann, sie zu streicheln, und dachte nicht mehr an den Tagesanbruch, die Vergangenheit, die Kinder und das altersschwache Sofa.

»Jacinda …«, flüsterte er, und sie verstand, was er ihr sagen wollte.

Sie drehte sich zu ihm, und sie rollten sich herum, bis er unter ihr war. Dann küsste sie ihn, und ihre Brüste streiften ihn, als sie die Beine spreizte und sich auf ihn setzte. Er konnte nicht glauben, wie schnell sein Verlangen wuchs. Sein Körper schien sich ganz genau daran zu erinnern, wo er vor zwanzig Minuten gewesen war und was er gewollt hatte.

Jacinda war bereit, und dieses Mal waren sie überhaupt nicht unbeholfen. Callan hob die Hüften an und drang atemlos in sie ein. Er zog sie an sich, und das berauschende Gefühl, mit dieser wunderbaren Frau vereint zu sein, wurde noch intensiver.

Unfassbar intensiv.

Als sie sich auf ihm zu bewegen begann und immer wieder

seinen Namen hauchte, schien das gesamte Universum sich an diesem einen Ort, in diesem einen Moment zu konzentrieren, und sie klammerten sich aneinander, um sich nicht zu verlieren, während die Lust sie beide mit sich riss.

Irgendwann krähte Darth Vader wieder. Callan öffnete die Augen und sah in Jacindas zufrieden lächelndes Gesicht. Sie setzte sich auf, griff nach ihrem Sweatshirt und zog es an. Hinter ihr schien der Horizont in Flammen zu stehen, und in der Küche seiner Mutter brannte Licht. Aus dem Haus kamen Geräusche. Die Kinder waren auch schon auf.

Callan fand seine Jeans.

Jacinda beobachtete ihn. Sie lächelten einander zu, erschöpft und sehr, sehr entspannt.

»Heute wird ein schöner Tag«, sagte er.

Jacinda ging zu Carly, um ihr von ihrem nächtlichen Ausflug zu erzählen. Ihre Tochter erinnerte sich nicht daran. Aber Jacinda wusste, dass ihre eigene Angst vor Kurt sich auf Carly übertrug und sie zum Schlafwandeln brachte.

Als sie nach dem Duschen die Küche betrat, bereiteten Callan und die Jungen gerade das Frühstück zu. Er schenkte Kaffee in zwei Becher und lächelte ihr zu. Ihm war anzusehen, wie erleichtert er war. Fast stolz.

Ja, sind wir nicht ganz toll?

Ist dies nicht ein wunderschöner Morgen?

Mmh.

»Willst du …?«, begann er, doch das Läuten des Wandtelefons unterbrach ihn.

Elaine.

Jacinda wusste, dass es ihre Freundin war.

Sie nahm ab und hörte die Stimme ihrer Ex-Chefin. Callan goss Milch in die Becher und stellte sie in die Mikrowelle, dann steckte er Brot in den Toaster.

»Honey, tut mir leid, dass ich mich gestern nicht mehr gemeldet habe«, begann Elaine. »Wie spät ist es bei dir? Halb neun, nicht?«

»Sieben. Erzähl mir einfach, was los ist, Elaine.« Ihre Hände waren feucht und kalt und zitterten plötzlich.

»Es ist alles vorbei.«

»*Vorbei?*« Was um alles in der Welt meinte Elaine?

»Ich konnte gestern nicht reden, weil Lauren bei mir war.«

Lauren war Kurts neue Ehefrau, blond, Anfang zwanzig, von einem Ehrgeiz getrieben, der noch größer war als ihre von einem Schönheitschirurgen geformten Brüste …

Und wennschon.

Jacinda wollte keine Gefühle an ihre Nachfolgerin verschwenden.

»Aber jetzt kannst du reden?«, drängte sie.

»Honey, Kurt ist krank.«

»*Krank?*«

»Geisteskrank. Bipolar. Man hat bei ihm eine Persönlichkeitsspaltung diagnostiziert.«

Jacinda schrie vor Entsetzen leise auf und sah Callans besorgten Blick.

»Manisch-depressiv, so nannte man es früher, aber es ist behandelbar«, fuhr Elaine fort. »Er ist jetzt in einer Klinik. Er war vollkommen erschöpft, ausgebrannt, schlief kaum noch und arbeitete angeblich an all diesen tollen Projekten, von denen die meisten gar nicht existierten. Und dann fand Lauren heraus, dass er sie beschatten ließ.«

»Das arme Mädchen! Sie sind noch nicht mal ein Jahr verheiratet!«

»Er litt immer mehr unter Wahnvorstellungen. Dann sprach er davon, einen Film zu produzieren, bei dem der Präsident Regie führen sollte. Und davon, dass er deine Tochter entführen und vor dir verstecken wollte.«

»Ich weiß«, murmelte Jacinda. »Also waren all seine Macht-spiele … und die Scheidung …«

»Honey, jetzt hör mal gut zu«, unterbrach Elaine sie ener-gisch. »Wir wissen beide, dass Kurt schon immer ein Kontroll-freak war, also glaub jetzt nicht, dass du einen armen bemit-leidenswerten Mann im Stich gelassen hast! Die Krankheit hat sich erst danach entwickelt. Und wenn die Medikamente wir-ken, was eine ganze Weile dauern dürfte, wird er noch immer ein machthungriger Tyrann sein. Nur mit dem Unterschied, dass er keine Wahnvorstellungen mehr hat, dich und deine Freunde nicht mehr bedroht und deine Tochter nicht kidnap-pen will. Verstanden?«

»Das ist …«

»Eine gute Nachricht. Es bedeutet, dass du nach Hause kommen und mit Carly in Frieden leben kannst.« Elaine machte eine kurze Pause. »Vielleicht kannst du sogar wieder für die Serie schreiben.«

»Das will ich gar nicht.« Jacinda sprach die Worte aus, noch bevor ihr bewusst war, was sie da sagte. Aber es stimmte. Kurt oder kein Kurt, Schreibblockade oder nicht, sie würde sich nie wieder Dialoge für *Heartbreak Hotel* ausdenken.

»Ich habe nämlich angefangen …«

»Ein Drehbuch zu schreiben? Bitte nicht, Jacinda! Ich habe in dieser Woche schon zwanzig Entwürfe bekommen, und ei-ner davon stammt vom Kellner des Cateringteams!«

»Es ist kein Drehbuch, sondern ein Roman.«

»Dem Himmel sei Dank! Dann lese ich ihn erst, wenn er gedruckt ist.«

»Und es kann sein … dass Carly und ich an die Ostküste ziehen.«

Einen Moment lang herrschte Schweigen. »Wow!«

»Ja, ich habe ein paar interessante Wochen hinter mir«, sagte Jacinda und beobachtete aus den Augenwinkeln, wie

Callan die Becher aus der Mikrowelle nahm. Seine Miene war gespannt.

»Wir sprechen ausführlich miteinander, wenn du zurück bist, einverstanden?«

»Das machen wir.« Wenig später legte Jacinda auf.

Plötzlich war es in der Küche viel leiser. Carly, Lockie und Josh schaufelten Eier und Schinken in sich hinein. Pippas Schwanz schlug gegen ein Tischbein, während die Hündin hoffnungsvoll nach oben blickte. Gleich würde Kerry herüberkommen.

Und Callan sah Jacinda an. »Hier ist dein Kaffee«, sagte er leise. »Möchtest du Toast?«

»Im Moment nicht, danke.« Sie zögerte. »Ich … erzähle dir alles, sobald die Kinder ihre Schulaufgaben machen.«

»Du kannst nach Hause zurück.«

»Ja.«

Sie wartete darauf, dass Callan sie zum Bleiben aufforderte, doch er sagte nichts dergleichen. Stattdessen fragte er ein zweites Mal, ob sie Toast wollte, und sie nickte, obwohl sie wusste, dass sie keine drei Bissen herunterbekommen würde.

10. Kapitel

»Ist das alles?«, fragte Kerry und betrachtete die Koffer, die neben dem Geländewagen standen.

»Ja. Das müsste alles sein. Ich habe überall nachgesehen«, erwiderte Jacinda.

»Ich auch«, sagte Kerry. »Ist Callan …?«

»Er sucht seinen Hut, glaube ich.«

Seufzend straffte Kerry die Schultern. »Wo steckt Josh?«

Callan erschien, die Hutkrempe tief ins Gesicht gezogen. »In der Scheune. Er weigert sich, herauszukommen. Ich soll dir und Carly alles Gute wünschen.« Er lud das Gepäck ein.

Heute war der Tag der Abreise.

Seit Freitag schien alles rasend schnell zu gehen, und noch nie hatte Jacinda sich so dem Lauf der Zeit ausgeliefert gefühlt. Jeden Augenblick hatte sie sich eingeprägt, wie in einem Fotoalbum. *Ich muss alles festhalten, mich daran erinnern und wissen, wie wichtig es war. Selbst wenn ich nie einen Grund haben werde, hierher zurückzukehren.*

Das nahm sie sich vor, während sie die Hühner fütterte, den Kindern bei den Aufgaben half und im Garten Zitronen pflückte. Daran dachte sie auf dem letzten Ausritt zum Wasserloch, dieses Mal auch mit Kerry und den Hunden. Und sie redete es sich ein, als Callan und Pete nach einer nächtlichen Kontrollrunde an den Weidezäunen auf den Hof ritten.

Aber vor allem tat sie es, wenn Callan und sie miteinander schliefen, in der Nacht auf dem alten Korbsofa und am Samstagvormittag auf einer Wolldecke an einer schattigen Biegung des Flussbetts.

Nie in seinem Bett.

Das war ihr aufgefallen.

»Lockie, sag Carly Auf Wiedersehen«, forderte Callan seinen ältesten Sohn auf.

»Auf Wiedersehen, Carly.« Lockie hob seine kleine Freundin hoch und drückte sie fest an sich. Sie bekam kaum Luft, lachte jedoch, als er sie wieder auf den Boden stellte.

»Wiedersehen, Lockie.«

Der Junge drehte sich zu seinem Vater. »Wann kommen sie wieder?«

»Darüber reden wir ein anderes Mal, okay?«

Lockie kannte den Tonfall, also widersprach er nicht, sondern umarmte auch Jacinda.

»Kommt ihr denn nicht mit zum Flugplatz, Kerry?«, fragte sie. Das Gepäck war verladen, die Hecktür geschlossen.

»Lieber nicht«, antwortete Callans Mutter und lächelte schwach. »Ich hasse Abschiede. Wenn ich acht wäre, würde ich mich jetzt mit Josh in der Scheune verstecken.« Auch sie umarmte Jacinda.

Sie versteht nicht, warum Callan uns gehen lässt. Ich verstehe es auch nicht.

Jacinda wollte nicht abreisen. Doch das konnte sie ihm nicht sagen. Nicht, nachdem er sie noch nie in sein Bett eingeladen hatte.

»Leb wohl, Kerry«, flüsterte sie und wehrte sich gegen die Tränen. »Ich kann dir gar nicht sagen, wie viel mir die letzten vier Wochen bedeutet haben.«

»Sie sind wie im Flug vergangen. Es war schön, euch hier zu haben. Carly ist ein Schatz.«

»Ich will nicht weg.« Aber Kerrys Shirt dämpfte die Worte, und niemand hörte sie.

»Spring in den Wagen, Carly«, sagte Callan.

Lockie warf Flick und Pippa einen Stock zu und rannte hinter den Hunden her.

Dieses Mal stieg Jacinda auf der richtigen Seite ein. Sie hatte sich daran gewöhnt, dass der Fahrer in Australien rechts saß.

Callan startete den Motor. Kerry winkte, wandte sich abrupt ab und verschwand im Haus. Carly winkte, bis sie vom Hof fuhren.

Als sie den Landeplatz erreichten, schwebte Robs Postflugzeug über den zerklüfteten Bergen im Süden ein. Es landete, als Callan hielt, den Motor ausschaltete und reglos sitzen blieb.

Er wartete auf Rob.

Wortlos.

Jacinda ertrug es nicht mehr.

»Ich werde mir die Beine vertreten.« Sie stieg aus. »Carly, bleib im Wagen, bis wir zum Flugzeug gehen können.«

Carly starrte auf die Blumen, die sie gepflückt hatte.

Jacinda schloss die Tür und ging ein paar Schritte.

Callan folgte ihr und beobachtete, wie das Flugzeug in einer roten Staubwolke näher kam.

»Du brauchst nicht zu warten«, sagte Jacinda. »Rob ist hier. Ich bin wie deine Mutter, ich hasse Abschiede.«

Ich hasse diesen *Abschied.*

Der Pilot stieg aus der Maschine und kam mit einem Postsack auf sie zu.

»Callan«, begann Jacinda, wusste jedoch nicht, was sie noch sagen sollte, ohne in Tränen auszubrechen.

»Meinst du, du kannst wiederkommen?«, sagte er.

»Wie bitte?«

»Ich weiß, du musst weg, aber ich will, dass du zurückkommst.«

»Callan ...«

»Komm zurück und ...«

»Tag, Callan, hallo, Jacinda!«, rief Rob. »Ich habe ihn hier! Im Postsack. Bist du bereit dafür?«

»Bereit dafür?«, wiederholte Callan und klang anders als sonst. Er ließ Jacinda los. »Das ist nicht komisch, Rob! Aber ja, ich bin bereit dafür. Gib ihn mir, ja? Und dann wartest du noch eine Minute, einverstanden?«

»Natürlich, kein Problem.« Rob warf ihm den Postsack zu. »Lass dir ruhig Zeit.«

Jacinda hatte keine Ahnung, was hier vorging, aber es gefiel ihr nicht. Hatte Callan etwa auf Post von irgendwelchen Frauen gewartet, während ihr Herz zerbrach?

Er schien nicht zu wissen, was er mit dem Sack tun sollte. Schweigend betrachtete er ihn, drehte ihn zwischen den Händen, und erst nach längerem Zögern wühlte er darin.

Rob hatte sich wieder entfernt und zupfte Rinde von einem der kleinen Bäume neben dem Landestreifen. Was war hier los? Jacinda drehte sich zum Wagen um. Carly saß noch auf dem Rücksitz.

»Jacinda, willst du mich heiraten?«, fragte Callan. Er hörte sich fast verzweifelt an.

Sie fuhr herum.

Er hielt ein blaues Etui in den Händen. Es war geöffnet, und darin steckte ein goldener Ring mit einem Diamanten, der im Sonnenschein funkelte.

Jacinda brachte kein Wort heraus.

Callan nahm ihn heraus. »Ich weiß, du musst abreisen, um dein Leben in Los Angeles abzuschließen, aber danach ... zieh nicht an die Ostküste um. Vielleicht bin ich egoistisch, aber das ist mir egal. Komm mit Carly zurück, und werde meine Frau.«

Nervös drehte er den Ring zwischen den Fingern. »Ich

musste ihn übers Internet besorgen«, fuhr er fort. »Ich weiß nicht einmal, ob er passt oder ob er dir überhaupt gefällt.«

Natürlich gefiel ihr der Ring. Er war schlicht, aber wunderschön gearbeitet, doch in diesem Augenblick wäre sie von einem Ring aus geflochtenem Pferdehaar begeistert gewesen.

»Ich wusste nicht, ob Rob ihn dieses Mal mitbringt, aber wenn du Ja sagst … Ich wollte nicht, dass du ohne den Ring abreist. Du solltest ihn mitnehmen, weil … Das ist wahrscheinlich der unbeholfenste Heiratsantrag, den es je gegeben hat …«

»Er wird mit jeder Sekunde besser«, erwiderte sie.

»Aber … du nimmst auch mein Herz mit, und falls du das vergisst, weil du so weit weg bist …« Callan verstummte, steckte den Ring auf ihren Finger – er war ein paar Nummern zu weit – und hielt ihre Hand. Seine Stimme war heiser. »Ich wollte nur, dass du ihn bekommst, damit du weißt, dass ich dich liebe und dass du mein Herz mitnimmst.«

Einen schöneren Antrag konnte Jacinda sich gar nicht vorstellen. »Ja, oh ja!«, sagte sie.

»Du kommst zurück? Wirklich? Und du heiratest mich?«

»Ja, denn ich liebe dich. Und du hast auch mein Herz, Callan …« Sie begann zu weinen. »Aber warum fragst du mich ausgerechnet jetzt, da Rob wartet? Die Propeller drehen sich!« Sie streichelte sein Gesicht. »Musstest du mich unbedingt in der allerletzten Minute fragen?«

Lachte oder weinte sie? Sie wusste es nicht mehr.

»Ich war nicht sicher, was du antworten würdest.« Callan zog sie an sich. »Du hast mir alles gegeben, mehr, als ich zu hoffen wagte, aber danach schienst du wieder … auf Abstand zu gehen. Du hast Pläne geschmiedet. Der Umzug, die E-Mails an deine Brüder.«

»Und du hast nie in deinem Bett mit mir geschlafen. Wir

sind nie zusammen aufgewacht. *Du* hast mich auf Distanz gehalten. Und dann bist auch noch mit Pete verschwunden. Ich wusste nicht, was ich von der ganzen Sache halten sollte.«

Rob löste sich von dem dürren Baum, den er inzwischen fast völlig entrindet hatte, und kam zögernd näher. »Ich habe einen Flugplan einzuhalten, Callan«, begann er entschuldigend. »Mein Chef wird sich fragen, wo ich bleibe.«

»Noch fünf Minuten, ja?«, bat Callan verlegen.

Der Pilot lächelte. »So, wie ihr zwei ausseht, werden fünf Minuten nicht reichen. Jacinda, was halten Sie davon, wenn Sie Ihre Flüge von Broken Hill und Sydney umbuchen und ich Sie nächste Woche hier abhole?«

»Ja!«, sagten Jacinda und Callan wie aus einem Mund und lachten, weil sie nicht selbst auf die Idee gekommen waren.

Als sie fünf Minuten später auf dem Hof hielten, rasten Pippa und Flick um die Ecke des Hauses und begrüßten den Geländewagen, als hätten sie Callan, Jacinda und Carly schon seit einer Woche nicht mehr gesehen. Die Verandatür quietschte und schlug gegen die Wand, und Kerry und die Jungen kamen heraus.

»Jacinda, du bist zurück«, sagte Callans Mutter. Sie war zu gerührt, um zu lächeln.

Lockie und Josh strahlten. Carly schaffte es nicht, sich allein loszuschnallen, und Lockie half ihr. Jacinda erzählte Kerry von dem Ring und dem Heiratsantrag.

Kerry schlug vor, alles bei einer Tasse Tee zu besprechen. Callan gab seinen Söhnen für den Rest des Vormittags schulfrei, und selbst die Hunde schienen sich darüber zu freuen, denn sie bellten begeistert.

Es herrschte das absolute Chaos, genau wie an dem Tag vor vier Wochen, an dem Jacinda und Carly angekommen waren.

Ein herrliches, freundliches, normales, beruhigendes Familienchaos.

Mein Chaos, dachte Jacinda. Glücklich lächelnd lehnte sie sich an Callans Schulter, als er die Arme um sie legte und ihren Hals küsste.

»Willkommen zu Hause«, sagte er.